石門文字禪校注

十

〔宋〕釋惠洪 撰
周裕鍇 校注

上海古籍出版社

卷二十八

疏

請悟老住惠林〔一〕

瑞光表裏渾圓〔二〕，珠遺影迹〔三〕；淨慈縱横無礙〔四〕，玉立精嚴〔五〕。兩翁皆化行京華〔六〕，一旦遂道徧天下㊀。每追惟其高韻，邈難繼其後塵。欲扶雲門已墜綱宗，誰決先師未了公案〔七〕。恭惟某人〔八〕，淨慈真子，瑞光嫡孫〔九〕，言行信於叢林，聲價重於吴越〔一〇〕。無生之句，善嬰兒哆啝法門〔一一〕；獨脱之機，入師子奮迅三昧〔一二〕。願膺睿旨〔一三〕，來振祖風。施大士法喜之珍〔一四〕，洗小根禪誦之垢。幸回法馭〔一五〕，成就勝緣。

【校記】

㊀ 旦：禪儀外文集卷上作「且」，誤。

【注釋】

〔一〕大觀四年冬作於開封府。日本容村文庫藏禪儀外文集卷上「山門疏」類收本文，題爲悟老住惠林。悟老：即慧林常悟禪師，俗姓李氏，杭州光化寺受業，參大通禪師，發明己事。初住杭州龍華寺，遷徑山承天禪院，後住東京慧林禪院。屬雲門宗青原下十三世。事具建中靖國續燈録卷二五、嘉泰普燈録卷八、五燈會元卷一六。廓門注：「雲門七世東京慧林常悟禪師，嗣法於大通善本，本嗣法於慧林宗本圓照。」其説甚是。惠林：即慧林禪院。建中靖國續燈録卷首宋徽宗御製建中靖國續燈録序曰：「於皇神考，尤鄉空宗。元豐三年，詔於大相國寺創二禪刹，闢惠林於東序，建智海於右廡。」宋鄒伸之使燕日録曰：「其寺舊包十院，今存其八。右偏定慈、廣慈、善慈律院三，智海禪院一；東偏寶梵、寶嚴、寶覺律院三，慧林禪院一。」則相國寺本有十院，二禪八律，後存二禪六律。釋氏稽古略卷四曰：「元豐五年，詔中使梁從政闢汴京相國寺六十四院爲二禪八律。以東西序爲慧林、智海二巨禪刹。」佛祖歷代通載卷一九亦曰：「制革相國寺六十四院爲二禪八律。」稱舊有六十四院，與使燕日録異，然革爲二禪八律則同。惟有佛祖統紀卷四五稱：「元豐五年，詔相國寺闢六十四院爲八禪二律，以東西序爲慧林、智海二巨刹，詔淨慈宗本禪師住慧林，東林常總禪師住智海，總固辭，許之。」所言「八禪二律」與諸書不同，疑誤。禪林僧寶傳卷一四慧林圓照本禪師傳：「未幾，神宗皇帝闢相國寺六十有四院爲八，禪二律六，以中貴人梁從政董其事，驛召本主慧林。」惠洪所述當爲徽宗朝所存者。 鍇按：元釋德輝重編敕修百丈清規卷三請新住持發專使：「凡十方寺院住持虚席，必聞於所司。伺公命下，庫司會兩序勤舊茶，議發專使修書（頭首知事勤舊蒙堂前資僧衆）製疏（山門、諸山、江湖），茶湯榜（專使署名）請書記爲之。如缺書記，擇能文字者分爲之。」惠洪擅文字，故東京諸禪剎請其製疏。本卷之疏，皆爲各十方寺院而作。禪林請疏及茶湯榜，皆爲四六文，即駢文體制。能改齋漫録卷一二洪覺範因張郭罪配朱崖：「大觀四年八月，覺範入京，而天覺已爲右揆，因乞得祠部一道爲僧。」是時惠洪出入張商英之門，疏當代爲商英而作。蓋商英以護佛法爲己任，故每延名僧住持名剎，以弘佛法。

〔二〕瑞光：即宗本禪師，常州無錫人，俗姓管。嗣法天衣義懷，屬雲門宗青原下十一世。初住蘇州瑞光寺，後住東京慧林院，賜號圓照禪師。事具禪林僧寶傳卷一四。

〔三〕珠遺影迹：林間録卷下：「定公所用，舒卷自在，如明珠走盤，不留影迹，可畏仰哉！」即此意。遺謂遺失，非遺留。

〔四〕淨慈：即善本禪師，潁州人，俗姓董。嗣法慧林宗本，屬雲門宗青原下十二世。初住雙林，遷杭州淨慈寺，後住東京法雲寺，賜號大通禪師。事具禪林僧寶傳卷二九。

〔五〕玉立精嚴：禪林僧寶傳卷二九大通本禪師傳：「本玉立孤峻，儼臨清衆，如萬山環天柱，讓其高寒，然精麤與衆共。未嘗以言徇物，以色假人。」

〔六〕兩翁皆化行京華：宗本、善本先後説法於東京慧林院、法雲寺，故云。

〔七〕誰決先師未了公案：聯燈會要卷二七金陵清涼泰清禪師：「示衆云：『某甲本欲居山藏拙，養病過時，奈緣先師有未了底公案，出來與他了却。』」

〔八〕恭惟某人：此爲禪門請疏文之套語。某人，此指常悟禪師。

〔九〕「淨慈真子」二句：常悟爲善本法嗣，宗本法孫，故云。

〔一〇〕聲價重於吴越：常悟嘗説法於杭州龍華寺、徑山承天禪院，爲古吴越地，故云。

〔一一〕嬰兒哆啝法門：景德傳燈録卷一四潭州石室善道和尚：「十六行中，嬰兒行爲最，哆哆和和時，喻學道之人離分别取捨心，故讚歎嬰兒，可況取之。」元釋行秀從容庵録卷一：「哆哆和和，嬰兒言語不真貌。」本集屢用此喻，參見卷一一雲巖寶鏡三昧注〔六〕。

〔一二〕師子奮迅三昧：宗鏡録卷八一：「如師子奮迅，成熟法界衆生；猶象王迴旋，啓發十方含識。故華嚴論云：『師子奮迅三昧者，於十方世界，普同一切衆生想念，作用而成熟之。』大用而無作，是奮迅義。」祖庭事苑卷七：「大般若五十二云：『師子奮迅三昧者，於諸垢穢，縱任弃捨，如師子王自在奮迅。』奮迅，振毛羽狀。」

〔一三〕膺：受，當。書武成：「誕膺天命，以撫方夏。」　睿旨：聖人之意旨，代指皇帝之詔令。

〔一四〕施大士法喜之珍：廓門注：「謂法喜禪悦食也。」錯按：法華經卷四五百弟子受記品：「其國衆生常以二食：一者法喜食，二者禪悦食。」

〔一五〕法馭：法駕，敬稱高僧之大駕。

又諸山（禪）疏㊀〔一〕

常光現前〔二〕，廓周沙界；大智成就，不隔纖毫。自然蟬蜕根塵之間〔三〕，安用龜藏語默之外〔四〕。當有達識，共賞此音。伏惟某人，正眼甚明，道根久固。綽有遠韻㊁，爰自妙齡〔五〕。雲行鳥飛〔六〕，川流嶽峙〔七〕。觀其措置，實宗門之爪牙〔八〕；見其施張，蓋法窟之頭角〔九〕。以身狥道㊂〔一〇〕，當無繫於去留；爲法求人〔一一〕，豈有拘於喧寂。所期甚大，幸毋（母）固辭㊃〔一二〕。

【校記】

㊀山：原作「禪」，誤，今據禪儀外文集卷上改。參見注〔一〕。

㊁綽：禪儀外文集作「倬」。

㊂狥：禪儀外文集作「徇」。

㊃毋：原作「母」，誤，今據四庫本、廓門本、武林本、禪儀外文集改。參見注〔一二〕。

【注釋】

〔一〕大觀四年冬作於開封府。　諸山疏：禪林疏文之一種。日本無著道忠禪林象器箋第廿二類文疏門山門疏：「舊説曰：請住持山門疏，叙勸請；諸山疏，叙促駕；江湖疏、道舊疏，叙展賀。」同書諸山疏：「本寺隣封之諸山製新住持入寺疏也。」虚堂和尚語録卷二婺州雲黄山寶林禪寺語録：「諸山疏：『居必擇隣，鑑非止水。明暗相凌，言猶在耳。』」同書卷三臨安府淨慈報恩光孝禪寺語録：「諸山疏：『煙慘淡，石玲瓏，面面廝覻，千峰萬峰，一團和氣在其中。』」無門開和尚語録卷上建康府保寧禪寺語録：「諸山疏：『諸方浩浩，舉古明今。送人上樹，不是好心。』」天如惟則禪師語録卷七有育王先藏主住常州文明諸山疏、薦嚴潛首座住練塘靜慧諸山疏等等，不勝枚舉。參見前請悟老住惠林注〔一〕引敕修百丈清規卷三請新住持發專使「製疏（山門、諸山、江湖）」。底本「諸山」作「諸禪」，誤，蓋禪門無「諸禪疏」之例。禪儀外文集卷上「諸山疏」類收本文，題爲悟老住惠林。本卷請道林雲老住龍王諸山，亦收入禪儀外文集「諸山疏」類，皆可證底本「諸禪疏」之誤。　鍇按：本集體例，凡題首有「又」字者，當與前一題作於同時。本疏編於請悟老住惠林之後，實爲請悟老住惠林諸山疏，故繫於此。

〔二〕常光現前：楞嚴經卷四：「若棄生滅，守於真常，常光現前，塵根識心，應時銷落。」

〔三〕蟬蜕根塵之間：史記屈原賈生列傳：「自疏濯淖汙泥之中，蟬蜕於濁穢，以浮游塵埃之外。」黄庭堅次韻錢穆父贈松扇：「合得安期不死藥，使我蟬蜕塵埃間。」此化用其語意。

〔四〕龜藏：龜藏頭尾四肢，謂之「藏六」或「六藏」，喻修行。參見本集卷一四粹中自郴江瑩中與南歸時余在龍山容泯齋爲誦唐詩入郭隨緣住思山破夏歸之句爲韻十首注〔一五〕。

〔五〕「綽有遠韻」二句：蘇軾蘇州請通長老疏：「爰自幼齡，綽有遠韻。」此借用其語。

〔六〕雲行鳥飛：喻游方僧之來去無跡，亦喻禪心之自由無礙。禪林僧寶傳卷二五大潙真如喆禪師傳：「遂游湘中，一鉢雲行鳥飛，去留爲叢林重輕。」

〔七〕川流嶽峙：喻其器量如川流浩廣，德操如山嶽聳峙。續高僧傳卷二八唐京師會昌寺釋空藏傳：「兼又弘操嶽峙，器局川停，不擾榮利，不懷寵辱。」

〔八〕宗門之爪牙：謂護衛禪門之有力幹將，如獅子有利爪尖牙。林間録卷上：「英邵武玥豁玥濟之姿，蓋從上宗門爪牙也。」本集卷二三臨平妙湛慧禪師語録序：「以其摶噬邪解，故稱宗門爪牙也。」

〔九〕法窟之頭角：謂禪門之傑出優秀者。語本韓愈柳子厚墓誌銘：「雖少年，已自成人，能取進士第，嶄然見頭角焉。」

〔一〇〕以身狥道：孟子盡心上：「天下有道，以道殉身；天下無道，以身殉道。」此借用其語。狥，同「徇」，通「殉」。

〔一一〕爲法求人：景德傳燈録卷三第二十八祖菩提達磨：「緣吾本離南印，來此東土，見赤縣神州有大乘氣象，遂逾海越漠，爲法求人。」此借用其語。

〔一二〕幸毋固辭：書大禹謨：「禹拜稽首，固辭。帝曰：『毋！惟汝諧。』」底本「毋」作「母」，涉形近而誤。

請杲老住天寧〔一〕

雲門之句裏呈機〔二〕，粲玲瓏之鉼芥〔三〕；洞山之正中妙叶〔四〕，走圓轉之盤珠〔五〕。持臨濟之門風〔六〕，行黄檗之照用〔七〕，奪人境於棒下〔八〕，分賓主於喝中〔九〕。三宗盛集於帝京〔一〇〕，諸老大揚於佛事。伏惟某人，道韻拔俗，英姿逸羣，披沙得金〔一一〕，剖石逢玉〔一二〕。識黄龍窟中頭角〔一三〕，振青鸞溪上風雷〔一四〕。十年之幽蘭林香〔一五〕，一旦之穎錐囊露〔一六〕。主張法席，厭飫名山，每欲晦藏，輒自昭著。其自治雖無求於世，然寓世當循緣而行。奚必山林，終勝朝市？今者覺天梵侶，上國寶坊〔一七〕，佇法馭以重臨，期宗風而大振。遥知起定〔一八〕，因緣助發慈心；想見肯來，龍象擁隨高步〔一九〕。

【注釋】

〔一〕大觀元年冬作於開封府。杲老：即惠杲，賜號佛照禪師，真淨克文法嗣，惠洪法兄。屬臨濟宗黄龍派南嶽下十三世。參見本集卷二〇喧寂庵銘注〔九〕。廓門注：「『杲』當作『果』歟？克勤佛果傳曰：『敕補天寧萬壽。』或大慧杲歟？」其説殊誤。天寧：東京天寧寺，疑即法雲寺。參見本集卷二三定照禪師序注〔九〕。

〔二〕雲門之句裏呈機：景德傳燈録卷一九韶州雲門山文偃禪師：「若約衲僧門下，句裏呈機，徒勞佇思。直饒一句下承當得，猶是瞌睡漢。」又見雲門匡真禪師廣録卷上。

〔三〕粲玲瓏之鉼芥：謂如琉璃瓶中盛芥子，粲然明白。釋澄觀華嚴經隨疏演義鈔卷二：「一所含細微，如琉璃瓶盛多芥子，炳然齊現。」玲瓏，明澈貌。參見本集卷一送元上人還桂陽建轉輪藏注〔六〕。

〔四〕正中妙叶：曹洞宗禪法之一，相傳爲洞山良价禪師所傳。雲巖寶鏡三昧：「正中妙挾，敲唱雙舉。通宗通塗，挾帶挾路。」本集「挾」均作「叶」，參見卷八游龍王贈雲老注〔八〕。

〔五〕走圓轉之盤珠：杜牧孫子注序：「猶盤中走丸。丸之走盤，横斜圓直，計於臨時，不可盡知。其必可知者，是知丸不能出於盤也。」本集卷二四無住字序：「珠之爲物，體舒光而自照，置於盆而未嘗定，衡斜圓轉，不留影跡。衆生妙心如之，圓實無住。」

〔六〕持臨濟之門風：人天眼目卷二臨濟門庭：「臨濟宗者，大機大用，脱羅籠，出窠臼，虎驟龍奔，星馳電激，轉天關，斡地軸，負衝天意氣，用格外提持，卷舒擒縱，殺活自在。」惠杲爲臨濟義玄禪師十世法孫，故云。

〔七〕行黄檗之照用：不退轉輪經卷三：「衆生如涅槃，亦有諸照用。照用無有我，故名爲涅槃。」景德傳燈録卷一三汾州善昭禪師：「上堂謂衆曰：『凡一句語須具三玄門，每一玄門須具三要。有照有用，或先照後用，或先用後照，或照用同時，或照用不同時。』」此即人天眼目卷一總結臨濟宗「四照用」禪法。黄檗希運禪師似無「照用」之説，然臨濟爲黄檗法嗣，其禪法出自黄檗，故云。鎮州臨濟慧照禪師語録：「上堂。僧問：『如何是佛法大意？』師豎起拂子，僧便喝，師便打。又僧問：『如何是佛法大意？』師亦豎起拂子，僧便喝，師亦喝。僧擬議，師便打。師乃云：『大衆，夫爲法者不避喪身失命。我二十年在黄蘗先師處，三度問佛法的的大意，三度蒙他賜杖，如蒿枝拂著相似。如今更思得一頓棒喫，誰人爲我行得？』時有僧出衆云：『某甲行得。』師拈棒與他，其僧擬接，師便打。」此即行黄檗之照用。

〔八〕奪人境於棒下：人天眼目卷一臨濟宗四料揀：「師初至河北住院，見普化、克符二上座，乃謂曰：『我欲於此建立黄蘗宗旨，汝可成褫我。』二人珍重，下去。三日後，普化却上來問云：『和尚三日前説甚麽？』師便打。三日後，克符上來問：『和尚昨日打普化作甚麽？』師亦打。至晚小參云：『我有時奪人不奪境，有時奪境不奪人，有時人境俱奪，有時人境俱不奪。』」

〔九〕分賓主於喝中：人天眼目卷一臨濟宗四賓主：「師一日示衆云：『參學人大須仔細，如賓主相見，便有言説往來，或應物現形，或全體作用，或把機權喜怒，或現半身，或乘師子，或乘象王。如有真正學人便喝，先拈出一箇膠盆子，善知識不辨是境，便上他境上做模做樣。學人又喝，前人不肯放。此是膏肓之病，不堪醫治，喚作賓看主。或是善知識不拈出物，隨學人問處即奪。學人被奪，抵死不放。此是主看賓。或有學人應一箇清淨境界，出善知識前。善知識辨得是境，把得住拋向坑裏。學人言：大好善知識！即云：咄哉！不識好惡。學人便禮拜。此喚作主看主。或有學人披枷帶鎖，出善知識前。善知識更與安一重枷鎖，學人歡喜，彼此不辨。喚作賓看賓。大德，山僧所舉，皆是辨魔揀異，知其邪正。』」

〔一〇〕三宗盛集於帝京：徽宗崇寧、大觀年間，雲門宗有佛日惟岳住東京淨因院，妙湛思慧住東京智海院，常悟住東京慧林院；曹洞宗有定照道楷住東京天寧寺，枯木法成住東京淨因院；臨濟宗有佛印智清住東京智海院，佛照惠杲住東京天寧寺。如此等等，不勝枚舉。

〔一一〕披沙得金：沙裏淘金，喻多中取精。鍾嶸詩品卷上晉黃門郎潘岳詩：「謝混云：『潘詩爛若舒錦，無處不佳；陸文如披沙簡金，往往見寶。』」宗鏡録卷二：「所冀直取要詮，且明宗旨，如從石辯玉，似披沙揀金。於羣藥中，但取阿陀之妙；向衆寶内，唯探如意之珠。」明覺禪師語録卷二明覺禪師後録：「示衆云：『摩竭正令，譬若披沙揀金；毗耶杜辭，頗類守株待兔。』」

〔一二〕剖石逢玉：韓非子和氏：「楚人和氏得玉璞楚山中，奉而獻之厲王。厲王使玉人相之，玉人曰：『石也。』王以和爲誑，而刖其左足。及厲王薨，武王即位。和又奉其璞而獻之武王。武王使玉人相之，又曰：『石也。』王又以和爲誑，而刖其右足。武王薨，文王即位。和乃抱其璞而哭於楚山之下，三日三夜，淚盡而繼之以血。王聞之，使人問其故，曰：『天下之刖者多矣，子奚哭之悲也？』和曰：『吾非悲刖也，悲夫寶玉而題之以石，貞士而名之以誑，此吾所以悲也。』王乃使玉人理其璞而得寶焉，遂命曰『和氏之璧』。」祖庭事苑卷三引韓非子曰：「文王乃使工剖石，乃真玉也。文王嘆曰：『哀哉！二先君易刖人足，而難於剖石。令和果是璧，乃國寶也。』」

〔一三〕識黄龍窟中頭角：謂惠杲爲黄龍派中傑出優秀者。頭角，見前又諸山疏注〔八〕。鍇按：惠杲爲真淨克文法嗣，黄龍慧南法孫，故云。

〔一四〕振青鸞溪上風雷：指惠杲住廬山歸宗寺事。廬山記卷二叙南山記歸宗寺：「昔人卜其基曰：是山有翔鸞展翼之勢。院東之水，故名鸞溪。」本集卷二四送因覺先序：「佛照於世有勝緣，方其在山林也，則領匡山鸞溪。」建中靖國續燈録卷二三真淨禪師法嗣有廬山歸宗杲禪師，即惠杲。

〔一五〕十年之幽蘭林香：孔子家語在厄：「且芝蘭生於深林，不以無人而不芳。」黄庭堅幽芳亭記：「蘭生深林，不以無人而不芳；道人住山，不以無人而不禪。」

〔一六〕一旦之穎錐囊露：史記平原君列傳：「平原君曰：『夫賢士之處世也，譬若錐之處囊中，其末立見。今先生處勝之門下三年於此矣，左右未有所稱誦，勝未有所聞，是先生無所有也。先生不能，先生留。』毛遂曰：『臣乃今日請處囊中耳。使遂蚤得處囊中，乃穎脱而出，非特其末見而已。』」

〔一七〕上國寶坊：謂京師之佛寺，代指天寧寺。

〔一八〕起定：從禪定中起來。宗鏡録卷四五：「第四出入無礙，以起定即是入定故，起定而心不亂。」景德傳燈録卷六洪州泐潭惟建禪師：「一日，在馬祖法堂後坐禪。祖見，乃吹師耳，兩吹，師起定，見是和尚，却復入定。」

〔一九〕龍象擁隨高步：景德傳燈録卷九洪州黄檗希運禪師載裴休贈其詩曰：「一千龍象隨高步，萬里香華結勝因。」此化用其語意。龍象，代指高僧。

山門疏〔一〕

嵩山宏別傳之宗，終依帝里〔二〕；天台修遠舉之行，尚遊人間〔三〕。觀其迹，若未棄世緣；論其心，則深尊法道。蓋至人度生，初不泥其出處；菩薩護念，亦將泯其靜喧。仰前鑑之昭然，宜後昆之取法。恭惟某人，卓有實行，號稱飽參。冰霜居懷，嚴冷(泠)照物㊀〔四〕。平生刻苦於道，諸方信服其誠㊁。其閲世也，如風行空，去來無礙〔五〕；其(則)循緣也㊂〔六〕，如月印水，成破因時〔七〕。昔懷雲泉終老之歸，偶爾西去；今念王臣外護之意〔八〕，翻然北來。期擊電機鋒重施〔九〕，使正法眼藏不滅。

【校記】

㈠ 冷：原作「泠」，誤，今從武林本、禪儀外文集卷上。參見注〔四〕。

㈡ 諸：禪儀外文集作「他」。

㈢ 其：原作「則」，誤，今從禪儀外文集。參見注〔六〕。

【注釋】

〔一〕大觀四年冬作於開封府。　山門疏：請新住持入山門之疏。元釋弌咸編禪林備用清規卷四專使請住持：「凡住持補處，公拈已定，文命下寺，庫司會兩班耆舊茶，卜日，通先書，命製山門疏、茶湯榜。缺書記，擇才德人，用絹素製榜。」禪林象器箋第廿二類文疏門山門疏：「舊説曰：請住持山門疏，叙勸請。」禪儀外文集卷上「山門疏」類收本文，題爲果老住天寧。「果」字爲「杲」之誤。鍇按：本文「昔懷雲泉終老之歸，偶爾西去；今念王臣外護之意，翻然北來」諸句，其意與前請杲老住天寧「其自治雖無求於世，然寓世當循緣而行。奚必山林，終勝朝市」諸句相似，且編於其後，當作於同時，或當題爲請杲老住天寧山門疏。

〔二〕「嵩山宏別傳之宗」二句：景德傳燈録卷四嵩嶽慧安國師：「唐貞觀中，至黄梅謁忍祖，遂得心要。麟德元年，遊終南山石壁，因止焉。高宗嘗召師，不奉詔。遍歷名迹，至嵩少云：『是吾終焉之地也。』自爾禪者輻湊。……武后徵至輦下，待以師禮，與神秀禪師同加欽重。后嘗問師甲子，對曰：『不記。』后曰：『何不記耶？』師曰：『生死之身，其若循環。環無起盡，焉用記爲？況此心流注，中間無間，見漚起滅者，乃妄想耳。從初識至動相，滅時亦只如此。何年月而可記乎？』后聞稽顙信受。尋以神龍二年，中宗賜紫袈裟，度弟子二七人，仍延入禁中供養三年，又賜摩衲一副。」

〔三〕「天台修遠舉之行」二句：續高僧傳卷一七隋國師智者天台山國清寺釋智顗傳：「陳帝意欲面禮，將申謁敬，顧問羣臣：『釋門誰爲名勝？』陳暄奏曰：『瓦官禪師德邁風霜，禪鏡淵海。昔在京邑，羣賢所宗。今高步天台，法雲東藹。願陛下詔之還都，使道俗咸荷。』因降璽書，重沓徵入。顗以重法之務，不賤其身，乃辭之。後爲永陽苦諫，因又降敕，前後七使，並帝手疏。顗以道通惟人，王爲法寄，遂出都焉。迎入太極殿之東堂，請講智論，有詔羊車童子列導於前，主書舍人翊從登陛，禮法一如國師璀闍梨故事。陳主既降法筵，百僚盡敬，希聞未聞，奉法承道。因即下敕，立禪衆於靈曜寺，學徒又結，望衆森然，頻降敕於太極殿講仁王經。」

〔四〕嚴冷：威嚴冷峻。禪林僧寶傳卷二六法雲圓通秀禪師傳贊曰：「及拜瞻其像，面目嚴冷，怒氣巽人，平生以罵爲佛事。」本集卷六彥周以詩見寄次韻：「愛君辯縱横，又畏面嚴冷。」底本「冷」作「泠」，涉形近而誤，今據禪儀外文集改。

〔五〕「如風行空」二句：大智度論卷五三：「舍利弗見須菩提隨所問皆能答，如風行空中，無所罣礙。」

〔六〕其循緣也：底本「其」作「則」。按四六文法，「則」與上聯不侔，今據禪儀外文集改。

〔七〕成破因時：謂成法、破法皆因時而爲，順其緣分。唐釋宗密圓覺經略疏注卷下：「成法破法，皆名涅槃。二成破對，衆緣相會曰成，緣離曰破。又進修曰成，毁謗爲破。緣無自性，成破一如，故皆涅槃。」

〔八〕王臣外護：此或指張商英。

〔九〕擊電機鋒：廓門注：「『擊』，當作『掣』歟？」鍇按：景德傳燈録卷一九漳州保福院從展禪師：「問：『因言辯意時如何？』師曰：『因什麽言？』僧低頭良久。師曰：『擊電之機，徒勞佇思。』」本集卷一七送先上人親潛庵：「衲子參活意，擊電飛機輪。」又南安巖主定光生辰五首之二：「贈之以中擊電機，不令點畫入思惟。」卷二一潭州大溈山中興記：「機鋒擊電誰敢當？」作「擊」字不誤。

請靈源升（外）座〔一〕〔一〕

香象本狂，依寶坊而馴伏〔二〕；怒虎方鬬，遇禪者之解紛〔三〕。顧惟齒髮之所慙〔四〕，曾彼性靈之不若。聞斯妙義，皈命慈嚴。恭惟某人，如月在天，非厭汙而匿照；如雷振物，豈擇地而發聲〔五〕。鬧傳法馭之肯來〔六〕，故已輿情之喜愜〔七〕。雲山在目，何妨掉臂即行〔八〕；龍象擁隨，正好逢場作戲〔九〕。副我有求之懇，願開無礙之門。

【校記】

㊀升：原作「外」，誤，今改。參見注〔一〕。

【注釋】

〔一〕元符二年秋作於舒州。　靈源：即惟清禪師。　升座：即陞座，指住持禪院之主僧上堂説法。　敕修百丈清規卷三請新住持受請陞座：「受請已，次日陞座。侍者分付行者，預於法座下右邊，排列疏帖設位。專使預稟維那，請宣疏帖人。侍者覆住持鳴鼓，如常上堂式。住持出至位立，進香卓，專使燒香，呈疏帖。每呈一疏，則專使燒香遞上。住持逐一拈，各有法語。宣畢，專使仍炷香兩展三拜。」升，同「陞」。底本「升」作「外」，涉形近而誤。廓門注：「『外』，當作『升』歟。祖庭事苑曰：『昇座，當作陞座，登也。』」其説甚是。本集卷一三余至清修別希一禪師津發如老媪扶女升車其義風可以起頽俗將發作此、本卷請一老升座，題中「升」底本皆誤作「外」，正同此例。　鍇按：禪林僧寶傳卷三〇黄龍佛壽清禪師傳：「張丞相商英始奉使江西，高其爲人，厚禮致以居洪州觀音，不赴。又十年，淮南使者朱京世昌請住舒州太平，乃赴。衲子爭趨之。」據僧寶正續傳卷二智海懃禪師傳載，法演禪師自太平遷五祖，惟清繼其主太平。又據續資治通鑑長編卷四五〇，元祐五年張商英爲江南西路轉運副使。下推十年爲元符二年，其時朱京爲「淮南使者」，即提點淮西刑獄，請惟清住持舒州太平寺，當在是年。考惟清一生嘗住持太平、黄龍，然其歸住黄龍時，惠洪未在其地，故此疏當作於元符二年惠洪寓居舒州太平時。

〔二〕「香象本狂」二句：佛遺教經：「是故汝等當好制心，心之可畏，甚於毒蛇、惡獸、怨賊。大火越逸，未足喻也。動轉輕躁，但觀於蜜，不見深坑。譬如狂象無鉤，猿猴得樹，騰躍跳躑，難可禁制，當急挫之，無令放逸。縱此心者，喪人善事，制之一處，無事不辦。是故比丘，當勤精進，折伏其心。」山谷外集詩注卷一何造誠作浩然堂陳義甚高然頗喜度世飛昇之説築屋飯方士願乘六氣遊天地間故作浩然詞二章贈之之二：「無鉤狂象聽人語，露地白牛看月斜。」史容注：「唐嚴叔敖興善寺大廣智不空三藏碑：『西城隘巷，狂象奔突，以慈眼視之，不旋踵而象伏不起。』權載之爲作碣：『諷直言而海風恬息，結秘印而狂象調伏。』」

〔三〕「怒虎方鬬」二句：續高僧傳卷一六齊鄴西龍山雲門寺釋僧稠傳：「後詣懷州西王屋山，修習前法，聞兩虎交鬬，咆響振巖，乃以錫杖中解，各散而去。」同卷隋懷州柏尖山寺釋曇詢傳：「又山行，值二虎相鬬，累時不歇。詢乃執錫分之，以身爲翳，語云：『同居林藪，計無大乖，幸各分路。』虎低頭受命，便飲氣而散。屢逢熊虎交諍，事略同此。」

〔四〕齒髮：代指人類。

〔五〕「如月在天」四句：明釋道開密藏開禪師遺稿卷末附刻徑山請書：「秋月行空，非厭汚而匿照；春雷震物，將隨地而發聲。」即化用惠洪此語。

〔六〕鬧傳：紛紛傳言。

〔七〕輿情：羣情，民情。廓門注：「輿，衆也。晉文公聽輿人誦。」

〔八〕掉臂即行：不顧而行。禪林僧寶傳卷二二黃龍南禪師傳：「公曰：『已過關者，掉臂徑去，安知有關吏？從吏問可否，此未透關者也。』」

〔九〕逢場作戲：宗門語。語本景德傳燈録卷六江西道一禪師：「鄧隱峰辭師，師云：『什麼處去？』對云：『石頭去。』師云：『石頭路滑。』對云：『竿木隨身，逢場作戲。』」

請一老升（外）座㊀〔一〕

真誠所置，聖具證於履聲〔二〕；正信之深，空義現於猊座〔三〕。況隣清淨之境，親瞻知識之儀。恭惟某人，華藏親孫〔四〕，佛印嫡子〔五〕。晨鐘暮鼓，揮雙劍之鋒鋩〔六〕；水鳥樹林〔七〕，露卧龍之頭角〔八〕。法不孤起〔九〕，此爲時節之因緣；大衆必臨，願聽緒餘（余）之謦欬㊁〔一〇〕。

【校記】

㊀升：原作「外」，誤，今改。參見注〔一〕。

㊁餘：原作「余」，誤，今據四庫本、武林本改。參見注〔一〇〕。

【注釋】

〔一〕作年未詳。　一老：一禪師，法名全名及生平未詳。據此文，當爲佛印了元法嗣，屬雲門宗青原下十一世，燈録、僧傳失載。底本「升」作「外」，涉形近而誤，今改。廓門注：「『外』當作『升』歟？」其説甚是。鍇按：據本文「雙劍」、「卧龍」之語，可知乃請一老升廬山開先禪院之座。

〔二〕聖果證於履聲：謂修行之聖果可印證於衆僧步趨履聲之中。蘇軾宿海會寺：「木魚呼粥亮且清，不聞人聲聞履聲。」本集卷八送顒街坊：「粥魚茶板如指呼，履聲童首鳧雁趨。」

〔三〕空義現於猊座：謂佛教之空義正體現於高僧説法座位之上。廓門注：「空義，詳於金剛經刊定記第五卷。」猊座，即獅子座，謂佛菩薩所坐之處，亦代指高僧之座。

〔四〕華藏：指開先善暹禪師，臨江軍人。操行清苦，智識明達。依德山惠遠禪師有省，自此機辯迅捷，禪林目曰海上横行道者。嗣德山遠，屬雲門宗青原下九世。晚年，開法廬山開先禪院，凡十八年，大振祖風。後示滅於本山。有詩行於世。事具建中靖國續燈録卷三、聯燈會要卷二七、嘉泰普燈録卷一、五燈會元卷一五。參見本集卷三復用前韻送不羣歸黄檗見因禪師注〔九〕。鍇按：廬山記卷二叙山南：「由古靈至開先禪院十里，舊傳梁昭明太子之居，棲隱也，又作招隱室於此。南唐元宗居藩邸時，爲書堂。即位後，保大年間始爲伽藍，號開先，馮延己記碣見存。本朝興國二年賜名華藏。」華藏院即開先院，故此以華藏代指開先善暹。

〔五〕佛印：即雲居了元禪師，賜號佛印，嗣法開先善暹，屬雲門宗青原下十世。已見前注。

〔六〕雙劍：雙闕廬山雙劍峰。輿地紀勝卷二五南康軍：「雙劍峰，晏公類要云：『在廬山開先院之南，文殊臺後。』」參見本集卷一一李德茂家有磈石如匡山雙劍峰求詩注〔一〕。

〔七〕水鳥樹林：佛教語。觀無量壽佛經：「見佛菩薩滿虚空中，水鳥樹林及與諸佛，所出音聲，皆演妙法。」宗鏡録卷八二：「是故西方國土，水鳥樹林，悉皆説法。説法之處，即如如心。」景德傳燈録卷二六廬山圓通院緣德禪師：「問：『如何是古佛心？』師曰：『水鳥樹林。』」

〔八〕露卧龍之頭角：韓愈柳子厚墓誌銘：「雖少年，已自成人，能取進士第，嶄然見頭角焉。」卧龍，雙闕廬山卧龍庵。廬山記卷三叙山南：「由齊雲三里，至卧龍庵。凡廬山之所以著於天下，蓋有開先之瀑布，見於徐凝、李白之詩。康王之水，見於陸羽之茶經。至於幽深險絶，皆有水石之美也。此庵之西，蒼崖四立，怒瀑中瀉，大壑淵深，凛然可畏。有黄石數丈，隱映連屬，在激浪中，視者眩轉，若欲蜿蜒飛舞，故名卧龍。此山水之特勝處也。」

〔九〕法不孤起：黄檗斷際禪師宛陵録：「所以一切聲色，是佛之慧目，法不孤起，仗境方生。」

〔一〇〕緒餘：殘餘。莊子讓王：「道之真以治身，其緒餘以爲國家，其土苴以治天下。」本集卷二二華嚴院記：「出家蓋大丈夫事，其説甚高，緒餘土苴，足以道廣孝慈，上助清化。」底本「餘」作「余」，涉音近而誤。廓門注：「『余』當作『餘』，莊子字。」其説甚是。　謦欬：咳嗽，亦指談笑。莊子徐無鬼：「夫逃空虚者，藜藿柱乎鼪鼬之逕，踉位其空，聞人足音跫然而喜矣，又況乎昆弟親戚之謦欬其側者乎？」

請山老住雲巖〔一〕

敷演佛乘，資延睿筭〔二〕，僉求達識〔三〕，成就勝緣。振列聖已墜之綱宗，行初祖不傳之正令。真非掩僞〔四〕，旁徇道俗之言〔五〕；公則生明〔六〕，特用叢林之議㊀。伏惟某人，隨機説法，籍教悟宗〔七〕。名爲東林横枝〔八〕，其實泐潭正脉〔九〕。少時横行海上〔一〇〕，老來古寺城隈〔一一〕。惟以薪而續狀〔一二〕，分栽田而博飯〔一三〕。然唯雲巖勝刹，實曰江國上游〔一四〕。宗旨之淵源，緇衲之都會。鳳山歸去〔一五〕，瓶盂是處爲家；猊座重登，竿木逢場作戲〔一六〕。請提雅曲，大衆欣聞。

【校記】

㊀ 議：禪儀外文集卷上作「儀」，誤。

【注釋】

〔一〕政和八年作於洪州分寧縣。禪儀外文集卷上「山門疏」類收本文，題爲山老住雲巖。山老：雲巖如山禪師，嗣法於泐潭應乾，屬臨濟宗黃龍派南嶽下十四世。廓門注：「『巖』當作『居』歟？按：東林常總嗣黃龍南，泐潭應乾嗣東林總。洪州雲居如山禪師嗣泐潭應乾禪師也。」錯按：底本作「巖」不誤。今考續傳燈録卷二六目録泐潭乾禪師法嗣有雲居如山禪師，然嘉泰普燈録卷一〇泐潭應乾禪師法嗣則有隆興府雲巖如山禪師。據此疏，當從嘉泰普燈録作「雲巖」，續傳燈録作「雲居」，無據，廓門失考。雲巖：分寧縣雲巖禪院。政和八年惠洪嘗寓居於此，時韓駒爲分寧縣令，此疏當代爲韓駒作。參見本集卷二七跋東坡山谷帖二首注〔一〕、〔四〕。

〔二〕睿筭：皇帝之壽齡。歐陽修聖節五方老人祝壽文西方老人：「唯願慶源流遠，齊河海以無窮；睿算緜長，等乾坤而不老。」本集卷二一信州天寧寺記：「非相臣所以建請集禪衲、演祖道、上延睿算之意。」

〔三〕僉：都，皆。書堯典：「僉曰：『於，鯀哉！』」

〔四〕真非掩僞：宗門習語，即「真不掩僞」。明覺禪師語録卷二舉古：「爭奈真不掩僞，曲不藏直。」天聖廣燈録卷二一蘄州五祖戒禪師：「師云：『真不掩僞，曲不藏直。』」古尊宿語録卷四〇雲峰悦禪師初住翠巖語録：「真不掩僞，曲不藏直，現在可驗，固是瞞人眼不得。」

〔五〕旁徇：廣泛依從。王禹偁小畜集卷二五謝僕射相公求致仕啓：「而上揣宸心，旁狥公議，咸謂老成之德，宜居輔弼之先。」徇，同「狥」。

〔六〕公則生明：荀子不苟：「公生明，偏生闇。」

〔七〕籍教悟宗：景德傳燈録卷三〇菩提達磨略辨大乘入道四行：「夫入道多途，要而言之不出二種：一是理入，二是行入。理入者，謂藉教悟宗。深信含生同一真性，但爲客塵妄想所覆，不能顯了。若也捨妄歸真，凝住壁觀，無自無他，凡聖等一，堅住不移，更不隨於文教，此即與理冥符，無有分別，寂然無爲，名之理入。」籍，通「藉」，藉助。

〔八〕東林：指東林常總禪師，嗣法於黄龍慧南，屬臨濟宗黄龍派南嶽下十二世，爲惠洪師伯。參見本集卷三再游三峽贈文上人注〔二〕。　横枝：禪家喻旁出法嗣。景德傳燈録卷三第三十一祖道信大師：「一日告衆曰：『吾武德中游廬山，登絶頂，望破頭山，見紫雲如蓋，下有白氣横分六道，汝等會否？』衆皆默然。忍曰：『莫是和尚他後横出一枝佛法否？』師曰：『善。』」參見本集卷二〇童耄竹銘注〔一二〕。鍇按：如山禪師爲東林常總法孫，故云。

〔九〕泐潭：指泐潭應乾禪師，嗣法於東林常總，屬臨濟宗黄龍派南嶽下十三世。參見本集卷二六題廬山注〔六〕。鍇按：如山爲應乾法嗣，故云泐潭正脉。

〔一〇〕横行海上：謂機辯迅捷，無人可當。天聖廣燈録卷二一自嚴上座：「問：『寶劍未出匣時如何？』答云：『龍藏海底。』進云：『出匣後如何？』師云：『海上横行。』」建中靖國續燈録卷三廬山開先善暹禪師：「操行清苦，知識明悟，徧參宗匠，機辯迅捷，禪林目曰海上横行道者。」

〔一一〕老來古寺城隈：林間録卷上：「地藏琛禪師能大振雪峰、玄沙之道者，其秘重大法，恬退自處之效也歟？予嘗想見其爲人，城隈古寺，門如死灰，道容清深。」錯按：輿地紀勝卷二六江南西路隆興府：「雲巖院，在分寧縣東二百步。」即所謂「古寺城隈」。

〔一二〕惟以薪而續牀：謂操行清苦。古尊宿語録卷一三趙州真際禪師語録并行狀卷上：「志效古人，僧堂無前後架，旋營齋食。繩床一脚折，以燒斷薪，用繩繫之。每有别制新者，師不許也。」

〔一三〕分栽田而博飯：種田摶飯喫。此爲五代桂琛禪師名言。林間録卷上：「（地藏琛禪師）戲禪客曰：『諸方説禪浩浩地，爭如我此間栽田博飯喫。』有旨哉！」參見本集卷一送充上人謁南山源禪師注〔五〕。

〔一四〕江國上游：廓門注：「柳文第三十五卷四葉『控此上游』注：『上游，猶言重地也。』」

〔一五〕鳳山：鳳凰山，在分寧縣。輿地紀勝卷二六江南西路隆興府：「鳳凰山，在奉新縣東九十里諸山之南。晉昇平中，鳳凰將九雛見于此，因以得名。分寧縣主山亦名鳳凰山。」江西通志卷七山川志一南昌府：「鳳凰山，在寧州北二百步，如鳳展翼，乃州之主山也。」

〔一六〕竿木逢場作戲：景德傳燈録卷六江西道一禪師：「師云：『石頭路滑。』對云：『竿木隨身，逢場作戲。』」已見前注。

請藥石榜〔一〕

耆年日已凋喪，叢林今遂寂寥。王官玉石俱焚〔二〕，學者涇渭不辨。謂之受道，其實走名〔三〕。賴老成之典刑〔四〕，爲後昆之軌範〔五〕。恭以新命某人，滴水滴凍〔六〕，知果知因。唯顯晦水到渠成〔七〕，使魔外風行草偃〔八〕。一段勝事，千目同觀。龍蜃沙頭〔九〕，最初解開布袋〔一〇〕；鳳凰山下〔一一〕，末後把定牢關〔一二〕。道不虛行〔一三〕，法固如是。特致谿蘋之具〔一四〕，以表山門之儀。欣然肯來，豈勝幸甚。

【注釋】

〔一〕政和八年作於洪州分寧縣。藥石榜：進奉新住持用藥石之榜文，亦疏之一種。祖庭事苑卷一：「羅漢藥食：食，當作石，取療病義，故曰藥石。夫攻病曰藥，劫病曰石，古以砭石爲針也。」鍇按：榜文中有「鳳凰山下」之句，亦當爲如山禪師新住分寧雲巖禪院而作。

〔二〕王官：王朝之官員。玉石俱焚：書胤征：「火炎崐岡，玉石俱焚。」此句謂朝廷官員不分禪林是非優劣，一概排斥。

〔三〕「謂之受道」二句：名爲奔走求道，實爲奔走名利。參見本集卷二一五慈觀閣記注〔一八〕。

〔四〕賴老成之典刑：詩大雅蕩：「雖無老成人，尚有典刑。」

〔五〕後昆：後嗣，子孫。書仲虺之誥：「垂裕後昆。」

〔六〕滴水滴凍：猶言滴水生冰，水滴下即成冰。宗門語，喻機鋒迅捷，不容擬議。景德傳燈録卷一七高安白水本仁禪師：「師曰：『直饒道者滴水滴凍亦不干他事。』曰：『滴水冰生，事不相涉。』師曰：『是。』」正法眼藏卷上：「黄龍南和尚示衆云：『江南之地，春寒秋熱。近日以來，滴水滴凍。』僧問：『滴水滴凍時如何？』曰：『未是衲僧分上事。』僧云：『如何是衲僧分上事？』曰：『滴水滴凍。』」

〔七〕水到渠成：宗門習語，謂功到自然成。宗鏡録卷七六：「直須水到渠成，自然任運。」景德傳燈録卷一二仰山南塔光涌禪師：「問：『如何是妙用一句？』師曰：『水到渠成。』」明覺禪師語録卷一住蘇州洞庭翠峰禪寺語：「上堂。僧問：『如何是實學底事？』師云：『針劄不入。』進云：『乞師方便。』師云：『水到渠成。』」蘇軾答秦太虚書：「度囊中尚可支一歲有餘，至時别作經畫，水到渠成，不須預慮。」

〔八〕風行草偃：語本論語顔淵：「君子之德風，小人之德草。草上之風，必偃。」後禪籍用此語喻禪法化行。建中靖國續燈録卷五温州平陽寶慶子環禪師：「問：『大施門開，請師一決。』師云：『風行草偃。』僧曰：『一句截流又作麼生？』師云：『水到渠成。』」

〔九〕龍蜃沙頭：廓門注：「龍蜃，未考。」鍇按：「龍蜃」當爲如山初開法之處，然不可考。

〔一〇〕解開布袋：宗門語，喻傾其所有而演説佛法。天聖廣燈録卷二一蘄州五祖戒禪師：「祖峰解開布袋，一時傾出了也。儞諸人有會底也無？」建中靖國續燈録卷一三南康軍雲居山真如禪院元祐禪師：「賴遇金粟大士，有不二法門，放一線道，道林方敢解開布袋，頭足可以施展家風，向無佛處稱尊。」古尊宿語録卷四五寶峰雲庵真淨禪師偈頌下中法界三觀六頌之四：「事事無礙，如意自在。手把豬頭，口誦淨戒。趁出婬坊，未還酒債。十字街頭，解開布袋。」

〔一〕鳳凰山：分寧縣之主山，雲巖禪院在其下。已見前注。

〔二〕末後把定牢關：景德傳燈録卷一六澧州樂普山元安禪師：「師示衆曰：『末後一句，始到牢關。鎖斷要津，不通凡聖。』」

〔三〕道不虚行：語本易繫辭下。參見本集卷二三潛庵禪師序注〔二〕。

〔四〕谿蘋：供奉進獻之物，此代指藥石。左傳隱公三年：「澗谿沼沚之毛，蘋蘩藴藻之菜，筐筥錡釜之器，潢汙行潦之水，可薦於鬼神，可羞於王公。」

請崇寧茶榜〔一〕

出則爲人，興化是何心行〔二〕；不如諸佛，曹山空熱肺腸〔三〕。雖然二老英雄，未免一場敗闕〔四〕。欲圓道眼，别有妙門。恭惟某人，本色鉗鎚〔五〕，逸羣聲價，現成活計，更不覆藏〔六〕。肅道者白牯牛兒，騎來露地〔七〕；南編頭赤斑（班）蛇子㊀，拈出驚人〔八〕。大光西祖之機，上祝南山之壽。清風江上，孤舟不涉程途〔九〕；明月洲頭，一句却分賓主〔一〇〕。寶坊在邇〔一一〕，香飯具陳〔一二〕。將開選佛之場〔一三〕，願受最初之供〔一四〕。現前法侶，同賜證明。

【校記】

㊀ 斑：原作「班」，今從武林本。

【注釋】

〔一〕崇寧三年夏作於峽州宜都縣。崇寧：峽州崇寧寺。寺在大江邊，故文中有「清風江上」「明月洲頭」之語。釋氏稽古略卷四：「崇寧元年，詔天下軍州創崇寧寺，又改額曰天寧寺。」　茶榜：方丈請立僧首座，請僧堂特爲茶請客，侍者具茶榜。禪門茶榜之式，詳見參見敕修百丈清規卷四、卷七。鍇按：崇寧三年夏，惠洪受張商英之邀至峽州崇寧寺，此文當作於是時。參見本集卷一五無盡居士以峽州天寧見邀作此辭免六首注〔一〕。

〔二〕「出則爲人」二句：天聖廣燈録卷一二魏府興化存獎禪師：「師上堂云：『我聞三聖道：「我逢人即出，出即不爲人。」興化即不然，我逢人即不出，出即爲人。』便下座。」鍇按：三聖，指鎮州三聖院慧然禪師，與興化存獎禪師同爲臨濟義玄法嗣。

〔三〕「不如諸佛」二句：景德傳燈録卷二〇撫州曹山慧霞了悟大師：「問『佛未出世時如何？』師曰：『曹山不如。』曰：『佛出世後如何？』師曰：『不如曹山。』」

〔四〕一場敗闕：宗門語。敗闕，猶言過失。龐居士語録：「峰始拈棒，被居士把住曰：『這賊今日一場敗闕。』」天聖廣燈録卷一四守廓上座：「師在鹿門和尚會下。一日，在僧堂後架坐，鹿門下來，見楚禪和便問：『終日披披搭搭作什麽？』楚云：『和尚見某甲披披搭搭耶？』門便喝，楚亦喝，兩家便休。師云：『看者兩箇瞎漢一場敗闕。』」

〔五〕本色鉗鎚：宗門語，猶言本分鉗鎚，喻指真正鍛煉佛性之工具。禪林僧寶傳卷二二黄龍南禪師傳：「南昌文悦見之，每歸臥歎曰：『南有道之器也，惜未受本色鉗鎚耳。』」

〔六〕更不覆藏：亦宗門語，謂無所隱藏，全部展示。宗鏡録卷三七：「問：『如來無密語，迦葉不覆藏，則衆生心常自明現，何須教觀開示，廣論横竪？』」建中靖國續燈録卷一八池州乾明禪院寶慧禪師：「上堂，拈起袈裟角示衆云：『此乃佛佛授手，祖祖相傳，今日更不覆藏，普示諸人。』」古尊宿語録卷四二寶峰雲庵真淨禪師住筠州聖壽語録：「又拈香云：『大衆，此一瓣香，還知落處麽？更不覆藏，直爲先黄龍南禪師爇向爐中去也。』」

〔七〕「肅道者白牯牛兒」二句：未詳公案出處。肅道者，當指百丈元肅禪師，嗣法黄龍慧南，爲惠洪師叔。嘗住黄龍山，後住洪州百丈山。建中靖國續燈録卷一三、續傳燈録卷一五載其機語。廓門注：「『露地白牛』見北禪智賢傳。」不確。蓋「露地白牛」出自景德傳燈録卷九福州大安禪師：「安在溈山三十來年，喫溈山飯，屙溈山屎，不學溈山禪。只看一頭水牯牛，若落路入草，便牽出；若犯人苗稼，即鞭撻調伏。既久，可憐生，受人言語，如今變作箇露地白牛，常在面前，終日露逈逈地，趁亦不去也。」

〔八〕「南褊頭赤斑蛇子」二句：五燈會元卷一六洪州法昌倚遇禪師：「黃龍南禪師至，上堂：『拏雲攫浪數如麻，點著銅睛眼便花。除却黃龍頭角外，自餘渾是赤斑蛇。』」南褊頭，黃龍慧南禪師之謔稱。林間録卷下：「真公爽氣逸出，機辯迅捷，叢林憚之。開法於翠巖，嘗曰：『天下佛法如一隻舡，大寧寬師兄坐頭，南褊頭在其中，可真把梢。去東也由我，去西也由我。』」

〔九〕不涉程途：宗門語。古尊宿語録卷六睦州和尚語録上堂對機第一：「問僧：『什麼處來？』僧云：『須知有不涉程途者。』師乃咄云：『開口便作屎臭氣。』」禪林僧寶傳卷一一慈明禪師傳：「近有一老衲至，問其離何所，曰：『揚州。』問：『船來陸來？』曰：『船來。』問：『船在何處？』曰：『岸下。』問：『不涉程途一句如何道？』其僧恚曰：『杜撰長老，如麻似粟。』」

〔一〇〕一句却分賓主：天聖廣燈録卷一八袁州南源山楚圓禪師：「上堂云：『一喝分賓主，照用一時行。若會箇中意，日午打三更。』乃喝一喝，云：『且道是賓是主？還有人分得麼？』」智證傳：「夫分賓主，如並存照用，如別立君臣。如從慈明曰：『一句分賓主，照用一時行。若會箇中意，日午打三更。』」參見前請杲老住天寧注〔九〕。

〔一一〕寶坊：佛寺之美稱。　邇：近。

〔一二〕香飯：即香積飯，僧寺飯食之美稱。事本維摩詰經卷下香積佛品：「於是香積如來以衆香鉢盛滿香飯，與化菩薩。……化菩薩以滿鉢香飯與維摩詰，飯香普熏毗耶離城，及三千大千世界。」

〔一三〕選佛之場：語本景德傳燈録卷一四鄧州丹霞天然禪師「今江西馬大師出世，是選佛之場」。參見本集卷六和元府判游山句注〔五〕。

〔一四〕願受最初之供：語本大般若波羅蜜多經卷五七〇第六分現相品：「若此菩薩當成佛時，願受我等最初供養。」

請逍遥宜老茶榜〔一〕

寶几珍御〔二〕，特興同體之大悲〔三〕；白牯狸奴〔四〕，更入徧行之三昧〔五〕。要當語絶滲漏〔六〕，不令機味始終。如百花醴，味絶中邊〔七〕；如三點伊，勢分賓主〔八〕。惟靈源洞明此旨，坐昭默獨提正宗〔九〕。雅聞宜公禪師，久親此老法席。長眉尊者，爭傳親見佛來〔一〇〕；大耳沙彌，自謂久辭祖矣〔一一〕。浮塵滅盡，化愛憎爲平等之光；大用現前，投同異入寂滅之海。一言相契〔一二〕，千里同風〔一三〕。敢違十方蘭若之規〔一四〕，敬薦一會伊蒲之饌〔一五〕。衆所欽佇，儼然肯臨。幸甚。

【注釋】

〔一〕約政和六年作於筠州新昌縣。　逍遥：指逍遥山資壽院。輿地紀勝卷二七瑞州：「新昌縣亦有逍遥山，在縣北，古二十里。」又曰：「資壽院，在新昌縣天寶鄉逍遥山。按：欒城集聰禪師塔碑云：『逍遥師曰僖，唐肅宗少子，出家事忠國師，居逍遥，賜田甚廣。』本朝紹興中寺廢。至今有帝子真身塔猶存。」　宜老：宜禪師，字誼叟，號出塵庵，靈源惟清法嗣。參見本集卷八用韻寄誼叟注〔一〕。

〔二〕寶几珍御：代指無情之物。雲巖寶鏡三昧：「以有下劣，寶几珍御。」鍇按：景德傳燈録卷二八南陽慧忠國師語：「僧又問：『阿那箇是佛心？』師曰：『牆壁瓦礫是。』僧曰：『與經大相違也。涅槃云：離牆壁無情之物，故名佛性。今云是佛心，未審心之與性爲别不别？』師曰：『迷即别，悟即不别。』」寶几珍御即同墻壁瓦礫。

〔三〕同體之大悲：佛菩薩觀一切衆生之身與己身同體一身，而起拔苦與樂之心，謂之同體慈悲。宋釋知禮金光明經文句記卷三：「二唯願下乞清淨，經大悲水者，同體之悲，方稱爲大。此悲爲水，洗無不淨。悲雖同體，非緣不興。」

〔四〕白牯狸奴：代指衆生，有情識之動物。雲巖寶鏡三昧：「以有驚異，狸奴白牯。」景德傳燈録卷一〇池州甘贄行者：「南泉云：『甘贄行者設粥，請大衆爲狸奴白牯念摩訶般若波羅蜜。』」景德傳燈録卷二五天台山德韶國師：「又僧問：『三世諸佛不知有，狸奴白牯却知有。既是三世諸佛，爲什麽却不知有？』師云：『却是爾知有。』學云：『爲什麽却知有？』師云：『爾什麽處見三世諸佛？』」

〔五〕偏行之三昧：古尊宿語録卷一二池州南泉普願禪師語要：「道是大道，無礙涅槃，妙用自足。始於一切行處而得自在，故云於諸行處無所而行。亦云偏行三昧，普現色身。」雲門匡真禪師廣録卷中室中語要：「舉王太傅問北院云：『古人道：普現色身，遍行三昧。佛法爲什麽不到北俱盧洲？』院云：『秖爲遍行，所以不到。』師云：『如法置一問來。』」

〔六〕語絶滲漏：景德傳燈録卷二五天台山德韶國師：「師有時謂衆曰：『大凡言句，應須絶滲漏始得。』時有僧問：『如何是絶滲漏底句？』師曰：『汝口似鼻孔。』」

〔七〕味絶中邊：四十二章經：「佛言：『人爲道，猶若食蜜，中邊皆甜。吾經亦爾，其義皆快，行者得道矣。』」此化用其意。

〔八〕「如三點伊」二句：伊字三點畫作「∴」，亦稱圓伊。大般涅槃經卷二壽命品：「何等名爲祕密之藏？猶如伊字三點，若並則不成伊，縱亦不成。如摩醯首羅面上三目，乃得成伊三點。」智證傳：「夫分賓主，如並存照用，如別立君臣。如從慈明曰：『一句分賓主，照用一時行。若會箇中意，日午打三更。』同安曰：『賓主穆時全是妄，君臣合處正中邪。還鄉曲調如何唱，明月堂前枯樹花。』如前語句，皆非一代時教之所管攝，摩醯首羅面上豎亞一目，非常目也。」參見本集卷一二雲巖寶鏡三昧注〔三〕。

〔九〕「惟靈源洞明此旨」二句：本集卷二三昭默禪師序：「洪州轉運使王公桓迎公歸黃龍，欲以繼晦堂老人。未幾，晦堂化去。公亦移病，乃居昭默堂宴坐，一室頹然，人莫能親疏之。然見之者，皆各得其懽心。至於授法，鉗椎鍛煉，則學者如於菟視水車然，莫知罅隙。其提唱議論，初不許學者傳録，有得其片言隻句者，甚於獲夜光照乘。」

〔一〇〕「長眉尊者」二句：宋高僧傳卷一四唐京兆西明寺道宣傳：「嘗築一壇，俄有長眉僧談道，知者其實賓頭盧也。復三果梵僧禮壇讚曰：『自佛滅後，像法住世，興發毗尼，唯師一人也。』」

〔一一〕「大耳沙彌」二句：廓門注：「大耳三藏，見南陽慧忠國師傳。大耳辭祖，未考。」鍇按：景德傳燈録卷五西京光宅寺慧忠國師：「時有西天大耳三藏到京，云得他心慧眼。帝敕令與國師試驗。三藏纔見師，便禮拜，立于右邊。師問曰：『汝得他心通耶？』對曰：『不敢。』師曰：『汝道老僧即今在什麼處？』曰：『和尚是一國之師，何得却去西川看競渡？』師再問：『汝道老僧即今在什麼處？』曰：『和尚是一國之師，何得却在天津橋上看弄猢猻？』師第三問語亦同前，三藏良久，罔知去處。師叱曰：『遮野狐精，他心通在什麼處？』三藏無對。」然沙彌指初出家之男佛教徒，三藏指通三藏、達三學者，絶非沙彌，且大耳三藏亦無辭祖事，疑別有所指。景德傳燈録卷五吉州青原山行思禪師：「六祖將示滅，有沙彌希遷（即南嶽石頭和尚也）問曰：『和尚百年後，希遷未審當依附何人？』祖曰：『尋思去。』及祖順世，遷每於靜處端坐，寂若忘生。第一坐問曰：『汝師已逝，空坐奚爲？』遷曰：『我稟遺誡，故尋思爾。』第一坐曰：『汝有師兄行思和尚，今住吉州，汝因緣在彼。師言甚直，汝自迷耳。』遷聞語，便禮辭祖龕，直詣靜居。」此即沙彌辭祖事，豈希遷即大耳沙彌歟？俟考。

〔一二〕一言相契：景德傳燈録卷七婺州五洩山靈默禪師：「後謁石頭遷和尚，先自約曰：『若一言相契我即住，不然便去。』」雲門匡真禪師廣録卷上對機：「師上堂，良久云：『夫唱道之機，固難諧剖。若也一言相契，猶是多途；況復忉忉，有何所益？』」

〔一三〕千里同風：謂雖隔千里，而格調志趣相同。宗鏡録卷二〇：「是以若不見一法，常見諸佛，則千里同風；若見一法，不見諸佛，則對面胡越。」景德傳燈録卷一八福州玄沙宗一大師：「師一日遣僧送書上雪峰和尚，雪峰開緘，唯白紙三幅。問僧：『會麼？』曰：『不會。』雪峰曰：『不見道，君子千里同風。』」

〔一四〕十方蘭若：指禪院，即十方寺，與律宗之甲乙寺不同。至元嘉禾志卷二六載宋陳舜俞福嚴禪院記：「佛無二道，未有禪律；道異徒別，而居亦判矣。崇扉闥然，鐘倡鼓和，圓頂大袖，塗人如歸，環食劍處，不問疏親者，謂之十方；人闔一户，室居而家食，更相爲子弟者，謂之甲乙。」參見本集卷二二華嚴院記注〔八〕。蘭若，指寺院。梵語「阿蘭若」之省稱，意爲寂靜無煩惱之處。

〔一五〕伊蒲之饌：即伊蒲塞饌。伊蒲塞，指在家受五戒之男佛教徒。後漢書楚王英傳：「其還贖，以助伊蒲塞、桑門之盛饌。」李賢注：「伊蒲塞，即優婆塞也。中華翻爲近住，言受戒行，堪近僧住也。」

請準和尚住黃龍〔一〕

磨甎庵畔，言回智照之光〔二〕；選佛堂前，喝下證心之第〔三〕。是續諸佛之壽命，爲大法荷擔之〔四〕。叢林興自江西，家世獨聞天下〔五〕。老南設三關之問，勃然中興〔六〕；關西藏一點之機〔七〕，窅然深遠〔八〕。恭惟某人，關西真子，老南的孫，貶剥諸方，疏通正脉。自石門而還幕阜〔九〕，如别業而歸故園。不離先祖道場〔一〇〕，旃檀林無别樹〔一一〕；復唱舊時雅曲〔一二〕，優鉢華已重開〔一三〕。便請拈提，不勞辭讓。

【注釋】

〔一〕約崇寧五年作於洪州。　準和尚：即文準禪師，號湛堂，嗣法真淨克文，爲惠洪同門師兄，屬臨濟宗黃龍派南嶽下十三世。事具本集卷三〇泐潭準禪師行狀。參見本集卷一五謁準禪師塔注〔一〕。　黃龍：即洪州分寧縣黃龍禪院。　鍇按：泐潭準禪師行狀：「顯謨閣待制李景直守洪州，仰其風，請開法於雲巖。」大慧普覺禪師宗門武庫：「湛堂準和尚，興元府人，真淨之的嗣。分寧雲巖虛席，郡牧命黃龍死心禪師舉所知者，以補其處。死心曰：『準山主住得。某不識他，只見有洗鉢頌甚好。』郡牧曰：『可得聞乎？』死心舉云：『之乎者也，衲僧鼻孔，大頭向下。若也不會，問取東村王大姐。』郡牧奇之，具禮敦請，準亦不辭。」即指此事。據輿地紀勝卷二六江南西路隆興府，雲巖院在分寧縣東二百步，黃龍院在分寧縣西一百四十里幕阜山，本非一處。據泐潭準禪師行狀，文準嘗住雲巖、泐潭，未住黃龍。此疏稱請文準開法於黃龍，顯與其行跡不合。若此疏無誤，則當是初請文準住黃龍未果，復請其住雲巖，乃不辭。俟考。

〔二〕「磨甎庵畔」二句：景德傳燈録卷五南嶽懷讓禪師：「開元中，有沙門道一（即馬祖大師也）住傳法院，常日坐禪。師知是法器，往問曰：『大德坐禪圖什麽？』一曰：『圖作佛。』師乃取一塼，於彼庵前石上磨。一曰：『師作什麽？』師曰：『磨作鏡。』一曰：『磨塼豈得成鏡耶？』『坐禪豈得成佛耶？』一曰：『如何即是？』師曰：『如人駕車不行，打車即是？打牛即是？』一無對。師又曰：『汝學坐禪？爲學坐佛？若學坐禪，禪非坐卧。若學坐佛，佛非定相。於無住法，不應取捨。汝若坐佛，即是殺佛。若執坐相，非達其理。』一聞示誨，如飲醍醐。」

〔三〕「選佛堂前」二句：龐居士語録卷下龐居士詩：「十方同一會，各自學無爲。此是選佛處，心空及第歸。」參見本集卷六和元府判游山句注〔五〕。

〔四〕「爲大法荷擔之」：底本文字次序疑有誤。蓋請疏爲四六文，兩句之間須對仗，疑當作「爲大法之荷擔」，以對「續諸佛之壽命」。

〔五〕「叢林興自江西」二句：景德傳燈録卷六江西道一禪師：「西天般若多羅讖達磨云：『震旦雖闊無別路，要假姪孫脚下行。金雞解銜一顆米，供養十方羅漢僧。』又六祖能和尚謂讓曰：『向後佛法從汝邊去，馬駒踢殺天下人。』厥後江西法嗣布於天下，時號馬祖焉。」

〔六〕「老南設三關之問」二句：禪林僧寶傳卷二二黄龍南禪師傳：「以佛手、驢脚、生緣三語問學者，莫能契其旨。天下叢林，目爲三關。」參見本集卷一九香城瑛禪師贊注〔二〕。

〔七〕關西：即真淨克文禪師，因爲陝府閿鄉人，故叢林中號爲「文關西」。一點之機：未詳。

〔八〕窅然：深遠貌。莊子知北遊：「夫道窅然難言哉，將爲如言其崖略。」

〔九〕自石門而還幕阜：文準初從克文於靖安縣寶峰禪院，至此而受請住黄龍山，故云。石門：即泐潭，代指寶峰禪院。已見前注。幕阜：即黄龍山。輿地紀勝卷二六江南西路隆興府：「黄龍院，在分寧縣西一百四十里。駙馬都尉王詵曾參禪於此。山谷詩云：『山行十日雨沾衣，幕阜峰前對落暉。野水自添田水滿，晴鳩却喚雨鳩歸。』」

〔一〇〕先祖道場：慧南晚年開法於黄龍禪院，文準爲慧南法孫，故謂黄龍爲先祖道場。

〔一一〕旃檀林無別樹：大般涅槃經卷一序品：「如旃檀林旃檀圍遶，如師子王師子圍遶。」景德傳燈録卷二四廬山歸宗道詮禪師：「時州牧閱之，與僚佐議曰：『旃檀林中必無雜樹。』唯師一院特奏免試經。」同書卷三〇永嘉真覺大師證道歌：「旃檀林，無雜樹，鬱密深沈師子住。境靜林間獨自遊，走獸飛禽皆遠去。」此贊黄龍院衆僧。

〔二〕復唱舊時雅曲：禪門勘辯對機時有「師唱誰家曲，宗風嗣阿誰」之問，以唱曲喻所嗣宗風。此指重新舉唱臨濟宗黄龍派之禪法。

〔三〕優鉢華已重開：優鉢華即優曇花，其開花極難一見，禪林喻極難逢之善知識。鎮州臨濟慧照禪師語録：「看世界易過，善知識難遇，如優曇花時一現耳。」此贊文準爲善知識。

請湘公住神鼎〔一〕

道不可傳，則釋迦不當饒舌〔二〕；法如可説，則維摩豈得無言〔三〕。賴離微不犯之鋒機〔四〕，決祖宗未了底公案〔五〕。要須圓融之士，密開方便之門。恭惟某人，少小偶家潙山，寅緣親承空印〔六〕。譬如懶融道者，坐致雙峰祖師〔七〕。熏烝見聞，霜露成熟〔八〕。蘊醉顯舉足之辯〔九〕，有白雲越闐之機〔一〇〕。領神鼎之名山，適叢林中興之日；行雪竇之正令〔一一〕，酬王臣外護之恩。

【注釋】

〔一〕宣和四年作於長沙。湘公：即湘書記，空印元軾禪師之弟子，屬雲門宗青原下十四世。

參見本集卷一四贈潙山湘書記二首注〔一〕。神鼎：即湘陰縣神鼎山資聖寺。詩話總龜卷一六：「神鼎山在湘陰縣東北，絶頂有丹井，於此獲藥鼎及巨人跡，云神仙所履之跡。因此名爲神鼎。」光緒湘陰縣圖志卷二三典禮志：「東六十里神鼎山，有資聖寺，宋大中祥符中建，僧家所謂法門叢林也。」鍇按：本集卷二一重修僧堂記：「龍圖閣曾公之帥長沙……於是删去其甚無狀者，老病物故，懼讋而宵遁者，時或有之，遴選諸方之名德十餘輩，所以扶其顛，整其傾。靈應方公乃其一也。」龍圖閣曾公即曾孝序，宣和四年知潭州，嘗延請諸方名德入住潭州各禪院，湘公亦其中之一。此疏與以下各疏皆惠洪代曾孝序而作。

〔二〕「道不可傳」二句：謂若道不可言傳，則釋迦牟尼不當以廣長舌演説無量佛經。

〔三〕「法如可説」二句：謂若法可言説，則維摩詰不當默然無語。維摩詰經卷中入不二法門品：「於是文殊師利問維摩詰：『我等各自説已，仁者當説，何等是菩薩入不二法門？』時維摩詰默然無言。文殊師利歎曰：『善哉！善哉！乃至無有文字語言，是真入不二法門。』」鍇按：本集卷一九汾陽昭禪師真贊：「維摩杜口，釋迦饒舌。」此則反其意而言之。

〔四〕離微不犯之鋒機：廓門注：「取『語默涉離微』。」鍇按：「離微」二字語本後秦僧肇寶藏論離微體淨品：「無眼無耳謂之離，有見有聞謂之微。無我無造謂之離，有智有用謂之微。無心無意謂之離，有通有達謂之微。又離者涅槃，微者般若。般若故繁興大用，涅槃故寂滅無餘。無餘故煩惱永盡，大用故聖化無窮。若人不達離微者，雖復苦行頭陀，遠離塵境，斷貪恚癡，伏忍成就，經無量劫，終不入真寔。」「離微」乃義學講師體用分别之辨，禪宗則力求「不涉離微」，即「不犯離微」，去除分别之念。景德傳燈録卷一三汝州風穴延沼禪師：「問：『語默涉離微，如何通不犯？』師曰：『常憶江南三月裏，鷓鴣啼處野華香。』」

〔五〕決祖宗未了底公案：圓悟佛果禪師語録卷一：「遂舉法燈云：『山僧本欲深棲巖竇，隱遁過時，蓋緣清涼老人有未了底公案，出來爲諸人了却。』」參見前請悟老住惠林注〔七〕。

〔六〕「少小偶家潙山」二句：謂湘公自小於大潙山出家，隨之得到空印元軾禪師之印可。空印，已見前注。

〔七〕「譬如懶融道者」二句：景德傳燈録卷四金陵牛頭山第一世法融禪師略曰：「唐貞觀中，四祖遥觀氣象，知彼山有奇異之人，乃躬自尋訪。問寺僧：『此間有道人否？』……别僧云：『此去山中十里許，有一懶融，見人不起，亦不合掌，莫是道人？』祖遂入山見師，端坐自若，曾無所顧。祖問曰：『在此作什麽？』師曰：『觀心。』祖曰：『觀是何人？心是何物？』師無對，便起作禮。……少選，祖却於師宴坐石上書一『佛』字，師覩之竦然。祖曰：『猶有這箇在。』師未曉，乃稽首請説真要。祖曰：『夫百千法門，同歸方寸；河沙妙德，總在心源。……汝但隨心自在，無復對治，即名常住法身，無有變異。吾受璨大師頓教法門，今付於汝。汝今諦受吾言，只住此山，向後當有五人達者，紹汝玄化。』祖付法訖，遂返雙峰山終老。師自爾法席大盛。」

〔八〕霜露成熟：黄庭堅翠巖真禪師語録序：「林棲谷隱，堅密深靜。霜露果熟，諸聖推出。枯木朽株，雲行雨施。」此借用其語。參見本集卷一八繡釋迦像並十八羅漢贊注〔二四〕。

〔九〕醉顯舉足之辯：釋道宣廣弘明集卷四叙齊高祖廢道法事略曰：「曇顯者，不知何人，遊行無定，飲噉同俗，時有放言，標悟宏遠。上統知其深量，私與之交。於時名僧盛集，顯居末座。酣酒大醉，昂兀而坐。有司不敢召之，以事告於上統。上統曰：『道士祭酒，常道所行，止是飲酒，道人可共言耳。可扶輿將來。』於是合衆皆憚，而怯上統威權，不敢有諫。乃兩人扶顯，令上高座。既上，便立而含笑曰：『我飲酒大醉，耳中有所聞云：沙門現一，我當現二。此言虛實？』道士曰：『有實。』顯即翹一足而立云：『我已現一，卿可現二。』各無對之。」參見本集卷一香城懷吴氏伯仲注〔九〕。

〔一〇〕白雲越閫之機：景德傳燈録卷一九韶州林泉和尚：「師謁白雲慈光大師，辭出。白雲門送，扶師下階，曰：『款款莫教蹉倒。』師曰：『忽然蹉倒，又作麽生？』白雲曰：『更不用扶也。』師大笑而退。」

〔一一〕行雪竇之正令：湘公爲雲門宗雪竇重顯禪師六世孫，故云。其法系爲：雪竇重顯—天衣義懷—慧林宗本—本覺守一—溈山元軾—神鼎湘公。

請寶覺臻公住天寧〔一〕

佛之法道，世所追崇。雖外護付諸王臣，然荷負必須龍象。咨之於衆，愛憎或出於人情；公則生明〔二〕，真僞難逃於智鑒。來膺妙選，果得耆年。伏惟寶覺大士臻公，以禪寂爲家鄉，以翰墨爲遊戲。閒房古寺，甘畢生於折脚鐺中〔三〕；各夢同牀〔四〕，曾失笑於破頭山下〔五〕。而判府待制〔六〕，妙於龐老識丹霞，初不出門〔七〕；應歎仲尼知伯雪，猶資擊目〔八〕。今日重新法席，一時共贊天寧〔九〕。演暢宗乘，聚三湘之雲衲〔一〇〕；祝延睿筭〔一一〕，同萬國之山呼〔一二〕。

【注釋】

〔一〕宣和四年十月作於長沙。禪儀外文集卷上「山門疏」類收本文，題爲臻公住天寧。寶覺臻公：臻公，賜號寶覺大師，生平法系未詳。鍇按：雲卧紀談卷上：「（永道法師）繼主左街香積院，於天寧節恩例得寶覺大師之號。」元釋熙仲歷朝釋氏資鑑卷一〇：「天寧節，上召諸禪教宿德入禁中，以法衣、寶覺師號賜之。」據宋史禮志十五，徽宗以十月十日爲天寧節。臻公之寶覺大師號，當爲天寧節所賜。天寧：指潭州萬壽崇寧寺，改天寧寺，在長沙城中。山谷老人刀筆卷二〇有答長沙崇寧平老二首。廓門注：「東坡曰：『杭有辯臻。』長沙府天寧寺也。」其注不確。鍇按：蘇軾祭龍井辯才文曰：「講有辯臻，禪有璉嵩。」辯臻，指海月惠辯與南屏梵臻二位法師，皆屬天台宗，且皆在杭州，與此長沙天寧寺寶覺臻公了無關涉。

〔二〕公則生明：荀子不苟：「公生明，偏生闇。」已見前注。

〔三〕「閒房古寺」二句：謂甘願住偏僻古寺過清苦生活。　折脚鐺：斷足鍋，言炊具簡陋。　參見本集卷三游南嶽福嚴寺注〔三七〕。

〔四〕各夢同牀：猶言同牀異夢。　語本黄庭堅翠巖真禪師語録序：「各夢同牀，不妨殊調；冷灰爆豆，聊爲解嘲云耳。」本集卷一六送覺先歸大梁二首注〔三〕。

〔五〕破頭山：在蘄州黄梅縣，亦稱雙峰山，爲四祖道信道場，故亦名四祖山。　已見前注。

〔六〕判府待制：指曾孝序，字逢原。　據宋史本傳及宋會要輯稿，宣和年間孝序嘗以經略安撫使、顯謨閣待制知潭州。　判者，指以高官任低職。

〔七〕「妙於龐老識丹霞」二句：謂曾孝序識臻公，勝過龐居士識丹霞天然禪師。　孝序在家而學佛，故以龐居士喻之。　景德傳燈録卷八襄州居士龐藴：「唐貞元初，謁石頭和尚，忘言會旨。復與丹霞禪師爲友。」

〔八〕「應歎仲尼知伯雪」二句：莊子田子方：「温伯雪子適齊，舍於魯。仲尼見之而不言。子路曰：『吾子欲見温伯雪子久矣，見之而不言，何邪？』仲尼曰：『若夫人者，目擊而道存矣，亦不可以容聲矣。』」

〔九〕一時共贊天寧：天寧寺乃以徽宗之誕日天寧節命名，臻公之寶覺大師號亦因天寧節所賜，故云。

〔一〇〕三湘：廓門注：「『三湘』謂長沙也。」

〔一一〕祝延睿筭：上祝皇帝延壽延年，此因天寧節而言。

〔一二〕同萬國之山呼：史記孝武本紀：「東幸緱氏，禮登中嶽太室。從官在山下聞若有言『萬歲』云。」張守節正義：「漢儀注云：『有稱萬歲，可十萬人聲。』」參見本集卷一九臨川寶應寺塔光贊注〔一一〕。

請殊公住雲峰〔一〕

有志於立事，而事之竟成〔二〕；無心於求名，而名之不赦（捨）㊀〔三〕。似水滴石，積之以日而石自穿〔四〕；如麝匿香，覆之以缶而香愈著〔五〕。非形勢之激爾，蓋物理之固然。恭惟某人，東林廣惠之曾孫〔六〕，南嶽慈覺之嫡子〔七〕。撝謙榮利〔八〕，嘉遁叢林〔九〕。王臣悦聞，授以傳衣之職；道俗勤請，願聞飛錫之來〔一〇〕。龍象畢臨，山川改觀。昔時把定，俗子涴我白氎巾〔一一〕；今日放行，真珠撒出紫羅帳〔一二〕。

【校記】

㊀赦：原作「捨」，誤，今據禪儀外文集卷上改。參見注〔三〕。

【注釋】

〔一〕宣和四年作於長沙。禪儀外文集卷上「諸山疏」類收本文，題爲殊公住雲峰。殊公：生平未詳，嗣法於南嶽慈覺禪師，爲東林常總四世孫。屬臨濟宗黃龍派南嶽下十五世。燈録、僧傳失載。雲峰：雲峰寺在南嶽衡山。南嶽總勝集卷中：「雲峰景德禪寺，在廟之東十五里。後倚雲密，前臨禹溪，西有大禹巖，乃禹王傳玉文處。梁天監中建，寺有高僧法證，族郭氏，爲竺乾道五十有七年戒壇，聚徒講道，乃遷化。……本朝建隆中重修。大中祥符年，賜景德額。有會聖閣、齊雲閣、養亭、清照亭、松風亭、觀音、夢應二泉，皆佳致也。」廓門注：「殊公嗣法於南嶽道辯，辯嗣東林常總。」其説無據。參見本文注〔七〕。蓋南嶽慈覺住南嶽福嚴寺，道辯住南嶽衡嶽寺，且道辯爲常總法嗣，慈覺爲常總法孫，非同一人。

〔二〕「有志於立事」二句：語本後漢書耿弇傳：「將軍前在南陽建此大策，常以爲落落難合，有志者事竟成也！」

〔三〕名之不赦：底本「赦」作「捨」。鍇按：此言本不欲求名，而名不肯赦免放過。本集卷一〇至上高謁李先甲會淵才德修：「心期功名定不赦。」卷二二忠孝松記：「道契主上，名落天下，富貴追逐之不赦。」皆此意。今據禪儀外文集改。

〔四〕「似水滴石」二句：佛本行經卷七大滅品：「志意勇進者，衆事無疑難。水性徹柔弱，漸渧能穿石。」遺教經：「若勤精進則事無難者，是故汝等，當勤精進，譬如小水常流則能穿石。」

〔五〕「如麝匿香」二句：覆盆缶藏匿麝香，而香氣難掩，以喻人不事張揚，而美名愈彰。宋周紫芝太倉稊米集卷五〇雜書三之三：「麝爲天下至香之物，久而欲壞，則香必歇。急取溺器覆之，香復如初。蓋麝生臍腹間，溺之所自出也，二氣以類相感，乃復香耳。」參見本集卷二贈閻資欽注〔一九〕。

〔六〕東林廣惠：即常總禪師。禪林僧寶傳卷二四東林照覺總禪師傳：「詔住相國智海禪院，總固稱山野老病，不能奉詔。然州郡敦遣，急於星火。其徒又相語曰：『聰明泉者適自涸。』凡兩月而得旨，如所乞，就賜紫伽梨，號廣惠。」錯按：常總初賜號廣惠，後賜號照覺。蘇軾有東林第一代廣惠禪師真贊，即爲常總而作。　曾孫：爾雅釋親：「子之子爲孫，孫之子爲曾孫。」

〔七〕南嶽慈覺：法名生平未詳，慈覺當爲賜號。殊公既爲常總之曾孫，則慈覺當爲常總之法孫。本集卷六有會福嚴慈覺大師，可知慈覺住南嶽福嚴寺。該詩又稱其「親分漳水燈」，漳水代指洪州，則慈覺當嗣法於洪州泐潭應乾，應乾嗣法於常總，世系契合。廓門注謂「殊公嗣法於南嶽道辯」，殊誤。蓋道辯乃常總法嗣，非其法孫。錯按：本集卷二一五慈觀閣記有慈覺宗致禪師，乃泐潭文準法嗣，真淨克文法孫，非此僧。

〔八〕撝謙：易謙：「六四，無不利，撝謙。」王弼注：「指撝皆謙，不違則也。」

〔九〕嘉遁：合乎時宜之退隱。易遯：「象曰：嘉遯貞吉，以正志也。」遯，「遁」本字。

〔一〇〕飛錫：釋氏要覽卷下入衆：「今僧遊行嘉稱飛錫。此因高僧隱峰遊五臺，出淮西，擲錫飛空而往也。若西天得道僧，往來多是飛錫。」

〔一一〕白氎巾：棉布巾，多爲僧人所用。杜甫大雲寺贊公房二首之二：「細軟青絲履，光明白氎巾。深藏供老宿，取用及吾身。」参見本集卷二次韻見寄二首注〔一三〕。

〔一二〕真珠撒出紫羅帳：景德傳燈録卷一二魏府興化存獎禪師：「我未曾向紫羅帳裏撒真珠與汝諸人，虛空裏亂喝作什麼？」

請道林雲老住龍王諸山〔一〕

諸方叢社㈠〔二〕，盛莫甚於湘中；五派家風，傳莫密於洞上〔三〕。號稱法窟，指曰道林。蓋旃檀林鬱密，不與荆棘並生〔四〕；則真虎行藏，豈容彪兕止住〔五〕。恭惟某人，枯木嫡子〔六〕，芙蓉長孫〔七〕。應緣東吴〔八〕，知名南楚〔九〕。金篦刮膜〔一〇〕，廓開空劫光明；寶鑑當臺〔一一〕，頓見今時影蹟。似暗中之五色〔一二〕，如句裏之三玄㈡〔一三〕。願布龍王之大身，偏施法雨；要知曹源之一滴〔一四〕，不離覺場。

【校記】

㈠社：禪儀外文集卷上作「林」。

㈢ 裏：禪儀外文集作「中」。

【注釋】

〔一〕宣和四年夏作於長沙。禪儀外文集卷上「諸山疏」類收本文，題爲雲老住龍王。　道林：長沙嶽麓山下道林寺。　雲老：即法雲禪師，嗣法於枯木法成，屬曹洞宗青原下十三世。參見本集卷八游龍王贈雲老注〔一〕。　龍王：指隱山龍王寺。明一統志卷六三長沙府：「隱山，在湘潭縣西南一百一十里，山頂有龍湫，山下有池，世傳龍神所居，故一名龍王山。」　諸山：指諸山疏，請新住持時所製疏之一。見前又諸山疏注〔一〕。　鍇按：本集卷二一重修龍王寺記曰：「宣和四年夏，潭帥大學曾公盡禮致前住道林雲禪師來領院事。雲孤硬飽參，精嚴臨衆，洞山十世之孫，而焦山枯木之嫡嗣也，人望翕然。」疏即作於此時。

〔二〕叢社：即叢林。　嘉泰普燈録卷四隆興府黄龍寶覺祖心禪師：「乃謁翠巖真、泐潭月，皆器之，自爾名冠叢社。」同書卷一一漢州無爲宗泰禪師：「自出關，偏游叢社。」禪儀外文集「社」作「林」。　鍇按：據四六文駢偶句法，此處當用仄聲字，以與對句平聲「風」字相對，故作「社」是。

〔三〕傳莫密於洞上：洞上，指唐良价禪師，住筠州洞山，創曹洞宗。　人天眼目卷三曹洞門庭：「曹洞宗者，家風細密，言行相應，隨機利物，就語接人。」同卷要訣：「道樞綿密，智域囦深。」

〔四〕「蓋旃檀林鬱密」二句：景德傳燈録卷三〇永嘉真覺大師證道歌：「旃檀林，無雜樹，鬱密深沈師子住。」此化用其意。見前請準和尚住黃龍注〔一一〕。

〔五〕「則真虎行藏」二句：據四六文駢偶句法，「虎」字下疑脱一字，或上文「旃檀林」衍出一「林」字。禪林僧寶傳卷九雲居簡禪師傳贊曰：「及聞雲居之言，則如真虎踞地而吼，百獸震恐。」雲居道簡爲洞山良价法孫，屬曹洞宗。　彪：小虎。唐國史補卷上：「裴旻爲龍華軍使，守北平。北平多虎，旻善射，嘗一日斃虎三十有一，因憩山下，四顧自若。有一老父至，曰：『此皆彪也，似虎而非。將軍若遇真虎，無能爲也。』」　兕：似牛之異獸。

〔六〕枯木：法成禪師，號枯木，嗣法於芙蓉道楷，屬曹洞宗青原下十二世。先後住持汝州香山、左街淨因、潭州大溈密印、道林廣慧、韶州南華寶林、鎮江焦山普濟，所住皆天下名刹。敕謚普證大師。參見本集卷八游龍王贈雲老注〔九〕。

〔七〕芙蓉：道楷禪師，嗣法於投子義青，屬曹洞宗青原下十一世。參見本集卷二三定照禪師序。鍇按：法成爲道楷大弟子，法雲爲法成大弟子，故法雲爲「芙蓉長孫」。

〔八〕東吳：廓門注：「謂蘇州也。」不確。鍇按：法雲嗣法於法成，法成爲秀州嘉興人，故曰「應緣東吳」，蓋嘉興亦屬東吳。

〔九〕南楚：廓門注：「謂長沙。」

〔一〇〕金篦刮膜：大般涅槃經卷八如來性品：「如百盲人爲治目故，造詣良醫。是時良醫即以金錍決其眼膜。」金篦，治眼之具，亦作「金鎞」、「金錍」。參見本集卷一五又次韻答之十首注〔二〕。

〔一一〕寶鑑當臺：宗門語。景德傳燈録卷一八福州玄沙宗一大師：「一日，雪峰上堂曰：『要會此事，猶如古鏡當臺，胡來胡現，漢來漢現。』師曰：『忽遇明鏡來時如何？』雪峰曰：『胡漢俱隱。』」天聖廣燈録卷一八袁州南源山楚圓禪師：「師至仰山，請上堂，云：『寶鏡當臺，森羅自顯；太阿在手，殺活臨時。』」

〔一二〕暗中之五色：明覺禪師語録卷三拈古：「復舉：僧問趙州（國師三喚侍者意旨如何），州云：『如人暗中書字，字雖不成，文彩已彰。』」參見本集卷一三送太淳長老住明教注〔九〕。

〔一三〕句裏之三玄：景德傳燈録卷一二鎮州臨濟義玄禪師：「師又曰：『夫一句語須具三玄門，一玄門須具三要，有權有用，汝等諸人作麽生會？』」汾陽善昭以「三玄三要」爲臨濟宗綱宗，并分别爲之作頌。參見本集卷一三送太淳長老住明教注〔二〕。禪儀外文集「裏」作「中」。鍇按：按四六文句法，上句已有「中」字，此句當用仄聲「裏」與上句平聲「中」相對仗。底本此字優於禪儀外文集。

〔一四〕曹源之一滴：喻六祖在韶州曹谿寶林寺所創南宗頓悟一門。景德傳燈録卷二五天台山德韶國師：「一日淨慧上堂，有僧問：『如何是曹源一滴水？』淨慧曰：『是曹源一滴水。』僧惘然而退，師於坐側豁然開悟。」

雲老送南華茶榜〔一〕

一衲生涯，而名聞天子；萬夫阡陌，而位繼祖師〔二〕。是必於曹溪有大因緣〔三〕，不然乘般若昔所願力。時節既至〔四〕，毫髮弗差。豈特增宗門之光，抑亦爲法乳之慶〔五〕。未忘世禮，少展輿情。恭惟某人，恩逾父母〔六〕，故言所不能形容；道絶功勳〔七〕，故意所不能測度。雲無限礙，寧分嶺外湘中；月有照臨，豈擇曲江楚水〔八〕。暫駐隨軒之法侶，願陳薦鉢之溪蘋〔九〕。想蒙哀憐，特有肯諾。

【注釋】

〔一〕宣和元年作於長沙。雲老送南華茶榜：時枯木法成由道林寺應詔移住韶州南華寺，弟子法雲繼道林之席，置茶湯爲乃師餞行。惠洪代爲作茶榜。參見本集卷八餞枯木成老赴南華之命注〔一〕。

〔二〕「一衲生涯」四句：指法成繼道楷住持東京淨因禪院事。宋程俱北山集卷三二宋故焦山長老普證大師塔銘：「政和二年，詔以師住持左街淨因禪院。時楷去未幾，德範在人，而師之名稱，故已高遠，士夫緇素，望風信仰。」

〔三〕是必於曹溪有大因緣：指法成移住南華寺事。輿地紀勝卷九〇韶州：「太平興國塔：梁天監元年，有天竺國僧智藥自西土來，泛船至漢土，尋流上至韶州曹溪水口，聞其香，掬嘗其味，曰：『此水上流有勝地。』尋之。遂開山立石，名寶林。乃云：『此去一百七十年，當有無上法寶在此演法。』今六祖南華寺是也。唐萬歲通天初，則天皇后錫賚宣詔。元和間賜塔曰靈照之塔，柳宗元爲記焉。開寶八年，准敕賜額，乃六祖大鑒禪師道場，爲嶺外禪林之冠。」

〔四〕時節既至：宗門語，此謂法成住南華之時節因緣已至。景德傳燈録卷九潭州潙山靈祐禪師：「經云：欲見佛性，當觀時節因緣。時節既至，如迷忽悟，如忘忽憶，方省己物不從他得。」

〔五〕法乳：謂佛法如乳汁哺育衆生。大般涅槃經後分卷上應盡還源品：「飲我法乳長法身。」

〔六〕恩逾父母：語本景德傳燈録卷一一鄧州香嚴智閑禪師：「一日，因山中芟除草木，以瓦礫擊竹作聲，俄失笑間，廓然惺悟。遽歸，沐浴焚香，遥禮潙山，贊云：『和尚大悲，恩逾父母，當時若爲我説却，何有今日事也。』」

〔七〕道絶功勳：宗門語，謂修道當斷絶用功之心。天聖廣燈録卷二四襄州石門山慧徹禪師：「問：『如何是道絶功勳？』師云：『浩然不隱的，横身物外閑。』」古尊宿語録卷三八襄州洞山第二代初禪師語録：「問：『心非意想，道絶功勳，如何是心？』師云：『鷰子不入楚。』」禪林僧寶傳卷二八法昌遇禪師傳：「不知道絶功勳，安用修因證果？」

〔八〕豈擇曲江楚水：謂法成爲演説佛法，不擇道林、南華，皆欣然赴命。曲江，即韶州，代指南華寺。楚水，即湘江，代指道林寺。

〔九〕溪蘋：即谿蘋，供奉進獻之物，語本左傳。此代指茶湯。參見前請藥石榜注〔一四〕。

請東明疏〔一〕

雲門之宗風，昔中興於雪竇〔二〕；而雪竇之法派，今特盛於臨平〔三〕。聲名振於諸方，道德冠於列祖。登其法席，夫豈庸流。恭惟某人，久遊臨平之門，飫聞雲門之曲。薄遊南楚，混迹東明。鉢具笑移，大類雲居之簡〔四〕；使符自至，未慙溈水之詮〔五〕。朱紫堵觀，道俗雲集。升堂作象王回旋〔六〕，則是真顧鑒〔七〕；酬機如師子返擲〔八〕，則不涉離微〔九〕。願赴王臣外護之勤，爲揚針水不傳之妙〔一〇〕。

【注釋】

〔一〕宣和四年作於長沙。　東明：寺名。嘉靖長沙府志卷六方外紀：「東明寺，在縣東門外二里。」詳見本集卷八潭州東明石觀音贊序。　鍇按：此疏中有「久遊臨平之門」、「薄遊南楚」句，臨平指妙湛思慧禪師，時住杭州臨平山，則受請者爲思慧法嗣中之游湖南者。合本集卷一五三月二十三日心禪餉余新麪白蜜作二首、卷一六心上座余故人慧廓然之嗣而規方外之猶子也過予於湘上夜語有懷廓然方外作兩絶、卷二三臨平妙湛慧禪師語録序而考之，受請者當爲僧了心，字仲懷。五燈會元卷一六妙湛思慧法嗣有金山了心禪師，即此僧，屬雲門宗青原下十四世。此疏題應爲「請心公住東明疏」，亦惠洪代曾孝序而作。

〔二〕「雲門之宗風」二句：禪林僧寶傳卷一一雪竇顯禪師傳：「後住明州雪竇，宗風大振，天下龍蟠鳳逸衲子，爭集座下，號雲門中興。」

〔三〕「而雪竇之法派」二句：本集卷二三臨平妙湛慧禪師語録序：「俄有叢林老成者，嶄然出於東吴，説法於錢塘。諸方衲子願見爭先，川輸雲委於座下，法席之盛，無愧圓照、大通。……余則以手加額，望臨平呼曰：『豈雪竇顯公復爲吴人説法乎？何其似之多也。』」

〔四〕「鉢具笑移」二句：景德傳燈録卷二〇雲居山道簡禪師：「久入雲居之室，密受真印，而分掌寺務，典司樵爨，以臘高居堂中爲第一座。屬膺和尚將臨順寂，主事僧問：『誰堪繼嗣？』曰：『堂中簡主事。』僧雖承言，而未曉其旨，謂之揀選。乃與衆僧僉議，舉第二座爲化主，然且備禮，先請第一座。必若謙讓，即堅請第二座焉。時簡師既密承師記，略不辭免，即自持道具入方丈，攝衆演法。主事僧等不愜素志，罔循規式。師察其情，乃棄院潛下山。其夜山神號泣。詰旦，主事大衆奔至麥莊，悔過哀請歸院。衆聞山神連聲唱云：『和尚來也。』」

〔五〕「使符自至」二句：廓門注：「按汝達宗派，大潙穎詮嗣黄龍南。此所言未詳。」鍇按：建中靖國續燈録卷一三、續傳燈録卷一六黄龍慧南法嗣有潭州潙山穎詮禪師，然有其機語，無其事跡，「使符自至」事，俟考。

〔六〕象王回旋：本喻文殊菩薩之迴觀諸比丘。華嚴經隨疏演義鈔卷二一：「爾時文殊師利、童子、無量自在菩薩圍繞，并其大衆，如象王迴觀諸比丘，故云象王迴旋。」楞嚴經合論卷六：「如文殊師利菩薩回觀善財童子，如象王回旋。」禪宗借以形容高僧升堂説法左顧右盼之貌。景德傳燈録卷二二泉州招慶省僜禪師：「僧問：『昔日覺城東際象王迴旋，今日閩嶺南方如何提接？』師曰：『會麽？』」禪林僧寶傳卷二九大通本禪師傳：「及其陞堂演唱，則左右顧，如象王回旋，學者多自此悟入。」

〔七〕顧鑒：雲門宗禪法之一。碧巖録卷一第六則雲門日日好日：「雲門尋常愛説三字禪：『顧鑒咦。』」智證傳：「雲門經行，逢僧必特顧之曰：『鑒！』僧欲訓之，則曰：『咦！』率以爲常。故門弟子録曰『顧鑒咦』。」亦省作「顧鑒」。人天眼目卷二雲門宗要訣：「端明顧鑒，不犯毫芒。」

〔八〕師子返擲：亦作師子返躑，形容高僧機智迅捷之貌。天聖廣燈録卷二一郴州乾明興禪師：「僧問：『師子返躑時如何？』師云：『不得冰消，直須瓦解。』」鍇按：佛典禪籍中常以象王、師子對舉，如釋澄觀華嚴經疏序：「師子奮迅，衆海頓證於林中；象王迴旋，六千道成於言下。」宗鏡録卷八一：「如師子奮迅，成熟法界衆生；猶象王迴旋，啓發十方含識。」古尊宿語録卷三九智門祚禪師語録：「但請對衆施呈，忽有騎墻察辨，呈中藏鋒，忽棒忽喝，或施圓相，忽象王迴旋，忽師子返躑。」

〔九〕不涉離微：猶言不涉體用之辨，去除對立分别之妄心。「離微」見於後秦僧肇寶藏論離微體淨品，乃義學講師體用之辨，故爲禪宗所摒棄。建中靖國續燈録卷二〇信州靈鷲山寶積宗映禪師：「問：『提綱舉要，還他本分宗師，不涉離微，請師速道。』師云：『五衿歌中檛法鼓，百花城外發清音。』」潭州開福道寧禪師語録：「然雖如是，早涉離微，不涉離微一句作麽生道？要會麽？銀漢縱分千派浪，瓊林終是一般花。」參見前請湘公住神鼎注〔四〕。

〔一〇〕針水不傳之妙：喻契合無間。景德傳燈録卷二第十五祖迦那提婆：「初求福業，兼樂辯論。後謁龍樹大士，將及門，龍樹知是智人，先遣侍者以滿鉢水置於坐前。尊者覩之，即以一鍼投之而進，欣然契會。龍樹即爲説法。」

請方廣珂老住石霜〔一〕

諸相本空，真緣相現；有言雖幻，法自言傳。刹那間而徧十方，彈指頃而説千偈〔二〕。妙解所寄，印證其誰？恭惟某人，頓悟上乘，久臨清衆，如月在水而不染〔三〕，似雲出岫而無心〔四〕。車轍峰前〔五〕，復起靈源之浪〔六〕；霜華澗畔，重開枯木之華〔七〕。迺知龍象之擁隨，定看山川之改觀。幸捐謙柄，無事巽牀〔八〕。

【注釋】

〔一〕宣和四年作於長沙。　方廣珂老：即紹珂禪師，號普照，嗣法於真淨克文，爲惠洪師兄，屬臨濟宗黄龍派南嶽下十三世。參見本集卷一九石霜普照珂禪師贊注〔一〕。詩話總龜卷一六引湘中故事：「石霜山，寺在瀏陽縣南八十里，有崇勝禪寺。」鍇按：紹珂本住南嶽方廣寺，此疏乃請其移住潭州石霜山。疏當爲惠洪代曾孝序作。

〔二〕彈指頃而説千偈：蘇軾談妙齋銘：「彈指千偈，卒無所説。」此化用其語意。

〔三〕如月在水而不染：黄庭堅汴岸置酒贈黄十七：「黄流不解涴明月。」此化用其意。

〔四〕似雲出岫而無心：陶淵明歸去來兮辭：「雲無心以出岫，鳥倦飛而知還。」此化用其語。

〔五〕車轍峰：即車輪峰，在洪州奉新縣百丈山。已見前注。此以「轍」字易「輪」字，爲四六文平仄格式需要之故。鍇按：石霜普照珂禪師贊稱其「五住名刹」，百丈山道場或爲其一，俟考。

〔六〕靈源：代指禪宗宗旨。景德傳燈録卷三〇南嶽石頭和尚參同契：「竺土大仙心，東西密相付。人根有利鈍，道無南北祖。靈源明皎潔，枝派暗流注。」

〔七〕「霜華澗畔」二句：謂紹珂將重振石霜慶諸禪師之祖庭。霜華，即石霜山。嘉靖長沙府志卷五山川志瀏陽縣：「霜華山，縣西南八十里。一名石霜。南接醴陵，北抵洞陽。山水如噴雪，爲普會禪師道場。」普會禪師爲石霜慶諸之謚號。枯木，指慶諸所倡之枯木禪。景德傳燈録卷一五潭州石霜慶諸禪師：「師止石霜山二十年間，學衆有長坐不卧，屹若株杌，天下謂之枯木衆也。」

〔八〕「幸捐謙柄」二句：勸其放棄謙虛辭讓之德行，接受延請。謙柄，語本易謙卦：「謙，德之柄也。」巽牀，代指卑順謙讓。語本易巽卦：「九二，巽在牀下，用史巫紛若。」參見本集卷二次後韻注〔一一〕。

請真戒住開福〔一〕

湖南報慈寺，天下選佛場〔二〕。萬指犀顱〔三〕，千楹寶構。宜得知見絶倫之士，重提佛祖已墜之綱。竊聞真戒禪師，徧領名山，久臨清衆。受敵八面〔四〕，蓋文關西之家風〔五〕；貶剥諸方，有英邵武之膽氣〔六〕。袖丹霞劈佛之手〔七〕，藏黄檗陷虎之機〔八〕。流出自己無窮胸襟〔九〕，來決先師未了公案。瑠璃缾含寶月〔一〇〕，紫羅帳撒真珠〔一一〕。大振南宗，續千燈於將燼；回瞻北闕，祝萬壽之無疆。

【注釋】

〔一〕宣和四年作於長沙。禪儀外文集卷上「山門疏」類收本文，題爲真戒住開福。真戒：法名生平未詳，真戒當爲其號。廓門注：「明州育王曇振真戒嗣法於瑞巖鴻禪師。」殊誤。鍇按：據五燈會元卷一六，瑞巖子鴻嗣法於天衣義懷，爲雲門宗青原下十一世，曇振真戒嗣法於子鴻，爲雲門宗青原下十二世。然此疏謂真戒「蓋文關西之家風」，「有英邵武之膽氣」，則此僧當屬臨濟宗黃龍派，與曇振真戒非一人。　開福：全名開福報慈禪寺。宋釋善果集開福道寧禪師語録卷首有譚章撰潭州開福報慈禪寺道寧師語録序。此疏稱開福爲「湖南報慈寺」，亦可證。

〔二〕選佛場：佛家開堂設戒之地。語本景德傳燈録卷一四鄧州丹霞天然禪師「今江西馬大師出世，是選佛之場」。已見前注。

〔三〕萬指犀顱：謂寺有一千僧人。一人十指，故萬指爲千人。犀顱，僧人代稱。語本蘇軾光道人真贊：「海口山顴，犀顱鶴肩。」

〔四〕受敵八面：五代王定保唐摭言卷一〇海叙不遇：「子華才力浩大，八面受敵，以八韻著稱。」蘇軾又答王庠書：「他日學成，八面受敵，與涉獵者不可同日而語也。」禪籍好用此語，如圓悟佛果禪師語録卷一六示宗覺大師：「唯是八面受敵，未舉先知，未言先契，自然水乳相合。」宏智禪師廣録卷五小參：「不唯報化門頭，八面受敵；亦乃毗盧頂上，十字縱横。」

〔五〕文關西：即真淨克文禪師。已見前注。

〔六〕英邵武：洪州泐潭洪英禪師，邵武軍人，嗣法黄龍慧南，屬臨濟宗黄龍派南嶽下十二世，爲克文師兄，惠洪師伯。禪林僧寶傳卷二三泐潭真淨文禪師傳：「于時洪英首座機鋒不可觸，與師齊名。英，邵武人。衆中號英邵武、文關西。」參見本集卷一九雲蓋生日三月初七報慈僧持真求贊注〔六〕。

〔七〕袖丹霞劈佛之手：景德傳燈録卷一四鄧州丹霞天然禪師：「後於慧林寺遇天大寒，師取木佛焚之。人或譏之，師曰：『吾燒取舍利。』人曰：『木頭何有？』師曰：『若爾者，何責我乎？』」

〔八〕藏黄檗陷虎之機：古尊宿語録卷三黄檗斷際禪師宛陵録：「仰山云：『不然，須知黄檗有陷虎之機。』」

〔九〕流出自己無窮胸襟：雪峰真覺禪師語録卷上：「師曰：『佗後如何即是？』（巖）頭曰：『佗後若欲播揚大教，一一從自己胸襟流出，將來與我蓋天蓋地去。』師於言下大悟。」

〔一〇〕瑠璃缾含寶月：楞嚴經卷一〇：「識陰若盡，則汝現前諸根互用，從互用中能入菩薩金剛乾慧，圓明精心於中發化，如淨瑠璃内含寶月。」景德傳燈録卷三〇永嘉真覺大師證道歌：「但得本，莫愁末，如淨瑠璃含寶月。」

〔一一〕紫羅帳撒真珠：景德傳燈録卷一二魏府興化存奬禪師：「我未曾向紫羅帳裏撒真珠與汝諸人，虚空裏亂喝作什麽？」

請雲蓋奭老茶榜〔一〕

禪門分江西、南嶽之五派，後世盛雲門、臨濟之兩家〔二〕。至於流末之餘，馴成戲論之謗〔三〕。師承大壞，法道寖微〔四〕。妄庸假我以偷安，名實因兹而愈濫。坐令洞上之宗風〔五〕，來振湘中之法席。果逢神穎，爲整頹綱。恭惟某人，芙蓉嫡孫，枯木真子，疏通莅衆，故遇緣則應；折節荷法，故律身甚嚴。名譽排縉紳齒牙，威儀爲道俗指目。諠譁沙步〔六〕，爭傳孤錫之重來；狼藉封雲〔七〕，正賴清風之一掃。敢薦蘋藻之饌〔八〕，用慶叢林之儀。未離旃檀之林，一句百味具足〔九〕；行據狻猊之座〔一〇〕，三玄五位縱横〔一一〕。

【注釋】

〔一〕宣和四年作於長沙。雲蓋奭老：奭禪師，號海印，嗣法於枯木法成，爲芙蓉道楷之法孫，屬曹洞宗青原下十三世。此應曾孝序之請住潭州雲蓋寺，惠洪代作迎新住持茶榜。宣和五年秋，奭禪師受請由雲蓋移住廬山東林寺。參見本集卷八信上人自東林來請海印禪師過余湘上以贈之、卷一三送海印奭老住東林、卷二九代東林謝知府啓。

〔二〕「禪門分江西」二句：本集卷二三僧寶傳序：「曹谿之道，至南嶽石頭、江西馬祖而分爲兩宗。雲門、曹洞、法眼皆宗於石頭，臨濟、溈仰皆宗於馬祖，天下叢林，號爲五家宗派。……自嘉祐至政和之初，雲門、臨濟兩宗之裔，卓然冠映諸方者，特爲之傳。」

〔三〕馴成：逐漸形成。　戲論：非理無義之言論。遺教經：「汝等比丘，若種種戲論，其心則亂，雖復出家，猶未得脱。」

〔四〕寖微：逐漸衰微。漢書董仲舒傳：「故朕垂問乎天人之應，上嘉唐虞，下悼桀紂，寖微寖滅、寖明寖昌之道，虚心以改。」

〔五〕洞上之宗風：曹洞宗之宗風。洞上，指洞山良价禪師。

〔六〕沙步：沙灘邊泊船之處。柳宗元永州鐵爐步志：「江之滸，凡舟可縻而上下者曰步。」

〔七〕狼藉：散亂不整貌。　封雲：山爲雲封，雙關雲蓋山。

〔八〕蘋藻之饌：左傳隱公三年：「澗谿沼沚之毛，蘋蘩薀藻之菜，筐筥錡釜之器，潢汙行潦之水，可薦於鬼神，可羞於王公。」已見前注。

〔九〕一句百味具足：汾陽無德禪師語録卷中頌古代别：「藥山問雲巖：『什麽處來？』云：『百丈來。』『百丈有什麽言句？』巖云：『和尚云：我有一句子，百味具足。』山云：『鹹是鹹味，淡是淡味，不鹹不淡是常味。作麽生百味具足？』代云：『洎合不具足。』」

〔一〇〕狻猊之座：即獅子座，謂佛菩薩所坐之處，亦代指高僧之座。

〔一一〕三玄：即三玄三要，臨濟宗禪法。　五位：即五位君臣，曹洞宗禪法。已見前注。

又藥石榜〔一〕

坐致王臣之勸請，蔚爲緇白之榮觀〔二〕。脱煩籠如蟬蜕塵埃〔三〕，遂深隱如豹藏煙霧〔四〕。敢慶常規之苛禮，特陳過午之伊蒲〔五〕。恭惟某人，滿腹精神，實頭聲價〔六〕，不住城隍聚落，久藏禪板蒲團。要成保社叢林〔七〕，敢負火刀直裰〔八〕。以雲作蓋〔九〕，故我宗得妙；以海爲印，故按指發光〔一〇〕。挾路通途㊀〔一一〕，則一日兩兼名刹；回機轉位〔一二〕，則四年三易道場。重重錦縫〔一三〕，解合枯木開花〔一四〕；片片赤心〔一五〕，果見泥牛入海〔一六〕。特迂威重，普共證明。

【校記】

㊀ 挾：武林本作「狹」，誤。

【注釋】

〔一〕宣和四年作於長沙。藥石榜：進奉新住持藥石所製之榜文。已見前注。鍇按：此榜有「以雲作蓋」、「以海爲印」之句，亦當爲請雲蓋海印奭禪師而作。

〔二〕緇白：猶緇素，代指僧俗。僧徒衣緇，俗人衣素，故云。榮觀：語本老子第二十六章：「雖有榮觀，燕處超然。」河上公注：「榮觀，謂宮闕。」引申爲榮耀。顏氏家訓名實：「立名者，脩身慎行，懼榮觀之不顯，非所以讓名也。」

〔三〕蟬蜕塵埃：史記屈原賈生列傳：「蟬蜕於濁穢，以浮游塵埃之外。」

〔四〕豹藏煙霧：列女傳卷二陶答子妻：「妾聞南山有玄豹，霧雨七日而不下食者，何也？欲以澤其毛而成文章也，故藏而遠害。」

〔五〕過午之伊蒲：謂午後所置伊蒲塞之饌，代指藥石。釋氏要覽卷下雜記：「清齋：……智度論云：『劫初有聖人教人持齋，修善避凶，直以一日不食爲齋。後佛出世，教人過中不食爲齋。此爲正法（言中者日午也，過午不得食）。』」此過午所置之饌，實爲藥石，非食物也。伊蒲，已見前注。

〔六〕實頭：老實，實在。林間録卷上：「大潙真如禪師一生誨門弟子，但曰：『作事但實頭。』」

〔七〕保社叢林：景德傳燈録卷一二魏府興化存奬禪師：「師謂克賓維那曰：『汝不久當爲唱道之師。』克賓曰：『不入者保社。』師曰：『會了不入？不會不入？』克賓云：『總不與麽。』師便打。」保社爲鄉村民間結社，此代指禪林，故叢林亦稱「叢社」。參見本集卷六景醇見和甚妙時方閲華嚴經復和戲之注〔八〕。

〔八〕火刀直裰：代指曹洞宗祖師大陽警玄之衣鉢。本集卷一九芙蓉楷禪師傳：「火刀直裰誰得之？醉李故時魚捕師。」禪林僧寶傳卷一七投子青禪師傳：「圓鑒以大陽皮履布直裰付之曰：『代吾續洞上之風。吾住世非久，善自護持，無留此間。』青遂辭出山。」然未言付火刀事。參見本集卷八游龍王贈雲老注〔六〕。鍇按：奭禪師嗣法枯木法成，爲大陽警玄五世孫，故云。

〔九〕以雲作蓋：碧巖録卷四第三十七則盤山三界無法引雪竇頌：「白雲爲蓋，流水作琴。」此雙關潭州雲蓋山。

〔一〇〕「以海爲印」二句：楞嚴經卷四：「如我按指，海印發光，汝暫舉心，塵勞先起。」此雙關奭禪師號海印。

〔一一〕挾路通途：曹洞宗禪法之一。雲巖寶鏡三昧：「正中妙挾，敲唱雙舉。通宗通塗，挾帶挾路。」注：「妙挾，語忌十成。雙舉，語有清濁。通宗，自受用三昧機，不昧終始。通塗，他受用三昧，賓主音信相通，血脈不斷。」

〔一二〕回機轉位：宗門語。圓悟佛果禪師語録卷一七拈古中：「舉僧問曹山：『恁麼熱，向什麼處回避？』山云：『鑊湯爐炭裏回避。』僧云：『鑊湯爐炭裏作麽生回避？』山云：『衆苦不能到。』師拈云：『回機轉位，宛爾通方，直下似臘月蓮華。雖然如是，斬釘截鐵更饒一路。』」臨濟宗旨：「回機轉位，生殺自在，縱奪隨宜，出生入死，廣利一切，迴脱色欲愛見之境。此第二句也，古謂之意中玄。」

〔一三〕重重錦縫：語本曹山本寂綱要三偈。林間録卷上：「又綱要三偈，初敲倡俱行曰：『金針雙鎖備，狹路隱全該。寶印當空妙，重重錦縫開。』」又見人天眼目卷三。

〔一四〕枯木開花：譽爽禪師能繼枯木法成之風，振興曹洞宗。程俱宋故焦山長老普證大師塔銘：「如彼枯木，千尺無枝，開敷妙華，鬱密離奇。」參見本集卷八游龍王贈雲老注〔一一〕。

〔一五〕片片赤心：宗門語。明覺禪師語録卷四瀑泉集：「或云：『到即不點，還甘也無？』代云：『赤心片片。』」圓悟佛果禪師語録卷九小參二：「進云：『只如垂鈎四海，只釣獰龍；格外談玄，爲尋知識。誰是知識者？』師云：『赤心片片。』」碧巖録卷一第一則聖諦第一義：「雪竇到這裏，不妨爲人赤心片片。」

〔一六〕泥牛入海：景德傳燈録卷八潭州龍山和尚：「洞山又問：『和尚見箇什麽道理，便住此山？』師云：『我見兩箇泥牛鬭入海，直至如今無消息。』」參見本集卷二一重修龍王寺記注〔一三〕。

又疏〔一〕

觀名實無當〔二〕，而萬法本閑〔三〕，何必不物於物〔四〕；如天地不言，而四時自運〔五〕，是謂無功之功〔六〕。所以有言，忌犯當頭〔七〕；自然臨機，不留朕迹〔八〕。其妙見於此耳，孰能神而明之〔九〕。恭惟某人，偏領名藍〔一〇〕，久臨清衆，芬芝蘭之聲譽，皎冰雪之行藏。衣裓謝聚落之氛〔一一〕，談笑有山林之韻。一音普證，萬指齊瞻。海印成章〔一二〕，檄祖令於教外；寶雲作蓋〔一三〕，施法雨於人間。

【注釋】

〔一〕宣和四年作於長沙。此疏有「海印成章」「寶雲作蓋」之句，亦爲請雲蓋海印奭禪師而作。

〔二〕名實無當：語本後秦僧肇肇論不真空論：「夫以名求物，物無當名之實；以物求名，名無得物之功。物無當名之實，非物也；名無得物之功，非名也。是以名不當實，實不當名。名實無當，萬物安在？」

〔三〕萬法本閑：宗鏡録卷二：「故云：萬法本閑，而人自鬧。是以若有心起時，萬境皆有；若空心起處，萬境皆空。則空不自空，因心故空；有不自有，因心故有。」

〔四〕不物於物：肇論附荅劉遺民書：「萬物雖殊，然性本常一。不可而物，然非不物。可物於物，則名相異陳；不物於物，則物而即真。是以聖人不物於物，不非物於物。不物於物，物非有也；不非物於物，物非無也。」

〔五〕「如天地不言」二句：論語陽貨：「子曰：『予欲無言。』子貢曰：『子如不言，則小子何述焉？』子曰：『天何言哉！四時行焉，百物生焉。天何言哉！』」

〔六〕無功之功：華嚴經合論卷一明依教分宗：「有作之法難成，隨緣無作易辦。作者勞而無功，不作隨緣自就。無功之功，功不虛棄；有功之功，功皆無常。」汾陽無德禪師語録卷上：「習學日久，身心純熟，正念現前，舒卷自在。所以無功之功，其功大矣。」

〔七〕忌犯當頭：謂切忌直截了當正面説禪。曹洞宗主張機貴回互，旁敲側擊，有不犯正位之説。建中靖國續燈録卷一八潭州等覺法思禪師：「師良久云：『且道最初一句作麽生道？』顧大衆云：『切忌當頭。』」宏智禪師廣録卷一：「上堂云：『心不能緣，口不能議，直須退步荷擔，切忌當頭觸諱。』」

〔八〕不留朕迹：宗門語，謂不留語言痕跡。宋高僧傳卷九唐均州武當山慧忠傳：「論頓也，不留朕迹；語漸也，返常合道。」明覺禪師語録卷一住蘇州洞庭翠峰禪寺語：「上堂云：『語漸也返常合道，且任諸人點頭；論頓也不留朕跡，衲僧又奚爲開口？』」朕迹，徵兆，痕跡。

〔九〕神而明之：易繫辭上：「神而明之，存乎其人。」

〔一〇〕名藍：著名佛寺。藍，伽藍之略稱。

〔一一〕衣裓：佛教徒挂於肩頭之長形布袋，亦泛指僧衣。法華經卷二譬喻品：「我身手有力，當以衣裓，若以几案，從舍出之。」

〔一二〕海印成章：楞嚴經卷四：「如我按指，海印發光。」此坐實海印爲檄文之印章，且雙關奭禪師法號。

〔一三〕寶雲作蓋：雙關潭州雲蓋山。

嶽麓爲溈山茶榜〔一〕

全提祖令〔二〕，則無法無親；略在世禮，則有恩有義。故證真必依於俗諦〔三〕，如解空弗離於色塵〔四〕。故造雨花，顯叙法乳。自裂衣冠以參道，剃除鬚髮而爲僧。其長養成就之私，乃提撕藻飾之意〔五〕。至於曲折，皆出愛忘〔六〕。俯顧其微，敢稱傳法之嗣；仰惟至鑒，又貞親教之師。伏惟堂頭大和尚〔七〕，道契天衣〔八〕，法傳智海〔九〕，廓沙界之量，故能山收海藏；示醫王之心〔一〇〕，亦蓄牛溲馬渤〔一一〕。蠅附驥而氣吞千里〔一二〕，鈴繫鳶而聲登九霄〔一三〕。是之固然，人則幸矣。躬至針水之地〔一四〕，特陳蘋藻之羞〔一五〕。螻蟻微誠〔一六〕，知慈嚴之易感；叢林苛禮，愧恩大以難酬。重煩四海之勝流，共慶一時之佳集。

【注釋】

〔一〕宣和七年三月作於長沙。嶽麓：指法光禪師，時住長沙嶽麓寺。嗣法於空印元軾，屬雲門宗青原下十四世。參見本集卷一三謝嶽麓光老惠臨濟頂相注〔一〕。潙山：指空印元軾禪師，時住潭州大潙山密印禪寺。已見前注。

〔二〕全提祖令：完全掌握禪宗祖師之法令。潭州開福道寧禪師語録卷上：「師乃曰：『若也全提祖令，直須大地荒涼。稍若就下平高，且作我家牆壍。』」

〔三〕證真必依於俗諦：父子合集經卷二〇淨飯王信解品：「所言佛者，或名真如，或名實際，或名法界，但依俗諦，推求詮表，非勝義諦作是說也。」

〔四〕解空弗離於色塵：唐釋宗密金剛般若經疏論纂要卷下：「須菩提莫作是念，如來不以具足相故，得阿耨多羅三藐三菩提。華嚴經云：『色身非是佛，音聲亦復然，亦不離色聲，見佛神通力。』」林間録卷上：「餘杭政禪師嘗自寫照，又自爲之贊曰：『貌古形疏倚杖黎，分明畫出須菩提。解空不許離聲色，似聽孤猿月下啼。』」本集卷二〇解空閣銘：「乃知解空，不離色聲。」

〔五〕提撕：拉扯。詩大雅抑：「匪面命之，言提其耳。」鄭箋：「我非對面語之，親提撕其耳。」引申爲教導，反復提醒。宗門好用此語。如宗鏡録卷一二：「是以諸佛出世，知機知時，俯爲下根，示生滅劫，空拳誘引，黄葉提撕。」汾陽無德禪師語録卷上：「問：『舉步涉千谿，尋源轉路迷。箇中一句子，請師方便爲提撕。』」

〔六〕愛忘：「愛忘其醜」之略稱。亡名氏釋常談卷上愛忘其醜：「人有相善，不顧其過，謂之愛忘其醜。」參見本集卷三洪玉父赴官潁州會余金陵注〔一〇〕。

〔七〕堂頭大和尚：對住持之尊稱。禪林備用清規卷四專使請住持：「詞云：『即日孟夏謹時，恭惟新命堂頭大和尚，尊候起居多福。』」此指空印元軾禪師。

〔八〕道契天衣：元軾爲天衣義懷四世孫，屬雲門宗青原下十三世。此就其禪門法系而言。參見前請湘公住神鼎注〔一一〕。

〔九〕法傳智海：謂元軾住持潙山，承傳真如慕喆禪師之法道。此就其所住寺院而言。智海，代指慕喆禪師，嗣法於翠巖可真，屬臨濟宗南嶽下十二世。初住嶽麓，俄遷潙山，住十四年。紹聖元年有詔住大相國寺智海禪院，賜紫服、真如號。事具禪林僧寶傳卷二五大潙真如喆禪師傳。建中靖國續燈録卷一四、聯燈會要卷一五、嘉泰普燈録卷四、五燈會元卷一二載其機語。

〔一〇〕醫王：指佛菩薩。維摩詰經卷上佛國品：「爲大醫王，善療衆病，應病與藥，令得服行。」同書卷中文殊師利問疾品：「當作醫王，療治衆病。菩薩應如是，慰喻有疾菩薩，令其歡喜。」

〔一一〕牛溲馬渤：至賤之草藥。韓愈進學解：「牛溲馬勃，敗鼓之皮，俱收並蓄，待用無遺者，醫師之良也。」馬勃，亦作馬渤。

〔一二〕蠅附驥而氣吞千里：喻附善之益處。山谷詩集注卷一演雅：「氣陵千里蠅附驥。」任淵注：「後漢書曰：『蒼蠅之飛，不過十步；附驥之尾，日行千里。』」

〔一三〕鈴繫鳶而聲登九霄：謂鈴繫於飛鳶身上而其聲音可上雲霄，亦喻附善之益。此喻似惠洪自創。詩大雅旱麓：「鳶飛戾天，魚躍于淵。」孔穎達疏：「其上則鳶鳥得飛至於天以遊翔，其下則魚皆跳躍於淵中而喜樂。」

〔一四〕針水：喻師生契合無間。用龍樹置鉢水、提婆以針投之事，參見前請東明疏注〔一〇〕。

〔一五〕蘋藻之羞：語出左傳隱公三年。已見前注。

〔一六〕螻蟻微誠：謙卑之詞，謂至微至賤之誠。蘇轍爲兄軾下獄上書：「今臣螻蟻之誠，雖萬萬不及緹縈，而陛下聰明仁聖，過於漢文遠甚。」

請圓悟住雲居〔一〕

地號雲居，非石梁隔分凡境〔二〕；世傳天上，有山神常護法幢〔三〕。須求魁壘之耆年〔四〕，來轄英靈之衲子。恭惟某人，具豎亞頂門之眼〔五〕，行全提祖令之權。舌覆大千〔六〕，入語言之三昧〔七〕；身分刹海，爲遊戲之神通〔八〕。豈暇奪人境於笑中〔九〕，何止分賓主於句内〔一〇〕。願垂巧便，俯徇時機，大震海潮之音，用祝後天之筭〔一一〕。

【注釋】

〔一〕建炎二年春作於南康軍建昌縣。禪儀外文集卷上「山門疏」類收本文，題爲圓悟住雲居。　圓悟：即克勤禪師，嗣法於五祖法演，屬臨濟宗楊岐派南嶽下十四世。參見本集卷一二蜀道人明禪過余甚勤久而出東山高弟兩勤送行語句戲作此塞其見即之意注〔一〕。　雲居：輿地紀勝卷二五南康軍：「雲居山，在建昌，乃歐岌得道之處。或以山嘗出雲，故曰雲居山。俗謂『天上雲居，地下歸宗』。」　佛祖統紀卷四六：「（靖康二年）十月，上（高宗）幸揚州，遣使八輩召金山克勤禪師詣行在所，演説佛法，賜號圓悟。」孫覿鴻慶居士集卷四二圓悟禪師傳：「建炎初，宰相李公伯紀當國，奏師住金山龍游寺。車駕幸維揚，召詣行在，入對殿廬，賜號圓悟禪師。改住廬山雲居。久之，遂還蜀。」靖康二年（即建炎元年）十月，克勤賜號圓悟禪師。其改住雲居，當在建炎二年春，時惠洪正住建昌縣同安寺，雲居亦在建昌縣。此疏當代爲南康郡守而作。又雲卧紀談卷上：「建炎三年元日，圓悟禪師在雲居。」則其移住雲居必在建炎二年。據楞嚴經合論卷一〇統論：「國朝寂音尊者，於此經中得大受用。遂著尊頂法論，詆闢異説，疏通奧義。惜其未傳，而入圓寂。圓悟禪師偶見之，歎曰：『此真人天眼目也。』即施長財百緡，勸發盱江幕彭公思禹刊於南昌。建炎之後，其板不存。」圓悟，即圓悟。惠洪建炎二年五月於同安寺示寂，克勤施財助刻尊頂法論，亦可證其時正住雲居。

〔二〕石梁隔分凡境：廬山記卷二叙山南：「尋陽記又云：『山有三石梁，長數丈，廣不盈尺，杳然無底。吴猛與弟子緣石梁而度。』」

〔三〕有山神常護法幢：禪林僧寶傳卷九雲居簡禪師傳：「先是高安洞山，有神靈甚，膺公住三峰時受服役。既來雲居，神亦從至，舍於枯樹之下，而樹茂，號安樂樹神。屬膺將順寂，主事僧白曰：『和尚即不諱，誰可繼者？』曰：『堂中簡主事。』僧意不在簡，謂令揀選可當説法者。僉曰：『第二座可。』然且攝禮，先請簡，簡豈敢當也。』既申請，簡無所辭讓，即自持道具入方丈，攝衆演法自如。主事僧大沮。簡知之，一夕遁去，安樂樹神者號泣。詰旦，衆追至麥莊，悔過迎歸，聞空中連呼曰：『和尚來也。』」

〔四〕魁壘：雄壯貌。漢書鮑宣傳：「朝臣亡有大儒骨鯁，白首耆艾，魁壘之士。」顔師古注引服虔曰：「魁壘，壯貌也。」

〔五〕具豎亞頂門之眼：額上豎垂之第三隻眼，喻指非常之眼。景德傳燈録卷一六鄂州巖頭全豁禪師：「又曰：『吾教意如摩醯首羅劈開面門，豎亞一隻眼。此是第二段義。』」智證傳：「摩醯首羅面上豎亞一目，非常目也。」

〔六〕舌覆大千：大般若波羅蜜多經卷一〇初分現舌相品：「爾時，世尊現廣長舌相，遍覆三千大千世界。」參見本集卷二七跋山谷雲峰悦老語録序注〔三〕。

〔七〕入語言之三昧：大智度論卷五〇：「菩薩得解衆生語言三昧故，通一切語無礙。」

〔八〕爲遊戲之神通：華嚴經卷五四離世間品：「住一切菩薩行，遊戲神通，皆得自在。」

〔九〕奪人境於笑中：鎮州臨濟慧照禪師語録：「師晚參示衆云：『有時奪人不奪境，有時奪境不奪人，有時人境俱奪，有時人境俱不奪。』」

〔一〇〕分賓主於句内：圓悟佛果禪師語録卷五上堂五：「臨濟祖師傳黄檗、馬祖此箇機要，向大河之北，獨振正宗，一喝分賓主，照用一時行。坐斷天下人舌頭，奔走四海雲水。」

〔一一〕用祝後天之筭：廓門注：「後天，易有先天易，有後天易。此不煩更録，須知。」鍇按：此當爲祝壽之意，近似「祝延睿筭」之意。參見前請寶覺臻公住天寧注〔一一〕。

請璞老住東禪〔一〕

寺近雙峰〔二〕，地連七澤〔三〕，覩今法席㊀，號古叢林。師門挺多，開已見之户牖；學者益衆，横臆斷之干戈。紛然江淮，遂成阡陌〔四〕。賴有人中師子〔五〕，來爲病者醫王〔六〕。伏惟某人，父事僧龍〔七〕，孫承祖印〔八〕，重建東山法道〔九〕，特弘西祖宗風。電馳三要之機〔一〇〕，霧合六和之衆〔一一〕。慈雲先布，增覺苑之光華；法雨將傾，發道苗之種性。

【校記】

㊀今：禪儀外文集卷上作「令」，誤。

【注釋】

〔一〕建炎元年十二月作於蘄州黄梅縣。禪儀外文集卷上「山門疏」類收本文，題爲璞老住東禪。璞老：璞禪師，法名生平未詳，據「孫承祖印」句，可知其爲四祖山祖印仲宣禪師法孫，屬臨濟宗黄龍派南嶽下十六世。僧傳、燈録失載。廓門注：「育王大圓遵璞嗣大慧。」無據。東禪：黄梅縣東禪院。輿地紀勝卷四七淮南西路蘄州：「東禪院，在黄梅縣西一里，號蓮花寺，即五祖傳衣鉢與六祖之所。有六祖簸糠池、墜腰石、樊禪師真身及吴道子畫傳衣圖。」

〔二〕雙峯：即黄梅縣西北破頭山，四祖道信傳法於此，改名雙峰山，亦稱四祖山。

〔三〕七澤：司馬相如子虚賦：「臣聞楚有七澤，嘗見其一，未覩其餘也。臣之所見，蓋特其小小者耳，名曰雲夢。」

〔四〕遂成阡陌：謂道路上僧人成羣結隊。王安石思王逢原三首之一：「布衣阡陌動成羣，卓犖高才獨見君。」此借用其語。

〔五〕人中師子：本指佛，此喻高僧。大智度論卷七：「是號名師子，非實師子也。佛爲人中師子，佛所坐處若床若地，皆名師子座。……又如師子四足獸中，獨步無畏，能伏一切；佛亦如是，於九十六種道中，一切降伏所畏，故名人中師子。」

〔六〕病者醫王：指佛菩薩，此喻高僧。維摩詰經卷上佛國品：「爲大醫王，善療衆病，應病與藥，令得服行。」

〔七〕僧龍：法名生平未詳，當爲祖印仲宣禪師之法嗣，屬臨濟宗黄龍派南嶽下十五世。廓門注：「謂大慧者歟？」殊誤。

〔八〕祖印：即仲宣禪師，號祖印，爲智海智清法嗣，雲居元祐法孫，惠洪法姪，屬臨濟宗黄龍派南嶽下十四世，住黄梅縣四祖山。參見本集卷二一五慈觀閣記注〔二五〕。廓門注：「謂圓悟者歟？」殊誤。

〔九〕東山法道：此指五祖弘忍所開之法門。宋高僧傳卷八唐蘄州東山弘忍傳：「入其趣者，號東山法門歟？」鍇按：東禪院爲五祖傳衣鉢與六祖之所，故云。

〔一〇〕三要：臨濟宗禪法之一。鎮州臨濟慧照禪師語録：「一句語須具三玄門，一玄門須具三要。」

〔一一〕霧合：如霧聚合，集合。漢張衡羽獵賦：「輕車飆厲，羽騎電騖。霧合雲集，波流雨注。」六和：廓門注：「六和，謂身和、語和、意和、戒和、見和、利和也。詳經論疏等。」

請璞老開堂〔一〕

曹溪宗於天下，而黄梅爲得法之源〔二〕；達磨祖於神州〔三〕，而東禪蓋付衣之地〔四〕。歷觀先世勃興，皆道大德全；俯視今時嗣續，多名存實廢。思得逸羣耆宿，追還古格叢林。果有老成，來膺妙選。伏惟某人，行業無玷，聲稱有聞。爲佛印祖印之兒孫〔五〕，共東山西山之雲月〔六〕。旃檀林豈生杞〔七〕，彪虎穴不容彪〔八〕。玉聚縉紳，雲屯緇衲，佇一音之雷震，特揚古佛之風；同萬國之山呼，仰祝後天之算〔九〕。

【注釋】

〔一〕建炎元年十二月作於黄梅縣。璞老：已見前注。開堂：開堂疏。敕修百丈清規卷三開堂祝壽：「古之開堂朝命下，或差官敦請，或部使者，或郡縣遣幣禮，請就某寺，或本寺官給錢料，設齋開堂。各官自有請疏及茶湯等榜，見諸名公文集。近來開堂多是各寺自備。」

〔二〕「曹溪宗於天下」二句：廓門注：「曹谿謂六祖，黄梅謂五祖。」錯按：此處黄梅爲地名，非代指人名。蓋四祖道信傳法五祖弘忍，五祖傳法六祖慧能，皆在黄梅縣，故云。

〔三〕達磨祖於神州：謂菩提達磨爲中國禪宗初祖。五燈會元卷一列「東土祖師」，稱初祖菩提達磨大師。史記騶衍列傳：「中國名曰赤縣神州。」

〔四〕東禪蓋付衣之地：輿地紀勝卷四七蘄州：「東禪院，即五祖傳衣鉢與六祖之所。」已見前注。

〔五〕佛印：即智清禪師，泉州同安人，俗姓葉氏。少爲儒生，年未冠出家，遍參知識。嗣法於雲居元祐禪師，屬臨濟宗黄龍派南嶽下十三世。初住五祖山，道望顯著，遂奉詔住東京智海禪院。元符三年，賜佛印禪師號。事具續傳燈録卷二一。　祖印：即四祖仲宣禪師，嗣法於智清。已見前注。

〔六〕東山：即五祖山，亦稱馮茂山。　西山：即四祖山，亦稱雙峰山。二山皆在黄梅縣，故云。

〔七〕旃檀林豈生杞：景德傳燈録卷三〇永嘉真覺大師證道歌：「旃檀林，無雜樹，鬱密深沈師子住。」

〔八〕彪虎穴不容彪：意謂小猛虎當離虎穴獨自生存，以喻璞老獨自開堂説法，不依賴於乃祖仲宣禪師。參見本集卷一〇贈爲上人游方昭默之子也注〔一〕。

〔九〕仰祝後天之算：祝皇帝萬壽無疆。算，指壽齡。

浴佛二首〔一〕

已届三時之月〔二〕，方議制僧〔三〕；緬惟四海之心〔四〕，皆欣浴佛。顧兹堪忍之世〔五〕，復現優曇之花〔六〕。幸瞻貫日之光，榮受九龍之雨〔七〕。百神讚歎，萬衆歡呼。異世今時，祈勝緣之無盡；人間天上，願此會之常逢。世尊成道，先浴香水；天王跪歎，首獻乳糜〔八〕。仰前哲之遺塵，修後來之故事。

【注釋】

〔一〕大觀四年十二月八日作於開封府。浴佛：佛誕日舉行浴佛儀式，宋代北方以臘月八日爲浴佛節，南方以四月八日爲浴佛節。釋氏要覽卷中三寶浴佛：「摩訶刹頭經云：『佛告大衆：十方諸佛，皆用四月八日夜半子時生。』所以者何？爲春夏之際，殃罪悉畢，萬物普生，毒氣未行，不寒不熱，時氣和適。今是佛生日，人民念佛功德，浴佛形像。（而今江浙用四月八日浴佛。）譬喻經云：『佛以臘月八日現神變，降伏六師，六師負墮，遂投水而死。徒黨有存者，佛爲説法開悟。同白佛言：世尊以法水洗我心垢，今我請佛僧洗浴身垢。』（今淮北乃至三京，皆用臈八浴佛。）」錯按：此文有「已屆三時之月」之句，時當在冬日寒時，故此時浴佛，乃從京師臘月八日之俗。姑繫於此。

〔二〕已屆三時之月：大唐西域記卷二：「如來聖教，歲爲三時：正月十六日至五月十五日，熱時也；五月十六日至九月十五日，雨時也；九月十六日至正月十五日，寒時也。」此言「已屆三時之月」，當指寒時之月。

〔三〕制僧：指朝廷管理僧尼制度，諸如祠部度牒之類。參見宋釋贊寧大宋僧史略卷中管屬僧尼、祠部牒附。

〔四〕緬惟：亦作「緬維」，意爲遥想。大唐西域記卷一：「詳觀載籍，所未嘗聞；緬惟圖牒，誠無與二。」

〔五〕堪忍之世：梵語娑婆意譯爲堪忍。三千大千世界總稱爲娑婆世界，亦譯作忍土、忍界，謂此界衆生能忍各種苦毒及煩惱。大般若波羅蜜多經卷一初分緣起品：「於此西方有堪忍世界，佛號釋迦牟尼，將爲菩薩説大般若波羅蜜多，彼佛神力，故現斯瑞。」

〔六〕復現優曇之花：鎮州臨濟慧照禪師語録：「看世界易過，善知識難遇，如優曇花時一現耳。」已見前注。

〔七〕九龍之雨：喻浴佛之水。普曜經卷二三十二瑞應品：「天帝釋梵忽然來下，雜名香水洗浴菩薩，九龍在上而下香水，洗浴聖尊，洗浴竟已，身心清淨。」

〔八〕「天王跪歎」二句：梁僧祐撰釋迦譜卷三：「爾時太子心自念言：『……我當受食，然後成道。』作是念已，即從座起，至尼連禪河入水洗浴。洗浴既畢，身體羸瘦，不能自出。天神來下，爲捺樹枝，得攀出池。時彼林外有一牧牛女人，名難陀波羅。時淨居天來下勸言：『太子今者在於林中，汝可供養。』女人聞已，心大歡喜，于時地中自然而生千葉蓮華，上有乳麋。女人見此，生奇特心，即取乳麋至太子所，頭面禮足而以奉上。」亦見普曜經卷五六年勤苦行品，文繁不録。鍇按：乳麋，即乳粥。麋，通「糜」，粥。淮南子兵略：「攻城略地，莫不降下，天下爲之麋沸蟻動。」諸佛典亦二者通用。

祈雨〔一〕

秋夏之交，豐凶其辨。稻秔植而未粒，天日融而益烝。乞命真乘〔二〕，肅祈景貺〔三〕。惟覆載之父母〔四〕，將呼吸其風雲。顧興無礙之慈〔五〕，副此有求之懇。

【注釋】

〔一〕作年未詳。

〔二〕真乘：佛教謂真實之教義。景德傳燈録卷一第十三祖迦毗摩羅：「龍樹默念曰：『此師得決定性明道眼否？是大聖繼真乘否？』」

〔三〕景：大。貺：嘉惠，賜予。

〔四〕覆載之父母：代指天地。語本禮記中庸：「天之所覆，地之所載。」

〔五〕無礙之慈：隋釋智顗摩訶止觀卷四：「今念十方佛，念無礙慈，作不請友；念無礙智，作大導師。」

謝雨〔一〕

天道難知，妄瀆凶豐之請；聖慈易感，下昭螻蟻之誠〔二〕。天澤不貲〔三〕，輿情甚慶。唯確然在上者〔四〕，實民父母；止忍感而遂通〔五〕，故如世蓍龜〔六〕。果從其願，心知其幸，詞不□□□□□□□□□□□□□□□□□□□□□㊀〔七〕。

【校記】

㊀原闕二十一字。

【注釋】

〔一〕作年未詳。

〔二〕螻蟻之誠：喻至微賤之誠意。參見本卷前嶽麓爲潙山茶榜注〔一六〕。

〔三〕不貲：無從計量。

〔四〕確然：堅固貌。漢書師丹傳：「確然有柱石之固，臨大節而不可奪，可謂社稷之臣矣。」

〔五〕感而遂通：易繫辭上：「易無思也，無爲也，寂然不動，感而遂通天下之故。」此借用其語。

〔六〕蓍龜：蓍草與龜甲，指卜筮。易繫辭上：「探賾索隱，鈎深致遠，以定天下之吉凶，成天下之亹亹者，莫大乎蓍龜。」

〔七〕廓門注：「二十一字闕。」

祈晴〔一〕

淹旬積雨〔二〕，方深傷稼之憂〔三〕；歸命至人〔四〕，願遂有秋之樂〔五〕。仰蒙慈惠，鑒此悃誠〔六〕。收廓野之層雲，照麗天之杲日。生民飽煖，仰瞻天地之仁；詔事簡稀，實賴慈悲之力。

【注釋】

〔一〕作年未詳。

〔二〕淹旬：經旬，滯留十日之久。三國魏明帝善哉行：「游弗淹旬，遂屆揚土。」

〔三〕傷稼：莊稼受損。宋釋知禮金光明經文句記卷五下：「災者，天反時風雨不節也；害者，地反時水旱傷稼也。」

〔四〕至人：釋迦牟尼之尊號。四分律行事鈔資持記上一上：「釋迦如來道成積劫，德超三聖，化於人道，示相同之。是以且就人中美爲尊極，故曰至人。」

〔五〕有秋：有收成，猶言豐年。書盤庚上：「若農服田力穡，乃亦有秋。」

〔六〕悃誠：誠懇，至誠。楚辭劉向九歎愍命：「親忠正之悃誠兮，招貞良與明智。」

抄華嚴經〔一〕

四天下微塵偈句〔二〕，百河沙光明身雲〔三〕。聚而爲秘密之藏，傳之於震旦之土〔四〕。二乘所不能了解〔五〕，衆生其安得見聞。而棗柏示其悲增，以翰墨而爲佛事。造爲大論，光贊佛乘〔六〕。方今紙墨之費，不及百千；而道路之遠，纔登五驛〔七〕。集高（百）安之道種㊀〔八〕，共開喜慧之福田。當施積而能散之心〔九〕，成就卓然不朽之事。儻蒙垂允，幸注芳銜〔一〇〕。

【校記】

㊀高：原作「百」，誤，今改。參見注〔八〕。

【注釋】

〔一〕作年未詳。廓門注：「『抄』與『鈔』同。抄，取粒物也。又謄録、寫書、纂述皆曰鈔。」

〔二〕四天下微塵偈句：釋澄觀華嚴經疏卷三：「四上本經，即彼所見，有十三千大千世界微塵數偈，一四天下微塵數品。」

〔三〕百河沙：極言數量之多，無法計算。河沙，恒河沙數之略稱。　身雲：圍繞佛身之祥雲。廓門注：「身雲，詳於華嚴經第八十卷。」鍇按：唐實叉難陀譯華嚴經卷八〇入法界品：「見一一毛孔，出一切佛刹微塵數正覺身雲，於一切佛刹，現成正覺，令諸菩薩增長大法、成一切智。」唐般若譯華嚴經卷三八普賢行願品：「見一一塵中，出一切世界極微塵數種種如來影像光明身雲，如大雲雨，普説一切如來大願，及威德力」

〔四〕傳之於震旦：謂華嚴經傳來中國。參見本集卷二五題光上人所書華嚴經注〔一五〕。

〔五〕二乘：指聲聞乘和緣覺乘，爲小乘佛教。景德傳燈録卷五第三十三祖慧能大師：「師曰：『若以智慧照煩惱者。此是二乘小兒羊鹿等機，上智大根悉不如是。』」

〔六〕「而棗柏示其悲增」四句：唐李通玄長者，世稱棗柏大士，嘗作華嚴經合論（新華嚴經論）、華嚴決疑論、華嚴十明論（解迷顯智成悲十明論）等，闡明華嚴義理。

〔七〕五驛：代指一百五十里。漢制三十里置驛。唐制凡三十里有驛，驛有長。

〔八〕高安：即筠州高安郡，治高安縣，惠洪故鄉。底本「高安」作「百安」，義難通，當涉草書形近而誤。鍇按：按四六文體，此句「集高安之道種」六字，與下句「共開喜慧之福田」七字不對仗，「集」字前疑有脱字，然不可考，姑仍其舊。

〔九〕積而能散：語本禮記曲禮上。鄭玄注：「謂已有蓄積，見貧窮者，則當能散以賙救之，若宋樂氏。」佛教借以謂布施，如梁僧祐弘明集卷一三郗嘉賓奉法要：「積而能散，潤濟衆生，施也。」唐釋玄奘大唐西域記卷六室羅伐悉底國：「善施長者，仁而聰敏，積而能散，拯乏濟貧，哀孤恤老，時美其德，號給孤獨焉。」

〔一〇〕芳銜：官銜、頭銜之美稱，猶言芳名。此敬稱施主。

化藏〔一〕

五天祕軸〔二〕，三藏微言〔三〕，結集本藏於龍宫，流傳幸出於人世〔四〕。唯雙峰之福地〔五〕，蟠萬礎之寶坊。獨經藏之弗修，如面目之有疾。議將重建，倚辦衆檀，願歡喜以聽從，庶莊嚴之成就。菩提園内，共輪一雨春回；香積臺前，果見十分月滿。

【注釋】

〔一〕建炎元年十二月作於蘄州黄梅縣。化藏：爲修經藏而向施主化緣。經藏，指寺院存放佛書處。此文當代爲仲宣禪師而作。

〔二〕五天：五天竺之略稱，代指古印度。

〔三〕三藏：廓門注：「謂經、律、論三藏。」

〔四〕「結集本藏於龍宮」二句：華嚴經疏卷三：「二下本經，謂摩訶衍藏。是文殊師利與阿難海於鐵圍山間結集此經，收入龍宮。龍樹菩薩往龍宮，見此大不思議經，有其三本，下本有十萬偈四十八品。龍樹誦得，流傳於世。故智度論名此爲不思議經，有十萬偈。」

〔五〕雙峰：即蘄州黄梅縣四祖山，時仲宣禪師住持此山正覺禪院。參見本集卷二一雙峰正覺禪院涅槃堂記注〔一〕。

抄藏經〔一〕

無漏智所演之妙語〔二〕，實世福田；有作心所發之志誠〔三〕，乃人道種。耒之則善道，已爲時雨〔四〕；耨之則勝緣，蓋其良農。致爵禄壽考之有年，使子孫慶流之無極〔五〕。視其因果，粲如日星。儻三世如來爲不欺〔六〕，乃一切衆生爲有賴。幸蒙垂允，點筆疾書。

【注釋】

〔一〕作年未詳。

〔二〕無漏智：指證見真理、離一切煩惱過非之智慧。法華經卷一方便品：「一切諸如來，以無量方便，度脱諸衆生，入佛無漏智。」

〔三〕有作心：有意造作之心。續高僧傳卷二五齊太原沙門釋慧寶傳：「寶驚歎曰：『何因大部經文倏然即度？』報曰：『汝是有作心，我是無作心。夫忘懷於萬物者，彼我自得矣。』」本爲貶義，此用作褒義，謂有意志之善心。

〔四〕時雨：應時之雨水。書洪範：「曰肅，時雨若。」

〔五〕子孫慶流：語本漢書樊酈滕灌傅靳周傳贊：「樊噲、夏侯嬰、灌嬰之徒，方其鼓刀、僕御、販繒之時，豈自知附驥之尾，勒功帝籍，慶流子孫哉！」

〔六〕三世如來：即三世佛，指彌陁、釋迦、彌勒，配過去、現在、未來三世。華嚴經卷二世主妙嚴品：「三世如來功德滿，化衆生界不思議。」

重修雲庵塔〔一〕

蛙朝還而莫還，弗忘其本〔二〕；烏羽成而反哺，蓋知其恩〔三〕。何含齒戴髮之可觀〔四〕，曾哺烏田蛙之不若。唯雲庵之居廡，棊布名山〔五〕；而卵塔之已頽〔六〕，陵夷蒼野〔七〕。室有朽貫，廩有陳紅〔八〕。聞之而弗完，已喧餘論；欲就而中輟，要亦非人。

【注釋】

〔一〕宣和四年八月作於長沙。雲庵塔：即真淨克文禪師舍利塔，在洪州靖安縣泐潭寶蓮峰下。參見本集卷六送珠侍者重修真淨塔注〔一〕。鍇按：此文爲重修雲庵塔而作，欲託曇珠回泐潭以此化緣集資。

〔二〕「蛙朝還而莫還」二句：未知出處，或民間有此説。

〔三〕「烏羽成而反哺」二句：烏雛長成，銜食餵養其母，謂之反哺，以喻報答親恩。孔叢子小爾雅廣烏：「純黑而反哺者，謂之烏。」晉成公綏烏賦：「雛既壯而能飛兮，乃銜食而反哺。」已見前注。

〔四〕含齒戴髮：指人類。續高僧傳卷一一書京師延興寺釋吉藏傳：「夫含齒戴髮，無不愛生而畏死者。」

〔五〕「唯雲庵之居廡」二句：據禪林僧寶傳卷二三泐潭真淨文禪師傳，雲庵先後嘗住袁州仰山，筠州聖壽、洞山，金陵報寧，筠州九峰，廬山歸宗，泐潭寶峰等寺院，故云。

〔六〕卵塔：卵形無縫塔，此指雲庵塔。參見本集卷一二謁靈源塔注〔四〕。

〔七〕陵夷：衰落，衰頹。

〔八〕「室有朽貫」二句：形容錢粟多而積存過久。漢王符潛夫論忠貴：「寧見朽貫千萬，而不忍賜人一錢；寧積粟腐倉，而不忍貸人一斗。」新唐書崔植傳：「至武帝時，錢朽貫，穀紅腐，乃能出師征伐，威動四方。」朽貫，謂穿錢之索已腐朽。陳紅，謂陳腐發紅之粟。漢書食貨志：「太倉之粟，陳陳相因，紅腐不可食。」

重修舍利塔〔一〕

佛書曰：應靈牙舍利寶塔所在之地〔二〕，即是衆生植福之田。每觀前人之措爲，莫不皆有深意。特建塔於五達之衢〔三〕，旁臨萬瓦，豈非欲爲此邦植福之地乎？而歲久頹毁，鳥巢其頂。傳曰：「野鳥入屋，主人當去〔四〕。」言其居衰寂也。今乃巢於闤闠之間〔五〕，豈興盛之兆耶？而邦人見之，如越人視秦人之肥瘠〔六〕，恬不以爲意，甚可羞嘆。時和歲豐，力至施易。欲募衆檀，重增修之，非唯佛事莊嚴之精勤，亦爲遠人入郭之雅觀。垂天之雲，起於膚寸〔七〕；千人之帳，成就衆毛〔八〕。唯兹勝事，豈曰不然。

【注釋】

〔一〕作年未詳。

〔二〕靈牙舍利：唐釋栖復法華經玄贊要集卷一三：「舍利有三：一髮舍利，二肉舍利，三骨舍利。白白中有二：一粟舍利，二靈牙。」參見本集卷二一潭州大潙山中興記注〔四七〕。

〔三〕五達之衢：通達五方之路。爾雅釋宮：「五達謂之康，六達謂之莊。」

〔四〕「野鳥入屋」二句：賈誼鵩鳥賦：「異物來萃兮，私怪其故。發書占之兮，讖言其度。曰：『野鳥入室兮，主人將去。』」

〔五〕闤闠：街市。六臣注文選卷四左太沖蜀都賦：「闤闠之里，伎巧之家。」劉良注：「闤，市巷也。闠，市外内門也。」

〔六〕如越人視秦人之肥瘠：喻其事與之了不相干，無關痛癢。語本韓愈諍臣論：「視政之得失，若越人視秦人之肥瘠，忽焉不加喜戚於其心。」

〔七〕「垂天之雲」二句：公羊傳僖公三十一年：「觸石而出，膚寸而合，不崇朝而徧雨乎天下者，惟泰山爾。」此化用其意。參見本集卷二四無諍字序注〔一二〕。

〔八〕「千人之帳」二句：喻積少成多，合衆力以成一事。周禮天官冢宰掌皮：「共其毳毛爲氈，以待邦事。」鄭玄注：「當用氈則共之。毳毛，毛細縟者。」顔氏家訓歸心：「昔在江南，不信有千人氈帳；及來河北，不信有二萬斛船。」

天寧修造〔一〕

湖湘巨鎮〔二〕，望最重於清瀟；禪律精藍〔三〕，名特推於萬壽〔四〕。作重興之意不淺，緣改剏之功未完。欲鴛瓦之一新〔五〕，擬蜂房之盡撒（撤）㊀〔六〕。非棟梁無以資乎大壯〔七〕，非丹艧（雘）無以麗乎重明㊁〔八〕。則臣僚祝頌之誠，叶衆庶歸投之地。矧茲勝利，須假多仁。希趣善者聞風而翕然，冀樂施者揮金而不斁〔九〕。

【校記】

㊀撤：原作「撒」，誤，今改。參見注〔六〕。

㊁雘：原作「艧」，誤，今改。參見注〔八〕。

【注釋】

〔一〕宣和六年夏作於長沙。天寧修造：佛鑑淨因禪師興修潭州天寧寺，此代爲其作化緣之疏。參見本集卷一六佛鑑興修天寧而大檀越輻湊六月初吉有雙蓮開殿庭之西池作此注〔一〕。

〔二〕湖湘巨鎮：指長沙。本集卷二一潭州開福轉輪藏靈驗記：「長沙，楚之大藩。」

〔三〕禪律精藍：禪寺和律寺。精爲精舍，藍爲伽藍，皆代指佛寺。

〔四〕萬壽：即天寧寺，全名天寧萬壽寺。

〔五〕欲鴛瓦之一新：謂欲以鴛鴦瓦將天寧寺修建一新。鴛瓦：即鴛鴦瓦，其瓦一俯一仰成對扣合，形同鴛鴦交合，故云。唐元稹元氏長慶集卷三茅舍：「旗亭紅粉泥，佛廟青鴛瓦。」

〔六〕擬蜂房之盡撤：謂擬全部撤掉舊有律寺之僧房。蜂房，語本黄庭堅題落星寺：「蜂房各自開牖户，蟻穴或夢封侯王。」本集以代指律宗甲乙寺。參見本集卷二一資福法堂記注〔一五〕。鍇按：底本「撤」作「撒」，誤。蓋宋代典籍中房屋修造多以「盡撤」與「新」對舉，如劉一止苕溪集卷二二湖州德清縣城山妙香禪院記：「（佛智大師道容）始至，心隘之，將盡撤其故，易而新之。」劉宰漫堂文集卷二一和真州太守營屋新成之韻其三：「連甍盡撤編茅舊，萬竈重新列屋居。」不勝枚舉。

〔七〕大壯：易卦名，乾下震上，陽剛盛長之象。易大壯：「彖曰：大壯，大者壯也。剛以動，故壯。」

〔八〕丹雘：油漆所用之紅色顔料。書梓材：「惟其塗丹雘。」孔穎達疏：「雘是彩色之名，有青色者，有朱色者。」朱色者爲丹雘。底本「雘」作「臒」，乃涉形近而誤，今改。麗乎重明：易離：「彖曰：離，麗也。日月麗乎天，百穀草木麗乎土。重明以麗乎正，乃化成天下。」

〔九〕不斁：不厭。

天寧節功德右語〔一〕

寶運儲祥，驚星樞之夕遶〔二〕；慶雲布瑞，睹日轂之朝升〔三〕。仰依有感之慈，上祝無疆之壽〔四〕。伏願陛下睿齊舜禹，德比堯湯，履金輪之福以御天〔五〕，護玉真之道以應世〔六〕。奏和氣爲太平之曲，登斯民於大有之年〔七〕。率土同誠，幸遇千齡之嘉會；瞻天鼓舞，願同萬國之稱觴。

【注釋】

〔一〕大觀元年十月作於開封府。　天寧節功德右語：據宋史禮志一五，徽宗以十月十日爲天寧節，是日先御垂拱殿，受羣臣拜賀。皇帝誕日聖節，羣臣拜賀奏功德疏右語，此爲宋朝慣例，如王安石即有進聖節功德疏右語。鍇按：歷朝釋氏資鑑卷一〇：「天寧節，上召諸禪教宿德入禁中，以法衣、寶覺師號賜之。」僧寶正續傳卷二明白洪禪師傳：「太尉郭天民（信）奏錫椹服，號寶覺圓明。」寂音自序：「節使郭天信奏師名。」則惠洪因郭天信奏得賜紫衣及寶覺圓明師號，故此疏或代爲郭天信而作，或代爲寺院而作。

〔二〕星樞：即天樞，北斗第一星。喻君位。

〔三〕日轂：日輪，喻指皇帝車駕。

〔四〕無疆之壽：祝壽之辭。語本詩豳風七月：「稱彼兕觥，萬壽無疆。」

〔五〕履金輪之福以御天：謂履佛教轉輪王之福而統治天下。阿毗曇毗婆沙論卷一六：「轉輪王，無那羅延力，隨輪寶德身力及餘寶亦然。若其輪是金，王四天下，其力最勝。」大寶積經卷六一：「應紹金輪王四天下，如法統領。」

〔六〕護玉真之道以應世：謂護持玉真之道教而順應時世。南朝梁陶弘景真靈位業圖之玉清三元宫，右位爲「太上玉真保皇道君」。宋史徽宗本紀三政和七年：「夏四月庚申，帝諷道籙院上章，册己爲教主道君皇帝。」徽宗崇道教，故云。

〔七〕大有之年：即豐年。穀梁傳宣公十六年：「五穀大熟，爲大有年。」蘇軾歸宜興留題竹西寺三首之三：「此生已覺都無事，今歲仍逢大有年。」

化三門〔一〕

唯淮山萃僧之海，實祖師選佛之場〔二〕。必由大總持門〔三〕，方踐普光明殿〔四〕。門屋今遂老矣，過者疑將壓焉〔五〕。敢罄折干于淨檀〔六〕，祈鼎新爲之營建〔七〕。飛簷走棟，行看掩映於雲煙；間碧塗金，想見照臨於巖壑。

【注釋】

〔一〕建炎元年十二月作於蘄州黄梅縣。化三門：爲修寺院大門而向施主化緣。釋氏要覽卷上住處：「寺院三門：凡寺院有開三門者。只有一門亦呼爲三門者，何也？佛地論云：『大宫殿三解脱門，爲所入處。』大宫殿，喻法空涅槃也；三解脱門，謂空門、無相門、無作門。今寺院是持戒修道、求至涅槃人居之，故由三門入也。」此文亦當爲仲宣禪師而作。參見前化藏注〔一〕。

〔二〕「唯淮山萃僧之海」二句：蘄州屬淮南西路，故黄梅縣之雙峰、東山皆稱淮山。而其地自古爲禪宗四祖、五祖道場，故稱「萃僧之海」、「選佛之場」。

〔三〕大總持門：無量義經十功德品：「入大總持門，得懃精進力。」宗鏡録卷九二：「如此了達，心虛境空，則入大總持門。」此雙闕寺院三門。

〔四〕普光明殿：指佛殿。華嚴經卷一二如來名號品：「爾時，世尊在摩竭提國阿蘭若法菩提場中，始成正覺，於普光明殿坐蓮華藏師子之座。」

〔五〕過者疑將壓焉：蘇轍欒城集卷二三廬山棲賢寺新修僧堂記：「狂峰怪石，翔舞於簷上。杉松竹箭，横生倒植，葱蒨相糾。每大風雨至，堂中之人，疑將壓焉。」此借用其語。

〔六〕罄折：罄通「磬」，曲躬如磬，表示謙恭。春秋繁露五行相生：「升降揖讓，般伏拜謁，折旋中矩，立而罄折，拱則抱鼓。」　干于淨檀：向信衆施主求取。廓門注：「折干，未詳。」殊誤，蓋錯拆詞彙。

〔七〕鼎新：更新。易雜封：「革，去故也；鼎，取新也。」

長沙甃街〔一〕

持地聖師，以身負土〔二〕；雪山童子，布髮掩泥〔三〕。蓋世界平則心地平〔四〕，佛土淨則身土淨〔五〕。豈惟典刑之具在，是亦因果之歷然。竊見長沙之通衢，正當聚落之要處。街甃久已頹壞，車馬艱於往來。願興掩泥負土之勤，庶致土淨心平之效。然聞洪範八政，而以殖貨爲先〔六〕；般若三檀，而以資生爲首〔七〕。豈非財者，人所甚愛；施者，行所甚難。苟能易其所難，則當施所甚愛。妙莊嚴路〔八〕，請同放步而登；大總持門〔九〕，要當彈指而入〔一〇〕。

【注釋】

〔一〕約於宣和年間作於長沙。甃街：以青磚鋪設街道。甃，本指磚砌井壁。易井：「井甃無咎。」周易集解卷六引干寶：「以甎壘井曰甃。」又引虞翻：「以瓦甓壘井曰甃。」後以磚砌物皆曰甃。錯按：此疏乃代爲寺院化緣修長沙甃街而作，然時日不可確考。

〔二〕「持地聖師」二句：楞嚴經卷五：「持地菩薩即從座起，頂禮佛足而白佛言：『我念往昔普光如來出現於世，我爲比丘，常於一切要路、津口、田地、險隘，有不如法，妨損車馬，我皆平填，或作橋梁，或負沙土，如是勤苦。』」

〔三〕「雪山童子」二句：增壹阿含經卷一一略曰：「爾時，有梵志名耶若達，在雪山側住。（略）耶若達梵志有弟子名曰雲雷，顏貌端政，世之希有，髮紺青色。雲雷梵志聰明博見，靡事不通。（略）爾時，定光如來默然不語。時彼梵志手執五莖華，右膝著地，散華定光如來，並作是說：『持是福祐，使將來世當如定光如來、至真、等正覺，而無有異！』即自散髮在于淤泥。『若如來授我決者，便當以足蹈我髮上過。』（略）爾時，定光如來觀察梵志心中所念，便告梵志曰：『汝將來世當作釋迦文佛、如來、至真、等正覺。』」雪山童子即雲雷梵志，亦即釋迦牟尼。定光如來即然燈佛。大般若波羅蜜多經卷九九攝受品：「汝等當知！我於往昔然燈如來應正等覺出現世時，於衆花城四衢路首，見然燈佛，散五莖花，布髮掩泥，聞無上法。」

〔四〕世界平則心地平：楞嚴經卷五持地菩薩曰：「我於爾時平地待佛，毗舍如來摩頂謂我：『當平心地，則世界地一切皆平。』我即心開。」此反其意而用之，爲鋪平甃街張目。

〔五〕佛土淨則身土淨：維摩詰經卷上佛國品：「隨成就衆生，則佛土淨；隨佛土淨，則說法淨；隨說法淨，則智慧淨；隨智慧淨，則其心淨；隨其心淨，則一切功德淨。是故寶積！若菩薩欲得淨土，當淨其心；隨其心淨，則佛土淨。」此化用其意，以言街道淨之必要。

〔六〕「然聞洪範八政」二句：廓門注：「『殖』當作『食』。書經洪範曰：『三八政：一曰食，二曰貨。』」錯按：此言洪範八政之二「貨」，與後文「財者」相呼應；又「殖貨」與下句「資生」相對仗，且「甃街」之修繕，需財貨，不必需「食」。底本不誤。

〔七〕「般若三檀」二句：指資生檀、無畏檀、法檀。廓門注：「三檀，謂財施、法施、無畏施。」同體而異名。唐釋慧淨金剛經注疏卷上：「三檀者，一資生檀，攝布施一度，即體名也。二無畏檀，攝戒、忍兩度。衆生於我，或已作惡，或未作惡。未作者而不犯戒，施無畏也；已作者而不報忍，施無畏也。三法檀，攝精進、禪定、智慧三度。精進故誨而不倦，禪定故言必逗機，智慧故所説無倒。若能如是布施，即離三障，行三檀，攝六度。」

〔八〕妙莊嚴路：楞嚴經卷一：「有三摩提，名大佛頂首楞嚴王，具足萬行，十方如來，一門超出妙莊嚴路。」此借用其語，以喻長沙甃街。

〔九〕大總持門：無量義經十功德品：「入大總持門，得懃精進力。」此借以喻甃街之坊門。

〔一〇〕彈指而入：華嚴經卷七九入法界品：「爾時，善財童子恭敬右遶彌勒菩薩摩訶薩已，而白之言：『唯願大聖開樓閣門，令我得入！』時彌勒菩薩前詣樓閣，彈指出聲，其門即開，命善財入。善財心喜，入已還閉，見其樓閣廣博無量同於虚空。」此用其事。

爲雙林化六齋〔一〕

寺憑幽谷，門對雙峰〔二〕。日陳一味之禪〔三〕，歲仗千家之供。金軀灌沐，始興離垢之方〔四〕；軟草精持，次結護生之禁〔五〕。主事枉抛油醬，寒山舉拂以生瞋〔六〕；匿王自恣修營，慶喜持盂而啓教〔七〕。象骨輥毬之暇〔八〕，火焰上轉大法輪〔九〕；虎谿種藕之餘〔一〇〕，橘盤中深談實相〔一一〕。六時嘉會〔一二〕，百福具崇。幸開樂施之心，仰贊文明之化。

【注釋】

〔一〕大觀元年十二月作於洪州靖安縣。　雙林：輿地紀勝卷二六江南西路隆興府：「雙林院，在靖安縣北五里，柳公權書額揭於門。洪諫議有詩云：『幽谷雙林寺，荒乘得遠尋。銀鉤遺墨在，筆諫思賢深。』徐東湖詩云：『夜雨急還急，客愁深復深。』」　六齋：謂六齋日。摩訶般若波羅蜜經卷一二無作品：「六齋日，月八日、二十三日、十四日、二十九日、十五日、三十日，諸天衆會。」　鍇按：時惠洪途經此地，爲雙林院化齋作疏。參見本集卷一十二月十六日發雙林登塔頭曉至寶峰寺見重重繪出庵主讀善財徧參五十三頌作此兼簡堂頭注〔一〕。

〔二〕「寺憑幽谷」二句：言雙林院之形勝。輿地紀勝卷二六隆興府：「幽谷山，在靖安縣北五里。山有瀑布，與幽谷亭相對。權巽寄邑令詩曰：『嵯峨幽谷亭，寂寞彭澤令。絕境空自奇，高標岌相映。』」

〔三〕一味之禪：指不立文字、簡捷頓悟之禪。天聖廣燈録卷八筠州黄檗鷲峰山斷際禪師：「有僧辭歸宗。宗云：『往甚處去？』云：『諸方學五味禪去。』宗云：『諸方有五味禪，我者裏祇是一味禪。』」

〔四〕「金軀灌沐」二句：謂佛誕沐浴之事。金軀，代指佛身，蓋因其有丈六金身，故云。釋氏要覽卷中三寶浴佛：「初於像上淋水時，應誦此偈云：『我今灌沐諸如來，淨智功德莊嚴聚。五濁衆生令離垢，願證如來淨法身。』」圓悟佛果禪師語録卷一七拈古中：「昔日摩耶夫人聖母左手攀枝，釋迦老子右脇降誕，九龍吐水，沐浴金軀。」

〔五〕「軟草精持」二句：過去現在因果經卷三：「於是菩薩，則自思惟：『過去諸佛，以何爲座，成無上道？』即便自知以草爲座。釋提桓因化爲凡人，執淨軟草，菩薩問言：『汝名何等？』答：『名吉祥。』菩薩聞之，心大歡喜，我破不吉，以成吉祥。菩薩又言：『汝手中草，此可得不？』於是吉祥即便授草以與菩薩，因發願言：『菩薩道成，願先度我。』菩薩受已，敷以爲座，而於草上，結加趺坐，如過去佛所坐之法，而自誓言：『不成正覺，不起此座，我亦如是。』」祖庭事苑卷六：「又因果經云：『一切如來成無上道，以草爲座，故吉祥童子施軟草於世尊。』」又見普曜經卷五、釋迦譜卷一等。

〔六〕「主事枉抛油醬」二句：廓門注：「寒山，未詳。」失考。鍇按：此爲寒山子公案。古尊宿語録卷四二寶峰雲庵真淨禪師住洞山語録：「上堂，舉昔日天台國清寺因炙茄次，有拾得以竹弗向維那背上打一下。維那叫：『直歲，你看這風顛漢。』拾得云：『蒼天！蒼天！』寒山問：『你打伊作什麽？』拾得云：『費却多少鹽醬。』諸禪德，拾得打維那，實謂費鹽醬多也？唯當別有道理？明眼衲僧試出來斷看。」慈受深和尚廣録卷三陞堂頌古上：「昔日天台山國清寺炙茄次，寒山子拈茄串，於典座背上拍一下。典座乃回頭，寒山豎起串云：『你且道，費却我多少油醬？』」聯燈會要卷二九應化聖賢：「寒山因衆僧炙茄次，將串茄向一僧背上打一下。僧回首，山呈起茄串云：『是甚麽？』僧云：『這風顛漢。』山向傍僧云：『儞道，這僧費却我多少鹽醋？』」各書所載稍異。

〔七〕「匿王自恣修營」二句：楞嚴經卷一：「時波斯匿王爲其父王諱日營齋，請佛宫掖，自迎如來，廣設珍羞，無上妙味，兼復親延諸大菩薩。城中復有長者居士，同時飯僧，佇佛來應。佛敕文殊分領菩薩及阿羅漢應諸齋主。……即時阿難執持應器，於所遊城次第循乞，心中初求最後檀越以爲齋主。」文繁不録。匿王，即波斯匿王。慶喜，即阿難尊者，梵語阿難陀，譯曰慶喜。佛之從弟，十大弟子之一。

〔八〕象骨：福州象骨山，即雪峰，此代指義存禪師。景德傳燈録卷一六福州雪峰義存禪師：「唐咸通中迴閩中，登象骨山雪峰創院。」　輥毬：雪峰真覺大師語録卷下：「上堂，衆集定，師輥出木毬，玄沙遂捉來安舊處。又一日，師因玄沙來，三箇一時輥出，沙便作偃倒勢。師曰：『尋常用幾個？』曰：『三即一，一即三。』」此爲禪宗著名公案。

〔九〕火焰上轉大法輪：雪峰義存禪師語。玄沙宗一大師語録卷中：「師因雪峰指火曰：『三世諸佛在火燄裏轉大法輪。』師曰：『近日王令稍嚴。』峰曰：『作麽生？』師曰：『不許攙行奪市。』」

〔一〇〕虎谿：在廬山東林寺旁，此代指東林慧遠法師。廬山記卷一叙山北：「流泉匝寺，下入虎溪。昔遠師送客過此，虎輒號鳴，故名焉。」　種藕：其事未詳。慧遠嘗與慧永、慧持、宗炳、劉遺民等僧俗十八人，同修淨土之法，因號白蓮社。種藕或因白蓮社之事想當然耳。

〔二〕橘盤中深談實相：高僧傳卷六釋慧遠傳：「嘗有客聽講，難實相義，往復移時，彌增疑昧。遠乃引莊子義爲連類，於是惑者曉然。」橘盤，其事未詳，俟考。

〔三〕六時：即晝夜六時。晝三時，平旦、日中、日入；夜三時，人定、夜半、雞鳴。觀普賢菩薩行法經：「晝夜六時，禮十方佛，行懺悔法，誦大乘經。」

化冬齋果子〔一〕

古格叢林，新開講席。偶届書雲之節〔二〕，特干指廩之豪〔三〕。營辦勝緣，精嚴法供。懶納北禪之皮角，且戢玄機〔四〕；聊續東林之橘盤〔五〕，未忘世禮。

【注釋】

〔一〕作年未詳。冬齋：冬至日所辦齋會。禪林備用清規卷一〇月分標題：「十一月長至節，照例辦冬齋，官屬檀越，循例饋送。」

〔二〕書雲之節：指冬至日。劉攽彭城集卷一三冬至登樓：「不妨野史書雲物，會伴南公進壽杯。」語本左傳僖公五年：「春，王正月辛亥朔，日南至。公既視朔，遂登觀臺以望，而書，禮也。凡分、至、啓、閉，必書雲物，爲備故也。」

〔三〕干：干求，求取。指廩之豪：恭維施主慷慨好施。三國志吴書魯肅傳：「魯肅字子敬，臨淮東城人也。生而失父，與祖母居。家富於財，性好施與。爾時天下已亂，肅不治家事，大散財貨，摽賣田地，以賑窮弊結士爲務，甚得鄉邑歡心。周瑜爲居巢長，將數百人故過候肅，並求資糧。肅家有兩囷米，各三千斛。肅乃指一囷與周瑜，瑜益知其奇也，遂相親結，定僑札之分。」

〔四〕「懶納北禪之皮角」二句：白雲守端禪師語録卷下：「北禪賢禪師歲夜小參曰：『年窮歲盡，無可與諸人分歲，老僧烹一頭露地白牛，炊黍米飯，煮野菜羹，燒榾柮火，大家喫了，唱村田樂。何故？免見倚他門户傍他墻，剛被時人唤作郎。』下座歸方丈。至夜深，維那入方丈問訊，曰：『縣裡有公人到勾和尚。』師曰：『作甚麽？』曰：『道和尚宰牛，不納皮角。』師遂將下頭帽，擲在地上，那便拾去。師下禪床，攔胸擒住，叫曰：『賊！賊！』那將帽子覆師頂曰：『天寒，且還和尚。』師呵呵大笑，那便出去。時法昌遇爲侍者，師顧昌曰：『這公案作麽生？』昌曰：『潭州紙貴，一狀領過。』」此公案參見禪林僧寶傳卷二八法昌遇禪師傳、五燈會元卷一五潭州北禪智賢禪師。

〔五〕聊續東林之橘盤：東林指慧遠法師，然橘盤事未詳。參見前爲雙林化六齋注〔一一〕。

化供八首〔一〕

人有潔齋一日，則可以祀上帝〔二〕，況終身潔齋者乎？施惠於蛇虺，尚致銜珠之報〔三〕，況賢於蛇虺者乎？石門精舍始以單丁住持〔四〕，盛至于傳器〔五〕，極矣。乃者勝侶遽集，至十九輩，殆於遠公之社〔六〕，蓋皆所謂潔齋者也。有能施而供之者乎？恐不翅銜珠之報也〔七〕。

首楞嚴經曰：「昔有衆生施佛七錢，轉身獲轉輪王位。」〔八〕嗚呼！博施之利，其利溥哉〔九〕！審如佛言，則施者取福，如執左券以取寓物〔一〇〕。多得之，非受者之喜；少與之，受者由(田)其所增損也㊀〔一一〕。唯不於佛語生清淨信〔一二〕，而以富貴驕人〔一三〕，則是待遊說鈎鑁者事〔一四〕，非所宜施於雲山高人也。

施以求福，如種須刈，雖不可必，未能無意。凡貴與賤，與夫愚智，皆能知之，無所用說。但幸有緣，見聞生喜〔一五〕。

出其誠心，則名淨施〔一六〕。如其不然，詬罵怒恚，推擠閉關，無所不至。設或與之，出不得已，則施與受，皆無福利。誠開金石〔一七〕，德感天地，豈有高明以愵自蔽耶〔一八〕？

竊聞人莫不有忠孝之心，而士君子獨能善用此心。故願祝吾君之壽，及營其親福祉者，皆依佛僧，真世之福田也。湘中爲僧之都會，南臺又其要處〔一九〕。耒陽禮義之鄉〔二〇〕，士君子甚衆，遠投之必有欣然而施者也。解劍指廩〔二一〕，當無愧於古人。幸甚幸甚！

柔和不諍，清淨自活〔二二〕，以三界爲寄寓，以一鉢爲生涯。故世尊曰：「以飲食卧具、園林樓觀施之者，獲福無量。」〔二三〕僧蓋爲福田，所從來舊矣。今人欲植福而棄僧，如種稻而棄田也。

著靴人喫肉，赤脚人趁兔〔二四〕。理有固然，非特古語。今日若施一錢，他生莊嚴自具。譬如寓物於人，而執左券索取。綫溜達石〔二五〕，衆毛成毬〔二六〕，豈可以小善爲無益而不積，以多福爲難致而不求哉〔二七〕！

南臺鉢飯是生涯，近取邵陵檀施家〔二八〕。不覺香積路迢遠，更過四十二恒沙〔二九〕。

【校記】

㊀由：原作「田」，誤，今據武林本改。參見注〔一一〕。

【注釋】

〔一〕宣和年間作於長沙水西南臺寺，皆爲寺僧化供乞食而作。

〔二〕「人有潔齋一日」二句：孟子離婁下：「西子蒙不潔，則人皆掩鼻而過之；雖有惡人，齋戒沐浴，則可以祀上帝。」

〔三〕「施惠於蛇虺」二句：淮南子覽冥：「譬如隋侯之珠，和氏之璧，得之者富，失之者貧。」高誘注：「隋侯，漢東之國，姬姓諸侯也。隋侯見大蛇傷斷，以藥傅之，後蛇於江中銜大珠以報之，因曰隋侯之珠。」虺，毒蛇。

〔四〕石門精舍：惠洪自號。

〔五〕傳器：喻傳法。景德傳燈録卷一第一祖摩訶迦葉：「此阿難比丘，多聞總持，有大智慧，常隨如來，梵行清淨。所聞佛法，如水傳器，無有遺餘。」

〔六〕「乃者勝侶遽集」三句：謂南臺寺之僧有十九人，近於慧遠法師廬山東林寺白蓮社十八高賢。殆，近，幾乎。本集卷九愈崇二子求偈歸江南：「人笑南臺小，難安十八僧。」

〔七〕不翅：不翅，同「不啻」，無異於。

〔八〕「首楞嚴經曰」三句：楞嚴經卷一〇：「昔有衆生施佛七錢，捨身猶獲轉輪王位。」

〔九〕溥：廣大，周遍。

〔一〇〕如執左券以取寓物：古之契約分爲左右兩片，左片稱左券，由債權人收執，用爲索償之憑證。史記田敬仲完世家：「公常執左券，以責於秦韓。」蘇軾三槐堂銘叙：「晉公修德於身，責報於天，取必於數十年之後。如持左券，交手相付，吾是以知天之果可必也。」此化用其意。

〔一一〕由：底本作「田」，句不通。按文法，此字當作「由」，古文及佛書甚多「由其所」句式，如柳宗元四維論：「皆由其所之而異名。」光讚經卷二：「由其所作，悉了知之。」今據改。

〔一二〕唯不於佛語生清淨信：此謂施主對佛法僧未有真正清淨信仰。雜阿含經卷四六：「故於佛法僧，當生清淨信。」華嚴經卷二七十迴向品：「於諸佛所，生清淨信，增長善根。」

〔一三〕以富貴驕人：漢書外戚列傳：「竇長君、少君由此爲退讓君子，不敢以富貴驕人。」此借用其語。

〔一四〕遊説鋤钁者：代指世俗奔走名利者。

〔一五〕見聞生喜：猶言見聞隨喜。目見佛，耳聞法，隨之生歡喜之心。

〔一六〕淨施：大智度論卷二九：「淨施者，無是雜事，但以淨心信因緣果報，敬愍受者，不求今利，但爲後世功德。復有淨施，不求後世利益，但以修心助求涅槃。復有淨施，生大悲心，爲衆生故，不求自利早得涅槃；但爲阿耨多羅三藐三菩提，是名淨施。」

〔一七〕誠開金石：漢劉向新序雜事四：「昔者，楚熊渠子夜行，見寢石，以爲伏虎，關弓射之，滅矢飲羽。下視，知石也，却復射之，矢摧無跡。熊渠子見其誠心，而金石爲之開，況人心乎？」

〔一八〕悋：吝嗇。同「吝」、「恡」。

〔一九〕南臺：即水西南臺寺，宣和二年三月起，惠洪住此。

〔二〇〕耒陽：衡州屬縣。元豐九域志卷六荆湖南路衡州：「中耒陽，州東南一百三十五里，七鄉。」

〔二一〕解劍：史記吴太伯世家：「季札之初使，北過徐君。徐君好季札劍，口弗敢言。季札心知之，爲使上國，未獻。還至徐，徐君已死，於是乃解其寶劍，繫之徐君冢樹而去。」　指廩：即三國吴魯肅事，見前化冬齋果子注〔三〕。　鍇按：解劍指廩，皆慷慨好施事。

〔二二〕清淨自活：遺教經：「節身時食，清淨自活，不得參預世事，通致使命。」

〔二三〕「故世尊曰」三句：出曜經卷七放逸品：「若有衆生以其衣被、飲食、床卧具、病瘦醫藥，時惠施者，獲福無量，不可稱計。」十地經卷二菩薩極喜地之餘：「菩薩如是以此隨順大慈大悲增上意樂住初地時，於一切事心無顧戀，以慧希求諸佛妙智，修行大捨，凡是所有一切能捨……或以可意寺舍、園林、樓觀、流泉、浴池等捨。」

〔二四〕「著靴人喫肉」二句：謂勞者不獲，不勞而獲。語本景德傳燈録卷一三汝州風穴延沼禪師：「問：『大衆雲集，請師説法。』師曰：『赤脚人趁兔，著鞾人喫肉。』」參見本集卷一七送親上人乞食三首注〔三〕。

〔二五〕綫溜達石：猶言滴水穿石。佛本行經卷七大滅品：「志意勇進者，衆事無疑難。水性徹柔弱，漸渧能穿石。」

〔二六〕衆毛成毬：積少成多，猶集腋成裘。宗門方語。圓悟佛果禪師語録卷八上堂八：「建大廈非一木之能，濟巨川非一棹之力。所以道衆毛成毬，聚鐵成斧。」

〔二七〕「豈可以小善」二句：易繫辭下：「善不積不足以成名，惡不積不足以滅身。小人以小善爲無益而弗爲也，以小惡爲無傷而弗去也。故惡積而不可掩，罪大而不可解。」此化用其意。

〔二八〕邵陵：即邵州，治邵陽縣，宋屬荆湖南路。方輿勝覽卷二六寶慶府：「建置沿革：吴立邵陵郡，屬荆州，即今郡是也。」又「事要：郡名邵陽、邵陵、濱川。」

〔二九〕「不覺香積路迢遠」二句：維摩詰經卷下香積佛品：「上方界分，過四十二恒河沙佛土，有國名衆香，佛號香積。」

化油炭二首〔一〕

石霜枯木寒灰，都忘世禮〔二〕；藥山草衣橡食，略露家風〔三〕。南北隨緣任運，尚求冬煖夏涼。今歲鬱密堂深〔四〕，猶少炭鑪紅火。有忠道者潛來獻誠〔五〕，要令坐對紅金〔六〕，實藉十方檀信。醉餘一擲之戲，化爲海衆冬温〔七〕。它日果證菩提，頓超暖忍頂地〔八〕。

當寺依山林，有原隰，以累年律居，皆斫伐荒廢〔九〕。以是逐年油炭，尚須千人。今歲尤不熟，麻油價騰湧〔一〇〕，樵薪已竭，而寒凝日增，雖欲安坐，其可得乎？約用三十千，便成光明，便化温煖。

【注釋】

〔一〕宣和四年冬作於長沙南臺寺。鍇按：第一首爲化炭而作，參見本集卷一七送忠道者乞炭注〔一〕。第二首爲化麻油而作。

〔二〕「石霜枯木寒灰」二句：景德傳燈録卷一五潭州石霜慶諸禪師：「師止石霜山二十年間，學衆有長坐不卧，屹若株杌。天下謂之『枯木衆』也。」禪林僧寶傳卷四福州玄沙備禪師傳：「必須對其塵境，如枯木寒灰，但臨時應用，不失其宜。」錯按：此由石霜枯木衆引申爲枯木寒灰，喻心念已絶之狀態，又坐實爲木炭之灰，以與油炭相關。

〔三〕「藥山草衣橡食」二句：廓門注：「藥山傳無所見，當作『潙山』。宋高僧傳潙山傳曰：『乃雜猿猱之間，橡栗充食。』」其説甚是。錯按：景德傳燈録卷九潭州潙山靈祐禪師：「百丈笑云：『第一坐輸却山子也。』遂遣師往潙山。是山峭絶，夐無人煙，師猿猱爲伍，橡栗充食。」此或惠洪誤記。

〔四〕鬱密堂深：喻僧人之居處。語本永嘉真覺大師證道歌：「旃檀林，無雜樹，鬱密森沈師子住。」

〔五〕忠道者：僧本忠，字無外，惠洪法子。本集稱「忠子」。已見前注。

〔六〕紅金：喻炭之火焰。本集卷三始陽何退翁謫長沙會宿龍興思歸戲之：「地爐擁紅金，妙語容細款。」

〔七〕海衆：僧衆。增壹阿含經卷四五：「衆僧者，如彼大海。所以然者，流河決水，以入于海，便滅本名，但有大海之名耳。」參見釋氏要覽卷下入衆海衆。

〔八〕暖忍頂地：楞嚴經卷八：「即以佛覺用爲己心，若出未出，猶如鑽火，欲然其木，名爲煖地。」

又以己心成佛所履，若依非依，如登高山，身入虛空，下有微礙，名爲頂地。心佛二同，善得中道，如忍事人，非懷非出，名爲忍地。數量銷滅，迷覺中道，二無所目，名世第一地。」

〔九〕「當寺依山林」四句：本卷化供三首之一曰：「當寺依湘上，瀕楚水，基於隋朝，盛於唐季。……號爲水西南臺。皇祐間廢爲律，然古格尚存，薦經儉歲。住持者棄去，山林厄於斤斧，屋宇化爲草棘。」可參見。律居：即律寺，律宗甲乙寺。

〔一〇〕騰湧：即騰踊，物價驟漲。史記平準書：「大農之諸官盡籠天下之貨物，貴即賣之，賤則買之。如此，富商大賈無所牟大利，則反本，而萬物不得騰踊。」

長生疏〔一〕

九峰院名崇福〔二〕，百年供號長生。適丁新年〔三〕，特爲吉兆。果施桑門之惠〔四〕，如除氈上之毛〔五〕。然衆毛乃能成毬〔六〕，一夫不可勝敵。敢于衆力，同成大緣。

【注釋】

〔一〕政和六年正月作於筠州上高縣。　長生疏：爲新年祈福長生之供而作。　鍇按：本集卷四追和帛道猷一首序：「政和六年正月十日，余已定居九峰。」疏當作於是時。

〔二〕九峰院名崇福：江西通志卷一一一寺觀志一：「崇福寺，在上高縣西九峰山。唐鍾傳捨宅建寺。舊傳尼了然結庵於山之西。乾寧中，僧普滿開山，昭宗賜額弘濟，天復中改今額。」

〔三〕適丁：正當。

〔四〕桑門：即沙門，僧徒。

〔五〕如除氈上之毛：極言所取微不足道，如九牛一毛。

〔六〕衆毛乃能成毬：喻積少成多。見前化供八首注〔二六〕。

化供三首〔一〕

當寺依湘上，瀕楚水，基於隋朝，盛於唐季。有道遵（俊）禪師者〔一〕，雲門之高弟，聚徒於其間，語句播於叢林，號爲水西南臺〔二〕。皇祐間廢爲律〔三〕，然古格尚存。薦經儉歲〔四〕，住持者棄去，山林厄於斤斧，屋宇化爲草棘，至以田丁膺門〔五〕。今年春，州郡易以禪者領之，於是明白老自鹿苑移居此〔六〕，而衲子追逐而至，遂成叢席。然懼其有增而無損，故分化於四方。嗚呼！損有餘而補不足，天道固爾〔七〕；然以至易犯至難，人情所疑。苟非己身所私，則鬼神且陰相之，况賢者乎！

信心一念，諸佛皆知；辦供一夫，諸天降福。此天下必然之理。故至誠確意皈投，願施積而能散之心〔八〕，成就遠劫無窮之利〔九〕。

明白庵在何許〔一〇〕？舊日水西南臺。粥飯雖未飽足，大言要接方來〔一一〕。水盈科而必進〔一二〕，箭離(在)弦無返回㊁〔一三〕。不愁天廚香積〔一四〕，但願施者心開。

【校記】

㊀遵：原作「俊」，誤，今改。參見注〔二〕。

㊁離：原作「在」，誤，今改。參見注〔一三〕。

【注釋】

〔一〕宣和二年作於長沙。鍇按：第一首謂「今年春，州郡易以禪者領之，於是明白老自鹿苑移居此」。惠洪移居南臺寺在宣和二年三月，故繫於此。

〔二〕「有道遵禪師者」五句：底本「遵」作「俊」。廓門注：「『俊』當作『遵』。五燈會元：南臺道遵嗣法於雲門偃。」其説甚是，今據改。鍇按：景德傳燈録卷二二有韶州雲門山文偃禪師法嗣潭州水西南臺道遵和尚法雲大師，並載其機語。潭州南臺寺在湘江西岸嶽麓山下，與衡山南臺寺非一處，故以水西南臺區別之。

〔三〕皇祐：宋仁宗年號，公元一〇四九～一〇五四年。　廢爲律：爲以禪寺改爲律寺。

〔四〕薦經儉歲：一再遭遇歉收之年。

〔五〕膺門：當門。

〔六〕明白老：惠洪自號。本集卷八送顒街坊：「逢人若問明白老，爲言病起加清臞。」鹿苑：鹿苑寺，亦在湘江西岸嶽麓山，與南臺寺相鄰。唐招賢大師景岑住此寺，爲第一世。參見本集卷二四四絶堂分題詩序所述位置。

〔七〕「損有餘而補不足」二句：老子第七十七章：「天之道，損有餘而補不足。人之道則不然，損不足以奉有餘。」

〔八〕積而能散：語本禮記曲禮上。鄭玄注：「謂已有蓄積，見貧窮者，則當能散以賙救之。」佛教借以謂布施。參見前抄華嚴經注〔九〕。

〔九〕遠劫：久遠之劫，指極長久之時間。景德傳燈録卷二第二十六祖不如密多：「尊者曰：『汝憶往事否？』曰：『我念遠劫中與師同居，師演摩訶般若，我轉甚深修多羅。』」

〔一〇〕明白庵：惠洪庵堂道號之一。大觀元年初結庵於撫州臨川北景德寺，宣和二年復結庵於水西南臺寺。參見本集卷二〇明白庵銘序并注〔一〕。

〔一一〕大言：大話，誇大之辭。　接方來：接待各方來客。圓悟佛果禪師語録卷一四示民禪人：「北山延接方來道人，唯仰南畝。」佛果圜悟真覺禪師心要卷上示法王沖長老：「黄龍老南大禪師嘗有語：『端居丈室，以本分事接方來人，乃長老之職也。』」

〔一二〕水盈科而必進：孟子離婁下：「源泉混混，不舍晝夜，盈科而後進，放乎四海，有本者如是，是之取爾。」趙岐注：「盈，滿；科，坎。」

〔三〕箭離弦無返回：語本福州玄沙宗一禪師語録卷上：「箭既離弦，無返回勢。所以牢籠不肯住，呼喚不回頭。」參見禪林僧寶傳卷四福州玄沙備禪師傳、五燈會元卷七福州玄沙師備宗一禪師。又碧巖録卷四第三十七則盤山三界無法：「箭既離弦，無返回勢。」大慧普覺禪師語録卷二三示陳機宜：「箭既離弦，無返回勢。非是彊爲，法如是故。」底本「離」作「在」，義不通，今據諸禪籍改。

〔四〕天廚：上天之廚房，代指最美味之食物。大寶積經卷一〇九賢護長者會：「又其長者欲食之時，則有六萬雜種羹臛飯食，微妙香美，猶若天廚，無有異也。」大智度論卷一三：「天廚甘露味，飲食除飢渴。」香積：即香積飯，語本維摩詰經卷下香積佛品：「於是香積如來以衆香鉢盛滿香飯，與化菩薩。是化菩薩以滿鉢香飯與維摩詰，飯香普熏毗耶離城及三千大千世界。」

德士復僧求化二首〔一〕

寺雖律名，堂廼衲子〔二〕。續香燈於永夕，紛禪誦以成羣。坐使古風，行於今日。一昨教門小有更變，加以冠巾〔三〕；朅來聖恩大爲發揚，再除鬚髮〔四〕。懽聲震於夷夏，喜氣動於龍天。著舊僧衣，雖限一歲；換新度牒，必輸五千〔五〕。而家在異鄉，客於賢里。清淨自活，望之如登天之難〔六〕；檀信可干，成之若反掌之易〔七〕。必有深憐之者，願施不報之恩。

去年春，朝廷以鉢食膜拜〔八〕，爲西國之儀，乃詔僧尼，令衣褐頂冠，從中華之俗。比奉聖恩，許還舊觀。人神交慶，夷夏增懽。仰惟聖主之心，寔通天下之志。然每一名之度牒，必輸五緡於有司〔九〕。如須必濟之舟，如望及時之雨。顧惟齒髮之外，凡皆檀信可成。敢領衆一登高門，願因時以成勝事。所施雖少，其利甚豐。

【注釋】

〔一〕宣和二年冬作於長沙。　德士復僧：宋史徽宗本紀四宣和二年九月：「乙巳，復德士爲僧。」佛祖統紀卷四六：「八月下詔曰：『向緣姦人建議，改釋氏之名稱，深爲未允。前旨改德士、女德士者，依舊稱爲僧尼。』九月詔大復天下僧尼。」　求化：蓋因德士復僧辦新度牒，須繳納錢五千，故向施主化緣。

〔二〕「寺雖律名」二句：謂水西南臺寺雖名律寺，實由禪者居之。見前化供三首之一。衲子，此專指禪僧。

〔三〕「一昨教門小有更變」二句：佛祖統紀卷四六：「宣和元年正月，詔曰：『自先王之澤竭，而胡教始行於中國。雖其言不同，要其歸與道爲一教。雖不可廢，而猶爲中國禮義害，故不可不革。其以佛爲大覺金仙，服天尊服，菩薩爲大士，僧爲德士，尼爲女德士，服巾冠，執木笏。寺爲宮，院爲觀，住持爲知宮觀事。禁毋得留銅鈸塔像。』」宋史徽宗本紀四宣和元年春正月：「乙卯，詔佛改號大覺金仙，餘爲仙人、大士，僧爲德士，易服飾，稱姓氏，寺爲宮，院爲觀，改女冠爲女道，尼爲女德。」

〔四〕「揭來聖恩大爲發揚」二句：謂德士復僧詔下，僧人得以脱去巾冠，再行剃度。

〔五〕「换新度牒」二句：僧人换新度牒須繳納錢五千，此事實爲朝廷斂財之一途，諸史未載。此文可補史闕。

〔六〕「清淨自活」二句：謂若無五千錢，做清淨自活之僧亦難如登天。遺教經：「節身時食，清淨自活，不得參預世事，通致使命。」

〔七〕「檀信可干」二句：謂若檀越信徒肯施捨，則其事易如反掌。鍇按：漢書枚乘傳：「必若所欲爲，危於累卵，難於上天；變所欲爲，易於反掌，安於泰山。」以上四句借用其喻，並仿其句法。

〔八〕膜拜：合掌加額，伏地跪拜，此胡人之禮。葉夢得避暑録話卷下：「釋氏論佛菩薩號，皆以南謨冠之，自不能言其義。夷狄謂拜爲膜，音謨。穆天子傳：『膜拜而受。』蓋三代已有此稱。若云：『居南方而拜。』『膜』既訛爲『謨』，又因之爲南無、南摩。」

〔九〕五緡：即五千文銅錢。緡，串錢之索，每串一千文。廓門注：「緡，即錢貫也。」

求度牒僧衣五首〔一〕

竊念生於七閩〔二〕，長游三楚〔三〕，以檀施爲依仗，以佛法爲家鄉。十載事師，共憫忠勤之效；一心荷衆，咸稱勞苦之先。念國恩澤之未洽，僧寶數之難墮〔四〕。萬里之行，起於初步〔五〕；千人之帳，藉於衆毛〔六〕。願成出塵之姿，將赴選佛之舉。既蒙開意而諾矣，幸爲點筆而疾書。

蓋聞相如以貲爲郎〔七〕，釋之輸粟入仕〔八〕，冠於終古，赫爲名卿（鄉）〔九〕。欲我緇衣，結髮佛教，既買僧不許選佛，則月財不得守官。念其生於東甌〔一〇〕，長於南楚，倚妙典求登三聚〔一一〕，值聖王暫罷三年〔一二〕。終營道儀，依倣俗慮；仰冀仁惠，成就夙心。三塗升濟〔一三〕，終賴佛慈；六度莊嚴〔一四〕，先依檀信。仁人難值，如盲龜之木〔一五〕；欣然易感，如磁石之鍼〔一六〕。獲披廣大福田之衣〔一七〕，而入清淨和合之衆。酒酣樂極，棄一擲呼盧之資〔一八〕；願遂志酬，成三寶出塵之相。報恩有在，唯佛證知。出家報四重之恩〔一九〕，爲一大事；剃髮墮三寶之數〔二〇〕，豈是小緣。須干祇樹之檀〔二一〕，披此福田之服。千里之水，本發於濫觴〔二二〕；六合之雲，實起於膚寸〔二三〕。

恩遺有四，而檀信居其一〔二四〕；福慧有二，而富貴居其先。但某生於寒鄉，客於華里，欲遂選僧之志，敢望擇富之求。成就勝緣，恩非同日；經營妙善，道不虛行〔二五〕。三界火宅，衆苦業城〔二六〕。既無了期，實堪驚歎。返復以念，無可依投。親舊欲與謀婚，心志乃願棄俗。年將遲莫，事恐滯留。敢投淨信之檀，圓滿六和之相〔二七〕。成佛作祖，始自今朝；異世他生，終期報德。誓將梵誦之志，用酬提挈之恩。

【校記】

㈠ 卿：原作「鄉」，誤，今據四庫本、廓門本改。參見注〔九〕。

【注釋】

〔一〕作年未詳。鍇按：此五首爲僧人置辦度牒和僧衣化緣而作，非作於同時。

〔二〕七閩：代指福州。方輿勝覽卷一〇福建路福州：「事要郡名：合沙、三山、長樂、福唐、閩中、東冶、東甌、七閩。」參見本集卷七贈別通慧選姪禪師注〔五〕。

〔三〕三楚：泛指湘鄂一帶。參見本集卷一二次韻思禹兄見懷注〔二〕。

〔四〕僧寶數之難墮：大智度論卷一三：「若人出家時，魔王驚愁言：『此人諸結使欲薄，必得涅槃，墮僧寶數中。』」此反其意，謂因無繳納度牒之資，出家亦甚難。

〔五〕「萬里之行」二句：老子第六十四章：「千里之行，始於足下。」此化用其意。

〔六〕「千人之帳」二句：喻合衆力而成一事。周禮天官冢宰掌皮：「共其毳毛爲氈，以待邦事。」參見前重修舍利塔注〔八〕。

〔七〕相如以貲爲郎：漢書司馬相如傳：「相如既學，慕藺相如之爲人，更名相如。以訾爲郎，事孝景帝，爲武騎常侍。」顔師古注：「『訾』讀與『貲』同。貲，財也。以家財多得拜爲郎也。」史記司馬相如列傳作「以貲爲郎」。

〔八〕釋之輸粟入仕：漢書張釋之傳：「與兄仲同居，以貲爲騎郎。」顔師古注：「蘇林曰：『雇錢若出穀也。』如淳曰：『漢注：貲五百萬得爲常侍郎。』」

〔九〕名卿：有聲望之公卿。底本「卿」作「鄉」，涉形近而誤，今改。

〔一〇〕東甌：代指福州。參見本文注〔一二〕引方輿勝覽。

〔一一〕三聚：廓門注：「謂三聚淨戒也。」錯按：釋氏要覽卷一戒法三聚戒：「即大乘菩薩戒也。一攝律儀戒，謂惡無不離，起證道行，是斷德因，修成法身果。二攝善法戒，謂善無不積，即身口意善，及開思修三慧，十波羅蜜，八萬四千助道行等，是智德因，修成報身果。三攝衆生戒，又名饒益有情戒，謂生無不度，起不住道，是恩德因，修成化身果。」少室六門第二門破相論：「三聚淨戒者，即制三毒心也。制三毒心，成無量善聚。聚者，會也。無量善法，普會於心，故名三聚淨戒。」

〔一二〕值聖王暫罷三年：宋史徽宗本紀二大觀四年：「五月壬寅，停僧牒三年。」或指此事。

〔一三〕三塗：亦稱三惡趣、三惡道。指地獄、畜生、餓鬼。

〔一四〕六度：即六波羅蜜，指六種度到彼岸之法，即布施、持戒、忍辱、精進、禪定、智慧。

〔一五〕如盲龜之木：喻極難遭逢之事。大般涅槃經卷二壽命品：「生世爲人難，值佛世亦難。猶如大海中，盲龜遇浮孔。」參見本集卷七和宵行注〔四〕。

〔一六〕如磁石之鍼：磁石與鍼相互吸引，喻自然契合。蘇軾朱壽昌梁武懺贊偈：「母子天性，自然冥契，如磁石鍼，不謀而合。」

〔一七〕福田之衣：即田相衣，代指僧衣袈裟。參見本集卷二一重修龍王寺記注〔二七〕。

〔一八〕呼盧：賭博遊戲之一種。宋程大昌演繁露卷六投五木瓊橩玖骰：「凡投子者五皆現黑，則其名盧。盧者，黑也，言五子皆黑也。五黑皆現，則五犢隨現，從可知矣。此在摴蒲爲最高之采。桵木爲擲，往往叱喝，使致其極，故亦名呼盧也。」

〔一九〕出家報四重之恩：釋氏要覽卷中恩孝恩：「恩有四焉：一父母恩，二師長恩，三國王恩，四施主恩。大乘本生心地觀經：『佛言世間恩有四種：一父母恩，二衆生恩，三國主恩，四三寶恩。如是四恩，一切衆生，平等荷負。』父母者，父有慈恩，母有悲恩，若我住世，一劫說不能盡。二衆生恩者，無始已來，一切衆生，輪轉五道，互爲父母，各有大恩故。三國王恩者，福德最勝，雖生人間，得大自在，三十三天，常以其力護持國界。山河大地盡屬國王，是故。大聖王以正法化，能使衆生，悉皆安樂。」

〔二〇〕剃髮墮三寶之數：謂出家。禪林僧寶傳卷一七浮山遠禪師傳：「年十九，游并州，見三交嵩禪師，求出世法。嵩曰：『汝當剃落，墮三寶數，乃可受法。』遠曰：『法有僧俗乎？』嵩曰：『與其爲俗，曷若爲僧？僧則能續佛壽命故也。』於是斷髮，受具足戒。」參見本文注〔四〕。

〔二一〕祇樹之檀：一切經音義卷一〇金剛般若波羅蜜經：「祇樹，梵語也。或云祇陀，或云祇洹，或云祇園，皆一名也。正梵音云：誓多，此譯爲勝，波斯匿王所治城也。太子亦名勝。給孤長者就勝太子抑買園地，爲佛建立精舍。太子自留其樹，供養佛僧。故略云祇樹也。」此喻供養佛僧之施主。

〔二二〕「千里之水」二句：文選卷一二郭璞江賦：「惟岷山之導江，初發源乎濫觴。」鍇按：本集卷二一雙峰正覺禪院涅槃堂記：「夫千里水，濫觴其源。若合衆流，遂成大川。則知此堂，衆檀成焉。」即此意。

〔二三〕「六合之雲」二句：宋高僧傳卷一〇唐洪州開元寺道一傳：「日臨扶桑，高山先照；雲起膚寸，大雨均霑。」參見本卷前重修舍利塔注〔七〕。

〔二四〕「恩遺有四」二句：出家人所報四恩中有施主恩，即檀信恩。見本文注〔一九〕。

〔二五〕道不虛行：易繫辭下：「苟非其人，道不虛行。」此借用其語。已見前注。

〔二六〕「三界火宅」二句：法華經卷二譬喻品：「三界無安，猶如火宅。衆苦充滿，甚可怖畏。常有生老，病死憂患，如是等火，熾然不息。」

〔二七〕六和：即六和敬，謂身和、口和、意和、戒和、見和、利和也。祖庭事苑卷五：「六和：一身和共住，二口和無諍，三意和同事，四戒和同修，五見和同解，六利和同均。」

雲蓋智和尚設粥〔一〕

今晨香粥，普告大衆：圓明體上〔二〕，離見離情；安立諦中〔三〕，有恩有義。智和尚三月七日，現全身於雲蓋〔四〕；甘露滅五月三日，提綱要於石門〔五〕。佛法現前，恩義俱報。

【注釋】

〔一〕政和五年五月三日作於筠州新昌縣。雲蓋智和尚：雲蓋守智禪師，嗣法於黃龍慧南，爲惠洪師叔。事具禪林僧寶傳卷二五雲蓋智禪師傳。參見本集卷一九雲蓋智禪師贊注〔一〕。設粥：施粥與僧俗，爲亡僧作法事。宋釋宗賾重雕補注禪苑清規卷七亡僧：「維那復爲亡僧念誦……設粥或齋供。」

〔二〕圓明體：清淨圓明體之略稱。華嚴經隨疏演義鈔卷三五：「立一體、二用、三遍、四德、五止、六觀，亦不出此。言一體者，即自性清淨圓明體，即通爲十定之體。」宗鏡録卷一：「杜順和尚依華嚴經，立自性清淨圓明體，此即是如來藏中法性之體。從本已來，性自滿足，處染不垢，修治不淨，故云自性清淨。性體遍照，無幽不矚，故曰圓明。」

〔三〕安立諦：即俗諦。釋氏要覽卷中三寶二諦：「一俗諦，又名安立諦。二真諦，又名非安立諦，又名勝義諦。婆沙論云：『諦者實義，真義，如義，不顛倒義，無虚誑義。』契經云：『佛所説法，皆歸二諦。』」

〔四〕「智和尚三月七日」二句：謂守智禪師卒後火化，其清淨法身全體顯露於雲蓋山。禪林僧寶傳卷二五雲蓋智禪師傳：「政和四年，年九十矣。……明年三月七日，陞座説偈曰：『未出世，頭似馬杓；出世後，口如驢觜。百年終須自壞，一任天下卜度。』歸方丈安坐，良久乃化。闍維得五色舍利。」鍇按：此二句就「圓明體」而言之。

〔五〕「甘露滅五月三日」二句：謂己按世俗之禮於石門寺爲守智設粥，並拈提其禪學綱要。甘露滅，惠洪自號。石門，新昌縣石門寺。鍇按：此二句就「安立諦」而言之。

又几大祥看經〔一〕

姪苾蒭某〔二〕，伏遇亡叔協律大祥之晨〔三〕，預誦金文，宣持祕號，所集殊因，並申資薦，往生淨國者，謹具功德疏于後：右伏以恩愛别離，同謂之苦〔四〕；死生壽夭，已定於緣。欲洗濯其苦因，必依投於僧佛。某人伏念，俱緣利國，致禍及身〔五〕。豈意一朝，遂成千古〔六〕。脱瘴鄉其偶爾，登堂室之閴然〔七〕。諦想音容，疑遠遊之未返；難居歲月〔八〕，俄大祥之已臨。寡孀弱孤，持骨函而若絶；偏親幼弟〔九〕，拜奠酌而長號。皇天唯予善人，此理殆成虚語〔一〇〕。疾方增熾，哭不成聲。仰仗真乘，用資冥福。伏念亡叔協律，依如來無畏慈力，生菩薩有緣悲心。催落業障之山，倍增功德之海。一念透脱，六根頓明。已在人間，聰明更益其念；尚留惡道，慧明即觸其身。決結龍華之後期〔一一〕，同副靈山之夙願〔一二〕。

【注釋】

〔一〕政和五年五月作於新昌縣。　廓門注：「『几』，未詳，或『期』字誤歟？」殊誤。　鍇按：「几」，即惠洪叔父彭几，字淵材。　大祥：祭禮。　禮記間傳：「父母之喪既虞，卒哭。疏食水飲，不食菜果。期而小祥，食菜果。又期而大祥，有醯醬。」指長輩卒後兩年忌日之祭禮。　彭几爲惠洪亡叔，故云。　看經：爲彭几亡靈所作法事之一。　重雕補注禪苑清規卷六看藏經：「如遇施主請衆看大藏經，或藏下，或法堂上，直歲安排椅卓，典座排供過行者，藏主準備茶湯、香華、燈燭，維那依戒臘出牓分經，并坐位照牌，請法事。又作梵闍梨書狀寫造，開啓罷散文疏，并看經大牓。藏殿主出經。至時維那鳴鐘集衆，請經依位坐。法事聲螺鈸，知客點淨，引施主行香竟，當筵跪爐。維那表歎，宣開啓疏，念佛闍梨，作梵候聲絶，然後大衆開經。」本文即看藏經所作功德疏。　本文題中有「又」字，本集編在雲蓋智和尚設粥之後。據本集體例，凡題首有「又」字者，當爲同時所作，故本文亦當作於政和五年五月。其時既爲彭几大祥之期，可知其卒於政和三年五月。

〔二〕姪苾芻某：惠洪自稱。苾芻，即比丘。是時惠洪自海南流配遇赦歸來，已無僧籍，其自稱苾芻者，即僧寶正續傳卷二本傳所云：「及陷於難，著逢掖……無一辭叛佛而改圖。」

〔三〕亡叔協律：彭几嘗任協律郎，故云。冷齋夜話卷九開井法禁蛇方：「（淵材）嘗獻樂書，得協律郎。」未言得官於何時。考宋會要輯稿樂五之二：「（大觀）二年三月三十日詔：『樂久不作，自唐以來，正聲全失，世無徵角之音，五聲不備，豈足以適中和而化俗哉！劉詵所上徵聲，可令大晟府同教坊依譜按習，仍增徵角二譜，候習熟，取旨進呈。』先是進士彭几進樂書，論五音云：『本朝以火德王，而羽音不禁，徵調尚闕。』時禮部員外郎吴時善其説，建言乞召几至樂府，朝廷從之。至是劉詵亦上徵聲。」宋史樂志四所載略同。是以知彭几獻樂書、得協律郎在大觀二年劉詵上書之前。據宋會要輯稿樂三之二五，協律郎隸大晟府，隨大晟府置廢而置廢。又據宋李埴十朝綱要卷一六，崇寧四年八月二十六日始置大晟府。則彭几得協律郎約在崇寧五年至大觀元年間。又正德瑞州府志卷一〇人物志方伎：「新昌彭攀龍，字淵材，工於樂，嘗獻樂書，爲協律郎。」豈几一名攀龍歟？俟考。

〔四〕「右伏以恩愛別離」二句：佛開解梵志阿颰經：「恩愛別離，一切皆苦。」雜阿含經卷一八：「舍利弗言：苦者，謂生苦、老苦、病苦、死苦、恩愛別離苦、怨憎會苦、所求不得苦。略説五受陰苦，是名爲苦。」

〔五〕「俱緣利國」二句：雲卧紀談卷上載惠洪靖康元年詣刑部陳詞：「先因崇寧初，諫官陳瓘論列蔡京事忤旨，編管廉州。慧洪爲見陳瓘當官盡節，投竄嶺海，一身萬里，恐致疏虞，調護前去。往來海上，前後四年。因與陳瓘厚善，又緣得度爲僧，元係故宰相張商英奏名。政和元年，商英奏取陳瓘所撰尊堯録，是時内官梁師成與蔡交結，見宰相薦引蔡京仇人陳瓘，百計擠陷。旬月之間，果遭斥逐。猜疑是慧洪與陳瓘爲地，發怒，諷諭開封尹李孝壽勾慧洪下獄，非理考鞠，特配吉陽軍。」佛祖歷代通載卷一九：「及靖康初大除黨禁，談者謂師前日違衆趨義，屢瀕於死，既還僧籍，宜有以寵異之語聞執政。」

〔六〕「豈意一朝」二句：謂誰料叔父竟一朝不幸去世，留下千古之恨。語本新唐書薛收傳：「（秦王）與其從兄子元敬書曰：『吾與伯褒共軍旅間，何嘗不驅馳經略，款曲襟抱，豈期一朝成千古也。』」

〔七〕「脱瘴鄉其偶爾」二句：謂己從海南遇赦歸來，政和四年到家鄉，而叔父家却人亡屋空。闃然，寂靜貌。闃，同「闃」。易豐：「闚其户，闃其無人。」本集卷三〇瑫上人祭母文：「堂今闃然，瓦燈塵几。」

〔八〕難居歲月：指時光流逝。孔融論盛孝章書：「歲月不居，時節如流，五十之年，忽焉已至。」此化用其語。

〔九〕偏親：本指寡母，此指彭几之妻，惠洪叔母。　幼弟：彭几之子，爲惠洪族弟。

〔一〇〕「皇天唯予善人」二句：老子第七十九章：「天道無親，常與善人。」史記伯夷列傳：「或曰：『天道無親，常與善人。』若伯夷、叔齊，可謂善人者非邪？積仁絜行如此而餓死！且七十子之徒，仲尼獨薦顔淵爲好學。然回也屢空，糟糠不厭，而卒蚤夭。天之報施善人，其何如哉？」此化用其意。

〔一一〕決結龍華之後期：謂與亡叔結約來世共參彌勒菩薩之龍華會。鍇按：彌勒菩薩今在兜率天内院，經當來五十六億七千萬年於此土出世，在華林園中龍華樹下開法會，普度人天，謂之龍華會。參見本集卷一八華藏寺慈氏菩薩贊注〔一二〕。

〔一二〕同副靈山之夙願：以慧思與智顗前世在靈鷲山同聽佛説法之異事，喻己與亡叔之夙緣。續高僧傳卷一七隋國師智者天台山國清寺釋智顗傳：「思每歎曰：『昔在靈山同聽法華，宿緣所追，今復來矣。』即示普賢道場，爲説四安樂行，顗乃於此山行法華三昧。始經三夕，誦至藥王品心緣苦行，至是真精進句，解悟便發，見共思師處靈鷲山七寶淨土，聽佛説法。」參見本集卷三游南嶽福嚴寺注〔一九〕。

酬經願〔一〕

近緣脱身海島，犯難來歸，所經歷州縣，僅三十城；出入瘴鄉，餘四千里〔二〕。無秋毫之恐，有太山之安，皆神之休〔三〕，成己之幸。唯所許願，敢昧初心。已延佛僧，預開經法。以八月之朔〔四〕，對三寶之前。叙事之因，設齋以懺。恭惟十身滿覺〔五〕，萬德貞慈，俯賜哀憐，爲之作證。

【注釋】

〔一〕政和四年八月初一作於新昌縣。酬經願：設齋開經酬所許願而作之願文。

〔二〕「近緣脱身海島」六句：寂音自序：「（政和）三年五月二十五日蒙恩釋放，十一月十七日北渡海，以明年四月到筠。」

〔三〕休：吉慶，美善。

〔四〕朔：每月初一。

〔五〕十身：佛具十身。參見本集卷一八棗柏大士畫像贊注〔一四〕。

薦經〔一〕

三藏祕詮，一乘妙義〔二〕。真寫法界之圖牒，絶苦海之舟航。特延清淨之苾芻〔三〕，羣誦旁行之貝葉〔四〕。庶憑此利，上追我先。伏願妙具信心，深依法力，超登覺苑，導從願王〔五〕。獲聞迦陵頻伽之音〔六〕，親瞻閻浮檀金之相〔七〕。脱有爲之塵垢，證無量之聖身。

【注釋】

〔一〕作年未詳。　薦經：開轉藏經而追薦亡者之法事。古尊宿語録卷四二寶峰雲庵真淨禪師住筠州聖壽語録：「檀越散藏經，請上堂奉佛，至孝四郎及孝眷等，爲先考二郎終七追薦，乃請真如、聖壽二禪衆開轉大藏經一遍，供僧一千員。斯晨，闔郭齋，以用表儭。上件龍藏琅函，靈文聖教，經律論三藏，五乘十二分，諸佛之祕詮，頓也漸也，半也滿也，中也邊也，權也實也，種種法門智慧海，種種因果德相海，種種進修行願海，種種教導方便海，種種依正究竟海，種種互融攝入海，不可説不可説法門功德光明海，薦嚴先考二郎超生淨界。　然冀四郎及孝眷等，生生世世獲大善慶，居諸佛法會中，共證菩提。」此即薦經法事之儀軌。

〔二〕一乘：成佛唯一之教。乘爲車乘，以譬佛之教法。法華經卷一方便品：「十方佛土中，唯有一乘法。無二亦無三，除佛方便説。」

〔三〕苾芻：即比丘，指僧人。

〔四〕旁行：即横行，梵文書寫方式。漢書西域傳安息國傳：「書革，旁行爲書記。」顔師古注：「今西方胡國及南方林邑之徒，書皆横行，不直下也。」　貝葉：即貝葉書，蓋貝多羅樹葉可裁爲梵夾，用以寫經，故以貝葉代指佛經。

〔五〕導從願王：唐般若譯華嚴經卷四〇入不思議解脱境界普賢行願品：「若復有人聞此願王一

經於耳……唯此願王不相捨離，於一切時引導其前，一刹那中即得往生極樂世界。」唐釋澄觀華嚴經行願品疏卷一〇：「唯此願王，引生淨土。」

〔六〕迦陵頻伽之音：宋釋子璿首楞嚴義疏注經卷一：「迦陵仙音，偏十方界。（注）佛聲和雅，衆所愛樂，聽之無厭。如迦陵頻伽在於鷇，鳴勝餘鳥，故堪喻佛聲。此鳥非常，故云仙也。」參見本集卷二六題華光梅注〔三〕。

〔七〕閻浮檀金之相：代指佛祖金身。楞嚴經卷一：「由佛全體閻浮檀金，艷如寶山，清淨所生，故有光明。」大智度論卷三五：「閻浮，樹名，其林茂盛，此樹於林中最大。提名爲洲，此洲上有此樹林。林中有河，底有金沙，名爲閻浮檀金。」

生辰四首〔一〕

大行所熏〔二〕，如春與物；等慈無礙，似谷應聲〔三〕。虔當誕慶之辰，特集延祥之福。誦持法藏，增益壽祺。伏願追迹喬松〔四〕，比功契稷〔五〕。和氣作生民溫煖，朴忠爲社稷垣牆。永護佛僧，不忘願力。

瑞應草之迎春，方開八葉〔六〕；優曇華之出水，果秀一枝〔七〕。仰祝壽祺，用延福祉。伏願與民溫飽，爲國蓍龜〔八〕。天上風霜，難老娑婆之桂〔九〕；人間歲月，敢移道德之容。永護佛乘，早調相鼎〔一〇〕。

令節届辰，過中元之七日〔一一〕；美名瑞世，鍾爽氣於三秋。仰祝壽祺，實依法力。伏願吉祥叶相〔一二〕，戩穀茂滋〔一三〕。輔明主⿱祝土太平之基㊀〔一四〕，與生民作温飽之具。自計臺而進拜，追還大范之遺風〔一五〕；由館職以超遷，恢復小蘇之故事〔一六〕。

八葉瑞蓂，冠三春之淑景；一枝優鉢，間千載之榮期。歸命佛乘，上延台筭〔一七〕。伏願勤勞王室，護衛法門，詔自三湘，即受金甌之拜〔一八〕；便登二府，果膺玉板之榮〔一九〕。瞻僊風道骨，以祝壽祺；比太山黄河，而增福祉。

【校記】

㊀ ⿱祝土：武林本作「奠」。

【注釋】

〔一〕作年未詳。生辰四首，皆爲祝壽之辭，非同時而作，然不可考。

〔二〕大行：指菩薩之修行。菩薩爲求佛果菩提，乃發大誓願，歷經三祇百劫，修波羅蜜等諸善萬行，積大功德，故曰大行。與聲聞、緣覺二乘小行相對。

〔三〕似谷應聲：似山谷中之回聲。續高僧傳卷一八隋河東棲巖道場釋智通傳：「譬猶明鏡現形，空谷應聲，影響之來豈云遠乎？」宗鏡録卷七五：「心空則一道清淨，心有則萬境縱横，如谷應聲，語雄而響厲；似鏡鑒像，形曲而影凹。」

〔四〕喬松：謂王喬、赤松子，皆仙人。戰國策秦策三：「世世稱孤，而有喬松之壽。」鮑彪注：「喬，王子晉；松，赤松子，皆仙不死。」

〔五〕契稷：契與稷，唐虞時之賢臣。廓門注：「契稷，見書經。」漢王逸九思守志：「配稷契兮恢唐功，嗟英俊兮未爲雙。」杜甫自京赴奉先縣詠懷五百字：「許身一何愚，竊比稷與契。」

〔六〕「瑞應草之迎春」二句：晉皇甫謐帝王世紀第二：「又有草夾階而生，隨月生死，王者以是占日月之數。惟盛德之君應和而生，故堯有之。名曰蓂莢，一名歷莢。」又竹書紀年卷上：「有草夾階而生，月朔始生一莢，月半而生十五莢；十六日以後，日落一莢，及晦而盡。月小，則一莢焦而不落。名曰蓂莢，一曰歷莢。」鍇按：此言「方開八葉」，指方開八莢，則時爲初八。參見本集卷九陳奉議生辰注〔一四〕。

〔七〕「優曇華之出水」二句：喻稀見喜事，亦喻難逢之善知識。本集卷一三劉彭年知縣生辰：「瑞應草餘雙葉在，優曇花適一枝開。」可參見。

〔八〕爲國蓍龜：揚雄法言淵騫：「樗里子之智也，使知國如知葬，則吾以疾爲蓍龜。」吴祕注：「樗里子名疾，秦惠王之弟。有滑稽，多智，秦人號爲智囊。言使其知國家未來之安危，亦如別葬，則其神智如蓍龜。」

〔九〕婆娑之桂：此指月中桂樹。婆娑，樹葉扶疏貌。

〔一〇〕早調相鼎：恭維早日作宰相，治理國家。韓詩外傳卷七：「伊尹，故有莘氏僮也，負鼎操俎調五味，而立爲相，其遇湯也。」

〔一一〕「令節届辰」二句：謂主人生辰在中元節後之七月二十一日。道教以七月十五日爲中元節，佛寺爲盂蘭盆齋。

〔一二〕叶相：協助。叶，同「協」。

〔一三〕戩穀：福禄。詩小雅天保：「天保定爾，俾爾戩穀。」毛傳：「戩，福；穀，禄。」

〔一四〕埿：禪籍俗語，用同「築」，擣土使之堅實。參見本集卷六雪霽謁景醇時方埿堤捍水修湖山堂復和前韻注〔一〕。

〔一五〕「自計臺而進拜」二句：宋史范雍傳：「入爲三司户部副使，又徙度支。……明年，拜樞密副使。」事或指此。計臺，三司之别稱。西夏人稱范雍爲大范老子，范仲淹爲小范老子。見孔平仲孔氏談苑。

〔一六〕「由館職以超遷」二句：據宋史蘇轍傳，哲宗立，以秘書省校書郎召回。至元祐六年，拜尚書右丞，進門下侍郎。事或指此。世稱蘇軾爲大蘇，蘇轍爲小蘇。

〔一七〕台筭：壽齡之敬稱。台，敬詞。本集卷二三僧寶傳序：「繕寫呈獻，仰祝台筭。」

〔一八〕金甌之拜：謂拜相。新唐書崔義玄傳附崔琳傳：「初，玄宗每命相，皆先書其名。一日，書琳等名，覆以金甌。」

〔一九〕玉板之榮：謂刻姓名於皇家玉版，傳之後世。漢書鼂錯傳：「臣竊觀上世之傳，若高皇帝之建功業，陛下之德厚而得賢佐，皆有司之所覽，刻於玉版，藏於金匱，歷之春秋，紀之後世，爲帝者祖宗，與天地相終。」錯按：以上四句參見本集卷二二忠孝松記注〔一九〕、〔二〇〕。

追薦四首〔一〕

精誠之極，必感真慈；冥福所資，實依法力。唯賢明之秉志，享福壽而有終。然夜壑山舟〔二〕，寧没終天之痛〔三〕；而風枝淚眼〔四〕，難忘罔極之思〔五〕。願乘淨供之因，超薦往生之路。

大慈至悲，寔作生靈之祐；他心慧眼㊀，必昭螻蟻之誠〔六〕。仰賴真乘，用資冥福。伏願一靈不昧，六用潛通〔七〕，瞻眉際白玉明毫〔八〕，禮天中紫金光聚〔九〕。諸天證樂，異趣頓超。歲月易流，永抱終天之痛；音容如在，難忘罔極之悲。

歸命真乘，式修冥福。伏願頓脱三塗之苦〔一〇〕，長辭五障之軀〔一一〕。清淨諸根，瞻萬德紫金光聚；熏烝衆善，拜十身白玉明毫。聞妙法以洗妄緣，悟無生而登彼岸。

舟移夜壑，驚諱日之俯臨；蟬蜕塵埃，睇道山之已遠㊁〔一二〕。欲資冥福，實賴真乘。

伏願熏菩薩知見之香〔一三〕，依如來功德之力。滌除千障，清淨六根。親瞻白玉之明毫，敬禮紫金之光聚。餘緣未盡，他生願會龍華〔一四〕；惑習既空，應念頓超覺路。

【校記】

㈠他：武林本作「禪」。

㈡已：天寧本作「日」。

【注釋】

〔一〕作年未詳。追薦：爲亡者修善事，祈求冥福。鍇按：四首非同時所作。

〔二〕夜壑山舟：謂時間不斷推移。莊子大宗師：「夫藏舟於壑，藏山於澤，謂之固矣。然而夜半有力者負之而走，昧者不知也。」已見前注。

〔三〕終天之痛：指死喪永訣之悲傷。晉潘岳哀永逝文：「今奈何兮一舉，邈終天之不反！」

〔四〕風枝淚眼：孔子家語致思：「夫樹欲靜而風不停，子欲養而親不待。往而不來者，年也；不可再見者，親也。」本集卷一〇胡卿才時思亭：「空餘淚眼看風枝。」

〔五〕罔極之思：詩小雅蓼莪：「父兮生我，母兮鞠我，拊我畜我，長我育我，顧我復我，出入腹我。欲報之德，昊天罔極。」朱熹集傳：「言父母之恩如此，欲報之以德，而其恩之大如天無窮，不知所以爲報也。」

〔六〕螻蟻之誠：至微至賤之誠。參見本卷前嶽麓爲潙山茶榜注〔一六〕。

〔七〕六用潛通：指眼、耳、鼻、舌、身、意六根之功用互通，即六根互用。此爲大乘佛教重要思想之一。隋釋智顗法華經文句卷七上：「諸根者，六根也。六根清淨，故言通利。又六根互用故言通，入佛境界故言利。」參見本集卷一八泗州院旃檀白衣觀音贊注〔一二〕。

〔八〕眉際白玉明毫：即白毫相，如來三十二相之一。大般若波羅蜜多經卷三八一諸功德相品：「世尊眉間有白毫相，右旋柔軟如覩羅綿，鮮白光淨，逾珂雪等。」法華經卷一序品：「爾時佛放眉間白毫相光，照東方萬八千世界，靡不周遍。」此代指佛像。

〔九〕天中紫金光聚：喻佛菩薩像之光明。師子月佛本生經：「遥見世尊在重閣上，身紫金色，方身丈六，坐七寶花，三十二相八十種好，皆放光明，如紫金山。」錯按：宋釋宗曉集樂邦文類卷五智覺禪師延壽神棲安養賦：「紫金臺上，身登而本願非虚；白玉毫中，神化而一心自慶。」此借用其語。

〔一〇〕三塗：即地獄、畜生、餓鬼三惡趣。

〔一一〕五障：指妨礙修道之五種障，即煩惱障、業障、生障、法障、所知障。

〔一二〕道山：謂人死後升仙之處。

〔一三〕知見之香：六祖大師法寶壇經有「解脱知見香」。參見本集卷四次韻彦由見贈注〔一一〕。

〔一四〕他生願會龍華：謂願來生共赴彌勒菩薩之龍華會。參見本卷又几大祥看經注〔一一〕。

次平赴省試設水陸 代〔一〕

清淨寶王〔二〕，永作人天之護；圓明慧眼，必昭螻蟻之誠。某比下侍親，望希薦舉，果諧素志，已叶庸情。稽首真慈，虔誠歸命。更願學增通力，筆助神奇。庶榮白首之雙親，必取青衫之一第〔三〕。

【注釋】

〔一〕作年未詳。次平：姓氏生平不可考。省試：科舉中由尚書省禮部主持之考試，每三年一次。水陸：設齋以超度水陸衆鬼之法會，稱水陸道場。相傳梁武帝天監七年始作普度水陸衆生之大齋會。詳見佛祖統紀卷三三，文繁不録。鍇按：次平赴省試祈求中第而作水陸道場，此代爲其作疏文。

〔二〕清淨寶王：楞嚴經卷四：「無上大悲清淨寶王善開我心，能以如是種種因緣方便提奬，引諸沈冥，出於苦海。」

〔三〕必取青衫之一第：宋趙令畤侯鯖録卷七：「崇寧中，特奏名狀元徐通瓊林宴罷，作詩曰：『白髮青衫晚得官，瓊林頓覺酒腸寬。平康夜過無人問，留得宮花醒後看。』」青衫，文官八九品服以青。

卷二十九

書

上張無盡居士退崇寧書〔一〕

某啓：誦相公佳句，願見二十年矣〔二〕。每念威德崇重，辯才無礙〔三〕，未易酬對。顧省鈍根無異能解〔四〕，非所堪任，以是久不敢行詣耳。不謂比來照禪師書中過辱緒言見及〔五〕，如佩黄金良藥之賜〔六〕。閣下昔與雲庵、兜率神交道契〔七〕，爲内外護，雖當時從游之人如某者〔八〕，亦蒙記録。愛人而及屋烏〔九〕，謂徒虚語，今始信然。又蒙辱以崇寧見召，尚未識門屏，而據授以師位，衲子驚怪，莫不改觀。實以鄙陋，恐臨事失職，有累閣下知言耳。故不敢輒受，謹課成拙頌六首〔一〇〕，繕寫呈上，聊供閣下千里法喜之游。干冒鈞重，不勝愧悚。

【注釋】

〔一〕崇寧三年夏作於洪州分寧縣龍安山。　張無盡居士：即張商英，字天覺，號無盡居士。時罷尚書左丞，住峽州宜都縣。　退崇寧：指辭退峽州崇寧寺住持之請。　本集卷二四送一上人序：「無盡居士崇寧二年自政府謫亳、蘄兩州，以宫祠罷歸。……明年夏，無盡來招住峽州天寧，辭之。」所指即此事。　鍇按：釋氏稽古略卷四：「崇寧元年，詔天下軍州創崇寧寺，又改額曰天寧寺。」故惠洪作此書時，寺尚名崇寧。　而作送一上人序追述此事時，則已改額天寧。

〔二〕願見二十年矣：由崇寧三年（一一〇四）上溯二十年爲元豐八年（一〇八五），時惠洪年十五，隨新昌縣三峰山寶雲寺艶禪師爲童子，專學作詩。　本集卷二次韻平無等歲暮有懷：「我年十五恃豪偉，廢食忘眠專製作。」其誦張商英詩句，當始於是時。

〔三〕辯才無礙：維摩詰經卷上方便品：「爾時毗耶離大城中有長者，名維摩詰，已曾供養無量諸佛，深植善本，得無生忍，辯才無礙，遊戲神通。」張商英爲佛門居士，故以維摩詰譬之。

〔四〕顧省鈍根無異能解：自謙無特異才能。　柳宗元寄許京兆孟容書：「宗元近欲務此，然力薄才劣，無異能解，雖欲秉筆覼縷，神志荒耗，前後遺忘，終不能成章。」此借用其語。

〔五〕比來：近來。　照禪師：慧照禪師，嗣法於兜率從悦，屬臨濟宗黄龍派南嶽下十四世。時住龍安山，與張商英書信往來甚密。　參見本集卷二七跋無盡居士帖。　過辱緒言見及：

謙辭，意謂承蒙餘論提及。莊子漁父：「曩者先生有緒言而去。」成玄英疏：「緒言，餘論也。」郭慶藩集釋引俞樾曰：「緒言者，餘言也。先生之言未畢而去，是有不盡之言，故曰緒言。」

〔六〕如佩黄金良藥之賜：極言得張商英賞識，非常榮幸。皇帝厚待臣下，有黄金良藥之賜，宋杜大珪編名臣碑傳琬琰集卷二三畢仲游孫威敏公沔神道碑：「上使中貴人挾醫視公，賜黄金良藥。」此借以喻之。

〔七〕「閤下昔與雲庵」句：雲庵，即真淨克文禪師。本集卷三〇雲庵真淨和尚行狀：「（紹聖）三年，今丞相張公商英出鎮洪府，道由歸宗，見師於淨名庵，明年，迎居石門。」其事亦見禪林僧寶傳卷二三泐潭真淨文禪師傳。兜率，即兜率從悦禪師，嗣法於真淨克文，爲惠洪師兄。僧寶正續傳卷一兜率照禪師傳：「具受游方，與從悦禪師游。悦參真淨，頗稱有得。……元祐中，無盡張公轉江西漕，謀入黄龍見晦堂心禪師。暮宿兜率，與悦夜語，因及石霜末後大事，無盡豁然有省。遂以出世因緣，向悦稱法嗣。」羅湖野録卷下：「逮崇寧三稘，寂音尊者謁無盡於峽州善溪。無盡曰：『昔見真淨老師於皈宗，因語及兜率所謂末後句。語尚未終，而真淨忽怒罵曰：此吐血禿丁，脱空妄語，不用信。既見其盛怒，不敢更陳曲折。然惜真淨不知此也。』寂音曰：『相公惟知兜率口授末後句，至於真淨老師真藥現前，而不能辨，何也？』無盡駭曰：『真淨果有此意耶？』寂音徐曰：『疑則有別參。』無盡於言下頓見真淨用處，即取家藏真淨肖像展拜，題贊其上，以授寂音曰：『雲庵綱宗，能用能照。冷面嚴眸，神光獨耀。孰傳其旨，覿露唯肖。前悦後洪，如融如肇。』厥後有以贊鑱石於仰山。」以上皆張商英與真淨克文、兜率從悦交往事。

〔八〕當時從游之人如某者：寂音自序：「依真淨禪師於廬山歸宗。及真淨遷洪州石門，又隨以至，前後七年。」

〔九〕愛人而及屋烏：尚書大傳卷三大戰：「愛人者，兼其屋上之烏。」

〔一〇〕拙頌六首：即本集卷一五無盡居士以峽州天寧寺見邀作此辭免六首。

答張天覺退傳慶書〔一〕

某啓：某青山白雲之人〔二〕，其蹤跡不願上王公貴人之齒牙〔三〕，縱浪大化〔四〕，飽飯足矣。不虞閣下過顧〔五〕，千里惠書，以崇寧見要〔六〕，挽至人天之上〔七〕，使授佛之職責，以重振西祖已墜之風。其以閣下所責甚重，某之材力甚薄，不敢輒冒寵命，作偈辭免〔八〕。意閣下必憐其誠，從其所欲，棄置之久矣。而禮意益勤，三返其使，欲一相見而已。某翻然改曰〔九〕：「無盡居士道大德博，名聲遍華夏，獨立四顧〔一〇〕，爲我家門墻〔一一〕，又先雲庵之執〔一二〕。今區區於一愚比丘，其可終不往也？」故間關而來〔一三〕。

閣下一見，過有稱賞，嘗謂「天下之英物，聖宋之異人」。撥置形骸〔一四〕，傾瀉意氣，奇章□□□□□□□□□□□□□□□□□□□□□□□□□□□□□□□□□□□□□㊀。

【校記】

㊀原闕三十七字。天寧本「奇章」後有十八字：「妙諦嘉譽曷以克當茲復懇誠尚乞從容辭謝。」係妄補。

【注釋】

〔一〕崇寧三年夏作於峽州宜都縣。張天覺：張商英，字天覺。退傳慶：辭退傳慶寺住持之邀請。清一統志卷二六荆州府：「傳慶寺，在宜都縣東十里，三國吴建，明末燬。」此書既題爲「退傳慶」，又言「以崇寧見要」，足見傳慶寺即崇寧寺。崇寧元年詔天下軍州創崇寧寺，復改天寧，傳慶寺或爲其舊名。鍇按：本集卷二四送鑑老歸慈雲寺：「又聞鑑老去慈雲，從公於傳慶。」可知張商英本欲請明鑑禪師住傳慶寺，然明鑑既爲虔州士大夫迎歸慈雲寺，故復請惠洪代之。

〔二〕青山白雲之人：代指居山林之禪僧。「青山白雲」爲宗門常用語。景德傳燈録卷一二睦州龍興寺陳尊宿：「問：『教意祖意，是同是別？』師云：『青山自青山，白雲自白雲。』」古尊宿語録卷二三汝州葉縣廣教省禪師語録人事手巾與史諫議述十頌：「廣教手巾，無功無能。觸目受用，青山白雲。」同書卷三八襄州洞山第二代初禪師語録真讚：「一巧一拙，誰許甄別。青山白雲，兒孫皆説。」黄庭堅題雲峰悦禪師語録：「悦禪師語者，青山白雲，開遮自在；碧潭明月，撈摝方知。」

〔三〕不願上王公貴人之齒牙：猶言不願被王公貴人口頭提及稱譽。史記劉敬叔孫通列傳：「此特羣盜鼠竊狗盜耳，何足置之齒牙間？」

〔四〕縱浪大化：放浪於宇宙變化中。語本陶淵明形影神神釋：「縱浪大化中，不喜亦不懼。」

〔五〕不虞：未曾意料。孟子離婁上：「有不虞之譽，有求全之毁。」

〔六〕要：同「邀」，招邀。

〔七〕挽至人天之上：謂推薦作寺院住持。人天，指人界及天界，爲六道、十界中之二界，此代指僧衆。本集卷二一重修僧堂記：「吾祖楚公識雪竇顯公於行間，擢置人天之上，遂爲雲門中興。」

〔八〕作偈辭免：即本集卷一五無盡居士以峽州天寧寺見邀作此辭免六首。

〔九〕翻然改曰：孟子萬章上：「伊尹耕於有莘之野。……湯三使往聘之，既而幡然改曰：『與我處畎畝之中，由是以樂堯舜之道，吾豈若使是君爲堯舜之君哉？吾豈若使是民爲堯舜之民哉？吾豈若於吾身親見之哉？』」此借用其語。翻然，同「幡然」，變動貌。

〔一〇〕獨立四顧：柳宗元籠鷹詞：「獨立四顧時激昂。」此借用其語。

〔一一〕爲我家門墻：意謂張商英爲禪宗之外護。門墻，就其護衛家室而言之。

〔一二〕先雲庵之執：謂張商英爲師父克文之至交，即父執。先雲庵，其時真淨克文已過世，故云「先」。執，朋友，至交。禮記曲禮上：「見父之執，不謂之進，不敢進。」

〔一三〕間關：謂道路崎嶇難行。漢書王莽傳下：「王邑晝夜戰，罷極，士死傷略盡。馳入宮，間關至漸臺。」顔師古注曰：「間關，猶言崎嶇展轉也。」

〔一四〕撥置形骸：山谷外集詩注卷六荅明略并寄無咎：「論交撥置形骸外。」史容注：「淵明詩：『撥置且莫念，一觴聊可揮。』莊子云：『申屠嘉，兀者也，而與鄭子産同師於伯昏無人。申屠嘉曰：今子與我遊於形骸之内，而子索我於形骸之外，不亦過乎？』杜詩：『相從歌萬事，盡付形骸外。』」

【集評】

日本横川景三云：宋洪覺範，十四爲童，十九試經，遂有「天下英物」之稱，克用洪範者，其如此歟？季範勉旃。（五山文學新集第一卷補庵京華前集季範字説）

又云：昔臨川寶覺古佛，道重一世，名垂萬古。其遊戲於翰墨也，規模東坡，借潤山谷，執如椽筆，著僧寶傳，一百禪師，如切如磋，如琢如磨，人皆相推，以爲宗門遷、固。丞相張無盡稱曰：「天下之英物，聖宋之異人也。」豈不大乎！（同上補庵京華續集潤英字説）

又云：九州四海，知眉山禿鬢翁；萬口一朝，誦臨川垂鬚佛。眷夫天下英物之出，譬諸儒中知識之尊。（同上補庵京華別集以參省西堂住相國山門疏）

又云：覺範著文字禪，寔爲天下英物。（同上蒼蔔集天英住相國道舊）

日本彦隆周興云：橘洲出濯錦江之西，稱之蜀英。覺範出江之南，而賦湘江八景，稱之天下之英。（五山文學新集第四卷半陶文集卷三千江字説）

又云：惠阜有一少年諱洪者，北等持蘭坡老人以景筠字之，其意在慕寂音也。……按筠者，江西第一州也。負山向水，形勝甲於一方，土産此者必秀而文。南豐鞏和尚遊此焉，東軒蘇長老官此焉，其殘膏賸馥，光被於山川草木也。吾宗巨擘，唐有黄蘗，決斷三際，而爲帝者師；元有天隱，説文字禪，秉書記筆，皆州之異産也。唯洪覺範，獨得筠溪號，至今兒童走卒嘗筠水，而知甘露滅味。猶如曰歐陽則爲醉翁，曰司馬則爲迂叟，曰花則爲牡丹、海棠也。微覺範，筠亦一僻邑而已。覺範，郡之新昌人，而今少年，其名昌洪。後覺範住景德，因有僧而問：「南有景德，北有景德，德乃不問，如何是景？」而今少年，其字景筠，字之與名不徒設也，可知矣。覺範，十四登童科，十九得度試經，九流百家，過目成誦，遂得自在三昧於文關西，呻吟謦欬，皆作文章；喜笑怒駡，靡非佛事。規模東坡，借潤山谷，粃糠九僧三十二釋者，筠溪詩也。甄拔八十一人，修史於僧寶，則比以司馬遷、班固；品藻三百餘事，著録於林間，則譬諸樂廣、潘安仁者，筠溪文也。即開濟下三要，排辨洞上五位，論末後句，呵張相公之悟處；指三種失，斥古塔主之説法者，筠溪禪也。昔人

稱曰「天下英物，聖宋異人」者，寔不誣矣。少年所矜式，不亦大哉！（同上半陶文集卷三景筠字說）

又云：以文字禪發揮吾宗者，比比在焉，文關西、英邵武其尤者也。文英之所慕藺，其在此歟？而義不與範宜焉。抑關西一傳，得筠溪覺範，範於文也，攢花簇錦，戛玉鏗金，驅遷、固於筆下，折蘇、黄於面前。故無盡張公指以爲「天下英物」，不亦美而榮乎！方今叢社凋零，儨緇成林，學不古，道不古。公當此時，範其名，英其號，希驥者，驥之乘也，其志可見矣。天下之英耶？僧中之英耶？動而不止，則文不在兹乎？（同上半陶文集卷三文英字説）

代雲蓋賀北禪方老書〔一〕

清淨燕居，雖聖師之明誨〔二〕；流通法藏，乃釋子之本心〔三〕。于其可爲之時，蓋亦何膠於跡？遠公老矣，竟不過於虎谿〔四〕；南陽翻然，乃肯來於鳳闕〔五〕。觀其以道自重則或異〔六〕，惟其以身狥法則皆然㊀〔七〕。伏惟某人，清明在躬〔八〕，淳化接物，以淵才雅思之三昧〔九〕，資淹通博識之兼能。比自雲山，徙居城郭㊁。蓋叢林之故老，傳聲名於此邦。金斗城中〔一〇〕，舊挽浮山之九帶〔一一〕；汨羅江上〔一二〕，重揚臨濟之三玄〔一三〕。光壯吾宗，提攜後學。凡於聞見，無不懽譁。屬叨疾衰，尚稽展對。謹奉啓陳賀，春色向暄，尤冀珍重。

【校記】

㊀狥：四庫本作「徇」。

㊁郭：四庫本作「中」。

【注釋】

〔一〕宣和五年春作於長沙。　雲蓋：當爲雲蓋爽禪師，號海印，嗣法於枯木法成，屬曹洞宗青原下十三世。參見本集卷二八請雲蓋爽老茶榜注〔一〕。　北禪方老：疑爲子方禪師。本集卷二一潭州大潙山中興記：「住持僧海評移疾，郡以子方者繼焉。」或即此僧。北禪，指潭州北禪崇勝寺，亦簡稱北禪寺，天聖廣燈録卷二九有潭州北禪崇勝寺覺寧禪師，同書卷二四又有潭州北禪寺顯禪師、潭州北禪寺懷感禪師，可證。此書代爲爽禪師賀子方住北禪寺而作。　鍇按：本集卷二一重修僧堂記稱：「（曾孝序）遴選諸方之名德十餘輩，所以扶其顛，整其傾。靈應方公乃其一也。」同卷潭州白鹿山靈應禪寺大佛殿記：「方禪師，黄龍、雲居之仍孫。」此北禪方老亦臨濟宗子孫，或與靈應方公爲同一人，若是，則其先住北禪而後至靈應。蓋靈應寺二記皆作於宣和七年秋，在此書後。

〔二〕「清淨燕居」二句：廓門注：「燕居，論語注曰：『閒暇無事之時。』」鍇按：論語述而：「子之燕居，申申如也，夭夭如也。」聖師，此指孔子。

〔三〕「流通法藏」二句：謂使正法眼藏流通，乃禪僧本分事。汾陽無德禪師語録卷上：「如來神力，𢱢示雙趺，令迦葉禮敬摩觸，意爲對人天大衆前，付囑迦葉，流通法藏。迄至于今，正法不泯。」

〔四〕「遠公老矣」二句：高僧傳卷六釋慧遠傳：「自遠卜居廬阜，三十餘年影不出山，迹不入俗。每送客遊履，常以虎溪爲界焉。」

〔五〕「南陽翻然」二句：景德傳燈録卷五西京光宅寺慧忠國師：「自受心印，居南陽白崖山黨子谷，四十餘祀不下山門，道行聞于帝里。唐肅宗上元二年，敕中使孫朝進齎詔徵赴京，待以師禮。初居千福寺西禪院，及代宗臨御，復迎止光宅精藍。十有六載，隨機説法。」翻然，變動貌。

〔六〕以道自重：謂其因道而自我看重。邵雍伊川擊壤集卷一一鮮歡吟：「以道自重固有之，非理相干是無謂。」山谷别集卷一七答壯輿主簿書二首之二：「千萬更希以道自重。」

〔七〕以身狥法：狥，同「徇」，通「殉」，爲道義不惜獻身。禪林僧寶傳卷一〇龜洋忠禪師傳贊曰：「近世以身徇法，如此數老者鮮矣。」

〔八〕清明在躬：語本禮記孔子閒居：「清明在躬，氣志如神。」鄭玄注：「清明在躬，氣志如神，謂聖人也。」此借用。

〔九〕淵才雅思：華嚴經卷一四賢首品：「雅思淵才文中王。」

〔一〇〕金斗城中：代指廬州合肥澄慧寺。建中靖國續燈録卷一六廬州澄慧院冕禪師：「問：『如何是澄慧境？』師云：『前臨金斗城，後枕藏舟浦。』」輿地紀勝卷四五淮南西路廬州：「澄惠寺，在城金斗門外藏舟浦，一名澄心寺。」同卷又曰：「一星在南斗，曰合肥。合肥上應列宿，故號金斗。」據此，則子方嘗爲澄慧寺住持。

〔一一〕浮山之九帶：浮山即法遠禪師，鄭之圃田人，俗姓王氏。嗣法於葉縣歸省禪師，屬臨濟宗南嶽下十世。初住舒州太平寺，次遷蘇州天平山，又住舒州浮山。禪林僧寶傳卷一七浮山遠禪師傳：「既老，退休於會聖巖，因閲班固『九流』，遂擬之作『九帶』，叙佛祖教義，博採先德機語，參同印證。其一曰佛正法眼帶，其二曰佛法藏帶，其三曰理貫帶，其四曰事貫帶，其五曰理事縱横帶，其六曰屈曲帶，其七曰妙挾兼帶，其八曰金鍼雙鎖帶，其九曰平懷常實帶。」

〔一二〕汨羅江：明一統志卷六三長沙府：「汨羅江，在湘陰縣北七十里。源出豫章，流經湘陰縣，分二水。一南流，曰汨水；一經古羅城，曰羅水。至屈潭復合，故曰汨羅，西流入江。」北禪寺當在汨羅江畔。

〔一三〕臨濟之三玄：鎮州臨濟慧照禪師語録：「一句語須具三玄門。一玄門須具三要。」

代答潙山評老書〔一〕

竊承已辭惠日，咸爭瑞鳥之先瞻〔二〕；欻然道風〔三〕，遽與珍緘而並至〔四〕。悃誠特厚〔五〕，文彩甚華。俯思衰殘，交增喜愧。顧茲潙水〔六〕，寔甲熊湘〔七〕。前豪峻大雄之風〔八〕，近世茂霜華之嗣〔九〕。欽承禪師，游戲法窟，熟爛叢林。飄然而來，故將有意於先覺；發其所蘊，行看施益於後昆。豈惟拙者之與榮，抑亦輿情之所望。謹奉啓上謝。

【注釋】

〔一〕崇寧二年春作於長沙。潙山評老：即潙山海評禪師，開先行瑛法嗣，東林常總法孫，屬臨濟宗黃龍派南嶽下十四世。初住廬山開先華藏寺，後遷潙山密印禪寺。補續高僧傳卷九小南禪師傳海評附：「參友海評，所與師同受業者也。將出游，同院僧夢二大蛇，一角黑，各長數丈，遶院三匝，騰躍而去。黎明，師與評別衆游方，夢者撫背囑之曰：『二子善自愛，他日法門龍象也。』評嗣廣鑑瑛，住開先，與師相隣，俱得名叢林間，號廬山二龍云。」鍇按：本集卷二一潭州大潙山中興記：「崇寧三年十一月，大潙山密印禪寺火，一夕而燼。住持僧海評移疾。」則此書必作於寺火之前。又本集卷一八潭州東明石觀音贊序：「今海禪師自潙山來，宴坐於室，不蓄粒米，倚此像以飯四方來者。」此贊作於崇寧二年，海禪師（即嶽麓智海）已自潙山來東明寺，則其時潙山住持當爲海評。故此書當與潭州東明石觀音贊作於同時，乃惠洪代爲智海答海評而作。

〔二〕咸爭瑞鳥之先瞻：瑞鳥指鳳凰。韓愈與少室李拾遺書：「朝廷之士引頸東望，若景星鳳皇之始見也，爭先覩之爲快。」此化用其意。本集卷三崇因會王敦素：「東來藉甚名譽傳，景星瑞鳥人爭先。」

〔三〕欻然：亦作「歘然」，忽然。莊子庚桑楚「出無本，入無竅」郭象注：「欻然自生，非有本；欻然自死，非有根。」

〔四〕珍緘：珍貴之書函，尊稱對方來書。緘，緘札，書函。

〔五〕悃誠：誠懇，至誠。楚辭劉向九歎愍命：「親忠正之悃誠兮，招貞良與明智。」

〔六〕潙水：湘江支流。潙山因水而名，故此潙水代指大潙山密印禪寺。參見本集卷二三潙源記。

〔七〕熊湘：潭州別稱。方輿勝覽卷二三荆湖南路潭州：「事要：郡名長沙、壽沙、星沙、熊湘、三湘。」「熊湘」下注云：「昔熊繹封此，故名。」

〔八〕前豪峻大雄之風：謂靈祐禪師開潙山道場，創潙仰宗，光大百丈懷海之禪風。景德傳燈録卷九潭州潙山靈祐禪師：「時司馬頭陀自湖南來，百丈謂之曰：『老僧欲往潙山，可乎？』對云：『潙山奇絶，可聚千五百衆，然非和尚所住。』百丈云：『何也？』對云：『和尚是骨人，彼是肉山，設居之，徒不盈千。』百丈云：『吾衆中莫有人住得否？』對云：『待歷觀之。』百丈乃令侍者喚第一坐來，問云：『此人如何？』頭陀令謦欬一聲，行數步，對云：『此人不可。』又令喚典坐來，頭陀云：『此正是潙山主也。』百丈是夜召師入室，囑云：『吾化緣在此，潙山勝境，汝當居之，嗣續吾宗，廣度後學。』……遂遣師往潙山。是山峭絶，夐無人煙，師猿猱爲伍，橡栗充食。山下居民稍稍知之，帥衆共營梵宇，連率李景讓奏號同慶寺。相國裴公休嘗咨玄奥，繇是天下禪學若輻湊焉。」　大雄：百丈山之別稱，此代指懷海禪師。

〔九〕近世茂霜華之嗣：謂近世潙山頗有石霜楚圓禪師之後嗣。霜華，即石霜山，楚圓嘗住此。鍇按：楚圓之法嗣有大潙德乾。法孫有大潙慕喆，嗣法於翠巖可真；大潙懷秀、大潙穎詮，皆嗣法於黄龍慧南。曾孫輩則有大潙祖瑃、大潙齊恂、大潙海評。詳見建中靖國續燈録、嘉泰普燈録、五燈會元、續傳燈録等目録。

代法嗣書〔一〕

某聞：惟師弟子，系時因緣。雖遷流於人天〔二〕，或契闊於生死〔三〕。不謀而合，妙於磁石之鍼〔四〕；適然而逢，特類盲龜之木〔五〕。方相視而一笑〔六〕，歎再來之尚存〔七〕。

披掌發異世之珠〔八〕，後身附前生之植〔九〕。載之傳記，炳若丹青。然望道固有淺深，受材不無大小。沿從中世，非復古風。名存實亡，力微習重。寂無奮起，幾至陵夷。如某者，志節願追古先，識慮皆居人下。契無悟花之敏〔一〇〕，迷有摘葉之愚〔一一〕。自離七閩，謾游三楚。夤緣養育，則恩均親教；提攜收拾，則人固户知〔一二〕。非止見聞之熏烝，蓋亦琢磨之厭飫。誓同小朗，斷笻不下三生〔一三〕；敢料大潙，踢缾遂辭百丈〔一四〕。恭惟某人，道傳熊嶽〔一五〕，派出虎溪〔一六〕，聲華久著於叢林，誠寔可開於金石。游戲翰墨，爛熟教乘，屢讓名山，倦臨清衆。而宗門道廣，學者日親。機比疎山，敢犯腹中之鱗甲〔一七〕；辯如慧日，寧逃口内之雌黄〔一八〕。蓋其要妙淵深，高明廣大，而某應量而休，蚊蚋亦名飲海〔一九〕；登高未已，女蘿適幸依松〔二〇〕。敢不永棄世緣，長依淨社，激昂志節，報效恩私。然力甚纖埃，敢助培於佛種；光猶爝火〔二一〕，徒僭續於祖燈。瞻望門闌，馳心師範。過此已往，未知所裁。

【注釋】

〔一〕作年未詳。錯按：此書當爲惠洪代某禪僧致敬其老師而作。

〔二〕還流於人天：猶言衆生輾轉輪迴於六道之中。人、天爲六道中之二道。

〔三〕契闊於生死：詩邶風擊鼓：「死生契闊，與子成說。」契闊，猶離散，聚合。

〔四〕「不謀而合」二句：法華經合論卷三：「如磁石鐵，不謀而合，磁石豈有知思哉？而注發動轉，若有使之者。故涅槃經曰：『磁石不曾吸鐵，鐵亦不吸磁石。而磁石與鐵，見必相合。』」此借以喻師弟子之間因緣契合。

〔五〕「適然而逢」二句：大般涅槃經卷二：「生世爲人難，值佛世亦難。猶如大海中，盲龜遇浮孔。」隋釋灌頂大般涅槃經疏卷四：「海底盲龜，千年一出，值浮木孔，入孔中居，此事甚難。若在人中，值世有佛，難復過此。」此借以喻師弟子因緣難逢。

〔六〕方相視而一笑：用唐僧圓觀與李源友誼生死不渝之事喻師弟子關係。宋高僧傳卷二〇唐洛京慧林寺圓觀傳：「觀曰：『其孕婦王氏者，是某託身之所也。已逾三載，尚未解娩，唯以吾未來故。今既見矣，命有所歸，釋氏所謂循環者也。請君用符呪遣其速生，且少留行舟，葬吾山谷。其家浴兒時，亦望君訪臨，若相顧一笑，是識認君也。後十二年，當中秋月夜，專於錢塘天竺寺外，乃是與君相見之期也。』李追悔此之一行，致觀到此，哀慟殆絕。召孕婦告以其事，婦人喜躍還，頃之，親族畢集，以枯魚濁酒饋于水濱。李往授符水，觀具其沐浴，新其衣裝。觀其死矣，孕婦生焉。李三日往看新兒，襁抱就明，果致一笑。李泣具告王氏，王氏厚葬觀。」其事本出唐袁郊甘澤謠。參見本集卷五同游雲蓋分韻得雲字注〔一〇〕〔一一〕。

〔七〕歎再來之尚存：用高僧曇諦轉世麈尾書鎮尚存事，喻師弟子之因緣。再來，謂投胎轉生。

參見本集卷九次韻誼叟悼性上人注〔五〕。

〔八〕披掌發異世之珠：喻師弟子之間前世即有夙緣。景德傳燈録卷二第二十四祖師子尊者：「尊者既攝五衆，名聞遐邇，方求法嗣，遇一長者引其子，問尊者曰：『此子名斯多，當生便拳左手，今既長矣，而終未能舒。願尊者示其宿因。』尊者覩之，即以手接曰：『可還我珠。』童子遽開手奉珠，衆皆驚異。尊者曰：『吾前報爲僧，有童子名婆舍。吾嘗赴西海齋，受䞋珠付之。今還吾珠，理固然矣。』長者遂捨其子出家，尊者即與受具，以前緣故，名婆舍斯多。」

〔九〕後身附前生之植：用栽松道人後身弘忍從四祖道信學道之事，喻師弟子緣分。詳見本集卷二二栽松庵記。

〔一〇〕契無悟花之敏：景德傳燈録卷一一福州靈雲志勤禪師：「初在潙山，因桃花悟道，有偈曰：『三十年來尋劍客，幾逢落葉幾抽枝。自從一見桃華後，直至如今更不疑。』」此反其用意以自謙。

〔一一〕迷有摘葉之愚：景德傳燈録卷三〇永嘉真覺大師證道歌：「直截根源佛所印，摘葉尋枝我不能。」此亦反其意而用之。

〔一二〕户知：家喻户曉。此詞似惠洪自創。如林間録卷上：「潙山真如禪師從真點胸游最久，叢林户知之。」

〔一三〕「誓同小朗」二句：廓門注：「傳燈録振朗傳無所見。」錯按：疑「小朗」爲「大朗」之誤。景德傳燈録卷一四潭州招提慧朗禪師：「師承命迴嶽造于石頭，問：『如何是佛？』石頭曰：『汝無佛性。』曰：『蠢動含靈又作麽生？』石頭曰：『蠢動含靈却有佛性。』曰：『慧朗爲什麽却無？』石頭曰：『爲汝不肯承當。』師於言下信入。後住梁端招提寺，不出户三十餘年。凡參學者至，皆曰：『去去！汝無佛性。』其接機大約如此（時謂大朗禪師）。」「斷筇不下三生」疑即「不出户三十餘年」之義。三生，或指三生藏。然本集卷一三元正一日示阿慈：「小朗平生共石巖。」卷二〇宜獨室銘：「金沙僧道明，勤道如智海，事師如小朗。」皆以小朗爲事師之典範，則此「誓同小朗」或有出處，俟考。

〔一四〕「敢料大潙」二句：景德傳燈録卷九潭州潙山靈祐禪師：「時華林聞之曰：『某甲忝居上首，祐公何得住持？』百丈云：『若能對衆下得一語出格，當與住持。』即指淨瓶問云：『不得喚作淨瓶，汝喚作什麽？』華林云：『不可喚作木楔也。』百丈不肯，乃問師，師踢倒淨瓶。百丈笑云：『第一坐輸却山子也。』遂遣師往潙山。」

〔一五〕熊嶽：熊耳山，此代指禪宗初祖菩提達磨。據景德傳燈録卷三，達磨卒葬洛陽熊耳山，起塔於定林寺，故云。

〔一六〕虎溪：在廬山東林寺旁，此代指東林常總禪師。據此，則所代作書者當屬臨濟宗黄龍派常總一系。

〔一七〕「機比踈山」二句：廓門注：「謂踈山常，鱗甲謂骨鯁者歟？」殊誤。鍇按：踈山了常禪師與惠洪同時，無此公案。此蓋用黄檗山慧禪師與其師踈山光（匡）仁禪師事。景德傳燈録卷二

○筠州黃檗山慧禪師：「洛陽人也，少出家，業經論學。因增受菩薩戒而歎曰：『大士攝律儀與吾，本受聲聞戒，俱止持作犯也。……且世間泡幻身命，何可留戀哉？』由是置講課，欲以身捐於水中飼鱗甲之類。念已將行，偶二禪者接之款話，謂：『南方頗多知識，師何滯於一隅也？』……師欣謝，直造疎山。時仁和尚坐法堂受參，師先顧視大衆，然後致問曰：『剎那便去時如何？』疎山曰：『畐塞虛空汝作麽生去？』師曰：『畐塞虛空，不如不去。』疎山便休。師下堂參第一座，第一座曰：『適觀座主秖對和尚語甚奇特？』師曰：『此乃率爾，實自偶然。敢望慈悲，開示愚迷。』第一座曰：『一剎那間還有擬議否？』師於言下頓省，禮謝。」

〔一八〕「辯如慧日」二句：未詳其事，俟考。口内之雌黃：語本晉書王衍傳：「義理有所不安，隨即改更，世號口中雌黃。」

〔一九〕蚊蚋亦名飲海：圓覺經：「譬如大海不讓小流，乃至蚊虻及阿修羅，飲其水者，皆得充滿。」

〔二〇〕女蘿適幸依松：詩小雅頍弁：「蔦與女蘿，施於松柏。」

〔二一〕爝火：炬火，謂其光微弱。莊子逍遙遊：「日月出矣，而爝火不息。其於光也，不亦難乎？」成玄英疏：「爝火，猶炬火也。」

代答書〔一〕

伏審光膺顯命，榮遂素心。輿情欣聞，士論增氣。竊謂仕宦無大小，當各行其志；窮達有義命，則不必言時。較今竹帛所傳，如漢文武之盛，觀其至鑒，大不可誣。相如之賦甚工，止於爲令〔二〕；李廣之藝絶類，竟不得侯〔三〕。蓋功名出於偶然，故用舍置諸度外〔四〕。然有是語，未見若人。恭惟某官，深於文詞，綽有標韻。言行信於閭里，聲稱著於搢紳。袖手來歸，餞華顛於詩酒〔五〕；挂冠間暇〔六〕，登清嘯於雲泉。方慚贄賀之未緣〔七〕，遽辱函封之先及。獲窺筆力，概見平生。習俗移人，鄙後來居上（士）之論㊀〔八〕；天資近道，有急流勇退之風〔九〕。陳誼甚高，把卷增慨。驚文彩之奪目，挹謙光之照人〔一〇〕。永爲巾笥之珍，愧乏瓊瑤之報〔一一〕。其於欽佩，莫究頌言〔一二〕。

【校記】

㊀上：原作「士」，誤，今據武林本改，參見注〔八〕。

【注釋】

〔一〕作年未詳。　代答書：未知代何人所答。

〔二〕「相如之賦甚工」二句：謂司馬相如因善賦而得官，不過爲令而已。史記司馬相如列傳：「相如拜爲孝文園令。天子既美子虛之事，相如見上好僊道，因曰：『上林之事未足美也。尚有靡者。臣嘗爲大人賦，未就，請具而奏之。』相如既奏大人之頌，天子大説，飄飄有淩雲之氣，似游天地之間意。」本集卷五復和答之：「又不見相如賦工合騷雅，九重偶有賞音者。

及見但爲上林令，斷國反在淄川下。」

〔三〕「李廣之藝絶類」二句：史記李將軍列傳：「徙爲上谷太守，匈奴日以合戰。典屬國公孫昆邪爲上泣曰：『李廣才氣，天下無雙，自負其能，數與虜敵戰，恐亡之。』於是乃徙爲上郡太守。……廣嘗與望氣王朔燕語，曰：『自漢擊匈奴，而廣未嘗不在其中，而諸部校尉以下，才能不及中人，然以擊胡軍功取侯者數十人，而廣不爲後人，然無尺寸之功以得封邑者，何也？豈吾相不當侯邪？且固命也？』」參見本集卷二二朱氏延真閣記注〔一一〕。

〔四〕用舍置諸度外：蘇軾聞子由爲郡僚所捃恐當去官：「雖然敢自必，用舍置度外。」此化用其語。

〔五〕華顛：猶言華髮，白頭。後漢書崔駰傳：「唐且華顛以悟秦。」李賢注：「爾雅曰：『顛，頂也。』華顛謂白首也。」

〔六〕挂冠：棄官歸隱。語本後漢書逢萌傳：「萌謂友人曰：『三綱絶矣，不去，禍將及人。』即解冠挂東都城門，歸，將家屬浮海，客於遼東。」

〔七〕贄賀：謂以禮物而敬賀。贄，初次拜見尊長所送之禮物。

〔八〕後來居上之論：史記汲鄭列傳：「故黯時丞相史皆與黯同列，或尊用過之。黯褊心，不能無少望，見上，前言曰：『陛下用羣臣如積薪耳，後來者居上。』」底本「上」作「士」，涉形近而誤，今改。

〔九〕急流勇退之風：宋邵伯温聞見録卷七：「錢若水爲舉子時，見陳希夷於華山。希夷曰：『明日當再來。』若水如期往見，有一老僧與希夷擁地鑪坐，僧熟視若水，久之不語，以火箸畫灰，作『做不得』三字。徐曰：『急流中勇退人也。』若水辭去，希夷不復留。後若水登科，爲樞密副使，年才四十致政。希夷初謂若水有仙風道骨，意未決，命老僧者觀之，僧云『做不得』，故不復留。然急流中勇退，去神仙不遠矣。老僧，麻衣道者也，希夷素所尊禮云。」東坡詩集注卷一二次韻孫巨源寄漣水李盛二著作并見寄五絶之二：「高才晚歲終難進，勇退當年正急流。」程演注：「陳摶謂錢若水有仙骨，麻衣道者曰：『此人但能於急流中勇退耳。』若水果早年恬退。」

〔一〇〕謙光之照人：易謙卦彖曰：「謙尊而光，卑而不可踰，君子之終也。」孔穎達疏：「尊者有謙，而更光明盛大。」

〔一一〕瓊瑶之報：詩衛風木瓜：「投我以木桃，報之以瓊瑶。匪報也，永以爲好也。」

〔一二〕「其於欽佩」二句：書啓結尾之套語。蘇軾答彭舍人啓：「其爲欣佩，莫究頌言。」

代上太師啓〔一〕

君子立邦家之光，固難親炙〔二〕；忠臣在社稷之衛，豈易皈依〔三〕？幸逢濟濟辟王之朝〔四〕，共遇赫赫師尹之貴〔五〕。豈無巨筆，用贊元勳。故巨璽縱魚，王褒著漢武得賢之頌〔六〕；在坰牡馬，史克陳僖公有道之詩〔七〕。敢當搢紳先生作者之前，願聽狂簡小子斐然之語〔八〕。雖牖中窺日〔九〕，未盡光輝；然爨下焦桐〔一〇〕，亦堪聽采。恭惟某官，文章宗伯，道德真儒。會逢千載一遇之時，協贊一日萬機之政。股肱周室，首居尚父之尊〔一一〕；左右商王，自任阿衡之重〔一二〕。一持政柄，大振朝綱。李逢吉十六子之奸回，悉歸竄逐〔一三〕；崔祐甫八百員之英傑，盡入搜揚〔一四〕。恢黽泮以興賢，奠幾千人經明行修之士〔一五〕；設庠序而化邑，復數百年鄉舉里選之科〔一六〕。鑄鐵錫子母，以利便公私〔一七〕；弛山河茶鹽，而通行商旅〔一八〕。興水利則俶載南畝，得施十千維耦之勤〔一九〕；勸農田則平秩西成，俱獲三百其囷之望〔二〇〕。恤貧置院，凶年無溝洫之憂〔二一〕；漏澤開園，枯骨免狐狸之噉〔二二〕。天寧建寺，祈明明天子壽考萬年〔二三〕；敦宗立官，使振振公子本支百世〔二四〕。以至乎九鼎鑄而百神受職〔二五〕，八寶獻而萬福攸同〔二六〕。大晟作而足以動天地感鬼神〔二七〕；四輔建而足以利國家興社稷〔二八〕。王道平而百川理，黃河於是乎清〔二九〕；元氣回而萬物春，靈芝於是乎秀〔三〇〕。遂致一人有慶，四海無虞〔三一〕。三階平而風雨時〔三二〕，五穀熟而人民育。天垂甘露〔三三〕，地産嘉禾〔三四〕。

山川草木之裕如〔三五〕，鳥獸魚鱉之咸若〔三六〕。民躋壽域〔三七〕，俗樂春臺〔三八〕。一方無鼠偷狗竊之驚〔三九〕，四境有犬吠雞鳴之喜〔四〇〕。遠人率化〔四一〕，荒服來王〔四二〕。萬邦共惟帝臣〔四三〕，天地莫非王土〔四四〕。開關受吏，梯航遠走於蠻中〔四五〕；獻地稱蕃〔四六〕，璵璇幾半於天下〔四七〕。皆是八柱擎天之力，益知四時成歲之功〔四八〕。昭昭簡在帝心〔四九〕，籍籍頌諸人口〔五〇〕。前房杜而後姚宋，何以加諸〔五一〕；左稷契而右皋夔，不能過也〔五二〕。此皆公議，豈但私言。自從往古來今，無不光前絕後。雖禿千毫之兔〔五三〕，難紀宏規；縱捽萬楮之皮〔五四〕，莫形魯頌〔五五〕。某倩員官業〔五六〕，托質洪鈞。望南山之維石巖巖〔五七〕，幾年注目；仰北斗之台星兩兩〔五八〕，每夜勞魂。歎無路以掃門〔五九〕，徒有心於投刺〔六〇〕。鳳衰已甚，敢興楚接之歌〔六一〕；牛喘非時，終冀邴吉之問〔六二〕。特書悃愊〔六三〕，上瀆高明。造化鑪中，敢希陶鑄；變調手內，全藉提攜。果蒙自卯及翼之恩〔六四〕，不忘摩頂至踵之報〔六五〕。

【校記】

㊀焦：天寧本作「梧」。

【注釋】

〔一〕作年未詳。太師：指蔡京。京字元長，福建仙遊人。已見前注。據宋楊仲良通鑑長編紀事本末卷一三一蔡京事迹，蔡京於大觀二年正月己未，進太師；三年十一月己巳，進封楚國公；四年五月甲子，降授太子少保。政和二年二月戊子，蔡京復太師。參見宋史姦臣傳二蔡京傳。錯按：此文爲惠洪代人作上蔡京書啓，希冀提攜，極盡阿諛諂媚之能事。宋史蔡京本傳謂「營進之徒，舉集其門」，此人即其一也。

〔二〕親炙：謂親承教化。孟子盡心下：「奮乎百世之上，百世之下，聞者莫不興起也；非聖人而能若是乎？而況於親炙之者乎？」朱熹集注：「親近而熏炙之也。」

〔三〕皈依：本爲佛教語，指身心反歸於佛法僧。此借指依從。

〔四〕濟濟辟王：詩大雅棫樸：「濟濟辟王，左右趣之。」鄭箋：「辟，君也。君王謂文王也。」此借以譽徽宗。

〔五〕赫赫師尹：詩小雅節南山：「赫赫師尹，民具爾瞻。」毛傳：「師，太師，周之三公也。尹，尹氏，爲太師。」此借以譽蔡京。

〔六〕「故巨壑縱魚」二句：文選卷四七王褒聖主得賢臣頌：「翼乎如鴻毛遇順風，沛乎若巨魚縱大壑。」

〔七〕「在坰牡馬」二句：詩魯頌駉：「駉駉牡馬，在坰之野。」小序曰：「駉，頌僖公也。僖公能遵伯禽之法，儉以足用，寬以愛民，務農重穀，牧於坰野，魯人尊之。於是季孫行父請命於周，而史克作是頌。」鄭箋：「史克，魯史也。」

〔八〕狂簡小子斐然之語：論語公冶長：「吾黨之小子狂簡，斐然成章，不知所以裁之。」朱熹集注：「狂簡，志大而略於事也。」

〔九〕牖中窺日：世説新語文學：「支道林聞之曰：『聖賢固所忘言，自中人以還，北人看書，如顯處視月；南人學問，如牖中窺日。』」此借用其語。

〔一〇〕爨下焦桐：後漢書蔡邕傳：「吴人有燒桐以爨者，邕聞火烈之聲，知其良木，因請而裁爲琴，果有美音，而其尾猶焦，故時人名曰『焦尾琴』焉。」

〔一一〕「股肱周室」二句：謂太公望吕尚爲周朝股肱大臣，此借譽蔡京。詩大雅大明：「維師尚父，時維鷹揚。」孔穎達疏引漢劉向别録曰：「師之尚之父之，故曰師尚父。」史記齊太公世家：「師尚父左杖黄鉞。」

〔一二〕「左右商王」二句：謂伊尹爲商湯左右輔佐大臣，亦借譽蔡京。詩商頌長發：「實爲阿衡，實左右商王。」孔疏：「伊尹名摯，湯以爲阿衡，至太甲改曰保衡。阿衡、保衡皆公官。」書太甲上：「惟嗣王不惠於阿衡。」孔疏：「伊尹，湯倚而取平，故以爲官名。」

〔一三〕「李逢吉十六子之奸回」二句：新唐書李逢吉傳：「鄭注得幸於王守澄，逢吉遣從子訓賂注，結守澄爲奥援，自是肆志無所憚。其黨有張又新、李續、張權輿、劉栖楚、李虞、程昔範、姜洽及訓八人，而傅會者又八人，皆任要劇，故號『八關十六子』。有所求請，先賂關子，後達於逢吉，無不得所欲。」此借以指蔡京禁錮元祐黨人事。鍇按：蔡京本傳：「時元祐羣臣貶竄死徙略盡，京猶未愜意，命等其罪狀，首以司馬光，目以姦黨，刻石文德殿門，又自書爲大碑，遍班郡國。初，元符末以日食求言，言者多及熙寧、紹聖之政，則又籍范柔中以下爲邪等。凡名在兩籍者三百九人，皆錮其子孫，不得官京師及近甸。」

〔一四〕「崔祐甫八百員之英傑」二句：新唐書崔祐甫傳：「及祐甫，則薦舉惟其人，不自疑畏，推至公以行。未逾年，除吏幾八百員，莫不諧允。帝嘗謂曰：『人言卿擬官多親舊，何邪？』對曰：『陛下令臣進擬庶官，夫進擬者必悉其才行，如不與聞知，何由得其實？』帝以爲然。」此借指蔡京選用人才不自疑畏。鍇按：宋史本傳：「暮年即家爲府，營進之徒，舉集其門，輸貨僮隸得美官，棄綱紀法度爲虛器。患失之心無所不至，根株結盤，牢不可脱。」

〔一五〕「恢雝泮以興賢」二句：宋史本傳：「罷科舉法，令州縣悉仿太學三舍考選，建辟雍外學於城南，以待四方之士。」雝泮，辟雍與泮宮，代指學校。禮記王制：「大學在郊，天子曰辟雍，諸侯曰頖宮。」雝，同「雍」。泮，同「頖」。

〔一六〕「設庠序而化邑」二句：宋史徽宗本紀一：「（崇寧三年十一月）丁亥，詔取士並繇學校，罷發解及省試法，科場如故事。」庠序，亦代指學校。

〔一七〕「鑄鐵錫子母」二句：宋史紀事本末卷一一蔡京擅國：「（崇寧）三年春正月，鑄當十大錢。自太祖以來，諸路置監鑄錢，有折二、折三、當五，隨時立制，未嘗鑄當十錢。至是，蔡京將以利惑上，始請鑄於諸路，與小平錢通行於時。」宋史本傳：「盡更鹽鈔法，凡舊鈔皆弗用，富商巨賈嘗賫持數十萬緡，一旦化爲流丐，甚者至赴水及縊死。提點淮東刑獄章綽見而哀之，奏改法誤民，京怒，奪其官。因鑄當十大錢，盡陷綽諸弟。」錯按：鐵錫子母，指當十錢與小平錢。

〔一八〕「弛山河茶鹽」二句：宋史食貨志下四：「崇寧元年，蔡京議更鹽法，乃言東南鹽本或闕，滯於客販，請增給度牒及給封樁坊場錢通三十萬緡。并列七條：一、許客用私船運致，仍嚴立輒逾疆至夾帶私鹽之禁；二、鹽場官吏概量不平或支鹽失倫次者，論以徒；三、鹽商所繇官司、場務、堰牐、津渡等輒加苛留者，如上法；四、禁命吏、蔭家、貢士、胥吏爲賈區請鹽；五、議貸亭户；六、鹽價大低者議增之；七、令措置官博盡利害以聞。明年，詔鹽舟力勝錢勿輸，用絶阻遏，且許舟行越次取疾，官綱等舟輒攔阻者坐之。」同書食貨志下六：「崇寧元年，右僕射蔡京言：『……謂宜荆湖、江、淮、兩浙、福建七路所産茶，仍舊禁榷官買，勿復科民，即産茶州郡隨所置場，申商人園户私易之禁，凡置場地園户租折税仍舊。産茶州軍許其民赴場輸息，量限斤數，給短引，於旁近郡縣便糶，餘悉聽商人於榷貨務入納金銀、緡錢或並邊糧草，即本務給鈔，取便算請於場，别給長引，從所指州軍糶之。商税自場給長引，沿道登時批發，至所指地，然後計税盡輸，則在道無苛留。』」宋史本傳：「榷江、淮七路茶，官自爲市。盡更鹽鈔法。」

〔一九〕「興水利則俶載南畝」二句：此謂興修農田水利之事。宋史河渠志三：「（崇寧四年）二月，工部言：『乞修蘇村等處運糧河堤爲正堤，以支漲水，較修棄堤直堤，可減工四十四萬，料七十一萬有奇。』從之。閏二月，尚書省言：『大河北流，合西山諸水，在深州武强、瀛州樂壽埽，俯瞰雄、霸、莫州及沿邊塘濼，萬一決溢，爲害甚大。』詔增二埽堤及儲蓄，以備漲水。是歲，大河安流。」詩小雅大田：「俶載南畝，播厥百穀。」朱熹集傳：「取其利耜而始事於南畝，既耕而播之。」詩周頌噫嘻：「亦服爾耕，十千維耦。」朱熹集傳：「萬人爲耦而並耕也。」

〔二〇〕「勸農田則平秩西成」二句：此或指方田制。徽宗本紀一：「（崇寧三年秋七月）辛卯，行方田法。」宋史本傳：「推方田於天下。」平秩西成，語本書堯典：「平秩西成。」孔傳：「秋，西方，萬物成，平序其政，助成物也。」三百其囷，語本詩魏風伐檀：「不稼不穡，胡取禾三百囷兮。」囷，圓倉，糧倉。

〔二一〕「恤貧置院」二句：徽宗本紀二：「（大觀四年三月）甲寅，敕所在振卹流民。」凶年無溝洫之憂：謂災荒年無餓死之憂。溝洫，田間水溝，此義同「溝壑」。孟子梁惠王下：「凶年饑歲，君之民老弱轉乎溝壑。」

〔二二〕「漏澤開園」二句：徽宗本紀一：「（崇寧三年二月）丁未，置漏澤園。」宋釋宗鑑釋門正統卷四：「徽宗皇帝崇寧三年，制諸州縣創漏澤園。」元釋覺岸釋氏稽古略卷四甲申崇寧三年：「漏澤園：宋，春二月，詔天下州縣置漏澤園，殯客死無歸之士。」

〔二三〕「天寧建寺」二句：因徽宗誕日天寧節而建天寧寺，祈天子壽考萬年。佛祖歷代通載卷一九：「改年崇寧，詔天下軍州創崇寧寺。又改天寧替先號。」釋氏稽古略卷四：「崇寧元年，詔天下軍州創崇寧寺，又改額曰天寧寺。」 明明天子，語本詩大雅江漢：「明明天子，令聞不已。」 壽考萬年，語本詩小雅信南山：「畀我尸賓，壽考萬年。」

〔二四〕「敦宗立官」二句：謂爲宗室疏屬置敦宗院之事。廓門注：「『敦宗』，當作『叙宗』歟？書經皋陶謨曰：『敦叙九族。』」殊誤，乃未明敦宗院之事。鍇按：宋史職官志四：「（大宗正司）崇寧三年，置南外宗正司於南京，西外宗正司於西京，各置敦宗院。初，講議司言：『宗室疏屬原居兩京輔郡者，各置敦宗院，其兩京各置外宗正司。』從之。仍詔各擇宗室之賢者一人爲知宗，掌外居宗室，詔復定宗學博士、正録員數。大觀四年罷，政和二年復舊。又詔敦宗院宗子有文藝、行實衆所共知者，許外宗正官考察以聞。」 振振公子，語本詩召南麟之趾：「麟之趾，振振公子，于嗟麟兮！」 本支百世，語本詩大雅文王：「文王孫子，本支百世。凡周之士，不顯亦世。」

〔二五〕九鼎鑄：九鼎象徵傳國之寶。史記五帝本紀：「禹收九牧之金，鑄九鼎，象九州。」鍇按：徽宗本紀一：「（崇寧三年春正月）甲辰，鑄九鼎。」宋史禮志七：「又用方士魏漢津之説，備百物之象，鑄鼎九，於中太一宫南爲殿奉安之。……崇寧四年八月，奉安九鼎，以蔡京爲定鼎禮儀使。」 百神受職：語本禮記禮運：「故禮行於郊，而百神受職焉。」

〔二六〕八寶獻：宋史本傳：「大觀元年，復拜左僕射。以南丹納土，躐拜太尉，受八寶，拜太師。」徽宗本紀二：「（大觀）二年春正月壬子朔，受八寶於大慶殿。」　萬福攸同：語本詩小雅采菽：「樂只君子，萬福攸同。」又見詩小雅蓼蕭：「和鸞雍雍，萬福攸同。」

〔二七〕大晟作：徽宗本紀二：「（崇寧四年八月）辛卯，賜新樂名大晟，置府建官。」詳見通鑑長編記事本末卷一三五大晟樂。　動天地感鬼神：語本詩大序：「故正得失，動天地，感鬼神，莫近於詩。」

〔二八〕四輔建：徽宗本紀二：「（崇寧四年秋七月）辛丑，置四輔郡，以潁昌府爲南輔，襄邑縣爲東輔，鄭州爲西輔，澶州爲北輔。（八月）丙子，以東輔爲拱州。」蔡京本傳：「又欲兵柄士心皆歸己，建澶、鄭、曹、拱爲四輔，各屯兵二萬，而用其姻昵宋喬年、胡師文爲郡守。禁卒干掫月給錢五百，驟增十倍以固結之。威福在手，中外莫敢議。」

〔二九〕黄河於是乎清：晉王嘉拾遺記卷一：「黄河千年一清，至聖之君，以爲大瑞。」徽宗本紀二：「（大觀元年）是歲，乾寧軍、同州黄河清。」

〔三〇〕靈芝於是乎秀：徽宗本紀二：「（崇寧五年）九月辛丑，河南府嘉禾與芝草同本生。」

〔三一〕「遂致一人有慶」二句：書畢命：「四方無虞，予一人以寧。」孔傳：「四方無可度之事，我天子用安矣。」

〔三二〕三階平而風雨時：漢書東方朔傳：「願陳泰階六符。」顔師古注引應劭曰：「黄帝泰階六符經曰：『泰階者，天之三階也。上階爲天子，中階爲諸侯公卿大夫，下階爲士庶人。上階上星爲男主，下星爲女主；中階上星爲諸侯三公，下星爲卿大夫；下階上星爲元士，下星爲庶人。三階平則陰陽和，風雨時，社稷神祇，咸獲其宜，天下大安，是爲太平。』」

〔三三〕天垂甘露：徽宗本紀二：「（大觀元年春正月）甲午，以蔡京爲尚書左僕射兼門下侍郎。庚子，甘露降於帝鼎内，羣臣稱賀。」

〔三四〕地産嘉禾：徽宗本紀二：「（政和元年）是歲，虔州芝草生，蔡州瑞麥連野，河南府嘉禾生。」

〔三五〕山川草木之裕如：語本揚雄法言五百：「仲尼神明也，小以成小，大以成大，雖山川、丘陵、草木、鳥獸，裕如也。」司馬光注：「裕如，有餘貌。」

〔三六〕鳥獸魚鱉之咸若：泛言各種動物皆能順其性，應其時，得其宜。書皋陶謨：「皋陶曰：『都！在知人，在安民。』禹曰：『吁！咸若時，惟帝其難之。』」

〔三七〕民躋壽域：謂人人盡享天年。語本漢書王吉傳：「驅一世之民躋之仁壽之域，則俗何以不若成康，壽何以不若高宗？」顔師古注：「以仁撫下，則羣生安逸而壽考。」

〔三八〕俗樂春臺：老子第二十章：「衆人熙熙，如享太牢，如登春臺。」

〔三九〕鼠偷狗竊：史記劉敬叔孫通列傳：「此特羣盜鼠竊狗盜耳，何足置之齒牙間。」此借用其語。

〔四〇〕犬吠雞鳴：形容人口聚居而稠密。後漢書吴良傳：「門下掾王望舉觴上壽，諂稱太守功德。」李賢注引東觀記曰：「王望言曰：『齊郡敗亂，遭離盜賊，不聞雞鳴犬吠之音。明府視事五年，土地開闢，盜賊滅息，五穀豐熟，家給人足。今日歲首，請上雅壽。』」此反其意而用之。

〔四一〕遠人率化：論語季氏：「故遠人不服，則修文德以來之，既來之，則安之。」此化用其意。

〔四二〕荒服來王：謂戎狄亦來朝拜。荀子正論：「封内甸服，封外侯服，侯衛賓服，蠻夷要服，戎狄荒服。」書禹貢：「五百里荒服。」孔傳：「要服外之五百里，言荒又簡略。」鍇按：徽宗本紀二：「（大觀二年）于闐、夏國入貢。」又：「（大觀三年）闍婆、占城、夏國入貢。」又徽宗本紀三：「（政和二年）高麗入貢。」又：「（政和六年）高麗、占城、大食、真臘、大理、夏國入貢。」

〔四三〕萬邦共惟帝臣：書益稷：「萬邦黎獻，共惟帝臣。」孔傳：「獻，賢也。萬國衆賢共爲帝臣，帝舉是而用之。」

〔四四〕天地莫非王土：詩小雅北山：「溥天之下，莫非王土。」

〔四五〕「開關受吏」二句：謂於蠻夷之地置官吏以治理。史記司馬相如列傳：「是時邛筰之君長聞南夷與漢通，得賞賜多，多欲願爲内臣妾，請吏，比南夷。」司馬貞索隱：「謂請置漢吏，與南夷爲比例也。」受吏，即請吏。鍇按：徽宗本紀二：「（崇寧四年八月）庚午，以王、江、古州歸順，置提舉溪洞官二員。」又：「（大觀元年六月）甲子，以黎人地爲庭、孚二州。」又：「（大觀二年）六月乙酉，以涪夷地爲珍州。」

〔四六〕獻地稱蕃：徽宗本紀二：「（大觀三年）二月丙子朔，播州楊文貴納土，以其地置遵義軍。」又：「瀘州夷王募弱内附。」徽宗本紀三：「（政和七年）二月癸亥，以大理國王段和譽爲雲南節度使。」

〔四七〕璵璇幾半於天下：謂天下四方皆有美玉貢品。宋史本傳：「時承平既久，帑庾盈溢，京倡爲豐、亨、豫、大之説，視官爵財物如糞土，累朝所儲掃地矣。帝嘗大宴，出玉琖、玉卮示輔臣曰：『欲用此，恐人以爲太華。』京曰：『臣昔使契丹，見玉盤琖，皆石晉時物，持以夸臣，謂南朝無此。今用之上壽，於禮無嫌。』帝曰：『先帝作一小臺財數尺，上封者甚衆，朕甚畏其言。此器已就久矣，倘人言復興，久當莫辨。』京曰：『事苟當於理，多言不足畏也。陛下當享天下之奉，區區玉器，何足計哉！』」

〔四八〕「皆是八柱擎天之力」二句：唐張説張燕公集卷一八故開府儀同三司上柱國贈揚州刺史大都督梁國公姚文貞公碑：「八柱承天，高明之位定；四時成歲，亭育之功存。」此化用其語意。楚辭天問：「八柱何當？東南何虧？」王逸注：「言天有八山爲柱。」喻國家棟梁之臣。此稱譽蔡京。

〔四九〕昭昭簡在帝心：書湯誥：「弗敢自赦，惟簡在上帝之心。」孔傳：「所以不蔽善人，不赦己罪，以其簡在天心故。」

〔五〇〕籍籍：漢書江都易王非傳：「國中口語籍籍，慎無復至江都。」顔師古注：「籍籍，喧聒之意。」

〔五一〕「前房杜而後姚宋」二句：房，即房玄齡；杜，即杜如晦，輔佐唐太宗成就貞觀之治。姚，即姚崇；宋，即宋璟，輔佐唐玄宗成就開元盛世。四人皆爲賢相。晉傅玄傅子卷四：「古之上賢，何以加諸？」此借用其語。

〔五二〕「左稷契而右皋夔」二句：稷、契、皋、夔，皆虞舜大臣。后稷，掌管農事，教民稼穡；契，掌管民治；皋陶，掌管刑法；夔，掌管音樂。四人皆爲賢臣。史記孫子吴起列傳：「然用兵，司馬穰苴不能過也。」晉書羊祜傳：「抗稱祜之德量，雖樂毅、諸葛孔明不能過也。」此借用其語。

〔五三〕秃千毫之兔：謂寫秃千隻毛筆。兔毫可製筆，故代稱筆。初學記卷二一王羲之筆經：「漢時諸郡獻兔毫，出鴻都，惟有趙國毫中用。時人咸言兔毫無優劣，管手有巧拙。」

〔五四〕捽萬楮之皮：謂使用萬張紙。楮，即構樹，其皮可製紙，故代稱紙。捽，揪。

〔五五〕魯頌：詩經三頌之一。周成王封周公於魯，因其有大功德於王室，故雖爲諸侯國亦有頌。徽宗本紀三：「(政和二年十一月)辛巳，蔡京進封魯國公。」宋史本傳：「政和二年，召還京師，復輔政，徙封魯國。」魯頌或雙關此事。

〔五六〕備員：謙詞，謂虚在其位，聊以充數。史記秦始皇本紀：「博士雖七十人，特備員弗用。」

〔五七〕望南山之維石巖巖：語本詩小雅節南山：「節彼南山，維石巖巖。」毛傳：「興也。節，高峻貌。巖巖，積石貌。」鄭箋：「興者，喻三公之位，人所尊嚴。」

〔五八〕仰北斗之台星兩兩：晉書天文志：「三台六星，兩兩而居，起文昌，列抵太微。一曰天柱，三公之位也。在人曰三公，在天曰三台。」蔡京拜太師，爲三公之首，故云。

〔五九〕掃門：代指求見。事本史記齊悼惠王世家：「魏勃少時，欲求見齊相曹參，家貧無以自通，乃常獨早夜掃齊相舍人門外。相舍人怪之，以爲物，而伺之，得勃。勃曰：『願見相君，無因，故爲子掃，欲以求見。』於是舍人見勃曹參，因以爲舍人。一爲參御，言事，參以爲賢，言之齊悼惠王。悼惠王召見，則拜爲内史。」

〔六〇〕投刺：投遞名刺，亦求見之意。刺，名刺，名帖。梁書諸葛璩傳：「璩安貧守道，悦禮敦詩，未嘗投刺邦宰，曳裾府寺。」

〔六一〕「鳳衰已甚」二句：論語微子：「楚狂接輿歌而過孔子曰：『鳳兮鳳兮，何德之衰？往者不可諫，來者猶可追。已而已而！今之從政者殆而！』」

〔六二〕「牛喘非時」二句：漢書丙吉傳：「吉又嘗出，逢清道羣鬬者，死傷横道，吉過之不問，掾史獨怪之。吉前行，逢人逐牛，牛喘吐舌，吉止駐，使騎吏問：『逐牛行幾里矣？』掾史獨謂丞相前後失問，或以譏吉，吉曰：『民鬬相殺傷，長安令、京兆尹職所當禁備逐捕，歲竟丞相課其殿最，奏行賞罰而已。宰相不親小事，非所當於道路問也。方春少陽用事，未可大熱，恐牛近行，用暑故喘，此時氣失節，恐有所傷害也。三公典調和陰陽，職當憂，是以問之。』掾史乃服，以吉知大體。」

〔六三〕悃愊：悃誠，至誠。漢書劉向傳：「發憤悃愊，有憂國之心。」

〔六四〕自卵及翼之恩：喻庇護之恩。左傳哀公十六年：「子西曰：『勝如卵，余翼而長之。』」

〔六五〕摩頂至踵：謂損傷身體，猶摩頂放踵。孟子盡心上：「墨子兼愛，摩頂放踵，利天下爲之。」趙岐注：「摩突其頂，下至於踵。」唐釋法藏華嚴經傳記卷三唐終南山至相寺釋智儼傳：「是以摩頂至踵，馳精十力；捉髮吐哺，委質四依。」

代上少師啓〔一〕

伏審光膺大號，榮貳(二)三公㊀〔二〕。凡屬生成，舉同抃蹈〔三〕。竊以大臣謀國，元帥行師，深惟用兵之難，近請以唐爲喻：裴度之誅元濟，名蓋淮西〔四〕；子儀之備吐蕃，威宣關内〔五〕。然而軍旅屢失，歲月薦更。或碎韓愈勒銘之碑〔六〕，或置朝恩疾功之沮〔七〕。紛然異議，沸於外庭。未有纛祭朝陳〔八〕，散犬戎於沙幕〔九〕；捷書夜奏〔一〇〕，復禹貢之山河〔一一〕。服功於談笑之間，紀績於鼎彝之上。雖曰天之時數，豈非人之力爲？恭惟籙(藥)宫先生㊁〔一二〕，蘊德方剛，受材宏大。以山甫補衮之手〔一三〕，應高宗協夢之祥〔一四〕。惟都惟俞〔一五〕，可曰千載之遇；知文知武，是謂萬人之英〔一六〕。當巍巍乎有道之朝〔一七〕，建岌岌乎無前之業〔一八〕。父子俱登三事〔一九〕，君臣慶同一時。四世五公〔二〇〕，何足道也；一門萬石〔二一〕，竊且陋之。已收玉版之榮〔二二〕，行遂金甌之拜〔二三〕。某猥緣望履〔二四〕，獲預執鞭〔二五〕，永懷剪拂之私〔二六〕，未效涓埃之報〔二七〕。終當爲之殞首〔二八〕，且將依以揚聲〔二九〕。身處江湖，遐想平津之館〔三〇〕；職拘飛挽〔三一〕，遥稱北海之觴〔三二〕。

【校記】

㈠ 貳：原作「二」，今從四庫本、武林本。

㈡ 籙：原作「藥」，誤，今改。參見注〔一二〕。

【注釋】

〔一〕約宣和六年作於長沙。 少師：蔡攸（一〇七七～一一二六），字居安，京長子。崇寧三年自鴻臚丞賜進士出身。除秘書郎，累遷至樞密直學士，京再入相，加龍圖閣學士兼侍讀，後與京權勢相軋，遂爲敵對。仕至開府儀同三司、鎮海軍節度使。嘗侍曲宴，多道市井淫媟謔浪語，以蠱帝心。童貫伐燕，以攸副宣撫，及郭藥師舉涿、易二州降，王師入燕，進少師，封英國公，還領樞密院。靖康元年，責爲大中大夫，貶永州，徙潯、雷，尋遣使者誅之，年五十。宋史入姦臣傳。 鍇按：蔡攸以宣和五年五月進少師，此啓作於其後，時惠洪在湖南長沙，所代作書之人當亦在長沙。啓中「職拘飛挽」，當爲湖南轉運使；又稱「獲預執鞭」，則當爲蔡氏門生故吏。時湖南轉運使爲李偃，且有阿附蔡京父子之事，故此啓當代爲李偃而作。參見本集卷一三代人上李龍圖並廉使致語十首注〔一〕、卷一九李運使贊注〔一〕。

〔二〕榮貳三公：謂其榮耀僅次於三公。貳，副，次。漢書百官公卿表上：「太師、太傅、太保是爲三公。又立三少爲之副，少師、少傅、少保，是爲孤卿。」蔡攸爲少師，故云。

〔三〕「凡屬生成」二句：唐元稹元氏長慶集卷三四賀誅吳元濟表：「凡在生成，孰不歡忭？」此化用其語意句法。生成，指生民，人民。抃蹈，鼓掌舞蹈，形容歡欣。

〔四〕「裴度之誅元濟」二句：新唐書裴度傳：「王師討蔡，以度視行營諸軍，還，奏攻取策，與帝意合。且問諸將才否，度對：『李光顔義而勇，當有成功。』不三日，光顔破時曲兵，帝歎度知言。進兼刑部侍郎。……即對延英，拜中書侍郎、同中書門下平章事。時方連諸道兵，環挈不解，内外大恐，人累息。及度當國，外内始安。由是討賊益急。……於時，討蔡數不利，羣臣爭請罷兵。……唯度請身督戰，帝獨目度留，曰：『果爲朕行乎？』度俯伏流涕曰：『臣誓不與賊偕存。』即拜門下侍郎、平章事、彰義軍節度、淮西宣慰招討處置使。度以韓弘領都統，乃上還招討以避弘，然實行都統事。……於是表馬總爲宣慰副使，韓愈行軍司馬。……度屯郾城，勞諸軍，宣朝廷厚意，士奮於勇。是時，諸道兵悉中官統監，自處進退。度奏罷之，使將得顓制，號令一，戰氣倍。未幾，李愬夜入懸瓠城，縛吳元濟以報。度遣馬總先入蔡，明日，統洄曲降卒萬人持節徐進，撫定其人。」

〔五〕「子儀之備吐蕃」二句：新唐書郭子儀傳：「永泰元年，詔都統河南道節度行營，復鎮河中。懷恩盡説吐蕃、回紇、党項、羌、渾、奴剌等三十萬，掠涇、邠，躪鳳翔，入醴泉、奉天，京師大震。……急召子儀屯涇陽，軍纔萬人。比到，虜騎圍已合。乃使李國臣、高升、魏楚玉、陳回光、朱元琮各當一面，身自率鎧騎二千出入陣中。回紇怪問：『是謂誰？』報曰：『郭令公。』……即傳呼曰：『令公來！』虜皆持滿待。子儀以數十騎出，免胄見其大酋曰：『諸君同艱難久矣，何忽亡忠誼而至是邪？』回紇舍兵下馬拜曰：『果吾父也。』子儀即召與飲。……吐蕃疑之，夜引去。子儀遣將白元光合回紇衆追躡，大軍繼之，破吐蕃十萬於靈臺西原，斬級五萬，俘萬人，盡得所掠士女牛羊馬橐駝不勝計。」

〔六〕或砭韓愈勒銘之碑：舊唐書韓愈傳：「元和十二年八月，宰臣裴度爲淮西宣慰處置使，兼彰義軍節度使，請愈爲行軍司馬，仍賜金紫。淮蔡平，十二月隨度還朝，以功授刑部侍郎，仍詔愈撰平淮西碑，其辭多叙裴度事。時先入蔡州擒吴元濟，李愬功第一，愬不平之。愬妻出入禁中，因訴碑辭不實，詔令磨愈文。憲宗命翰林學士段文昌重撰文勒石。」

〔七〕或置朝恩疾功之沮：新唐書郭子儀傳：「魚朝恩素疾其功，因是謀譖之，故帝召子儀還，更以趙王爲天下兵馬元帥，李光弼副之，代子儀領朔方兵。子儀雖失軍，無少望，乃心朝廷。」

〔八〕纛祭朝陳：謂行軍前早晨祭軍中大皂旗。柳河東集注卷四一祭纛文：「維年月日某官以牲牢之奠祭於纛神。」注：「元和十四年裴行立討黄賊，因作此。纛，以旄牛尾爲之，在左騑馬首。音道，又音毒。」

〔九〕散犬戎於沙幕：指擊敗西夏之事。犬戎，泛指西北遊牧民族入侵者。沙幕：即沙漠。漢書蘇武傳：「（李）陵起舞曰：『徑萬里兮度沙幕，爲君將兮奮匈奴。』」

〔一〇〕捷書夜奏：杜甫洗兵行：「中興諸將收山東，捷書夜報清晝同。」此借用其語。

〔一一〕復禹貢之山河：指伐遼復燕之事。禹貢，尚書夏書篇名，分中國爲九州，叙各州山川、交通、物産、貢賦之事。遼國地處九州之冀州，屬禹貢地理範圍，滅遼復燕，故稱「復禹貢之山河」。

〔一二〕籙宮先生：指蔡攸。據宋史本傳，蔡攸嘗提舉上清寶籙宮，故稱。底本「籙」作「藥」，涉形近而誤，今改。

〔一三〕以山甫補衮之手：詩大雅烝民：「衮職有闕，維仲山甫補之。」毛傳：「有衮冕者，君之上服也。仲山甫補之，善補過也。」

〔一四〕應高宗協夢之祥：書説命序：「高宗夢得説，使百工營求諸野，得諸傅巖。作説命三篇。」孔傳：「盤庚弟小乙子名武丁，德高可尊，故號高宗。夢得賢相，其名曰説。使百官以所夢之形象經營求之於外野，得之於傅巖之谿。命説爲相，使攝政。」

〔一五〕惟都惟俞：君臣應答讚美之辭。書堯典：「帝曰：『俞，予聞，如何？』」又書皋陶謨：「禹曰：『俞，如何？』皋陶曰：『都！慎厥身，修思永。惇叙九族，庶明勵翼，邇可遠在兹。』禹拜昌言曰：『俞！』皋陶曰：『都！在知人，在安民。』」

〔一六〕萬人之英：白虎通義卷下聖人：「禮別名記曰：五人曰茂，十人曰選，百人曰俊，千人曰英，倍英曰賢，萬人曰傑，萬傑曰聖。」已見前注。

〔一七〕巍巍乎有道之朝：論語泰伯：「子曰：『巍巍乎！舜禹之有天下也而不與焉。』子曰：『大哉堯之爲君也！巍巍乎！唯天爲大，唯堯則之。蕩蕩乎，民無能名焉。巍巍乎，其有成功也，煥乎其有文章！』」此喻指徽宗朝。

〔一八〕岌岌：高聳貌。

〔一九〕父子俱登三事：謂蔡京、蔡攸父子皆登三公之位。詩小雅雨無正：「三事大夫，莫肯夙夜。」孔穎達疏：「三事大夫爲三公耳。」

〔二〇〕四世五公：語本三國志蜀書先主傳：「先主曰：『袁公路近在壽春，此君四世五公，海内所歸，君可以州與之。』」鍇按：東漢袁安仕至司空、司徒，其子敞爲司空，其孫湯爲司空，累遷司徒、太尉，曾孫逢爲司空，逢弟隗爲太傅。此即「四世五公」。事具後漢書袁安傳。逢子術，字公路。後漢書亦有傳。

〔二一〕一門萬石：史記萬石張叔列傳：「萬石君，名奮，其父趙人也，姓石氏。……奮爲太子太傅。及孝景即位，以爲九卿；迫近，憚之，徙奮爲諸侯相。奮長子建、次子甲、次子乙、次子慶，皆以馴行孝謹，官皆至二千石。於是景帝曰：『石君及四子皆二千石，人臣尊寵，乃集其門。』號奮爲萬石君。」張守節正義：「以父及四子皆二千石，故號奮爲萬石君。」

〔二二〕玉版之榮：漢書晁錯傳：「臣竊觀上世之傳，若高皇帝之建功業，陛下之德厚而得賢佐，皆有司之所覽，刻於玉版，藏於金匱，歷之春秋，紀之後世，爲帝者祖宗，與天地相終。」已見前注。

〔二三〕金甌之拜：指拜相。新唐書崔義玄傳附崔琳傳：「初，玄宗每命相，皆先書其名。一日，書琳等名，覆以金甌。」已見前注。

〔二四〕望履：謙詞，指求見。語本莊子盜跖：「孔子復通曰：『丘得幸於季，願望履幕下。』」郭象注：「願望履幕下，言視不敢望跖面，望履結而還也。」

〔二五〕執鞭：亦謙詞，謂持鞭駕車，爲作差役。史記管晏列傳論曰：「假令晏子而在，余雖爲之執鞭，所忻慕焉。」

〔二六〕剪拂：修證擦拭，喻推崇，讚譽。文選劉孝標廣絶交論：「顧盼增其倍價，剪拂使其長鳴。」

〔二七〕未效涓埃之報：杜甫野望：「惟將遲暮供多病，未有涓埃答聖朝。」此借用其語意。

〔二八〕殞首：頭落地，謂以死相報。晉李密陳情表：「臣生當隕首，死當結草。」殞，通「隕」。

〔二九〕揚聲：孔融論盛孝章書：「今孝章實丈夫之雄也，天下談士，依以揚聲。」

〔三〇〕平津之館：漢書公孫弘傳：「先是，漢常以列侯爲丞相，唯弘無爵，上於是下詔曰：『朕嘉先聖之道，開廣門路，宣招四方之士。……其以高成之平津鄉户六百五十封丞相弘爲平津侯。』……時上方興功業，婁舉賢良。弘自見爲舉首，起徒步，數年至宰相封侯，於是起客館，開東閣以延賢人，與參謀議。弘身食一肉，脱粟飯，故人賓客仰衣食，俸禄皆以給之，家無所餘。」

〔二〕職拘飛挽：謂其官職爲轉運使。飛挽，飛芻挽粟之略稱，指疾速運送糧草。漢書主父偃傳：「又使天下飛芻輓粟。」顔師古注：「運載芻槀，令其疾至，故曰飛芻也。輓，謂引車船也。」以飛挽代指轉運使之事。挽，同「輓」。

〔三〕北海之觴：後漢書孔融傳：「三府同舉融爲北海相。……性寛容少忌，好士，喜誘益後進。及退閒職，賓客日盈其門。常歎曰：『座上客恒滿，尊中酒不空，吾無憂矣。』……融聞人之善，若出諸己，言有可採，必演而成之，面告其短，而退稱所長，薦達賢士，多所奬進，知而未言，以爲己過，故海内英俊皆信服之。」

代東林謝知府啓〔一〕

右某啓：准使符授前件職事，已祇受者〔二〕。竊以冠世名山〔三〕，道德所在；出塵淨社，緇白同歸〔四〕。近偶厄於妄庸，坐幾見其傾覆。宜得神穎，以整頽綱。上以副王臣外護之勤，下以副叢林中興之漸。如某者，蒞衆猶晚，涉道未深。五逢楚國之秋，三涉湘山之刹〔五〕。特以宗風之盛，誤爲學者所推。偶預總提〔六〕，良出徼倖。恭惟某官，斯民先覺〔七〕，當世偉人。世殿侯藩，名獨簡於睿想〔八〕；入聯清禁，道每格於君心〔九〕。期必代於天工〔一〇〕，蓋久從於人望。某已次治境，行瞻履舄（商）㈠〔一一〕。獲聞謦咳之餘〔一二〕，倍切欽（叙）崇之素㈡〔一三〕。具啓陳謝，伏惟台慈炤察。

【校記】

㈠舄：原作「商」，誤，今改。參見注〔一一〕。

㈡欽：原作「叙」，誤，今改。參見注〔一三〕。

【注釋】

〔一〕宣和五年秋作於長沙。東林謝知府啓：雲蓋海印奭禪師受江州知府之請，將辭別長沙，赴廬山東林寺任住持。東林，指奭禪師，因已接受請命，故云。此代爲其預作答謝知府啓。知府未詳何人。參見本集卷八信上人自東林來請海印禪師過余湘上以贈之、卷一三送海印奭老住東林。

〔二〕祗受：恭敬接受。

〔三〕冠世名山：廬山記卷一總叙山水：「王彪之山賦叙曰：『廬山，彭澤之山也。雖非五嶽之數，穹隆嵯峨，實峻極之名山也。』……其餘古今賦詠不可備載，實天下之名山也。」

〔四〕「出塵淨社」二句：東晉慧遠法師於東林寺與慧持、宗炳、劉遺民等僧俗十八人，同修淨土之法，號白蓮社。已見前注。

〔五〕「五逢楚國之秋」二句：本集卷二八又藥石榜稱雲蓋爽禪師「四年三易道場」，該榜作於宣和四年。此稱「五逢楚國之秋」，故當作於宣和五年。

〔六〕總提：此指寺院住持。

〔七〕斯民先覺：孟子萬章上：「天之生此民也，使先知覺後知，使先覺覺後覺也。」

〔八〕名獨簡於睿想：謂其姓名已爲皇帝所繫念。杜甫投贈哥舒開府二十韻：「智謀垂睿想，出入冠諸公。」參見本集卷一謁蔡州顔魯公祠堂注〔一五〕。

〔九〕道每格於君心：孟子離婁上：「人不足與適也，政不足與間也，惟大人爲能格君心之非。」趙岐注：「時皆小人居位，不足過責也；政教不足復非説，獨得大人爲輔臣，乃能正君之非法度也。」

〔一〇〕期必代於天工：書臯陶謨：「無曠庶官，天工人其代之。」孔傳：「曠，空也。位非其人爲空官，言人代天理官，不可以天官私非其才。」

〔一一〕行瞻履舃：謙辭，意同「行將望履」，謂即將求見。謙稱不敢望其面，只敢瞻其履。其意本莊子盜跖：「孔子復通曰：『丘得幸於季，願望履幕下。』」陸德明釋文：「言視不敢望跖面，望履結而還也」鍇按：履舃，即鞋，單底爲履，複底而著木者爲舃。「望履舃」或「瞻履舃」爲求見他人之套語，如王安石臨川先生文集卷七六上浙漕孫司諫薦人書：「度到潤州，必得復望履舃。」陳淵默堂集卷一九上都督張丞相書：「以此未能遠造牆仞，進瞻履舃」汪藻浮溪集卷

〔二〕三代人賀王知院啓：「久巠室之纏哀，莫瞻履舄；望衮衣而企踵，冀睹雲天。」華鎮雲溪居士集卷二四上中書梁侍郎書：「況某者獲瞻履舄，親承教令，積有年矣。」不勝枚舉。本卷代上宣守書：「終欲一望履舄。」亦此意。底本「履舄」作「履商」，不辭，誤，今據諸書改。

〔二〕謦咳：亦作「謦欬」，指言笑。語本莊子徐無鬼：「而況乎昆弟親戚之謦欬其側者乎？」

〔三〕欽崇：欽佩崇敬。底本「欽」作「叙」。廓門注：「『叙』當作『欽』。」其説甚是。「叙崇」不辭，乃涉形近而誤，今改。

代上湖南使者書〔一〕

某聞趙清獻公奉使西州，以一琴一龜自隨，坐則撫琴玩龜，蜀人莫測〔二〕。寓止成都，以書抵中朝故人曰：「成都全蜀之地，沃野千里，而多江山登臨之樂。齋閣事簡，時有山僧野人投詩而去。諸公顧此，吾事豈不流哉？」嗚呼！山僧野人固無用於世，然一造大人君子之庭，飾鄙陋之詞，叙棲遲之蹟〔三〕，則遂爲公卿美談。恭惟某官，文章之卓越，風節之高特，冠於搢紳。雖功名事業之效未收，而人主倚眷，天下之屬望，販夫乳兒莫不知頌詠盛德，其遺風餘烈，初不減清獻公，而好賢樂善，出於至誠，則又過之。方持使者節來涖三湘〔四〕，以萬壑之松聲爲琴，以自養之靈智爲龜，當其酒酣客散，頽然墮幘〔五〕，聽江風之度曲，觀湛然之發光，若傲睨萬物之表〔六〕，而與造物者游〔七〕。其高韻脱落，當十倍西蜀。但山僧野人之詩文，未至庭下，猶以爲缺典〔八〕。切某頃在丹陽〔九〕，獲陪今儀府相公、符（苻）寳舍人父子遊㊀〔一〇〕，自南還，頗獲翰墨。聞公蔡氏卧内客也〔一一〕，敢自山中攜至，持以呈獻，無所干求，惟閣下憐其誠而進之爾。

【校記】

㊀符：原作「苻」，誤，今據武林本改。參見注〔九〕。

【注釋】

〔一〕約作於政和六年。湖南使者：未詳其人。鍇按：書中稱「今儀府相公」，當指蔡卞。據宋史徽宗本紀三，政和五年秋七月甲申，昭慶軍節度使蔡卞爲開府儀同三司。蔡卞卒於政和七年。故此書作於蔡卞爲開府儀同三司時，姑繫於此。

〔二〕「某聞趙清獻公」四句：蘇軾趙清獻公神道碑：「上謂曰：『聞卿匹馬入蜀，以一琴一龜自隨。爲政簡易，亦稱是耶？』」趙清獻公即趙抃，字閲道。仕至參知政事，卒謚清獻。宋史有傳。參見本集卷一六次韻題德岡鋪注〔二〕〔四〕。

〔三〕棲遲：游息。詩陳風衡門：「衡門之下，可以棲遲。」

〔四〕三湘：潭州别稱。

〔五〕頹然墮幘：形容酒醉失去常態。世説新語雅量：「庾時頹然已醉，幘墮几上，以頭就穿取。」

〔六〕傲睨萬物之表：莊子天下：「獨與天地精神往來，而不敖倪於萬物。」敖倪，猶傲睨，倨傲旁視，目空一切。此反其意而用之，語本黄庭堅跋俞秀老清老詩頌：「清老往與余共學於漣水，其傲睨萬物，滑稽以玩世，白首不衰。」又清閑處士頌：「傲睨萬物，逍遥一丘。」

〔七〕而與造物者游：形容冥思遐想之狀態。莊子大宗師：「彼方且與造物者爲人，而游乎天地之一氣。」又莊子天下：「上與造物者游。」

〔八〕缺典：猶闕典，典籍缺載，引申爲憾事，遺憾。邵雍首尾吟之一：「豈謂古人無闕典，堯夫非是愛吟詩。」參見本集卷六崇禪者覓詩歸江南注〔八〕。

〔九〕丹陽：縣名，宋屬兩浙路鎮江府。

〔一〇〕儀府相公：蔡卞，字元度，政和五年七月爲開府儀同三司，故稱。　符寶舍人：蔡仍，字子因，卞子。嘗任符寶郎，故稱。冷齋夜話卷五上元詩：「予嘗自并州還江南，過都下，上元，逢符寶郎蔡子因，約相見相國寺。」參見本集寄蔡子因注〔一〕。宋史徽宗本紀二：「（大觀元年十一月）乙丑，置符寶郎。」底本「符」作「苻」，涉形近而誤，今改。

〔一一〕卧内客：謂可出入寢室之賓客，極言其親暱。史記魏公子列傳：「嬴聞晉鄙之兵符常在王卧内，而如姬最幸，出入王卧内，力能竊之。」

代上宣守書〔一〕

某聞：癡蠅附驥，氣凌千里〔二〕；兔絲依松，勢登九霄㊀〔三〕。兩物至微陋也，而其氣勢特能榮耀於昆蟲草木者，蓋其所遭之時、所託之地適幸而已矣。某寒鄉賤微，人不比數〔四〕，賦命數奇〔五〕，臨事金注〔六〕，困窮極矣。所幸少游上庠，識閣下一人耳〔七〕。時閣下蔚然自持，如喬松之稚蒿萊〔八〕；養精蓄駿，如騏驥之困車軛〔九〕。某因得時，交足以緣僕〔一〇〕，絡根以蔓衍也〔一一〕。嗚呼！閣下以冠冕道德，鼓吹六經〔一二〕，聲名橫翔捷出搢紳之右〔一三〕，富貴昂霄聳壑青雲之上〔一四〕。方掇天子近侍，出鎮大邦〔一五〕，道顯著矣。某塵埃寒乞，面目可憎〔一六〕，輒敢冒重湖，涉大江，千里至前，引物連類〔一七〕，叙平生游從之好，欲以駭動視聽。聞者多竊笑坐睡。然區區之心，終欲一望履舃者〔一八〕，其情有真可哀者耳。某既爲功名誤，罪大不孝，二親之喪，四弟之柩，皆在淺土〔一九〕。家貧族陋，默計之，不一泣訴於門下，是畢世不能舉矣。杜甫寒餓流離，至食橡栗〔二〇〕。嚴武鎮兩川，甫依之得不死〔二一〕。郭元振爲太學生，家送貲四十萬，會有縗服者叩門，自言五世未葬，元振舉以與之〔二二〕。嗚呼！嚴武之忠厚、元振之節義蓋如此，每讀其傳，竊欣慕之。恭惟閣下，忠厚不棄故舊，有嚴劍南之風度〔二三〕；節義喜施，有郭代公之奇豪〔二四〕。而某無杜甫之才，有不質名縗服者之喪〔二五〕。某之辭家，里巷聚送，或疑或信，疑者多而信者少。此不足怪，蓋節義未嘗有故也。願閣下哀憐之，使信者增氣，而疑者沮氣矣。

【校記】

㊀霄：四庫本、天寧本作「仞」。

【注釋】

〔一〕政和五年二月作於江州。宣守：指劉安節，字元承，時知宣州。有劉左史集傳世。鍇按：此書代爲雷從龍作，其事詳見本集卷一送雷從龍見宣守序及注。

〔二〕「癡蠅附驥」二句：喻附善之益處。山谷詩集注卷一演雅：「氣陵千里蠅附驥。」任淵注：「後漢書曰：『蒼蠅之飛，不過十步；附驥之尾，日行千里。』」

〔三〕「兔絲依松」二句：喻寄託依附之利。詩小雅頍弁：「蔦與女蘿，施於松柏。」毛傳：「蔦，寄生也。女蘿，菟絲、松蘿也。喻諸公非自有尊，託王之尊。」

〔四〕比數：相與並列。語本漢書司馬遷傳載報任少卿書：「刑餘之人，無所比數，非一世也，所從來遠矣。」

〔五〕賦命數奇：命運乖舛，遭遇不順。漢書李廣傳：「以爲李廣數奇。」顏師古注：「言廣命隻不耦合也。」

〔六〕金注：用黄金作賭注，形容迷惑紊亂。語本莊子達生：「以瓦注者巧，以鈎注者憚，以黄金注者殙。」成玄英疏：「用黄金賭者，既是極貴之物，矜而惜之，故心智昏亂而不中也。」

〔七〕「所幸少游上庠」二句：劉左史集附許景衡所撰劉安節墓誌銘曰：「少與從父弟今徽猷待制安上相友愛，皆以文行爲士友所推稱。既冠，聯薦於鄉，同游太學，秀出諸生間，號二劉。一時賢士大夫皆慕與之友。」雷從龍游學上庠，故與劉安節爲同學。上庠：太學。禮記王制：「有虞氏養國老於上庠。」鄭玄注：「上庠，右學，大學也。」

〔八〕如喬松之稚蒿萊：蘇軾三槐堂銘叙：「松柏生於山林，其始也困於蓬蒿，厄於牛羊；而其終也，貫四時閲千歲而不改者，其天定也。」此化用其意。

〔九〕如騏驥之困車軛：戰國策楚策四：「君亦聞驥乎？夫驥之齒至矣，服鹽車而上太行，蹄申膝折，尾湛胕潰，漉汁灑地，白汗交流，中阪遷延，負轅不能上。」此化用其意。

〔一〇〕交足以緣僕：謂如蚊虻攀緣附著於驥足。莊子人間世：「夫愛馬者以筐盛矢，以蜄盛溺，適有蚉虻僕緣，而拊之不時，則缺御毁首碎胸。」郭慶藩集釋引郭象注：「僕僕然羣著馬。」又引王念孫曰：「僕之言附也。言蚉虻附緣於馬體也。」此呼應前「癡蠅附驥」二句。

〔一一〕絡根以蔓衍：謂如兔絲連絡松根而蔓衍生長。蘇軾石菖蒲贊叙：「根須連絡，蒼然於几案間。」此句呼應前「兔絲依松」二句。

〔一二〕鼓吹六經：世説新語文學：「孫興公云：『三都二京，五經鼓吹。』」

〔一三〕橫翔捷出：超逸特出。蘇軾上劉侍讀書：「明公起於徒步之中，執五寸之翰，書方尺之簡，而列於士大夫之上，橫翔捷出，冠壓百吏，而爲之表。」此借用其語。

〔一四〕昂霄聳壑：新唐書房玄齡傳：「吏部侍郎高孝基名知人，謂裴矩曰：『僕觀人多矣，未有如此郎者。當爲國器，但恨不見其聳壑昂霄云。』」已見前注。

〔一五〕「方掇天子近侍」二句：劉安節墓誌銘曰：「除起居郎。責守饒州，移知宣州。」近侍，指起居郎，門下省屬官，與起居舍人對立殿下，掌記皇帝之言，稱左史。大邦，此代指宣州，蓋宣州爲寧國軍節度，故稱。

〔一六〕面目可憎：語本韓愈送窮文：「凡所以使吾面目可憎，語言無味者，皆子之志也。」

〔一七〕引物連類：語本韓愈送權秀才序：「權生之貌，固若常人耳，其文辭，引物連類，窮情盡變。」

〔一八〕終欲一望履舄：謙辭，願求見之意。語本莊子盜跖：「孔子復通曰：『丘得幸於季，願望履幕下。』」已見前注。

〔一九〕「二親之喪」三句：謂六位親人屍骨還未正式入葬，即所謂殯。送雷從龍見宣守詩序曰：「從龍尚高卧廬山之下，六喪未葬。」又詩云：「嗟君六喪寄空館，富人滿前那可揀。」

〔二〇〕「杜甫寒餓流離」二句：杜甫乾元中寓居同谷縣作歌七首之一：「有客有客字子美，白頭亂髮垂過耳。歲拾橡栗隨狙公，天寒日暮山谷裏。」新唐書文藝傳上杜甫傳：「關輔饑，輒棄官去，客秦州，負薪採橡栗自給。」

〔二一〕「嚴武鎮兩川」二句：新唐書杜甫本傳：「流落劍南，結廬成都西郭。召補京兆功曹參軍，不至。會嚴武節度劍南東西川，往依焉。武再帥劍南，表爲參謀，檢校工部員外郎。武以世舊，待甫甚善，親至其家。」

〔二二〕「郭元振爲太學生」五句：新唐書郭元振傳：「少有大志，十六，與薛稷、趙彦昭同爲太學生，家嘗送資錢四十萬，會有縗服者叩門，自言『五世未葬，願假以治喪』。元振舉與之，無少吝，一不質名氏。稷等歎駭。」縗服：喪服。

〔二三〕嚴劍南：嚴武爲劍南東西川節度使，故稱。

〔二四〕郭代公：睿宗朝，郭元振進封代國公，故稱。

〔二五〕質名：借貸時畫押留名。

代求濟書〔一〕

某聞：金以自獻，致不祥之名〔二〕；雁以不鳴，蹈必死之禍者〔三〕。莊生寓意於兩物，蓋所以配士之自獻，亦又以罪士而不可不言也。夫士臨死禍而不言，世必以爲誇。

若困蹇之辱、飢寒之憂已切諸身㊀，不翅如卧積薪之上而下焚之〔四〕，猶不以爲意，鉗默不言〔五〕。使莊子不呵之，三尺童子且聞以爲笑也。某幸以諸生得侍師範，瞻承顔色，熏蒸見聞，一年于兹，日月不爲不久，而質疑受訓，義在徑造面稟而已。然特飾鄙陋之詞爲之書，遂及私門之猥，以上累聽覽者，其情有可哀者耳。儻蒙霽嚴有和〔六〕，則請畢其説于前。某讀漢傳，見司馬長卿之還成都，家四壁立〔七〕。又讀唐帖，見顔魯公從李侯乞米〔八〕。嗚呼！漢唐人物如長卿、魯公者，可謂碩大而秀傑者，且屋廬不完，饘粥不給〔九〕，況下者乎！然兩人者，風流餘烈，可以想見。以某之不肖駑鈍，聲遺沉下〔一〇〕，蓋其智愚之不移〔一一〕，貴賤之相遠〔一二〕，無可企羨。然猶有羨於長卿、魯公者，羨其當耳。長卿固倦遊而歸，所累者文君耳，而猶有四壁可誇。如某干禄而禄未及親〔一三〕，今親皆老，無以爲養，弟妹職職及婚嫁〔一四〕，二十餘口，伏臘叢於一身〔一五〕，而家無置錐之地〔一六〕。魯公雖曰舉家彌月食粥，而有禄可仰，有畜米者容其乞。如某者，族寒里陋，無强盛可依之親，誰當告者。聞古有魯肅指廩借周瑜〔一七〕，則以爲癡；郭元振推錢四十萬與不言姓男子〔一八〕，以爲狂，則有羨於司馬、魯公，未足爲過也。某前此賃屋而居，今有屋者取以自用，一家幼稚，將至露地卧起矣。恭惟先生識妙如著軀〔一九〕，納污如山澤〔二〇〕。剛而有禮〔二一〕，人不得而疏親〔二二〕；明而無私，士實樂於求懇。昔劉政往投（役）郟原㊂，窮鳥入懷。原曰：「安知此懷之可入耶？」原之言，蓋喜之也〔二三〕。某恃先生之恩，竟敢與劉政之謀干犯，妄意先生必有原之喜而憐之。

【校記】

㊀ 切：武林本作「刼」，誤。

㊁ 投：原作「役」，誤，今從廓門本。參見注〔一二三〕。

【注釋】

〔一〕作年未詳。所代爲求濟書之人亦不可考。

〔二〕「金以自獻」二句：喻自我標榜令人生厭。莊子大宗師：「今之大冶鑄金，金踴躍曰：『我且必爲鏌鋣！』大冶必以爲不祥之金。」參見本集卷二贈閻資欽注〔二〇〕。

〔三〕「雁以不鳴」二句：喻不言而遭禍。莊子山木：「夫子出於山，舍於故人之家。故人喜，命豎子殺雁而烹之。豎子請曰：『其一能鳴，其一不能鳴，請奚殺？』主人曰：『殺不能鳴者。』」

〔四〕不翅：不啻，無異於。　卧積薪之上而下焚之：漢書賈誼傳：「夫抱火厝之積薪之下而寢其上，火未及燃，因謂之安，方今之勢，何以異此！」此借用其意而引申之。

〔五〕鉗默：閉口沉默。淮南子精神：「静耳而不以聽，鉗口而不以言。」

〔六〕霽嚴：收斂威嚴。漢書魏相傳：「相心善其言，爲霽威嚴。」顏師古注引臣瓚曰：「此雨霽字也。霽，止也。」

〔七〕「某讀漢傳」三句：漢書司馬相如傳：「文君夜奔相如，相如與馳歸成都，家徒四壁立。」

〔八〕「又讀唐帖」二句：顏真卿乞米帖：「拙於生事，舉家食粥，來已數月。今又罄竭，祇益憂煎，輒恃深情。故令投告，惠及少米，實濟艱勤。仍恕干煩也。真卿狀。」參見本集卷二七又詩注〔五〕。

〔九〕饘粥：禮記檀弓上：「饘粥之食。」孔穎達疏：「厚曰饘，稀曰粥。」

〔一〇〕聲遺沉下：文選左思詠史詩：「英俊沉下僚。」

〔一一〕智愚之不移：論語陽貨：「唯上智與下愚不移。」

〔一二〕貴賤之相遠：唐羅隱讒書卷五投知書：「某去年秋，嘗以所爲文兩通上獻，其貴賤之相遠，崖谷之相懸，且不啻千里。」

〔一三〕干禄：求官。禄，官吏俸禄。語本論語爲政：「子張學干禄。」

〔一四〕職職：莊子至樂：「萬物職職，皆從無爲殖。」成玄英注：「職職，繁多貌也。」郭慶藩集釋：「案爾雅：『職，主也。』謂各有主而區別。」

〔一五〕伏臘：本指兩種祭日，即伏祭和臘祭。漢書楊惲傳：「田家作苦，歲時伏臘，烹羊炰羔，斗酒自勞。」借指生活所需物資。如白居易江樓早秋：「欲作雲泉計，須營伏臘資。」

〔一六〕家無置錐之地：景德傳燈録卷一一袁州仰山慧寂禪師：「乃有偈曰：『去年貧，未是貧；今年貧，始是貧。去年貧，無卓錐之地；今年貧，錐也無。』」

〔一七〕魯肅指廩借周瑜：三國志吴書魯肅傳：「周瑜爲居巢長，將數百人故過候肅，並求資糧。肅家有兩囷米，各三千斛。肅乃指一囷與周瑜。」參見本集卷二八化冬齋果子注〔三〕。

〔一八〕「郭元振推錢」句：事見新唐書郭元振傳，參見本卷代上宣守書注〔一二〕。

〔一九〕識妙如蓍龜：揚雄法言淵騫：「樗里子之智也，使知國如知葬，則吾以疾爲蓍龜。」

〔二〇〕納污如山澤：左傳宣公十五年：「諺曰：『高下在心，川澤納汙，山藪藏疾，瑾瑜匿瑕，國君含垢，天之道也。』」

〔二一〕剛而有禮：新唐書顔真卿傳：「真卿立朝正色，剛而有禮，非公言直道，不萌於心。」比借用其語。

〔二二〕人不得而疏親：語本晉書郗鑒傳：「彦輔道韻平淡，體識沖粹，處傾危之朝，不可得而親疏。」蘇軾寶月大師塔銘：「然師常罕見寡言，務自却遠，蓋不可得而親疏者。」

〔二三〕「昔劉政往投邴原」六句：三國志魏書邴原傳：「與同郡劉政俱有勇略雄氣。遼東太守公孫度畏惡欲殺之，盡收捕其家，政得脱。度告諸縣：『敢有藏政者與同罪。』政窘急，往投原，原匿之月餘。」裴松之注引魏氏春秋曰：「政投原曰：『窮鳥入懷。』原曰：『安知斯懷之可入邪？』」參見本集卷二七跋邴根矩傳注〔三〕。

塔銘

夾山第十五代本禪師塔銘 并序〔一〕

師諱智本，筠高安郭氏子〔二〕。生五歲，大飢，有貴客過門，見其氣骨，留萬錢與其父母，欲攜去。祖母劉適從旁舍歸，顧見怒曰：「兒生之夕，吾夢天雨華，吾家吉兆也〔三〕。寧飢死，不以與人。」推錢還之。既長大，遊報慈寺，聞僧説出家因緣，願爲門弟子〔四〕。劉氏喜曰：「此吾志也。」年十九，試經爲僧，明年受具足戒，即往遊方。時雲居舜老夫、開先暹道者法席冠於廬山〔五〕，師往來二老之間㊀。久之，聞法華端禪師者深爲法窟〔六〕，氣壓叢林，蓋臨際九世之孫也㊁，而楊岐會公之的嗣也〔七〕。師往謁之，遂留十年，名聲遠聞。舒州太守李公端臣請説法於龍門〔八〕，辭去之日，端領衆送之，師馬逸而先，顧端曰：「當仁不讓〔九〕。」端笑謂大衆曰：「國清才子貴，家富小兒驕〔一〇〕。」其父子法喜遊戲多類此。未幾，屏院事，乃還廬山。時曾丞相由翰林學士出領長沙，以禮迎居南嶽之法輪，學者爭宗向之。遷居南臺，自南臺遷居道林，自道林遷居雲蓋㊂，自雲蓋遷居石霜〔一一〕。凡十三年，道大顯著，勸請皆一時名公卿。師既老矣，而湖北運使陳公舉必欲以夾山致師〔一二〕，師亦不辭，欣然曳杖而去。人登問之，答曰：「係情去留，豈道人事？湖南、湖北真一夢境爾，何優劣避就之耶？」以大觀元年上元夕沐浴，更衣端坐，終於夾山之正寢。閱世七十有三，僧臘五十有二。闍維〔一三〕，齒骨數珠不壞，葬於樂普庵之西〔一四〕。師性真率，不事事，膽氣蓋於流輩。作爲偈語，肆筆而成，亦一時禪林之秀者。余未識師，聞清涼洪禪師言其爲人甚詳〔一五〕。後二年，門人處曉出開福英禪師所撰行狀〔一六〕，來乞銘。銘曰：

定慧圓明，力無所畏。顯於湘南，遂起臨濟。學者如雲，異人輩出。唯會與南〔一七〕，絶群超逸。號末法中，二甘露門〔一八〕。唯夾山本，寔會的孫。七移法席〔一九〕，籍其聲華。迅機雄辯，能世其家。放懷清真，亦足風味。睥睨死生，蓋其一戲。白塔林間，矯如飛鶴〔二〇〕。不涉春緣〔二一〕，碧巖花落〔二二〕。

【校記】

㊀師：廓門本無此字。

㊁也：武林本作「子」。

㊂「遷居南臺」至「自道林」十四字：四庫本無。

【注釋】

〔一〕大觀三年秋作於江寧府。　夾山：夾山靈泉禪院，在荆湖北路澧州。唐善會禪師嘗駐錫於此。　本禪師：法名智本（一〇三五～一一〇七），嗣法於白雲守端禪師，屬臨濟宗楊岐派南嶽下十三世。聯燈會要卷一六、五燈會元卷一九、續傳燈録卷二〇載其機語，皆稱潭州雲蓋智本禪師，蓋諸書均從建中靖國續燈録卷二〇所載，其時智本方住雲蓋，尚未遷石霜、夾山，故云。　鍇按：此塔銘稱智本卒於大觀元年，後二年其弟子來乞銘，則銘當作於大觀三年。銘序又稱「聞清涼洪禪師言其爲人甚詳」，可知銘乃惠洪代爲人作，且此時惠洪已住江寧府清涼寺。據寂音自序稱「運使學士吴幵正仲請住清涼」，僧寶正續傳卷二明白洪禪師傳又稱「居清涼未閲月，爲狂僧所誣」而入制獄。則此塔銘當是住持清涼寺時代爲吴幵而作。　明釋明河撰補續高僧傳卷一〇夾山本禪師傳，即取自此塔銘。

〔二〕筠高安：廓門注：「一統志瑞州府：郡名高安，唐名。」不確。　鍇按：此當指筠州高安縣。

〔三〕「兒生之夕」二句：佛經諸多天華如雨而下之描寫。如普曜經卷五召魔品：「覩之面和悦，百千天雨華，無數神供養，諸天下賓王。」又十住經卷四法雲地品：「説是經時，以佛神力，十方世界、十億佛國、微塵數世界六種十八相動，又法應震動，諸天雨華，如雲而下。」又有講佛法而天華亂墜之事。如法華經卷一序品：「爾時世尊，四衆圍遶，供養恭敬，尊重讚歎，爲諸菩薩説大乘經，名無量義，教菩薩法，佛所護念。佛説此經已，結加趺坐，入於無量義處三昧，身心不動。是時天雨曼陀羅華、摩訶曼陀羅華、曼殊沙華、摩訶曼殊沙華，而散佛上及諸大衆。」故祖母劉以夢「天雨華」爲吉兆，乃就其佛教信仰而言。

〔四〕「既長大」四句：建中靖國續燈録卷二〇潭州雲蓋山智本禪師：「姓郭氏，筠州人也。依本州慈雲院受具。」補續高僧傳卷一〇夾山本禪師傳作「遊報恩寺」。

〔五〕雲居舜老夫：即曉舜禪師，字老夫，筠州人，一作宜春人，俗姓胡氏。嗣法於洞山曉聰，屬雲門宗青原下十世。先住廬山棲賢寺，後遷雲居。參見本集卷二三潛庵禪師序注〔一六〕。　開先暹道者：即善暹禪師，嗣法於德山惠遠，屬雲門宗青原下九世。雪竇重顯嘗目曰「海上横行暹道者」。晚開法於廬山開先禪院。參見本集卷三復用前韻送不羣歸黄檗見因禪師注〔九〕、卷二八請一老升座注〔四〕。

〔六〕法華：寺名。輿地紀勝卷四六安慶府（舒州）：「法華院，在桐城縣東三十里。乃梁昭明太子肄業之所。寺額乃唐宣宗御書。今寺有昭明太子祠。」　端禪師：即釋守端（一〇二五～一〇七二），衡陽人，俗姓葛氏（建中靖國續燈録作周氏）。依茶陵郁禪師披度。嗣法於楊岐方會禪師，屬臨濟宗楊岐派南嶽下十二世。居訥禪師舉其住江州承天，又讓圓通以居之。辭去，住舒州法華院。州守移文請居白雲山海會寺。熙寧五年遷化，壽四十八。事具禪林僧寶傳卷二八、嘉泰普燈録卷四。有白雲守端禪師語録傳世。

〔七〕「蓋臨際九世之孫也」二句：守端之法系爲：臨濟義玄—興化存獎—南院慧顒—風穴延沼—首山省念—汾陽善昭—石霜楚圓—楊岐方會—白雲守端。

〔八〕舒州：屬淮南西路，治懷寧縣。　李公端臣：李彦弼，字端臣，廬陵人。元豐中爲桂州郡僚。事具宋詩紀事卷二九。其知舒州事不可考。　龍門：輿地紀勝卷四六安慶府：「龍門山，有乾明寺，在宿松縣東北七十里。寺有龍潭、龍巖、瑞柏之異。不置木魚，置之則有變怪。」

〔九〕當仁不讓：論語衛靈公：「子曰：『當仁，不讓於師。』」

〔一〇〕「國清才子貴」二句：北宋諺語，禪門好用之，「驕」多作「嬌」。建中靖國續燈録卷六雲居山佛印禪師：「問：『祖意教意即不問，靈山微笑意如何？』師云：『知時别宜。』僧曰：『恁麽則國清才子貴，家富小兒嬌。』」黄龍慧南禪師語録：「又云：『未見時如何？』師云：『國清才子貴，家富小兒嬌。』」古尊宿語録卷二〇舒州白雲山海會演和尚初住四面山語録：「雲門三句，曹洞五位，大開眼了作夢，何故如此？國清才子貴，家富小兒嬌。」

〔一一〕「時曾丞相」七句：建中靖國續燈録卷二〇雲蓋山智本禪師：「初住舒州龍門，樞密曾公請住南嶽法輪、南臺、道林，晚遷雲蓋。」曾丞相、樞密曾公皆指曾布，因其晚年知樞密院，進拜宰相，故云。宋史曾布傳：「（熙寧）七年，大旱，詔求直言，布論判官吕嘉問市易掊克之虐。……事下兩制議，惠卿以爲沮新法，安石怒，布遂去位。惠卿參大政，置獄舉劾，黜布知饒州，徙潭州。」　法輪：南嶽總勝集卷中：「法輪禪寺：在嶽之西南七十里，隸衡陽，岣嶁峰下。」　南臺：此指衡山南臺寺，非長沙水西南臺寺。南嶽總勝集卷中：「南臺禪寺，在廟之北，登山十里。唐天寶初，有六祖之徒希遷禪師遊南寺，見有石狀如臺，乃庵居其地，故寺號南臺。」　道林、雲蓋、石霜三寺，皆已見前注。　鍇按：智本遷石霜，當在建中靖國以後，故續燈録未載。

〔一二〕陳公舉：陳舉，閩人。崇寧元年任湖北轉運判官。政和二年累官知廣州。黄罃山谷年譜卷二九：「（崇寧二年）十一月有宜州謫命。按國史先生本傳：庭堅在河北與趙挺之有小隙，挺之執政，轉運判官陳舉承風旨，上其荆南所作承天塔記，指爲幸災，復除名羈管宜州。」此即告發黄庭堅之人，時當已升任荆湖北路轉運使。

〔一三〕闍維：梵語，亦譯作荼毗、茶毗。義譯爲焚燒火化。

〔一四〕樂普庵：即洛浦庵，在夾山。參見本集卷二四送一上人序注〔一一〕。

〔一五〕清涼洪禪師：即惠洪，時住金陵清涼寺，故稱。此爲代人作塔銘，故以清涼洪禪師爲第三人稱。

〔一六〕門人處曉：各燈録智本禪師法嗣無此人，生平未詳。　開福英禪師：法名進英，字拙叟，吉州太和人，俗姓羅氏。真淨克文法嗣，惠洪師兄，屬臨濟宗黄龍派南嶽下十三世。初開法長沙開福寺，後庵梁山，政和四年住持衡州花藥山天寧寺。事具本集卷三〇花藥英禪師行狀，又見僧寶正續傳卷二花藥英禪師傳。鍇按：時進英尚住持長沙開福寺，故稱。

〔一七〕唯會與南：指楊岐方會與黃龍慧南禪師，皆嗣法於石霜楚圓，爲臨濟宗南嶽下十一世。

〔一八〕二甘露門：景德傳燈録卷三第二十八祖菩提達磨：「時有二師，一名佛大先，一名佛大勝多，本與師同學佛陀跋陀小乘禪觀。佛大先既遇般若多羅尊者，捨小趣大，與師並化。時號『二甘露門』矣。」此借指方會與慧南。

〔一九〕七移法席：智本先後住持龍門、法輪、南臺、道林、雲蓋、石霜、夾山，故云。

〔二〇〕「白塔林間」二句：蘇軾六月七日泊金陵阻風得鍾山泉公書寄詩爲謝：「獨望鍾山喚寶公，林間白塔如孤鶴。」此化用其語意。

〔二一〕不涉春緣：語本雲門匡真禪師廣録卷中：「示衆云：『大衆，函蓋乾坤，目機銖兩，不涉春緣，作麽生承當？』」此借用其語。蓋智本死於正月十五上元夕，春猶未至。參見本集卷一七南安巖主定光生辰五首注〔二〇〕。

〔二二〕碧巖花落：代指夾山之境。景德傳燈録卷一五澧州夾山善會禪師：「問：『如何是夾山境？』師曰：『猿抱子歸青嶂裏，鳥銜華落碧巖前。』」

【集評】

王士禛云：洪覺範作夾山本禪師銘云：「白塔林間，矯如飛鶴。不涉春緣，碧巖花落。」宛然坡谷語。（古夫于亭雜話卷一）

鹿門燈禪師塔銘 并序〔一〕

西蜀世多名僧，而魁奇秀傑者尤見於近代〔二〕。有如寶梵大師昭符者，弘經解義，足以增光佛日。太史黄公稱之曰「知文知武，染衣將相」者也〔三〕。嗣承其學有如圓明大師敏行者，家聲辯才，足以舟航苦海。内翰蘇公稱之曰「能讀内外教，博通其義，以如幻之三昧爲一方首」者也〔四〕。兩公今朝第一等人，意所與奪，天下從之，而寶梵、圓明特被賞識，兩川講徒增氣〔五〕，四海縉紳想見風裁也。鹿門禪師蓋嘗以父事圓明，以大父事寶梵〔六〕。觀其規模弘大，教觀淹博，熏烝見聞，有自來矣。師諱法燈，字傳照，成都華陽王氏子也〔七〕。自幼時則能論氣節，工翰墨，逸羣不受世緣控勒。年二十三，剃落於承天院〔八〕，受具足戒，即當首楞嚴講〔九〕，耆年皆卑下之。時黄太史公謫黔南，與圓明遊相好〔一〇〕，每對榻横塵，師必侍立，看其談笑。公撫師背謂圓明曰：「骨相君家汗血駒也〔一一〕，他日佩毗盧印〔一二〕，據選佛場者〔一三〕，必此子也。」常夜語及南方宗師，公曰：「今黄龍有心，泐潭有文，西湖有本〔一四〕，皆亞聖大人〔一五〕，曹谿法道所在，或欲見之，不宜後。」於是圓明棄講出蜀，師侍其行，至恭州而殁〔一六〕。師扶護歸葬成都，辭塔而去。下荆江〔一七〕，歷淮山〔一八〕，北抵漢沔〔一九〕，徧謁諸老。所至少留，機語不契，振策即行。登大洪〔二〇〕，謁道楷禪師〔二一〕。楷問：「如何是空劫自己〔二二〕？」對曰：「靈然一句超羣象，迥脱三乘不假修。」「不落有無〔二三〕，更道取一句。」曰：「待某甲無舌，即與和尚道。」楷駭之，師乃伏膺戾止〔二四〕。承顔接辭，商略古今，應機妙密，當仁不讓〔二五〕。師資相懽〔二六〕，不減潙山之與寂子〔二七〕，趙州之與文遠也〔二八〕。大觀之初，楷公應詔而西〔二九〕。三年，坐不受師名敕牒，縫掖其衣，謫淄（緇）州㊀〔三〇〕。師趼足隨之〔三一〕，淄（緇）之道俗高其義，太守大中大夫李公擴〔三二〕，虚太平興國禪院以居之。於是洞上宗風，盛於京東〔三三〕。政和元年，楷公得釋，則東遁海瀕千餘里，太湖中而止，草衣澗飲〔三四〕，若將終焉，豈非厭名跡之爲累也歟？師猶往從之，楷以手揶揄曰〔三五〕：「雲巖路絶〔三六〕，責在汝躬，行矣。」師識其意，再拜而還。七年，解院事，西歸京師，名聞天子。俄詔住襄陽鹿門政和禪寺。師謝恩罷，退飯丞相第〔三七〕，堂吏抱牘至，白曰：「江州東林寺當改爲觀〔三八〕，從道士所請。」師避席曰：「廬山冠世絶境，東林又其勝處，世爲僧居，如春湖白鷗〔三九〕，自然相宜。今黄冠其中〔四〇〕，絶境其厄會乎？」丞相大以爲然。東林之獲存，師之力也。既至漢上〔四一〕，郡將諷諸山辨金帛，詣京師，作千道齋〔四二〕。師笑曰：「童牙事佛〔四三〕，有死無二。苟非風狂失心，輒以十方檀施之物，千里媚道士耶？」郡將愧其言而止，然天下叢林聞而壯之。鹿門瀕漢江，斷岸千尺〔四四〕，寺嘗艱於水。師坐巖石下念曰：「吾欲叢林此地，爲皇朝植福，而泉不能贍衆，山靈其亦知之乎？」師以杖擿草根，俄衆泉觱發〔四五〕，一衆大驚，山中之人目之曰燈公泉。師初依夾山齡禪師〔四六〕，齡道孤，化而無嗣之者。僧惟顯得其旨，隱於南嶽，師以書抵長沙，使者迎出，以居龍安禪寺〔四七〕。聞者伏其公，貴其行。初，惠定禪師自覺革律爲禪〔四八〕，開創未半而逝，蟻藏蜂聚，故棄遺垤十猚七〔四九〕。師爲一新之，長廡廣廈，萬礎蟠崖，冬温夏清，崇堂傑閣，十楹照壑，呑風而吐月〔五〇〕，椎拂之下五千指〔五一〕。十年之間，宗風大振。人徒見其婆娑勃窣〔五二〕，若遊戲然，不知其中至剛峭激也。篤信所學，雖威武貴勢，不敢干以非義。性喜施，不計有無，傾囷倒廩〔五三〕，以走人之急。靖康二年春，金人復入寇，兩宫圍閉〔五四〕。驚悸不言，謝遣學徒，杜門面壁而已。門弟子明顯白曰：「朝廷軍旅之事，何預林下人，而師獨憂念之深乎？」師熟視，徐曰：「河潤九里，漸洳者三百步〔五五〕；木仆千仞，蹂踐者一寸草〔五六〕。豈有中原失守，而林下之人得寧逸耶？」五月十三日中夜，安坐，戒門弟子，皆宗門大事，不及其私，泊然而逝。檢其所蓄，道具之外，書畫數軸而已。閲世五十有三，坐三十夏，度門弟子明顯等七十餘人，受心法、蒙記莂、潛通密證、匿跡韜光者甚衆〔五七〕。二十二日，全身塔于山口別墅惠定塔之東。明顯狀其平生，來乞銘。銘曰：

空劫日用，易知難分。汝欲分之，如聲與聞。何嘗有間，月徧谿谷；何嘗有斷，風偃松竹。於一毫端，捏聚古今。粲然明了，而不可尋。無功之功〔五八〕，無位之位〔五九〕。爲物作則〔六〇〕，無容觸諱〔六一〕。唯此正傳，洞上所宗。當有神穎，振其頽風。堂堂燈公，龍象回顧。負戴之重，徐行安步。漢南盤本〔六二〕，兩坐道場。栲然一室〔六三〕，名聞諸方。孝於事師，忠於事佛。俯仰無愧，雖化不没。閒（聞）名在世㊂，決不可除〔六四〕。則於心外，法有遺餘。竟欲除之，出以示我。笑而不言，如冰在火。蘇嶺萬仞〔六五〕，蕩摩雲煙。曰塔其下，望之巋然。緬懷高風，叢林殞涕。我作銘詩，以範來世〔六六〕。

【校記】

㊀ 淄：原作「緇」，誤，今改，下同。參見注〔三〇〕。

㊁ 閒：原作「聞」，誤，今改，參見注〔六四〕。

【注釋】

〔一〕 靖康二年（建炎元年）五月二十二日作於襄陽府。　鹿門：山名。輿地紀勝卷八二京西南路襄陽府：「鹿門山，在宜城縣東北六十里，上有二石鹿，故名。後漢龐德公、唐龐藴、孟浩然、皮日休俱隱居於此。今有萬壽院。孟浩然詩云：『漸到鹿門山，山明翠微淺。昔聞龐德公，採藥遂不返。隱跡今尚存，高風邈已遠。』又云：『鹿門月照開煙樹，忽辯龐公棲隱處。』」　燈禪師：法名法燈（一○七五～一一二七），字傳照，嗣法於芙蓉道楷，屬曹洞宗青原下十二世。嘉泰普燈録卷五、五燈會元卷一四、續傳燈録卷一二載其機語。補續高僧傳卷一八法燈禪師傳，據此塔銘撰寫。

〔二〕「西蜀世多名僧」二句：如唐之馬祖道一、德山宣鑒，北宋之雪竇重顯、五祖法演、圓悟克勤等，皆西蜀名僧。

〔三〕「有如寶梵大師昭符者」四句：僧昭符，賜號寶梵大師，住成都承天院。黄庭堅寶梵大師真贊：「穆然而肅，毗尼藏也。熙然而温，同塵相也。默然而説，法中龍象也。知文知武，染衣將相也。淵然而深，飽儒術也。悠然而思，入詩律也。鉢囊如空，不受實也。室中生光，無長物也。十有七年，爲法城塹也。五十八夏，圭璋無玷也。嶄然而秀，出火宅也。漻然而化，薪火息也。子孫繩繩，奉承丹青，眸子睟明。吾觀其役物之智，袖手微笑，人挹其臨財之清。」

〔四〕「嗣承其學」四句：僧敏行，字無演，賜號圓明大師，住成都承天院。彭州人，俗姓張。蘇軾成都大悲閣記：「有法師敏行者，能讀内外教，博通其義，欲以如幻三昧爲一方首。」鍇按：蘇軾十八大阿羅漢頌叙：「張氏以畫羅漢有名，唐末蓋世擅其藝。今成都僧敏行，其玄孫也。梵相奇古，學術淵博。蜀人皆曰：『此羅漢化生其家也。』」文同丹淵集卷二三彭州張氏畫記：「暇日與承天僧敏行出游，凡出於張氏之手者，觀賞殆徧，信乎他人之不能相與較其後先矣！敏行乃其俗裔也，俊慧通博，亦善於此。」同書卷二六送敏行無演序：「講師無演自成都來，爲余設滅緣之梯，引除妄之綆。」補續高僧傳卷二圓明大師演公傳：「無演，天彭張氏子。幼英烈，不甘處俗，十五棄家，事承天院寶梵大師昭符。符記之曰：『此子，他日法中龍象也。』二十以誦經落髮，受首楞嚴於繼靜。靜殁，卒業于惟鳳文昭，受圓覺、肇論于省身，受華嚴法界觀、起信論于曉顏，受唯識、百法論于延慶。凡此諸師，皆聲名藉藉，師必妙得其家風然後已。又從諸儒講學，於書無所不觀，於文無所不能。趙清獻公挽師登法席，於楞嚴了義，指掌極談，聞者如飲醇酒，無不必醉。既於此經心融形釋，復出入内外篇籍，如風行電激，所向如志。又嘗問道於禪師惟廸、惟勝，師嘿然心許曰：『此自在吾術内矣。』又作大悲觀音化相，宇以崇閣，極天下之竘工珍材，二十餘年乃成。人以爲莊嚴之冠，不知師之遊戲也。中年，喜葛洪内篇，延異謫士，將以丹石伏物皆爲黄金。或取其金而畔去，師不悔不怒。他日遇之，視之如初。此可以觀其德性也。寶梵既殁，二親又耄期去世，乃南遊曰：『吾聞南方大士有若祖心，有若克文，有若善本，皆命世亞聖大人也，不可不行觀道焉。』元符三年三月，道出戎州，憩渝州覺林禪院，不疾而化，僧臘三十有七。其法子奉師遺骨，藏於寶梵塔之西。有志不果，遽厄於數，惜哉！」

〔五〕講徒：即講僧，講解佛書經、律、論三藏之僧人，與禪僧相對。

〔六〕大父：祖父。此就其法系而言，法燈爲寶梵之法孫，故稱寶梵爲大父。

〔七〕成都華陽王氏子：嘉泰普燈録作「成都華陽人，族劉氏」，五燈會元、續傳燈録亦同。然此塔銘乃惠洪據法燈弟子明顯所撰行狀而作，且嘗在鹿門與法燈交游，當不誤。鍇按：華陽王氏爲成都冠族，世代爲官，王珪官至神宗朝宰相，宋史有傳。

〔八〕「年二十三」二句：嘉泰普燈録作「少依大慈寶範爲僧」，寶範爲寶梵之誤。大慈，即成都大慈寺，下隸諸院，如中和勝相院等，承天院當爲其一。

〔九〕即當首楞嚴講：謂其初受戒即講解楞嚴經。

〔一〇〕「時黄太史公謫黔南」二句：據山谷年譜，紹聖二年黄庭堅謫黔州，四月至貶所。元符元年遷戎州。廓門注：「黔南，一統志：重慶府黔江縣是也。」不確。據元豐九域志卷八，黔州，黔中郡，武泰軍節度，治彭水縣。鍇按：補續高僧傳圓明大師演公本傳謂「元符三年三月，道出戎州」，時黄庭堅適在戎州貶所，二人交游當在是時。

〔一一〕君家汗血駒：汗血馬之駒，喻少年英俊人才。蘇軾次韻黄魯直嘲小德：「名駒已汗血，老蚌空泥沙。」參見本集卷三聞端叔有失子悲而莊復遭火焚作此寄之注〔八〕。

〔一二〕佩毗盧印：天聖廣燈録卷一三涿州剋符道者師頌三十八首初祖熊耳峰：「閑佩毗盧印，人天末位尊。」毗盧印本指毗盧遮那佛之入定印相，此雙關佩帶佛祖之印以領衆僧。

〔一三〕據選佛場：意謂據寺院住持之位。選佛場，語本景德傳燈録卷一四鄧州丹霞山天然禪師，已見前注。

〔一四〕「今黄龍有心」三句：謂洪州分寧縣黄龍山有寶覺祖心禪師，靖安縣泐潭寶峰院有真淨克文禪師，杭州西湖龍山崇德院有大通善本禪師。錯按：「今」指元符三年。祖心、克文、善本事具禪林僧寶傳卷二三、二九。

〔一五〕亞聖大人：才智、名位、品德次於聖人之人。此就禪宗立場而言之。參見本集卷二一無證庵記注〔九〕。

〔一六〕至恭州而殁：補續高僧傳圓明大師演公本傳：「憩渝州覺林禪院，不疾而化。僧臘三十有七。」宋史地理志三：「重慶府，下，本恭州，巴郡，軍事。舊爲渝州。崇寧元年改恭州。後以高宗潛藩，升爲府。」

〔一七〕荆江：長江流經荆州一段，故名。廓門注：「荆州府。」

〔一八〕淮山：泛指淮南西路境内之山，如蘄州黄梅縣諸山。本集卷二八化三門：「唯淮山萃僧之海，實祖師選佛之場。」廓門注：「淮安府。」不確。

〔一九〕漢沔：泛指漢水下游一代。漢水入江處曰沔口，即漢口。

〔二〇〕大洪：輿地紀勝卷八三京西南路隨州：「大洪山，慈忍靈尊者道場，在州西南隅。以峰巒奇絶，舊爲奇峰寺，後改爲靈峰寺，今爲崇寧保壽禪院。山崛起一方，巉然雲間，四面斗險。山絶頂峰巒崖石中有大湖，寺人經行，數常見雲氣在下。靖康避寇之人立寨柵自保，賊竟不能破，以斗絶不可躋攀也。」

〔二一〕道楷禪師：嗣法於投子義青，屬曹洞宗青原下十一世。禪林僧寶傳卷一七天寧楷禪師傳：「初住沂州之仙洞，後遷西洛之招提龍門，又遷住郢州之大陽、隋州之大洪，皆一時名公卿爲之勸請。洞上之風，大震西北。」

〔二二〕空劫自己：薦福承古禪師兩種自己之一。禪林僧寶傳卷二〇薦福古禪師傳：「示衆曰：『衆生久流轉者，爲不明自己。欲出苦源，但明取自己者，有空劫時自己，有今時日用自己。空劫自己是根蔕，今時日用自己是枝葉。』」本集卷二五題古塔主兩種自己：「僧承古與施秘丞論自己有二曰：『有空劫時自己，有今時日用自己。』」曹洞宗門下、似好問此話頭，如聯燈會要卷二九東京淨因法成禪師：「示衆云：『只這箇負累殺人，認作空劫時自己，分明頭上安頭；更言落在今時，何異霜加雪上。』」嘉泰普燈録卷九真州長蘆真歇清了禪師：「扣丹霞，入室次，霞問：『如何是空劫時自己？』師擬對，霞曰：『你鬧在，且去。』」丹霞子淳禪師語録自宗：「空劫自己無依守，佛祖從來難啓口。」

〔二三〕不落有無：禪宗話頭之一。宗鏡録卷六：「以此真知，不落有無之境。」景德傳燈録卷一九福州安國弘瑫禪師：「問：『不落有無之機，請師全道。』師曰：『汝試斷看。』」

〔二四〕戾止：安定止息。語本詩周頌有瞽：「我客戾止，永觀厥成。」

〔二五〕當仁不讓：論語衛靈公：「子曰：『當仁，不讓於師。』」已見前注。

〔二六〕師資：猶師徒。穀梁傳僖公三十二年「晉侯重耳卒」注：「此蓋脩春秋之本旨，師資辯説日用之常義。」

〔二七〕潙山之與寂子：指潙山靈祐禪師與其弟子仰山慧寂禪師。景德傳燈録卷一一袁州仰山慧寂禪師多載師徒二人機鋒問答，可參見。

〔二八〕趙州之與文遠：指趙州從諗禪師與其侍者文遠。古尊宿語録卷一四趙州真際禪師語録之餘多處載趙州與沙彌文遠之機鋒問答，不勝枚舉。參見本集卷二三潛庵禪師序注〔七〕。

〔二九〕「大觀之初」二句：禪林僧寶傳天寧楷禪師本傳：「崇寧三年，有詔住東京十方淨因禪院。大觀元年冬，移住天寧。」所述略異。

〔三〇〕「三年」四句：禪林僧寶傳天寧楷禪師本傳：「俄開封尹李孝壽奏楷道行卓冠叢林，宜有以褒顯之，即賜紫伽梨，號定照禪師。楷焚香謝恩罷，上表辭之。……上聞之，以付李孝壽躬往諭朝廷旌善之意，而楷確然不回。開封尹具以聞，上怒，收付有司。有司知楷忠誠，而適犯天威，問曰：『長老枯瘁，有疾乎？』楷曰：『平日有疾，今實無。』又曰：『言有疾，即於法免罪譴。』楷曰：『豈敢僥倖稱疾，而求脱罪譴乎？』吏太息。於是受罰，著縫掖編管緇州。」參見本集卷二三定照禪師序。縫掖，即儒生服，指被除僧籍。元豐九域志卷一京東東路：「上，淄州，淄川郡，軍事。治淄川縣。」鍇按：淄州以淄水名，底本「淄」作「緇」，涉音近而誤。

〔三一〕趼足：生趼胝硬皮之足，指艱苦跋涉。

〔三二〕大中大夫：即太中大夫，爲元豐新官制文臣京朝官寄禄官三十階之第十一階。李公擴：李擴，生平未詳。

〔三三〕京東：淄州屬京東東路，故云。

〔三四〕草衣澗飲：以草爲衣，以澗爲飲，形容生活簡樸艱苦。景德傳燈録卷一四漳州三平義忠禪師：「若曾見作者來，便合體取些子意度，向巖谷間木食草衣，恁麽去方有少分相應。」高僧傳卷七宋吴虎丘山釋曇諦傳：「入故章崐崙山，閑居澗飲二十餘載。」

〔三五〕揶揄：戲弄。東觀漢記卷一〇王霸傳：「上令霸至市口募人，將以擊(王)郎。市人皆大笑，舉手揶揄之，霸慙而去。」

〔三六〕雲巖路絶：喻指曹洞宗前途艱難。雲巖，指曇晟禪師，有寶鏡三昧，傳法與洞山良价，遂開出曹洞宗一派。事具景德傳燈録卷一四潭州雲巖曇晟禪師。

〔三七〕丞相：當指蔡京。據宋史徽宗本紀三，政和二年五月，蔡京落致仕，三日一至都堂議事。政和七年十一月，命蔡京五日一至都堂治事。則政和七年丞相仍爲蔡京。鍇按：佛祖統紀卷四六：「初，釋氏之廢，外廷莫有承向者。開封尹盛章爲姦人激以利害，始爲之從，乃以上旨諭蔡京。京曰：『國家安平日久，英雄無所用，多隱於此徒。一旦毁其居，而奪之衣食，是將安所歸乎？必大起怨咨，聚而爲變。諸君他日盍使誰任其咎？』上聞之，怒曰：『是輩欲懼我耳。』京家人勸之曰：『上怒矣。』京曰：『吾以身當之以報佛。』」據此，則蔡京對佛教頗有同情之態度。

〔三八〕江州東林寺當改爲觀：宋史徽宗本紀四宣和元年春正月：「乙卯，詔佛改號大覺金仙，餘爲仙人、大士，僧爲德士，易服飾，稱姓氏，寺爲宫，院爲觀，改女冠爲女道，尼爲女德。」鍇按：東林寺之事當在詔改寺院爲宫觀之前。

〔三九〕春湖白鷗：黄庭堅呈外舅孫莘老二首其一：「九陌黄塵烏帽底，五湖春水白鷗前。」此借用其語。

〔四〇〕黄冠：道士之冠，移作道士之别稱。

〔四一〕漢上：指襄陽，以臨漢水，故稱。

〔四二〕千道齋：道教齋醮儀式。宋郭彖睽車志卷一：「宗室士㘿，宣和間以未有子，每歲生朝爲千道齋以祈嗣續。」

〔四三〕童牙：謂年幼。後漢書崔駰傳：「甘羅童牙而報趙。」李賢注：「童牙，謂幼小也。」

〔四四〕斷岸千尺：蘇軾後赤壁賦：「江流有聲，斷岸千尺。」此借用其語。

〔四五〕衆泉觱發：猶言衆泉湧出。詩小雅采菽：「觱沸檻泉，言采其芹。」毛傳：「觱沸，泉出貌。」蘇軾洞酌亭引：「瓊山郡東，衆泉觱發，然皆冽而不食。」此借用其語。

〔四六〕夾山齡禪師：即澧州夾山靈泉自齡禪師，常州宜興人，俗姓周氏。受業於本州福聖寺，十八具戒。造佛日智才禪師法席，悟明心要。復歷諸方，潭州大溈慕喆禪師請爲座元。初住興化，遷住夾山。屬雲門宗青原下十二世。建中靖國續燈録卷一八、五燈會元卷一六、續傳燈録卷一二載其機語。廓門注：「夾山自齡嗣法於佛日才，才嗣天懷。」鍇按：「天懷」當作「天衣義懷」，或「天衣懷」，不當略作「天懷」。

〔四七〕「僧惟顯得其旨」五句：僧惟顯生平不可考。嘉泰普燈録卷九目録夾山自齡禪師法嗣有潭州龍安惟顯禪師，即此僧。續傳燈録卷一八目録夾山自齡禪師法嗣有兜率惟顯禪師。疑續傳燈録誤以潭州龍安禪寺爲洪州分寧縣龍安山兜率寺，俟考。

〔四八〕惠定禪師自覺：僧自覺，青州人，俗姓王氏。幼以儒業見知於司馬光。無意功名，落髮從芙蓉道楷游，契悟超絶。初住裕州大乘山普巖寺，崇寧間詔住東京淨因寺。屬曹洞宗青原下十二世，爲法燈師兄。事具補續高僧傳卷九，嘉泰普燈録卷五、五燈會元卷一四、續傳燈録卷一二載其機語。鍇按：據此塔銘，則自覺賜號惠定禪師，晚住鹿門寺，可補僧傳、燈録之闕。

〔四九〕「蟻藏蜂聚」三句：喻凌亂散佈之僧房，即「革律爲禪」遺留之律寺建築。黄庭堅題落星寺：「蜂房各自開牖户，蟻穴或夢封侯王。」此化用其意。垤，蟻冢，蟻洞口小土堆。十猶七，意謂僧房建成十分之七。

〔五〇〕吞風而吐月：形容大廈之深廣。蘇軾再用前韻：「諸公渠渠若夏屋，吞吐風月清隅限。」此借用其語。

〔五一〕椎拂：謂棒喝指點。佛果圜悟真覺禪師心要卷上示圓首座：「椎拂之下，開發人天，俾透脱生死，豈小因緣？」　五千指：猶五百人。一人十指，故云。

〔五二〕婆娑：猶媻珊。　勃窣：猶蹣跚，皆行動遲緩貌。文選卷七司馬相如子虚賦：「媻珊勃窣上金隄。」李善注引韋昭曰：「媻珊勃窣，匍匐上也。」此形容其懶態。

〔五三〕傾囷倒廩：傾倒糧倉中全部儲藏，喻罄其所有，盡其所能。韓愈答竇存亮秀才書：「雖使古之君子，積道藏德，遁其光而不曜，膠其口而不傳者，遇足下之請懇懇，猶將倒廩傾囷，羅列而進也。」此借用其語。

〔五四〕「靖康二年春」三句：據宋史欽宗本紀，靖康元年十一月，金人登城，京城開封陷落。欽宗如青城。靖康二年春二月，金人逼徽宗、皇后、皇太子入青城。三月，立張邦昌爲帝，脅二帝北行。史稱靖康之變。

〔五五〕「河潤九里」二句：劉向列女傳卷三魯漆室女傳：「吾聞河潤九里，漸洳三百步。今魯君老悖，太子少愚，愚僞日起。夫魯國有患者，君臣父子皆被其辱，禍及衆庶，婦人獨安所避乎？吾甚憂之。子乃曰婦人無與者，何哉？」此用其語意。漸洳，低濕，泥濘。

〔五六〕「木仆千仞」二句：謂千仞之木仆倒，寸草亦將受蹂踐。出處未詳。鍇按：此與「河潤九里」

二句皆喻國有難將禍及平民。

〔五七〕記莂：預記弟子成佛因緣等事。參見本集卷二二吉州禾山寺記注〔八〕。

〔五八〕無功之功：宗鏡録卷一五：「若先悟而後修，此乃無功之功，功不虛棄。所以融大師信心銘云：『欲得心淨，無心用功。』」參見本集卷二八又疏注〔六〕。

〔五九〕無位之位：語本唐釋宗密圓覺經略疏鈔卷一〇：「無位之位，即此經及起信論翻妄四位（言無位者，論結四位云，而實無有始覺之異，本來平等同一覺，故經即就實言無證、得約妄説别也）。」

〔六〇〕爲物作則：語本雲巖寶鏡三昧：「爲物作則，用拔諸苦。」

〔六一〕無容觸諱：智證傳：「洞上宗旨，語忌十成，不欲犯，犯則謂之觸諱。如五位曰：『但能不觸當今諱，也勝前朝斷舌才。』」參見禪林僧寶傳卷一撫州曹山本寂禪師傳、碧巖録卷五、人天眼目卷三。

〔六二〕漢南盤本：未詳所指。廓門注：「漢陽府漢南山也。『本』，『木』字寫誤歟？」

〔六三〕枵然：同「呺然」，空虛貌。語本莊子逍遥遊。已見前注。

〔六四〕「閒名在世」二句：景德傳燈録卷一五筠州洞山良价禪師：「師將圓寂，謂衆曰：『吾有閑名在世，誰爲吾除得？』衆皆無對。時沙彌出曰：『請和尚法號。』師曰：『吾閑名已謝。』」錯按：法燈禪師屬曹洞宗，故借其祖師洞山良价之事喻之。閒，即「閑」。閑名，虛閑不實之名。底本作「聞」，乃涉形近而誤，今改。

〔六五〕蘇嶺：廓門注：「襄陽府：鹿門山在府城東南三十里，舊名蘇嶺。」鍇按：藝文類聚卷四九職官部五鴻臚：「襄陽耆舊傳曰：習郁爲侍中時，從光武幸黎丘，與帝通夢，見蘇山神。光武嘉之，拜大鴻臚，録其前後功，封襄陽侯。使立蘇嶺祠，刻二石鹿夾神道。百姓謂之鹿門廟，或呼蘇嶺山爲鹿門山。」明一統志卷六〇襄陽府：「鹿門山，在府城東南二十里，舊名蘇嶺。上有二石鹿，因改今名。漢龐德公、唐龐蘊、孟浩然、皮日休俱隱居於此。」

〔六六〕笵：法則。説文竹部：「笵，法也。」通「範」。

【集評】

清錢謙益云：昔者大慧言：「吾雖方外，忠君愛國之心，與忠義士大夫等。」洪覺範論鹿門燈公則曰：「孝於事師，忠於事佛，此洞上宗風也。」師悲智堅密，罏鞴弘廣，植菩提之深根，茂忠孝之芽葉。節烈文章之士，賴以成就正骨，祓濯命根。白蜆碧血，長留佛種；條衣應器，同歸法王。此則其内閟外現，陰翊法運者也。（牧齋有學集卷三六華首空隱和尚塔銘）

蘄州資福院逢禪師碑銘 并序〔一〕

自達磨入中國，授二祖心要，而以衣爲信，故六世爲之單傳。至曹谿藏其衣，故諸方得者輩出〔二〕。其魁壘絶類，碩大光明，有若衡山觀音、廬陵清原者〔三〕，特爲學者之所宗仰，天下號二甘露門〔四〕。令逢禪師者，清原九世之嫡孫，黄龍機公之高弟也〔五〕。此先蓋福州閩縣人〔六〕，生於陳氏。自其少時，英特開爽，不愛處俗，耆年敬愛之。唐乾寧(元)初㊀〔七〕，落髮於隱真寺〔八〕。明年受具足戒，即策杖遊方。聞黄龍參出巖頭〔九〕，門風孤峻，自荆楚舟漢江，抵鄂渚〔一〇〕。而機公杜門却掃〔一一〕，棧絶世路，學者皆望崖而退〔一二〕。師獨扣其户，俄聞疾呼曰：「擊門者爲誰？」答曰：「令逢。」曰：「未來此間亦不失。」答曰：「若失爭辭與麼來？」曰：「來底事作麼生？」答曰：「昨日親自渡江。」黄龍於是開扉，笑而器許之。師從容游泳(遊詠)㊁〔一三〕，日聞智證，雖不事接納，而户外之屨常滿〔一四〕；痛自韜晦，而人間之譽益著。以順義癸未之秋〔一五〕，辭黄龍北遊。戾止蘄(祁)陽月峰之下㊂〔一六〕，創爲茅茨，一飯奉身，跏趺終日。學者追隨而至，川輸雲委〔一七〕。前刺史奇章公拜謁〔一八〕，受法要，而請升座，道俗懽呼，謂一佛出世〔一九〕。遂成叢林，號南禪。男子張宏甫施宅爲寺，莊嚴之妙，疑絳闕清都從空而墮也〔二〇〕。歲在戊子夏〔二一〕，淨髮更衣而坐，謂門弟子曰：「吾委息後〔二二〕，衣麻饌客，號踊哭泣，皆不可爲。苟違吾言，則非吾法侶。」於是以書偏辭檀信。六月八日，示微疾，泊然而化。閲世五十有一，坐三十四夏，塔于郡城之北。太和中忽見夢於父老曰〔二三〕：「吾欲出塔大作佛事。」於是啓塔，而顔貌如生，萬衆作禮，龕而供事之。自是則能指揮造化，縱奪禍福，使雨暘時若〔二四〕，百穀茂遂。民建寺其旁，世以父子傳器〔二五〕，夜燈午梵，自唐迨今不替。政和之間〔二六〕，禪林易之，更兩代，荒殘如逃亡人家。宣和太守林公以嘉祐寺彌勒院僧擇文主之〔二七〕，從檀之請也。文疏通解事，材智有餘，道行信於邦人。初至之夕，適大雨，九徙其牀。一年而施者填門，冠蓋無虚日。二年而修廡密室，緑疏青鎖〔二八〕。三年而崇殿傑閣，間見層出，遊僧過客，摩肩仍袂〔二九〕，已至者忘去，方來者如歸。余嘗與林敏功子仁過焉〔三〇〕，子仁曰㊃：「寺以律名，而禪規不減諸方；廩無餘粟，食堂日集千指〔三一〕。非有以大過人，何以臻此？」余曰：「昔臨濟北歸，仰山歎曰：『此人它日道行吴越，但遇風則止。』〔三二〕潙山問：『有續之者乎？』對曰：『將此深心奉塵刹，是則名爲報佛恩。』〔三三〕故世稱念法華爲仰山後身〔三四〕，庸詎知文非逢公邪〔三五〕？」子仁曰：「彼以荷擔大法，此方從事，有爲仰山、逢公若是班乎〔三六〕？」余曰：「昔普淨禪師不務説法，庵於王城之東，日浴萬衆，曰：『時機淺昧，難提正令，姑使善法流行，足矣。』〔三七〕又安知逢公之意不出於此乎？」明年冬，遣其徒來乞文，又系之以辭曰：

我懷巖頭，僧中之龍〔三八〕。本無寔法，但識綱宗〔三九〕。乾笑德山〔四〇〕，怒呵雪峰〔四一〕。如師子吼，香象失蹤。又如麒麟，不可繫羈〔四二〕。羅山控勒〔四三〕，明招追隨〔四四〕。逢則晚出，天骨權奇〔四五〕。振鬣長鳴，萬馬不嘶。清溪（侯）之上㈣〔四六〕，駐我巾瓶。笑示死生，洞開户庭。意行出入〔四七〕，不施鎖扃。至今城北，白塔亭亭。寶鈴和鳴〔四八〕，上干層霄。下有全身，百神來朝。劫火洞然，大千焚燒。而此堅固，無有動摇。咨爾邦民，當加敬虔。蓋此大士，是汝福田。如黄琳公〔四九〕，如和褒禪〔五〇〕。刻此銘詩，以壽山川。

【校記】

㈠寧：原作「元」，誤，今改。參見注〔七〕。

㈡游泳：原作「遊詠」，誤，今改。參見注〔一三〕。

㈢蘄：原作「祁」，誤，今改。參見注〔一五〕。

㈣子仁：原脱「子」，今補。鍇按：「子仁」不當省作「仁」，後文亦作「子仁」，故當補。

㈤溪：原作「侯」，誤，今改。參見注〔四五〕。

【注釋】

〔一〕建炎元年冬作於蘄州。蘄州資福院：方志無考。本集卷二一資福法堂記：「資福禪院在金沙斗方之北，奇峰峻岡，環繞以掩映；風林雲壑，祕邃以曠平。自非逃世絶俗、忘軀爲法者，無因而至。」錯按：彼資福禪院住持爲元琛，此資福院住持爲擇文，且「寺以律名」，疑非同一處。　逢禪師：法名令逢，嗣法於黄龍晦機禪師，屬青原下八世。僧傳、燈録失載，此塔銘可補其闕。廓門注：「按：令逢禪師不載諸傳。按：汝達宗派，鄂州黄龍超慧誨機嗣懷州玄泉彦，彦嗣巖頭全奯。鄂州黄龍三世智顒、眉州黄龍繼達兩人嗣法於誨機，未知的是。」錯按：景德傳燈録卷二四鄂州黄龍晦機禪師法嗣九人，七人見録，中有智顒、繼達，無令逢。

〔二〕「自達磨入中國」六句：景德傳燈録卷三第二十八祖菩提達磨：「師曰：『内傳法印，以契證心；外付袈裟，以定宗旨。後代澆薄，疑慮競生，云吾西天之人，言汝此方之子，憑何得法，以何證之？汝今受此衣法，却後難生，但出此衣，并吾法偈，用以表明，其化無礙。』」同書卷五吉州青原山行思禪師：「一日，祖謂師曰：『從上衣法雙行，師資遞授，衣以表信，法乃印心。吾今得人，何患不信？吾受衣以來，遭此多難，況乎後代，爭競必多。衣即留鎮山門，汝當分化一方，無令斷絶。』」達磨、二祖、三祖、四祖、五祖、六祖，皆以衣法相付授。至六祖以後，傳法不傳衣。參見本集卷一九出檀衣贊二首注〔二〕。

〔三〕衡山觀音：即南嶽懷讓禪師。宋高僧傳卷九唐南嶽觀音臺懷讓傳：「能公大事緣畢，讓乃躋衡嶽，止于觀音臺。」　廬陵清原：即青原行思禪師。景德傳燈録卷五吉州青原山行思禪師：「本州安城人也，姓劉氏，幼歲出家。每羣居論道，師唯默然。後聞曹谿法席，乃往參禮。師既得法，住吉州青原山靜居寺。」輿地紀勝卷三一江南西路吉州：「青原山，在廬陵縣。」青原，禪籍或作「清原」。鍇按：懷讓、行思俱嗣法於六祖慧能。

〔四〕二甘露門：景德傳燈録卷三第二十八祖菩提達磨：「時有二師，一名佛大先，一名佛大勝多，本與師同學佛陀跋陀小乘禪觀。佛大先既遇般若多羅尊者，捨小趣大，與師並化。時號『二甘露門』矣。」此借用其語譽懷讓、行思。

〔五〕「令逢禪師者」三句：令逢禪師法系爲：青原行思—石頭希遷—天皇道悟—龍潭崇信—德山宣鑒—巖頭全奯—玄泉彦—黃龍晦機—資福令逢。景德傳燈録卷二三鄂州黃龍山晦機禪師：「清河人也，姓張氏。唐天祐中遊化至比山，節帥施俸錢建法宇，奏賜紫衣，號超慧大師，大張法席。」鍇按：晦機，一作誨機。五燈會元卷八列爲青原下七世。輿地紀勝卷六六荆湖北路鄂州：「黃龍寺，在江夏縣東六十步，誨機禪師居之，名下黃龍寺。」

〔六〕福州閩縣：元豐九域志卷九福建路：「大都督府福州，長樂郡，威武軍節度，治閩縣、侯官二縣。」

〔七〕乾寧：唐昭宗年號，公元八九四～八九八。底本作「乾元」。鍇按：令逢卒於「戊子夏」，即五代十國吴乾貞二年（九二八），「閲世五十有一」，逆推當生於唐僖宗乾符二年（八七八）；考其「坐三十四夏」，逆推則當於唐昭宗乾寧二年（八九五）出家。乾元爲唐肅宗年號，公元七五八～七六〇年，與令逢所處時代相距一百多年，迥不相屬。故底本「元」必爲「寧」之誤刊，今改。

〔八〕隱真寺：在福州，方志未詳。

〔九〕聞黄龍參出巖頭：按景德傳燈録，黄龍晦機爲懷州玄泉彦法嗣，巖頭全奯法孫，此句疑有誤。巖頭，即全奯禪師，一作全豁，俗姓柯氏，泉州人。德山宣鑒法嗣，屬青原下五世。住鄂州巖頭院。事具宋高僧傳卷二三、景德傳燈録卷一六。

〔一〇〕鄂渚：鄂州別稱。輿地紀勝卷六六荆湖北路鄂州：「晏公類要云：『隋平陳，立鄂州，以鄂渚爲名。』」

〔一一〕杜門却掃：閉門謝客，不與外界往來。北史李謐傳：「遂絶跡下帷，杜門却掃，棄産營書，手自删削。」

〔一二〕望崖而退：謂其門庭高峻，令修行者望而生畏。林間録卷下：「道吾真禪師孤硬，具大知見。諸方來者，必勘驗之，往往望崖而退甚多。」參見本集卷一九五祖慈覺贊注〔五〕。

〔一三〕游泳：意謂涵濡，浸潤，此特指沉浸於佛理禪道之中。語本黄庭堅豫章黄先生文集卷二四黄龍心禪師塔銘：「師從容游泳，陸沉於衆。」禪林僧寶傳卷二三黄龍寶覺心禪師傳襲用其語曰：「師從容游泳，陸沉衆中。」南宋道學家如朱熹、黄榦、真德秀等皆嘗以「從容游泳」形容儒學修養功夫。底本作「遊詠」，乃遊覽吟詠之義，與上下文義不合，涉音近而誤，今改。

〔一四〕户外之屨常滿：脱屨户外，跣足升堂請益者多。語本莊子列禦寇：「伯昏瞀人曰：『善哉觀乎！女處己，人將保女矣。無幾何而往，則户外之屨滿矣。』」參見本集卷二三潛庵禪師序注〔四八〕。

〔一五〕順義：五代十國吴睿帝楊溥年號，公元九二一～九二七年。癸未：順義三年。廓門注：「按：順義年號，當有相違歟？」所疑無據。

〔一六〕戾止：來到，止息。語本詩周頌有瞽：「我客戾止，永觀厥成。」　蘄陽月峰：蘄州别稱蘄陽。方輿勝覽卷四九淮南西路蘄州：「事要：郡名蘄陽、蘄春。」注：「曹公與喬蕤戰於蘄水之陽。」輿地紀勝卷四七蘄州州沿革：「東晉孝武改蘄春爲蘄陽縣，避宣太后諱也。」同卷景物下：「玉鏡山，在蘄水縣西三十里。山巔有大石，其圓似月，故曰月峰。又名玉鏡山。」　底本「蘄」作「祁」。廓門注：「永州府祁陽縣也。」殊誤。蓋令逢住蘄州資福院，與永州迥不相接。故「祁」乃涉「蘄」之音近而誤，今改。

〔一七〕川輸雲委：喻衆僧來歸，法席甚盛。語本宋書謝靈運傳論：「雖綴響聯辭，波屬雲委，莫不寄言上德，託意玄珠。」

〔一八〕前刺史奇章公：據新唐書牛僧孺傳，敬宗立，僧孺封奇章郡公。懿宗咸通中，其子蔚進户部侍郎，襲封奇章侯。昭宗時，其孫徽爲刑部侍郎，襲封奇章男。故此蘄州刺史奇章公，必姓牛氏，爲僧孺之裔孫，以時相較，或爲牛徽。俟考。

〔一九〕一佛出世：指普度衆生之佛菩薩。大方便佛報恩經卷六優波離品：「一佛出世，度無數阿僧祇衆生入無餘泥洹。」景德傳燈録卷二一漳州羅漢桂琛禪師：「問：『一佛出世，普爲羣生，和尚今日爲箇什麼？』師曰：『什麼處遇一佛？』」

〔二〇〕絳闕清都：神仙宫闕，喻其華麗壯觀。列子周穆王：「清都、紫微、鈞天、廣樂，帝之所居。」蘇軾隆祐宫設慶宫醮青詞：「伏以長樂告成，光動紫宫之像；清都下照，誠通絳闕之仙。」

〔二一〕歲在戊子夏：由順義癸未下推至戊子，爲吴睿帝乾貞二年（九二八）。

〔二二〕委息：死亡之婉辭。禪林僧寶傳卷三〇黄龍佛壽清禪師傳：「叙如上事，以授二三子，吾委息後，當用依稟觀究。」

〔二三〕太和：廓門注：「唐文宗年號也。按：太和年號，當有相違歟？」鍇按：此太和爲十國吴睿帝年號（九二九～九三五），非指唐文宗太和年號（八二七～八三五），原文不相違。

〔二四〕雨暘時若：晴雨適時，氣候調和。語本書洪範：「曰肅，時雨若；曰乂，時暘若。」

〔二五〕父子傳器：師父傳弟子爲寺院住持。此指甲乙制寺院，屬律宗，與禪宗十方禪院遴選高德住持迥異。黄庭堅法安大師塔銘：「又往武寧之延恩寺。延恩父子傳器，貧不能守之。」參見本集卷二二華嚴院記注〔八〕。鍇按：據後文，則政和間資福院已易律寺爲禪寺。

〔二六〕政和：宋徽宗年號，公元一一一一～一一一八年。

〔二七〕宣和太守林公：即林震，興化軍莆田人。宋會要輯稿職官六八之三四：「（政和五年四月）

二十四日，詔祕書監林震知蘄州。」宋史忠義傳四林沖之傳附林震傳：「震字時尃，崇寧元年進士，仕至秘書少監。以不附二蔡有聲崇寧、大觀間。」　嘉祐寺：不可考。　僧擇文：生平法系未詳。

〔二八〕緑疏青鎖：鏤刻綺文、塗漆青緑之窗户。鎖，通「瑣」。後漢書梁冀傳：「窗牖皆有綺疏青瑣，圖以雲氣仙靈。」參見本集卷八巴川衲子求詩注〔三〕。

〔二九〕摩肩仍袂：謂肩擦肩，衣接衣，形容人多。仍，因。秦觀二侯説：「而曾白黑之不若者，武相仍，袂相屬也。」

〔三〇〕林敏功子仁：宋章定名賢氏族言行類稿卷三三：「林敏功，字子仁，蘄春人。治春秋，年十六，預鄉薦，下第歸，歎曰：『盰晃富貴，非吾所樂。』杜門不出者二十年，該通六經，貫穿百氏，尤長於詩。元符末，蔡元度被召經過，訪之，愛其蓬户樞牖，安貧樂道，力薦於上，詔蘄州以禮敦遣。子仁遁於山間，卒不奉詔。張天覺、徐澤之來守是邦，皆尊禮之。政和間，郡守林震謂同僚曰：『吾宗有德君子，旬日一出郊見之。』震還朝，舉其隱德，賜號高隱處士，朝散大夫，旌表門閭。子仁稱疾不受告。有旨守令率鄉党、親戚、耆老親臨勸諭，子仁不得辭，謝表略曰：『自是難陪英儁之遊，奚敢妄意高尚之事。卧牛衣而待旦，寒如之何；搔鶴髮以興懷，老其將至。』又云：『守令親臨，賓友咸集，諭臣以雨露之澤，俱可均霑；戒臣以雷霆之威，不宜輕忤。』有詩文千餘篇，名松坡集。」敏功與其弟敏修（字子來）齊名，時號二林，工詩，名入吕本中江西宗派圖。

〔三一〕千指：百人。蓋一人十指，故云。

〔三二〕「昔臨濟北歸」四句：天聖廣燈録卷一〇鎮州臨濟院義玄惠照禪師：「蘗云：『吾宗到汝，大興於世。』後潙山舉此語問仰山：『黄蘗當時秖囑臨濟一人，更有人在？』仰山云：『有。秖是年代深遠，不欲舉似和尚。』潙山云：『雖然如是，吾亦要知，汝但舉看。』仰山云：『一人指南，吴越令行，遇大風即止（讖風穴）。』」禪林僧寶傳卷三汝州首山念禪師傳：「風穴每念大仰有讖，臨濟一宗，至風而止，懼當之。」

〔三三〕「潙山問」五句：天聖廣燈録卷一〇鎮州臨濟院義玄惠照禪師：「後潙山舉此話問仰山：『臨濟莫辜負他黄蘗也無？』仰山云：『不然。』潙山云：『子又作麼生？』仰山云：『知恩方解報恩。』潙山云：『從上古人還有相似底也無？』仰山云：『有。秖是年代深遠，不欲舉似和尚。』潙山云：『雖然如是，吾亦要知，子但舉看。』仰山云：『秖如楞嚴會上阿難讚佛云：將此深心奉塵刹，是則名爲報佛恩。豈不是報恩之事？』」鍇按：楞嚴經卷三阿難説偈讚佛有句云：「將此深心奉塵刹，是則名爲報佛恩。」仰山語本此。

〔三四〕「故世稱念法華」句：智證傳：「風穴暮年常憂仰山之讖己躬當之，乃有念公，知爲仰山再來也。」念法華，即首山省念禪師。禪林僧寶傳卷三汝州首山念禪師傳：「專修頭陀行，誦法華經。叢林畏敬之，目以爲念法華。」

〔三五〕庸詎知文非逢公邪：謂擇文或許亦是令逢之後身。庸詎知，猶言豈知。語本莊子齊物論，已見前注。

〔三六〕有爲仰山、逢公若是班乎：孟子公孫丑上：「伯夷、伊尹於孔子若是班乎？」趙岐注：「班，齊等之貌也。丑嫌伯夷、伊尹與孔子相比，問此三人之德班然前等乎。」此借用其句法，意謂此方從事之擇文，其德能與仰山、令逢齊等麽。

〔三七〕「昔普淨禪師不務説法」八句：景德傳燈録卷二四東京普淨院常覺禪師：「師以時機淺昧，難任極旨。苟啓之非器，令彼招謗讟之咎，我寧不務開法。每月三八，施浴僧道萬計。師常謂諸徒曰：『但得慧門無壅，則福何滯哉？』」

〔三八〕僧中之龍：蘇軾東林第一代廣惠禪師真贊：「堂堂總公，僧中之龍。」比借用其語。

〔三九〕「本無寔法」二句：林間録卷下：「古之人有大機智，故能遇緣即宗，隨處作主。巖頭和尚曰：『如但識綱宗，本無寔法。』」參見本集卷一五與韓子蒼六首注〔一〇〕。

〔四〇〕乾笑德山：景德傳燈録卷一六鄂州巖頭全豁禪師：「一日飯遲，德山掌鉢至法堂上。峰曬飯巾次，見德山，便云：『這老漢鐘未鳴，鼓未響，托鉢向什麽處去？』德山便歸方丈。峰舉似師，師云：『大小德山不會末後句。』山聞，令侍者喚師至方丈，問：『爾不肯老僧那？』師密啓其意。德山至來日上堂，與尋常不同。師到僧堂前，撫掌大笑云：『且喜得老漢會末後句，他後天下人不奈何。雖然如此，也秖得三年。』（德山果三年後示滅。）」乾笑，勉强做作之笑。能改齋漫録卷二乾笑：「世以笑之不情者爲乾笑。」

〔四一〕怒呵雪峰：祖堂集卷七巖頭和尚：「師共雪峰到山下鵝山院，壓雪數日。師每日只管睡，雪峰只管坐禪。得七日後，雪峰便喚：『師兄且起。』……師便喝云：『你也噇眠去摩！每日在長連床上，恰似漆村裏土地相似。他時後日，魔魅人家男女去在！』峰以手點胸云：『某甲這裏未穩在，不敢自謾。』……師便喝云：『若與摩，則自救也未徹在。』峰云：『他時後日作摩生？』師云：『他時後日若欲得播揚大教去，一一個個從自己胸襟間流將出來，與他蓋天蓋地去摩？』峰於此言下大悟，便禮拜。」喝有「呵」義。

〔四二〕「又如麒麟」二句：文選卷六〇賈誼弔屈原文：「使騏驥可得係而羈兮，豈云異夫犬羊。」參見本集卷一九李道夫真贊注〔一二〕。

〔四三〕羅山控勒：羅山道閑禪師，嗣法於巖頭全豁，屬青原下六世。景德傳燈録卷一七福州羅山道閑禪師：「郡之長谿人也，姓陳氏。出家於龜山，年滿受具，遍歷諸方。嘗謁石霜，問：『去住不寧時如何？』石霜曰：『直須盡却。』師不愜意，乃參巖頭，問同前語。巖頭曰：『從他去住，管他作麼。』師於是服膺。」

〔四四〕明招追隨：明招德謙禪師，嗣法於羅山道閑，爲巖頭法孫，屬青原下七世。景德傳燈録卷二三婺州明招德謙禪師：「受羅山印記，靡滯於一隅，激揚玄旨，諸耆宿皆畏其敏捷，後學鮮敢當其鋒者。」

〔四五〕天骨權奇：形容駿馬骨骼雄偉，超逸非常。杜甫天育驃圖歌：「卓立天骨森開張。」李白天馬歌：「蘭筋權奇走滅没。」此合而用之。參見本集卷一神駒行注〔八〕。

〔四六〕清溪之上：底本「溪」作「傒」，不辭，乃涉形近而誤，今改。 鍇按：林間録卷上：「照覺鳴鐘集衆，出迎于清溪之上。」佛祖統紀卷九智者大師旁出世家禪師道悦傳：「後有人見僧跪足擎鉢於清溪之上，自稱爲『般若師』。」皆可證。

〔四七〕意行出入：出入率意而行。劉禹錫蠻子歌：「腰斧上高山，意行無舊路。」

〔四八〕寶鈴和鳴：法華經卷一序品：「珠交露幔，寶鈴和鳴。」此借用其語。

〔四九〕黄琳公：唐高僧黄州福琳禪師，荷澤神會法嗣。景德傳燈録卷一三：「黄州大石山福琳禪師，荆州人也，姓元氏。本儒家子，幼歸釋氏，就玄靜寺謙著禪師剃度登戒。遊方，遇荷澤師，示『無念靈知，不從緣有』，即焕然見諦。後抵黄州大石山，結庵而居，四方禪侣依之甚衆。唐興元二年入滅，壽八十有二。」參見本集卷二六題觀音院壁注〔七〕。

〔五〇〕和褒禪：王安石遊褒禪山記：「褒禪山，亦謂之華山。唐浮圖慧褒始舍於其址，而卒葬之，以故其後名之曰褒禪。今所謂慧空禪院者，褒之廬冢也。」輿地紀勝卷四八淮南西路和州仙釋：「唐浮屠惠褒，褒禪山在含山縣北一十五里，惠空寺，唐正觀時，浮屠惠褒之廬冢也。自淳化中，太守錢儼禱雨有應。王安石記可考。今賜號法護大師。」

三角劼禪師壽塔銘 并序〔一〕

禪師道劼，生謝氏，邵武人也〔二〕。得法於洪州石門乾禪師〔三〕，初住臨川之景德寺〔四〕，後住長沙之角山〔五〕。道望著三湘〔六〕，學者至如歸。十餘年遂爲終焉之所，門弟子爲建壽塔于白雲衝之陽。甘露滅某宣和五年十月初二日過焉〔七〕，劼導余至塔所，乃爲銘之。銘曰：

東林法道，盛於石門〔八〕。在元祐間〔九〕，歸者如雲。後三十年，三角有聞。石門嫡子，東林諸孫。道如平地，世不舉步。陟危值谷，自爲險阻。有來求者，弗答弗顧。但以此心，一酬佛祖。白雲之衝，卵塔已成〔一○〕。如魚千里，時遶之行〔一一〕。千巖月色，萬壑松聲。欣然而笑，誰爲死生？

【注釋】

〔一〕宣和五年十二月初二作於潭州湘潭縣。　三角：乾隆長沙府志卷三五寺觀志湘潭縣：「三角寺，在縣東三十里。初，總印禪師嗣馬祖，來開此山。其寺屢壞更修，今存。」清一統志卷二七七長沙府：「三角寺，在湘潭縣東三十里，唐總印禪師所開，後人即名其山爲三角。」明郭金臺三角寺記：潭之古寺，草衣、龍王、仙林、鳳凰爲四大寺，而其著於祖燈者，三角爲最焉。」鍇按：景德傳燈録卷七馬祖道一法嗣有潭州三角山總印禪師。　劼禪師：法名道劼，嗣法石門應乾禪師，屬臨濟宗黄龍派南嶽下十四世。然諸燈録應乾法嗣中無道劼，此可補其闕。今考嘉泰普燈録卷一六目録龍門佛眼清遠禪師法嗣有蘄州三角劼禪師，續傳燈録卷二九目録龍門佛眼遠禪師法嗣有三角劼禪師，皆有名無録。然龍門清遠屬臨濟宗楊岐派，與此塔銘所記道劼法系迥異。疑嘉泰普燈録、續傳燈録誤載，蓋蘄州亦有三角山，或與潭州三角山相混，俟考。　壽塔：祝禱長壽之塔，即僧人生前爲己預設之塔。壽塔之制似始於晚唐禪宗。聯燈會要卷二二撫州疎山光（匡）仁禪師：「師因知事爲造壽塔畢，來白師。師云：『將多少錢與匠人？』」明覺禪師語録卷末附吕夏卿撰明州雪竇山資聖寺第六祖明覺大師塔銘：「先是門弟子建壽塔於寺之西南五百餘步。」

〔二〕邵武：元豐九域志卷九福建路：「同下州，邵武軍，治邵武縣。」

〔三〕洪州石門乾禪師：法名應乾，袁州萍鄉人，俗姓彭氏。受具之後，遍歷諸方。嗣法東林常總，屬臨濟宗黄龍派南嶽下十三世。住洪州靖安縣泐潭寶峰禪院，即石門。建中靖國續燈録卷一九、嘉泰普燈録卷六、五燈會元卷一七、續傳燈録卷二〇載其機語。已見前注。

〔四〕臨川之景德寺：即臨川北禪，惠洪嘗住此。寂音自序：「而顯謨朱彦世英請住臨川北禪。」謝逸溪堂集卷七應夢羅漢記：「顯謨閣待制朱公制撫之二年，革北景德律寺爲叢林，敦請真淨法子惠洪，委以禪席。」

〔五〕角山：即三角山之省稱。

〔六〕三湘：長沙之别稱。

〔七〕甘露滅：惠洪自號。

〔八〕「東林法道」二句：謂東林常總之法系，於石門應乾門下盛極一時。鍇按：應乾之法嗣，建中靖國續燈録卷二四有七人，三人見録；嘉泰普燈録卷一〇有十三人，七人見録；續傳燈録卷二六有十八人，八人見録。

〔九〕元祐：宋哲宗年號，公元一〇八六～一〇九四年。

〔一〇〕卵塔：卵形無縫塔，此指壽塔，即生前所造之塔。禪林僧寶傳卷七瑞鹿先禪師傳：「大中祥符元年二月，謂門弟子如晝曰：『爲我造箇卵塔，塔成我行矣。』八月望日畢工。」同書卷一〇雙峰欽禪師傳：「太平興國二年三月，謂門弟子曰：『吾不久去汝矣，可砌箇卵塔。』五月二十三日工畢。」皆臨終前預造之塔。

〔一一〕「如魚千里」二句：關尹子一宇篇：「以盆爲沼，以石爲島。魚環游之，不知幾千萬里而不窮也。夫何故？水無源無歸。聖人之道，本無首，末無尾，所以應物不窮。」黄庭堅欸乃歌二章戲王穉川之二：「從師學道魚千里，蓋世成功黍一炊。」

嶽麓海禪師塔銘 并序 代〔一〕

師名智海，姓萬氏，吉州太和人也〔二〕。幼靜專，無適俗韻〔三〕，去事普覺道人楚金爲弟子〔四〕。年二十一，剃髮受具，辭金遊方。金出鄧峰永公門〔五〕，父子道價逼亞東林總、玉澗祐〔六〕，故師依玉澗、東林最久，然無所契悟。晚抵仰山〔七〕，陸沉於衆〔八〕，佛印元公獨異之〔九〕。師方鋭於學，喜翰墨，元呵曰：「子本行道，反從事語言筆畫。語言筆畫信工，於道何益？矧未工乎？」師於是棄去，經行湘南諸山，依止大潙十年〔一〇〕。真如門風，號稱壁立，學者皆望崖而退〔一一〕，師獨受印可，輩流下之。真如赴詔住上都相國寺〔一二〕，師雅志不欲西，首衆衲於衡陽花藥山〔一三〕，分座説法。元符己卯〔一四〕，開法於城東之東明〔一五〕。崇寧乙酉〔一六〕，遷居於湘西之嶽麓。勸請皆一時名公卿。明年正月八日，麓火，一夕而燼，道俗驚嗟，以死弔。師笑曰：「夢幻成壞，蓋皆戲劇。然吾恃願力，宫室未終廢也。」於是就林縛屋，單丁而住，雜蒼頭廝養〔一七〕，運瓦礫，收燼餘之材，造牀榻板隔，凡叢林器用所宜有者皆備。曰：「棟宇即成，器用未具，是吾憂，故先辦之。」聞者竊笑而去，師自若也。未幾月，富者以金帛施，貧者以力施，匠者以巧施。十年之間，廈屋崇成，盤崖萬礎，飛楹層閣，塗金間碧，如化成梵釋龍天之宫〔一八〕。人徒見其經營之功日新，而不知其出於閒暇談笑。宣和己亥七月九日，以平生道具付侍者，使集衆估唱〔一九〕。黎明㊀，漱盥罷，坐丈室，聞粥鼓，命門弟子，因叙出世本末，祝以行道勿懈，説偈爲别。有智暹者進曰〔二〇〕：「師獨不能少留乎？」師以手摇去，復周晌左右，良久，右脅而逝。閲世六十有二，坐四十有二夏。又七日，闍維收骨石，塔於西崦舜塘之陰。余官長沙〔二一〕，始款師，雖其道眼無分别相，而州里情親，若出自然。故知其爲人惠敏有智略，恤孤老，赴急難，常器人於羈賤中，屢折不困。其尊禮賢者，樂於人爲善，則其天性。嘗叩其論，於宗門號飽參，於教觀甚博而知要〔二二〕。不見十日，而以訃聞。嗚呼！余聞論事易，成事難〔二三〕；捨生易，處死難〔二四〕。師皆反（返）是㊁，豈無德而然耶？南牧齊公狀其平生〔二五〕，乞銘於余，因爲之銘曰：

臨濟綱宗，遇風則止。昭憂其讖，得念而喜〔二六〕。湘南有圓，汾陽之嗣〔二七〕。遂興其宗，克肖前懿。衲子方來，歸之如雲。南真兩俊〔二八〕，絶塵逸羣。海公於真，蓋其的孫〔二九〕。獨敢袒肩，荷擔宗門。天資慈祥，一目貴賤㊂。幻出寶坊，實依淨願。寃親贊毁，初莫能辨。及其將化，則有明驗。人死之難，如登焚輪〔三〇〕。師獨易之，如臂屈伸〔三一〕。塔曰無縫〔三二〕，豈有新陳。我作銘詩，昭示學人。

【校記】

㈠黎明：四庫本作「明」。

㈡反：原作「返」，今從武林本。

㈢目：武林本作「日」，誤。

【注釋】

〔一〕宣和元年八月作於長沙。　嶽麓：寺名，在長沙湘江西岸嶽麓山。方輿勝覽卷二三湖南路潭州：「嶽麓寺，在山上百餘級乃至，今名惠光寺。下有李邕麓山寺碑。」　海禪師：法名智海，號無際，嗣法大潙慕喆，屬臨濟宗南嶽下十三世。參見本集卷九與海兄注〔一〕。鍇按：此塔銘代人而作，然其人不可考。

〔二〕吉州太和：據元豐九域志卷六江南西路，吉州廬陵郡下屬八縣，太和縣爲其一，在州南八十里。

〔三〕無適俗韻：陶淵明歸園田居之一：「少無適俗韻，性本愛丘山。」此借用其語。

〔四〕普覺道人楚金：即廬陵清平楚金禪師，嗣法黄檗積翠永庵主，屬臨濟宗黄龍派南嶽下十三世。建中靖國續燈録卷二二、續傳燈録卷二一載其機語。鍇按：據此塔銘，楚金號普覺，可補燈録之闕。

〔五〕鄧峰永公：即黄檗積翠永庵主，嗣法黄龍慧南，屬臨濟宗黄龍派南嶽下十二世。建中靖國續燈録卷一三、五燈會元卷一七載其機語。鍇按：冷齋夜話卷六永庵嗣法南禪：「鄧峰永庵主，南禪師子也。未嘗問法，南禪公所至，輒隨之。魯直聞其風而悦之，恨不及識。有自慶者，事永甚久，即以慶主黄龍。宜州爲作疏，語特奇峻，叢林於慶改觀。又見之與語，多解體，又嗣法南公。宜州過永舊庵，題其壁曰：『奪得胡兒馬便休，休嗟李廣不封侯。當時射殺南山虎，子細看來是石頭。』」林間録卷下：「鄧峰永庵主嘗問僧審奇：『汝久不見，何所爲？』奇曰：『近見偉藏主，有箇安樂處。』永曰：『試舉似我。』奇因叙其所得。永曰：『汝是，偉未是。』奇莫測，歸語于偉。偉大笑曰：『汝非，永不非也。』奇走質於積翠南禪師，南公亦大笑。永聞之，作偈曰：『明暗相參殺活機，大人境界普賢知。同條生不同條死，笑倒庵中老古錐。』觀其語言，想見當時法喜游戲之逸韻。使永公施於今，則其取訴辱必矣。」

〔六〕東林總：即東林常總禪師，嗣法黄龍慧南。已見前注。玉澗祐：即雲居元祐禪師，亦嗣法黄龍慧南。嘗住廬山玉澗寺，故稱。禪林僧寶傳卷二五雲居祐禪師傳：「棄之去游廬山，南康太守陸公時請住玉澗寺。」

〔七〕仰山：唐慧寂禪師道場，潙仰宗祖庭之一。輿地紀勝卷二八江南西路袁州景物上：「仰山，在州南八十里。周回一千里，高聳萬仞，不可登陟，只可仰觀，以此得名。有寺曰太平興國禪院及二王廟。」同卷景物下：「仰山寺，世傳二神捐地與小釋迦築庵之所。今有貝多葉梵書，佛牙舍利藏焉。寺爲江右名刹，古松夾道，飛瀑湍急，似非人境。堂殿多黄庭堅書額。」

〔八〕陸沉：陸地無水而沉，此喻埋没無人知。

〔九〕佛印元公：輿地紀勝卷二八袁州仙釋：「佛印禪師了元，初住雲居，移仰山。師臨行寫一偈，暗語云：『清簡出世。』已而果然。佛印嘗與東坡往來問禪。」錯按：據禪林僧寶傳卷二九雲居佛印元禪師傳，清簡禪師爲佛印所賞識。後清簡住仰山，果符其暗語。

〔一〇〕大潙：指慕喆禪師，時住潭州大潙山，後賜號真如。嗣法翠巖可真，屬臨濟宗南嶽下十二世。據禪林僧寶傳卷二五大潙真如喆禪師傳，慕喆遷住大潙山，衆二千指，爲所約束，人人自律。晨香夕燈，十有四年。

〔一一〕望崖而退：謂其門庭高峻，令修行者望而生畏。已見前注。

〔一二〕真如赴詔住上都相國寺：禪林僧寶傳慕喆本傳：「紹聖元年，有詔住大相國寺智海禪院，京師士大夫想見風裁，叢林以喆静退，以畏煩鬧，不敢必其來。喆受詔欣然，俱數衲子至。解包之日，傾都來觀，至謂一佛出世。」

〔一三〕衡陽花藥山：湖廣通志卷一一山川志衡州府衡陽縣：「花藥山，在縣西南二里。明一統志：相傳神仙煉丹於此，有五色禽棲牡丹樹上，故名。」

〔一四〕元符己卯：宋哲宗元符二年，公元一〇九九年。

〔一五〕東明：寺名。嘉靖長沙府志卷六方外紀：「東明寺，在縣東門外二里。」參見本集卷一八潭州東明石觀音贊序并注〔一〕。

〔一六〕崇寧乙酉：宋徽宗崇寧四年，公元一一〇五年。

〔一七〕蒼頭廝養：泛指奴僕及雜役者。漢書鮑宣傳：「蒼頭盧兒皆用致富。」顔師古注：「漢名奴爲蒼頭，非純黑，以别於良人也。」戰國策齊策五：「士大夫之所匿，廝養士之所竊，十年之田而不償也。」鮑彪注：「廝，析薪養馬者。」

〔一八〕梵釋龍天之宮：梵天、帝釋、龍衆、天衆之居所，喻指華麗莊嚴之佛寺梵宇。蘇軾東林第一代廣惠禪師真贊：「蓋將拊掌談笑，不起于坐，而使廬山之下，化爲梵釋龍天之宮。」

〔一九〕估唱：即佛門所謂唱衣，又稱提衣、估衣。寺院主事者集衆，將亡僧衣物道具估定價格，當衆唱賣競售之。釋氏要覽卷下唱衣載其事甚詳。參見本集卷二三洪州大寧寬和尚語録序注〔一七〕。

〔二〇〕智暹：智海弟子，燈録無載，生平未詳。

〔二一〕余官長沙：此塔銘代爲長沙某官作，故云。

〔二二〕於教觀甚博而知要：太平御覽卷六〇八引顔延之庭誥曰：「觀書貴要，觀要貴博，博而知要，萬流可一。」蘇軾弔李臺卿：「從横通雜藝，甚博且知要。」

〔二三〕「余聞論事易」二句：蘇軾薦誠禪院五百羅漢記：「嗚呼！士以功名爲貴，然論事易，作事難；作事易，成事難。」此化用其語意。

〔二四〕「捨生易」二句：三國志蜀書姜維傳裴松之注引干寶曰：「姜維爲蜀相，國亡主辱，弗之死，而死於鍾會之亂，惜哉！非死之難，處死之難也。」晉書忠義傳序：「古人有言：『君子殺身以成仁，不求生以害仁。』又云：『非死之難，處死之難。』信哉！斯言也。」李太白集卷三〇比干碑：「非夫捐生之難，處死之難。」此化用其語意。

〔二五〕南牧齊公：疑當作「南嶽齊公」，即南嶽法輪寺景齊禪師，黃龍祖心法嗣，屬臨濟宗黃龍派南嶽下十三世。建中靖國續燈録卷二〇潭州南嶽雙峰景齊禪師載其機語。蓋景齊嘗住南嶽雙峰禪寺，後住法輪禪寺。參見本集卷一一法輪齊禪師開軒於薝蔔叢名曰薝蔔二首注〔一〕。

〔二六〕「臨濟綱宗」四句：禪林僧寶傳卷三汝州首山念禪師傳：「風穴每念大仰有識，臨濟一宗，至風而止，懼當之。熟視座下，堪任法道，無如念者。」參見前蘄州資福院逢禪師碑銘注〔三一〕〔三二〕〔三三〕。廓門注：「『昭』當作『沼』，即風穴延沼也。」錯按：延沼，禪籍或作「延昭」，如天聖廣燈録卷一五、建中靖國續燈録卷一、祖庭事苑卷六、大光明藏卷三皆作「風穴延昭」。

〔二七〕「湘南有圓」二句：謂潭州石霜山楚圓禪師嗣法汾陽善昭。錯按：汾陽善昭爲首山省念法嗣。

〔二八〕南真兩俊：黄龍慧南與翠巖可真二禪師，皆爲石霜楚圓法嗣。可真，福州人。參禪時，用功尅苦，每以手指點胸，諸方目爲真點胸。後於楚圓言下大悟，爽氣逸出，機辯迅捷，叢林憚之。得法後住翠巖以終。事具嘉泰普燈録卷三、補續高僧傳卷八。參見本集卷一九翠巖真禪師真贊注〔一〕。

〔二九〕「海公於真」二句：智海爲慕喆法嗣，爲可真法孫。

〔三〇〕焚輪：詩小雅谷風：「習習谷風，維風及頹。」毛傳：「頹，風之焚輪者也，風薄相扶而上。」爾雅釋天：「焚輪謂之穨。」郭璞注：「暴風從上下。」此似謂焚燒之火輪，疑惠洪誤用。

〔三一〕如臂屈伸：視生死如屈伸臂般簡捷短暫。蘇軾弔天竺海月辯師三首之二：「生死猶如臂屈伸。」此借用其喻。鍇按：諸佛經以「臂屈伸頃」爲喻時間短暫之套語。如長阿含經卷一：「譬如力士屈伸臂頃，從梵天宫忽然來下，立於佛前。」大寶積經卷五八：「譬如壯士屈伸臂頃，從彼土没，現此界中。」大般涅槃經卷二九：「譬如壯士屈伸臂頃，至舍衛城祇陀園林須達精舍。」不勝枚舉。

〔三二〕塔曰無縫：景德傳燈録卷五西京光宅寺慧忠國師：「代宗曰：『師滅度後，弟子將何所記？』師曰：『告檀越，造取一所無縫塔。』曰：『就師請取塔樣。』師良久，曰：『會麽？』曰：『不會。』師曰：『貧道去後，有侍者應真却知此事。』」

石塔銘 并序〔一〕

溈山空印禪師軾公〔二〕，與余登芙蓉〔三〕，謁長老從公于潮音堂〔四〕，同遊東澗。道人師粲、法欽、文顯預焉〔五〕。空印使同遊者以石累塔于澗之曲㊀。從笑曰：「連日羣鵲翔鳴，豈此勝緣之祥耶？」空印請甘露滅某銘曰〔六〕：

萬峰之顛，乃有流泉。迸兩石間，雪渦回旋。嶮于三峽，下臨玉淵〔七〕。上有危石，其大如屋。可坐百夫，蘚封蒼玉。同來六僧〔八〕，五七童僕。妍鄙俱笑，響答山谷。唯大士軾，約束長幼。疊石爲塔，團團層秀。於一食頃〔九〕，談笑而就。其願伊何〔一〇〕？天子萬壽。山禽何知，羣飛和鳴。物不虛應，勝事克成。咨爾東阿，地祇山靈〔一一〕。護持此塔，使長聽經〔一二〕。

【校記】

㊀ 使：武林本作「度」，誤。

【注釋】

〔一〕宣和二年十二月作於潭州寧鄉縣。錯按：本集卷二六題浮泥壁：「空印禪師以宣和二年十二月，偕余謁從禪師於芙蓉峰，累石於玉淵之上，以爲塔，酌泉賦詩，暮夜矣，遂宿焉。」即此事。

〔二〕潙山空印禪師軾公：法名元軾，號空印，住持大潙山密印禪寺。嗣法本覺守一，屬雲門宗青原下十三世。已見前注。廓門注：「常州法濟元軾嗣本覺守一。」即此僧。

〔三〕芙蓉：太平寰宇記卷一一四潭州寧鄉縣：「芙蓉山，在縣西，舊名青羊山。名勝志：『芙蓉山與大潙山相接，其中有芙蓉洞。』」

〔四〕長老從公：芙蓉山寺僧，生平法系未詳。

〔五〕師粲、法欽、文顯：三僧生平法系皆不可考。

〔六〕甘露滅：惠洪自號。

〔七〕「嶮于三峽」二句：謂東澗之玉淵其險超過廬山三峽橋之玉淵。蘇轍欒城集卷二三廬山棲賢寺新修僧堂記：「留二日，涉其山之陽，入棲賢谷。谷中多大石，岌嶪相倚。水行石間，其聲如雷霆，如千乘車，行者震掉，不能自持。雖三峽之嶮不過也，故其橋曰三峽。渡橋而東，依山循水，水平如白練，橫觸巨石，匯爲大車輪，流轉洶湧，窮水之變。」明桑喬撰、清范礽補訂廬山紀事卷五：「棲賢寺東爲玉淵潭。山疏云：『玉淵潭在三峽澗中。諸水合流，奔注潭中，驚涌墮空瀉下。』」

〔八〕同來六僧：謂空印、從公、師粲、法欽、文顯及惠洪六人。

〔九〕一食頃：一頓飯時間。此爲佛書計時間套語之一。如悲華經卷三：「願我世界所有衆生，於一食頃，以佛力故，遍至無量無邊世界，見現在佛。」摩訶般若波羅蜜經卷二〇：「不如弟子以般若波羅蜜相應法爲菩薩摩訶薩説，乃至一日，其福甚多。置一日，但半日；置半日，但一食頃；置一食頃，但須臾間説，其福甚多。」宗鏡録卷二：「或有衆生於一食頃，於此甚深法觀察思量。」景德傳燈録卷二四朗州大龍山楚勛禪師：「知了經一小劫如一食頃，不知道理便見茫然。」此借用其語。

〔一〇〕伊何：爲何。詩小雅頍弁：「有頍者弁，實維伊何？」高亨注：「伊，猶爲也，作也。」

〔一一〕地祇山靈：泛指地神與山神。

〔一二〕「護持此塔」二句：法華經卷四見寶塔品：「此寶塔中有如來全身，乃往過去東方無量千萬億阿僧祇世界，國名寶淨，彼中有佛，號曰多寶。其佛行菩薩道時，作大誓願：『若我成佛滅度之後，於十方國土有説法華經處，我之塔廟，爲聽是經故，踊現其前，爲作證明，讚言善哉！』」參見本集卷一五讀法華五首注〔八〕。

馮氏墓銘 并序〔一〕

洪州布衣高天倪、弟沖、賜紫沙門善機、傳法沙門善權〔二〕，以政和五年十月某日，葬其母馮氏於幽谷山之陽〔三〕，附于皇考隱君之塋〔四〕。沖茹哀具書曰：「禍釁鏖罰㊀，不自殞滅，上延慈侍〔五〕。沖尚忍言之？先妣於正月三日，棄諸孤於正寢，享年七十有三。願請文以昭後世。」三反而不得辭，乃叙曰：夫人靖安馮氏〔六〕，年十六，歸同邑隱君子高廣仲容〔七〕。入門和敬，動履規矩，懿淑而敏，出於天姿。媪御喜之〔八〕，與奪從之。時皇舅春秋高〔九〕，癯而盲，夫人行立必掖，食必嘗。姑有風痺疾〔一〇〕，夫人視卧起，進劑餌，皆畢世不懈，里閈稱其孝〔一一〕。仲容三弟稚幼，夫人皆自櫛沐縫紉之〔一二〕，以至成立。擇師使授學，典婚使納婦，有勞有恩。夫人幼孤，未嘗學，隱君好與禪衲游，屏聽其論而悦之，遂能誦經，曉字義。隱君無經世意，多往林墅屏處，五子皆夫人教之，訓嚴色莊，衣冠取法焉。初，幼子善權俊發，夫人曰：「此兒非仕林可致也。」施以從石門道人應乾游〔一三〕，以文學之美，致高名於世〔一四〕。第三子善機，亦授筆與之俱，叢林期以起東林之道〔一五〕。長子天倪，粹温而厚〔一六〕，誠款而文，里巷往來，稀識其面。第四子沖，久遊太學，以能文舉于禮部，所與交皆一時偉人。次子恒，廓落有奇節，不幸早世，而孫楷學成而鄉貢之。夫人喜燕賞，酒酣，沖必鑿（利）髻爲童子戲㊁〔一七〕，婆娑起舞〔一八〕，皆中步（部）節㊂〔一九〕。弟姪以次上壽，觀者歡譁，夫人爲笑而罷，率以爲常，邑人慕之。女一人，適貢士劉杭。孫九人，皆嶷嶷爭秀〔二〇〕。曾孫兩人，尚幼。銘曰：

俊發矯士母數責，孟軻廢學母斷織〔二一〕，凜然夫人嗣遺則〔二二〕。子孫繩繩詩與書〔二三〕，名聞縉紳榮里閭，何以訓之乎威如〔二四〕。膝下時聞裂縫掖〔二五〕，頷之而笑無恪色〔二六〕，衣冠三彦僧連璧〔二七〕。死生亦大能了然〔二八〕，誦經而化如蜕蟬，我作銘詩騁其賢。

【校記】

㈠ 禍：廓門本作「福」，誤。

㈡ 鬘：原作「利」，誤，今從武林本。

㈢ 步：作「部」，誤，今改。參見注〔一八〕。

【注釋】

〔一〕政和五年秋作於洪州靖安縣。鍇按：馮氏將於十月某日入葬，墓銘必作於其前，蓋墓銘須勒石埋於墓中。高沖、善權爲靖安人，此墓銘當作於惠洪在靖安寶峰院時。

〔二〕高天倪：馮氏長子，生平未詳。　弟沖：高沖，馮氏第四子。瀛奎律髓卷四七釋梵類有善權寄致虛兄詩，僧道潛參寥子詩集卷一二有贈權上人兼簡其兄高致虛秀才，饒節倚松詩集卷二有次韻贈高致虛四首。以高氏諸子之名考之，致虛當爲高沖字。字林曰：「沖猶虛也。」可證。　賜紫沙門：謂朝廷賜予紫色袈裟，以示尊寵。釋氏要覽卷上法衣紫衣：「每遇皇帝誕節，親王、宰輔、節度，下至正刺史，得上表薦所知僧道紫衣。」　善機：馮氏第三子。生平未詳，嗣法泐潭應乾，爲臨濟宗黄龍派南嶽下十四世。　善權：馮氏第五子，字巽中，號真隱，亦嗣法泐潭應乾。參見本集卷二贈巽中注〔一〕。

〔三〕幽谷山：輿地紀勝卷二六隆興府：「幽谷山，在靖安縣北五里。山有瀑布，與幽谷亭相對。權巽寄邑令詩曰：『嵯峨幽谷亭，寂寞彭澤令。絶境空自奇，高標岌相映。』」鍇按：此處作寄邑令詩之「權巽」當作「權巽中」，即善權，其法名第二字與表字連稱權巽中，輿地紀勝誤録。參見本集卷二次韻權巽中送太上人謁道鄉居士注〔一〕。

〔四〕皇考：楚辭章句卷一離騷經：「朕皇考曰伯庸。」王逸注：「朕，我也。皇，美也。父死稱考。」　隱君：隱居不仕之君子。

〔五〕「禍釁鏖罰」三句：自責之語，謂因災禍之隙，而天降激烈懲罰，自己不死，罪罰却延及慈母。禍釁，災禍之隙。晉書武悼楊皇后傳：「禍釁既彰，背捍詔命。」阮籍詠懷之一三：「蕭索人所悲，禍釁不可辭。」鏖，激烈。　慈侍，母在而父喪，謂母爲慈侍。　鍇按：本集卷二二先志碑記：「天降罪罰，不自殞滅，上延先考。」即此意。

〔六〕靖安：縣名。據元豐九域志卷六江南西路，洪州豫章郡屬縣七，靖安縣爲其一，在州西北一百六十里。

〔七〕歸：詩周南桃夭：「之子于歸，宜其室家。」　高廣仲容：高廣，字仲容。生平未詳。

〔八〕媪御：謂婢妾。　韓愈扶風郡夫人墓誌銘：「夫人適年若干，入門而媪御皆喜，既饋而公姑交賀。」此借用其語意。

〔九〕皇舅：婦謂夫之父曰舅。　皇，美稱。

〔一〇〕姑：婦謂夫之母曰姑。　風痺：因風寒濕引起肢節疼痛麻木之病。　靈樞經卷二壽夭剛柔：「故曰病在陽者命曰風，病在陰者命曰痺，陰陽俱病，命曰風痺。」

〔一一〕里閈：里門，代指鄉里。　後漢書成武孝侯順傳：「順與光武同里閈，少相厚。」

〔一二〕櫛沐：梳洗。

〔一三〕石門道人應乾：即泐潭應乾禪師，東林常總法嗣。　建中靖國續燈録卷一九洪州泐潭山寶峰禪院應乾禪師：「姓彭氏，袁州萍鄉人也。受具之後，徧歷諸方。晚到照覺禪師法席，屢陳所見，覺未可之。乃示鳥窠吹毛因緣，初不曉解。一日，因事感激，豁然大悟，乃成頌云：『潦倒忘機是鳥窠，西湖湖上控煙蘿。布毛吹去無多子，鐵眼銅睛不奈何。』覺乃可之，自此推爲上首，道行大播。　照覺受命東林，師繼法席。」

〔一四〕「以文學之美」二句：善權以詩鳴，爲宋著名詩僧，與祖可並稱瘦權癩可，名入吕本中江西宗派圖。　直齋書録解題卷二〇：「真隱集三卷：僧善權巽中撰，靖安人，落魄嗜酒。」

〔一五〕叢林期以起東林之道：善機爲賜紫沙門，地位尊崇，且爲東林常總法孫，故叢林有此期許。

然僧傳、燈録失載。

〔一六〕粹温：純真温良。南朝宋顔延之陶徵士誄：「廉深簡絜，貞夷粹温。」

〔一七〕髽髻：梳於頭頂兩旁或腦後之髮髻，成年男子爲之，甚滑稽可笑。新五代史吴世家：「命優人高貴卿侍酒，知訓爲參軍，隆演鶉衣髽髻爲蒼鶻。」此處高沖髽髻扮童子，亦老萊斑衣侍親之意。底本作「利髻」，不成辭。

〔一八〕婆娑：舞貌。詩陳風東門之枌：「子仲之子，婆娑其下。」毛傳：「婆娑，舞也。」

〔一九〕皆中步節：謂舞蹈皆合步伐節奏。禮記中庸：「喜怒哀樂之未發，謂之中；發而皆中節，謂之和。」宋范祖禹范太史集卷三三坤成節教坊致語放女童隊：「綴行孌婉，步節虚徐。」晁公溯嵩山集卷一四范令人生日：「行皆圖史應，步節珮環摇。」底本「步」作「部」，「部節」不辭，乃涉音近而誤，今改。

〔二〇〕嶷嶷：幼小聰慧貌。詩大雅生民：「誕實匍匐，克岐克嶷。」鄭箋：「能匍匐則岐岐然，意有所知也。其貌嶷嶷然，有所識别也。」韓愈原性：「后稷之生也，其母無災。其始匍匐也，則岐岐然，嶷嶷然。」

〔二一〕孟軻廢學母斷織：劉向列女傳卷一鄒孟軻母傳：「孟子之少也，既學而歸。孟母方績，問曰：『學所至矣？』孟子曰：『自若也。』孟母以刀斷其織，孟子懼而問其故。孟母曰：『子之廢學，若吾斷斯織也。夫君子學以立名，問則廣知，是以居則安寧，動則遠害。今而廢之，是不免於廝役，而無以離於禍患也。何以異於織績而食，中道廢而不爲，寧能衣其夫子而長不乏糧食哉？女則廢其所食，男則墮於修德，不爲盜竊，則爲虜役矣。』孟子懼，旦夕勤學不息，師事子思，遂成天下之名儒。君子謂孟母知爲人母之道矣。」

〔二三〕遺則：楚辭章句卷一離騷經：「願依彭咸之遺則。」王逸注：「遺，餘也；則，法也。」

〔二三〕繩繩：詩周南螽斯：「螽斯羽，薨薨兮。宜爾子孫，繩繩兮。」朱熹集注：「繩繩，不絕貌。」

〔二四〕孚威如：易家人：「上九，有孚威如，終吉。」王弼注：「處家人之終，居家道之成，刑於寡妻，以著於外者也，故曰有孚。凡物以猛爲本者，則患在寡恩；以愛爲本者，則患在寡威。故家人之道，尚威嚴也。家道可終，唯信與威。身得威敬，人亦如之，反之於身，則知施於人也。」

〔二五〕裂縫掖：指毁棄儒生服，出家爲僧，著袈裟。鍇按：馮氏二子善機、善權皆爲僧，故云。

〔二六〕頷之而笑：點頭而笑，謂首肯，同意。左傳襄公二十六年：「逆於門者，頷之而已。」

〔二七〕衣冠三彦：指馮氏長子天倪、次子怛、四子沖，皆爲儒生。僧連璧：指善機、善權。連璧，喻並美之人。

〔二八〕死生亦大：莊子德充符：「死生亦大矣，而不得與之變。」此借用其語。

【附録】

道潛云：豫章山川足靈氣，天與四時滋萬彙。翹然雙榦秀一門，儒釋殊科道無異。一操經術遊廣文，一事瓶盂尋祖意。功名生死兩俱徹，論報君親各無愧。上人餘力擅風騷，三昧何妨間遊戲。窮愁肯學郊與島，高瞻已能追晉魏。文章妙處均製饌，不放鹹酸傷至味。少陵彭澤造其真，運斤成風有餘地。眉陽老人文所宗，此語得之吾敢秘。期君向上踏玄關，奔逸絶塵那可跂。（參寥子詩集卷一二有贈權上人兼簡其兄高致虚秀才）

卷三十

行狀

雲庵真淨和尚行狀〔一〕

師諱克文，黄龍南禪師之的嗣，陝府閿鄉鄭氏子〔二〕。生而穎異，在髫齔中〔三〕，氣宇如神人。與羣兒戲，輒相問答，語言奇怪，聞者駭愕不能曉，則復軒渠笑悦而去〔四〕。奕世縉紳〔五〕。既長，喜觀書，不由師訓，自然通曉。事後母至孝，母嚚〔六〕，數困辱之，親舊不忍視其苦，使游學四方。旅次復州〔七〕，北塔寺長老歸秀道價方重於時〔八〕，詞辯無礙，因側聆坐下，感悟流涕，願毁衣冠，爲門弟子。秀笑曰：「君妙年書生，政當唾手取高第榮親〔九〕，乃欲委跡寂寞，豈亦計之未熟耶？」對曰：「心空及第〔一〇〕，豈止榮親，又將濟之，委跡寂寞，非所同也。」秀奇其志而納之，服勤五年如一日。年二十五歲，試所習爲僧，明年受具足戒。即游京洛，翱翔講肆，賢首、慈恩性相二宗〔一一〕，凡大經論，咸造其微，解帙捉麈〔一二〕，詞音朗潤，談辯如雲〔一三〕，學者依以揚聲〔一四〕。燕居龍門山〔一五〕，偶經行殿廡間，見塑比丘像，蒙首瞑目，若在定者，忽自失，謂同學者曰：「我所負者，如道子畫人物〔一六〕，雖曰妙盡，終非活者。」既焚其疏義，包腰而南〔一七〕。平易艱險，安樂勞苦，諸方大道場，多所經歷。自重其才，以求師爲難。嘗至雲居謁舜老夫〔一八〕，機語不契，不宿而去。又至德山，應禪師方夜參〔一九〕，雌黄先達〔二〇〕，有「六祖不及雲門」之語〔二一〕，失笑，黎明發去。聞雲峰悦禪師之風〔二二〕，兼程而往。至湘鄉〔二三〕，悦已化去〔二四〕，歎曰：「既無其人，吾何適而不可？山川雖佳，未暇游也。」因此行寓居大溈〔二五〕，夜聞僧誦雲門語曰：「『佛法如水中月是否？』云：『清波無透路。』」〔二六〕豁然心開。時南禪師已居積翠〔二七〕，徑造其廬。南曰：「從什麼處來？」曰：「溈山。」南曰：「恰值老僧不在。」曰：「未審向什麼處去也？」南曰：「天台普請〔二八〕，南嶽雲游。」曰：「若然者，亦得自在去也。」南曰：「脚下鞋是甚處得來？」曰：「廬山七百錢唱得〔二九〕。」南曰：「何曾得自在？」師指曰：「何曾不自在耶？」南公大駭。參依久之，辭去，至西山翠巖〔三〇〕，長老順公與之夜語〔三一〕，自失曰：

「起臨濟者，子也〔三二〕。厚自愛。」而師亦神思豁然，德其賞音。及南公居黃龍〔三三〕，復往省覲。南公嘗謂師曰：「適令侍者卷簾，問渠：『卷起簾時如何？』曰：『照見天下〔三四〕。』『放下簾時如何？』曰：『水泄不通〔三五〕。』『不卷不放時如何〔一〕？』侍者無語。汝作麽生？」師曰：「和尚替侍者下涅槃堂始得〔三六〕。」南厲語曰：「關西人真無頭腦〔三七〕。」乃顧旁僧。師指之曰：「只這僧也未夢見在〔三八〕。」南公笑而已。隆慶閒禪師與師友善〔三九〕，方掌客，閒問曰：「文首座何如在黃檗時〔四〇〕？」南公曰：「渠在黃檗時，用錢如糞土；今如數世富人，一錢不虛用。」自是爲同時飽參者所服。南公入滅，學者歸之如雲，所至成叢林。熙寧五年〔四一〕，住筠州大愚〔四二〕。太守錢公弋來游〔四三〕，怪禪者驟多，衆以師有道行，奔隨而至。錢公即其室，未有以奇之。翌日命齋，師方趨就席，有犬逸出屏帷間，師少避之。錢公嘲之曰：「禪者固能伏虎，反畏犬耶？」師應聲曰：「易伏隈巖虎，難降護宅龍。」錢公大喜，願日聞道，乃虛聖壽寺〔四四〕，命師居之。師方飯於州民陳氏家，使符至，遁去。錢公繫同席數十人將僧吏，求必得之而後已。有見於新豐山寺者〔四五〕，即奔往。陳氏因叩首泣下曰：「師不往，吾黨受苦矣。」師曰：「以我故，累君輩如此。」因受之，遂闡法焉。未幾，移居洞山普利（和）禪院〔二〕〔四六〕。元豐之末，思爲東吴山水之游，捨其居，扁舟東下，至鍾山，謁丞相舒王〔四七〕。王素知其名，閱謁喜甚，留宿定林庵〔四八〕。時公方病起，樂聞空宗，恨識師之晚。謂師曰：「諸經皆首標時處，圓覺經獨不然〔四九〕，何也？」師曰：「頓乘所談，直示衆生，日用現前，不屬今古。只今老僧與相公同入大光明藏，游戲三昧，互爲賓主，非關時處。」又曰：「經云：『一切衆生皆證圓覺。』而圭峰易『證』爲『具』，謂譯者之訛〔五〇〕，其義如何？」師曰：「圓覺如可改，則維摩亦可改也。維摩豈不曰『亦不滅受而取證』？夫不滅受蘊而取證，與皆證圓覺之義同〔五一〕。蓋衆生現行無明，即是如來根本大智〔五二〕。圭峰之言非是〔五三〕。」公大悦，因捨第爲寺以延師，爲開山第一祖。又以神宗皇帝問安湯藥之賜崇成之，是謂報寧〔五四〕。歲度僧，買莊土，以供學者，而自撰請疏，有「獨受正傳，力排戲論」之句者，叙師語也〔五五〕。又以其名請於朝，賜紫方袍，號真淨大師。金陵江淮大會〔五六〕，學者至如稻麻粟葦〔五七〕，寺以新革，室宇不能容。士大夫經游無虚日，師未及嗽盥，而户外之屨滿矣〔五八〕。殆不堪勞，於是浩然思還高安〔五九〕，即日渡江，丞相留之不可。遂卜老於九峰之下〔六〇〕，作投老庵〔六一〕。紹聖之初，御史黄公慶基出守南康〔六二〕，虚歸宗之席以迎師〔六三〕。師曰：「今老病如此，豈宜復剌首迎送〔六四〕？爲我謝黄公，乞死於此。」其徒哀告曰：「山窮食寡，學者益衆，師德臘雖高，而精神康强。康山自總、祐二大士之後㊂〔六五〕，叢林如死灰。願不忘祖宗，赴輿情之望。」不得已，乃行。先是，黄公嘗望見師於丞相廣坐中，師既去，丞相語公曰：「吾閲僧多矣，未有如此老者。」故公盡禮力致之。廬山諸刹素以奢侈相矜，居者安軟暖〔六六〕，師率以枯淡〔六七〕。學者困於語言，醉於平實〔六八〕，師縱以無礙辯才，呵其偏見。未朞年〔六九〕，翕然成風。三年，今丞相張公商英出鎮洪府，道由歸宗，見師於淨名庵〔七〇〕。明年，迎居石門〔七一〕。崇寧元年十月示疾。十六日中夜，沐浴，更衣趺坐，衆請説法，師笑曰：「今年七十八，四大相離别〔七二〕。火風既分散，臨行休更説。」遺戒弟子皆宗門大事，不及其私，言卒而歿。壽七十八，臘五十二。荼毗之日〔七三〕，五色成燄，白光上騰，煙所及處，舍利分布，道俗千餘人皆得之，餘者尚不可勝數。塔於獨秀峰之下〔七四〕。師純誠慈愛，出於天性，氣韻邁往，超然奇逸。見人無親疏貴賤，温顔軟語，禮敬如一。主持叢林，法度甚嚴，有犯令者，必罰無赦。以故五坐道場〔七五〕，爲諸方所法。得游戲三昧，有樂説之辯〔七六〕。詞鋒智刃，斫伐邪林，如墮雲崩石；開發正見，光明顯露，如青天白日。人人自以謂臻奥，至於入室投機，則如銅崖鐵壁，不可攀緣。性喜施，隨有隨與，杖笠之外，不置一錢。行道説法五十餘年，布衣壞衲，翛然自守。於江西有大緣，民信其化，家家繪其像，飲食必祠。嗣法弟子自黄檗道全、兜率從悅而下十餘人（人餘）㊃〔七七〕。此其平生大概也。至其道之精微，皆非筆墨可能形容。竊嘗論之，其棄儒冠而入道，類丹霞〔七八〕；奔經論之學而穎悟，類南泉〔七九〕；尋師之艱苦，凜然不衰，類雪峰〔八〇〕；説法縱横，融通宗教，類大珠〔八一〕；至於光明偉傑，荷擔宗教，類百丈〔八二〕。此非某之言，叢林學者之言也。嗚呼！兼古宗師之美而全有之，可謂集厥大成、光於佛祖者歟〔八三〕？崇寧二年十月十五日門人某謹狀。

【校記】

㊀「曰照見天下」至「不卷不放時如何」二十三字：四庫本無。

㊁利：原作「和」，誤，今改。參見注〔四二〕。

㊂康：武林本作「廬」。

㊃餘人：原作「人餘」，今從武林本。

【注釋】

〔一〕崇寧二年十月十五日作於洪州靖安縣寶峰寺。錯按：本文稱王安石爲舒王，然其封舒王在政和三年，即寫本文之十年後。可知「舒王」二字當爲編集時所改。參見注〔四七〕。

〔二〕陝府閿鄉：據元豐九域志卷三永興軍路，大都督府陝州，屬縣七，閿鄉爲其一。

〔三〕齠齔：兒童七八歲換齒之時。韓詩外傳卷一：「故男八月生齒，八歲而齠齒，十六而精化小通；女七月生齒，七歲而齔齒，十四而精化小通。」

〔四〕軒渠：悦樂貌。後漢書方術傳下薊子訓傳：「兒識父母，軒渠笑悦，欲往就之。」

〔五〕奕世：累世，代代。國語周語上：「奕世載德，不忝前人。」

〔六〕嚚：愚頑兇暴。書堯典：「父頑，母嚚。」

〔七〕復州：宋屬荆湖北路，治景陵縣。廓門注：「復州，今沔陽府是也。」鍇按：輿地紀勝卷七六荆湖北路復州州沿革：「晉惠帝分江夏立竟陵郡，宋齊因之，梁又置沔陽郡。周武帝改置復州，取州界復池湖爲名。隋改爲沔州，州尋廢爲沔陽郡。唐高祖改爲復州，治竟陵縣，移理沔陽，改爲竟陵郡。復爲復州，移理竟陵縣。石晉改竟陵曰景陵郡。皇朝因之，乃屬荆湖北路。神宗時州廢，以景陵縣隸安州。尋復立復州。今領縣二，治景陵。」

〔八〕北塔寺：未詳。輿地紀勝卷七六復州景物有廣教院，在景陵縣西一里覆釜洲上，本名西塔寺。另有廣惠院，在景陵縣西北，疑即北塔寺，俟考。　長老歸秀：生平法系未詳。

〔九〕榮親：曹植曹子建集卷八求自試表二首之一：「事父尚於榮親，事君尚於興國。」南齊書文惠太子傳：「大孝榮親，衆德光備。」

〔一〇〕心空及第：龐居士語録卷下：「十方同一會，各自學無爲。此是選佛場，心空及第歸。」

〔一一〕賢首、慈恩性相二宗：指華嚴宗與法相宗。鍇按：唐高僧法藏字賢首，西域康居國人，俗姓康氏，通稱賢首大師。故其所創宗派曰賢首宗；又以所依經典爲華嚴經，故曰華嚴宗。據唐釋宗密圓覺經略疏卷上判教，華嚴宗屬法性宗。唐高僧玄奘及其弟子窺基於長安慈恩寺所創立之宗派，以窺基世稱慈恩大師，故曰慈恩宗。該宗嚴密分析諸法之相而闡述萬法唯識之理，故又曰法相宗，或曰唯識宗。

〔一二〕解帙：解開書帙。松陵集卷一皮日休吴中苦雨因書一百韻寄魯望：「解帙展斷書，拂床安壞櫝。」　捉麈：謂手握麈尾拂子講經。

〔一三〕談辯如雲：東坡詩集注卷一八次韻王鞏顔復同泛舟：「談辯如雲玉麈飛。」趙次公注：「後漢：『符融幅巾奮袖，高談如雲。』」

〔一四〕依以揚聲：孔融論盛孝章書：「今孝章實丈夫之雄也，天下談士，依以揚聲。」

〔一五〕龍門山：在洛陽，即伊闕山。元和郡縣志卷六河南道一河南府：「（伊闕縣）伊闕山，在縣北四十五里，兩山相對，望之若闕，伊水流其間，故名。」同卷又云：「仁壽四年，煬帝詔楊素營東京。大業元年，新都成，遂徙居，今洛陽宫是也。其宫北據邙山，南直伊闕之口，洛水貫都，有河漢之象，東去故城一十八里。初，煬帝嘗登邙山，觀伊闕，顧曰：『此非龍門耶？自古何因不建都於此？』僕射蘇威對曰：『自古非不知，以俟陛下。』帝大悦，遂議都焉。」

〔一六〕道子畫人物：唐名畫家吴道子，陽翟人。開元中召入供奉，爲内教博士，玄宗爲改名道玄。其畫筆法超妙，尤擅道釋人物及山水，有畫聖之稱。事具唐張彦遠歷代名畫記。

〔一七〕包腰：腰間挎一包囊。參見本集卷一洞山祖超然生辰注〔一二〕。

〔一八〕舜老夫：即曉舜禪師，字老夫。嗣法於洞山曉聰，屬雲門宗青原下十世。先住廬山棲賢寺，後遷雲居。參見本集卷二三潛庵禪師序注〔一六〕。

〔一九〕「又至德山」二句：續傳燈録卷六目録雪竇重顯禪師法嗣有德山應禪師，有名無録，屬雲門宗青原下十世。德山，唐宣鑒禪師道場，宋屬荆湖北路鼎州武陵縣。輿地紀勝卷六八荆湖北路常德府（鼎州）：「德山，在武陵縣南一十里。水經注云：『沅水東歷枉渚，渚東有枉山。』隋改曰善德山。後人惟呼德山。」

〔二〇〕雌黄：指妄加評論。顔氏家訓勉學：「觀天下書未偏，不得妄下雌黄。」

〔二一〕六祖：即慧能，禪宗南宗祖師。雲門：即文偃，雲門宗祖師。鍇按：六祖爲禪宗五宗公認祖師，而文偃僅爲雲門一宗祖師。故謂「六祖不及雲門」之語爲「雌黄先達」。

〔二二〕雲峰悦禪師：南昌人，俗姓徐氏。大愚守芝禪師法嗣，屬臨濟宗南嶽下十一世。事具禪林僧寶傳卷二二雲峰悦禪師傳。參見本集卷二七跋山谷雲峰悦老語録序注〔一〕。

〔二三〕湘鄉：據元豐九域志卷六荆湖南路，潭州，長沙郡，武安軍節度，屬縣十一，湘鄉縣爲其一，州西南一百五十五里。

〔二四〕悦已化去：禪林僧寶傳卷二二雲峰悦禪師傳：「俄遷住雲峰。嘉祐七年七月八日，陞座辭衆，説偈曰：『住世六十六年，爲僧五十九夏。禪流若問旨皈，鼻孔大頭向下。』遂泊然而化。」

闍維得五色舍利，塔于禹溪之北。」

〔二五〕大潙：即寧鄉縣大潙山密印禪寺。

〔二六〕「夜聞僧誦雲門語曰」四句：雲門匡真禪師廣録卷上：「有官問：『佛法如水中月，是不？』師云：『清波無透路。』」

〔二七〕時南禪師已居積翠：禪林僧寶傳卷二二黄龍南禪師傳：「住黄檗，結菴於溪上，名曰積翠。既而退居曰：『吾將老焉。』方是時，江湖閩粤之人，聞其風而有在於是者，相與交武，竭蹶于道，唯恐其後。雖優游厭飫、固以爲有餘者，至則憮然自失，就弟子之列。」

〔二八〕天台：輿地紀勝卷一二兩浙東路台州：「天台山，隋志屬臨海縣，唐志屬唐興縣。寰宇記：在天台縣西一百一十里。臨海記云：天台山超然秀出，山有八重，視之如一帆。高一萬八千丈，周回八百里，又有飛泉垂流千仞似布。」山有景德國清寺等佛寺。普請：禪僧不分地位高低，共同勞作。景德傳燈録卷六洪州百丈山懷海禪師附禪門規式：「行普請法，上下均力也。」

〔二九〕廬山七百錢唱得：即在廬山遇亡僧估唱衣物道具時，花七百錢買得脚下鞋。鍇按：唱，類似拍賣競價。寺院主事者集衆，將亡僧衣物道具估定價格，當衆唱賣競售之，謂之估唱。參見本集卷二三洪州大寧寬和尚語録序注〔一七〕。

〔三〇〕西山翠巖：即南昌西山翠巖院。輿地紀勝卷二六江南西路隆興府：「翠巖院，在南昌，一名北巖。元祐以來，有僧可真、擇宗以禪學爲叢林唱，相繼居法席，其徒自遠方至者幾千人。」

〔三一〕長老順公：即上藍順禪師，黄龍慧南法嗣，克文法兄。禪林僧寶傳卷二五隆慶閑禪師傳：「以父事南禪師，南公鍾愛之。時與翠巖順公同在黄檗，順時時詰問閑，閑横機無所讓。」參見本集卷二七跋蘇子由與順老帖注〔一〕。

〔三二〕「起臨濟者」二句：論語八佾：「起予者，商也！」此仿其句法。禪林僧寶傳卷二三泐潭真淨文禪師傳：「寓止翠巖順禪師，順曰：『子種性邁往，而契悟廣大。臨濟欲仆，子力能支之，厚自愛。』」

〔三三〕及南公居黄龍：禪林僧寶傳卷二二黄龍南禪師傳：「住黄龍，法席之盛追媲泐潭馬祖、百丈大智。」

〔三四〕照見天下：文子上道原：「是故疾而不摇，遠而不勞，四支不動，聰明不損，而照見天下者，執道之要，觀無窮之地也。」

〔三五〕水泄不通：宗門語，喻言語道斷，不爲文字留一絲縫隙。天聖廣燈録卷三〇杭州景德靈隱寺惠明禪師延珊：「上堂云：『與上座一線道，且作麽生持論佛法？若也水洩不通，便教上座無安身立命處。』」建中靖國續燈録卷二一洪州百丈山維古禪師：「上堂云：『祖令當行，十方坐斷，聖凡路絶，水洩不通。放一線道，有箇商量。』」豫章黄先生文集卷一四見翰林蘇公馬祖龐翁贊戲書：「馬祖龐公，水泄不通。」山谷内集詩注卷一九戲詠高節亭邊山礬花二首之一：「二三名士看顏笑，把斷花光水不通。」任淵注：「傳燈録：樂普云：『末後一句，始到牢關；把斷要津，不通凡聖。』禪門語曰：『德山門下，水洩不通。』」

〔三六〕涅槃堂：又曰延壽堂、省行堂、無常院。送病僧使入滅之處也。參見本集卷二一雙峰正覺禪院涅槃堂記注〔一〕。

〔三七〕關西人：真淨克文爲陝州閿鄉縣人，在古函谷關以西，故稱。禪林僧寶傳卷二三泐潭真淨文禪師傳：「於時洪英首座機鋒不可觸，與師齊名。英，邵武人。衆中號英邵武、文關西。」

〔三八〕也未夢見在：宗門語，猶言未曾夢見，做夢亦想象不到，極言其想象力理解力之低下。古尊宿語録卷四〇雲峰悦禪師初住翠巖語録：「便能變大地作黄金，攪長河爲酥酪，然雖如是，著衣喫飯即不無，衲僧門下汗臭氣也未夢見在。」碧巖録卷二第十二則洞山麻三斤：「爾若恁麼去洞山句下尋討，參到彌勒佛下生，也未夢見在。」

〔三九〕隆慶閒禪師：慶閒禪師（一〇二九～一〇八一），福州古田人，俗姓卓氏。年十一事建州昇山沙門德圓，十七削髮受具，二十遠遊。後事黄龍慧南於黄檗，遂獲開悟，南公鍾愛之。廬陵太守張鑒請居隆慶寺。未期年，鍾陵太守王韶請居龍泉，不逾年，以病求去。廬陵道俗聞其棄龍泉，舟載而歸，居隆慶之西堂。元豐四年三月卒，年五十三（一作五十五），坐三十六夏。事具蘇轍欒城集卷二五閒禪師碑、禪林僧寶傳卷二五。建中靖國續燈録卷一三、聯燈會要卷一五、五燈會元卷一七、續傳燈録卷一五載其機語。

〔四〇〕文首座：即克文。　黄檗：此指黄檗積翠庵，克文見慧南於此。見前注〔二六〕。輿地紀勝卷二七江南西路瑞州：「黄蘗山，在新昌縣西一百里廣賢鄉，一名鷲峰山。舊傳昔一僧自西土來，謂此山似吾佛國靈鷲山，故以名。」

〔四一〕熙寧五年：宋神宗熙寧五年，公元一〇七二年。

〔四二〕筠州大愚：輿地紀勝卷二七江南西路瑞州：「大愚山，新志云：在州東行春門外，有真如寺。」

〔四三〕太守錢公弋：正德瑞州府志卷五秩官志知州：「錢弋，比部郎中，熙寧七年任。」生平無考。

〔四四〕聖壽寺：即聖壽廣福院。明一統志卷五七瑞州府寺觀志：「聖壽廣福院，在府城南門外，有法堂，蘇轍爲記。又府城南七里資教院，城東二十里慈雲院，皆有轍詩。」欒城集卷二三筠州聖壽院法堂記：「然郡之諸山近者數十里，遠者數百里，皆非余所得往。獨聖壽者近在城東南隅，每事之閒輒往遊焉。」

〔四五〕新豐山寺：即筠州新豐洞。景德傳燈録卷一五筠州洞山良价禪師：「師至唐大中末，於新豐山接誘學徒，厥後盛化豫章高安之洞山。」

〔四六〕洞山普利禪院：余靖武溪集卷九筠州洞山普利禪院傳法記：「筠之望山曰新豐洞，有佛刹曰普利禪院。唐咸通中，悟本大師始翦荆而居之。」景德傳燈録卷二三有筠州洞山普利院第八世住清禀禪師。正德瑞州府志卷一一寺觀志新昌縣：「普利禪寺，俗稱洞山寺。」明一統志卷五七瑞州府寺觀志：「普利寺，在新昌縣東北五十里。宋黄庭堅所書新豐吟，刻於石。」嘉慶大清一統志卷三二五瑞州府寺觀志：「洞山寺，在新昌縣東北五十里太平鄉，即普利寺。唐大中時良价禪師建。舊有宋太宗、仁宗御書飛白草字及經傳等六十卷，并鍾傳鐵釜文、楊行密行書。」諸書皆作「普利」。底本「利」作「和」，乃涉形近而誤。

〔四七〕丞相舒王：宋史徽宗本紀三政和三年春正月：「癸酉，追封王安石爲舒王，子雱爲臨川伯，配享文宣王廟。」故云。

〔四八〕定林庵：景定建康志卷一七山川志山阜志：「鍾山，一名蔣山。内有定林庵，荆公王安石嘗讀書於此。本下定林寺。寺記云：『宋元嘉中建。上定林在寶公塔東，下定林在上定林西。』今皆廢。」

〔四九〕「諸經皆首標時處」二句：如大般涅槃經卷一壽命品：「如是我聞：一時，佛在拘尸那國力士生地阿利羅跋提河邊娑羅雙樹間。」華嚴經卷一世主妙嚴品：「如是我聞：一時，佛在摩竭提國阿蘭若法菩提場中。」法華經卷一序品：「如是我聞：一時，佛住王舍城耆闍崛山中。」維摩詰經卷上佛國品：「如是我聞：一時，佛在毗耶離菴羅樹園。」楞嚴經卷一：「如是我聞：一時，佛在室羅筏城祇桓精舍。」金剛經：「如是我聞：一時，佛在舍衛國祇樹給孤獨園。」金光明經卷一序品：「如是我聞：一時，佛住王舍大城耆闍崛山。」皆標明佛説經之地點。而圓覺經首則獨曰：「如是我聞：一時，婆伽婆入於神通大光明藏。」未標明地點。

〔五〇〕「經云」四句：唐釋圭峰宗密圓覺經大疏中卷之四：「言皆證圓覺者，自悟本來圓覺，證知一切皆然，非諸衆生皆已修證。經文倒者，譯人訛舛。應云：『若善男子證諸衆生，皆有圓覺。』即顯然矣。」又其圓覺經略疏注卷下：「善男子，一切衆生皆證圓覺。（注）定知身心本來具有，以已證知一切有情，無不是覺。譯經訛也。應云：『證諸衆生，皆有圓覺。』」

〔五一〕「維摩豈不曰」三句：維摩詰經卷中文殊師利問疾品：「是有疾菩薩以無所受而受諸受，未具佛法，亦不滅受而取證也。」受，即受蘊，五蘊之一，指對境而承受事物之心之作用。鍇按：楞嚴經合論卷八：「維摩經曰『亦不滅受而取證』者，即於此身證也。法華經曰『父母所生清淨肉眼，見於三千大千世界』者，即於此生證也。圓覺經曰『一切衆生皆證圓覺』者，不獨此身此生能證，一切衆生蓋皆已證也。」法華經合論卷五：「維摩詰經曰：『亦不滅受而取證。』父母所生之眼，不須天眼，則色蘊也。亦不滅受，則受蘊也。自色、受以觀想、行、識，莫不皆然，何疑其不能證乎？」色蘊、受蘊、想蘊、行蘊、識蘊，是爲五蘊。

〔五二〕「蓋衆生現行無明」二句：華嚴經合論卷二五：「大意令衆生達自根本無明本，唯如來根本大智，令諸衆生頓識本故，頓作佛故。」法華經合論卷三：「以華嚴論曰『一切衆生現行無明，即是如來根本大智』故，然智體清淨，而能容受一切智體。既言能容受一切，則是離何必言離相邪？」

〔五三〕圭峰之言非是：惠洪嘗取真淨克文此意撰圓覺經皆證論。謝逸溪堂集卷七圓覺經皆證論序曰：「荊國王文公常問真淨禪師曰：『諸經皆首標時處，獨圓覺經不然，何也？』真淨曰：『頓乘所演，直示衆生日用，日用現前，不屬古今。老僧與公同入光明藏，遊戲三昧，互爲賓主，非關時處。』又問：『圓覺經云：「一切衆生皆證圓覺。」而圭峰禪師易「證」爲「具」，謂是譯者之訛。其義是否？』真淨曰：『圓覺經若可易，維摩經亦可易，維摩經豈不滅（「滅」當作「曰」）「亦不滅受蘊取證」？然則取證與皆證之義，亦何異哉？蓋衆生現行無明，即如來根本大智。圭峰之説非是。』文公大悦，稱賞者久之。自是真淨始有意爲圓覺著論。雖時時與門弟子辯説大旨，至於落筆，未遑暇也。真淨既示寂，而法子惠洪取其師之説，潤色而成書，凡二萬餘言。」

〔五四〕「公大悦」五句：輿地紀勝卷一七江南東路建康府：「半山寺：半山報寧禪寺，王荊公故宅也。由東門至蔣山，此爲半道，故以半山爲名。元豐七年，公病既愈，乃請以宅爲寺，因賜額爲報寧禪寺。」佛祖統紀卷四五：「（元豐七年）荊公王安石，請以江寧府園廬爲僧寺，賜額報寧禪院。初，安石子雱資性險惡。父居政府，凡誤國害人之政，雱實使之。既亡，安石恍惚見荷鐵枷告父，求佛爲救。安石大懼，亟爲建寺之祈脱苦。」釋氏稽古略卷四：「荊國公王安石，臨川人。至是熙寧三年冬十二月拜相。七年夏四月不雨，安石罷相。八年二月再相。九年本用月，安石罷政，歸建康。十年奏施建康舊第爲禪寺，請克文住持。帝賜額曰報寧。」謂熙寧十年捨第爲寺，殊誤，當從輿地紀勝、佛祖統紀作元豐七年。鍇按：神宗皇帝問安湯藥之賜，可參見王安石臨川先生文集卷五九賜湯藥謝表等。

〔五五〕「而自撰請疏」三句：古尊宿語録卷四五寶峰雲庵真淨禪師語録附録大丞相觀文殿大學士司空上柱國荆國公王安石請疏：「伏以肇置仁祠，永延睿筭；歸誠善導，開迹勝緣。文公長老獨受正傳，歷排戲論。求心之所祈嚮，發趣之所歸宗。俯惟慈哀，勉狥勤企。謹疏。元豐八年三月日。」「力排」作「歷排」。鍇按：王安石請克文住報寧寺疏，臨川先生文集失收。

〔五六〕金陵：即江寧府，江南東路首府。江淮大會：「江淮」意難通，疑當爲「秦淮大會」，金陵有秦淮河，大會當指無遮大會，以秦淮爲名。

〔五七〕學者至如稻麻粟葦：喻學者之多，如稻麻粟葦遍滿十方。佛經多有此喻，如悲華經卷八諸菩薩授記品：「爾時世界諸大菩薩，修習大乘及發緣覺、聲聞乘者，天龍、鬼神、摩睺羅伽，如是等類，其數無量不可稱計，譬如苷蔗、竹葦、稻麻、叢林，遍滿其國。」大般若波羅蜜多經卷四初分學觀品：「舍利子！假使汝及大目乾連滿贍部洲，如稻麻、竹葦、甘蔗林等所有智慧。」法華經卷一方便品：「新發意菩薩，供養無數佛，了達諸義趣，又能善説法，如稻麻竹葦，充滿十方刹。」華嚴經卷三九十地品：「假使十方，一一方各有無邊世界微塵數諸佛國土，一一國土得如是地菩薩充滿，如甘蔗、竹葦、稻麻、叢林。」此借用其喻。

〔五八〕而户外之屨滿矣：謂脱屨户外而跣足升堂請益者甚多。莊子列禦寇：「伯昏瞀人曰：『善哉觀乎！女處己，人將保女矣。無幾何而往，則户外之屨滿矣。』」參見本集卷二三潛庵禪師序注〔四八〕。

〔五九〕高安：廓門注：「瑞州府郡名高安，唐名。」鍇按：元豐九域志卷六江南西路：「筠州，軍事，治高安縣。」

〔六〇〕遂卜老於九峰之下：古尊宿語録卷四五寶峰雲庵真淨禪師偈頌下中呈筠守徐朝議辭九峰命二首之二曰：「六十四年期，歸閒已是遲。」據此可知克文年六十四時，筠州知州徐朝議嘗請其住持九峰，然終辭之，唯結庵於九峰而已。克文以崇寧元年（一一〇二）示寂，年七十八。以此推算，年六十四時爲元祐三年（一〇八八）。筠守徐朝議，即徐九思。正德瑞州府志卷五秩官志宋知州：「徐九思，朝議大夫，元祐二年任。」九思字公謹，崇安人。慶曆二年進士，調蘄水尉。入判三司。坐忤時相，通判廣州。元豐中，王安石怒其譏議新法，又謂黨於司馬光，竟坐廢十餘年。元祐間再起爲江淮等路發運副使。致仕，有新豐集。事具清陸心源宋詩紀事補遺卷一一。　九峰：輿地紀勝卷二七江南西路瑞州：「九峰山，在上高縣西五十里，其峰有九，奇秀峻聳，因以名之。」參見本集卷四追和帛道猷一首注〔三〕。鍇按：行狀言「丞相留之不可」，考王安石卒於元祐元年四月，克文還筠州，當在安石卒前。又元祐三年克文方結庵九峰，則其初還筠州，當寓居洞山。行狀及僧寶傳叙事有省略。

〔六一〕投老庵：禪林僧寶傳卷二三泐潭真淨文禪師傳：「未幾厭煩閙，還高安。庵於九峰之下，名曰投老。」古尊宿語録卷四五寶峰雲庵真淨禪師偈頌下中有投老庵示衆：「九峰山色裏，拙者草庵深。投老遂疏懶，問禪徒訪尋。欲知諸祖道，不越衆人心。彼此同成佛，聊爲直指吟。」參見本集卷九投老庵讀雲庵舊題拜次其韻二首注〔一〕。

〔六二〕「紹聖之初」二句：續資治通鑑長編卷四八四，哲宗元祐八年五月二十日（丙申），「左朝請郎新福建路轉運判官黃慶基知南康軍」。其到任當在數月後，延請克文住歸宗當在次年。禪林僧寶傳卷二三泐潭真淨文禪師傳：「庵於九峰之下，名曰投老。學者自遠而至，六年而移住歸宗。」據前注〔六〇〕考證，元祐三年，克文辭知筠州徐九思之請，庵於九峰。下推六年，正爲紹聖元年。黃慶基，宋史無傳。長編卷四八六元祐六年十一月己酉載左朝請郎黃慶基爲監察御史，且曰「慶基未詳邑里。」又引吕公著掌記云：「黃慶基，袁州通判，王荆公表弟。」今考雍正江西通志卷四九選舉志，可知黃慶基爲撫州金谿人，嘉祐六年（一〇六一）進士。又陸游渭南文集卷二七跋荆公詩：「右荆公手書一卷，前六首贈黃慶基。」考王安石臨川先生文集卷二夢黃吉甫、我所思寄黃吉甫、卷一九寄黃吉甫、卷二〇寄黃吉甫、卷二八送黃吉甫入京題清涼寺壁、卷二九送黃吉父將赴南康官歸金谿，共有贈黃吉甫（父）詩六首，則可知慶基字吉甫。慶基嘗任監察御史，元祐八年以彈劾蘇軾，言多誣謗，爲御史所攻，出爲福建路轉運判官，旋知南康軍。事具長編。

〔六三〕歸宗：方輿勝覽卷一七江東路南康軍：「歸宗寺，在城西二十五里，即王羲之宅，墨池、鵝池存焉。唐寶曆中有赤眼禪師居之。」

〔六四〕刺首：即刺頭，猶埋頭。五百家播芳大全文粹卷一一蔡君謨賀梁給事啓：「某刺首吏轞，託身德寓。」景德傳燈録卷一八福州鼓山神晏國師：「又曰：『今爲諸仁者，刺頭入他諸聖化門裏，抖擻不出。所以向仁者道，教排不到，祖不西來。』」

〔六五〕康山：即廬山，一名匡山。江西通志卷一二山川志六南康府：「廬山，在府城北約二十里。後人因匡君（匡俗）姓呼爲匡山，又謂之輔山、靖廬山。宋開寶中，避太祖諱，更名康山。」　總、祐二大士：指東林常總與雲居元祐二禪師。據禪林僧寶傳卷二四東林照覺總禪師傳，元豐三年，詔革東林律居爲禪席，觀文殿學士王韶力請常總住持。至元祐六年示寂，住持東林十二年。又據同書卷二五雲居祐禪師傳，南康太守陸畤請元祐住廬山玉澗寺。

〔六六〕軟暖：古尊宿語録卷一三趙州真際禪師語録并行狀卷上：「師上堂云：『兄弟但改往修來，若不改，大有著你處在。老僧在此間三十餘年，未曾有一箇禪師到此間。設有來，一宿一食急走過，且趁軟暖處去也。』」

〔六七〕枯淡：清苦淡泊之生活，與「軟暖」相對。禪林僧寶傳卷一四神鼎諲禪師傳：「至於甘枯淡以遂夙志，依林樾以終天年，可以追媲其師也。」同書卷二五雲蓋智禪師傳：「智爲人耐枯淡，日猶荷鋤理蔬圃，至老不衰。」

〔六八〕醉於平實：東林常總之禪法以平實爲其特色，叢林或譏之。僧寶正續傳卷四圓悟勤禪師傳：「嘗謁東林照覺，頃之謂慶曰：『東林平實而已。』」宗門武庫：「五祖會中有僧名法闋……後至東林宣祕度和尚室中，盡得平實之旨。」又云：「圓悟和尚嘗參蘄州北烏牙方禪師，佛鑑和尚嘗參東林宣祕度禪師，皆得照覺平實之旨。同到五祖室中，平生所得一句用不著。」

〔六九〕朞年：一年。朞，同「期」。左傳僖公十四年：「秋八月辛卯，沙鹿崩。晉卜偃曰：『期年將有大咎，幾亡國。』」

〔七〇〕「三年」四句：張商英起知洪州之時日，有二説：一曰紹聖三年，如名臣碑傳琬琰集下卷一六張少保商英傳：「二年，遷左司郎中，會知開封府王震言商英遣人與蓋漸謀害之邵，坐謫監襄州酒税，改監江寧府税。三年，知洪州。四年，除江淮荆浙等路發運副使。」通鑑長編紀事本末卷一三二張商英事迹：「（紹聖）三年十月丁巳，（張商英）權知洪州。四年閏二月戊申，權知洪州朝請郎張商英爲江淮荆浙等路發運副使。」清徐乾學資治通鑑後編卷九一：「（紹聖三年十月丁巳朔）以監江寧府税張商英權知洪州。」清黄以周續資治通鑑長編拾補卷一三：「（紹聖三年）十月丁巳朔，張商英權知洪州。」二曰紹聖二年，清吴廷燮北宋經撫年表卷四採用長編拾補，謂紹聖二年張商英權知洪州。鍇按：吴廷燮所據長編拾補，當爲別本，乃爲刊刻所誤。今人羅凌無盡居士張商英研究（華中師範大學出版社二〇〇七年版）附録張商英事跡及著述編年謂紹聖三年「冬十月丁巳，權知洪州」。證以本行狀所言，其説可從。

〔七一〕「明年」二句：禪林僧寶傳卷二三泐潭真淨文禪師傳：「見師康强，盡禮力致之，以居泐潭。」

石門、泐潭皆代指靖安縣寶峰禪院。古尊宿語録卷四五寶峰雲庵真淨禪師偈頌下中別洪帥張左司歸泐潭：「自笑年來七十三，瓶盂又汲石門潭。」即指移住石門事。克文卒於崇寧元年（一一〇二），年七十八。此言「七十三」，則張商英請克文住石門在紹聖四年。

〔七二〕四大相離別：死亡之婉稱。蓋人體由地、水、火、風四大元素和合而成，四大離散則人體消亡。法苑珠林卷九七：「夫生則八識扶持，死則四大離散。」

〔七三〕荼毗：亦作「荼毗」，指僧人死後之火化。

〔七四〕塔於獨秀峰之下：禪林僧寶傳卷二三泐潭真淨文禪師傳：「分建塔於泐潭寶蓮峰之下，洞山留雲洞之北。」獨秀峰當即寶蓮峰。

〔七五〕五坐道場：克文先後住持筠州聖壽、洞山、金陵報寧、廬山歸宗、洪州寶峰。錯按：筠州大愚、九峰二處道場，克文亦嘗居住，然非爲住持。

〔七六〕樂説之辯：諸經有「樂説辯才」之説，如報恩經卷一孝養品：「説此孝養父母品時，衆中有二十億菩薩，皆得樂説辯才。」法華經卷六常不輕菩薩品：「見其得大神通力、樂説辯力、大善寂力。」後秦僧肇注維摩詰經卷三：「内有樂説智生，則説法無窮，名樂説辯也。此辯一起，乃是補處之所歎，而況聲聞乎？」

〔七七〕「嗣法弟子」句：建中靖國續燈録卷二三列洪州泐潭山真淨禪師法嗣十七人，其中八人見録：洪州兜率從悦禪師、潭州報慈進英禪師、桂州壽寧善資禪師、永州太平安禪師、廬山歸宗杲禪師、南嶽上封慧和禪師、衢州超化靜禪師、筠州五峰淨覺禪師。另有九人未見機緣語句：筠州洞山梵言禪師、筠州黄蘗道全禪師、南安軍嘉祐贇禪師、成都府嘉祐道用禪師、眉州北禪惟孝禪師、筠州九峰希廣禪師、梓州雍熙道光禪師、眉州象耳山惟古禪師、撫州曹山惠言禪師。錯按：此行狀寫於崇寧二年，故所言克文法嗣人數大抵與建中靖國續燈録所收相近。後出之燈録頗有新增之法嗣，如嘉泰普燈録卷七泐潭真淨雲庵克文禪師法嗣三十三人，二十人見録；五燈會元卷一七寶峰文禪師法嗣十九人見録；續傳燈録卷二二寶峰文禪師法嗣三十八人，二十人見録。　黄檗道全：道全（一〇三六～一〇八四）洛陽人，俗姓王氏。年十九得度，二十受具。受華嚴清涼説於誠法師。從甘露禪師學，茫無所見。復從棲賢秀禪師，迷悶不能入，深自悔咎，凡七年。後事真淨克文，五年而悟。自是言語偈頌，發於涌泉，不學而得。出住石臺清涼，次徙黄蘗。元豐七年卒，年止四十九。事具欒城集卷二五全禪師塔銘。嘉泰普燈録卷七、五燈會元卷一七、續傳燈録卷二二載其機語。　兜率從悦：贛州人，俗姓熊氏。少依普圓院崇上人出家，年十五落髮，十六進具。初首衆於道吾，領數衲。謁雲蓋守智禪師，勸其參真淨克文，後於克文處深領奥旨。元祐元年出住分寧縣龍安山兜率禪院。六年卒。追謚真寂禪師。參見本集卷二四送鑑老歸慈雲寺注〔二〕。

〔七八〕「其棄儒冠而入道」二句：景德傳燈録卷一四鄧州丹霞天然禪師：「初習儒學，將入長安應舉。方宿於逆旅，忽夢白光滿室，占者曰：『解空之祥也。』偶一禪客問曰：『仁者何往？』

曰：『選官去。』禪客曰：『選官何如選佛？』曰：『選佛當往何所？』禪客曰：『今江西馬大師出世，是選佛之場，仁者可往。』遂直造江西。」

〔七九〕「奔經論之學而穎悟」二句：景德傳燈録卷八池州南泉普願禪師：「唐至德二年，依大隗山大慧禪師受業，三十詣嵩嶽受戒。初習相部舊章，究毗尼篇聚；次遊諸講肆，歷聽楞伽、華嚴，入中百門觀，精練玄義。後扣大寂之室，頓然忘筌，得遊戲三昧。」

〔八〇〕「尋師之艱苦」三句：景德傳燈録卷一六福州雪峰義存禪師：「年十二，從其父遊莆田玉澗寺，見慶玄律師，遽拜曰：『我師也。』遂留侍焉。十七落髮，謁芙蓉山常照大師，照撫而器之。後往幽州寶刹寺，受具足戒。久歷禪會，緣契德山。」

〔八一〕「説法縱横」三句：景德傳燈録卷六越州大珠慧海禪師：「自撰頓悟入道要門論一卷，被法門師姪玄晏竊出江外呈馬祖。祖覽訖，告衆云：『越州有大珠，圓明光透，自在無遮障處也。』衆中有知師姓朱者，迭相推識，結契來越上尋訪依附。……時學侣漸多，日夜叩激，事不得已，隨問隨答，其辯無礙。時有法師數人來謁，曰：『擬伸一問，師還對否？』師曰：『深潭月影，任意撮摩。』問：『如何是佛？』師曰：『清潭對面，非佛而誰？』衆皆茫然。……師却問曰：『大德説何法度人？』曰：『講金剛般若經。』師曰：『講幾坐來？』曰：『二十餘坐。』師曰：『此經是阿誰説？』僧抗聲曰：『禪師相弄，豈不知是佛説耶？』師曰：『若言如來有所説法，則爲謗佛，是人不解我所説義。若言此經不是佛説，則是謗經。請大德説看。』

無對。師少頃又問：『經云：若以色見我，以音聲求我。是人行邪道，不能見如來。大德且道，阿那箇是如來？』曰：『某甲到此却迷去。』」如此等等，文繁不録。鍇按：「融通宗教」，謂融會貫通宗門與教門之學説，打通禪宗與華嚴宗、天台宗、律宗之界限。真淨克文之禪學，惠洪於此領略尤多。

〔八二〕「至於光明偉傑」三句：宋高僧傳卷一〇唐新吴百丈山懷海傳：「海曰：『吾於大小乘中博約折中，設規務歸於善焉。』乃創意不循律制，別立禪居。……其諸制度，與毗尼師一倍相翻。天下禪宗如風偃草，禪門獨行，由海之始也。」

〔八三〕集厥大成：語本孟子萬章下：「伯夷，聖之清者也；伊尹，聖之任者也；柳下惠，聖之和者也；孔子，聖之時者也。孔子之謂集大成。」孫奭疏：「蓋集大成，即集伯夷、伊尹、柳下惠三聖之道，是爲大成耳。……其時爲言，以謂時然則然，無可無不可，故謂之集其大成，又非止於一偏而已。」

【集評】

日本正宗龍統云：予竊聞，前輩言行，不見傳記，後世學者，無所矜式，蓋門人弟子之罪。是以覺範譔真淨之狀，物初記北磵之實，無文述笑翁之行，皆起居言動，纖粟不遺，爲他日大書深刻張本。（五山文學新集第四卷正宗龍統集禿尾長柄帚上第二前南禪瑞岩禪師行道記）

泐潭準禪師行狀[一]

公諱文準，興元府唐固梁氏子[二]。生始幼，見佛像輒笑張牙，不喜聞酒胾[三]。金仙寺沙門虚普乞食至其家[四]，師膺門酬酢如老成[五]。時年八歲，即辭父母，願從普歸。授以法華經，伊吾即上口[六]。元豐僧檢童子[七]，較所習，以藉名先後度。師藝精，坐年少不得奏名。陝西經略范公過普廬[八]，普臘高[九]，應對領略，師侍其旁，申辯詳明，進止可喜。范公欲攜與俱西，師辭曰：「登山求玉，入海求珠，人各有志[一〇]。本行學道，世好非素心。」范公陰奇其語，度以爲僧。剃髮既，往依梁山乘禪師[一一]，呵曰：「驅烏未受戒[一二]，敢學佛乘乎？」師捧手曰：「壇場是戒耶？三羯（疊結）磨、梵行（行）、阿闍梨是戒耶㊀[一三]？」乘大驚。師笑曰：「雖然，敢不受教。」遂受具足戒於唐安律師[一四]。徧游成都講肆，倡諸部綱目，即棄去，曰：「吾不求甚解[一五]。」大法師曇演佳其英特[一六]，撫之曰：「汝法船也[一七]，南方有亞聖大士[一八]，有若潙山真如、九峰真淨者[一九]，知之乎？宜往求之。」師拜受教，與同學志恭出諂潙山[二〇]，久之，不契。乃造九峰，見真淨於投老庵。問曰：「什麽處來？」對曰：「興元府。」曰：「近離何處？」曰：「大仰〔二一〕。」曰：「夏在什麼處〔二二〕？」曰：「潙山。」真淨展手曰：「我手何似佛手〔二三〕？」師罔然左右視，真淨呵曰：「適來句句無絲毫差錯，靈明天真，才説箇佛手，便成隔礙。病在甚處？」師曰：「不會。」真淨曰：「一切現成，更教誰會？」師服膺，就弟子之列。餘十年，所至必隨。紹聖三年，真淨移居石門〔二四〕，衲子益盛，凡入室叩問，必瞑目危坐，無所示。見來者，必起從園丁壅菜，率以爲常。師每謂公曰：「老漢無意於法道乎？」莫能測也。一日，舉杖決渠，水濺衣，因大悟，方見老人平日用處。走叙其事，真淨罵曰：「此中乃敢用藞（磊）苴耶〔二五〕？」自是跡愈晦，而名聲愈著。自其東游淮淛〔二六〕，所至衲子成叢林。顯謨閣待制李景直守洪州〔二七〕，仰其風，請開法於雲巖〔二八〕。未幾，殿中監范公帥南昌〔二九〕，移居泐潭。方是時，禪林以飲食爲宗，以軟暖爲嗜好，以機緣爲戲論，師悲歎之。師槌拂（佛）之下〔三〇〕，常三百人，而宿户外者又百餘許，求入室就學。師難之，乃謂之曰：「十方無壁落，四面亦無門〔三一〕，闍梨從什麼處入〔三二〕？」對皆不契。每曰：「我只畜一條柱杖，佛來也打，祖來也打〔三三〕，不將元字脚，涴汝枯腸〔三四〕。如此臨濟一宗，不到冷落。」學者莫窺其奥。然升堂説法，辯如建瓴〔三五〕，不留影跡，一時公卿大夫宗向之。以政和五年夏卧病，侍者進藥餌，師泛然如無意〔三六〕，誡須忌食毒物，師亦未嘗從。有問其故，曰：「病有自性乎？病無自性，則毒物寧有心乎？以空納空〔三七〕。吾未嘗顛倒，而汝輩欲吾昏迷耶？」七月二十二日，更衣説偈而化。閱世五十有五，坐三十五夏。闍維〔三八〕，得舍利晶圓，淨光不壞，道俗千餘人皆得之，門弟子等收塔于南山之陽〔三九〕。嗚呼！雲庵之神悟，於南公之門〔四〇〕，超軼絶塵者也，予每疑嗣之者難及。觀師之風格，殆所謂家名辯才、氣宇逸群者耶〔四一〕？謹狀。

【校記】

㊀羯：原作「疊結」，誤，今改。　梵行：原作「梵行行」，二「行」字衍，今删。參見注〔一三〕。

㊁蕌：原作「磊」，誤，今改。參見注〔二五〕。

㊂拂：原作「彿」，誤，今據四庫本、武林本改。參見注〔三〇〕。

【注釋】

〔一〕政和五年秋作於洪州靖安縣。　泐潭準禪師：文準，嗣法於真淨克文，屬臨濟宗黃龍派南嶽下十三世，爲惠洪師兄。住洪州靖安縣寶峰禪院，故曰泐潭。參見本集卷一五謁準禪師塔注〔一〕。　鍇按：行狀當作於文準歿後數十日。

〔二〕興元府唐固：即興元府城固縣，宋屬利州路。太平寰宇記卷一三三山南西道一興元府：

「唐武德元年，置梁州總管府，管梁、洋、集、興四州，領南鄭、褒中、城固、西四縣。二年改城固爲唐固。貞觀三年，復改唐固爲城固。」此稱其古地名。

〔三〕酒胾：泛指酒肉。胾，大臠，大塊肉。

〔四〕金仙寺：當在城固縣，方志失載。虚普：生平法系未詳。

〔五〕膺門：應門，候門，守候接納叩門之人。膺，通「應」。

〔六〕伊吾：象聲詞，讀書聲。亦作「吾伊」，語本山谷内集詩注卷九考試局與孫元忠博士竹間對窗夜聞元忠誦書聲調悲壯戲作竹枝歌三章和之之一：「南窗讀書聲吾伊。」任淵注：「樂録曰：諸調曲皆有辭有聲。辭者，其歌詩也。聲者，若羊吾羊、吾夷伊、那何之類也。」參見本集卷二三昭猷禪師序注〔一二〕。

〔七〕元豐：宋神宗年號，公元一〇七八～一〇八五年。童子：釋氏要覽卷上師資童子：「智度論云：『梵語鳩摩羅伽，秦言童子。』寄歸傳云：『白衣詣苾芻所，專誦佛典，求落髮，號童子。』西天出家，國無制止，但投師允可，即和僧剃髮，即無童子、行者之屬。今經中呼文殊、善財、寶積、月光等諸大菩薩爲童子者，即非稚齒。……今就此方釋之，釋名曰兒，年十五曰童，童獨也。自七歲止十五皆稱童子，謂太和未散故。」鍇按：文準卒於政和五年（一一一五），閱世五十五歲，則當生於宋仁宗嘉祐六年（一〇六一）。若至元豐元年，則年已十八，不得稱童子。故此元豐當爲熙寧（一〇六八～一〇七七）之誤記。

〔八〕陝西經略范公：據續資治通鑑長編卷二五七，神宗熙寧七年（一〇七四）十月癸巳，度部郎中、直集賢院、新知邢州范純仁直龍圖閣，權發遣慶州。知慶州即爲環慶路經略使。環慶路舊屬陝西路，故稱。范純仁（一〇二七～一一〇一），字堯夫，吴縣人，仲淹次子。皇祐元年進士。哲宗朝累官尚書僕射、中書侍郎。卒謚忠宣。宋史有傳。錯按：范純粹亦嘗代其兄純仁知慶州，然時在元豐八年十一月癸巳（見長編卷三六一），文準已二十五歲。而熙寧七年文準年十四，尚爲童子，故陝西經略范公必爲純仁。

〔九〕臘高：年老，出家歲月久。釋貫休禪月集卷一一題師穎和尚院：「臘高清眼細，閑甚白雲卑。」

〔一〇〕「登山求玉」三句：三國志魏書邴原傳裴松之注引原别傳：「人各有志，所規不同。故乃有登山而採玉者，有入海而採珠者，豈可謂登山者不知海之深，入海者不知山之高哉！」

〔一一〕梁山：指中梁山乾明院。輿地紀勝卷一八三興元府：「中梁山，寰宇記：在南鄭縣北一十三里。爾雅云：『南方之美者，有梁山之犀象焉。州因山名。』漢中郡記云：『鎮梁州之中，故以爲號。』」又云：「乾明院，在中梁山。劍外叢林惟牛頭與此爲勝。」乘禪師：乾明院寺僧，生平法系未詳。

〔一二〕驅烏：即驅烏沙彌，指七歲至十三歲之沙彌。釋氏要覽卷上剃髮三品沙彌：「僧祇律云：『佛制：年不滿十五，不應作沙彌。』後在迦維衛國，阿難有親里二小兒孤露，阿難養育之。

佛問：『何不出家？』阿難白佛言：『佛制不許度。』佛問：『是二小兒，能驅食上烏未？』答：『能。』佛言：『聽作驅烏沙彌。』最下七歲，至年十三者，皆名驅烏沙彌。」

〔二三〕「壇場是戒耶」二句：語本華嚴經卷一七梵行品：「爲身是梵行耶？乃至戒是梵行耶？……若戒是梵行者，爲壇場是戒耶？問清淨是戒耶？教威儀是戒耶？三説羯磨是戒耶？和尚是戒耶？阿闍梨是戒耶？鬀髮是戒耶？著袈裟衣是戒耶？乞食是戒耶？正命是戒耶？」廓門注：「由是觀之，『結』當作『羯』；一『行』字當須衍字。」其説甚是。然「疊」字亦衍，廓門未注。　壇場：釋氏要覽卷上戒法立壇始：「西天祇園比丘樓至請佛立壇，爲比丘受戒，如來於園外院東南置一壇，此爲始也。此土當宋元嘉七年庚午，天竺僧求那跋摩至揚都南林寺前竹園立壇，爲比丘受戒爲始也。……或名甘露壇者，甘露即喻涅槃也。戒爲入涅槃初門，故從果彰名也。今言壇場，非一也，壇則出地立基，場則除地令平。今有混稱，蓋誤。」　三羯磨：慧琳一切經音義卷五九：「羯磨，此譯云作法辦事。」慧苑一切經音義卷二二：「羯磨，此云辦事，謂諸法事由兹成辦。」　梵行：清淨無欲之行。大智度論卷二○：「斷婬欲天，皆名爲梵天；説梵皆攝色界。以是故，斷婬欲法，名爲梵行。」　阿闍梨：慧琳一切經音義卷二一：「闍梨，具云阿闍梨，此云軌範師，謂與弟子爲軌則師範。然有五種闍梨：一羯磨、二威儀、三依止、四受經、五十戒闍梨。西域又有君持闍梨也。」鍇按：僧寶正續傳卷二寶峰準禪師傳曰：「壇場是戒邪？三羯磨、梵行、阿闍黎是戒邪？」

續傳燈録卷二二泐潭文準禪師、元釋明本天目中峰和尚廣録卷一一山房夜話中、明瞿汝稷指月録卷二八隆興府泐潭湛堂文準禪師、朱時恩佛祖綱目卷三七上克文禪師住報寧、清釋智旭法海觀瀾卷三禪宗要旨所引文字皆同，今據諸書改「三疊結磨」爲「三羯磨」，改「梵行行」爲「梵行」。

〔一四〕唐安律師：生平法系無考。

〔一五〕不求甚解：陶淵明五柳先生傳：「好讀書，不求甚解，每有會意，便欣然忘食。」此借用其語。

〔一六〕大法師曇演：生平法系亦無考。

〔一七〕法船：喻佛法如船，度人於苦海。法苑珠林卷一七：「佛言：一切衆生欲出三界生死大海，必假法船方得度脱。」

〔一八〕亞聖大士：聖人之亞，才智名位次於聖人之人，此指佛教之大師。參見本集卷二二無證庵記注〔九〕。

〔一九〕溈山真如：即慕喆禪師，賜號真如，嗣法翠巖可真，屬臨濟宗南嶽下十二世。時住大溈山密印禪寺。已見前注。九峰真淨：即克文禪師。禪林僧寶傳卷二三泐潭真淨文禪師傳：「庵於九峰之下，名曰投老。學者自遠而至，六年而移住歸宗。」其結庵九峰在元祐三年至紹聖元年之間。參見本卷雲庵真淨和尚行狀注〔六〇〕〔六一〕〔六二〕。

〔二〇〕志恭：生平法系未詳。

〔二一〕大仰：即仰山，唐慧寂禪師道場，潙仰宗祖庭之一。輿地紀勝卷二八江南西路袁州：「仰山，在州南八十里。周回一千里，高聳萬仞，不可登陟，只可仰觀，以此得名。有寺曰太平興國禪院及二王廟。」

〔二二〕夏：坐夏，安居。

〔二三〕我手何似佛手：黄龍三關之一。黄龍慧南禪師語録：「師室中常問僧出家所以、鄉關來歷。復扣云：『人人盡有生緣處，那箇是上座生緣處？』又復當機問答，正馳鋒辯，却復伸手云：『我手何似佛手？』又問諸方參請宗師所得，却復垂脚云：『我脚何似驢脚？』三十餘年，示此三問，往往學者多不湊機。叢林共目爲三關。」克文爲慧南法嗣，故有此問。

〔二四〕「紹聖三年」二句：克文自歸宗移居石門寶峰院，時在紹聖四年。此謂「三年」，蓋誤記。參見本卷雲庵真淨和尚行狀注〔七〇〕〔七一〕。

〔二五〕藞苴：放縱任性，不守規則。底本「藞」作「磊」，誤。廓門注：「『磊』當作『藞』。藞苴，泥不熟也。中州人謂蜀人放誕不遵軌轍，曰『川藞苴』。」其説甚是。文準爲興元府人，興元府宋屬利州路，爲蜀地，故云。參見本集卷二〇藏六軒銘注〔二〕。

〔二六〕淮淛：泛指淮南路與兩浙路。淛，同「浙」。

〔二七〕顯謨閣待制李景直守洪州：宋會要輯稿職官六八之一四：「（大觀元年）四月三日，承議郎、顯謨閣待制、知洪州李景直放罷，落職，差提舉舒州靈仙觀。」嘉靖江西通志卷五知軍州事：

「李景直，由顯謨閣待制。」李景直知洪州在崇寧五年至大觀元年間。李景直，生平未詳。建炎以來繫年要録卷八九：「（紹興五年五月）顯謨閣待制李景直更與致仕恩澤一名。景直嘗爲工部侍郎，崇寧末應詔上書論時事，坐奪官，流新州而死。靖康初録其子，至是其家有請，特許之。」

〔二八〕雲巖：洪州分寧縣雲巖禪院。輿地紀勝卷二六江南西路隆興府：「雲巖院，在分寧縣東二百步。紹聖間僧悟新主禪席，爲轉輪蓮華藏，山谷作記，蓋其幼年肄業之所。」

〔二九〕殿中監范公帥南昌：萬曆新修南昌府志卷一二知洪州：「范坦，字伯履，承議郎，集賢殿修撰。」光緒江西通志卷九職官表九宋一徽宗朝：「范坦，字伯履，河南人。集賢殿修撰知洪州，兼江西安撫使，大觀二年任。」殿中監，即殿中省監，正四品。總領六尚局，掌皇帝衣、食、住、行及醫藥侍奉之政令。宋會要輯稿職官六八：「（崇寧四年）閏二月二十一日，詔范坦罷殿中監，特責授舒州團練副使、房州安置。」此就其最高官職而言之。鍇按：據咸淳臨安志卷四六秩官志四：「大觀元年丁亥，朱彦，五月戊申，以顯謨閣待制新知洪州改知。」朱彦知杭州前嘗知洪州，其時當在李景直放罷後。范坦繼朱彦知洪州，當在大觀元年五月後。范坦，宋史有傳。參見本集卷一贈范伯履承奉二子注〔一〕。

〔三〇〕槌拂：指鼓槌與拂子，禪師上堂説法，常拈槌豎拂爲示。圓悟佛果禪師語録卷一五送圓首座西歸：「槌拂之下，開發人天。俾透脱生死，豈小因緣。」禪林僧寶傳卷二四東林照覺總禪師傳：「總於衲子有大緣，槌拂之下，衆盈七百。」　底本「拂」作「柫」。揚雄方言：「僉，宋魏之間謂之欇殳，或謂之度。自關而西謂之棓，或謂之柫。」郭璞注：「今連枷，所以打穀者。」「柫」與「拂」非一字，乃涉形近而誤，今改。

〔三一〕「十方無壁落」二句：禪門著名話頭。天聖廣燈録卷一三鄂州灌谿志閑禪師：「師上堂，示衆云：『十方無壁落，四畔亦無門。露裸裸，赤躧躧，無可把。』便下座。」雲門匡真禪師廣録卷下：「師到灌溪，時有僧舉灌溪語云：『十方無壁落，四面亦無門。淨裸裸，赤灑灑，没可把。』問師：『作麽生？』師云：『與麽道即易，也大難出。』」黄庭堅贈嗣直弟頌十首之一：「飢渴隨時用，悲歡觸事真。十方無壁落，中有昔愁人。」　壁落：藩籬，邊界。國語吴語：「孤用親聽命於藩籬之外。」韋昭注：「藩籬，壁落。」

〔三二〕闍梨：梵語阿闍梨之省稱，本指高僧，亦泛指僧人。此稱闍梨者，乃敬語。

〔三三〕「我只畜一條柱杖」三句：祖庭事苑卷一：「德山卓牌於鬧市，牌上書字云：『佛來也打，祖來也打。』」

〔三四〕「不將元字脚」二句：謂胸中不著絲毫文字。元字脚，宗門語，代指文字，蓋因「元」字筆畫極簡單之故。古尊宿語録卷八汝州首山念和尚語録：「若論此事，實不挂一箇元字脚。」碧巖録卷三第二十八則南泉不説底法：「記得箇元字脚在心，入地獄如箭。」宏智禪師廣録卷四明州天童山覺和尚上堂語録：「一言觸諱，法自不容；一字入公，牛拽不出。兄弟汝胸中，不得著箇元字脚。」建中靖國續燈録卷九明州雲巖旌教院洞偕禪師：「一日云：『兩處住持，實四十年，凡陞堂語句，都無一箇元字脚。十二時中，但以波羅羯諦、菩提薩娑訶以爲常課，別無所長。』」五燈會元卷一三撫州曹山羌慧智炬禪師：「僧問：『禪僧心不挂元字脚，何得多學？』師曰：『文字性異，法法體空。迷則句句瘡疣，悟則文文般若。苟無取舍，何害圓伊。』」　鍇按：米芾書史曰：「畫可摹，書可臨而不可摹，惟印不可僞作，作者必異。王詵刻勾德元圖書記，亂印書畫。余辨出元字脚，遂伏其僞。木印、銅印自不同，皆可辨。」非禪籍「元字脚」出處。

〔三五〕辯如建瓴：謂言辯如高屋建瓴，易如翻水，滔滔而下。宋高僧傳卷八唐金陵天保寺智威傳：「既而辯若建瓴，訓抗之餘，乃引了義教援證，復説伽陀，一無留滯。」參見本集卷三次韻莫翁新年斷注〔一二〕。

〔三六〕泛然：隨便，漫不經心貌。莊子田子方：「臧丈人昧然而不應，泛然而辭。」

〔三七〕「病有自性乎」四句：宗鏡録卷二五：「或云：芥子須彌，各無自性，此皆是以空納空。」

〔三八〕闍維：猶荼毗，茶毗，僧人死後火化。

〔三九〕南山：當指靖安縣石門山之南山。

〔四〇〕南公：即黃龍慧南禪師。真淨克文出其門，故云。

〔四一〕家名辯才：語本維摩詰經卷上弟子品：「斯有家名辯才智慧，乃能如是！其誰聞此不發阿耨多羅三藐三菩提心？」僧肇注維摩詰經卷二：「時謂在家大士智辯尚爾，其誰不發無上心也。」參見本集卷一八永明禪師真贊二首注〔三〕。

花藥英禪師行狀 代〔一〕

臨濟九世之孫雲庵真淨之嗣〔二〕，師諱進英㊀，字拙叟，出於羅氏，其先吉州太和人〔三〕。幼孤，母憐之。性慧敏，齠齔中〔四〕，日誦千餘言，通詩禮大義。與羣兒嬉游，侮玩之氣出其上。親舊愛敬之，使著縫掖爲書生〔五〕，輒病，至於死鄰㊁〔六〕。母泣曰：「吾始娠，夢有乘空而語曰：『而出家則疾有瘳矣。』」於是擊鐘梵放〔七〕，誓於佛前，乞以爲僧洞隆童子〔八〕，而藉名於善集寺（才）㊂〔九〕。年十八，試所習得度，受具戒㊃，即欲經行諸方以觀道，報劬勞之德〔一〇〕。其母有難色，於是庵於母室之外，名曰精進〔一一〕。士大夫喜其爲人，賦詩爲贈，多佳句，螺川父老迨今道之〔一二〕。母殁，心喪三年〔一三〕，修白業爲冥福〔一四〕。即游淮海〔一五〕，所至少留，當時號明眼尊宿徧謁已〔一六〕，雖未契，而嘗識多賢者。晚謁雲庵，夜參，聞貶剥諸方，以黄檗接臨濟、雲門接洞山機緣〔一七〕，爲入道之要，擿其疑處以啓問〔一八〕。師恍然大悟，如桶底脱〔一九〕。佛印禪師〔二〇〕，叢林號大宗師，有盛名，慎許可，獨以師爲俊彦。師有爽氣，喜暴所長，以激後學，三十年一節不移，故佛印呼爲鐵喙〔二一〕。初開法，住長沙之開福〔二二〕，十年之間，殿閣崇成。又五年，棄之，翩然北游五臺〔二三〕，徧覽聖蹟，乃南還，庵梁山〔二四〕，天下衲子益追崇之。政和甲午〔二五〕，衡陽道俗迎住花藥之天寧〔二六〕，勸請皆一時名公卿。師以教外别傳之宗授上根〔二七〕，以漚和般若化道俗〔二八〕，老益康强，精進不替。嘗中夜禮佛，作息飲食不肯與衆背，叢林信其誠，民人化其教，得法而爲一方領袖者，不可勝數〔二九〕。挹拂之下，嘗二千指〔三〇〕，龍象雜遝〔三一〕，方進而未艾也。其激揚大事，游泳語言，備存三録，曰報慈，曰雁峰，曰游臺㊄〔三二〕，盛行於世。宣和三年冬謝事，復庵梁山。越明年臘月，示疾蟬蜕〔三三〕。嗚呼！若人已矣〔三四〕，予竊爲桑門惜之〔三五〕。參學稟淳一日泣訴於予〔三六〕，以予知其師之深者，欲干其狀而求銘，故爲書云耳。長沙孫承之謹狀〔三七〕。

【校注】

㈠師：廓門本無。

㈡於：武林本作「與」。

㊂寺：原作「才」，誤，今改。參見注〔九〕。

㊃具戒：廓門本作「具足戒」。

㊄曰：原無，今據廓門本補。

【注釋】

〔一〕宣和四年十二月作於長沙。　花藥英禪師：釋進英，真淨克文法嗣，屬臨濟宗黄龍派南嶽下十三世，惠洪師兄。初住潭州開福報慈寺，晚住衡州花藥山天寧寺。故禪籍或稱報慈進英，或稱花藥進英。事具僧寶正續傳卷二。建中靖國續燈録卷二三、嘉泰普燈録卷七、五燈會元卷一七、續傳燈録卷二二載其機語。　鍇按：此行狀乃惠洪代爲長沙孫承之作。

〔二〕臨濟九世之孫雲庵真淨之嗣：本集卷一九雲庵和尚贊三首序：「雲庵出黄龍之門，爲臨濟九世孫。」其法系爲：臨濟義玄—興化存獎—南院慧顒—風穴延沼—首山省念—汾陽善昭—石霜楚圓—黄龍慧南—真淨克文。進英爲真淨之嗣，故當爲臨濟十世孫。鍇按：進英與惠洪爲同門師兄弟，惠洪嘗自稱臨濟十世孫，如本集卷一三謝嶽麓光老惠臨濟頂相：「收藏畫裏三玄老，分付湘中十世孫。」又卷一四病中寄山中故舊八首之七：「臨濟十世孫，沕潭克家嗣。」亦可證此處「臨濟九世之孫」乃指雲庵真淨。

〔三〕吉州太和：太和縣，屬吉州。元豐九域志卷六江南西路吉州廬陵郡：「望太和，州南八十里，六鄉。」

〔四〕齠齔：兒童七八歲換齒之時。已見前注。

〔五〕著縫掖：著儒生服。禮記儒行：「孔子對曰：『丘少居魯，衣逢掖之衣。』」

〔六〕死鄰：與死相鄰，謂瀕於死亡。廓門注：「莊子天運曰：『死生相與鄰。』」

〔七〕梵放：梵唄放聲。杜甫大雲寺贊公房四首之一：「梵放時出寺，鐘殘仍殷牀。」

〔八〕乞以爲僧洞隆童子：乞求成爲僧洞隆之童子。僧洞隆，爲善集寺僧，生平法系無考。

〔九〕藉名於善集寺：謂其僧籍挂名於善集寺。該寺疑在吉州，今方志無考。藉，通「籍」。鍇按：禪林僧寶傳卷一七天寧楷禪師傳：「後遊京師，籍名術臺寺。」同書卷二九大通本禪師傳：「與弟善思俱至京師，籍名顯聖地藏院。」皆同此句例。底本「寺」作「才」，當爲缺筆之誤。

〔一〇〕劬勞之德：指母親操勞辛苦之恩德。語本詩邶風凱風：「棘心夭夭，母氏劬勞。」

〔一一〕精進：其義爲努力向上向善，不放逸自己。佛教度彼岸之六種途徑，即六波羅蜜，又稱六度，精進爲其一。

〔一二〕螺川：吉州别稱。方輿勝覽卷二〇江南西路吉州事要：「郡名廬陵、安成、螺川。」又曰：「螺子山，在郡城北，下有潭。圖經：昔漁人遊此，忽遇風雨，見神螺光彩五色，因名。」

〔一三〕心喪：身無喪服而心如守喪。禮記檀弓上：「事師無犯無隱，左右就養無方，服勤至死，心喪三年。」清梁章鉅退庵隨筆卷九家禮一：「雖不服其服而有其實者，謂之心喪。」

〔一四〕白業：善業，相對於黑業之稱。佛説白衣金幢二婆羅門緣起經卷上：「云何白業？謂不殺生，不偷盜，不邪染，不妄言，不綺語，不兩舌，不惡口，不貪，不瞋，正見，此是白業。」本集卷三送瑫上人奔母喪：「更期辨白業，慰此罔極悲。」

〔一五〕淮海：泛指淮南東路一帶。方輿勝覽卷四四淮東路揚州事要：「郡名廣陵、江都、淮海、維揚、蕪城、邗城。」

〔一六〕明眼尊宿：指已得正法眼藏之禪師。古尊宿語録卷一九（楊岐方會）後住潭州雲蓋山海會寺語録：「僧云：『明眼尊宿難謾。』師云：『與麼則楊岐隨上座去也。』」禪林僧寶傳卷一三福昌善禪師傳：「有僧自號映達磨，纔入方丈，提起坐具曰：『展即徧周法界，不展即賓主不分。展即是？不展即是？』善曰：『汝平地喫交了也。』映曰：『明眼尊宿，果然有在。』善便打。」

〔一七〕黄檗接臨濟：景德傳燈録卷一二鎮州臨濟義玄禪師：「初在黄蘗，隨衆參侍，時堂中第一座勉令問話，師乃問：『如何是祖師西來的的意？』黄蘗便打。如是三問三遭打，遂告辭第一座云：『早承激勸問話，唯蒙和尚賜棒。所恨愚魯，且往諸方行脚去。』上座遂告黄蘗云：『義玄雖是後生，却甚奇特，來辭時，願和尚更垂提誘。』來日師辭黄蘗，黄蘗指往大愚，師遂參大愚。愚問曰：『什麼處來？』曰：『黄蘗來。』愚曰：『黄蘗有何言教？』曰：『義玄親問西來的的意，蒙和尚便打，如是三問，三轉被打。不知過在什麼處？』愚曰：『黃蘗恁麼老婆，爲汝得徹困，猶覓過在。』師於是大悟，云：『佛法也無多子。』愚乃搊師衣領云：『適來道我不會，而今又道無多子。是多少來？是多少來？』師向愚肋下打一拳，愚托開云：『汝師黃蘗，非干我事。』師却返黃蘗。黃蘗問云：『汝迴太速生。』師云：『只爲老婆心切。』黃蘗云：『遮大愚老漢，待見與打一頓。』師云：『説什麼待見，即今便打。』遂鼓黃蘗一掌，黃蘗哈哈大笑。」古尊宿語録卷四五寶峰雲庵真淨禪師偈頌下中有黃檗接臨濟機緣二頌，其一臨濟三度問黃檗佛法大意三度被打：「資糧更不著些些，岐路年深恐轉賒。直下痛施三頓棒，夜來依舊宿蘆花。」其二臨濟到大愚處悟：「便言黃檗無多法，大丈夫兒豈自乖。脇下兩拳明有信，不從黃檗付將來。」　雲門接洞山：雲門匡真禪師廣録卷下勘辨：「問僧：『近離甚處？』僧云：『查渡。』師云：『蹋破多少草鞋？』無對。代云：『可惜草鞋。』」此僧即襄州洞山守初禪師，其機緣詳見禪林僧寶傳卷八洞山守初禪師傳：「夏休，詣雲門偃禪師。偃問：『近離何處？』對曰：『查渡。』又問：『夏在何處？』對曰：『湖南報慈。』又問：『幾時離？』對曰：『八月二十五。』偃曰：『放汝三頓棒。』初罔然良久，又申問曰：『適來祇對，不見有過，乃蒙賜棒，實所不曉。』偃呵曰：『飯袋子，江西、湖南，便爾商略。』初默悟其旨，曰：『他日正當於無人煙處，不畜粒米，飯十方僧。』即日辭去。」

〔一八〕擿：選取。通「摘」。

〔一九〕如桶底脱：禪門俗語，喻通透無礙。雪峰真覺禪師語録卷上：「後問德山：『從上宗乘中事，學人還有分也無？』德山打一棒，曰：『道甚麽？』我當時如桶底脱相似。」天聖廣燈録卷一六汝州首山乾明院懷志禪師：「問：『如何是佛？』師云：『桶底脱。』」林間録卷上：「慈明驚曰：『南書記，我謂汝是箇人，乃作罵會耶？』黄龍聞其語，如桶底脱，拜起汗下。」

〔二〇〕佛印禪師：即雲居了元禪師，賜號佛印。事具禪林僧寶傳卷二九雲居佛印元禪師傳。已見前注。

〔二一〕故佛印呼爲鐵喙：雲卧紀談卷上：「（花藥英禪師）初於真淨處受記莂，乃往雲居，佛印命首衆僧。一日，佛印握拳問曰：『首座如何？』英曰：『佗日不敢忘和尚。』佛印私以爲喜，有偈遺之曰：『誰人識得吉州英，觜是新羅鐵打成。終不隨佗烏鵲隊，望雲閑叫兩三聲。』蓋美其機辯矣。由是叢林呼爲『英鐵觜』。」觜：通「嘴」，特指鳥喙。參見本集卷一七花藥英禪師生日其子通慧設齋作此注〔四〕。

〔二二〕開福：全名開福報慈禪寺。參見本集卷二一潭州開福轉輪藏靈驗記注〔一〕。

〔二三〕五臺：即代州五臺山，文殊菩薩道場。太平御覽卷四五引水經注：「五臺山，其山五臺巍然，故曰五臺。」元和郡縣志卷一四代州：「五臺山，在縣東北四十里，道經以爲紫府山，内經以爲清涼山。」即佛經所言五頂山，參見廣清涼傳卷上。已見前注。

〔二四〕梁山：此指常德府梁山。輿地紀勝卷六八荆湖北路常德府：「梁山，在武陵縣北三十九里。舊名陽山。按舊經云：陽山之女，雲夢之神，嘗以夏首秋分獻魚。唐天寶六載始改名梁山。漢梁松廟食於此，故以名山。」

〔二五〕政和甲午：宋徽宗政和四年，公元一一一四年。

〔二六〕花藥之天寧：輿地紀勝卷五五荆湖南路衡州：「花藥山，在衡陽縣城西。」鍇按：崇寧元年，詔天下軍州創崇寧寺；政和元年，改額天寧寺。此當爲衡州之天寧寺。

〔二七〕教外别傳之宗：指禪宗於佛教經論文字外以心傳心之正法眼藏。五燈會元卷一釋迦牟尼佛：「世尊曰：『吾有正法眼藏，涅槃妙心，實相無相，微妙法門，不立文字，教外别傳，付囑摩訶迦葉。』」宋釋契嵩傳法正宗論卷二：「其所謂教外别傳者，非果别於佛教也，正其教迹所不到者也。猶大論曰：『言似言及，而玄旨幽邃；尋之雖深，而失之愈遠。』其此謂也。昔隋之智者顗公，最爲知教者也，豈不曰：『佛法至理，不可以言宣。』豈存言方語本十二部乎？按智度論曰：『諸佛斷法愛，不立經書，亦不莊嚴語言。』如此則大聖人其意何嘗必在於教乎？經曰：『我坐道場時，不得一法實。空拳誑小兒，以度於一切。』是豈非大聖人以教爲權而不必專之乎？又經云：『修多羅教如標月指，若復見月，了知所標，畢竟非月。』是豈使人執其教迹耶？又經曰：『始從鹿野苑，終至跋提河。中間五十年，未曾説一字。』斯固其教外之謂也。然此極此奥密，雖載於經，亦但説耳。聖人驗此，故命以心相傳，而禪者所謂教外別傳乃此也。」　上根：指根器敏鋭之學佛者。

〔二八〕漚和般若：即善巧方便之智慧。梵語漚和俱舍羅，十波羅蜜之七，意謂善巧方便。菩薩爲攝化衆生，巧涉種種事，示現種種相。亦作「傴和」。隋釋吉藏法華義疏卷三：「外國稱傴和拘舍羅。傴和稱爲方便，拘舍羅名爲勝智，謂方便勝智也。」後秦僧肇肇論宗本義：「漚和般若者，大慧之稱也。諸法實相，謂之般若；能不形證，漚和功也。適化衆生，謂之漚和；不染塵累，般若力也。然則般若之門觀空，漚和之門涉有。涉有未始迷虛，故常處有而不染；不厭有而觀空，故觀空而不證。是謂一念之力，權慧具矣。」

〔二九〕「得法而爲一方領袖者」二句：據續傳燈録卷二六目録，華藥英禪師法嗣僅棲賢道寧禪師一人，有名無録。

〔三〇〕二千指：二百僧人。一人十指，故云。

〔三一〕雜遝：衆多集聚貌。本集卷五送稀上人還石門：「曾學關西一味禪，衆中雜遝多豪賢。」

〔三二〕「備存三録」四句：指進英自撰及弟子編纂之三部語録，今佚。報慈，當爲住長沙開福寺之語録，以寺名開福報慈禪寺故。雁峰，當爲住衡陽花藥山天寧寺之語録，蓋衡陽有回雁峰，故借以代稱。游臺，當爲北遊五臺山時自撰之偈頌文句。

〔三三〕「越明年臘月」二句：據本集卷一七花藥英禪師生日其子通慧設齋作此：「甲辰臘旦底時節。」可知進英卒於「臘旦」，即臘月初一，此失載。蟬蛻，謂有道之人死爲尸解登仙，如蟬之脱殼，此爲死亡之婉稱。

〔三四〕若人：猶言此人。論語憲問：「南宫适出，子曰：『君子哉若人！尚德哉若人！』」

〔三五〕桑門：沙門之異譯，指僧侣。後漢書楚王英傳：「其還贖，以助伊蒲塞、桑門之盛饌。」李賢注：「桑門，即沙門。」

〔三六〕參學稟淳：進英弟子，生平無考。

〔三七〕孫承之：生平爵里無考。

傳

十世觀音應身傳 并贊〔一〕

唐大菩薩僧寬公，出於益州孝水楊氏〔二〕。方其娠也，母失常性，却酒胾〔三〕，有慧辯。及其生也，無痛苦，聞異香。忽然在前，即能言，言「我名慧寬」〔四〕。有女兄信相，亦神異，年相聯。於齠齔中，終日論説，聽者一不能曉。其父瑋以符咒爲兩川道俗所歸，而不知有佛經。人録其所論百許紙〔五〕。時懷龍山會禪師聞其異〔六〕，至瑋舍，瑋出示之。會驚曰：「與佛經合，不測人也。」俄有異比丘入火光三昧於淨慧寺〔七〕，特召信相，信相至，曰：「此室皆火聚，其可入哉？」曰：「以水滅之可入。」信相即作水觀而入〔八〕，於是異比丘化其父母，使出家。父母曰：「許娉矣〔九〕，奈何？」鄉里爭出財贖之，公因信相亦俱依慧空寺慎公避太祖御諱剃落焉〔一〇〕。公時年十三，從會公授經律，會畏之如神，反從質疑。天姿謙敬，未嘗怒。懷龍衆三千指〔一一〕，皆躬力作，公獨閑適，人以爲言。會曰：「此吾先師也。昔周滅吾法〔一二〕，吾從曇相禪師隱于終南山〔一三〕。及隋教復興〔一四〕，吾辭而歸蜀，曇相囑曰：『汝當領徒大作佛事，有童子名慧寬者，善視之。』此其後身。」衆因不敢復言。公年三十，乃還綿竹〔一五〕，廬于無爲山〔一六〕，以神異化，而全蜀爭師事之，如淮泗之僧伽、七閩之定光〔一七〕。公嘗赴江陵大會〔一八〕，朝發夕返。荆州府前有拳石〔一九〕，含五音，天下聞之，公取以歸，今置定身龕中。什邡陳氏施園爲寺〔二〇〕，公以竹標其中，曰：「以此爲基。」拔去竹，泉泫然而出。掘之，得巨石，石下有寶瓶舍利。公作禮，乃放光。永徽四年夏六月二十有五日，歿於淨慧寺，閲世七十，坐五十五夏〔二一〕。

贊曰：予讀無爲山廣録〔二二〕，公始發心，日誦觀世音名十萬徧，生五天〔二三〕，十世爲居士；生震旦〔二四〕，十世爲比丘，皆出楊氏。又瞻其畫像，天骨秀特，和敬之威，望之肅然。是所謂真比丘也。

【校記】

㈠剃：武林本作「遂就剃」。

【注釋】

〔一〕作年未詳。十世觀音應身傳：十世觀音事詳續高僧傳卷二五益州淨惠寺釋惠寬傳，然多有改寫之處。參見本集卷一三十世觀音生辰六月二十六日二首。

〔二〕益州孝水：元和郡縣志卷三二劍南道二漢州綿竹縣：「本漢舊縣也，屬廣漢郡都尉理之。有紫巖山，綿水所出。初，劉焉爲益州牧，從事賈龍選吏卒迎焉，徙理綿竹，撫納離叛，陰圖異計。其後遇天火燒爇，乃徙理成都。隋開皇十八年改名孝水縣。」

〔三〕却酒胾：續高僧傳本傳曰：「初時瑋妻懷孕，心性改異，辛鯹惡厭。」

〔四〕「及其生也」六句：續高僧傳本傳曰：「及其生也，母都不覺，忽然自出，都無惡露，然有異香，又不啼叫，乃至有識，未曾糞穢淋席。」

〔五〕「於齠齔中」六句：續高僧傳本傳曰：「年五六歲，與姊信相於靜處坐禪。二親怪問，答曰：『佛來爲説般若聖智界入等法門。』共姊評論法相。父是異道，不解其言，附口録得二百餘紙。」　父瑋以符咒爲兩川道俗所歸：續高僧傳本傳曰：「父名瑋，元是三洞先生五經博士，崇信道法，無敦釋教。所以綿、梓、益三州諸俗，每歲率送租米投於瑋，令保一年安吉，皆與章符而去。而車馬擁門如市。」鍇按：惠寬父瑋善符咒，修三洞經，當爲道教天師道一派。

〔六〕懷龍山會禪師：續高僧傳本傳作「龍懷寺會師」。「懷龍山」當爲「龍懷山」倒乙之誤，此乃惠洪誤記，故下文亦作「懷龍」，今姑仍其舊。鍇按：龍懷山在彭州九隴縣。會禪師，法名法會。唐王勃王子安集卷一三彭州九隴縣龍懷寺碑：「龍懷山者，井絡之所交會，岷隅之所控帶。攢峰北走，吐香障於玄霄；巨壑南馳，歕洪濤於赤岸。香城寶地，左右林泉；碧岫丹岑，往來煙液。時有法會禪師者，俗姓褚氏，吴郡錢塘人也。」

〔七〕火光三昧：即火光定，禪定之一種。雜阿含經卷二一：「時尊者摩訶迦即入火光三昧，於户鈎孔中出火焰光，燒其積薪都盡，唯白氎不然。」佛本行集經卷四〇：「如來爾時亦入如是火光三昧，身出大火。」高僧傳卷一一宋蜀安樂寺釋普恒傳：「自説入火光三昧，光從眉直下，至金剛際，於光中見諸色像，先身業報，頗亦明了。」淨慧寺：在綿竹縣武都山。王子安集卷一五益州綿竹縣武都山淨慧寺碑：「武都山淨慧寺者，梁大清年中之所建也。」

〔八〕水觀：一心觀想水，觀法成就，則在水得自然，於身之内外，現出水，亦得隨意。是爲水定。楞嚴經卷五月光童子白佛言：「我憶往昔恒河沙劫，有佛出世，名爲水天，教諸菩薩修習水觀，入三摩地。觀於身中水性無奪，初從涕唾，如是窮盡津液、精血、大小便利，身中漩澓，水性一同，見水身中與世界外，浮幢王刹、諸香水海等無差别。我於是時初成此觀，但見其水，未得無身，當爲比丘室中安禪。我有弟子窺窗觀室，唯見清水遍在屋中，了無所見。童稚無知，取一瓦礫投於水内，激水作聲，顧眄而去。我出定後，頓覺心痛，如舍利弗遭違害鬼。我自思惟：『今我已得阿羅漢道，久離病緣，云何今日忽生心痛，將無退失？』爾時童子捷來我前，説如上事，我則告言：『汝更見水，可即開門，入此水中，除去瓦礫。』童子奉教。後入定時，還復見水，瓦礫宛然，開門除出。我後出定，身質如初。」此即水觀之例。

〔九〕許娉：即許聘，女方接受男方之聘禮。娉，通「聘」。

〔一〇〕慧空寺慎公：續高僧傳本傳作「空慧寺胤禪師」。空慧寺，在成都南。雍正四川通志卷二八下寺觀志成都府成都縣：「聖壽寺，在縣西南。漢建，在唐爲空慧寺。後改龍淵。」續高僧傳卷二〇唐益州空慧寺釋慧熙傳：「釋慧熙，益州成都人。……晚住州南空慧寺。」底本作「慧空寺」，當爲倒乙之誤。慎公，本當作「胤公」，即胤禪師，因避宋太祖趙匡胤諱，故此改曰慎。底本「避太祖御諱」五字，當爲原文自注。

〔一一〕懷龍衆三千指：續高僧傳本傳曰：「初造龍懷寺，會有徒屬二百餘人。」三千指爲三百人，所述略異。

〔一二〕昔周滅吾法：周書武帝紀上建德三年四月：「丙子，初斷佛道二教，經像悉毀，罷沙門、道士，並令還民。並禁諸淫祀，禮典所不載者，盡除之。」佛祖統紀卷三八周武帝：「（建德）三年五月，帝欲偏廢釋教，令道士張賓飾詭辭以挫釋子，法師知玄抗酬精壯，帝意賓飾不能制，即震天威，以垂難辭。左右吒玄聽制，玄安庠應對，陳義甚高，陪位大臣莫不欽難，獨帝不説。明日下詔，并罷釋道二教，悉毀經像，沙門、道士並令還俗。時國境僧道反服者二百餘萬。」

〔一三〕曇相禪師：續高僧傳卷一六周京師大福田寺釋曇相傳：「釋曇相，姓梁氏，雍州藍田人。……住大福田寺，京華七衆，師仰如神。以周季末曆，正法頽毁，潛隱山中。開皇之初，率先出俗。二年四月八日，卒於渭陰故都。」終南山：元和郡縣志卷一關内道一京兆府雍州萬年縣：「終南山，在縣南五十里。按經傳所説，終南山一名太一，亦名中南。據張衡西京賦云：『終南、太一，隆崛崔崒。』潘岳西征賦云：『九嵕巀嶭，太一巃嵸。面終南而背雲陽，跨平原而連嶓冢。』然則終南、太一非一山也。」

〔一四〕及隋教復興：佛祖統紀卷三九隋文帝：「開皇元年，帝初受禪，沙門曇延謁見，勸興復佛法。乃下詔，周朝廢寺，咸與修營；境内之人，任聽出家。仍令户口出錢，建立經像。由是民間佛經，多於六藝之籍。」

〔一五〕綿竹：縣名，唐屬劍南道漢州，即隋之孝水縣。參見元和郡縣志卷三二。

〔一六〕無爲山：方輿勝覽卷五四成都府路漢州：「紫巖山，在綿竹縣，去無爲山十里，皆西北勝絶處。」嘉慶大清一統志卷四一四綿州：「無爲山，在綿竹縣西二十里。方輿勝覽：『去紫巖山十里。』名勝志：『宋淳熙間碑云：羣雁排空成無爲二字，因名。』」

〔一七〕淮泗之僧伽：唐神僧，本葱嶺北何國人。唐高宗龍朔初至西涼府，次歷江淮，於泗州臨淮就信義坊居人乞地，下標誌之，穴土獲古碑，乃齊國香積寺，得金像衣葉，刻普照王佛字。中宗景龍二年，遣使詔赴内道場，仍褒飾其寺曰普光王。後示寂，歸葬淮上。滅度後，大著靈異，世稱其爲觀音菩薩化身。參見本集卷四送僧游泗州注〔六〕。七閩之定光：釋自嚴，泉州同安人，俗姓鄭氏。宋乾德二年，至汀州武平南黄石巖，四遠爭敬事之，家畫其像，飲食必祭。後游南康槃古山，住三年而成叢林，乃還南安。異跡甚著，所屬狀以聞，詔佳之。卒謚曰定光圓應禪師。參見本集卷一七正月六日南安巖主生辰注〔一〕。

〔一八〕江陵：府名，唐屬山南道。新唐書地理志四：「山南道，蓋古荆、梁二州之域。……江陵府江陵郡，本荆州南郡，天寶元年更郡名。」

〔一九〕荆州府：即江陵府。拳石：如拳之小石。蘇軾南都妙峰亭：「五老壓彭蠡，三峰照潼關。均爲拳石小，配此一掬慳。」

〔二〇〕什邡：縣名，唐屬劍南道漢州。參見元和郡縣志卷三二。

〔二一〕「永徽四年」四句：續高僧傳本傳曰：「永徽四年夏六月二十五日，春秋七十，卒於淨慧寺。」唐高宗永徽四年，即公元六五三年。本集卷一三十世觀音生辰六月二十六日二首，其「二十六日」當爲「二十五日」之誤記。

〔二二〕無爲山廣録：此書當爲惠寬言行之記録，撰人未詳，今佚。

〔三〕五天：古印度分爲東天竺、南天竺、西天竺、北天竺、中天竺五部分，簡稱五天。

〔四〕震旦：指古中國。

鍾山道林真覺大師傳〔一〕

梁大菩薩僧寶公，以宋元嘉中生於金陵之東陽〔二〕。民朱氏之婦，上巳日聞兒啼鷹巢中，梯樹得之，舉以爲子〔三〕。面方，瑩徹如鏡，手足皆鳥爪。七歲，去依鍾山大沙門僧儉爲童子，儉名之曰寶誌。長而落髮，專修禪觀，坐必越旬〔四〕。久之，忽無定居，多往來皖（畹）山、劍嶺之下㊀。髮而徒跣，著錦袍，飲啖同於凡俗。恒以鏡銅、剪刀、鑷屬挂杖負之而趨〔五〕。經聚落，兒童譁逐之。或徵索酒殽，或累日不食。嘗從食鱠者求鱠，食者與而心笑之，即起吐水中，皆成魚〔六〕。相傳始驚異。時時題詩，初不可曉，後皆有驗〔七〕。建元間，異跡甚著〔八〕。丞相高嵩爲武帝言之〔九〕，以禮自皖山迎至都舍。於陳征虜之家，輒自剺（釐）其面㊁，分披之，出十二首觀世音，慈嚴妙麗〔一〇〕。傾都聚觀，欲爭尊事之。武帝忿其惑衆，收付建康獄。旦夕咸見游行市里，既而檢校，猶在獄中〔一一〕。其夜又語吏，門外有兩輿金鉢盛飯，汝可取之，果文惠太子、竟陵王送供至〔一二〕。建康令呂文顯以事啓帝，帝迎至禁中，俄有旨，屏除後宮，爲家人宴，公例常與衆出。已而猶見行道於景陽山，比丘七輩從其後。帝怒，遣使至閣，吏曰：「公久出在省中。」吏就視之，身如塗墨然。武帝聞之，大驚〔一三〕。陳顯達鎮江州，大司馬殷（段）齊之從行㊂，往辭公。公無他語，但引紙畫鴉，畫畢授之，曰：「緩急可用此。」顯達叛，齊之遁去。顯達大怒，遣騎追之，將及，齊之窘甚，見鴉喧暮林，即匿其下。鴉翔集自如，騎既失其蹤，但見鴉林㊃，必非人所寄，遂去。齊之方悟公意也〔一四〕。鄱陽忠烈王飯公於私第，顧左右覓荆枝，有折以獻者，則以安門上而去。俄有旨，以王領荆州〔一五〕。衛尉胡諧卧病，以書哀訴，幸以屈臨，庶幾疾有瘳。公題其書尾曰：「明屈。」翌日果卒〔一六〕。僧法平欲以衣獻公，不知所寓，遣使徧求之，龍光、罽賓兩寺皆曰：「夜宿此，黎明去矣。」〔一七〕又嘗所厚善厲侯伯家，侯伯曰：「公夜行道於此，今睡未興。」使人視之，笑去〔一八〕。公在華林園，忽重著三布帽，亦不知自何得之。俄而武帝崩，文惠太子、豫章文獻王相繼崩，齊亦於此年季矣㊄〔一九〕。靈味寺沙門寶亮欲以衲帔遺之，未及有言，公忽來牽帔而去〔二〇〕。蔡仲熊嘗問仕何所至，公不自答，直解杖頭左索繩擲與之，莫之解。仲熊果至尚書左丞〔二一〕。永明中，住東宮後堂，平旦門中出入。末年忽云：「門上血污衣，褰裳走過。」至鬱林見害，果以犢車載屍自此門，舍故閹人徐龍駒宅，而帝頭血流於門限焉〔二二〕。建武中，明帝害諸王，高士江泌憂念南康王子琳，以訪公，問其禍福。公覆香爐示之，曰：「都盡無餘。」後皆如其語〔二三〕。徐陵兒時，其父攜詣公，公拊之曰：「天上石麒麟也。」陵果名譽顯於世〔二四〕。又文惠太子迎釋僧惠至京師，惠過公，公拊其背曰：「赤（亦）龍子也㊅。」慧終以辯才顯聞〔二五〕。其徒屯騎桑偃有不臣之心，公見之戟手詬曰：「若乃欲反耶？奈斫頭穴胸何？」偃汗下不敢仰視，遁去〔二六〕。梁武帝受禪，尤深敬事。前朝以超放，動輒禁錮，至是下詔釋之〔二七〕。嘗問曰：「弟子煩惑未除，何以治之？」答曰：「十二。」又問：「十二之旨在何？」答曰：「書字時節刻漏中。」又問：「何時得淨心修習？」答曰：「安樂禁之。」〔二八〕又問年祚遠近，答曰：「元嘉元嘉！」帝欣然，以爲享祚倍宋文之年〔二九〕。天監五年，冬旱，雩祭備至，而雨不降。公謂左右曰：「吾病不差，就官乞活。儻不奏白官，應得禍。」即上啓願於華光殿，講勝（聖）鬘經請雨㊆。帝即命沙門講之，終夕雨。公又以刀横水盂，良久，又雨〔三〇〕。帝初繫刑，公假以神力，令見高祖受極苦於地下，自是省刑〔三一〕。詔畫工張僧繇寫公像藏禁中，僧繇下筆，輒不自定，叩頭哀懇，公笑曰：「毗婆尸佛早留心，直至而今不得妙。」〔三二〕帝偶與公臨流縱望，有物泝流而上。公舉杖引之，隨杖而至，蓋紫栴檀也。詔供奉官俞紹雕公像，頃刻而肖，神情如生。帝大悦，命置内庭，爲子孫世世福田〔三三〕。法雲寺雲光師講經，天爲之雨華。帝意其證聖，夜於含光殿焚疏，命公、雲光、僧儉、傅大士齊。翌日，獨雲光不至〔三四〕。公嘗聽法雲講妙法蓮華經，至「假使黑風」，問風果有否，答曰：「世故有，第一義諦故無。」公曰：「若體是假有，此亦可解耶？」法雲默然。公則自爲主客，辯難鋒生，一坐盡傾，然莫有解者〔三五〕。帝嘗從容問：「國祚有留難否？」公但指喉示之。侯景之亂，尤追繹公言也〔三六〕。有僧浮杯來謁帝，帝方與客棋，吟曰：「殺之。」棋罷命僧，侍衛奏曰：「適蒙旨，已殺之矣。」帝嗟悼不已，以問公，公曰：「陛下前身，蚯蚓也。僧嘗爲薙草者，誤殺之。今償夙債耳〔三七〕。」天監十三年，公移華林園金像，置所居房。帝聞之曰：「師將去我耶？」是歲十二月，忽命奏絲竹，徹晝夜，至六日，終於興皇寺〔三八〕。臨亡，然一燭，以付後閤舍人吴慶以聞，帝歎曰：「大師不復留矣。燭者，將以後事囑我乎？」帝昔與公登鍾山之定林，指前岡獨龍阜，曰：「此爲陰宅，則永其後。」帝曰：「誰當得之？」公曰：「先行者。」至是念公以此言，以金二十萬易其地以葬焉〔三九〕。皇女永康公主薨，盡施其粧奩，建浮圖五層于其上，置以無價寶珠，仍建開善精舍〔四〇〕。敕陸倕製銘于家内，王筠勒碑於寺門，處處傳其遺像焉〔四一〕。畢工，駕御寺，公忽現於雲間，萬衆歡呼，聲振山谷〔四二〕。敕謚廣濟大師〔四三〕。公顯跡之著，數可五六十許。及終，亦不老，莫測其年。有徐捷（犍）道㈧，年九十三，自言是公外舅弟，小公四歲，計其時，九十七矣〔四四〕。李氏有國日，謚曰妙覺〔四五〕。公作四柱記、五公符、十二時偈、璧記、心鏡圖數千言，傳于世〔四六〕。本朝太平興國七年，舒州民柯蕚者，遇異僧於歲山下，以杖指松根，令蕚钁之，得瑞石一，篆文皆識聖宋國祚無疆。蕚進其石于京師。太宗皇帝遣中使置齋於鍾山，詔自今不可以名斥，以顯尊異，賜號道林真覺大師〔四七〕。

【校記】

㈠ 皖：原作「畹」，今改。參見注〔五〕。

㈡ 嶅：原作「鼇」，今從武林本。

㈢ 段：原作「叚」，誤，今改。參見注〔一四〕。

㈣ 「見鴉喧」至「但」二十字：四庫本無。

㈤ 季：原闕一字，天寧本作「終」，武林本作「亡」，皆係臆補。今據高僧傳諸書補。參見注〔一九〕。

㈥ 赤：原作「亦」，誤，今改。參見注〔一二五〕。

㊆勝：原作「聖」，誤，今改。參見注〔三〇〕。

㊇捷：原作「犍」，誤，今改。參見注〔四四〕。「道」下，四庫本有「者」字。

【注釋】

〔一〕約大觀三年作於江寧府。鍾山道林真覺大師：即南朝梁高僧保誌，亦作寶誌，本集稱寶公，已見前注。本文乃糅合高僧傳卷一〇釋保誌傳、南史卷七六隱逸傳下釋寶誌傳、太平廣記卷九〇異僧四釋寶誌、景德傳燈録卷二七金陵寶誌禪師、神僧傳卷四寶誌傳及其他典籍傳聞而成。佛祖統紀卷五二歷朝識瑞：「（宋太宗）太平七年舒州奏貢端石，刻梁誌公記云：『吾觀四五朝後次丙子年趙號太平二十一帝。』忽一日，誌公降禁中，上親聞訓語，乃遣使詣鍾山奉齋，賜號道林真覺菩薩。」參見注〔四七〕。鍇按：惠洪大觀二、三年間寓居鍾山甚久，本文當作於是時，姑繫於此。

〔二〕元嘉：南朝宋文帝劉義隆年號，公元四二四～四五三年。金陵之東陽：景定建康志卷一六：「東陽鎮，在句容縣西北六十里。郡國志云：『楚漢之際，改秣陵爲東陽郡，因爲名，有館驛。』」然高僧傳本傳則曰：「釋保誌，本姓朱，金城人。」輿地紀勝卷一七建康府：「金城，去城三十五里，吴所築。晉咸康七年，桓温出鎮江乘之金城。後温北伐，至金城，見向所種柳，即此城也。」未知孰是。

〔三〕「民朱氏之婦」四句：神僧傳本傳：「釋寶誌，本姓朱氏，金城人。初，朱氏婦聞兒啼鷹巢中，梯樹得之，舉以爲子。」上巳日，即三月初三。

〔四〕「七歲」六句：高僧傳本傳：「少出家，止京師道林寺，師事沙門僧儉爲和上，修習禪業。」

〔五〕「久之」七句：高僧傳本傳：「至宋太始初，忽如僻異，居止無定，飲食無時。髮長數寸，常跣行街巷，執一錫杖，杖頭挂剪刀及鏡，或挂一兩匹帛。」未載往來皖山、劍嶺之事。皖山：底本作「畹山」，或爲俗字，今從廓門本、神僧傳本傳、隆興編年通論卷五作「皖山」。廓門注：「安慶府皖山也。」劍嶺：神僧傳、隆興編年通論作「劍水」。

〔六〕「經聚落」八句：高僧傳本傳：「又時就人求生魚鱠，人爲辦覓，致飽乃去，還視盆中魚游活如故。」然無「經聚落」四句。隆興編年通論卷五：「經聚落，兒童譁逐之。或徵索酒，或累日不食。嘗遇食鱠者從求之，食者分啗之，而有輕薄心。誌即吐水中，皆成活魚。」佛祖統紀卷三六宋明帝：「兒童見者譁逐之。或徵索酒，或屢日不食。嘗遇食鱠者從求之食，吐水中，皆成活魚。」或皆本惠洪此文，而「徵」作「微」。鍇按：太平廣記卷九〇異僧四釋寶誌：「誌自是多出入禁中，長於臺城對梁武帝喫鱠，昭明諸王子皆侍側。食訖，武帝曰：『朕不知味二十餘年矣，師何謂爾？』誌公乃吐出小魚，依依鱗尾。武帝深異之。至今秣陵尚有鱠殘魚也。」謂食魚吐魚爲梁武帝時事。

〔七〕「時時題詩」三句：高僧傳本傳：「與人言語，始若難曉，後皆效驗。時或賦詩，言如讖記。」南史本傳：「好爲讖記，所謂誌公符是也。」

〔八〕「建元間」二句：高僧傳本傳：「齊建元中，稍見異迹。」建元，南齊高帝蕭道成年號，公元四七九～四八二年。

〔九〕丞相高嵩：南齊書未有其人，當爲惠洪誤記。　武帝：南齊武帝蕭賾，高帝太子，在位十一年，年號永明，公元四八三～四九三年。事具南齊書武帝紀。

〔一〇〕「於陳征虜之家」五句：高僧傳本傳：「有陳征虜者，舉家事誌甚篤。誌嘗爲其現真形，光相如菩薩像焉。」剺：割，劃。剺面，謂用刀劃臉。本集卷一九漣水觀音畫像贊序：「夢至一處庭宇……視壁間有鍾山寶公菩薩之像，意欣然，欲得之，而像輒自墮手中，復展示之，則化爲十二面觀音慈嚴之相。」參見該贊注〔六〕。

〔一一〕「武帝忿其惑衆」五句：高僧傳本傳：「齊武帝謂其惑衆，收駐建康。明旦，人見其入市，還檢獄中，誌猶在焉。」景德傳燈録本傳：「齊永明七年，武帝謂師惑衆，收付建康獄。既旦，人見其入市，及檢獄，如故。」

〔一二〕「其夜又語吏」四句：高僧傳本傳：「誌語獄吏：『門外有兩輿食來，金鉢盛飯，汝可取之。』既而齊文慧太子、竟陵王子良並送食餉誌。果如其言。」文慧太子：即文惠太子蕭長懋，字雲喬，齊高帝孫，武帝長子。建元元年，封南郡王，爲東晉、南朝以來嫡皇孫封王之始。進號征虜將軍，徵爲侍中、中軍將軍，鎮石頭。建元四年，立爲皇太子。永明十一年薨，年三十六。　竟陵王：蕭子良，字雲英，齊武帝次子。武帝即位，封竟陵郡王。永明五年，正位爲司徒。隆昌元年薨，年三十五。南齊書文惠太子傳：「太子與竟陵王子良俱好釋氏，立六疾館以養窮民。」同書武十七王傳竟陵文宣王子良傳：「又與文惠太子同好釋氏，甚相友悌。子良敬信尤篤，數於邸園營齋戒，大集朝臣衆僧，至於賦食行水，或躬親其事，世頗以爲失宰相體。勸人爲善，未嘗厭倦，以此終致盛名。」

〔一三〕「建康令吕文顯以事啓帝」十六句：高僧傳本傳：「建康令吕文顯以事聞武帝，帝即迎入，居之後堂。一時屏除内宴，誌亦隨衆出，既而景陽山上猶有一誌與七僧俱。帝怒遣推檢，失所在，問吏，啓云：『誌久出在省，方以墨塗其身。』」吕文顯，臨海人。永明元年，除寧朔將軍、中書通事舍人，治事以刻核被知，甚受武帝親幸。永明五年，爲建康令。事具南齊書幸臣傳。

〔一四〕「陳顯達鎮江州」二十二句：高僧傳本傳：「齊太尉司馬殷齊之隨陳顯達鎮江州，辭誌。誌畫紙作一樹，樹上有烏，語云：『急時可登此。』後顯達逆即，留齊之鎮州。及敗，齊之叛，入廬山，追騎將及。齊之見林中有一樹，樹上有烏，如誌所畫，悟而登之，烏竟不飛。追者見烏，謂無人而反，卒以見免。」陳顯達，南彭城人。宋孝武世爲張永前軍幢主。以功封彭澤縣子。齊高帝即位，持節散騎常侍，督五州諸軍事。武帝即位，進位號鎮西將軍，徵爲侍中護軍將軍。都督江州諸軍事，征南大將軍。明帝即位，進太尉侍中。東昏侯立，懼禍，遂反於江州，事敗被殺。事具南齊書陳顯達傳。　錯按：底本「殷齊之」作「段齊之」，高僧傳、太平廣記、神僧傳、法苑珠林卷三一、新修科分六學僧傳卷二九皆作「殷」，「段」涉形近而誤，今據諸書改。

〔一五〕「鄱陽忠烈王飯公於私第」六句：高僧傳本傳：「梁鄱陽忠烈王嘗屈誌來第會，忽令覓荆子甚急。既得，安之門上，莫測所以。少時，王便出爲荆州刺史。」鄱陽忠烈王蕭恢，字弘達，梁文帝蕭順之第十子，梁武帝弟。仕齊位北中郎外兵參軍、前軍主簿。梁武帝天監元年，封鄱陽郡王，除郢州刺史。累遷都督益州刺史，再遷開府儀同三司，都督荆州刺史。普通七年薨，詔贈侍中、司徒，謚曰忠烈。事具南史梁宗室傳下。

〔一六〕「衛尉胡諧卧病」七句：高僧傳本傳：「齊衛尉胡諧病，請誌。誌往疏云：『明屈。』明日竟不往。是日諧亡，載屍還宅，誌云『明屈』者，明日屍出也。」鍇按：胡諧，即胡諧之，豫章南昌人。永明十年，轉度支尚書領衛尉。明年卒，年五十一，贈右將軍、豫州刺史，謚曰肅。事具南齊書胡諧之傳。

〔一七〕「僧法平欲以衣獻公」六句：高僧傳本傳：「時僧正法獻欲以一衣遺誌，遣使於龍光、罽賓二寺求之，並云：『昨宿，旦去。』」鍇按：「僧法平」當爲「僧法獻」之誤。高僧傳卷一三釋法獻傳略曰：「釋法獻，姓徐，西海延水人。……至元嘉十六年，方下京師，止定林上寺。博通經律，志業强捍，善能匡拯衆許，修葺寺宇。……獻以永明之中，被敕與長干玄暢同爲僧主，分任南北兩岸。」僧正，即僧主。

〔一八〕「又嘗所厚善厲侯伯家」六句：高僧傳本傳：「又至其常所造厲侯伯家尋之，伯云：『誌昨在此行道，且眠未覺。』使還以告獻，方知其分身三處宿焉。」鍇按：高僧傳本傳叙呂文顯以事啓帝、僧正法獻以衣遺誌、至厲侯伯家尋之三事相承接，故謂「方知其分身三處宿焉」。本文插入殷齊之、胡諧二事，次序混亂，則全失寶誌「分身三處」之神異。

〔一九〕「公在華林園」六句：南史本傳：「縣令呂文顯以啓武帝，帝乃迎入華林園。少時，忽重著三布帽，亦不知於何得之。俄而武帝崩，文惠太子、豫章文獻王相繼薨，齊亦於此季矣。」神僧傳本傳：「武帝又常於華林園召誌，誌忽著三重布帽以見。俄而武帝崩，文惠太子及豫章王相繼而薨。」景德傳燈録本傳：「師在華林園，忽一日重著三布帽，亦不知於何所得之。俄豫章王、文惠太子相繼薨，武帝尋厭世，齊亦以於季矣。由是禁師出入。」豫章文獻王蕭嶷，字宣儼，齊高帝第二子，武帝之弟。寬仁弘雅，有大成之量。高帝即位，遷侍中、尚書令、驃騎大將軍。開府儀同三司，封豫章郡王。武帝永明十年薨。事具南齊書豫章文獻王傳。鍇按：豫章王薨於永明十年，文惠太子薨於永明十年正月，武帝崩於永明十一年七月。當以景德傳燈録所叙爲是。季，末世，衰落。底本闕此字，天寧本作「終」，係臆補，今從諸本傳補作「季」。

〔二〇〕「靈味寺沙門寶亮」三句：高僧傳本傳：「誌常盛冬袒行，沙門寶亮欲以衲衣遺之，未及發言，誌忽來，引衲而去。」南史本傳：「靈和寺沙門釋寶亮欲以納被遺之，未及有言，寶誌忽來牽被而去。」寶亮，本姓徐氏，其先東莞胄族，後避地於東萊弦縣。年十二出家，師青州道明法師。年二十一至京師，居中興寺。竟陵王蕭子良請其爲法匠。後移居靈味寺，續講衆經，盛於京邑。梁武帝即位，延請講經，敕亮撰大涅槃義疏。事具高僧傳卷八梁京師靈味寺釋寶亮傳。南史本傳「靈味寺」作「靈和寺」，涉形近而誤。

〔二二〕「蔡仲熊嘗問仕何所至」五句：南史本傳：「蔡仲熊嘗問仕何所至。了自不答，直解杖頭左索繩擲與之，莫之解。仲熊至尚書左丞，方知言驗。」蔡仲熊，事見南齊書劉瓛傳：「時濟陽蔡仲熊禮學博聞，謂人曰：『凡鍾律在南，不容復得調平。昔五音金石，本在中土，今既南來，土氣偏陂，音律乖爽。』瓛亦以爲然。仲熊歷安西記室、尚書左丞。」

〔二三〕「永明中」十句：南史本傳：「永明中，住東宮後堂，從平旦門中出入。末年忽云『門上血污衣』，褰裳走過。至鬱林見害，果以犢車載屍出自此門，舍故閹人徐龍駒宅，而帝頸血流於門限焉。」神僧傳本傳：「永明中，常住東宮後堂。一日，平明從門出入，忽云：『門上血污衣，褰衣走過。』及鬱林見害，車載出此，帝頸血流於門限。」鬱林，即齊廢帝蕭昭業，武帝長孫，文惠太子長子。文惠太子薨，昭業立爲皇太孫，武帝崩，即帝位，改年號隆昌。在位一年，荒淫奢侈，親近小人。後爲輔臣蕭鸞所殺，廢爲鬱林王。南齊書鬱林王本紀：「帝在壽昌殿，聞外有變，使閉内殿諸房閤，令閹人登興光樓望，還報云：『見一人戎服，從數百人，急裝，在西鍾樓下。』須臾，蕭諶領兵先入宮，截壽昌閣。帝走向愛姬徐氏房，拔劍自刺不中，以帛纏頸，輿接出延德殿。諶初入殿，宿衛將士皆操弓楯欲拒戰。諶謂之曰：『所取自有人，卿等不須動。』宿衛信之，及見帝出，各欲自奮，帝竟無一言。出西弄，殺之，時年二十一，輿屍出徐龍駒宅。殯葬以王禮，餘黨亦見誅。」

〔二三〕「建武中」九句：南齊書孝義傳江泌傳：「江泌，字士清，濟陽考城人也。……世祖以爲南康王子琳侍讀。建武中，明帝害諸王後，泌憂念子琳，詣誌公道人，問其禍福。誌公覆香爐灰示之，曰：『都盡，無所餘。』及子琳被害，泌往哭之，淚盡，繼之以血。」

〔二四〕「徐陵兒時」五句：陳書徐陵傳：「母臧氏，嘗夢五色雲化而爲鳳，集左肩上，已而誕陵焉。時寶誌上人者，世稱其有道，陵年數歲，家人攜以候之，寶誌手摩其頂曰：『天上石麒麟也。』」

〔二五〕「又文惠太子迎釋僧惠」五句：高僧傳卷一〇釋僧慧傳：「齊永明中，文慧要下京，行過保誌。誌撫背曰：『赤龍子。』他無所言。」鍇按：底本「赤」作「亦」，涉形近而誤，今據高僧傳、法苑珠林、新修科分六學僧傳改。

〔二六〕「其徒屯騎桑偃」六句：高僧傳本傳：「齊屯騎桑偃將欲謀反，往詣誌。誌遥見而走，大呼云：『圍臺城，欲反逆，斫頭破腹。』後未旬事發，偃叛往朱方，爲人所得，果斫頭破腹。」鍇按：竟陵王蕭子良故防閤桑偃爲梅蟲兒軍副，結前巴西太守蕭寅謀立子良世子巴陵王昭胄，事敗伏誅。事見南齊書武十七王傳附巴陵王傳。

〔二七〕「梁武帝受禪」五句：高僧傳本傳：「及今上龍興，甚見崇禮。先是齊時，多禁誌出入。今上即位，下詔曰：『誌公迹拘塵垢，神遊冥寂，水火不能燋濡，蛇虎不能侵懼。語其佛理，則聲聞以上；談其隱倫，則遁仙高者。豈得以俗士常情，空相拘制？何其鄙狹，一至於此。自今行道來往，隨意出入，勿得復禁。』誌自是多出入禁内。」景德傳燈録本傳亦同。

〔二八〕「嘗問曰」十三句：高僧傳本傳：「上嘗問誌云：『弟子煩惑未除，何以治之？』答云：『十二。』識者以爲十二因緣治惑藥也。又問十二之旨，答云：『旨在書字時節刻漏中。』識者以爲書之在十二時中。又問：『弟子何時得静心修習？』答云：『安樂禁。』識者以爲禁者，止也，至安樂時乃止耳。」景德傳燈録本傳亦同。

〔二九〕「又問年祚遠近」五句：南史本傳：「梁武帝尤深敬事，嘗問年祚遠近，答曰：『元嘉元嘉！』帝欣然，以爲享祚倍宋文之年。」鍇按：元嘉爲宋文帝年號，共計三十年，已見前注。梁武帝自天監元年（五〇二）即位，至太清三年（五四九）餓死臺城，在位四十八年。

〔三〇〕「天監五年」十六句：高僧傳本傳：「天監五年，冬旱，雩祭備至，而未降雨。誌忽上啓云：『誌病不差，就官乞治。若不啓百官，應得鞭杖。願於華光殿講勝鬘請雨。』上即使沙門法雲講勝鬘。講竟，夜便大雪。誌又云：『須一盆水，加刀其上。』俄而雨大降，高下皆足。」法勝鬘經，全名勝鬘師子吼一乘大方便方廣經，南朝宋求那跋陀羅譯，一卷，十五章。法雲，俗姓周氏，宜興陽羨人。晉平西將軍周處七世孫。七歲出家，從師住莊嚴寺，爲寶亮弟子。齊建武四年，初於妙音寺講經。梁天監中注大品，敕爲光宅寺主。與寶誌互相敬愛，誌呼其爲大林法師。大通三年卒。事具續高僧傳卷五梁楊都光宅寺沙門釋法雲傳。鍇按：底本「勝」作「聖」，涉音近而誤，今據高僧傳、法苑珠林、神僧傳、太平廣記諸書改。

〔三一〕「帝初繫刑」四句：高僧傳本傳：「誌後假武帝神力，見高帝於地下，常受錐刀之苦。帝自是永廢錐刀。」鍇按：高僧傳本傳「武帝」謂齊武帝，此文指梁武帝，蓋誤。

〔三二〕「詔畫工張僧繇」七句：隆興編年通論卷六：「嘗詔畫工張僧繇寫誌像，僧繇下筆輒不自定。既而以指釐面門，分披出十二面觀音，妙相殊麗，或慈或威，僧繇竟不能寫。」佛祖統紀卷三七梁武帝：「嘗詔張僧繇寫誌真，誌以指劈破面門，出十二面觀音相，或慈或威，僧繇竟不能寫。」參見本集卷一八漣水觀音畫像贊注〔六〕。

〔三三〕「帝偶與公臨流縱望」十一句：隆興編年通論卷六：「他日與帝臨江縱望，有物泝流而上。誌以杖引之，隨杖而至，乃紫旃檀也。即以屬供奉官俞紹，令雕誌像，頃刻而成，神采如生。帝悦，以安内庭。」五燈會元卷二寶誌禪師、佛祖歷代通載卷九所載亦同。

〔三四〕「法雲寺雲光師講經」七句：宋釋本覺釋氏通鑑卷五南北朝引僧史：「法雲寺雲光師講經，天爲雨花。帝意其證聖，夜於含光殿焚疏，請寶誌偕法雲雲光二師齋。翌日，誌獨赴，而雲光未知，帝敬誌焉。」其所引僧史，當爲惠洪居九峰時所撰，删補慧皎高僧傳十四卷爲十二卷。寶誌傳當爲僧史之一，本文或爲其藍本。參見本集卷二五題修僧史。又新修科分六學僧傳本傳：「時法雲寺雲光師講經，天爲雨華。帝意其證聖，夜於含光殿焚疏，請約誌、雲光、傅大士四老齋。翌日，雲光不至。」亦當本於惠洪所傳。　僧儉，已見前。　傅大士，名傅翕，即雙林大士，亦稱善慧大士。婺州義烏縣人。事具景德傳燈録卷二七婺州善慧大士，參見本集卷一送元上人還桂陽建轉輪藏注〔七〕。　鍇按：天雨花事見續高僧傳卷五梁楊都光宅寺沙門釋法雲傳：「初，雲年在息慈，雅尚經術，於妙法華研精累思，品酌理義，始末照覽。……嘗於一寺講散此經，忽感天華狀如飛雪，滿空而下，延於堂内，昇空不墜，訖講方去。」本文言「法雲寺雲光師」，當爲「光宅寺法雲師」之誤。

〔三五〕「公嘗聽法雲講」十四句：高僧傳本傳：「後法雲於華林寺講法華，至『假使黑風』，誌忽問風之有無。答云：『世諦故有，第一義則無也。』誌往復三四番，便笑云：『若體是假有，此亦不可解，難可解。』其辭旨隱没，類皆如此。」鍇按：法華經卷七觀世音菩薩普門品：「若有百千萬億衆生，爲求金、銀、琉璃、車璖、馬瑙、珊瑚、虎珀、真珠等寶，入於大海，假使黑風吹其船舫，飄墮羅刹鬼國，其中若有乃至一人，稱觀世音菩薩名者，是諸人等皆得解脱羅刹之難。」

〔三六〕「帝嘗從容問」五句：張商英護法論：「帝嘗以社稷存亡久近，問於誌公。公自指其咽示之，蓋讖侯景也。」隆興編年通論卷六：「他日復問國祚有留難否，誌指其頸示之。」佛祖統紀卷三七：「帝問誌公：『國有難否？』誌指喉及頸。」注：「讖侯景也。」元釋熙仲歷朝釋氏資鑑卷四：「大士竇公顯跡四十餘年，名播寰宇，帝尊師之。一日問曰：『朕社稷存亡久近？』公自指其喉及頸示之。蓋讖侯景也。」

〔三七〕「有僧浮杯來謁帝」十六句：高僧傳本傳不載此事。唐段成式酉陽雜俎續集卷四：「俗説沙門杯渡入梁，武帝召之。方弈棋，呼殺。閽者誤聽，殺之。浮休子云：梁有榼頭師，高行神異，武帝敬之。常令中使召至，陛奏：『榼頭師至。』帝方棋，欲殺子一段，應聲曰：『煞！』中使人遽出斬之。帝棋罷，命師入，中使曰：『向者陛下令殺，已法之矣。』師臨死曰：『我無罪，前身爲沙彌，誤鋤殺一蚓，帝時爲蚓，今此報也。』」廓門注：「梁高僧傳杯渡傳不載此義。」鍇按：此文「杯渡」作「浮杯」，當爲惠洪誤記。

〔三八〕「天監十三年」十句：高僧傳本傳：「至天監十三年冬，於臺後堂謂人曰：『菩薩將去。』未及旬日，無疾而終，屍骸香軟，形貌熙悦。」藝文類聚卷七七梁陸倕誌法師墓誌銘：「天監十三年，即化於華林門之佛堂。先是，忽移寺之金剛像，出置户外。語僧衆云：『菩薩當去。』爾後旬日，無疾而殞。」

〔三九〕「臨亡」十八句：高僧傳本傳：「臨亡，然一燭以付後閤舍人吴慶。慶即啓聞，上歎曰：『大師不復留矣。燭者，將以後事屬我乎？』因厚加殯送，葬于鍾山獨龍之阜。」

〔四〇〕「皇女永康公主薨」五句：高僧傳本傳：「仍於墓所立開善精舍。」未載永康公主事。闕名梁京寺記興國禪寺：「梁武帝天監十三年，以錢二十萬易定林前岡獨龍阜，以葬誌公。永定公主以湯沐之資，造浮圖五級於其上。十四年，即塔前建開善寺。」鍇按：「永定」當作「永康」。梁書高祖郗皇后傳：「高祖德皇后郗氏，諱徽，高平金鄉人也。……建元末，高祖始聘焉。生永興公主玉姚、永世公主玉婉、永康公主玉嬛。」高祖即梁武帝。

〔四一〕「敕陸倕製銘于家内」三句：高僧傳本傳：「敕陸倕製銘辭於冢内，王筠勒碑文於寺門，傳其遺像，處處存焉。」南史本傳：「先是，瑯琊王筠至莊嚴寺，寶誌遇之，與交言歡飲。至亡，敕命筠爲碑，蓋先覺也。」陸倕，字佐公，吴郡吴縣人，晉太尉陸玩六世孫。少勤學，善屬文。竟陵王蕭子良開西邸，延英俊，倕預焉，爲竟陵八友之一。梁天監初，與任昉諸人游宴，號龍門之游。梁武帝愛其才，乃敕撰新漏刻銘，其文甚美。累遷太常卿。普通七年卒，年五十七。梁書、南史有傳。王筠，字元禮，一字德柔，瑯琊臨沂人。齊司空王僧虔之孫。幼警寤，七歲能屬文。遷太子舍人，除尚書殿中郎。尚書令沈約當世辭宗，每見筠文，咨嗟吟詠，以爲不逮。累遷太子洗馬，爲昭明太子蕭統屬官，甚見重。遷中書郎，奉敕製開善寺寶誌大師碑文，詞甚麗逸。累官太子詹事。侯景之亂，墜井卒。年六十九。梁書、南史有傳。

〔四二〕「畢工」五句：隆興編年通論卷六：「葬日，車駕親臨致奠，大士忽現於雲間，萬衆懽呼，聲震山谷。自是道俗奉祀，奇瑞顯應，爲天下第一。」

〔四三〕敕謚廣濟大師：元釋曇噩新修科分六學僧傳卷二九梁寶誌傳：「敕謚廣濟大師。」

〔四四〕「公顯跡之著」十一句：高僧傳本傳：「初，誌顯迹之始，年可五六十許，而終亦不老，人咸莫測其年。有徐捷道者，居于京師九日臺北，自言是誌外舅弟，小誌四年。計誌亡時，應年九十七矣。」景德傳燈録本傳：「初，師顯迹之始，年可五六十許，及終，亦不老，人莫測其年。有徐捷道者，年九十三，自言是誌外舅弟，小誌四年。計師亡時，蓋年九十七矣。」鍇按：底本「捷」作「犍」，涉形近而誤，今從高僧傳、法苑珠林、景德傳燈録、太平廣記諸書改。

〔四五〕「李氏有國日」二句：景德傳燈録本傳：「敕謚妙覺大師。」廓門注：「唐高祖名淵，姓李，都長安。」鍇按：「李氏」當指五代時李昪所建之南唐，歷中主李璟、後主李煜，滅於宋。立國三十九年，公元九三七～九七五年。南唐定都江寧，即金陵、建康，寶公葬於此，故敕謚妙覺大師。唐高祖李淵定都長安，與寶公事邈不相接，無由敕謚。廓門注失考。

〔四六〕「公作四柱記」二句：景德傳燈録本傳：「又製大乘贊二十四首盛行於世。」注：「餘諸辭句與夫禪宗旨趣冥會，略録十首及師製十二時頌，編于別卷。」隆興編年通論卷六：「凡大士所爲祕讖偈句，多著南史。爲學者述大乘贊十篇、科頌十四篇并十二時歌，皆暢道幽致，其旨與宗門冥合，今盛傳于世。」鍇按：景德傳燈録卷二九載梁寶誌和尚大乘讚十首、十二時頌、十四科頌。

〔四七〕「本朝太平興國七年」十二句：隆興編年通論卷六：「本朝太平興國七年，舒州民柯萼遇異僧於萬歲山之下，以杖指松根，使钁之，得瑞石，文字粲然，讖聖朝無疆之祚。萼進于朝，太宗皇帝覽之增敬。異日，大士降見禁中，太宗親聞緒語，因遣使致齋鍾山。其文略曰：『俾乃龍舒之壤，時惟天柱之峰。始道見於苾蒭，遂披文於琬琰。述祖宗之受命，年曆攸同；昭皇緒以無疆，傳源罕測。祕於内府，播厥策書。綿載祀以居多，蘊禎祺而有待。近以至真臨格，寶訓躬聞，審墓緒之由來，積慶靈之永久。詢於故府，獲乃貞珉。覩篆刻之如新，若符節之斯合。詔自今不可以名斥，以顯尊異，宜賜號道林真覺菩薩。』」

祭　文

祭雲庵和尚文〔一〕

我生九歲，則知有師。寤寐悦慕，想見形儀。識師新豐〔二〕，等父母慈。欣然摩頂，使執軍持〔三〕。長游大梁，薙髪而歸〔四〕。省於九峰〔五〕，凛然德威。霜雪雨露，物以茂滋。師成就我，妙如四時。紫霄之下，泐水之湄。前後七年，龍起雲隨〔六〕。今古一律，妒毁陷擠。愛憐收拾，終不棄遺。我昔出山〔七〕，師則有辭：「子幼英發，終必有爲。顧吾老矣，見子無期。指其二子〔八〕，藉汝教之。譴呵皆可，不可相離。」德音在耳，星霜八移〔九〕。師成新塔〔一〇〕，我亦陳衰。昔師既化，品坐對啼〔一一〕。僉遣本明〔一二〕，遠乞銘詩。事濟而還，僵仆於地。山川隔阻，久絶音題。獨擕希祖〔一三〕，千里來辭。一酬夙心，死無憾悲。師之平生，累德巍巍。必興其後，在我無疑。敢不激勵，上答恩私。

【注釋】

〔一〕崇寧五年十月十六日作於洪州靖安縣寶峰院。雲庵和尚：即真淨克文禪師。鍇按：此祭文當作於克文忌日。

〔二〕識師新豐：本集卷二六題佛鑑蓄文字禪：「年十六七，從洞山雲庵學出世法。」新豐即洞山。余靖武溪集卷九筠州洞山普利禪院傳法記：「筠之望山曰新豐洞，有佛刹曰普利禪院。唐咸通中，悟本大師始翦荆而居之。」鍇按：惠洪初從克文學出世法，約在元祐元年，時年十六。時克文初自江寧府報寧寺退還至筠州，寓居洞山。參見本卷雲庵真淨和尚行狀注〔五五〕。

〔三〕軍持：亦作「軍遲」，梵語音譯，意謂淨瓶，僧人游方時隨身擕帶以貯水。參見本集卷一八繡釋迦像並十八羅漢贊注〔四一〕。

〔四〕「長游大梁」二句：寂音自序：「十九，試經於東京天王寺，得度，冒惠洪名。依宣祕大師深公，講成唯識論，有聲講肆。服勤四年，辭之南歸。」大梁，即東京開封府。薙髮，剃髮出家。

〔五〕省於九峰：克文自洞山移於九峰，在元祐三年。紹聖初，克文住歸宗之前，居於九峰，惠洪南歸省克文亦當在此。而寂音自序謂「南歸依真淨禪師於廬山歸宗」，乃略去元祐八年歸九峰之事。九峰，已見前注。參見雲庵真淨和尚行狀注〔五五〕〔五七〕。

〔六〕「紫霄之下」四句：寂音自序：「依真淨禪師於廬山歸宗。及真淨遷洪州石門，又隨以至，前後七年。」紫霄，即紫霄峰，一名上霄峰，在廬山歸宗寺後。泐水，即泐潭，此指洪州靖安石門山寶峰院。龍起雲隨：易乾卦：「雲從龍，風從虎。」

〔七〕我昔出山：時在元符二年。羅湖野録卷上：「寂音尊者洪公初於歸宗參侍真淨和尚，而至寶峰。一日，有客問真淨曰：『洪上人參禪如何？』真淨曰：『也有到處，也有不到處。』客既退，洪殊不自安，即詣真淨求決所疑。真淨舉風穴頌曰：『五白貓兒爪距獰，養來堂上絶蟲行。分明上樹安身法，切忌遺言許外甥。且作麽生是安身法？』洪便喝。真淨曰：『這一喝也有到處，也有不到處。』洪忽於言下有省。翌日，因違禪規，遭刪去。時年二十有九。」寂音自序謂「年二十九乃遊東吴」，乃諱言其「違禪規遭刪去」之事。

〔八〕二子：謂克文二位法子，即希祖與本明。詳見後注。

〔九〕「德音在耳」二句：自元符二年（一〇九九）下推八年，爲崇寧五年（一一〇六），故知祭文作於此年。

〔一〇〕師成新塔：蘇軾和子由澠池懷舊：「老僧已死成新塔。」此化用其語。

〔一一〕品坐：三人品字形對坐。合己與希祖、本明爲三，故稱。

〔一二〕僉：皆。　本明：字無塵，號幻住庵，惠洪法弟。嘗刻林間録，求謝逸作序。參見本集卷一同超然無塵飯柏林寺分題得柏字注〔一〕。

〔一三〕希祖：字超然，亦惠洪法弟。已見前注。

祭昭默禪師文〔一〕

政和八年二月初六日，甘露滅致以香羞之奠〔二〕，祭于佛壽靈源真歸無生之塔〔三〕：寶覺以拳，授法宗綱。區别背觸〔四〕，天非蒼蒼〔五〕。如履虎阱〔六〕，非愚則狂。公少奇逸，發硎劍鋩〔七〕。横機試之〔八〕，切玉無傷〔九〕。體露情盡，凡聖兩忘。潙仰機辯，如珠走盤〔一〇〕。父喜自匿，暴子所長〔一一〕。追還此風，名聞諸方。臨濟法道，始於南昌〔一二〕。大於汝潁〔一三〕，盛於衡湘〔一四〕。黄龍三關〔一五〕，建無勝幢〔一六〕。奕世護持，不離覺場。天魔愁怖，走仆且僵〔一七〕。剪拂流輩〔一八〕，高師門牆。庸有匪人，賣公自揚〔一九〕。騏驎種性，自異犬羊〔二〇〕。狠觸怒吠（疾）㊀，夫豈知量〔二一〕。儼臨清衆（泉）㊁〔二二〕，精嚴激昂。如萬星月，如百谷王〔二三〕。高明廣大，洞徹汪洋。成就法器，堅翅飛翔。下視毒龍，命將滅喪。劃海爲兩，搏而取將〔二四〕。老則移疾，古寺閑房。聽萬象説，以默自藏〔二五〕。猿鳥厭見〔二六〕，天下想望。我初見公，駿氣騰驤。溟涬弟之〔二七〕，但加敬莊。人以謗掩，公慰愈光〔二八〕。置麝溺器，更增其香。取而有之，篚于藥囊〔二九〕。坐交時埋，甕于南荒〔三〇〕。零落苦李，人棄路旁〔三一〕。公犯世忌，愈益稱賞〔三二〕。萬人浮議，冰消其湯〔三三〕。既幸生還，陸沉故鄉〔三四〕。豈不願見，恃公康强。訃至失聲，事出倉皇。中流欲濟，俄喪楫航〔三五〕。夜淚殷枕〔三六〕，起喟失牀〔三七〕。我憂禪學，終背教綱。造論導之，排斥否臧〔三八〕。公聞乃曰：「彼自無瘡〔三九〕。」以書教誡，欹傾數行〔四〇〕。至言吐鳳，自然文章〔四一〕。馬鳴、龍勝，論著精詳。文字於道，疑不相妨〔四二〕。索珠層淵，採玉崇岡。人各有志，鹹酸異嘗〔四三〕。但餘此意，拜未敢當。嗟吁惜哉！巍巍堂堂〔四四〕。遂成千古，叢林荒涼。然觀斗柄，陰晴晦彰。示有出没，夫豈真亡〔四五〕。

【校記】

㊀ 吠：原作「疾」，誤，今改。參見注〔二一〕。

㊁ 衆：原作「泉」，誤，今改。參見注〔二二〕。

【注釋】

〔一〕政和八年二月初六作於洪州分寧縣黄龍山。　昭默禪師：即惟清，號靈源叟，賜號佛壽。

嗣法黄龍祖心，嘗住持黄龍山。晚退居昭默堂，故以爲號。參見本集卷二三昭默禪師序。　鍇按：惟清卒於政和七年九月十八日。事具禪林僧寶傳卷三〇黄龍佛壽清禪師傳。

〔二〕甘露滅：惠洪自號。　香羞：芳香精美之食品，供祭奠之用。前蜀杜光庭蜀王爲月虧身宫於玉局化醮詞：「奉香羞於玉局，陳醮禮於瑶壇。」鐔津文集卷末附釋守端弔嵩禪師詩引：「恭備香羞茗燭等，作禮以供焉。」

〔三〕真歸無生之塔：惟清示寂前十日，嘗自作無生常住真歸語銘，以銘其塔。參見禪林僧寶傳惟清本傳、本集卷二六題真歸語銘注〔一〕。

〔四〕「寶覺以拳」三句：冷齋夜話卷七觸背關：「寶覺見學者，必舉手示曰：『唤作拳是觸，不唤拳是背。』莫有契之者。叢林謂之觸背關。」本集卷八送賢上人往太平兼簡卓首座：「一拳無背觸，何處見靈源。」寶覺，即祖心禪師，賜號寶覺，晚自號晦堂。

〔五〕天非蒼蒼：語本莊子逍遥遊：「天之蒼蒼，其正色耶？其遠而無所至極耶？」鍇按：此謂區別拳之背觸，如區別蒼蒼爲天之正色與否，皆不可解。

〔六〕虎阱：即陷虎機關。大慧普覺禪師語録卷九：「師云：『猛虎不識阱，阱中身死；蛟龍不怖劍，劍下身亡。巖頭雖於虎阱中有透脱一路，向劍刃上有出身之機，若子細檢點將來，猶欠悟在。』」

〔七〕發硎劍鋩：莊子養生主：「今臣之刀十九年矣，所解數千牛矣，而刀刃若新發於硎。」成玄英疏：「硎，砥礪石也。其刀鋭利猶若新磨者也。」

〔八〕横機試之：蘇軾再和潛師：「故將妙語寄多情，横機欲試東坡老。」横機，指縱横之妙語機鋒。

〔九〕切玉：割玉。形容刀劍鋒利。列子湯問：「周穆王大征西戎，西戎獻錕鋙之劍，火浣之布。其劍長尺有咫，練鋼赤刃，用之切玉，如切泥焉。」汾陽無德禪師語録卷下歌頌顯宗用：「迅速超然物外機，莫教駐思有遲疑。喻似金剛携寶劍，擬將切玉早成泥。」

〔一〇〕「潙仰機辯」二句：言潙山靈祐與仰山慧寂師徒機鋒言辯，如珠行於盤中，不留影跡。人天眼目卷四潙仰門庭：「潙仰宗者，父慈子孝，上令下從。爾欲捧飯，我便與羹。爾欲渡江，我便撑船。隔山見烟，便知是火。隔牆見角，便知是牛。潙山一日普請摘茶次，謂仰山曰：『終日只聞子聲，不見子形。』仰山撼茶樹。潙山云：『子只得其用，不得其體。』仰曰：『和尚如何？』師良久。仰曰：『和尚只得其體，不得其用。』潙山云：『放子三十棒。』乃至仰山過水，香嚴點茶，推木枕，展坐具，插鍬立，舉鍬行。大約潙仰宗風，舉緣即用，忘機得體，不過此也。要見潙仰麼？月落潭無影，雲生山有衣。」

〔一一〕「父喜自匿」二句：謂靈祐有意隱己之德，而顯露慧寂之長。父指靈祐，子指慧寂，叢林稱「寂子」。鍇按：此類比祖心與惟清之關係。禪林僧寶傳卷三〇黄龍佛壽清禪師傳：「寶覺鍾愛，至忘其爲師，議論商略如交友。諸方號清侍者，如趙州文遠、南院守廓。」

〔一二〕「臨濟法道」二句：謂臨濟義玄禪師之法道，實繼承馬祖道一之洪州宗。南昌，洪州州治。唐代宗大曆年間，馬祖道一隸名洪州開元寺，故云。事具宋高僧傳卷一〇唐洪州開元寺道一傳、景德傳燈録卷六江西道一禪師。錯按：義玄爲道一四世孫，其法系爲：馬祖道一—百丈懷海—黄檗希運—臨濟義玄。景德傳燈録卷二八江西大寂道一禪師語：「道不用修，但莫污染。何爲污染？但有生死心，造作趣向，皆是污染。若欲直會其道，平常心是道。謂平常心，無造作，無是非，無取捨，無斷常，無凡無聖。經云：『非凡夫行，非賢聖行，是菩薩行。』只如今行住坐卧，應機接物，盡是道。」鎮州臨濟慧照禪師語録：「道流，佛法無用功處，衹是平常無事，屙屎送尿，著衣喫飯，困來即卧。愚人笑我，智乃知焉。古人云：『向外作工夫，總是癡頑漢。』爾且隨處作主，立處皆真。』」此法道即從馬祖道一承傳而來。

〔一三〕大於汝潁：臨濟宗自魏府興化存獎傳汝州南院慧顒以來，慧顒傳風穴延沼，延沼傳首山省念，三世皆弘法於河南汝州。汝潁，泛指汝水、潁水流域，此代指汝州。

〔一四〕盛於衡湘：楚圓禪師，號慈明，嗣法汾陽善昭，先後住湖南潭州道吾、石霜、福嚴、興化諸道場，法道大盛。其法嗣黄龍慧南、楊岐方會能世其家，遂開出臨濟宗黄龍、楊岐二派。

〔一五〕黄龍三關：禪林僧寶傳卷二二黄龍南禪師傳：「以佛手、驢脚、生緣三語問學者，莫能契其旨。天下叢林，目爲三關。」參見本集卷一九香城瑛禪師贊注〔二〕。

〔一六〕建無勝幢：華嚴經卷六四入法界品：「時毗目瞿沙告善財童子言：『善男子！我得菩薩無勝幢解脱。』」華嚴經合論卷九五：「善知識者，無功之智，本自真故。無勝幢解脱者，明此位無功用，智地自遍周，利益一切衆生，摧破煩惱，無有斷絶，下位不如，故云無勝幢。」景德傳燈録卷七杭州鹽官齊安禪師：「生時神光照室，復有異僧謂之曰：『建無勝幢，使佛日迴照者，豈非汝乎？』」

〔一七〕走仆且僵：蘇軾潮州韓文公廟碑：「汗流籍湜走且僵。」此化用其語。

〔一八〕剪拂：修整擦拭，喻推薦，薦拔。文選卷五五劉孝標廣絶交論：「至於顧眄增其倍價，剪拂使其長鳴。」李善注：「湔拔、剪拂，音義同也。」

〔一九〕「庸有匪人」二句：其事未詳，俟考。

〔二〇〕「騏驎種性」二句：文選卷六〇賈誼弔屈原文：「使騏驥可得係而羈兮，豈云異夫犬羊。」李周翰注：「騏驥，良馬也。言君子之德，遠避濁世，則如良馬見係絆而羈束也。及其用之，乃騁千里之道。其不用，與犬羊之才無異也。」此化用其意。鍇按：騏驎，良馬，義同「騏驥」。

〔二一〕「狠觸怒吠」二句：韓愈調張籍：「蚍蜉撼大樹，可笑不自量。」此化用其意，以喻「匪人賣公自揚」，無損於惟清。狠觸，形容羊。史記項羽本紀：「狠如羊。」易大壯：「羝羊觸藩。」怒吠，形容犬。本集卷二〇藏六軒銘：「欲犬怒吠。」底本「怒吠」作「怒疾」，不辭，涉形近而誤。鍇按：狠觸怒吠者，呼應前文之「犬羊」。

〔二二〕儼臨清衆：莊重親臨面對僧衆。本集卷一九出檀衣贊二首之二：「五十餘年，儼臨清衆。」卷二八請方廣珂老住石霜：「恭惟某人，頓悟上乘，久臨清衆。」同卷請真戒住開福：「竊聞真戒禪師，遍領名山，久臨清衆。」同卷又疏：「恭惟某人，遍領名藍，久臨清衆。」禪林僧寶傳卷二九大通本禪師傳：「本玉立孤峻，儼臨清衆，如萬山環天柱，讓其高寒。」古尊宿語録卷四五寶峰雲庵真淨禪師語録附王安禮判府左丞請疏：「文公長老，夙悟真乘，久臨清衆。」　底本「衆」作「泉」，涉形近而誤，今改。

〔二三〕百谷王：指大海，以滙百川，故稱。老子第六十六章：「江海所以能爲百谷王者，以其善下之，故能爲百谷王。」三國吴支謙譯佛開解梵志阿颰經：「火能照於冥，江海百谷王。聖人廣教授，如國有明君。」廓門注：「『王』，『水』字歟？須知。」殊誤。

〔二四〕「成就法器」六句：謂惟清破滅天魔外道，如大金翅鳥食毒龍。摩訶僧祇律卷二：「過去世時，大海邊有睒婆梨樹，上有金翅鳥。是鳥身大，兩翅相去百五十由旬。是金翅鳥法，以龍爲食。欲食龍時，先以兩翅搏海，令水兩闢，龍身便現，即取食之。諸龍常法，畏金翅鳥，常求袈裟著宫門上。鳥見袈裟生恭敬心，便不復前食彼諸龍。爾時是鳥以翅搏海，見龍欲食。龍甚驚怖，便取袈裟戴著頂上，尋岸而走。」大智度論卷二七：「譬如金翅鳥王，普觀諸龍，命應盡者，以翅搏海，令水兩闢，取而食之。佛亦如是，以佛眼觀十方世界五道衆生，誰應得度，初現神足，次爲示其心趣；以此二事，除三障礙而爲説法。」錯按：智證傳：「華嚴經曰：『堅翅鳥以龍爲食，先觀大海諸龍命將盡者，即以兩翅擘海，取而食之。』乃知信受此法，非根熟衆生，莫能然也。」

〔二五〕以默自藏：此暗指惟清晚號昭默堂之義。

〔二六〕猿鳥厭見：謂其隱居山林，與猿鳥爲伍。

〔二七〕溟涬弟之：謂推其爲兄，自甘爲弟，有崇拜服氣之意。語本莊子天地。參見本集卷二二吉州禾山寺記注〔一七〕。

〔二八〕「人以謗掩」二句：謂己爲世人所謗毀，而惟清獨爲稱賞。本集卷二三昭默禪師序：「余於公爲法門昆弟，氣宇英特，慎許可，獨首肯余可以荷擔大法。」

〔二九〕「置麝溺器」四句：覆盆缶藏匿麝香，而香氣難掩，可取而置之藥囊，喻雖遭謗毀，而美名益彰，可爲傳道之法器。此及下文皆以麝香喻己之遭遇。參見本集卷二贈閻資欽注〔一九〕。

〔三〇〕「坐交時埋」二句：喻己流放海南之事。寂音自序：「坐交張郭厚善，以政和元年十月二十六日配海外。」錯按：如此命運，較「置麝溺器」更進一層，故曰「埋甕」。

〔三一〕「零落苦李」二句：世説新語雅量：「王戎七歲，嘗與諸小兒遊。看道邊李樹多子折枝，諸兒競走取之，唯戎不動。人問之，答曰：『樹在道邊而多子，此必苦李。』取之，信然。」此喻爲平昔親朋好友所拋棄。本集卷四懷忠子：「親朋勢宜絶，醜惡諱聞聽。棄遺等苦李，零落如斷梗。」即此意。

〔三二〕「公犯世忌」二句：靜嘉堂文庫藏靈源和尚筆語收與覺範四首之三云：「和南，自聞行李由東以北且南，累易寒暑矣。所嘗酸甘冷暖之味蓋備。竊意能了之於一舌，會舌根無受之本味，則可齊嗜惡吐嘔之異，以全歸於資養也。今得書，究見所保，皆如所料，而益老鍊焉。慰喜！慰喜！目甘露滅以自稱，亦知將力以此，決破世夢。夢雖無實，然不一頓驚，大張眼對稠人，欣脱於正晝，則沉昏之思，有時而作。所謂浮想雜緣類耳。示諭南中經歷，事事是深慈痛悲，真善拔毒藥爲醍醐，以增明理觀作實行之地，甚善！甚善！」又之四云：「中間見所守屹然不移，如急流中石柱。於人所傳言句，今又喜遂還江鄉，如傷弓之羽，知曲枝可避，則擇木深棲，以養出世摩霄之翅，爲愈善善求志也。」

〔三三〕冰消其湯：猶言如湯沃雪，融化無影，喻世人之議論皆隨惟淸之稱賞而消失。漢枚乘七發：「小飯大歠，如湯沃雪。」

〔三四〕陸沉：陸地無水而沉，喻隱居，亦喻埋没無人知。

〔三五〕「中流欲濟」二句：喻處困境而失去依靠。哀悼之辭，極言亡者於己之重要。唐呂温呂衡州集卷六南嶽大師遠公塔銘記：「法衆崩慟，若壞梁木；邦人號赴，如失舟航。」宋范純仁范忠宣公文集卷五程明道挽詞三首之一：「臨津失舟楫，支廈闕梁楹。」郭印雲溪集卷五弔張道從：「誰謂波濤際，中流失舟航。」李彌遜筠溪集卷二四和州褒山佛眼禪師塔銘：「其徒哀慕，如亡津梁，如失舟檝，莫知攸濟。」

〔三六〕涙殷枕：謂涙浸染枕頭。殷，本謂以血染紅，本集借謂以涙染濕。已見前注。

〔三七〕失牀：謂離開坐席。牀指坐具。黄庭堅李君貺借示其祖西臺學士草聖并書帖一編二軸以詩還之：「明窗棐几開卷看，坐客失牀皆起立。」

〔三八〕「我憂禪學」四句：此指惠洪所造楞嚴尊頂法論，釋楞嚴經之義，共十卷。楞嚴經合論卷末附惠洪尊頂法論後叙：「自經至今五百餘年，傳著箋釋者無慮十餘家，然判立宗趣多異同，而文不達義，因黯昧。余嘗深觀之，得世尊意，於諸家傳著之外，將造論排斥異説，端正經旨。世緣羈縻，未遑措筆。政和元年十月，以宏法嬰難，自京師竄于朱崖。明年二月至海南，館於瓊山開元寺。寺空如逃亡家，壞龕唯有此經。余曰：『天欲成余論經之志乎？自非以罪戾投棄荒服，渠能整心緒、研深談而思之耶？』屬草未就，蒙恩北還，依止故友精舍，又二年而克成。」　否臧：即臧否。三國魏劉劭人物志流業：「好尚譏訶，分别是非，是謂臧否。」

〔三九〕彼自無瘡：惟清謂不必箋釋佛經，以免傷衆生根源。語本維摩詰經卷上弟子品：「汝不能知衆生根源，無得發起以小乘法。彼自無瘡，勿傷之也。」後之禪籍多用此語，如宗鏡録卷三二：「問：『衆生覺性，天真自然，何假因緣文義開析？本自無瘡，勿傷之也。』」景德傳燈録卷二八漳州羅漢桂琛禪師語：「曰：『恁麼即便自無瘡也。』師曰：『合取口。』」保寧禪院勇和尚語録：「達磨不居少室，六祖不住曹谿，誰是後昆？誰爲先覺？彼自無瘡，勿傷之也。」

〔四〇〕「以書教誡」二句：指惟清作書惠洪，不滿其箋釋楞嚴經之事。靈源和尚筆語與覺範之四：「或聞在南中時，欲究楞嚴，而加箋釋。若爾，則非不肖所望者也。文字之學，所以不能洞當人之性源，與後學所以障。先佛之智眼，其病正在依他作解，塞自悟之門。資吻舌，或可勝淺聞，廓神機，終難極妙證。故於行解，多致參差，由此也。予喜覺範惠識英利，足以鑒此，儻損之又損，他時相見，定別有好處耳。珍重。」楞嚴經合論卷一〇釋正受統論：「始寂音著是論，靈源以書抵之，謂窒後人自悟之門。」

〔四一〕「至言吐鳳」二句：謂文字之最美者在於自然。「吐鳳」語本西京雜記卷二：「（揚）雄著太玄經，夢吐鳳凰，集玄之上。」本集卷六次韻思忠奉議民瞻知丞唱酬佳句：「文章自然真吐鳳。」

〔四二〕「馬鳴、龍勝」四句：此申明文字即禪之義，以應答惟清之責難。尊頂法論後敘：「二三子進曰：『經論各有師承，奈何以禪宗經論乎？』余曰：『馬鳴、龍勝，西天祖師也，而造論釋經，浩如山海，流傳此土者，尚數百萬言。達磨、曹溪，此方祖師也，而説法則曰「唯楞伽經可以印心」，傳心則釋金剛般若之義。禪，佛祖之心；經，佛祖之語。佛祖心口豈嘗相戾？有人於此，稱祖師用施棒喝，則謂之禪；置棒喝而經論，則謂之教。於實際中受此取舍乎？』」鍇按：惠洪此義實承襲釋延壽之説，宗鏡録卷一：「經是佛語，禪是佛意。諸佛心口，必不相違。諸祖相承，根本是佛親付；菩薩造論，始末唯弘佛經。況迦葉乃至毱多弘傳，皆兼三藏；及馬鳴、龍樹，悉是祖師，造論釋經，數十萬偈。」故本集卷二五題宗鏡録：「脱有知之者，亦不以爲意，不過以謂：祖師教外别傳、不立文字之法，豈當復刺首文字中耶？彼獨不思達磨已前，馬鳴、龍樹亦祖師也，而造論則兼百本契經之義，泛觀則傳讀龍宫之書。後達磨而興者，觀音、大寂、百丈、斷際亦祖師也，然皆三藏精入，該練諸宗。」

〔四三〕「索珠層淵」四句：謂己與惟清各有志向，趣味不同。三國志魏書邴原傳裴松之注引原别傳：「人各有志，所規不同。故乃有登山而採玉者，有入海而採珠者，豈可謂登山者不知海之深，入海者不知山之高哉！」參見本卷泐潭準禪師行狀注〔一〇〕。

〔四四〕巍巍堂堂：崇高莊嚴貌。佛本行集經卷二一：「諸相端嚴，猶如金柱，身光明曜，巍巍堂堂。」景德傳燈録卷二八汾州大達無業國師語：「大丈夫兒如今直下便休歇去，頓息萬緣，越生死流，迥出常格，靈光獨照，物累不拘，巍巍堂堂，三界獨步。何必身長丈六，紫磨金輝，項佩圓光，廣長舌相。」

〔四五〕「然觀斗柄」四句：謂惟清已化身爲天上北斗，指示人間陰晴晦朔，並未真正消亡。冠子環流篇：「斗柄東指，天下皆春；斗柄南指，天下皆夏；斗柄西指，天下皆秋；斗柄北指，天下皆冬。」

祭妙高仁禪師文〔一〕

孤鳳兩雛〔二〕，名著諸方。我初識譽〔三〕，未識華光。政和甲午〔四〕，還自南荒。夜宿衡嶽，草屋路旁。僕奴傳呼，妙高大方。連璧而來〔五〕，驚喜失牀。高誼照人，笑語抵掌。瀟湘平遠，煙雨孤芳〔六〕。舉以贈我，不祕篋箱。追繹陳跡，云更幾霜。去年中秋，宿師雲房〔七〕。爲留十日，夜語琅琅。曰我出吴，游淮涉湘〔八〕。今三十年，倦鳥忘翔〔九〕。偶如慧曉，懷思故鄉〔一〇〕。想見明越〔一一〕，雲泉蒼茫。已遣阿湧〔一二〕，先渡錢塘〔一三〕。不見半年，嶺谷想望。訃至驚定，淚落沾裳。思歸之念，夫豈其祥。嗚呼師乎，忠義激昂。高風逸韻，仁肝義腸。縉紳相志，遠公支郎〔一四〕。此生逆旅，已熟黄粱（糧）㊀〔一五〕。夢中吴楚，寧能取將。唯方廣譽，躬至影堂〔一六〕。如我致辭，而炷此香。清淨法身，敗橐膿囊〔一七〕。光透毛孔，不可掩藏。昔日非在，今未嘗忘。如水中乳，莫逃鵝王〔一八〕。則我與譽，何用歎傷。

【校記】

㊀ 粱：原作「糧」，誤，今改。參見注〔一五〕。

【注釋】

〔一〕宣和二年二月作於長沙。　妙高仁禪師：即僧仲仁，會稽人。住衡州華光山妙高寺，世稱華光長老。工畫墨梅，有華光梅譜傳世。參見本集卷一華光仁老作墨梅甚妙爲賦此注〔一〕。

〔二〕孤鳳：喻指南嶽福嚴寺惟鳳禪師，東林常總法嗣，屬臨濟宗黄龍派南嶽下十三世。建中靖國續燈録卷一九載其機語。兩雛：喻指惟鳳兩位弟子，即華光仲仁和方廣從譽。鍇按：鄒浩道鄉集卷二八方廣譽老語録序：「湖南善知識曰：從譽嗣福嚴奉老子，住方廣聖道場。」惟鳳或本名惟奉，叢林美其名爲惟鳳。

〔三〕我初識譽：惠洪初識從譽，在元符二年途經潛山縣天柱山時。從譽，號大方禪師，晚住南嶽方廣寺。屬臨濟宗黄龍派南嶽下十四世。參見本集卷四重會大方禪師注〔一〕。

〔四〕政和甲午：宋徽宗政和四年，公元一一一四年。鍇按：政和三年，惠洪自海南遇赦北歸，十一月渡海。四年春二月至衡陽。

〔五〕連璧：喻並美之人，指妙高仲仁與大方從譽。

〔六〕「瀟湘平遠」二句：指仲仁所畫遠景圖與墨梅圖。本集卷一仁老以墨梅遠景見寄作此謝之二首其一詠墨梅圖，有「煙昏雨毛空，標格終微見」之句，即所謂「煙雨孤芳」。其二詠遠景圖，有「我本箇中人，慣卧蒼崖側」之句，惠洪嘗寓湘西道林寺，故知「瀟湘平遠」即遠景圖。

〔七〕雲房：喻指僧人所居之室。韋應物游琅琊山寺：「填壑躋花界，疊石構雲房。」蘇軾上元夜：「今年江海上，雲房寄山僧。」

〔八〕「曰我出吴」三句：此爲仲仁自述經歷，由兩浙路經淮南路，入荆湖南路，住衡陽華光山。鍇按：以下至「先渡錢塘」，皆仲仁語。

〔九〕倦鳥忘翔：陶淵明歸去來兮辭：「鳥倦飛而知還。」此反其意而用之。

〔一〇〕「偶如慧曉」三句：續高僧傳卷一七周涵陽仙城山善光寺釋慧命傳附慧曉傳：「時又有沙門慧曉，厥姓傅氏，亦以禪績獻公，文才亞於慧命。北遊齊壤，居止靈巖，數十年間，幽閑精業，衆初不異之也。及鄉民有任山荏令者，曉去鄉歲久，思問親親。行至縣門，使人通令，令正對客，未許進之。踟躕之間，又催通引，客猶未散，令且更延。曉悟曰：『非令之爲進退，乃吾之愛憎耳，豈鄉壤之可懷耶？』命省事取紙援筆，而裁釋子賦，紙盡辭窮，告曰：『若令問覓，可以此文示之，吾其去矣。』於是潛遁。故賦云『咄哉失念，欻爾還覺』是也。及後追靈巖，窮討不見，出賦示僧，方知曉之才也。」智證傳：「永嘉尊者曰：『日夜精勤，恐緣差故。』傳曰：北齊沙門慧曉，以厭鄉閭，遁居靈巖數十年。有任山（荏）令者，自鄉閭來。曉自念離鄉久，思問親舊存没，詣邑謁令。令適有客，未得通謁。久之，曉忽悟曰：『非令慢客，乃我之愛憎耳，何遽懷土哉？』取謁書曰：『咄哉失念，欻爾還覺。』遂去。」

〔一一〕明越：明州與越州，宋俱屬兩浙路。元豐九域志卷五：「大都督府越州，會稽郡，鎮東軍節度，治會稽、山陰二縣。」仲仁爲會稽人，故云。

〔一二〕阿湧：仲仁弟子。參見本集卷一一贈湧上人乃仁老子也注〔一〕。

〔一三〕錢塘：此指錢塘江，亦作「錢唐江」，浙江之下游。

〔一四〕遠公：東晉高僧慧遠，住廬山東林寺。事具高僧傳卷六晉廬山釋慧遠傳。支郎：三國吴高僧支謙。高僧傳卷一魏吴建業建初寺康僧會傳：「先有優婆塞支謙，字恭明，一名越，本月支人，來遊漢境。初，漢桓靈之世有支讖，譯出衆經。有支亮字紀明，資學於讖。謙又受業於亮，博覽經籍，莫不精究，世間伎藝，多所綜習，遍學異書，通六國語。其爲人細長黑瘦，眼多白而睛黄。時人爲之語曰：『支郎眼中黄，形軀雖細是智囊。』」

〔一五〕「此生逆旅」二句：枕中記載：盧生於邯鄲客店遇道士吕翁，生自歎窮困，翁探囊中枕授之曰：枕此當令子榮適如意。時主人正蒸黄粱，生夢入枕中，享盡富貴榮華。「盧生欠伸而寤，見方偃於邸中，顧吕翁在傍，主人蒸黄粱尚未熟。觸類如故，蹶然而興曰：『豈其夢寐邪？』翁笑謂曰：『人世之事亦猶是矣。』」此化用其意。

〔一六〕影堂：佛教謂安置佛祖真影之堂舍。參見本集卷二三陳尊宿影堂記。

〔一七〕「清淨法身」二句：謂其形骸固如敗壞膿臭之囊，而其下實包有清淨之法身。或謂清淨法身與敗橐膿囊本無差別。景德傳燈録卷一五濠州思明和尚：「僧問：『如何是清淨法身？』師曰：『屎裏蛆兒，頭出頭没。』」

〔一八〕「如水中乳」二句：正法念處經卷六四身念處品：「譬如水乳同置一器，鵝王飲之，但飲乳汁，其水猶存。」參見本集卷二送能上人參源禪師注〔七〕。

祭覺林山主文〔一〕

惟靈簡易似放，閒靜似懶〔二〕。以法爲林，滴水爲限。夜歸村落，投枕再鼾。竃黔無煙，童僕啼飯。而兄直視，爲一笑莞〔三〕。然三十年，事事成辦。我愚且鄙，少去故鄉。豈不懷歸，路脩且長。遂成永隔，死生相忘。念俱事師，落髮游方。如宿逆旅，各夢同牀〔四〕。聞訃一年，乃奠靈几。觸目悽慟，語訖酸鼻。嗟乎人生，有恩有義。薦此鉢飯，淚墮如洗〔五〕。

【注釋】

〔一〕作年未詳。覺林山主：真淨克文法嗣，惠洪同門師兄，然法名生平無考。

〔二〕「惟靈簡易似放」二句：蘇軾答畢仲舉書：「學佛老者本期於靜而達。靜似懶，達似放，學者或未至其所期，而先得其所似，不爲無害。」此借用其語意。本集卷二〇懶庵銘序：「放似狂，靜似懶，學者未得其真，而先得其似。山林雲壑之人，狂放一致，靜懶同川。」

〔三〕一笑莞：猶言莞爾一笑。

〔四〕各夢同牀：猶言同牀異夢。語本黄庭堅翠巖真禪師語録序：「各夢同牀，不妨殊調；冷灰爆豆，聊爲解嘲云耳。」

〔五〕涙墮如洗：蘇軾清遠舟中寄耘老：「目斷滄浪涙如洗。」此借用其語。

祭幻住庵明師弟文〔一〕

子少棄家，從我游嬉。三十一年，如夢頃時〔二〕。於此夢境，憂患半之。我竄萬里，白骨重肉〔三〕。子卧一庵，亦失雙目。心知餘年，再見不復。敢料來歸，先館子廬〔四〕。即視摸（模）索㊀，認聲驚呼。我亦念子，形神已枯。百不如人，謂當壽考。心期惻然，正爾難保。如臨崖樹，先自枯倒〔五〕。不見兩月，果以訃聞。既通世契，久同師門。臨終之語，骨須我焚。攜法兄祖〔六〕，疾馳三日。瓦燈晝昏，寂然空室。相視以慟，薦此鉢食。

【校記】

㊀摸：原作「模」，據四庫本改。

【注釋】

〔一〕政和七年冬作於筠州高安縣。幻住庵明師弟：本明，字無塵，號幻住庵。真淨克文法嗣，惠洪師弟。屬臨濟宗黄龍派南嶽下十三世。嘗爲惠洪刻林間録，請謝逸作序。後目盲，住筠州荷塘寺。

〔二〕「子少棄家」四句：本明卒於政和七年（一一一七），前推三十一年，則初從惠洪遊在元祐二年（一〇八七）。時惠洪年十七，本明年更少，俱從真淨克文學禪於洞山。

〔三〕「我竄萬里」三句：惠洪政和元年流配海南，三年遇赦北歸。本集卷一一出朱崖驛與子修：「投老南來雪滿顛，羈囚不自意生全。久爲白骨今重肉，已卧黄泉復見天。」即此意。

〔四〕「敢料來歸」三句：寂音自序：「四月到筠，館於荷塘寺。」本集卷二一合妙齋記：「華髮海外，翩然來歸，依資國寺，乞食故人而老焉。」䌄按：本集卷一五書資國寺壁有「勿謂衲盲貧勝我」之句，同卷又有雪後寄荷塘幻住庵盲僧四首。可知資國寺即荷塘寺，故人即盲僧本明。

〔五〕「如臨崖樹」二句：唐樓穎編、宋樓炤刊定善慧大士録卷三四相詩老相：「身似臨崖樹，心同念水龜。」

〔六〕法兄祖：希祖，字超然，爲惠洪師弟，本明師兄。參見本卷祭雲庵和尚文。

祭鹿門燈禪師文〔一〕

維皇宋建炎元年歲次丁未五月庚寅朔二十日〔二〕，特叙復僧某〔三〕，謹以茗果之奠，敢昭告于燈公禪師之靈：明安宗風〔四〕，續佛壽命。綫絶而存，至師大振。芙蓉東去，隨至淄（磻）陽㊀〔五〕。如道吾智，而有石霜〔六〕。定惠既化〔七〕，遷住鹿門。如青林虔，而繼新豐〔八〕。雖牧萬僧，如數三四。觀其規模，寶覺是似〔九〕。重和改元，髮僧宫寺〔一〇〕。褦襶之師〔一一〕，包羞惜死。諂諛之極，遂拜黄冠〔一二〕。師笑視之，泚其面顔〔一三〕。蘇嶺之下〔一四〕，寶坊幻出。何以致之，蓋其願力。既孝其師，又悌其兄。有光叢林，不負佛恩。凛然風神，今成萬古。薄奠在盤，淚落無所。

【校記】

㊀ 淄：原作「磻」，誤，今改。參見注〔五〕。

【注釋】

〔一〕建炎元年五月二十日作於襄州。鹿門燈禪師：法燈，字傳照，嗣法於芙蓉道楷，屬曹洞宗青原下十二世。晚住襄州鹿門山。事具本集卷二九鹿門燈禪師塔銘。

〔二〕建炎元年歲次丁未：靖康二年五月初一，高宗即位，改元建炎元年。

〔三〕特叙復僧某：惠洪已於靖康元年恢復僧籍，故以此自稱。僧寶正續傳卷二明白洪禪師傳：「淵聖（欽宗）登極，大逐宣和用事者，詔贈丞相商英司徒，賜師重削髮，還舊師名。」

〔四〕明安：即大陽警玄，號明安禪師。宋大中祥符間避國諱，改名警延。屬曹洞宗青原下九世。事具禪林僧寶傳卷一三大陽延禪師傳。

〔五〕「芙蓉東去」二句：鹿門燈禪師塔銘：「大觀之初，楷公應詔而西。三年，坐不受師名敕牒，縫掖其衣，謫淄州。師跰足隨之，淄之道俗高其義。」芙蓉，即道楷禪師。淄州屬京東東路，故曰「東去」。淄陽：淄州别稱。嘉靖淄川縣志卷六附論曰：「淄陽人物，標夫川嶽靈淑之氣。」底本「淄」作「磻」，涉形近而誤。廓門注：「『磻』當作『潘』。饒州府潘陽縣也。」其説無據。

〔六〕「如道吾智」二句：謂芙蓉道楷之有鹿門法燈，猶如道吾圓智之有石霜慶諸，皆能嗣其師之道。圓智，豫章海昏人，俗姓張氏。嗣法藥山惟儼，屬青原下三世。晚住潭州道吾山。事具宋高僧傳卷一一、景德傳燈録卷一四。聯燈會要卷一九、五燈會元卷五作「道吾宗智」。慶諸，廬陵新淦人，俗姓陳氏。屬青原下四世。住潭州石霜山。堂中老宿長坐不卧，屹若椔杌，天下謂之石霜枯木衆。事具宋高僧傳卷一二、景德傳燈録卷一五。

〔七〕定惠：廓門注：「定惠，謂自覺，見前注。」錯按：淨因自覺爲法燈之師兄。鹿門燈禪師塔銘作「惠定禪師自覺」，此作「定惠」，未知孰是，俟考。

〔八〕「如青林虔」二句：謂法燈補自覺之法席，猶如青林師虔補洞山道全之法席，蓋皆以師弟繼師兄也。新豐，即洞山，其山有新豐洞，故稱。已見前注。錯按：道全嗣法洞山良价，住洞山爲第二世，號中洞山。師虔亦嗣法良价，爲道全師弟，住洞山，爲第三世，號後洞山，亦號青林和尚。皆屬曹洞宗青原下五世。景德傳燈録卷一七載二人機語。

〔九〕寶覺：謂黄龍祖心禪師。

〔一〇〕「重和改元」二句：徽宗政和八年十一月初一改元重和元年，次年重和二年二月初四改元宣和元年。宋史徽宗本紀四：「（宣和元年春正月）乙卯，詔佛改號大覺金仙，餘爲仙人、大士，僧爲德士，易服飾，稱姓氏，寺爲宫，院爲觀，改女冠爲女道，尼爲女德。」宋史紀事本末卷一一道教之崇：「宣和元年春正月乙卯，詔更寺院爲宫觀。林靈素欲盡廢釋氏以逞前憾，請於帝，改佛號大覺金仙，餘爲仙人、大士。僧爲德士，易服飾，稱姓氏。寺爲宫，院爲觀。改女冠爲女道，尼爲女德。尋詔德士並許入道學，依道士之法。」已見前注。

〔一一〕褦襶之師：指不曉事之禪僧。暑日謁人，衣冠束身之狀，謂之褦襶子，喻不曉事。古文苑卷八三國魏程曉嘲熱客：「平生三伏時，道里無行車。閉門避暑卧，出入不相過。只今褦襶子，觸熱到人家。主人聞客來，嚬蹙奈此何。」宋章樵注：「褦襶，不曉事之名。」

〔一二〕黄冠：道士之冠，代指道士。

〔一三〕泚其面顔：令其羞愧，使其汗泚泚然出其面額。語本孟子滕文公上。參見本集卷一謁蔡州顔魯公祠堂注〔一二〕。

〔一四〕蘇嶺：廓門注：「襄陽府：鹿門山在府城東南三十里，舊名蘇嶺。」錯按：藝文類聚卷四九職官部五鴻臚：「襄陽耆舊傳曰：習郁爲侍中時，從光武幸黎丘，與帝通夢見蘇山神。光武嘉之，拜大鴻臚，録其前後功，封襄陽侯。使立蘇嶺祠，刻二石鹿夾神道。百姓謂之鹿門廟，或呼蘇嶺山爲鹿門山。」參見本集卷二九鹿門燈禪師塔銘注〔六五〕。

祭五祖自老文〔一〕

古人尚友，不短千載〔二〕。苟曰氣合，何必面對。崎嶇遠來，僥倖爲會。坐未歡然（禪）㊀〔三〕，師不少待。如人噬臍，不及何悔〔四〕。掩淚莫陳，意折心碎。十方現前，去來無礙。師豈真亡，覿露如（妙）在㊁〔五〕。

【校記】

㊀然：原作「禪」，誤，今據四庫本改。參見注〔三〕。

㊁如：原作「妙」，誤，今改。參見注〔五〕。

【注釋】

〔一〕建炎元年十二月作於蘄州黄梅縣。五祖自老：表自禪師（？～一一二七），懷安人，嗣法五祖法演，亦住五祖山。屬臨濟宗楊岐派南嶽下十四世。嘉泰普燈録卷一一、五燈會元卷一九、續傳燈録卷二五載其機語。五祖山，在黄梅縣北，又作馮茂山，俗稱東山。羅湖野録卷上：「西蜀表自禪師，參演和尚於五祖。時圜悟分座攝納，五祖使自親炙焉。圜悟曰：『公久與老師法席，何須來探水。脱有未至，舉來品評可也。』自乃舉德山小參話，圜悟高笑曰：『吾以不堪爲公師，觀公如是，則有餘矣。』遂令再舉，至『今夜不答話』處，圜悟驀以手掩自口曰：『止！只恁看得透，便見德山也。』自不勝其憤，趨出，以坐具摵地曰：『那裏有因緣，只教人看一句？』於是朋儕競勉，自從圜悟指示，未幾有省。及還圜悟監總院務，即舉自爲座元。圜悟私告五祖曰：『渠只得一橛，大法未明在，須更鍛煉，必爲法器。』居無何，五祖宣言請自立僧，實欲激其遠到。自聞之，深有所待。一日上堂，以目顧自曰：『莫妄想。』便下座。自氣不平，趨琅琊啓公法社。久之，圜悟往撫存，遂於言下大徹，乃同歸五祖。方命立僧，圜悟即還蜀，出世昭覺。演既委順，郡守以自繼席。開堂拈香，其略云：『若爲今成都昭覺勤禪師去，我於此時，如得其髓，爲甚麼不爲佗？不見道，魚因水有，子因母親。』由是觀圜悟，於自有卵翼之功，而向人天衆前吐露，直欲雪其所負，則與黄檗禱百丈有間矣。嗚呼！自之無嗣，諒有以夫！」補續高僧傳卷九有五祖表自傳，多取自羅湖野録。

〔二〕「古人尚友」二句：孟子萬章下：「以友天下之善士爲未足，又尚論古之人。頌其詩，讀其書，不知其人，可乎？是以論其世也，是尚友也。」

〔三〕歡然：底本作「歡禪」，二字不辭。廓門注：「『禪』當作『然』者歟？」其説甚是。

〔四〕「如人噬臍」二句：自噬肚臍，喻不可及，後悔已晚。左傳莊公六年：「亡鄧者必此人也。若不早圖，後君噬齊，其及圖之乎？」杜預注：「若齧腹臍，喻不可及。」顏氏家訓省事：「雖得免死，莫不破家，然後噬臍，亦復何及！」

〔五〕「十方現前」四句：謂覩表自之遺物，如見其人，故未爲真亡。釋氏要覽卷下住持常住：「鈔云：『僧物有四種，一者常住……二者十方常住……三者現前常住……四者十方現前常住，謂亡僧輕物施，體通十方，唯局本處，現前僧得分故。』」覿露，展露，顯露。底本「如在」作「妙在」，義不通。廓門注：「『妙』當作『如』。」其說甚是。

祭郭太尉文〔一〕

公起徒步，絲絇入侍〔二〕。遂斷國論，危言讜議〔三〕。在妬忌中，剛而有禮。天子敬之，愛等昆弟。雖無知名，民陰受賜。如漢子房〔四〕，如唐陸贄〔五〕。人衆勝天〔六〕，覺中妒忌。公笑徑去，道固如是。一斥不復，而又早世〔七〕。姦邪色矜，天下隕涕。我初聞訃，中夜而喟。公之精神，與天終始。宜終功名，宜身富貴。乃殁瘴鄉〔八〕，又寓旅邸〔九〕。人之奇禍，至此極矣。唯德是輔，殆虛語耳〔一〇〕。天定勝人，果不容僞〔一一〕。妬忌伎窮，反自相噬。邪正日分，曉如涇渭。今餘十年〔一二〕，歸骨萬里。我昔觀光〔一三〕，混跡都市。游公卿間，如梁寶誌〔一四〕。公每延禮，忘其勢位。我亦徑造，必至卧内。兵衛如雲，不敢呵止。愛憎相奪，有萬贊毀。坐嘗厚善，因我棘寺。幾失頭顱，終禦魑魅〔一五〕。敢期白髮，莫于湘水。世相新奇，習爲巧士。教訓諂諛，鈎取禄利。貌雖光澤，行可愧恥。聞公之風，面熱顙泚〔一六〕。吾聞陰德，榮亨必至。不身嘗之，當在其子。格言不欺〔一七〕，果見偉器。沐浴道德，冠冕仁義。定世其家，行矣是似。則公之生，亦何嘗死。

【注釋】

〔一〕宣和二年作於長沙。郭太尉：郭天信，字祐之，開封人。徽宗政和初拜定武軍節度使、祐神觀使。事具宋史方技傳。參見本集卷四郭祐之太尉試新龍團索詩注〔一〕。鍇按：郭天信子中復南行新州，迎其父之骨歸葬京師，途經長沙。此文當作於是時。參見本集卷一八衡山南臺寺飛來羅漢贊注〔一四〕。

〔二〕「公起徒步」二句：謂起自平民，而入侍禁庭。宋史郭天信傳：「以技隸太史局。徽宗爲端王，嘗退朝，天信密遮白曰：『王當有天下。』既而即帝位，因得親暱。不數年，至樞密都承旨、節度觀察留後。」徒步，步行，代指平民。漢書公孫弘傳：「起徒步，數年至宰相，封侯。」絲絇，鞋上絲質飾物，有孔，可穿繫鞋帶。山谷詩集注卷七子瞻去歲春侍立邇英子由秋冬間相繼入侍作詩各述所懷予亦次韻四首之一：「江沙踏破青鞋底，却結絲絇侍禁庭。」任淵注：「周禮屨人注曰：『屨，有約有繶有純者，飾也。約，謂之拘，著舃屨之頭，以爲行戒。』按：經筵中皆繫絲鞋，故云。」此用其意。

〔三〕「遂斷國論」二句：宋史郭天信傳：「見蔡京亂國，每託天文以撼之，且云：『日中有黑子。』帝甚懼，言之不已，京由是黜。張商英方有時望，天信往往稱於内朝。」朱子語類卷一三八：「郭天錫因算徽宗當爲天子，遂得幸，官至承宣使。其人亦鯁直敢説。」據此，則天信或一名天錫，俟考。

〔四〕漢子房：張良，字子房。輔佐漢高祖得天下，封留侯。事具史記留侯世家、漢書張良傳。

〔五〕唐陸贄：陸贄，字敬輿，蘇州嘉興人。德宗召爲翰林學士，官至中書侍郎同中書門下平章事。卒謚曰宣。世稱陸宣公。新舊唐書有傳。

〔六〕人衆勝天：史記伍子胥列傳：「申包胥亡於山中，使人謂子胥曰：『子之報讎，其以甚乎！吾聞之，人衆者勝天，天定亦能破人。今子故平王之臣，親北面而事之，今至於僇死人，此豈其無天道之極乎？』」

〔七〕「一斥不復」二句：宋史郭天信傳：「京党因是告商英與天信漏泄禁中語言，天信先發端，窺伺上旨，動息必報，乃從外庭決之，無不如志。商英遂罷。御史中丞張克公復論之，詔貶天信昭化軍節度副使，單州安置。命宋康年守單，幾其起居。再貶行軍司馬，竄新州，又徙康年使廣東。天信至數月死，京已再相，猶疑天信挾術多能，死未必實，令康年選吏發棺驗視焉。」

〔八〕乃歿瘴鄉：郭天信卒於新州，屬廣南東路，古謂嶺南爲瘴癘之地，故云。

〔九〕又寓旅邸：此指其尸骨未葬，靈柩暫寄存於旅舍。故後文有「歸骨萬里」之句。

〔一〇〕「唯德是輔」二句：謂尚書所云「唯德是輔」乃爲不可信之空話。本集卷二八又几大祥看經：「皇天唯予善人，此理殆成虛語。」即此義。鍇按：語本書蔡仲之命：「皇天無親，唯德是輔。」

〔一一〕「天定勝人」二句：謂「天定亦能勝人」，此話卻不假。蘇軾潮州韓文公廟碑：「蓋嘗論天人之辨，以謂人無所不至，惟天不容僞。」此借用其語。

〔一二〕今餘十年：政和元（一一一一）年郭天信貶新州，下推十年爲宣和二年（一一二〇）。

〔一三〕觀光：觀見國之盛德光輝。易觀卦：「觀國之光，利用賓于王。」

〔一四〕梁寶誌：南朝梁高僧寶誌，亦作保誌，宋人亦稱寶公。事具高僧傳卷一〇梁京師釋保誌傳。詳見本卷鍾山道林真覺大師傳。

〔一五〕「坐嘗厚善」四句：寂音自序：「坐交張、郭厚善，以政和元年十月二十六日配海外。」能改齋漫録卷一二洪覺範因張郭罪配朱崖：「政和元年，張、郭得罪，而覺範決脊杖二十，刺配朱崖軍牢。」雲卧紀談卷上引惠洪刑部陳詞：「政和元年，商英奏取陳瓘所撰尊堯録。是時内官梁師成與蔡交結，見宰相薦引蔡京仇人陳瓘，百計擠陷。旬月之間，果遭斥逐。猜疑是慧洪與陳瓘爲地，發怒，諷諭開封尹李孝壽勾慧洪下獄，非理考鞫。」棘寺：大理寺別稱，爲掌刑獄之官署。洪邁容齋五筆卷四棘寺棘卿：「今人稱大理爲棘寺，卿爲棘卿，丞爲棘丞。此出周禮秋官：『朝士掌建邦外朝之法，左九棘，孤卿大夫位焉；右九棘，公侯伯子男位焉。』鄭氏注云：『植棘以爲位者，取其赤心而外刺也。』」禦魑魅：左傳文公十八年：「舜臣堯，賓於四門，流四兇，族渾敦、窮奇、檮杌、饕餮，投諸四裔，以禦魑魅。」此指流配海南。

〔一六〕面熱顙泚：令其羞愧。孟子滕文公上：「其顙有泚，睨而不視。夫泚也，非爲人泚，中心達於面目。」已見前注。

〔一七〕格言：作爲準則法式之言。廓門注：「格，至也。」似不確。

祭朱承議文〔一〕

吾聞明珠白璧，石韞水藏。山川草木，被其容光〔二〕。臨川之民，共此盱（旴）上㊀，如湘老龐〔三〕。道德光華，照映兩邦。吾儕微蹤，雲浮四方。眷此不去，是亦故鄉。歎公杖履，人羣軒昂。忠信豈弟〔四〕，易親難忘〔五〕。忽厭夢境，高蹈八荒〔六〕。公有賢子，如麟鳳凰。王室柱石，吾法垣墻〔七〕。終大公後，公豈真亡。想聞此語，抵掌脱冠。未忘世禮，聊薦積香。

【校記】

㊀旴：原作「旰」，誤，今改。參見注〔三〕。

【注釋】

〔一〕大觀二年春作於江寧府。　朱承議：朱軾（一〇二五～一一〇八），字器之，南豐人。據曾鞏元豐類稿卷四六夫人曾氏墓誌銘，知朱軾之母爲曾致堯孫女，曾鞏從姊，則朱軾爲曾鞏從外甥。輿地紀勝卷三五江南西路建昌軍人物：「朱軾，南豐人，少從曾子固，博覽强記。三子入太學，取高第，人皆服其義方之訓。伯子京，官至國子司業。仲子彥，從官。季子褒，至員外郎。」方輿勝覽卷二一建昌軍人物：「朱軾，南豐人。三子相繼登第，仲子彥以從官出守金陵、錢塘，迎侍就養，邦人榮之。」萬姓統譜卷九：「朱軾，南豐人。嘗從曾鞏學，性寬夷，輕財急義，悉以祖業讓弟軫，獨取故居，曰：『此先人廬，不可失也。』仕爲房州司户。」洪邁夷堅丁志卷二〇朱承議：「南豐朱氏之祖軾，字器之，就館於村墅，嘗告歸邑居。中道如廁，見一農夫自縊而氣未絶，急呼傍近人共救解之。既得活，詢其故，曰：『負租坐繫，貧不能輸，雖幸責任給限，竟無以自脱，至於就死，豈予所欲哉！』問：『所負幾何？』曰：『得數千錢便了，特無所從出。』朱隨身齎挾，僅有此數，悉與之，不告姓名而行。歲夕無以祭神，亦不悔也。後以累舉恩，至承議郎。生五子，京至國子司業，彥終待制，褒爲郎官，襄至郡守，皆知名當世。朱公清健康寧，及見諸子達官，享甘旨，年八十有餘乃卒。」明陳師禪寄筆談卷五亦記其事，且曰：「軾生三子，皆顯官，年壽登八十四。」朱軾卒於大觀二年，若年八十四，逆推則當生於宋仁宗天聖三年（一〇二五）。鍇按：禪林僧寶傳卷一撫州曹山本寂禪師傳：「大觀二年冬，顯謨閣待制朱彥世英赴官錢塘……明年，持其先公服，予往慰之。」然據咸淳臨安志卷四六秩官四：「大觀元年丁亥。朱彥，五月戊申，以顯謨閣待制新知洪州改知。二年戊子，正月庚申徙知潁昌府。」可知朱彥大觀元年於撫州任上改知洪州，五月旋改知杭州。禪林僧寶傳謂「大觀二年冬」，當爲「大觀元年冬」之誤，蓋朱彥除知杭州在大觀元年五月，赴任當在大觀元年冬，絶無可能延宕至二年冬。二年正月朱彥徙知潁昌府，父卒，守喪持服，可南豐。自潁昌府回南豐，須道經江寧。惠洪時在江寧，其往慰朱彥，當在大觀二年。乾道臨安志卷三牧守謂「（大觀）四年正月庚申徙知潁昌府」，不確，蓋因朱彥知杭州之次年即服父喪，決無可能守喪三年之後復知杭州、徙知潁昌府之理。故知「四年」爲「二年」之誤，當從咸淳臨安志。

〔一一〕「吾聞明珠白璧」四句：淮南子説山：「故玉在山而草木潤，淵生珠而岸不枯。」文選卷一七陸機文賦：「石蘊玉而山暉，水懷珠而川媚。」李善注：「譬若水石之藏珠玉，山川爲之輝媚也。孫卿子曰：『玉在山而木潤，淵生珠而崖不枯。』」此用其意。蘇軾潮州韓文公廟碑：

「草木衣被昭回光。」此借用其語。

〔三〕「臨川之民」三句：謂臨川、南豐兩縣之民，有朱軾居於是邦，如唐之龐蘊居士嘗住襄陽、衡陽。按此文體，當有四句，此意未全，當有脱句。　盱上：代指南豐。方輿勝覽卷二一江南西路建昌軍事要：「郡名盱江。」南豐屬建昌軍，故云。底本「盱」作「旴」，涉形近而誤，今改。　湘老龐：龐居士，名蘊，字道玄，其籍貫各禪籍、方志記載多有不同，祖堂集卷一五、景德傳燈録卷八、聯燈會要卷五、五燈會元卷三均謂「衡陽人」。然無名氏龐居士語録詩頌序、佛祖綱目卷三二則云「襄陽人」。嘉靖衡州府志卷九仙釋：「居士名蘊，襄陽人，隨父宦游，寓於衡。」乾隆襄陽府志卷三〇釋老：「龐蘊，字道元，自號襄州處士。其先衡陽人，徙家襄陽。」要之，龐蘊嘗居襄陽、衡陽兩地，故以之喻嘗居臨川、南豐之朱軾。

〔四〕豈弟：和樂平易。詩小雅蓼蕭：「既見君子，孔燕豈弟。」

〔五〕易親難忘：山谷外集詩注卷七同王稚川晏叔原飯寂照房得房字：「雅雅王稚川，易親復難忘。」史容注：「古樂府：『君家甚易知，易知復難忘。』」此借用其語。

〔六〕「忽厭夢境」二句：謂人世如夢境，離世如夢覺而超脱。本集卷一九東坡居士贊：「視閻浮其一漚，而寄夢境於儋耳；開胸次之八荒，而露幻影如蛾眉。」

〔七〕吾法垣牆：朱軾長子朱京字世昌，次子朱彦字世英，皆以王臣爲佛教外護。禪林僧寶傳卷三〇黄龍佛壽清禪師傳：「又十年，淮南使者朱京世昌請住舒州太平。乃赴。衲子爭趨之。」同書同卷保寧璣禪師傳：「又十年，移住圓通，從金陵帥朱彦世英請也。崇寧二年，世英復守金陵，會保寧虚席，移璣自近。」寂音自序：「將終藏於黄龍，而顯謨朱彦世英請住臨川北禪。」朱氏兄弟請惟清、圓璣、惠洪諸禪師主持禪席，此皆「吾法垣牆」之舉。

祭許先之文〔一〕

維公於國盡忠，於家盡孝。豈特天資，亦學之效。德富才高，川增嶽秀。薦登清華〔二〕，出縉紳右。用舍進退，有命有義。一斥而終，料豈及此。聖恩不貲，五日而至〔三〕。公獨不沾，陽城陸贄〔四〕。嗟余惷鄙，於物多迕。幸不終窮，有公知遇。屋歸山丘〔五〕，舟逃夜壑〔六〕。寓詞一觴，心折涕落。

【注釋】

〔一〕政和五年四月作於筠州新昌縣。　許先之：許幾（一〇五四～一一一五），字先之，信州貴溪人。擢第，調高安、樂平主簿，知南陵縣。提舉京西常平，爲開封府推官。進至將作監。再遷太僕卿、户部侍郎，以顯謨閣待制知鄆州。四入户部，至尚書。進樞密直學士、河北都轉運使，徙知成德軍，知太原府。張商英裁損吏禄，幾預其議，貶永州團練副使、袁州安置。遇恩，復中大夫，卒。宋史有傳。事具汪藻浮溪集卷二六户部尚書許公墓誌銘。

〔二〕清華：職位清高顯貴。許幾嘗爲樞密直學士，爲清顯之職，故云。

〔三〕「一斥而終」四句：户部尚書許公墓誌銘：「坐户部時裁減吏禄非是，奪樞密直學士，提舉杭州洞霄宫。尋謫授永州團練副使、袁州安置。公屏居，杖屨翛然，無流落之歎。既二年，上立皇太子，復中大夫，提舉洪州玉隆觀。命未至而公卒。享年六十二。」

〔四〕「公獨不沾」二句：謂許幾未及沾皇帝聖恩而先卒，如唐之陽城、陸贄。韓愈順宗實録卷二：「追故相忠州刺史陸贄……道州刺史陽城赴京師。德宗自貞元十年已後，不復有赦令，左降官雖有名德才望，以微過忤旨譴逐者，一去皆不復叙用。至是，人情大悦，而陸贄、陽城皆未聞追詔而卒於遷所，士君子惜之。」

〔五〕屋歸山丘：曹植箜篌引：「生存華屋處，零落歸山丘。」晉書謝安傳：「羊曇者，太山人，知名士也，爲安所愛重。安薨後，輟樂彌年，行不由西州路。嘗因石頭大醉，扶路唱樂，不覺至州門。左右白曰：『此西州門。』曇悲感不已，以馬策扣扉，誦曹子建詩曰：『生存華屋處，零落歸山丘。』慟哭而去」

〔六〕舟逃夜壑：謂萬物無時不在變化之中，去者不可挽留。莊子大宗師：「夫藏舟於壑，藏山於澤，謂之固矣。然而夜半有力者負之而走，昧者不知也。」

祭趙君文〔一〕

惟靈忠信恭敬，耀於西州〔二〕，不爲無聞。年餘七十，笑傲林丘，不爲無壽。生有令子，派佛祖流〔三〕，不爲無慶。有一於此，足以忘憂，而況三者兼有之耶？兹山弗嗣，橐鹿所遊。十年之間，百廢具修。凡以令子，德義之優故也。余聞之，鳥巢南枝〔四〕，狐死首丘〔五〕。彼亦何知，能思厥由。矧輕勢急道、超然特立者，乃肯爲之羞乎？嗚呼！訃來萬里，物故越秋〔六〕。等視閻浮，譬如一漚〔七〕。公之云亡，非去非留。薄奠告焉，世禮則由。雖神魂竟無不知也，尚能爲之歆不〔八〕？

【注釋】

〔一〕作年未詳。趙君：名字未詳，生平不可考。

〔二〕西州：本集或指洪州。

〔三〕「生有令子」二句：謂趙君有子出家學佛，然不可考。

〔四〕鳥巢南枝：喻不忘故鄉。古詩十九首：「胡馬依北風，越鳥巢南枝。」

〔五〕狐死首丘：謂狐死在外，必首朝其洞穴，喻不忘本。禮記檀弓上：「大公封於營丘，比及五世，皆反葬於周。君子曰：『樂樂其所自生，禮不忘其本。古之人有言曰：狐死正丘首。仁也。』」

〔六〕物故：死亡之婉辭。

〔七〕「等視閻浮」二句：謂人間世無非同爲一水中浮泡而已。楞嚴經卷六：「空生大覺中，如海一漚發。」本集卷三陳瑩中由左司諫謫廉相見於興化同渡湘江宿道林寺夜論華嚴宗：「世驚海隅在萬里，我視閻浮同一漚。」

〔八〕歆：謂神靈享用祭品之香氣。説文欠部：「歆，神食气也。从欠音聲。」

瑫上人祭母文〔一〕

我生頑鈍，雀息鳩視〔二〕。不歸庸人，亦幸而已。矧墮三寶〔三〕，高出塵累。儼臨人天，福田于世。坐推其因，何以至是？皆吾母慈，念極心碎。我昔東游，志亦勇鋭。訪道名山，酬此恩爾。身雖四方，心挂漳水〔四〕。豈不懷歸，料豈及此。三月甲寅，訃來千里。棄杖南犇，露行草止。天降荼毒〔五〕，乃不及己。呼天泣血，奪我母氏。今何能爲，中扃亂矣〔六〕。昔每歸省，迎門笑喜。堂今閴然〔七〕，瓦燈塵几〔八〕。慈和粹温，竟作川逝〔九〕。撫柩長號，淚迸如洗〔一〇〕。杯露鑪香〔一一〕，區區世禮。天地有終，此恨無既。

【注釋】

〔一〕作年未詳。　瑫上人：生平法系未詳。參見本集卷三送瑫上人奔母喪。

〔二〕雀息鳩視：謂其氣息微弱如雀，其視力模糊如鳩。此喻似爲惠洪首創。　鍇按：清釋常靜、實學編昭覺竹峰續禪師語録卷三祭母文：「我生頑鈍，雀息鳩視。不拘庸俗，亦幸而奇。雖墮三寶，未出塵累。即就人緣，福田度世。」即化用惠洪此文前八句。

〔三〕矧：況且。　墮三寶：謂出家。禪林僧寶傳卷一七浮山遠禪師傳：「年十九，游并州，見三交嵩禪師，求出世法。嵩曰：『汝當剃落，墮三寶數，乃可受法。』遠曰：『法有僧俗乎？』嵩曰：『與其爲俗，曷若爲僧？僧則能續佛壽命故也。』於是斷髮，受具足戒。」

〔四〕漳水：即贛江。已見前注。

〔五〕荼毒：殘害，毒害。書湯誥：「爾萬方百姓，罹其凶害，弗忍荼毒。」

〔六〕中扃：本謂閉鎖内心，欲望不生。此代指内心。淮南子主術：「中欲不出謂之扃，外邪不入謂之塞。中扃外閉，何事之不節；外閉中扃，何事之不成。」

〔七〕閴然：寂靜貌。閴，同「闃」。易豐卦：「闚其户，闃其無人。」本集卷二八又几大祥看經：

「登堂室之闃然。」即此意。

〔八〕瓦燈：陶製油燈。後漢書禮儀志下：「載以木桁，覆以功布，瓦鐙一，彤矢四，軒輖中，亦短衛。」瓦鐙，即瓦燈。本集卷一二謁靈源塔：「瓦燈已照宫商石。」

〔九〕川逝：本喻時間流逝。論語子罕：「子在川上曰：『逝者如斯夫！不舍晝夜。』」此代指死亡。佛本行集經卷一四：「又似山川逝水流，衆生老病死亦然。」

〔一〇〕淚迸如洗：蘇軾清遠舟中寄耘老：「目斷滄浪淚如洗。」此借用其語。

〔一一〕杯露：猶言一杯春露，代指茶。鍇按：供茶祭奠爲禪門禮數。送瑫上人奔母喪：「一盃春露香，仰薦天地慈。」

祭通判夫人文　代〔一〕

竊聞漢王霸之室，有智識而柔懿。然子孝而不學，夫雖賢而弗仕〔二〕。又聞唐王珪之母，閲房杜而知子。及珪身登三事，則其母又已即世〔三〕。唯夫人之高風，特有異於是二者矣。夫有霸之賢，而爲熙豐之名臣〔四〕。子有珪之材，而名冠縉紳。壽閲諸孫，而視聽敏捷。孫能酌古，而心醉六經〔五〕。蓋功名之念，如雲之必雨；富貴之盛，如川之方增。寔清規之所訓，祭景慕之遐想。懿德必光於史牒，計夫人雖死其何憾乎？

【注釋】

〔一〕作年未詳。　通判夫人：未詳何人。

〔二〕「竊聞漢王霸之室」四句：後漢書列女傳：「太原王霸妻者，不知何氏之女也。霸少立高節，光武時，連徵不仕。霸已見逸人傳。妻亦美志行。初，霸與同郡令狐子伯爲友，後子伯爲楚相，而其子爲郡功曹。子伯乃令子奉書於霸，車馬服從，雍容如也。霸子時方耕於野，聞賓至，投耒而歸，見令狐子，沮怍不能仰視。霸目之，有愧容，客去而久卧不起。妻怪問其故，始不肯告，妻請罪，而後言曰：『吾與子伯素不相若，向見其子容服甚光，舉措有適，而我兒曹蓬髮歷齒，未知禮則，見客而有慙色。父子恩深，不覺自失耳。』妻曰：『君少修清節，不顧榮禄。今子伯之貴孰與君之高？奈何忘宿志而慙兒女子乎！』霸屈起而笑曰：『有是哉！』遂共終身隱遯。」

〔三〕「又聞唐王珪之母」四句：新唐書王珪傳：「始，隱居時，與房玄齡、杜如晦善，母李嘗曰：『而必貴，然未知所與遊者何如人，而試與偕來。』會玄齡等過其家，李闚大驚，敕具酒食，歡盡日，喜曰：『二客公輔才，汝貴不疑。』」　登三事：指登三公之位。詩小雅雨無正：「三事大夫，莫肯夙夜。」孔穎達疏：「三事大夫爲三公耳。」王珪任黄門侍郎，遷侍中，進封郡公。位等三公，故云。

〔四〕熙豐：宋神宗年號熙寧、元豐之並稱。

〔五〕心醉六經：隋王通中説事君：「子遊河間之渚，河上丈人曰：『何居乎，斯人也？心若醉六經，目若營四海。何居乎，斯人也？』」

祭文七首

代〔一〕

我聞如來世尊將般涅槃〔一〕，自披其胸紫磨黄金卍字之相，而告大衆曰〔二〕：「汝等各各瞻仰令足，無生後悔。」〔二〕及已掩棺，迦葉後至，又出雙趺，以示眷憐〔三〕。嗚呼！如來世尊正傳法嗣，覆蔭此邦三十餘年，凡在道俗，上與清衆，下與奴隸，若親若疏，若小若大，皆受餘庇。今以入塔，攀戀無已，精明之温，豈弟之容〔四〕，不可復見；柔軟之音，慈誨之語，不可復聞。宗乘微論，差别之義，不可復解。言念至此，意折心摧。嗚呼！禪師葬靈骨於九原〔五〕，想音容於萬古。雪雲方慘兮悲風飄飖，松聲蕭瑟兮哀聲連朝。陳微誠兮以薦薄奠，望慈雲兮其不可招。嗚呼哀哉！

我來淮山〔六〕，寒暑九遷。傾誠於師，遂爾忘年。比鄰追隨，合并周旋。每一會語，莫不歡然。法屬之故，無時造膝〔七〕。師嘗顧我，笑指坐席。曰終當主，我此丈室。謂師爲戲，不敢怒嗔。今日何日，果繼後塵。血指汗顔，不善斧斤。而師旁觀，教之諄諄〔八〕。今既逝矣，夫復何云？先德遺訓，何敢不遵。法侶現前，聊薦溪蘋〔九〕。禮雖不腆〔一〇〕，情無鮮陳。

因法相逢，以法爲親〔一一〕。非子則姪，繩繩詵詵〔一二〕。傾囷倒廩，不祕珠珍〔一三〕。煖其孤寒，賞其賤貧。自師退居，其德日新〔一四〕。諸方奇衲，川輸雲屯〔一五〕。大法將頹，謂必中興。不見一夕，遂以訃聞。如方欲渡，遂迷要津。中夜起喟，棄牀失聲。慈和粹温，永失依怙。香羞在筵，淚落無所。

東山真子〔一六〕，白雲的孫〔一七〕。迅機妙辯，褎然逸羣〔一八〕。黄河流天〔一九〕，太山吐雲〔二〇〕。無有窮極，莫知津垠。師罷住持，其道益尊。酣歌自樂，晝常掩門。世不得見，言豈得聞。檻撰積香，罏焚室熏。今既非去，昔亦豈存〔二一〕。此意昭然，即曰全真。道大德高，名聞諸方。禪林耆艾，覺苑鳳凰。三十餘年，化行此邦。我輩晚生，幸登覺場。聞金石誨，熏知見香〔二二〕。譬如珠玉，山韜水藏。而其草木，亦被餘光〔二三〕。今既云逝，撫心悼傷。嗚呼師乎！巍巍堂堂〔二四〕。遂成千古，天豈真亡。

念昔侍坐，恭聞誨言。辭親出家，是大因緣〔二五〕。本出生死，期離蓋纏〔二六〕。求師之難，自古則然。如芥子針〔二七〕，如鸞膠絃〔二八〕。我等何輩，萃此法筵。如海之大，而會百川。教誨成就，長養撫憐。如物發生，雨露無偏。又霜雪之，使其氣全。恩有四種〔二九〕，報效當先。百未一施，師我棄捐。師之道德，如月在天。譽月之明，何以加焉。恭陳薄奠，儼如在前。情斷志訖，淚落九泉。

天姿曠達，純素任真。妙年出蜀，汎愛親仁〔三〇〕。淹通宗教〔三一〕，廣見精聞。我亦何幸，早獲相親。義爲朋友，法爲弟昆。於師父子，兩爲比鄰。周旋之久，三十餘年。懷我宗伯〔三二〕，宗門鳳麟。不幸早逝，殞此偉人。謂師英氣，可續芳塵。今又已矣，撫淚沾巾。嗚呼禪師！夢幻視身。而視生死，如夜與晨〔三三〕。十方現前，孰亡孰存？我獨何爲，浪自酸辛。無忘世禮，薄奠聊陳。

【校記】

㊀般：武林本作「入」，四庫本無。參見注〔一〕。

㊁而：四庫本作「出」。

【注釋】

〔一〕作年未詳。廓門注：「『七』當作『六』歟？」錯按：「七首」不誤，「因法相逢」以下爲另一首。蓋底本「情無鮮陳」一行滿格，故廓門誤以爲另行「因法相逢」承接「情無鮮陳」，爲同一首。

〔二〕「我聞如來世尊」五句：大般涅槃經後分卷上遺教品：「爾時，世尊於師子座以真金手却身所著僧伽梨衣，顯出紫磨黄金師子胸臆，普示大衆，告言：『汝等一切天人大衆，應當深心看我紫磨黄金色身。……我欲涅槃，汝等大衆，應當深心瞻仰，爲是最後見於如來，自此見已，無復再覩。汝等大衆，瞻仰令足，無復後悔。』」 般涅槃：即入滅，圓寂。略稱涅槃。俱舍論記卷二三：「梵云般涅槃。般，此云圓；涅槃，此云寂。」 卍字之相：釋迦牟尼佛胸有卍字之相。普曜經卷二欲生時三十二瑞品稱太子初生時現三十二相，其一爲「胸有卍字」。無量義經德行品亦稱其「胸表卍字師子臆」。

〔三〕「及已掩棺」四句：景德傳燈録卷一第一祖摩訶迦葉：「涅槃經云：爾時世尊欲涅槃時，迦葉不在衆會。佛告諸大弟子：『迦葉來時，可令宣揚正法眼藏。』爾時迦葉在耆闍堀山賓鉢羅窟，覩勝光明，即入三昧，以淨天眼觀，見世尊於熙連河側入般涅槃，乃告其徒曰：『如來涅槃也，何其駛哉？』即至雙樹間悲戀號泣，佛於金棺内現雙足。」

〔四〕豈弟：和樂平易。參見本卷前祭朱承議文注〔四〕。

〔五〕九原：本指春秋時晉國卿大夫墓地，後泛指墓地。唐釋皎然短歌行：「瀟瀟煙雨九原上，白楊青松葬者誰？」

〔六〕淮山：本集泛指淮南西路之山，即蘄州黄梅縣一帶。已見前注。

〔七〕造膝：至於膝下，謂親近。三國志魏書高堂隆傳：「今陛下所與共坐廊廟治天下者，非三司九列，則臺閣近臣，皆腹心造膝，宜在無諱。」

〔八〕「血指汗顏」四句：韓愈祭柳子厚文：「不善爲斲，血指汗顏。巧匠旁觀，縮手袖間。」此借用其語意而引申之。　諄諄：詳語貌，反復告誡貌。詩大雅抑：「誨爾諄諄，聽我藐藐。」

〔九〕薦溪蘋：供奉進獻祭品。左傳隱公三年：「澗、谿、沼、沚之毛，蘋、蘩、薀、藻之菜，筐、筥、錡、釜之器，潢汙行潦之水，可薦於鬼神，可羞於王公。」

〔一〇〕不腆：謙詞，不豐厚，淺薄。國語魯語上：「不腆先君之幣器，敢告滯積，以紓執事。」

〔一一〕「因法相逢」二句：隋釋灌頂隋天台智者大師别傳：「我與汝等因法相遇，以法爲親，傳習佛燈，是爲眷屬。」

〔一二〕繩繩詵詵：衆多貌，綿延不絶貌。語本詩周南螽斯：「螽斯羽，詵詵兮。宜爾子孫，振振兮。螽斯羽，薨薨兮。宜爾子孫，繩繩兮。」

〔一三〕「傾囷倒廩」二句：喻罄其所有，盡其所能。韓愈答竇存亮秀才書：「雖使古之君子，積道藏德，遁其光而不曜，膠其口而不傳者，遇足下之請懇懇，猶將倒廩傾囷，羅列而進也。」

〔一四〕其德日新：易大畜：「彖曰：『大畜，剛健篤實輝光，日新其德。』」

〔一五〕川輪雲屯：如川之輪入，如雲之聚集，喻衆僧來歸，法席甚盛。

〔一六〕東山：指五祖法演禪師，白雲守端法嗣，屬臨濟宗楊岐派南嶽下十三世。初住四面，遷白雲，晚住太平，移東山。事具補禪林僧寶傳。已見前注。　鍇按：黄梅縣五祖山亦稱東山，故云。

〔一七〕白雲：指白雲守端禪師（一〇二五～一〇七二），衡陽人，俗姓葛氏。楊岐方會法嗣，屬臨濟宗楊岐派南嶽下十二世。晚住舒州白雲山海會寺。有白雲守端禪師廣録四卷，事具禪林僧寶傳卷二八。建中靖國續燈録卷一四、聯燈會要卷一五、嘉泰普燈録卷四、五燈會元卷一九、續傳燈録卷一三載其機語。

〔一八〕褒然：廣大貌。

〔一九〕黄河流天：李白將進酒：「君不見黄河之水天上來，奔流到海不復回。」此用其意。

〔二〇〕太山吐雲：公羊傳僖公三十一年：「觸石而出，膚寸而合，不崇朝而徧雨乎天下者，惟太山爾。」

〔二一〕「今既非去」二句：林間録卷上載晦堂祖心作南禪師圓寂日偈云：「昔人去時是今日，今日依前人不來。今既不來昔不往，白雲流水空悠哉。」此化用其意。

〔二二〕熏知見香：山谷内集詩注卷五賈天錫惠寶薰乞詩予以兵衛森畫戟燕寢凝清香十字作詩報之其十：「當念真富貴，自薰知見香。」任淵注：「圓覺經：『自薰成種。』佛書有解脱知見香。」

〔二三〕「譬如珠玉」四句：淮南子説山：「故玉在山而草木潤，淵生珠而岸不枯。」文選卷一七陸機文賦：「石藴玉而山暉，水懷珠而川媚。」李善注：「譬若水石之藏珠玉，山川爲之輝媚也。」

孫卿子曰：『玉在山而木潤，淵生珠而崖不枯。』」已見前注。

〔二四〕巍巍堂堂：崇高莊嚴貌。佛本行集經卷二一：「諸相端嚴，猶如金柱，身光明曜，巍巍堂堂。」已見前注。

〔二五〕「辭親出家」二句：四十二章經：「辭親出家爲道，名曰沙門。」法華經卷七妙莊嚴王本事品：「當知善知識者是大因緣，所謂化導令得見佛。」

〔二六〕蓋纏：佛教有五蓋十纏，皆煩惱之數，以其能覆蓋心性而不生善法，故曰蓋。以其煩惱纏繞心性，故曰纏。詳見大智度論卷一七。參見本集卷一四病中寄山中故舊八首注〔一〇〕。

〔二七〕如芥子針：以芥子投於針鋒，求其相合，喻極難之事。大般涅槃經卷二壽命品：「芥子投針鋒，佛出難於是。」唐釋宗密圓覺經大疏釋義鈔卷一：「佛問迦葉：『從兜率天輥一芥子，於閻浮提豎一針鋒，使芥子投於針鋒，此事難易？』迦葉答言：『甚爲難也。』佛言：『正因正緣，得相值遇，更難於此。』」

〔二八〕如鸞膠絃：絃斷難續，而續絃膠難求，亦喻極難之事。海内十洲記鳳麟洲：「煮鳳喙及麟角，合煎作膏，名之爲續絃膠，或名連金泥。此膏能續弓弩已斷之弦，刀劍斷折之金，更以膠連續之。使力士掣之，他處乃斷，所續之際，終無斷也。」

〔二九〕恩有四種：釋氏要覽卷中恩孝：「恩有四焉：一父母恩，二師長恩，三國王恩，四施主恩。大乘本生心地觀經：『佛言世間恩有四種：一父母恩，二衆生恩，三國主恩，四三寶恩。如是四恩，一切衆生，平等荷負。』」

〔三〇〕汎愛親仁：論語學而：「子曰：『弟子入則孝，出則悌，謹而信，汎愛衆，而親仁，行有餘力，則以學文。』」

〔三一〕淹通宗教：博通宗門與教門。宗謂禪宗，教謂天台、華嚴、法相諸宗。

〔三二〕宗伯：此指宗門之伯父，即本師之同門師兄。

〔三三〕「而視生死」二句：本集卷二三普同塔記：「人之有死生，如日之有明暗。死生相尋於無窮，而明暗迭更，未始有既。然知其明暗者，固自若也。」卷二七跋東坡仇池録：「雖老而死，古今聖達所不免，譬如晝則有夜。」

祭老黄龍謚號文 代〔一〕

崇寧四年四月某日，住山某敢昭告于南禪師之塔〔二〕。竊聞巢由穡者〔三〕，夷齊餓夫〔四〕，初若無求於一時，終必有稱於百世。觀其措慮深遠，蓋亦維持化風。故知德澤之在民，是乃聲名之不捨。又況荷擔大法，提攜四生者乎〔五〕？恭惟禪師家于此山，名落天下。起臨濟於將仆〔六〕，傳少室於無窮〔七〕。厥集大成〔八〕，有光先覺〔九〕。乃者明天子沛流殊恩〔一〇〕，大昭懿德，特旌普覺之號，用勵後學之徒。仰惟覺靈，祇此榮福。嗚呼！春葩華於萬物，而不自以爲功；日昭明於四方，而不知以爲德。凡所以歌詠和氣、褒贊高明者，皆天下之至情，然則禪師於此豈曰不然耶？

【注釋】

〔一〕崇寧四年四月作於洪州分寧縣。　老黃龍：黃龍慧南禪師。　謚號：即文中所云「特旌普覺之號」。禪林僧寶傳卷二二黃龍南禪師傳謂「大觀四年春，敕謚普覺」，與此文署年不同。鍇按：此文作於謚號初頒之時，惠洪正在黃龍山；禪林僧寶傳乃日後之追憶，「大觀」或爲「崇寧」之誤記，當以此文爲是。

〔二〕住山某：當指靈源惟清禪師，時住黃龍。　南禪師之塔：據禪林僧寶傳慧南本傳，「塔於（黃龍）山之前嶂」。

〔三〕巢由穡者：謂堯時高士巢父、許由皆爲農夫。史記伯夷列傳：「而説者曰堯讓天下於許由，許由不受，恥之逃隱。」張守節正義引皇甫謐高士傳云：「許由字武仲。堯聞致天下而讓焉，乃退而遁於中嶽潁水之陽，箕山之下隱。堯又召爲九州長，由不欲聞之，洗耳於潁水濱。時有巢父牽犢欲飲之，見由洗耳，問其故。對曰：『堯欲召我爲九州長，惡聞其聲，是故洗耳。』巢父曰：『子若處高岸深谷，人道不通，誰能見子？子故浮游，欲聞求其名譽。污吾犢口。』牽犢上流飲之。」

〔四〕夷齊餓夫：史記伯夷列傳：「武王已平殷亂，天下宗周，而伯夷、叔齊恥之，義不食周粟，隱於首陽山，采薇而食之。及餓且死，作歌。其辭曰：『登彼西山兮，采其薇矣。以暴易暴兮，不知其非矣。神農、虞、夏忽焉没兮，我安適歸矣？于嗟徂兮，命之衰矣！』遂餓死於首陽山。」

〔五〕四生：佛教謂一切衆生不出胎生、卵生、濕生、化生四種，謂之四生。

〔六〕起臨濟於將仆：黄龍慧南嗣法慈明楚圓，屬臨濟宗南嶽下十一世，其門下名僧大德輩出，故云。

〔七〕少室：代指菩提達磨。景德傳燈録卷三稱菩提達磨「寓止於嵩山少林寺」。少室山即嵩山之别稱。

〔八〕厥集大成：孟子萬章下：「孔子之謂集大成。集大成也者，金聲而玉振之也。」此借用其語。

〔九〕有光先覺：孟子萬章上：「天之生此民也，使先知覺後知，使先覺覺後覺也。」

〔一〇〕明天子：此指宋徽宗。

崇仁知縣赦後祭神文〔一〕

唯三代之訓，夏至日恭祭地祇〔二〕，斯古先哲王之懿德禮也，而歷世堙没不嗣。今天子力舉而行之，致禮既畢，奇祥薦興，歡聲和氣，充塞天地。猶以名山大川廟貌所在，有功血食於民者，未克躬至，則以守令使告行吏，其敢不肅虔哉！謹用某日特具牲醑，以奠于祠下，神之聽之，祇此榮福。□□㊀。

【校記】

㊀□□：二字闕。

【注釋】

〔一〕政和四年六月作於撫州崇仁縣。崇仁知縣：彭以功，字思禹，惠洪宗兄，時知崇仁縣。參見本集卷八至撫州崇仁縣寄彭思禹奉議兄四首注〔一〕。赦後：宋史徽宗本紀三：「（政和四年）六月戊午，慮囚。」慮囚，指訊察記録囚犯之罪狀，知其情狀有冤滯者赦免出之。錯按：宋史徽宗本紀三：「（政和四年）五月丙戌，始祭地於方澤，以太祖配，降德音於天下。」五月丙戌，即該年五月十二日，夏至日。據此祭神文，則徽宗夏至日祭地祇之後，乃復令各州縣祭祀「名山大川廟貌所在有功血食於民者」。崇仁知縣乃於赦後祭神，故當在六月戊午慮囚之後。

〔二〕「唯三代之訓」二句：史記封禪書：「周官曰：冬日至，祀天於南郊，迎長日之至。夏日至，祭地祇，皆用樂舞，而神乃可得而禮也。」

祈雨文〔一〕

仍歲饉凶〔二〕，民之艱食亦以衆矣。而菜色喘沫者〔三〕，猶並首以望有秋〔四〕，如瘻者之不忘起也〔五〕。春夏之交，風雨時若〔六〕。方將奮躍，似有生意。而比日毒暑益熾〔七〕，四無雲陰，車鴉夜鳴〔八〕，田龜晝坼〔九〕，饉凶之憂，恐在朝夕。傳曰：「亨牛而不鹹，敗所成矣〔一〇〕。」又曰：「行百里者半九十，爲不克終〔一一〕。」豈神之賜，昌其始而終奪之邪？吏以不職，上天降罰。吏躬任之，民其何辜，而神亦坐視其病哉？謹率丞佐，羣趨並走，致恭于祠下，雀息以俟休答〔一二〕，神其哀憐之。

【注釋】

〔一〕元符元年夏作於撫州臨川縣。祈雨文：此代爲撫州知州許中復祈雨而作，參見本集卷三臨川陪太守許公井山祈雨書黄華姑祠注〔一〕。

〔二〕仍歲：連年。

〔三〕菜色：禮記王制：「雖有凶旱水溢，民無菜色。」注：「菜色，食菜之色。民無食菜之飢色。」喘沫：因喘而吐白沫。曾鞏元豐類稿卷二之南豐道上寄介甫：「疲驂喘沫白，殆僕負肩殷。」

〔四〕有秋：豐年，有收成。書盤庚上：「若農服田力穡，乃亦有秋。」

〔五〕如痿者之不忘起也：柳河東集卷四三種仙靈毗：「痿者不忘起，窮者寧復言。」此借用其語。

〔六〕風雨時若：風調雨順。書洪範：「曰肅，時雨若。曰聖，時風若。」

〔七〕比日：連日。

〔八〕車鴉：指水車。語本蘇軾無錫道中賦水車：「翻翻聯聯銜尾鴉。」

〔九〕田龜晝坼：謂田地因旱乾裂如龜甲坼裂之痕。韓愈南山詩：「或如龜坼兆。」王安石元豐行示德逢：「四山翛翛映赤日，田背坼如龜兆出。」

〔一〇〕「亨牛而不鹹」二句：語本淮南子説山：「故里人諺曰：『烹牛而不鹽，敗所爲也。』」高誘注：「烹羹不與鹽不成羹，故曰敗所爲也。」亨，同「烹」。鹹，鹽之味。

〔一一〕「行百里者半九十」二句：戰國策秦策五：「詩云：『行百里者，半於九十。』此言末路之難。」注：「逸詩。言之百里者，已行九十里，適爲行百里之半耳。譬若强弩至牙上，甫爲上弩之半耳。終之尤難，故曰末路之難也。」

〔一二〕雀息：屏息，如鴉雀無聲。三國志吴書韋曜傳：「抱怖雀息，乞垂哀省。」休答：喜慶之回答。

謝雨文〔一〕

比日以來，民以不時賈雨〔二〕，望天焦勞。蓋飢饉之餘，情易驚擾，如禽傷弦，念痛於曲木〔三〕；如稚驚雷，失聲於破釜〔四〕。是用率丞佐，上瀆神聰。香火未收，雲氣已布，連日繼夕，霖雨霑足。嗚呼！雖父兄之所哀憐，其必從何以迨此（比）㊀〔五〕。舞翠浪於山原，兆黄雲於囷廩〔六〕。歲登訟簡，民樂吏閒。荷神之賜，孰大於此？式奠昭告，豈不休哉！

【校記】

㊀此：原作「比」，誤，今改。参見注〔五〕。

【注釋】

〔一〕元符元年夏作於撫州臨川縣。謝雨文：亦當代爲知州許中復而作。因祈雨而得雨，故作此文以謝黄華姑神。

〔二〕賨雨：猶言降雨。墨子天志中：「賨降雪霜雨露，以長遂五穀麻絲，使民得而財利之。」

〔三〕「如禽傷弦」二句：戰國策楚策四：「更嬴與魏王處京臺之下，仰見飛鳥。更嬴謂魏王曰：『臣爲王引弓虚發而下鳥。』魏王曰：『然則射可至此乎？』更嬴曰：『可。』有間，雁從東方來，更嬴以虚發而下之。魏王曰：『然則射可至此乎！』更嬴曰：『此孽也。』王曰：『先生何以知之？』對曰：『其飛徐而鳴悲。飛徐者，故瘡痛也；鳴悲者，久失羣也。故瘡未息，而驚心未去也。聞弦音引而高飛，故瘡隕也。』」新唐書傳奕傳：「且懲沸羹者吹冷齏，傷弓之鳥鶩曲木。」此合而用之。

〔四〕「如稚驚雷」二句：蘇軾黠鼠賦：「人能碎千金之璧，不能無失聲於破釜。」

〔五〕追此：猶言「及此」，古詩文用例甚夥，不勝枚舉。底本作「追比」，不辭，涉形近而誤。

〔六〕「舞翠浪於山原」二句：廓門注：「翠浪、黄雲，謂麥稻也。」

惠洪詩文詞輯佚

詩

送鑑老歸慈雲寺二首

故人罷相歸田野，相見遥知一粲然。陌上青山嘗識面，歸來白塔掃頹塼。勤勞世外功名事，領略僧中富貴緣。又作慈雲傾法雨，斬新精彩照人天。

悦老解爲荼毒鼓，平生得妙不施功。欲令聞者偷心死，自是羣生兩耳聾。兄弟赫然追父迹，叢林籍爾說家風。相逢一笑投針地，倶是當年百衲翁。

石門文字禪卷二四送鑑老歸慈雲寺

夜行至榆次口占

大舜鳥工往，盧能漁父歸。神光百里送，鬼事一場非。

同上卷二四記福嚴言禪師語

書惠子所蓄華光湖山平遠六言

好在華光真子，過于雲屋之間。春色都隨談笑，袖中仍有湖山。

同上卷二六又惠子所蓄

補俞秀老松聲詩

萬壑搖蒼煙，百灘渡流水。下有跨驢人，蕭蕭吹醉耳。

冷齋夜話卷五賭輸梅詩罰松聲詩

戲贈劉跛子

相逢一拐大梁間，妙語時時見一斑。我欲從公蓬島去，爛銀堆裏見青山。

同上卷八陳瑩中贈跛子長短句

夢爲道士詠酒瓢

難藏爲香釁，易滿坐徧小。開口所有竭，饞奴法當笑。

增修詩話總龜卷三二引冷齋夜話

春老

獨倚闌干玩野塘，俄驚節物老春光。緑楊陰密鶯將懶，紅杏枝空蝶不忙。詩思漫沿芳草遠，茶甌微带落花香。那堪風雨頻催促，公子王孫亦斷腸。

古今合璧事類備要卷一三時令門

宫詞

紅樓曉色催宫漏，紫閣春嵐雜禁煙。風定玉爐香影直，日融金掌露華鮮。

後村千家詩卷一六、錦繡萬花谷卷八

句

整藍乞橄欖，斷樹判荔枝。

石門文字禪卷二三送李仲元寄超然序

袖裏兩枝煙雨，門前一片瀟湘。

石門文字禪卷二六又偁上人所作

須知泥力士，不減石烏龜。

同上題石龜觀壁

我輩自應須左轉，知君豈是背匙人。

冷齋夜話卷二留食戲語大笑噴飯

啼妝露著花。

至今牛斗氣，散作延平人。

同上卷一〇詩忌深刻

梢橫波面月摇影，花落尊前酒帶香。

輿地紀勝卷一三三福建路南劍州

全芳備祖前集卷一

偈頌

達摩四種行偈

無求行

形恃美好，今已毁壞。置之世路，自覺塞礙。始緣飢寒，致萬憎愛。欲壞身衰，入此三昧。

隨緣行

此生夢幻，緣業所轉。隨其所遭，敢擇貴賤。眠食既足，餘復何羨？緣盡則行，無可顧戀。

報冤行

僧嬰王難，情觀可醜。夙業純熟，所以甘受。受盡還無，何醜之有？轉重還輕，佛恩彌厚。

稱法行

本無貪瞋，我持戒忍。食不過中，手不操楯。風必頓息，而浪漸盡。離微細念。方名見性。石門文字禪卷二四寂音自序

三墮偈

尊貴墮

生在帝王家，那復有尊貴。自應著珍御，顧見何驚異。

隨類墮

紛然同作息，銀椀裹盛雪。若欲異牯牛，與牯牛何別。

隨處墮

有聞皆無聞。有見元無物。若斷聲色求，木偶當成佛。石門文字禪卷二三墮齋偈序

鍇按：禪林僧寶傳卷一三大陽延禪師傳、人天眼目卷三寂音三墮頌「紛然同作息」均作「紛然作息同」。「三墮」之名從禪林僧寶傳，人天眼目作「尊貴墮」、「類墮」、「隨墮」。其先後順序從石門文字禪。

贈謝無逸偈

老妻營炊，稚子汲水。龐公掃除，丹霞適至。棄帚迎朋，一笑相視。不必靈照，多說道理。

冷齋夜話卷八洪覺範朱世英二偈

贊翠巖芝禪師偈

廬山殿閣如生成，食堂處處禪牀折。我此三門如冷灰，盡日長廊卷風葉。

禪林僧寶傳卷一六翠巖芝禪師傳贊

讀靈源自作誌銘偈

今年九月十有八，清淨淨身忽衰颯。生死鶻崙誰劈破，披露夢中根境法。無生塔成自作銘，人言無虧寧有成。一切法空尚曰座，此塔安得離色聲。隨雲方增佛日晚，長嗟更失人天眼。但餘荷負大法心，乞與叢林照古今。

同上卷三〇黄龍佛壽清禪師傳贊

答唐僧復禮真妄偈

真法本無性，隨緣染淨起。不了號無明，了之即佛智。無明全妄情，知覺全真理。當念絶古今，底處尋終始。本自離言詮，分别即生死。

林間録卷上

釋宗鏡録旨偈

舉手炷香，而供養佛。其心自知，應念獲福。舉手操刀，恣行殺戮。其心自知，死入地獄。或殺或供，一手之功。云何業報，罪福不同。皆自横計，有如是事。是故從來，枉沈生死。雷長芭蕉，銕轉磁石。俱無作者，而有是力。心不取境，境亦自寂。故如來藏，不許有識。

同上卷上

記晦堂老人問莊子義偈

天下心知不可藏，紛紛嗅迹但尋香。端能百尺竿頭步，始見林梢挂角羊。

同上卷上

釋列子小兒論日遠近偈

凉温遠近轉增疑，不答當渠痛處錐。尚逐小兒爭未已，仲尼何獨古難知。

同上卷上

禪和子十二時偈

吾活計，無可觀。但日日，長一般。夜半子，困如死。被虱咬，動脚指。雞鳴丑，粥魚吼。忙繫裙，尋襪紐。平旦寅，忽欠申。兩眉稜，重千斤。日出卯，自攪炒。眼誦經，口相拗。食時辰，齒生津。輸肚皮，虧口唇。禺中巳，眼前事。看見親，説不似。日南午，衣自補。忽穿針，全體露。日昳未，方破睡。洗開面，摸看鼻。晡時申，最天真。順便喜，逆便瞋。日入酉，壁挂口。鏡中空，日中斗。黄昏戌，作用密。眼開闔，烏崒律。人定亥，説便會。法身眠，無被蓋。坐成叢，行作隊。活鱍鱍，無障礙。若動著，赤肉艾。本無一事可營爲，大家相聚喫莖菜。

同上卷上

答彭器資偈

馬祖有伴則來，彭公死時即道。睡裏虱子咬人，信手摸得革蚤。

同上卷上

臨濟四賓主頌

金剛王劍，覿露堂堂。纔涉唇吻，即犯鋒鋩。

踞地師子，本無窠臼。顧佇之間，即成滲漏。

探竿影草，莫入陰界。一點不來，賊身自敗。

有時一喝，不作喝用。佛法大有，只是牙痛。

同上卷上、智證傳、人天眼目卷一

鍇按：「踞地」智證傳作「鋸地」；「之間」智證傳、人天眼目作「停機」；「莫入」智證傳、人天眼目作「不入」；「陰界」智證傳作「院界」；「喝用」智證傳作「一喝用」。

洞庭無蓋偈

洞庭無蓋，凍殺法身。趙州貪食，牙齒生津。

林間録卷下

女子出定因緣偈

出定只消彈指，佛法豈用工夫。我今要用便用，不管罔明文殊。

同上卷下

玄沙未徹偈

靈雲一見不再見，紅白枝枝不著花。叵耐釣魚船上客，却來平地摝魚鰕。

同上卷下

謁雲峰悦禪師塔示僧偈

不知即問，不見即討。圓滿現前，何須更道。維堅密身，生死病老。面前塔子，不可推倒。

同上卷下

黄檗慧禪師初謁疎山偈

逼塞虚空，不行而至。而刹那中，寧容擬議。直下便見，不落意地。眼孔定動，則已不是。

智證傳

三玄三要偈

一句中具三玄門，一玄中具三要路。細看即是陷虎機，忽轟一聲塗毒鼓。偷心死盡眼麻迷，石女夢中毛卓豎。

同上

觀指不得實義偈

石頭若是佛法，法身應不靈聖。佛法若有大小，法身應分少剩。枯骨頭上没汁，衲僧眼見不信。

八萬四千法門，一句爲汝説盡。

同上

答上藍長老偈

以字不成八不是，法身睡著無遮閉。衲僧對面不知名，百衆人前呼不起。

智證傳、臨濟宗旨、禪宗頌古聯珠通集卷四、禪林類聚卷八、永樂大典卷一〇一一六

錯按：「八不是」禪宗頌古聯珠通集、禪林類聚作「八字不是」。

答風穴五白貓兒頌

五白貓兒無縫罅，等閑抛出令人怕。翻身趒擲百千般，冷地看佗成話霸。如今也解弄些些，從渠歡喜從渠罵。却笑樹頭老舅翁，只能上樹不能下。

羅湖野録卷上

論

論作文

東坡曰：「諸葛孔明出師表、李令伯養親疏，皆沛然如肺肝中流出。」東漢以文章名者，未嘗數是兩翁，而文字之妙，遂爾超絶，何哉？蓋其忠義之氣畜之篤，精誠發而爲語言，初未嘗有作文之意耳。如易渙卦：「風行水上渙。」孔子曰：「大哉堯乎！焕乎有文章者。」自然之文，聖人以之。用極妙年，有作文之意，然其學如川之方增，它年當水落石出，自見涯涘。古人以作文之旨不可傳，所可傳粗耳，不過曰讀多，制作多，議論多。三多之中，議論爲難。予願君求天下勝友而友之，功名不爲難致。王珪之母，女子也，而能知珪必貴，但未知其所與游者爲誰。一旦珪與房、杜來過，其母喜曰：「子貴無疑。」予於用極亦有是語。用極以爲如何？覺範書。

中國法帖全集第八册宋鳳墅帖

與蕭郎論詩

予昔宿山中，作詩曰：「上元獨宿寒巖寺，卧看青燈映薄紗。夜久雪猿啼岳頂，夢回清月上梅花。十分春瘦成何事，一掬歸心未到家。却憶少年行樂處，軟紅香霧噴東華。」政和五年上元復至京師，蔡子因約予于相國，久之，不至。有僧師元者，從予求元夕詩曰：「公嘗有山中上元句，甚懷京師，今當却憶山中可也。」予笑，走筆曰：「北游爛熳看并川，重到皇州及上元。燈火風光記前事，管絃音節試新翻。期人不至情如海，穿市歸來月滿軒。記得寒巖曾獨宿，雪窗殘夜一聲猿。」予游巴丘，見蕭郎俊雅，方喜工詩，戲書以授之。覺範。

附：

韓駒跋

明白莫年，詩益宏放，字益遒緊，把玩此卷，如見其抵掌笑語時。建炎四年九月庚戌北窗居士書

曾紆跋

明白身不滿數尺，而豪放之氣塞乎宇宙，故能蹈禍不慄，老當益壯，暮年詩語，高古如是。追惟平生，掩卷酸鼻而已。紹興壬子中伏空青老人書。（鍇按：「不滿數尺」鳳墅帖原作「不滿數赤」，涉音近而誤，今改。）

曾宏父跋

覺範豪放，僧中之龍，觀北窗韓子蒼、空青曾公衮二跋，可想其生平矣。前帖已刊其一詩，字跡與此不甚相類，豈老少之不同？用極，即蕭建功也，有二字。後篇已載冷齋夜話。覺範初名惠洪，再爲僧，又名德洪。始閱汾陽昭語有省，後印可於雲庵真淨，名其所居之軒曰明白。見蕭郎

於巴丘，即清江之峽江，蕭濟父休亭、李先之草堂在焉。蓋古巴丘縣。

中國法帖全集第八册宋鳳墅帖

序

大佛頂如來密因修證了義諸菩薩萬行首楞嚴經論序

會萬物之謂心，冥一心之謂道。心也者，虚融包博，煥發邃凝，應變無方，威神莫測，恢遠微妙，無得而思議焉。良以漚生大海，雲點太清，鼓識浪而渺瀰，滓情塵而紆鬱。由是正徧知者，利見五天，洞開實際之門，廣示真修之路，使識真者造忘言之極，懷寶者免窮丐之勤。前聖後聖，莫不由斯而悟入矣。首楞嚴經者，開如來藏之要樞，指妙明心之徑路，了根塵之妙訣，照情妄之玄猷，真所謂入一乘之坦途，闢異見之宏略。始自阿難循乞，遭幻術所加；文殊承言，宣神呪以護。於是殷勤請最初方便，大慈示本覺元常，唯一直心，無委曲相。以斯内外七處，破妄心而顯真心；明暗八還，破妄見而顯真見。空五陰之處界，廓七大之性圓。各各知心偏十方，如觀掌果；一一悟性湛巨海，不認浮漚。獲本妙心，不從他得。加以滿慈疑山河大地，無狀忽生；慶喜請華屋天王，必由門入。那知翳目，妄起狂華，分彼湛圓，成兹渾濁。體六一之無二，究結解以同源。然則解雖密圓，行由人顯，遂乃敕諸無學，各説圓通，無非真實法門，咸是本來因地。文殊大智，擇法眼以無差；觀音大悲，被娑婆之根器。微塵諸佛，同契真常，解行證成，於焉罄矣。厥後開物成務，請益陳疑。禁戒防非，垂四種明誨；清淨修證，列十地階差。放光宣神呪之功，顛倒成類生之異。精研七趣，廣示六交，重回紫磨金山，爲説禪那現境。五種妄想爲其本，一切魔事因之興。乘悟併銷，由次第盡。真無上寶印，誠微妙蓮華，窮徹果因，備殫理事。祛十惡之重障，喻七寶以難齊。開示未來，菩提可到。一經旨趣，略舉於斯。微細粗，明宗趣。將釋此經，先明宗趣。諸師疏説，小異大同。今之所明，總如來藏性，聖凡平等爲宗；首楞嚴定，離念進修爲趣。又以首楞嚴定，破諸妄見，永絶輪迴爲宗；顯本妙覺明，如來藏性爲趣。若依賢首大師五教門類諸師所議，正唯終實之教，兼於頓圓。若以此經功能，不出破顯二字。破則破諸妄見，顯則顯一真心。雖有多途，不過此意。然般若一部，皆唯遣相；圓覺二章，頓顯本心。此經先云：皆由不知常住真心，次第約心目二塵，委曲精微，歷三科七大之法，因緣和合，虚妄有生；因緣別離，虚妄名滅。殊不知生滅去來，本如來藏妙真如性，性真常中，求其去來迷悟生死，了不可得。廣有其文，不欲備引。或曰：「諸師造疏，已廣通明，何藉方今更爲論義？」答曰：「如來慧辯，理義聯環；房公淵文，詞采簡潔。而守章句者，滯筌蹄之學；求理本者，陋文字之繁。未能和會折衷，雅符上器。不揆蠡管，擬測高深，細正綱宗，粗分科段。比前注疏，誠有所遺，翦稗莠而顯出嘉苗，忘義象而專趨妙悟。與我同志，諒

楞嚴經合論卷首

無誚焉。」

尊頂法論後序

叙曰：世尊於法華之後説此經，備足諸經奥義，畢殫一乘要旨。初，龍勝閲於龍宫，默誦而出五天，世主祕重不傳。天台智者釋法華經，不解六根功德之義，停筆思之，有梵僧謂曰：「唯首楞嚴經著明此義，得以證成，不必釋也。」智者於是日夕西向再拜，願早傳至此土，竟不見而没。唐神龍中，彌伽釋迦持梵本至廣州，州牧房融對譯，俄罽賓國王遣使追取之，幾不得傳。傳譯畢矣，融進御，會中宗登極，未暇宣布，僧神秀飯于禁中得之，持歸荆州玉泉寺。自經至今，五百餘年，傳著箋釋者，無慮十餘家，然判立宗趣多異同，而文不達義，因黯昧。余嘗深觀之，得世尊意於諸家傳著之外，將造論排斥異説，端正經旨。世緣羈縻，未遑惜筆。政和元年十月，以宏法嬰難，自京師竄于朱崖。明年二月至海南，館於瓊山開元寺。寺空如逃亡家，壞龕唯有此經。余曰：「天欲成余論經之志乎？自非以罪戾投棄荒服，渠能整心緒、研深談而思之耶？」屬草未就，蒙恩北還，依止故山精舍，又二年而克成。二三子進曰：「經論各有師承，奈何以禪宗經論乎？」余曰：「馬鳴、龍勝，西天祖師也，而造論釋經，浩如山海，流傳此土者，尚數百萬言。達磨、曹溪，此方祖師也，而説法則曰『唯楞伽經可以印心』，傳心則釋金剛般若之義。禪，佛祖之心；經，佛祖之語。佛祖心口，豈嘗相戾？有人於此，稱祖師用施棒喝則謂之禪；置棒喝而經論，則謂之教，於實際中受此取舍乎？玄沙曰：『宗門教乘，由汝舌本自迴轉耳，豈有實相？』韶國師舉今人看古教偈，謂衆曰：『諸人唤甚麽作教？莫道見説教之一字，滯在教内，道我宗門不恁麽，莫錯好，教不迷人，人迷於教。只如五千四十八卷，若識得，不剩一字，不欠一字；若剩一字，佛法有增；若欠一字，佛法有減。佛法且無增減底道理。』又曰：『祖師是佛弟子，若窮得佛語，祖師語自然現前。』此殆天下之名言也。嗟乎！經之來其艱難如此，而傳著之家又從而汩之。學者既付受不妙，乃疑以爲教乘，其自障有如此，可爲歎惜。我釋此論，有能於中發明自心，契會佛意者，願世世以法爲親，同本願力，共濟衆生，化令成佛。」八年五月一日謹叙。

楞嚴經合論卷末

書

寄黄蘗佛智禪師書

宗杲竊見吾百禪師傳，輒焚去一十九人，不知何意？

（元叟行端禪師語録卷七跋覺範寄黄蘗佛智禪師書、明釋無慍山庵雜録卷上，此處文字據後者引）

詞

浪淘沙

政和八年五月初吉作長短句送用極，弟覺範。

層翠掃黄昏，對榻重論。竹軒涼夜月紛紛。愛子語言如吐鳳，取次成文。　此别不堪聞，欲語銷魂。相知滿眼少如君。後會有無俱不定，蹤迹浮雲。

中國法帖全集第八册宋鳳墅帖

西江月　蠟梅

黄蠟誰將點綴，紅膏不許施粧。孤根來自水雲鄉，風味天然醞釀。　看取玉奴呵手，摘來珠露霑裳。翠鬟斜插一枝香，似簇蜂兒頭上。

永樂大典卷二八一一

西江月 蠟梅

萬木經霜凍折，孤根獨報春來。前村雪裏一枝開，將換月華光綵。一點唇紅不褪，粧如傅粉皚皚。和羹端自稟天才，終日庖人鼎鼐。

永樂大典卷二八一一

點絳唇

流水泠泠，斷橋横路梅枝亞。雪花初下，全似江南畫。白璧青錢，欲買春無價。歸來也，風吹平野，一點香隨馬。

樂府雅詞拾遺上、唐宋諸賢絶妙詞選卷九

附録

一、惠洪傳記資料

寂音尊者塔銘

建炎二年五月甲戌，寂音尊者寶覺圓明大師歿於南康軍同安寺，門人智俱等崇石爲塔，葬之寺北五里。卒事，智俱來武寧，求余銘，朞年不去，曰：「先師之志也。」乃序而銘之：

師初名惠洪，字覺範，姓喻氏，高安人。少孤，受學，辯博能緝文，性簡亮。年十四出家，依三峰禪師。十九試經東都，落髮受具。聽宣秘律師講華嚴經，一旦不樂，歸事真淨克文禪師。七年，盡得其道，始自放於湖湘之間。荆州張丞相聞其名，請傳法於峽州天寧寺。師以二詩辭焉，已而杖策謁公，公見之喜，曰：「今世融、肇也。」給事中朱彦知撫州，以師住持北景德寺。久之，謝去，住持江寧府清涼寺。坐爲狂僧誣告抵罪。張丞相當國，復度爲僧，易名德洪，數延入府中，與論佛法。有詔賜號寶覺圓明，一時權貴人爭致之門下，執弟子禮。且將住持黃龍山矣，會丞相去位，制獄窮治蹤迹，尚書郎趙賜等皆坐貶官。師竄海南島上三年，遇赦自便，名猶在刑部。雖毀形壞服，律身嚴甚，所至長老避席，莫敢亢禮。其同門友希祖居谷山，及其嗣法在諸山者，皆迎師居丈室，學者歸之。是時法禁與黨人游，而師多所厚善，誦習其文，重得罪，不悔。爲張丞相及郭、陳尤盡其力。其在東都也，咸譏「道人尚交通權貴耶」，師笑謂人曰：「是安知吾意？」大臣廉知之，故及於難。及靖康初，大除黨禁，談者謂師前日違衆趨義，婁瀕於死，既還僧籍，宜有以寵異之。語聞執政，欲上其事，屬多故，不果。明年，師殁，志迄不伸，世以爲恨。壽五十八，臘三十九。著論數萬言，皆有以佐世。圜悟克勤禪師嘗曰：「筆端有大辯才，不可及也。」至他文皆俊偉，不類浮圖語。始，黃太史見其所作竹尊者詩，手爲書之，以故名顯。既老，自號寂音尊者。予識師久，嘗戒之使遠禍，師赫然曰：「行吾志爾！矧吾法中本無死生禍福，尚奚卹子言？」予心不善之，口弗能屈也。銘曰：

維古高僧，廣學多聞。在秦融、肇，傳法以文。後皆昧陋，佛法湮堙。師獨著書，至老益勤。維古高僧，名士並游。在晉安、深，孫、許實儔。後皆伏匿，釋儒相仇。師獨友賢，雖遠必求。好文致憎，友賢招怨。曾是不虞，數蹈大難。維師之言，世既多有。別其行事，以告永久。（永樂大典卷八七八三韓駒陵陽集）

寶覺圓明大師德洪傳

寶覺圓明大師德洪，一名惠洪，字覺範，號冷齋，俗姓彭，新昌人。年十三出家，依三峰䂨禪師爲童子。年十九，試經於東京寺，得度，落髮，受且（具）足戒，聽宣秘律師講華嚴經。一旦不樂，歸事真淨禪師，七年，盡得其道。禪學超詣，釋注金剛、楞嚴、圓覺、法華四經，博通儒書，尤工於詩，名動京輦。與陳了翁、黄山谷游，山谷贈以詩，稱其「韻勝不減秦少觀，氣爽絶類徐師川」。子韓子蒼宰分寧，慧洪從高安來，館之雲巖寺，寺僧三百，各持一幅紙，求詩於洪，洪握筆立就。子蒼見之不懌，曰：「詩當少加思，豈若是易易乎？」洪笑曰：「取快吾意而已。」子蒼與別十年，覽其遺編，追記平生，不覺殞淚。慧洪詩多奇句，如「已收一霎挂龍雨，忽起千巖擷鶻風」，「麗句妙於天下白，高才俊似海東青」，「文如水行川，氣若春在花」，皆古人未嘗道也。年五十八，卒於南安軍，子蒼爲銘其塔。有合論、易傳、僧寶傳、智證傳、法王武庫、林間録、天廚禁臠、冷齋夜話、甘露集、石門文字禪、注十明論、證道歌行於世。（永樂大典卷八七八三瑞陽志）

惠洪傳

惠洪，高安人。以「文如水行川，氣若春在花」得名，入江西詩派，住廬山竹林，有讀淵明祠碑云：「武王既伐紂，乃不立微子。雖有去惡仁，終失存商義。夷齊不肯臣，甘作首陽死。下視莽操輩，欺孤奪幼稚。汗赤亦戴天，特向而冠耳。桓玄弄兵權，劉裕竊神器。先生於此時，抽身良有以。袖手歸去來，雙眼飽山翠。追懷聖人清，太虛絶塵滓。長恨千載心，絶絃掩流水。與君讀此碑，相視一笑耳。」晚歸高安，有寄故山詩云：「風葉鳴榔夜色晴，隔雲微月稍分明。下簾陡覺衣裳薄，拂榻空驚枕簟清。病眼得秋還少睡，壯心於世似多情。何時却作廬山去，度水穿雲取次行。」（永樂大典卷八七八三九江府志）

寶覺圓明大師德洪

寶覺圓明大師德洪，一名惠洪，字覺範，新昌人，姓彭氏。禪學造詣，釋注金剛、楞嚴經，博通儒書，能文，尤工於詩，名動京輦。與陳了翁、黄山谷游，山谷贈以詩，稱其「韻勝不減秦少游，氣爽絶類徐師川」。韓子蒼宰分寧，惠洪從高安來，館之雲巖寺，寺僧三百，各持一幅紙，求詩於惠洪，斯須立就。有甘露集、林間録、冷齋夜話、天厨禁臠行於世。張無盡、陳了翁、鄒志完諸公評其詩文，以爲晉唐以來詩僧之冠。韓駒子蒼誌其墓。（輿地紀勝卷二七瑞州）

明白洪禪師傳

禪師諱德洪，字覺範，筠州新昌喻氏子。年十四，父母併月而歿，去依三峰靘禪師爲童子。十九試經東都，假天王寺舊籍惠洪名，爲大僧。依宣祕律師，受唯識論，臻其奧。博觀子史，有異才，以詩鳴京華搢紳間。久之，南歸，依歸宗真淨禪師，研究心法，隨遷泐潭。凡七年，得真淨之道。辭，之東吴，歷沅湘。一日閲汾陽語，重有發藥，於是胸次洗然，辨博無礙。崇寧中，顯謨朱世英請出世臨川之北禪。先是寺有古畫應真十六軸，久亡其一。師至，以詩嘲之。未淹辰，而應真見夢所匿之家，丐歸寺中，因得之。世以謂尊者猶畏其嘲而歸焉。越明年，以事退遊金陵，漕使吴正仲請居清凉。未閲月，爲狂僧誣以度牒冒名，旁連訕謗事，入制獄。鍛鍊久之，坐冒名。著逢掖走京師，見丞相張無盡，特奏得度，改今名。太尉郭天民奏錫椹服，號寶覺圓明。自稱寂音尊者。未幾，坐交張、郭厚善，張罷政事。時左司陳瑩中撰尊堯録將進御，當軸者嫉之，謂師頗助其筆削。政和元年十月，褫僧伽黎配海外。三年春，遇赦，歸於江西。是冬復證獄於并州，明年得還。往來九峰、洞山，野服蕭散，以文章自娱。將自西安入衡湘，依法屬以老。復爲狂道士執以爲張懷素黨，下南昌獄。治百餘日，非是。會赦免，歸湘西之南臺。仍治所居，榜曰明白庵，自爲之銘，其叙曰：「予世緣深重，夙習羈縻，好論古今治亂、是非成敗，交遊多譏訶之。獨陳瑩中曰：『於道初不相妨，譬如山川之有煙雲，草木之有華滋，所謂秀媚精進。』予心知其戲，然爲之不已。大觀元年春，結茅於臨川，名曰『明白』，欲痛自治也。瑩中聞之，以偈見寄曰：『庵中不著毗耶座，亦許靈山聞法人。便謂世間憎愛盡，攢眉出社有誰嗔？』於有隄岸輒決，又復衮衮多言。然竟坐此得罪，出九死而僅生。恨識不知微，道不勝習，乃收召魂魄，料理初心，而爲之銘曰：『雷霆發聲，萬國春曉。聞者不言，心得意了。木落霜清，水歸沙在。忽然震驚，聞者駭怪。合妙日用，如春雷霆。背覺合塵，如冬震驚。萬機休罷，隨緣放曠。尚無了知，安有倒想。永惟此恩，研味其旨。一庵收身，以時卧起。語默不昧，絲毫弗差。蒙雜而著，隨乎於嘉。』」於是覃思經論，著義疏，發揮聖賢之祕奧，及解易。作僧寶傳成，撫而歎曰：「冒障海，極并門，間關萬死而不斃，天其或者遲以卒此乎！世有賢者，當知我矣。」將負之入京，抵襄陽，會難，淵聖登極，大逐宣和用事者，詔贈丞相商英司徒。賜師重削髮，還舊師名。未幾，國步多艱，退遊廬阜。建炎二年夏五月，示寂於同安。閱世五十有八。門人建塔於鳳棲山。師之才章，蓋天稟然，幼覽書籍，一過目，畢世不忘。落筆萬言，了無停思。其造端用意，大抵規模東坡，而借潤山谷。至於出入禪教，議論精博，其才實高。圜悟禪師以爲筆端具大辯才，不可及也。與士大夫遊，議論衮衮，雖稠人廣座，至必奪席。初在湘西，見山谷，與語終日，不容去。因有詩贈之，略曰：「不肯低頭拾卿相，又能落筆生雲煙。」其後山谷過宜春，見其竹尊者詩，咨賞，以爲妙入作者之域，頗恨東坡不及見之。著林間録二卷、僧寶傳三十卷、高僧傳十二卷、智證傳十卷、志林十卷、冷齋夜話十卷、天厨禁臠一卷、石門文字禪三十卷、語録偈頌一編、法華合論七卷、楞嚴尊頂義十卷、圓覺皆證義二卷、金剛法源論一卷、起信論解義二卷，並行於世。

贊曰：丞相張無盡稱覺範「蓋天下之英物，聖宋之異人」。然古之高僧，以才學名世，殆與覺範並驅者多矣，必以清標懿範相資而後美也。覺範少歸釋氏，長而博極羣書。觀其發揮經論，光輔叢林，孜孜焉手不停綴，而言滿天下。及陷於難，著逢掖，出九死而僅生，垂二十年。重削髮，無一辭叛佛而改圖，此其爲賢者也。然工呵古人，而拙於用己，不能全身遠害，峻戒節以自高，數陷無辜之罪。抑其恃才，暴耀太過，而自取之邪？嘗自謂「識不知微，道不勝習」者，不獨爲洪實録，亦以見其自欺焉。惜哉！（宋釋祖琇僧寶正續傳卷二）

筠州清涼寂音慧洪禪師

郡之新昌人，族彭氏（原注：續僧寶傳誤作「喻」）。年十四，父母俱亡。乃依三峰靘禪師爲童子，日記數千言，覽羣書殆盡。靘器之。十九試經於東京天王寺，得度，從宣祕講成實唯識論。逾四年，棄，謁真淨於歸宗。淨遷石門，師隨至。淨患其深聞之弊，每舉玄沙未徹之語，發其疑，凡有所對，淨曰：「你又説道理耶？」一日頓脱所疑，述偈示同學曰：「靈雲一見不再見，紅白枝枝不著華。叵耐釣魚船上客，却來平地摝魚鰕。」淨見，爲助喜，命掌記室。未久去，謁諸老，皆蒙賞音，由是名振叢林。顯謨朱公彦請開法於北禪景德，後住清涼。示衆，舉首楞嚴如來語阿難曰：「汝應齅此鑪中旃檀，此香若復然於一銖，室羅筏城四十里内，同時聞氣。於意云何？此香爲復生旃檀木，生於汝鼻，爲生於空？阿難，若復此香生於汝鼻，稱鼻所生，當從鼻出。鼻非旃檀，云何鼻中有旃檀氣？稱汝聞香，當於鼻入，鼻中出香，説聞非義。若生於空，空性常恒，香應常在，何藉鑪中爇此枯木？若生於木，則此香質，因爇成煙，若鼻得聞，合蒙煙氣，其煙騰空，未及遥遠，四十里内，云何已聞？是故當知，香、鼻與聞，俱無處所，即齅與香，二處虚妄，本非因緣，非自然性。」師曰：「入此鼻觀，親證無生。」又大智度論問曰：「聞者云何聞？用耳根聞耶？用耳識聞耶？用意識聞耶？若耳根聞，耳根無覺識知，故不能聞；若耳識聞，耳識一念，故不能分別，不應聞；若意識聞，意識亦不能聞。何以故？先五識識五塵，然後意識識，意識不能識現在五塵，唯識過去未來五塵。若意識能識現在五塵者，盲聾人亦應識聲色。何以故？意識不破故。」師曰：「究此聞塵，則合本妙，既證無生，又合本妙，畢竟是何境界？」良久曰：「白猿已叫千巖晚，碧縷初横萬字鑪。」住景德日，僧問：「南有南景德，北有北景德。德即不問，如何是景？」曰：「頸在項上。」崇寧二年，會無盡居士張公於峽之善溪。張嘗自謂得龍安悦禪師末後句，叢林畏與語。因夜話及之，曰：「可惜雲庵不知此事。」師問所以，張曰：「商英頃自金陵酒官移知豫章，過歸宗，見之，欲爲點破。方叙悦末後句，未卒，此老大怒，罵曰：『此吐血禿丁，脱空妄語，不得信。』既見其盛怒，更不欲叙之。」師笑曰：「相公但識龍安口傳末後句，而真藥現前，不能辨也。」張大驚，起執師手曰：「老師真有此意耶？」曰：「疑則别參。」乃取家藏雲庵頂相展拜贊之，書以授師，其詞曰：「雲庵綱宗，能用能照。天鼓希聲，不落凡調。冷面嚴眸，神光獨耀。孰傳其真，覿面爲肖。前悦後洪，如融如肇。」大慧禪師處衆日，嘗親依之，每歎其妙悟辨慧。建炎二年五月示寂於同安，壽五十有八，臘四十。太尉郭公天民奏賜椹服，號寶覺圓明。（原注：所著僧寶傳三十卷、僧史十二卷、智證十卷、志林十卷、楞嚴尊頂法論十卷、法華合論七卷、圓覺證義二卷、金剛法源論一卷、起信解義一卷、易注三卷、林間録二卷、冷齋十卷、禁臠二卷、文字禪三十卷、甘露集三十卷。）（宋釋正受嘉泰普燈録卷七）

瑞州清涼慧洪覺範禪師

郡之彭氏子。年十四，父母俱亡，乃依三峰靘禪師爲童子。日記數千言，覽羣書殆盡，靘器之。十九，試經於東京天王寺，得度，從宣秘講成實唯識論。逾四年，棄，謁真淨於歸宗。淨遷石門，師隨至。淨患其深聞之弊，每舉玄沙未徹之語，發其疑。凡有所對，淨曰：「你又説道理耶？」一日，頓脱所疑，述偈曰：「靈雲一見不再見，紅白枝枝不著華。叵耐釣魚船上客，却來平地摝魚鰕。」淨見，爲助喜，命掌記。未久去，謁諸老，皆蒙賞音，由是名振叢林。顯謨朱公彦請開法撫州北景德，後住清涼。示衆，舉首楞嚴如來語阿難曰：「汝應齅此爐中栴檀，此香若復然於一銖，室羅筏城四十里内，同時聞氣。於意云何？此香爲復生栴檀木，生於汝鼻，爲生於空？阿難，若復此香生於汝鼻，稱鼻所生，當從鼻出，鼻非栴檀，云何鼻中有栴檀氣？稱汝聞香，當於鼻入，鼻中出香，説聞非義。若生於空，空性常恒，香應常在，何藉爐中爇此枯木？若生於木，則此香質，因爇成煙。若鼻得聞，合蒙煙氣，其煙騰空，未及遥遠。四十里内，云何已聞？是故當知，香鼻與聞，俱無處所，即齅與香，二處虚妄，本非因緣，非自然性。」師曰：「入此鼻觀，親證無生。」又大智度論問曰：「聞者云何聞？用耳根聞邪？用耳識聞邪？用意識聞邪？若耳根聞，耳根無覺識知，故不能聞。若耳識聞，耳識一念，故不能分别，不應聞。若意識聞，意識亦不能聞。何以故？先五識識五塵，然後意識識。意識不能識現在五塵，唯識過去、未來五塵。若意識能識現在五塵者，盲聾人亦應識聲也。何以故？意識不破故。」師曰：「究此聞塵，則合本妙。既證無生，又合本妙，畢竟是何境界？」良久曰：「白猿已叫千巖晚，碧縷初横萬字鑪。」住景德日，僧問：「南有景德，北有景德，德即不問，如何是景？」師曰：「頸在頂上。」崇寧二年，會無盡居士張公於峽之善溪。張嘗自謂得龍安悦禪師末後句，叢林畏與語。因夜話及之，曰：「可惜雲庵不知此事。」師問所以，張曰：「商英頃自金陵酒官移知豫章，過歸宗見之，欲爲點破。方叙悦末後句未卒，此老大怒，駡曰：『此吐血秃丁，脱空妄語，不得信。』既見其盛怒，更不欲叙之。」師笑曰：「相公但識龍安口傳末後句，而真藥現前不能辨也。」張大驚，起執師手曰：「老師真有此意耶？」曰：「疑則别參。」乃取家藏雲庵頂相，展拜贊之，書以授師，其詞曰：「雲庵綱宗，能用能照。天鼓希聲，不落凡調。冷面嚴眸，神光獨耀。孰傳其真？覿面爲肖。前悦後洪，如融如肇。」大慧處衆日，嘗親依之，每歎其妙悟辯慧。建炎二年五月，示寂于同安。太尉郭公天民奏賜寶覺圓明之號。（宋釋普濟五燈會元卷一七）

筠州清涼德洪禪師

筠州清涼德洪禪師，字覺範，郡之新昌喻氏子。年十四，父母併月而歿。去依三峰靘禪師爲童子。十九，試經東都，假天王寺舊藉慧洪名，爲大僧。依宣祕律師，受唯識論，臻其奥。博觀子史，有異才，以詩鳴京華縉紳間。久之，南歸，依歸宗真淨禪師，研究心法，隨遷泐潭。凡七年，得真淨之道。辭之東游，歷沅湘。一日，閱汾陽語，重有發藥，於是胸次洗然，辯博無礙。崇寧中，縣謨朱世英請出世臨川之北禪。先是寺有古畫應真十六軸，久亡其一。師至，以詩啁之。未淹辰，而應真見夢所匿之家，丐歸寺中，因得之。世以謂尊者猶畏其嘲而歸焉。越明年，以事退游金陵，漕使吴正仲請居清涼。未閲月，爲狂僧誣以度牒冒名，旁連訕謗事，入制獄。鍛鍊久之，坐冒名。著縫掖走京師，見丞相張無盡，特奏得度，改今名。太尉郭天民奏賜椹服，號寶覺圓明。自稱寂音尊者。未幾，坐交張、郭厚善，張罷政事。時左司陳瑩中撰尊堯録將進御，當軸者嫉之，謂師頗助其筆削。政和元年十月，褫僧伽黎，配海外。三年春遇赦，歸于江西，是冬復證獄于并州。明年得還，往來九峰、洞山，野服蕭散，以文章自娱。將自西安入衡湘，依法屬以老，復爲狂道士執以爲張懷素黨，下南昌獄，治百餘日，非是。會赦免，歸湘西之南臺，仍治所居，榜曰「明白庵」，自爲之銘云云。於是覃思經論，著義疏，發揮聖賢之祕奧，及解易。作僧寶傳成，將負之入京。抵襄陽，會淵聖登極，大逐宣和用事者，詔贈丞相商英司徒，賜師重剃髮，還舊師名。未幾，國步多艱，退游廬阜。建炎二年夏五月，示寂于同安，閱世五十有八。門人建塔鳳棲山。師之才章，蓋天稟然，幼覽書籍，一過目，畢世不忘，落筆萬言，了無停思。其造端用意，大抵規模東坡，而借潤山谷。至於出入禪教，議論精博，其才實高。圜悟禪師以爲筆端具大辯才，不可及也。與士大夫游，議論衮衮，雖稠人廣座，至必奪席。初在湘西見山谷，與語終日，不容去，因有詩贈之，略曰：「不肯低頭拾卿相，又能落筆生雲煙。」其後山谷過宜春，見其竹尊者詩，咨賞，以爲妙入作者之域，頗恨東坡不及見之。著林間録二卷、僧寶傳三十卷、高僧傳十二卷、智證傳十卷、志林十卷、冷齋夜話十卷、天厨禁臠一卷、石門文字禪三十卷、語録偈頌一編、法華合論七卷、楞嚴尊頂義十卷、圓覺皆證義二卷、金剛法源論一卷、起信論解義二卷，並行于世。丞相張無盡稱覺範，蓋「天下之英物，聖宋之異人」。然古之高僧以才學名世。殆與覺範並驅者多矣，必以清標懿範相資而後美也。覺範少歸釋氏，長而博極羣書，觀其發揮經論，光輔叢林，孜孜焉手不停綴，而言滿天下。及陷于難，著逢掖，出九死而僅生，垂二十年重削髮，無一辭叛佛而改圖，此其爲賢者也。然工呵古人，而拙於用己，不能全身遠害，峻戒節以自高，數陷無辜之罪，抑其恃才暴耀太過，而自取之邪？嘗自謂「識不知微，道不勝習」者，不獨爲洪實録，亦以見其不自欺焉。惜哉！（不著撰人續傳燈録卷二二）

清涼慧洪禪師

瑞州清涼慧洪覺範禪師，郡之彭氏子。年十四，依三峰䩡禪師爲童子，日記數千言。十九，試經於東京天王寺，得度，從宣秘講成實唯識論。逾四年，棄，謁真淨於歸宗。真淨遷石門，師隨至。真淨患其深聞之弊，每舉玄沙未徹之語發其疑。凡有所對，真淨曰：「你又説道理耶？」一日頓脱所疑，述偈曰：「靈雲一見不再見，紅白枝枝不著華。叵耐釣魚船上客，却來平地摝魚鰕。」真淨見，爲助喜，命掌記。未久去，謁諸老，皆蒙賞音。由是名振叢林。崇寧二年，會無盡居士張公於峽之善溪。無盡嘗自謂得龍安悦禪師末後句，叢林畏與語。因夜話及之曰：「可惜雲庵不知此事。」師問所以，無盡曰：「商英頃自金陵酒官移知豫章，過歸宗見之，欲爲點破。方叙悦末後句，未卒，此老大怒罵曰：『此吐血禿丁，脱空妄語，不得信。』既見其盛怒，更不欲叙之。」師笑曰：「相公但識龍安口傳末後句，而真藥現前，不能辨也。」無盡大驚，起執師手曰：「老師真有此意耶？」曰：「疑則别參。」乃取家藏雲庵頂相，展拜贊之，書以授師，其詞曰：「雲庵綱宗，能用能照。天鼓希聲，不落凡調。冷面嚴眸，神光獨耀。孰傳其真？覿面爲肖。前悦後洪，如融如肇。」大慧處衆日，嘗親依之，每歎其妙悟辯慧。（明黎眉教外别傳卷九）

二、惠洪著述序跋

注石門文字禪序

文字禪者，覺範所説之禪般若，而依調御所説之大般若，則所謂「總持非文字，文字顯總持」者，是所以有文字禪之作。而禪非文字，文字顯禪，則文字乃了心文字，禪乃精義禪。禪即文字，文字即禪，盡善矣，盡美矣。譬如真金，雖非不美善，更瑩以瑠璃摩尼，則光明清淨，莊嚴圓備，勝於餘金，勝於閻浮檀金也。宋道融于叢林盛事中謂曇橘洲曰：「學問該博，擅名天下，本朝自覺範後，獨推此人而已。」然則覺範之在橘洲上，擅名天下者，不言而可知也。然議覺範之不純粹者，亦往往而有焉。是雖莊嚴之精金，未免間有纖毫之鑛滓耳。夫文字禪之現成，學問該博之所吐演，其典故訓詁不易解者，倚疊如山。而古來未有分疏之者，見者無不浩歎。於是乎前住那須大雄寺廓門徹公，二十餘年用心於此中，而一事一言盡考其所出。注之解之，編爲三十卷，開露覺範之藴奥於今日，揚般若波羅蜜之波瀾，潤色文字禪之枯槁，以爲見者慰歎，而其勞之久，其功之多，又誰不感心乎？昔者揚子雲作書，不求知於當時，而言後世有子雲者而知之矣。而今徹公之于石門，亦千歲之子雲，而後世之覺範也。方謀梓行，暫寓京師。一日，持其書來乞老衲著一語於卷首，諄諄不休，令人忘老懶朱愚，忘衰朽白癡，不覺吐此土苴狼藉不少，蓋又表章般若無知之結局者歟？是爲序。寶永庚寅仲春十又一日，復古老人卍山和南書。（日本釋廓門注石門文字禪卷首）

注石門文字禪序

不立文字，是之爲禪也。奇怪甘露滅，以文字爲禪，非是回互，而所謂不立文字之意全矣。甘露滅天機豪縱，淵才贍學，羅爛星於胸次，挾疾風於毫尖。其詩偈銘記之類，總三十卷，取資乎經史，出入乎禪教，而古今未聞有箋注者。禨侶知曹好之，瞋其不可解。洞上碩宿有廓門禪師，竊憂此之闕典，斧搜鑿索，積歲畢袞，遂自關東來，僦居於神京，而謀刊布之益焉。一日，帶錄成者，款弊廬，且謁以言首之。余觀其所查攷，祕笈奧編，苞羅不遺力，盤根則解，錯節則分，自今讀之之人，如行無讎之路，而透無吏之關矣。後來縱有補苴遺漏者，必以師爲發曚之首倡也。余已受知於數年之前，而今復翔徉臨存，特有此囑，仍不揆而數言，冒瀆固甚。嗚呼！覺範之文，雖以「雜花過眼」，被傅翁批焉。亦以「落筆生雲煙」，被黄太史愛焉。老杲以「攢花簇錦，洪兄始得」，不恪稱也。勤巴子以「筆端具大辯才，不可及」，讓美也。但其全袞文字都是禪，則雜花過眼，雲煙生筆，靡非是禪矣。即此嵌注，所援九經十九史，茄子瓠子，亦靡非是禪矣。苟如此，則石門鼓琴于宋國，廓門窮其趣於日域，可謂二門，是異土之伯牙，異代之子期也。廓禪師謙而不驕，豐而不修飾，萬卷撑突而若虛，蓋培道養德之人也。庚寅賫永首夏結制後三日，前妙心無著道忠沐手書于龍華樹下。（同上）

野州大雄廓公禪師注文字禪題辭

廓公少而癖文字禪，予嗜好之甚曰癖，如昔人於傳、馬、詩、地、茶、香、墨等事，世傳以爲美譚。亦與焉。而予耽摹擬，公力考索。其摹擬者，如人學法帖，僅有相似則喜，鼚跳螢照，足以自傲，何益於人？老來特覺其非，雕篆頓歇，於今死灰不復燃也。公老益壯，日繙羣編，祁寒溽暑，未嘗不從事於斯，其爲人之心不戔戔矣。式觀垂鬚古佛，從空入假，手著兹編，胸藏華竺，眼空木天，擣篩三教，化爲一味。般若之寶焰朗耀，彌布環區，其光結爲文字，別起一家。菁華焕發，冠絶古今。讀之則有如游五都之肆，五鳳七鳳之樓，翼然飛舞乎錦街繡巷之中，靡弗人人顒昂悦可，然往往貪看其富贍，不知有根蔕，矧領玄旨者乎？公憫此顓蒙，著意於片言隻句間，然犀角，懸方鏡，撿討來處，蒐羅事實，殆盡矣。大抵古人用事，其易考者，兒童亦輒知。其難考者，雖宿學亦闕如。公遇其可闕如，則旁搜幽尋，日夕弗倦，自以爲樂，故其難知者亦致能知。今夫富家所儲堅昆之盌，磁州之窯，人見而知，如有翡翠之罌，非鄧保吉不得識也。琴瑟箜篌，一顧而盡，如有古墓出阮咸，非元行沖不得辨也。其於宗廟也，簠簋籩登，人或知焉，如置宥坐之器，非仲尼則不悉其意。至若有養神芝返魂，惟鬼谷子識之。模楷非假借，惟淮南王識之。角端，楚材知之。爰居，展禽知之。凡人所不知能知之，之謂多識君子。公稽古多類此，而爲兹舉，賢於人遠矣。蓋欲俾學子知禪與文字，水波相即，徑入甚深微密不思議解脱法門，其用心可謂偉矣。然自古本邦禪林横眼於風月者，頗喜讀蘇、黄詩，以講習爲己任，黄則有帳中香，蘇則有四河入海，亡慮若干卷。予少時略覽，叢脞駁雜，未惺鬆也。夫蘇、黄之才，奎壁鸞鳳，天下之人無不宗焉。且參佛印、晦堂諸老，爲護法之屏翰，其所著文字，關係乎吾道，僅十一二。蘇、黄已如是，其餘不足論耳。今之爲僧，好攻墳典，求教杏壇，趨陪函丈者，間亦有焉，是果何心歟？雖曰大士利物之一端，弄劍割泥，不自損者不也，是以石門之文字，寥寥無聞於世，可勝歎哉！公出拔山扛鼎之手，鴻業就緒，如彼鼓吹蘇、黄，睥睨石門者，觀之亦可以不少愧乎？在昔夏后氏世治水也，敷土隨山，斬木通道，瀹濟、漯，決汝、漢，櫛風沐雨，在外八年，澤施於民。故曰：「微禹，吾其魚乎！」公左袒於石門，懷鉛握槧，歷殘湖海，探二酉，溯九流，爲法忘身，備嘗辛酸，幾二十年，遂俾斯文昭昭於世猶日星，其底績不在禹下矣。四海禪人唶唶揚言曰：「箋於石門，唐山無人而搏桑有之者，自公始。」苟有志於扶宗，觀此盛事，孰肯不歡讚。公嘗事大父心老人有年，予相識四十年，嘗解后於東都，爲約弁言，因循不果，有年於此。邇小師購新本來，予撫卷隨喜，焚香讀兩三版，竊謂垂鬚古佛在那伽，定歡喜自云：「嗚石鼓者，夫蜀桐乎？」予進云：「滿頭白紛紛地，没此忌諱。如人會，則古佛相見，有味外味；脱或不會，買櫝還珠者也。」日本正德三年歲舍癸巳涂月哉生魄，常州水府東明山天聖禪寺蘭山衵和南題。（同上）

注石門文字禪贊

筠溪甘露滅，宋代僧中傑。肆説文字禪，丕振風雷舌。杲佛日歎慧辯之縱横，張商英服機用之轟烈。一肩荷負佛祖綱宗，幾載却遭瘴海竄逐。精金百鍊，人愈仰其光華；春色萬枝，孰不尊其才德。今被廓公描幻容，弁首遺編播桑域。峨山澄月潭敬贊。（同上）

跋注石門文字禪

余退寺之後，渴睡餘，日看讀覺範禪師文字禪。意喜純粹于詩文，不獨余喜之而已，雖世人亦復然矣。熟思其所作爲，淵才雲辯，流而不竭，布而無際，豈能薄材譾者得窺見厥門牆哉！大明達觀師所刊行，寫誤脱簡甚夥焉，令人不能無疑惑於其間。余得善本，欲爲之注，没有依標，堪嗟嘆。道友曰：「師既新豐末裔，詎不注洞上書録，而鑽他故紙乎？」應之曰：「余性無生滅固我之心，無愛憎好惡之念，安有非他是自，唯適意遮眼爾。」因茲忘菲才，閲群書，質故實，累歲注成。那忍棄擲之，用鋟於版，亦漏于其網者不爲少。更期塵埃落葉，要後人埽一埽矣。猶且範師緒餘，載在於序中，庸詎容於聲也。余姑叙鏤刻之由，庶幾禪者依此書，知作爲詩文之標準者。於時寶永庚寅秋八月望後，前永平廓門貫徹書於洛東調心軒。（注石門文字禪卷末）

林間録序

洪覺範得自在三昧于雲庵老人，故能遊戲翰墨場中，呻吟謦欬，皆成文章。每與林間勝士抵掌清談，莫非尊宿之高行，叢林之遺訓，諸佛菩薩之微旨，賢士大夫之餘論。每得一事，隨即録之，垂十年間，得三百餘事。從其遊者本明上人，外若簡率而内甚精敏。燕坐之暇，以其所録析爲上下帙，名之曰林間録。因其所録有先後，故不以古今爲詮次。得於談笑，而非出於勉强，故其文優游平易，而無艱難險阻之態。人皆知明之有是録也，所至之地，借觀者成市。明懼字畫漫滅，而傳寫失真，於是刻之於板，而俾余爲序，以壽後世焉。余謂斯文之作，有補於宗教，如儉歲之粱稷，寒年之繒纊，豈待余序然後傳哉！顧託斯文以傳不朽，此余所以欲默而不能也。昔樂廣善清言而不長於筆，請潘岳爲表，先作二百語以述己之志。岳取而次比之，便成名筆。時人咸云：「若廣不假岳之筆，岳不假廣之旨，無以成斯美也。」今覺範口之所談，筆之所録，兼有二子之美，何哉？大抵文士有妙思者，未必有美才；有美才者，未必有妙思。惟體道之士，見亡執謝，定亂兩融，心如明鏡，遇物便了，故縱口而談，信筆而書，無適而不真也。然則覺範所以兼二子之美者，得非體道而然耶？余是以知士不可不知道也。覺範名慧洪，筠陽人，今住臨川北景德禪寺，蓋赴顯謨閣待制朱公之請云。大觀元年十一月一日序。（林間録卷首、謝逸溪堂集卷七）

圓覺經皆證論序

荆國王文公常問真淨禪師曰：「諸經皆首標時處，獨圓覺經不然，何也？」真淨曰：「頓乘所演，直示衆生日用，日用現前，不屬古今。老僧與公同入光明藏，遊戲三昧，互爲賓主，非關時處。」又問：「圓覺經云：『一切衆生皆證圓覺。』而圭峰禪師易『證』爲『具』，謂是譯者之訛。其義是否？」真淨曰：「圓覺經若可易，維摩經亦可易，維摩經豈不曰（滅）『亦不滅受蘊取證』。然則『取證』與『皆證』之義，亦何異哉？蓋衆生現行無明，即如來根本大智。圭峰之説非是。」文公大悦，稱賞者久之。自是真淨始有意爲圓覺著論，雖時時與門弟子辯説大旨，至於落筆，未遑暇也。真淨既示寂，而法子惠洪取其師之説，潤色而成書，凡二萬餘言。逸嘗評其文，其理致高妙，造語簡遠，如晉人之工于文，生、肇之徒，不足多也。昔司馬遷作史記，述其父談之志，而班固亦續其父彪之業，而爲西漢書。古之作者著書立言以示後世，豈嘗徇一己之私見哉？凡以見先人之法而已。洪著此論，推真淨之説，以明諸佛之心，是亦見師之法也。若夫心之精微，口之

所不能言者，父不得傳之子，雖洪且不得而論之矣，予又烏得而序之哉？（溪堂集卷七）

智證傳後序

昔人有言，切忌説破。而此書挑刮示人，無復遺意。吁！可怪也。罷參禪伯以此書爲文字教禪而見詆，新學後進以此書漏泄己解而見憎。孔子作春秋，曰：「知我者，其唯春秋乎？罪我者，其唯春秋乎？」嗟哉！猶未若此書有罪之者，而無知之者也。頃辛丑歲，余在長沙，與覺範相從彌年。其人品問學，道業知識，皆超妙卓絶，過人遠甚。喜與賢士大夫文人游，黄口所言，黄心所念，風馳雲騰，泉涌河決，不足喻其快也。以此屢縈禍譴，略不介意，視一死不足以驚懼之者，守此以殁，不少變節。大抵高者忌其異己，下者恥其不逮，陷於死亡，不足以償人意。暗黷百出，而覺範無纖毫之失，奉戒清淨，世無知者。今此書復出於殁後，竊度此意，蓋慈心仁勇，憫後生之無知，邪説之害道，犯昔人之所切忌，而詳言之者也。寧使我得罪於先達，獲謗於後來，而必欲使汝曹聞之。於佛法中，與救鴿飼虎等；于世法中，程嬰、公孫杵臼、貫高、田光之用心也。烏乎！賢哉！紹興四年九月晦日闡提居士許顗彦周後序。（智證傳卷末）

重刻智證傳引

大法之衰，由吾儕綱宗不明，以故祖令不行，而魔外充斥。即三尺豎子，掠取古德剩句，不知好惡，詐爲己悟，僭竊公行，可歎也。有宋覺範禪師於是乎懼，乃離合宗教，引事比類，折衷五家宗旨，至發其所秘、犯其所忌而不惜。昔人比之貫高、程嬰、公孫杵臼之用心，噫！亦可悲矣。書以智證名，非智不足以辨邪正，非證不足以行賞罰，蓋照用全，方能荷大法也。充覺範之心，即天下有一人焉能讀此書，直究綱宗，行祖令，斯不負著書之意。即未能洞明此書，而能廣其傳於天下，以待夫一人焉能洞明之者。縱未能即酬覺範之志，亦覺範所與也。覺範所著，有僧寶傳、林間録，與是書相表裏，業已有善刻。金沙于中甫比部復捐貲刻是書，三集並行於世，亦法門一快事也。有志於宗門者，珍重流通，是所望云。皇明萬曆乙酉夏六月既望，僧真可述。

附達觀師書

智證之義，或以維摩「受諸觸如智證」釋之，非洪老著書意也。吾究之久矣，當以吾釋爲準，藏公切勿疑之。如吾序文醜拙，宜用心與具區公共潤色之，方可入刻。（智證傳卷首）

禪林僧寶傳引

覺範謂余曰：「自達磨之來，六傳至大鑒。鑒之後析爲二宗：其一爲石頭，雲門、曹洞、法眼宗之；其一爲馬祖，臨濟、潙仰宗之，是爲五家宗派。嘉祐中，達觀曇穎禪師嘗爲之傳，載其機緣語句，而略其始終行事之跡。德洪以謂：影由形生，響逐聲起，既載其言，則入道之緣，臨終之效，有不可唐捐者。遂盡掇遺編別記，苴以諸方宿衲之傳。又自嘉祐至政和，取雲門、臨濟兩家之裔嶄然絶出者，合八十有一人，各爲傳，而繫之以贊，分爲三十卷。書成於湘西之南臺，目之曰禪林僧寶傳。幸爲我作文，以弁其首。」余索其書而觀之，其識遠，其學詣，其言恢而正，其事簡而完，其辭精微而華暢，其旨廣大空寂，窅然而深矣，其才則宗門之遷、固也。使八十一人者，布在方册，芒寒色正，燁如五緯之麗天，人皆仰之，或由此書也。夫覺範初閲汾陽昭語，脱然有省，而印可於雲庵真淨。嘗涉患難，瀕九死，口絶怨言，面無不足之色，其發爲文章者，蓋其緒餘土苴云。宣和六年三月甲子，長沙侯延慶引。（禪林僧寶傳卷首）

重刻禪林僧寶傳序

摩竭掩室，毗耶杜口，以真寔際離文字故。自曹溪滴水，派别五家，建立綱宗，開示方便。法源一濬，波流益洪，同歸薩婆若海。然欲識佛性義，當觀時節因緣，從古明大法人，莫非瑰瑋傑特之材，不受世間繩束。是以披緇祝髮，周遊參請，必至於發明己事而後已。蓋有或因言而悟入，或目擊而道存，一刹那間轉凡成聖，時節因緣，各自不同。苟非具載本末，則後學無所考證，此僧寶傳之所由作也。是書之傳有年矣，白璧纍藉，見之愛慕。舊藏在廬阜，後失於回禄。錢塘風篁山之僧廣遇，慮其湮没，即舊本校讎鋟梓，以與諸方共之。十餘年而書始成，其用心亦勤矣。魏亭趙元藻一見遇於湖山之上，慧炬相燭，袖其書以歸，囑予爲一轉語。予與遇未覿面，今披是書，知其志趣，千里同風，且見遇與覺範與八十一人者，把臂並行。若有因書省發，得意忘言，即同入此道場，則靈山一會，儼然未散，不爲分外。寶慶丁亥中春上澣臨川張宏敬書。

（同上）

重刊禪林僧寶傳序

禪林僧寶傳者，宋宣和初新昌覺範禪師之所譔次也。覺範嘗讀唐宋高僧傳，以道宣精於律，而文非所長；贊寧博於學，而識幾於暗，其於爲書，往往如户昏按檢，不可以屬讀。乃慨然有志於論述。凡經行諸方，見夫博大秀傑之衲，能袒肩以荷大法者，必手録而藏之。後居湘西之谷山，遂盡發所藏，依倣司馬遷史傳，各爲贊辭，合八十有一人，分爲三十卷，而題以今名。亦既鋟梓以傳，積有歲月。二十年來，南北兵興，在在焚燬，是書之存，十不一二。南宗禪師定公時住大慈名刹，慨念末學晚輩，不見至道之大全，古人之大體，因取其書，重刊而廣布之，且以序文屬予，俾書始末，傳之永久。古者左史記言，右史記事，而言爲尚書，事爲春秋。遷蓋因之以作史記，而言與事具焉。覺範是書，既編五宗之訓言，復著諸老之行事，而於世系入道之由，臨終明驗之際，無不謹書而備録。蓋聽言以事觀，既書其所言，固當兼録其行事，覺範可謂得遷之矩度矣。而或者則曰：「遷蓋世間之言，而覺範則出世間者也。出世間之道，以心而傳心，彼言語文字，非道之至也。於此而不能以無滯，則自心光明，且因之而壅蔽，其於道乎何有？」是大不然。爲佛氏之學者，固非即言語文字以爲道，而亦非離言語文字以入道。觀夫從上西竺、東震諸師，固有兼通三藏，力弘心宗者矣。若馬鳴、龍樹、永嘉、圭峰是也。學者苟不致力於斯，而徒以撥去言語文字爲禪，冥心默照爲妙，則先佛之微言，宗師之規範，或幾乎熄矣。覺範爲是懼而譔此書，南宗亦爲是懼而刊布之，欲使天下禪林，咸法前輩之宗綱；而所言所履，與傳八十一人者同歸於一道。則是書之流傳，豈曰小補之哉！傳曰：「雖無老成人，尚有典刑。」又曰：「君子多識前言往行，以蓄其德。」後之覽者勉之哉！洪武六年臘月八日九靈山人戴良序。（同上）

鐫法華合論序

上遡天台，下及溈益，施注於妙經者不爲少，各自披新獵異，此立彼破。始涉徒讀之三四過而不通。未見如石門圓明禪師合論，能就自己所證，向不説破處説之者。會有印氏將梓以傳，余頷之曰：「足是爲講經者之點眼藥。」便加國字訓於其傍界之。然比年以抱痾，故氣懦，不能參詳互校，於罪我者所不暇計，敢告諸方幸下鉛筆焉。刻成，歲在壬午，重自京華歸於東奥之春也。仙台龍寶比丘實養長與題於洛之智積輪下。（法華經合論卷首）

重刻妙法蓮華經合論跋語

宋覺範洪禪師有法華論行於世，達觀師爲余言之，搆之十年矣而不得。余於覺範著述已得披睹僧寶、林間、智證諸書，愛其議論直截痛快，能爲人解粘去縛。獨不見是書，慕之頗切。一日，詣楞嚴靜室，達觀師出以示余云：「得之精嚴僧舍。」余喜甚欲狂，不意至寶再耀於世，因得盡讀之。夫世尊出現，爲説法華，諸大弟子等得受記莂，爲悟法華。然蓮花是喻，至於孰爲妙法，則七軸文字中竟無一語説破。欲於此旁施注脚，大難大難！覺範此論，大都就自己所悟印正法華，横説竪説，無不如意，而未嘗有一語説破。讀是論者，當從不説破處猛著精采，忽然拶破，靈山一會，儼然未散。始信覺範老人婆心太切，若束於教者見其貶駁人師，操戈相向，遺其天機而索其玄黄牝牡，豈敢謂盡無哉！每品末有張商英附論一篇，議論亦直截可喜，足以羽翼覺範。鏤版完，達觀師已先期北去，是書流通，想見其欣欣於數千里外也。時明萬曆己酉冬十一月晦日，淨心居士馮夢禎書於淨業堂。（法華經合論卷末）

大佛頂首楞嚴經合論序

首楞嚴經之垂於世也，蓋指如來之藏性，與衆生之本源，了無差别，但能窮盡妄心，自然發露真見。故慶喜自無迷悟中而立問，善逝於無言中而對酬，玉轉珠回，聖言彌布，繇是有七徵、八還、四緣塵、二顛倒之密示，五陰、六入、十二處、十八界、二十五圓通之詳辯，七趣、三增進、四明誨諸位，洎五十種魔之顯決。其旨洞達，若大明麗天，而昧者不睹，是以宏識之士爲之箋，爲之疏，靡不涣釋。然至其堂奥，則紅紫亂朱，反晦於聖意者多矣。故寂音之論作，豈得已哉！觀其以智照三昧，區分派别，振發大義，於詆闢之間，無施不可。雖生、遠筆削，復何以加。或謂論非見諦，菩薩莫能爲之，是安知寂音果非見諦者耶？愚嘗取其文列於經右，猶昔人以李長者之論合諸華嚴。間有闕遺，不愧狂斐，輒事補緝，并抒其大略，冠於帙首。庶幾棲神斯文者，了然無惑，直證真常，餘則具具於本序云。時嘉泰癸亥上元日，沙門正受謹書。（楞嚴經合論卷首）

楞嚴經合論統論

衆生之所以流轉三界，升沉六道，以欲爲之基，婬爲之括也。情之所附，想之所依，夢死醉生，胡能超脱？世尊以大慈航，濟是苦海，爲欲須宣妙法，普覺衆生。慶喜逆知時之將至，乃身匿婬舍，爲之發顯，所謂法不孤起也。愚嘗精研是經，自文殊提攝慶喜歸如來所，頂禮悲泣，勤拳諮請十方如來，得成菩提妙奢摩陀三摩禪那最初方便。世尊不荅，但以當初發心，見何勝相，頓捨恩愛。又以一切衆生從無始來，生死相續，皆由不知常住真心。其次又以爲不識知心目所在，及於內外七處縱奪。問之何歟？竊原如來之意將提攝慶喜，至如來自到境界，及令末世衆生，如慶喜自見自悟，此則直指之道，非觀照可及於此。不能針芥相投，神領意解，則如來不得已示以入三摩提之路，破五陰魔之惑，是爲最後垂範。嗟夫！如來悲憫之心可謂至矣。然經旨微妙，未易發明，自神龍繙繹，房相筆受，繇唐迄今，無慮數百年，箋釋之學，不爲不衆，類皆舉此略彼，互有得失。國朝寂音尊者，於此經中得大受用。遂著尊頂法論，詆闢異説，疏通奥義。惜其未傳，而入圓寂。圜悟禪師偶見之，歎曰：「此真人天眼目也。」即施長財百緡，勸發盱江幕彭公思禹刊於南昌。建炎之後，其板不存。紹興初，其徒智俱化緣，重鋟行於高安。今復湮没，世無此論，其功唐捐。三山紹袛首座獨珍藏之，愚扣請至再，始啓十襲。觀其文約而辨，義宏以顯，迷冥暗室，破以華炬；拘攣疑網，決以寶刀，手之拳拳，不能釋去。以其統説貫爲聯編也，爲之釐析於正文之下，是爲合論。以其理有未到也，爲之補；以其文有不安也，爲之削；以其字有舛也，有訛也，爲之正。淳熙乙巳，僅成綿蕝，未遑流通。紹熙（原作「紹興」）壬子，以進普燈録振錫都下，館於郊臺祇園庵。越明年冬，徙居吴興永壽蘭若，泉石蕭然。飽食酣寢之餘，抖擻囊褁，卒成厥志。凡小字非正即補，俾觀者有考焉。始寂音著是論，靈源以書抵之，謂室後人自悟之門，故寂音後叙謂：「有人於此，稱祖師棒喝，則謂之禪；置棒喝而經論，則謂之教。於實際中有此取捨乎？」未達者以爲矛盾。寶覺嘗與老南和尚分座于黄蘗，啓迪方來。尋從泐潭月禪師授此經，要及謝事黄龍，居晦堂，日讀此經不輟，每掩卷，拊几告參徒曰：「此禪髓也。」有以知前代宗師，互相激揚，不得不爾，未易以差殊觀也。寂音諱德洪，覺範其字，筠陽人。得法于真淨，無盡居士張公商英與之莫逆。其行實見續僧寶傳。寂音尊者，其自號；甘露滅，又其別號也。無盡罷相爲逐客，寂音亦羈縻罪地，是時乃成此論。昔文王拘羑里，重易六爻，若無羑里也。孔子在陳，弦歌不衰，若無陳也。後秦肇法師，亦於圜扉中終寶藏論。大慧焚牒竄梅陽，著正法眼藏。聖賢之處患難，無入而不自得。寂音則亦然。少年儁異，自儒生祝髮，文字膾炙人口，世遂以爲詩僧。大慧處衆時，嘗尊以師禮。住雙徑日，圖其像而讚之。迨還自貶所，至同安，首修其塔。近有作公論者，肆筆詆訶，多見其不知量也。雖然，寂音謂瑠璃王嗣位誅釋族一事，豈此會方與其父有指河之喻，而慶喜已叙其子事。由是而知，自問名後，乃他時所說，特結集者哀續爲一經爾。如來說此經與涅槃始末，十有八載，皆不可以一時論。而無盡又修此經爲清淨海眼，删去指河及他事節，則大謬矣。嗚呼！謂楞嚴可删，則三藏十二部，孰非可删之文。清涼國師造華嚴疏，欲證譯師訛舛，而不得梵本，但書之經尾，如云：「佛不思議法品上卷之第三板第十行，一切諸佛，舊脱諸字。」又云：「大瑠璃寶，恐是吠瑠璃寶。」圭峰從圓覺悟入，作疏鈔，欲改「皆證圓覺」爲「皆具圓覺」。真淨極口痛罵，謂若一切衆生皆具圓覺，而不證者，更無一人，發真歸元，凡夫不必求解脱矣。孔子以斯文爲己任，因魯史作春秋，雖寓筆削斧衮之旨於二百四十二年之間，如書夏五書，郭公則亦因其舊文，信以傳信，疑以傳疑。況西方大聖人之書，又非世書之比。孰謂無盡在儒門爲鉅公，在覺苑爲大居士，乃於此經擅爲芟改，何弗思之甚也。

豈惟是哉！圓覺曰：「此虛妄心，若無六塵，則不能有。」宗門單提，姑以六字爲句可也。天竺訥以爲定句，則不可也。根與塵合，方有妄心。如來之意以此，今則先有妄心，倒置本旨，豈期然乎！雖佛以一音演説法，衆生隨類各得解，以意爲解可也，以句爲定不可也。靈巖安禪師讀此經，至「知見立知，即無明本，知見無見，斯即涅槃」，安破讀爲「知見立，知即無明本；知見無，見斯即涅槃」，洞然開悟，後人顧可因以是爲定句耶？梁昭明太子析金剛般若經爲三十二分，而世師尚疵之，謂之爲破碎法身，況訥爲義學之師，乃妄定句讀如此，抑其大謬矣。清淨海眼經會稽僧慧印已版行，是滋後人之惑，故愚於此不得不正救其失。圓覺略疏有曰：「不以其所長病人，故無排斥之説；不以其未至蓋人，故無胸臆之論。」今愚則不然，是其所是，非其所非，何嫌於排斥之説；因其舊義附以己見，何嫌於胸臆之論。故舉其得失之概略，見於卷中，益使寂音之議，粹然一出，無纖瑕微纇之可指，顧不韙歟？倘有未然，尚俟來哲。（楞嚴經合論卷一〇）

重開尊頂法論跋語

華嚴經以諸善根迴向爲善學智地，大方便海，而大要皆願以妙辯才爲諸衆生隨機廣演，悉令解了。蓋如來以平等慈印，現世出世法，無上義諦，非有超詣辯才，以祛邪解，釋妄執，使知境智歷然，則隨順無明，長眠生死，徒自障隔耳。是故菩薩於善慧地作大法師，演説諸法，必以無量善巧之智，起四無礙大辯，而四者所示，皆種種智，轉一切法輪。由是知辯才出於智地，利益衆生，無暫捨離者，以其通悟，如阿耨池流，周浹無礙，於我法中無戲論。故寂音尊者寶覺圓明禪師，從墮地初，有沖天志，繼得法於文關西，英風四靡，智海湛然，出慧光三昧，爲翰墨自在遊戲。故其見於文者，皆道之餘也。然以之藻飾教乘，發明要奥，璀璨飛動，如以阿僧祇寶，間錯諸地，妙莊嚴具。凡見聞者，聳然增勝，隨其根器，各有所得，豈非有所謂大辯才者乎！而滯於跡者，不究所歸，往往惜其牽於儒習前，第知其吐詞奮筆，波瀾一世而已。嗟夫！盤之走珠，珠之走盤，了無不可，而妄議其横斜曲直，是豈真知寂音者哉！不幾墮於戲論歟？嘗覯此經注論，專以了知自心，入道之門，成佛要決，以定宗趣之立，性相洞該，頓漸悉證，詞約而達，理盡而明，非徒騁於虚文也。精研窮探，造前輩所未到，要其本際内融，而力以弘法爲己任，故見道之審，率自肺肝中流出，爲往而不通也。建炎間，寂音既逝，伯氏思禹幕盱江，喜其徒之請，佛果禪師亦以百千爲助，即鏤板於南昌。未幾火於冠兵關，二十年幾廢而僅存。高弟智俱慨然奮勵，奔走高安，再募刊行。清江掾涂元秩見之，揮金以爲之倡，而和者翕然，不數月而辦。寂音之道，厄而愈通，蔽而愈明，而俱之願力成就，所以緝嗣事，振家風，亦可謂無遺恨矣。昔竺道生解悟諸經未傳之旨，而講僧輩嫉，誣以爲邪説。生盟於衆曰：「如我所説不合經義，罪當如律。苟契諸佛心，願終據師子座。」於是豎石當聽徒，以取決焉，而叢石首肯之。已而升座，詞音暢潤，墮麈而化。嗚呼！生之具足智證，可謂見道之審，自信而無所防者矣。寂音嘗論至此，以謂生所見者鈍全，而義學相與擠去之，小智自私，無足怪者。余以是知生與寂音啐啄之機，默契於千載之下，造車合轍，固自有道耶！余於寂音，同宗兄弟也。以舊本訛缺，爲手抄作小楷，以便學者閱習。既終其經，又摭其實，以識卷末云。紹興丁卯元日雙溪彭以明謹書。（楞嚴經合論卷末）

跋冷齋夜話

浮屠之裔，求其籍籍於述作之林，殆不多見矣，習小説家言者尤鮮。宋僧自文瑩而外，覺範洪公亦喜弄此事。洪公自是宗門傑士，盍不守面壁祖風，往往著書不憚，且有目爲文字禪者，何哉？嘉祐間，嵩禪師住西湖三十年，撰輔教編詣闕上之，仁宗嘉歎其才，書盡賜入藏，明教之名，遂聞天下。洪公之林間録、僧寶傳諸編，清才妙筆，不讓嵩老，而其書竟不入藏，豈時至大觀，風會又一變耶？冷齋夜話雖微瑣零雜，如渴漢嚼榴子，喉吻間津津如酸漿滴入，所以歷世傳之無窮也。湖南毛晉識。（津逮秘書本冷齋夜話卷末）

跋石門題跋

宋僧能工詩文者不少，輒有所附託，以名天下，如惠勤因歐陽永叔，道潛因蘇子瞻，秘演因石曼卿，雲丘因陸放翁，祖可因徐師川，長吉因林和靖，不得盡録，皆非能特立者也。求如雷霆發聲，萬國春曉者，惟洪覺範一人而已。謝無逸稱其得自在三昧於雲庵老人，故能遊戲翰墨場中，呻吟謦欬，皆成文章。陳瑩中喻其如山川之有飛雲，草木之有華滋，於道初不相妨。未知覺公下一注脚否？客有謂予輯蘇、黄、晁、陸諸家題跋，不應置此佛門史遷。予亦不暇深辨，戲答云：「西園雅集凡十有六人，皆名動四夷之雄豪，倘未得圓通大師披袈裟，坐蒲團，而説無生論，不令一坐無色邪？」客亦首肯而去。然笠澤老人嘗云：「此卷不應攜至長安逆旅中，亦不許貴人席帽金絡馬，傳呼入省而觀。」海隅毛晉識。（增補津逮秘書本石門題跋卷末）

跋天廚禁臠

礦樸不煉不成，霧縠不涅不麗。吾人欲染指風雅，而無所師授，尠不墮落外道者，況望了達玄奥哉！天廚禁臠，釋洪覺範編也。頗得三昧法，闢詩壇蹊徑在焉。勝國前有摹本，而今亡矣。予得其抄本訂之，將與海内豪傑共之。秣陵鄉進士張天植遂成吾志刻之。正德丁卯東川黎堯卿跋。（明正德本天廚禁臠總目下附）

三、惠洪年譜簡編

神宗熙寧四年辛亥（一〇七一）　師一歲。三月二十九日生於筠州新昌縣。

元豐三年庚申（一〇八〇）　師十歲。蘇轍謫監筠州鹽酒稅。

元豐七年甲子（一〇八四）　師十四歲。父母併月而歿，依新昌三峰山靘禪師爲童子。五月，蘇軾至筠州見蘇轍。

哲宗元祐二年丁卯（一〇八七）　師十七歲。於新昌縣洞山從克文禪師學出世法。

元祐三年戊辰（一〇八八）　師十八歲。克文移居上高縣九峰，師亦隨之。

元祐五年庚午（一〇九〇）　師二十歲。赴東京開封府，試經於天王寺，得度，冒惠洪名。

元祐六年辛未（一〇九一）　師二十一歲。依宣秘大師深公，講成唯識論，有聲講肆。以詩鳴京師縉紳間。

元祐八年癸酉（一〇九三）　師二十三歲。自京師南歸新昌。嘗游湖南。

元祐九年（四月十二日改元）紹聖元年甲戌（一〇九四）　師二十四。春與叔彭几同過九江，謁陶淵明祠、狄仁傑廟。赴京師，夏與彭几同往樞密院謁曾布。秋南還，依廬山歸宗寺克文禪師，爲侍者。

紹聖四年丁丑（一〇九七）　師二十七歲。克文移住洪州靖安縣寶峰院，亦隨之遷往。

紹聖五年（六月一日改元）元符元年戊寅（一〇九八）　師二十八歲。至撫州臨川縣，爲知州許中復作僧講。與謝逸、汪革、張大亨諸人交游。秋讀契嵩嘉祐集，作序。回寶峰院。

元符二年己卯（一〇九九）　師二十九歲。讀諸古德語録。克文舉風穴禪師頌，言下有省。違禪規，遭删去。東游，在舒州，登太平寺靈源惟清禪師之門。冬至杭州，寓西湖淨慈寺，讀延壽宗鏡録、贊寧宋高僧傳，謁契嵩塔。與思慧禪師游。

元符三年庚辰（一一〇〇）　師三十歲。春至常州，與汪迪游，觀其所藏書畫。秋返江西，與蘇堅、蘇庠游。往湖南，游南嶽福嚴、法輪、雲峰諸寺。游石霜山，拜楚圓禪師塔。

徽宗建中靖國元年辛巳（一一〇一）　師三十一歲。與師弟希祖住新昌洞山，讀百丈懷海、洞山守初、谷山行崇諸禪師語録。至袁州，作竹尊者詩，爲黄庭堅所賞。聞蘇軾殁於常州，作詩悼之。冬，買舟東下，至杭州。見士珪禪師於西興。

崇寧元年壬午（一一〇二）　師三十二。在杭州讀林逋詩，與思慧唱和。讀法眼文益注石頭希遷參同契，不滿其説。過揚州，謁知州蔡卞。與閻孝忠、汪藻游。返江西，寓居分寧縣龍安山，依慧照禪師。冬，至湖南，游南嶽祝融峰下，見石頭志庵主。道林寺聞克文禪師訃。

崇寧二年癸未（一一〇三）　師三十三歲。道林寺與有規禪師游。陳瓘謫廉州，過長沙，與之同論華嚴宗。坐夏長沙雲蓋山，依師叔守智禪師。六月，赴廉州見陳瓘，或謂嘗助瓘撰尊堯録。秋與希祖歸寶峰院拜克文塔。冬返雲蓋山。

崇寧三年甲申（一一〇四）　師三十四歲。正月，黄庭堅謫宜州道經長沙，自雲蓋往從之游，與范温等人從庭堅論詩唱酬。返龍安山，聞饒節出家爲僧，作詩。贈分寧縣令李公彦詩。張商英罷尚書左丞，居峽州，夏招住天寧寺，上書推謝。遣使三返，遂自龍安往見。商英一見譽之曰「天下之英物，聖宋之異人」。秋返龍安山。

崇寧四年乙酉（一一〇五）　師三十五歲。在分寧，跋李公彦所作宫詞，作詩題其所畫四暢圖。與黄庭堅兄弟大臨、公準、幼安等交游。寓居洪州奉新縣百丈山，讀古德傳。張商英注楞嚴海眼經，作詩寄之。九月，黄庭堅卒於宜州，聞其訃，作詩悼之。

崇寧五年丙戌（一一〇六）　師三十六歲。上元宿百丈，作詩。夏往分寧黄龍山，與惟清禪師同坐夏，討論禪法。陳瓘遇赦北歸過郴州、衡陽，作詩寄之。秋至南昌，與徐俯、洪芻唱和。

大觀元年丁亥（一一〇七）　師三十七歲。應知撫州朱彦之請，住臨川北景德寺。結庵於寺，號明白庵，欲戒好論古今治亂是非成敗之病。與謝逸、謝薖兄弟游，逸爲作應夢羅漢記、圓覺經皆證論序。嘗訪撫州曹山，讀本寂禪師斷碣，獲五藏位圖。師弟本明以其所録禪林三百餘事編爲林間録，請謝逸爲序。秋至廬山，與王銍、僧善權、祖可唱和。

大觀二年戊子（一一〇八） 師三十八歲。適江寧府，寓居鍾山定林寺。與余慶長、洪炎、王樸、李孝遵、葉集之、高茂華等交游。冬，至常州訪鄒浩，於錢世雄處見李豸弔東坡文，爲世雄冰華井賦詩。

大觀三年己丑（一一〇九） 師三十九歲。與王樸、沈宗師游鍾山，作詩，李之儀唱和。爲吴可題詩，又作詩寄曾紆、吴則禮。聞芙蓉道楷事，作定照禪師序，又作詩寄道楷。轉運使吴幵請住清涼寺。入寺未閲月，狂僧誣告，以僞度牒且旁連前住持僧議訕事，入江寧府制獄。

大觀四年庚寅（一一一〇） 師四十歲。獄中夢十二面觀音像，以八偈供奉東柏大士李通玄忌日。因坐冒惠洪名，入制獄一年。五月，遇赦得釋，然已無僧籍。八月，著儒生服入京師，張商英特奏再得度，易名德洪，隸右街香積院僧籍。自稱寂音尊者。因叔彭几識節度使郭天信，甚得寵信。天信爲奏賜紫衣及寶覺圓明大師號。

政和元年辛卯（一一一一） 師四十一歲。在京師開封府。上元後，爲龔端題靈驗金剛經。游走張商英、郭天信之門，一時機貴人爭致之門下，執弟子禮。受師兄惠杲禪師之請，爲編語録。惠杲目之爲文章僧。助張商英奏取陳瓘尊堯録。八月，張商英罷相，郭天信遭貶逐。坐交張、郭厚善，下開封府獄。十月，決脊杖二十，剥奪僧籍，刺配海南朱崖軍牢。友人胡强仲相隨千餘里，至湖南邵陽别，爲作序。

政和二年壬辰（一一一二）　師四十二歲。年初渡海。二月至瓊州。知州張子修禮遇之。三月，館於開元寺上方儼師院，因號儼師、老儼。於寺壞龕中得楞嚴經，深研造論。自號甘露滅，作詩紀之，詩有「海上垂鬚佛」句，故後日本僧人以「垂鬚佛」稱之。五月至朱崖軍。作詩補東坡遺。

政和三年癸巳（一一一三）　師四十三歲。五月蒙恩釋放。自朱崖往瓊州。游儋州，訪蘇軾遺跡。至澄邁，作詩補東坡遺。十一月北渡海，抵廉州。過雷州天寧寺，觀秦觀字畫。

政和四年甲午（一一一四）　師四十四歲。春，過衡陽，爲毛在庭作記贊諸文。游南嶽法輪寺、福嚴寺。館於方廣寺，名其居曰甘露滅齋。過長沙，館道林寺，游嶽麓寺。過袁州，謁知州曾孝序。三月返新昌。四月，館於高安荷塘寺。五月，築室新昌石門寺，與希祖同坐夏。六月至撫州崇仁縣，依宗兄縣令彭以功。八月，赴太原獄，過南昌，師叔潛庵清源禪師步至撫慰。九月過廬山，見善權。北上過京師。十月，證獄太原。十二月得釋。

政和五年乙未（一一一五）　師四十五歲。正月過京師，上元作詩。宿故人李德茂家。南下過蔡州，謁顏真卿祠，作詩。又謁李愬祠，作詩題其畫像。過江州，與知州夏倪唱酬，同游廬山。至南昌上藍院，爲清源禪師作序。還故里，館於延福寺。與李彭兄弟游。坐夏新昌度門院，即石門寺。爲雲蓋守智、彭几亡靈作法事。六月，釋畢華嚴十明論，題其後。師兄湛堂文準遷化，爲作行狀。見李彭、僧宗杲於寶峰院，爲宗杲題文準語録。冬游新昌石臺寺。歲末，廬於上高縣九峰之下，仿史傳例修舊僧史梁高僧傳。

政和六年丙申（一一一六） 師四十六歲。定居九峰，入住克文舊居投老庵。修成僧史十二卷。見陳瓘於九江，論洪州近時人物之冠。與李彭唱酬。作臨濟宗旨以示學者。夏，釋楞嚴經畢，題爲尊頂法論，靈源惟清以書抵之，謂其室後人自悟之門。移住洞山。

政和七年丁酉（一一一七） 師四十七歲。正月二十日有懷蘇軾，作詩次其韻。龔端來訪，爲作觀音、大勢至像贊。坐夏洞山，爲浮因禪師題華嚴綱要、仇池録等。八月至洪州，游翠巖、洪崖。與吴世承兄弟游。宿西山香城寺，見妙瑛禪師。九月，惟清示寂，爲作挽詞，又題其真歸誥銘。至寶峰院，爲宗杲所刻大寧道寬禪師語録作序。師弟本明卒，作文祭之。

政和八年（十一月初一改元）重和元年戊戌（一一一八） 師四十八歲。二月，至黄龍山謁惟清塔，作文祭之。過臨江軍新淦縣，訪何昌言，見蔡康國，會蕭用極、蕭子植。五月一日，作尊頂法論後叙，辯惟清「文字之學障佛智眼」之説。客南昌東山寺。欲入湖南，經分寧，館於雲巖寺。與縣令韓駒游，宗杲亦從之。宗杲讀其所作百禪師傳，剔出十九人而焚之。過黄龍山，見草堂善清禪師。爲狂道士誣以爲張懷素黨人，八月入南昌右獄。坐獄百餘日，會兩赦得釋。十一月，自南昌至長沙谷山。

重和二年(二月初四改元)宣和元年己亥(一一一九)　師四十九歲。正月,詔改寺院爲宫觀,僧爲德士。集五宗綱要旨訣。春游衡山南臺寺。返長沙,謁枯木法成禪師於道林寺。坐夏谷山,作禪林僧寶傳初稿,衆僧或抄録之,爲之題。秋至衡州華光山謁仲仁禪師。住長沙鹿苑寺。作詩謝仲仁惠墨梅。

宣和二年庚子(一一二〇)　師五十歲。二月,聞華光仲仁訃,作文祭之。三月,遷居長沙水西南臺寺。名所居曰明白庵,作銘。覃思經論,著義疏,及解易。與李德孚、郤子中、曹彦清、胥啓道交游。潙山空印元軾禪師過南臺寺。秋九月,自往祁陽縣見夏倪,游浯溪,讀中興碑,作詩。返南臺寺,聞德士復僧,換新度牒需錢五千,求檀越之化。因寺小僧衆,送僧外出乞食。十一月,至潙山謁元軾,同游山。

宣和三年辛丑(一一二一)　師五十一歲。許顗爲官長沙,相從彌年。作冷齋夜話成。七月,陪張廓然游山,作四絶堂分題詩序。十月,爲了心作臨平妙湛慧禪師語録序。十一月,張商英卒。冬,陪善化縣令陳思忠、長沙縣令李德孚於嶽麓祈雪。

宣和四年壬寅(一一二二)　師五十二歲。與通判周達道游。四月,作書與陳瓘,發書當日,陳瓘卒。作智證傳,離合宗教,折衷禪宗五家宗旨。禪林僧寶傳書成。坐夏南臺寺,釋法華經。潭州知州曾孝序遴選諸方禪師十餘人住持湖南名刹,師爲之作請疏。七月,彌月不雨,米竭，典質袍褲。乏食，作食不繼偈以自寬。八月初，得陳瓘訃，飯僧爲薦冥福。曇珠禪師來游，爲作諸題跋。與杜綰、元勛交游唱酬。十二月，歲寒乏薪，化油炭。

宣和五年癸卯（一一二三） 師五十三歲。正月初一，雪晴，爲弟子覺慈作字序并詩。八日，曾孝序生辰，繕寫僧寶傳以獻，作序。識侯延慶，相與唱酬，且與彭景醇、周廷秀諸人游。三月四日，於南臺寺釋法華經畢，作寂音自序。陳思忠、王庭珪來訪，次韻唱酬。勉僧從事文字禪。與曾孝序、曾訏父子相唱酬。四月，館湘陰興化寺。十一月過隱山龍王寺，謁法雲禪師。

宣和六年甲辰（一一二四） 師五十四歲。爲法雲作重修龍王寺記。長沙三角法護禪者抄録禪林僧寶傳與石門文字禪，作詩勉之。三月，登湘陰彭景醇湖山堂。十六日，侯延慶爲作禪林僧寶傳引。閏三月，與長沙諸住持僧同赴彭景醇齋飯。與故人閻孝忠交游，讀其詩一巨軸，次其韻。歲窮僧衆，與侍者智俱同往景醇處乞米。路逢大雪，雪霽，謁景醇。

宣和七年乙巳（一一二五） 師五十五歲。二月，陪侯延慶游嶽麓寺。三月，記嶽麓寺前隋朝感應佛舍利塔。代人爲知潭州李偃作宴會致語。在湘陰，與王宏道、曾英發、若虚兄弟游。中秋後，北上，途經益陽縣小廬山清修院，謁元禪師。游白鹿寺，作詩贈法太。故人傅雱知益陽，與之游。至白鹿山靈應禪寺，爲方禪師作大佛殿、僧堂記。十月，過荆州。至荆南宜都縣，訪張商英故居，作詩贈其子張茂。十二月，徽宗以金人入犯，禪位欽宗。師雪夜至襄州南漳縣明教寺。

欽宗靖康元年丙午（一一二六）　師五十六歲。初春，作詩寄知襄州黄叔敖。四月，至襄州中廬縣。爲通判吴説作養志堂賦詩。秋，聞朝廷大逐宣和用事者蔡京、梁師成輩，追贈張商英、陳瓘官爵，乃赴京師。道經蘄州，與林敏功游。至京師詣刑部陳詞，乞别賜改正爲僧。賜重削髮，還舊名。金兵南侵京師，南還襄州。

靖康二年（五月初一改元）高宗建炎元年丁未（一一二七）　師五十七歲。二月，到鹿門寺上莊，見法燈禪師，欲託跡以避世。五月，法燈圓寂，作文祭之，并撰塔銘。李孝忠寇襄州，黄叔敖棄城遁。兵亂後，依劉元老。秋，夏倪卒，讀曾紘詩次韻哭之。十月，離襄州，道經黄州，阻兵於大石山。抄捷徑過蘄州，宿蘄水縣永樂寺。十一月，游黄梅縣四祖山，爲仲宣禪師作栽松庵、涅槃堂諸記。游黄梅東山，爲慈覺宗致作五慈觀閣記。十二月，退游廬山。

建炎二年戊申（一一二八）　師五十八歲。代郡守作疏請圓悟克勤住雲居。離廬山，至建昌縣同安寺。作詩寄筠州知州黄彦平，又作詩上李公彦。五月，示寂於同安。世壽五十八，僧臘三十九。門人建塔於建昌縣鳳棲山。宗杲爲作行狀，韓駒爲作塔銘。

後記

二十多年前，我在撰寫博士論文文字禪與宋代詩學時，開始閱讀重要參考文獻石門文字禪，初步接觸惠洪的著作，留下深刻印象。二〇〇一年，我獲日本學術振興會資助，在大阪大學大學院文學研究科從事「宋代詩歌與佛教禪宗的關係」課題的研究。在此期間，我與大阪大學淺見洋二、加藤聰、復旦大學朱剛、北京大學張健、京都女子大學大野修作諸先生共同組織石門文字禪讀書會，每月聚會一次，用書是日本江户僧廓門貫徹的注石門文字禪。讀書過程中，我們奇文共欣賞，疑義相與析，一起度過了近兩年美好愉快的時光。但是，廓門注本過於簡略，多有訛誤，且無繫年，很難給研究者提供理解詩文的足够信息，由此我萌生全面校注該書的想法。

二〇〇三年回國後，我以石門文字禪校注爲題，申報成功全國高等院校古籍整理研究工作委員會直接資助項目。爲完成此項目，我本著知人論世的原則，開始撰寫惠洪年譜，盡可能爲石門文字禪所收詩文繫年，爲校注作前期準備。二〇〇六年夏，我在四川大學社科處的催促下，將本來供私人校注所用的惠洪年譜半成品稍事整理，編爲宋僧惠洪行履著述編年總案草稿，申報教育部後期資助項目，没料到竟然在該年底獲批准立項。隨後我花了一年半時間，將總案整理爲完整書稿，於二〇一〇年由高等教育出版社正式出版。次年，石門文字禪校注成功申報二〇一一年度國家社科基金一般項目，並於二〇一七年完成初稿結題。又經一年多修改潤色，終於在二〇一九年初完成定稿。本書的整理工作，前前後後斷斷續續共花了十八年時間，雖有時感到困惑煩惱，但更多的是欣喜愉悦，這大約就是學術研究的迷人之處吧。

在本書即將付梓之際，我要感謝淺見洋二、衣川賢次、朱剛、李貴、金程宇、侯體健、王汝娟、李瑄、楊理論等新老朋友爲我提供重要參考資料，尤其是域外漢籍資料；感謝趙安琪、翟曉楠、易照等學生爲我編排打印結題文稿；感謝學士李剛校對四庫本異文；感謝曾玉潔女士長期提供的後勤支持；還要感謝上海古籍出版社奚彤雲女士將本書列入出版計劃，並感謝責任編輯常德榮先生爲本書付出的辛勤勞動。

本書能夠得以最終完成並出版，與全國高等院校古籍整理研究工作委員會、國家社科基金、國家古籍整理出版基金的資助分不開，也與四川大學中國俗文化研究所和文學與新聞學院長期提供的科研後勤保障分不開，在此一併致以誠摯的謝忱。

戊戌臘月二十八日四川大學中國俗文化研究所華陽夢蝶居士周裕鍇謹識於成都江安花園鍋蓋庵。

篇目索引

一畫

一擊軒記 3430
一麟室銘并序 3222

二畫

〔一〕

二十九日明白庵主寂滅之日用欲得現前莫存順逆爲韻作八偈 2757
二十日偶書二首 1852
二月二十一日奉陪季長游嶽麓飯罷登法華臺賦此 2089
二月大雨江漲晚晴作三首 1981
十一月十七日發豫章歸谷山 1902
十二月二十六日永明禪師生辰三首 2712
十二月十八夜大雪注蓮經罷有僧來勸歸廬山僧去作此 2130
十二月十六日發雙林登塔頭曉至寶峰寺見重重繪出庵主讀善財徧參五十三頌作此兼簡堂頭 96
十五日立春 1543
十月桃 1328
十六夜示超然 697
十世觀音生辰六月二十六日二首 2149
十世觀音應身傳并贊 4458
十生觀音生辰燒香偈示智俱 2421
七夕卧病敦素報云道夫已至北山遲遲未入城其意耽酒用其説作詩促之 542
七月十三示阿慈 821
七月七日晚步至齊雲樓走筆贈吴邦直 340
七月四日晝夢雲庵和尚教誨久之而覺作此示超然 1573
七月初九夜坐西軒雨止月出不勝清絶 1508

〔丿〕

八月二十三日蔡元中生辰 2156
八月十六入南昌右獄作對治偈 2665
人日雪二首 1455
入九峰道中 2573
九日 1850
九峰夜坐 1630

〔乛〕

了翁有書與謝無逸云覺範真

是比丘 1353
了翁謫廉欲置華嚴託余將來以六偈見寄其略曰杖頭多少閒田地挑取華嚴入嶺來次韻寄之 2356
又几大祥看經 4281
又次韻五首 2211
又次韻答之十首 2334
又和前韻二首 1744
又宣上人所蓄 3973
又得先字 1041
又惠子所蓄 3974
又疏 4222
又登鄧氏平遠樓縱望見小廬山作 2559
又詩 4072
又稱上人所作 3975
又諸山疏 4159
又藥石榜 4219
又題公翼所畜 3971

三畫

〔一〕

三月二十八日棗柏大士生辰二首 1251
三月二十八日棗柏大士生辰六首 2143
三月二十八日棗柏大士生辰用達本情忘知心體合爲韻作八偈供之時在建康獄中 2749
三月二十三日心禪餉余新麫白蜜作二首 2461
三月二十日夢人持獼猴見贈乞詩口占 2460
三月十七老黄龍生辰 2679
三月喜超然至次前韻 669
三月登湘陰景醇湖山堂時江漲而雨未止 2559
三玄三要偈 4552
三角劼禪師壽塔銘并序 4392
三墮偈 4546
大方寺送祖超然見道林方等禪師 740
大佛頂如來密因修證了義諸菩薩萬行首楞嚴經論序 4556
大風夕懷道夫敦素 1754
大風雪中迪吉老尋余鍾山二首 2417
大雪 2042
大雪寄許彦周宣教法弟 945
大雪晚睡夢李德修插瓊花一枝與語甚久既覺作此詩時在洞山 152
大雪戲招耶溪先生鄒元佐 59
大達國師無業公畫像贊并序 2925
大圓庵主以九祖畫像遺作此謝之 651
大潙山外侍者求詩 1045

〔丨〕

上巳 2494
上巳日有懷昔從雲庵老人此日山行 117
上元夜病起欲寫法華安樂行品無力呼阿慈爲録作此 2035
上元後候季長不至作此寄之 2036
上元宿百丈 1701
上李大卿三首 2388
上張無盡居士退崇寧書 4297

上藍忠禪師贊 3088
小字金剛經贊并序 2977
小字華嚴經贊并序 2967
山寺早秋 1302
山谷老人贊 3115
山門疏 4167
山居四首 2264
〔乛〕
已卯歲除夜大醉 768
子中見和復答之 989
子偉約見過已而飲於城東但以詩來次韻 853
女子出定因緣偈 4551

四畫

〔一〕
王仲誠舒嘯堂 970
王宏道舍人贊 3126
王表臣忘機堂次蔡德符韻 345
王舍人宏道家中蓄花光所作墨梅甚妙戲爲之賦 3273
王舍人路分生辰 1397
王敦素李道夫游兩翁軒次敦素韻 554
王裕之求硯銘爲作此 3254
天寧修造 4247
天寧節功德右語 4249
天覺以雲庵畫像見寄謝之 2348
元夕讀書罷假寐 1548
元正一日示阿慈 2033
元祐五年秋嘗宿獨木爲詩以自遣今復過此追舊感歎用韻示超然二首 1622
五老硯銘并序 3251
五宗綱要旨訣序 3517
五祖慈覺贊 2999
五慈觀閣記 3361
不能爭得偈 2686
太平有老僧頃見大本禪師掩門久不出乃書其壁 2409
太原還見明於洪州上藍問明別後嘗寓則曰十年客雲居感歎其高遁作此 1864
瓦瓢贊并序 3151
〔丨〕
少陽義并記 3476
日用 2662
中秋夕以月色靜中見泉聲幽處聞爲韻分韻得見字 1212
中秋對月 1576
中廬趙令生辰 2158
〔丿〕
毛女贊并序 3104
毛氏所蓄巖主贊 2963
毛季子贊 3133
升上人過石門 1566
仁老以墨梅遠景見寄作此謝之二首 113
化三門 4251
化冬齋果子 4259
化供八首 4260
化供三首 4269
化油炭二首 4266
化藏 4242
仇彥和佐邑崇仁有白蓮雙葩並幹芝草叢生於縣齋之旁作堂名曰瑞應且求詩敬爲賦之 231

介然館道林偶入聚落宿天寧兩昔雨中思山遂渡湘飯於南臺口占兩絶戲之介然住廬山二十年尚能詳説山中之勝 2580
分韻得風字 2279
公亮超然見和因寄復答之 1651
〔丶〕
六月十五日夜大雨夢瑩中 1299
六世祖師畫像贊并序 2889
心上座余故人慧廓然之嗣而規方外之猶子也過予於湘上夜語有懷廓然方外作兩絶 2597
〔乛〕
弔性上人真 1220
巴川衲子求詩 1326
予在龍安木蛇庵除夕微雪及辰未消作詩記之二首 190
予作海棠詩曰一株柳外墻頭見勝却千叢著雨時寓居百丈春晴上南原縱望萬株浩如海追前詩之失言相隨苾芻請記其事 1301
予頃還自海外夏均父以襄陽别業見要使居之後六年均父謫祁陽酒官余自長沙往謝之夜語感而作 823
予與故人别因得寄詩三十韻走筆答之 242

五畫

〔一〕
玉池禪師以紙衾見遺作此謝之 2084
示忠上人 673
示忠子 1550
示超然 1848
示禪者 2383
示禪者 2708
示禪者二首 2769
示觀上人 2447
正月一日送璿維那之新昌乞 2088
正月六日南安巖主生辰 2682
甘露滅齋銘并序 3201
世英梅軒 1811
世明九客同登滕王閣索詩口占 2543
古鼎 2548
古詩云蘆花白間蓼花紅一日秋江慘憺中兩箇鷺鷥相對立幾人唤作水屏風然其理可取而其詞鄙野余爲改之曰换骨法 2591
本上人久游歸宗贈之二首 2464
石門中秋同超然鑒忠清三子翫月 683
石塔銘并序 4403
石臺夜坐二首 1609
石頭志庵主贊 3065
石頭庵主居南嶽僅三十年忽思還江南龍安作此寄之三首 2375
石霜艮東吴誠上人 453
石霜普照珂禪師贊 3006
布景堂記 3472
戊戌歲元日夢雲庵攜登塔問答甚多覺而忘之作此 2689

〔丨〕
甲辰十一月十二日往湘陰馬上和季長見寄小春二首 1509
四月二十五日智俱侍者生日戲作此授之 1519
四月十一日書壁 1434
四偈并序 2655
四絶堂分題詩序 3693
〔丿〕
生辰四首 4288
代人上李龍圖並廉使致語十首後三首慈及二子附 2168
代上太師啓 4319
代上少師啓 4334
代上宣守書 4347
代上湖南使者書 4344
代求濟書 4351
代東林謝知府啓 4341
代法嗣書 4311
代夏均甫宴人致語一首并序 2182
代雲蓋賀北禪方老書 4305
代答書 4316
代答潙山評老書 4309
仙廬同巽中阿祐忠禪山行 781
白日有閒吏青原無惰民爲韻奉寄李成德十首 1367
用高僧詩云沙泉帶草堂紙帳卷空牀静是真消息吟非俗肺腸園林坐清影梅杏嚼紅香誰住原西寺鐘聲送夕陽作八首 2270
用韻寄誼叟 1331
印上人持觀音像來乞贊余曰率伯時畫也爲作此贊 2877
句(殘句) 4544
冬日顯寧偶書二首 547
〔丶〕
立上人北游五頂南還畫文殊雲間之相余政和年秋游翠巖立持以展洪崖橋上時山雲廓清萬峰劍立谽轉雷驚行人悚動忽瞻瑞相如見於岱嶽時余聞文殊爲根本智智無不立豈獨現於五頂耶 2426
立春前一日雪 1904
立秋日偶書 2085
玄沙未徹偈 4551
玄沙宗一禪師真贊 2950
永明禪師生日 2673
永明禪師生辰 2692
永明禪師真贊二首并序 2935
永固登小閣 2539
永嘉真覺大師真贊并序 2914
〔乛〕
出山寄詮上人 2428
出朱崖驛與子修 1834
出獄李生來謁出百丈汾陽二像爲示因而摹之作此時即欲還谷山 1474
出檀衣贊二首 2990

六畫

〔一〕
吉州禾山寺記代 3491
老黄龍生辰三首 2723
朴庵銘 3173
再和答師復五首 2343
再和復答 1378

再送之 2700
再游三峽贈文上人 518
再游讀舊題 2523
再會莊德祖大夫 2132
西江月 4560
西江月 4561
西湖寺逢子偉 862
西齋晝卧 1414
在百丈寄靈源禪師二首 2448
百丈大智禪師真贊并序 2919
死心禪師舍利贊并序 3096
至上高謁李先甲會淵才德修 1577
至西湖招廓然游春 1734
至邵州示胡强仲三首 2441
至海昏三首 2535
至圓通僧覓詩 1691
至筠二首 1846
至撫州崇仁縣寄彭思禹奉議兄四首 1305
至豐家市讀商老詩次韻 212

〔丨〕

早行 1535
早春 1416
早登澄邁西四十里宿臨皋亭補東坡遺 1466
同世承世英世隆三伯仲蔡定國劉達道登滕王閣 1630
同吴家兄弟游東山約仲誠不至 1598
同希先游石鞏 2080
同超然無塵飯柏林寺分題得柏字 51
同彭淵才謁陶淵明祠讀崔鑒碑 17
同景莊游浯溪讀中興碑 31
同巽素沈宗師登鍾山酌一人泉 585
同澹雲蓋分韻得雲字 906
同慶長游草堂 310
因事 2229
回光軒 1424

〔丿〕

朱氏延真閣記 3442
朱世英守臨川新開軒而軒有槐高數尺因名之作此 1809
先志碑記代 3511
竹爐 1571
延福寺鐘銘并序 3236
任价玉館東園十題 1333
自張平道入瑶谿 1628
自豫章至南山月下望廬山 281
舟行書所見 2549
合妙齋二首 2311
合妙齋記 3392

〔丶〕

次天覺韻二首 2349
次平赴省試設水陸代 4295
次忠子韻二首 1461
次後韻 269
次韻 1110
次韻 667
次韻二僧題永安壁上 1663
次韻兀翁 2449
次韻王安道節推過雲蓋 1452
次韻王舍人蘭室 1910
次韻王節推安道見過雲蓋二首 1761
次韻王覺之裕之承務二首 2073

次韻天錫提舉 716
次韻天覺進喜雪 1718
次韻元不伐知縣見寄 1019
次韻五首 2513
次韻太學茂千之 624
次韻公弱寄胡强仲 709
次韻方夏日五首時渠在禹谿余乃居福嚴 2498
次韻平無等歲暮有懷 376
次韻吏隱堂二首 1915
次韻西樓 2558
次韻自武岡趨東安道中 2585
次韻自清修過大溈亂山間作 1928
次韻李太白 770
次韻李方叔水宿 2059
次韻李方叔游衡山僧舍 1493
次韻李商老匡山道中望天池 209
次韻李商老送杲上人還石門 2670
次韻李端叔見寄 1859
次韻吳提句重九 719
次韻吳興宗送弟從溈山空印出家 977
次韻見寄二首 265
次韻見寄喜雨 1967
次韻見贈 1163
次韻見贈 846
次韻余慶長春夢 303
次韻言懷 1949
次韻汪履道 208
次韻汪履道 240
次韻君武中秋月下 332
次韻邵州道中 2585
次韻邵陵道中書懷 1941
次韻拉空印游芙蓉 1952
次韻雨中書懷 1942
次韻明應仲宗傳送供 818
次韻垂金館 1924
次韻周倅大雪見寄二首 1476
次韻周達道運句 1359
次韻周達道運句二首 940
次韻周運句見寄 1458
次韻法林禪寺 1959
次韻性之 1345
次韻性之送其伯氏西上 300
次韻空印游山九首 2450
次韻春風 2556
次韻胡民望小蟲墮耳 120
次韻思忠奉議民瞻知丞唱酬佳句 1004
次韻思禹兄見懷 2004
次韻思禹思晦見寄二首 793
次韻思禹題方竹 2005
次韻思晦弟雙清軒 1008
次韻信民教授謝無逸游南湖 1815
次韻郤子中學句出巡 1478
次韻郤子中學句游嶽山攜怪石歸 1965
次韻亭上人長沙雪中懷古二首 2524
次韻彥由見贈 598
次韻彥周見寄二首 1974
次韻胥學士 1499
次韻莫翁豐年斷 474
次韻真覺大師瑞香花 1418
次韻郴江有作 1929
次韻連鼇亭 905
次韻夏均父寄曾元素三首 2600
次韻夏夜 1096

次韻翁教授見寄 2509
次韻陳倅二首 831
次韻孫先輩見寄二首 2521
次韻通明叟晚春二十七首 2478
次韻黄元明 1425
次韻黄次山見寄 1706
次韻曹彦清教授見寄 2060
次韻雪中過武岡 901
次韻晚起 2555
次韻過醴陵驛 1108
次韻偶題 1090
次韻許叔温賦龍學鐵杖歌 874
次韻寄吴家兄弟 141
次韻寄傲軒 1913
次韻宿東安 1919
次韻宿黄沙 1921
次韻宿清修寺 1927
次韻宿聖谿莊 1951
次韻張司録見寄 2020
次韻張敏叔畫桃梅二首 2527
次韻超然 1675
次韻超然竹陰秋夕 1685
次韻超然春日湘上二首 2490
次韻超然送照上人歸東吴 479
次韻超然洞山二首 2380
次韻超然遊南塔 56
次韻彭子長僉判二首 734
次韻彭子長劉園見花 677
次韻達臣知縣祈雪游嶽麓寺分韻得游字 1495
次韻棊堂 2558
次韻葉集之同秀實敦素道夫游北山會周氏書房 565
次韻朝陰二首 950
次韻惠梅禪師見寄秋日四首 2564
次韻雲居寺 1322
次韻雲居詮上人有感 648
次韻雲庵老人題妙用軒 1435
次韻無代送僧歸吴 1644
次韻無諍見懷三首 2459
次韻集虚堂 1917
次韻敦素兩翁軒見寄 1753
次韻道林會規方外 461
次韻曾伯容哭夏均父 1407
次韻曾英發兼簡若虚 1131
次韻曾侯分春亭 2555
次韻曾侯見寄 1395
次韻曾侯贈庵僧 2231
次韻曾運句游山 1148
次韻曾嘉言試茶 870
次韻曾機宜游山湘江晚望 2586
次韻曾機宜題石橋 1166
次韻湖山居士見過 2048
次韻渡江有作 1961
次韻游水簾洞 1360
次韻游方廣 994
次韻游石霜 892
次韻游南臺寺 1067
次韻游南嶽 1116
次韻游南嶽 1973
次韻游南嶽題石橋 1152
次韻游高臺 1160
次韻游浯谿 1947
次韻游鹿頭山 1955
次韻游福嚴寺 2066
次韻游衡嶽 991
次韻巽中見寄四首 2515
次韻登蘇仙絶頂 894

次韻聖任病中作 358
次韻楊君所問 2740
次韻賈令尹題裴公亭 2116
次韻廓然送瑫上人 2419
次韻資欽元府判見寄 2072
次韻資欽提舉二首 2232
次韻資欽提舉游浯溪 2582
次韻新化道中 1076
次韻經蔡道夫書堂 1203
次韻嘉言機宜 2083
次韻蔡儒效見寄 1822
次韻睿廓然送僧還東吴 1579
次韻熏堂 1912
次韻漕使陳公題萊公祠堂 1198
次韻寧鄉道中 2067
次韻鄧公閣睡起 1480
次韻魯直寄靈源三首 2354
次韻諒上人南軒避暑 1695
次韻誼叟 2403
次韻誼叟悼性上人 1419
次韻履道雨霽見月二首 2231
次韻蕭子植承務四首 2567
次韻閻資欽提舉東安道中 2065
次韻衡山道中 1481
次韻謁子美祠堂 1494
次韻謁子美祠堂 897
次韻憑欄有作 1960
次韻壁間蔣侯詩 2538
次韻濟之和劉元老偶成之句 1514
次韻縱目亭 1954
次韻題兀翁瑞筠亭 1001
次韻題上封 1938
次韻題子厚祠堂 1084
次韻題化鶴軒 1943
次韻題方圓庵 1969
次韻題方廣靈源洞 1934
次韻題必照軒 2069
次韻題西林廓然亭 1932
次韻題明白庵 1079
次韻題南明山凌雲閣 1948
次韻題高臺 1936
次韻題清風亭 1958
次韻題葆光庵 2557
次韻題雲峰齊雲閣 2068
次韻題貯雲堂 1078
次韻題罷徭亭 1931
次韻題德岡鋪 2583
次韻題澮山巖 1945
次韻題顒顒軒 885
次韻雙秀堂 1922
次韻蘇東坡 773
次韻蘇通判觀牡丹 1017
次韻贈慶代禪師 1926
次韻權巽中送太上人謁道鄉居士 391
次韻讀韓柳文 1071
次韻龔德莊顔柳帖 66
守道太尉醉鄉 2541
守歲 778

〔乛〕

如庵銘并序 3171
好菩薩 2618

七畫

〔一〕

戒壇院東坡枯木張嘉夫妙墨童子告以僧不在不可見作此示汪履道 622

抄華嚴經 4240
抄藏經 4243
赤眼禪師畫像贊并序 2929
投老庵讀雲庵舊題拜次其韻二首 1483
芙蓉楷禪師贊 3070
花藥英禪師生日其子通慧設齋作此 2652
花藥英禪師行狀代 4449
芭蕉 2458
杏殼觀音菩薩贊并序 2867
巫山圖 2589
李成德畫理髮搔背刺噴明耳爲四暢圖乞詩作此四首 2213
李光祖自了翁法窟來訪余於鍾山留十日方知鼻孔大頭向下既行作六首送之 2368
李伯時畫彌陁像贊并序 2869
李師尹以端硯見遺作此謝之 1758
李商老自山北道中作詩見寄次韻 2533
李道夫母挽辭 2163
李道夫真贊 3121
李運使贊 3146
李端叔自金陵如姑谿寄之五首 2248
李端叔誕辰 1329
李德茂家有磈石如匡山雙劍峰求詩 1722
李德茂家坐中賦諸銘 3244
李德茂書城四友序 3629
李德修以烏蘭河石見示并序 328
求度牒僧衣五首 4275
吾山風物如故園而甚僻余居月餘愛之將此卜居二首 2103
豆粥 92
夾山第十五代本禪師塔銘并序 4356

〔丨〕

吴子副送性之詩有老子只堪持蟹螯之句因寄之 320
吴子薪重慶堂 1205
見志 2706
見蔡儒效 688
别人 1365
别子修二首 1836
别天覺左丞 1720
别李公弱 1778
别歲 780
别澄庵源禪師 661
别龍安 1643
别靈源禪師 1655

〔丿〕

秀上人出示器之詩 181
秀江逢石門徽上人將北行乞食而予方南游衡嶽作此送之 411
何忠孺出芝草三本皆黄色指其小者曰昔登第時産此今重華爲作此 2547
何忠孺家有石如硯以水灌之有枝葉出石間如巖桂狀爲作此 361
佛印璵禪師贊 3078
佛鑑興修天寧而大檀越輻湊六月初吉有雙蓮開殿庭之西池作此 2592
余日渡海即號甘露滅所至問

者尤多時作偈答益不解乃告之曰涅槃經云甘露之性食之令人不死若合異物亦能不死維摩經亦曰得甘露滅覺道成又爲之偈 2777
余方登列岫愛西山思欲一游時皋上人來覓詩作此 366
余在制勘院晝卧念故山經行處用空山無人水流花開爲韻寄山中道友八首 2189
余至清修別希一禪師津發如老媪扶女升車其義風可以起頽俗將發作此 2113
余自太原還匡山道中逢澤上人與至海昏山店有作 693
余作進和尚舍利贊暹善見而有詩次韻 471
余昔居百丈元夕有詩後十年是夕過京師期子因不至 1723
余往漢上清修白鹿二老送至龍牙作此别之 2117
余所居寺前有南澗澗下淺池每至其上未嘗不誦柳子厚南澗詩又恨東坡不和乃和示超然 704
余所居竹寺門外有谿流石橋汪履道過余必終日既去送至橋西履道誦笑别廬山遠何煩過虎谿之句作十詩以見寄因和之 2217
余所居連超然自見軒日多啜茶其上二首 1889
余居百丈天覺方注楞嚴以書見邀作此寄之二首 1634
余居臨汝與思禹和酬甌字韻數首後寓居湘山思禹復和見寄又答之 1821
余病脾氣李宜中教余服仙茅乃從彦周乞之彦周袒肩荷臨濟呵余鈍根敗闕病輒服藥是以生死爲二耶得藥作此謝之 953
余過山谷時方睡覺且以所夢告余命賦詩因擬長吉作春夢謡 615
余將北游留海昏而餘祐禪者自靖安馳來覓詩 631
余將經行他山德莊自邑中馳書作詩見留是夕胡彦通亦會二君手談達旦不寐明日霜重共讀蔡德符兄弟所寄詩有懷其人五首 2385
余游侯伯壽思孺之間久矣而未識季長昨日見之夜歸作此寄之 835
余游鍾山宿石佛峰下因上人自歸宗來贈之六首 2260
余號甘露滅所至問者甚多作此 1841
余嘗問無盡居士曰往問悦公參素侍者有何言句無盡居士曰見悦説昔素問無爲如何説悦擬開口素大笑悦當有省宣師爲侍者余於叢林三見之矣政和元年又會於顯忠寺且欲歸江南作三偈送之 2350
余還自海外至崇仁見思禹以

四詩先焉既别又有太原之行已而幸歸石門復次前韻寄之以致山中之信云 1309
谷山沙彌求詩 2017
迎爽樓 2052

〔丶〕

冷然齋 1604
汪履道家觀古書 1645
汪履道家觀所蓄煙雨蘆雁圖 155
汪履道家觀雪雁圖 1291
汾陽十智同真二首 2313
汾陽昭禪師真贊 3010
泐潭準禪師行狀 4438
快亭 1963
宋迪作八境絶妙人謂之無聲句演上人戲余曰道人能作有聲畫乎因爲之各賦一首 1277
初入制院 2775
初至海南呈張子修安撫 1829
初至崖州喫荔枝 2534
初到鹿門上莊見燈禪師遂同宿愛其體物欲託迹以避世戲作此詩 1230
初到善谿慧照庵寄張無盡五首 2329
初夏四首 2496
初過海自號甘露滅 1464

〔乛〕

即事三首 2268
孜還善石菖蒲 468
妙宗字序 3713
妙高仁禪師贊 3074
妙高老人卧病遣侍者以墨梅相迓 1775
妙高梅花 2506
妙高墨梅 1394
邵陽别胡强仲序 3609

八畫

〔一〕

奉要勝軒居實居士三首 2605
奉陪王少監朝請游南澗宿山寺步月二首 557
表上人久事雲庵過余石門 1673
長生疏 4268
長沙岑大蟲真贊并序 2941
長沙邸舍中承敏覺二上人作記年刻舟之誚以詩贈 966
長沙甃街 4252
長春花 2493
抵瓊夜爲颶風吹去所居屋 1832
拄杖寄子因二首 2277
招夏均父 1877
英大師年二十餘工文作詩勉之 1050
英上人手録冷齋爲示戲書其尾 2571
述古德遺事作漁父詞八首 2778
東坡居士贊 3109
東坡畫應身彌勒贊并序 2986
東坡羹 2550
東流阻風 2520
東溪僧聽泉堂 1697
卧病次彦周韻 948
兩僧相繼而化有感二首 2401
雨中聞端叔敦素飲作此寄之 1373
雨後得無象新詩次韻 1330

〔丨〕

昌禪師瓦翁塔 2701

明日欲往龍華瞻大士像廓然和前詩叙其事又用韻答之 1742
明白庵六首 2199
明白庵銘并序 3157
明年湘西大雪次韻送僧吴 1905
明教夢中作 2705
明極堂銘并序 3210
明極齋銘并序 3206
明應仲出季長近詩二首次韻寄之 1998
易季真字序 3710
忠子移居 1317
忠孝松記 3435

〔丿〕

和人二首 2294
和人夜坐三首 2266
和人春日三首 2262
和人雁字 2040
和元府判游山句 1024
和杜司録嶽麓祈雪分韻得嶽字 1184
和杜撫勾古意六首 1347
和李令祈雪分韻得麓字 1294
和李班叔戲彩堂 1296
和余慶長老春十首 2485
和忠子 1175
和周達道運句題怪石韻 1966
和茶陵夢覺索燭見懷 1088
和昭默堂五首 2208
和珣上人八首 2233
和宵行 1082
和陳奉御游梁山 1144
和陶淵明歸去來詞 3257
和許樂天 1667
和清上人 1564
和堪維那移居 1178
和景醇從周廷秀乞東坡草蟲 931
和答素首座 1801
和傅彦濟知縣 2001
和曾倅喜雨之句 1101
和曾逢原待制觀雪 1463
和曾逢原試茶連韻 866
和游谷山 1098
和游南臺 1154
和游南臺 1168
和游福嚴 1157
和濟之通判日夜懷祖穎諸公 2125
和靈源寄瑩中 550
季子夢訓 3749
季長出示子蒼詩次其韻蓋子蒼見衡嶽圖而作也 850
季長出權生所畫嶽麓雪晴圖 856
季長見和甚工復韻答之 841
季長盡室來長沙留一月乃還邵陽作是詩送之 857
季長賞梅使侍兒歌作詩因次韻 844
金華超不羣用前韻作詩見贈亦和三首超不羣翦髮参黄蘗 482
金陵吴思道居都城面城開軒名曰横翠作此贈之 628
金陵初入制院 1824
金陵獄中謝人惠茶 2433
周庭秀愛湘中山水之勝定居十餘年宣和五年夏五月忽思吴中别余於湘上作此送之 2094

周達道通判贊　3129

〔丶〕

京師上元觀駕二首　1714
夜行至榆次口占　4542
夜坐分題得廊字　1473
夜雨歇懷淵才邦基　1727
夜歸示卓道人　2097
放光二大士贊并序　2860
法雲同王敦素看東坡枯木　607
法輪齊禪師開軒於薝葡叢名曰薝葡二首　1789
泗州院旃檀白衣觀音贊并序　2827
泊舟星江聞伯固與僧自五老亭步入開先作此寄之　521
注十明論　2314
治中吴傳朋母夫人王逢原之女也傳朋作堂名養志乞詩爲作此　912
宗上人求偈之江南　2455
宗公以蘭見遺風葉蕭散蘭芽並茁一幹雙花鬬開宗以爲瑞乞詩記其事　1546
定身巖贊　2997
定照禪師序　3602
宜獨室銘　3225
宜獨巖銘并序　3233
空生真贊并序　2840
空印以新茶見餉　1989
空印見招住庵時未能往作此寄之　1991
空印見和用韻答之　1993
祈雨　4237
祈雨文　4537
祈晴　4239

〔乛〕

居二人自雲居來訪白蓮社話明日告歸作此送之　238
始陽何退翁謫長沙會宿龍興忌歸戲之　456

九畫

〔一〕

春日同祖賢二道人步雲歸亭忽憶東坡此日詩有懷其人次韻　1709
春日作　2477
春日會思禹兄於谿堂　1877
春日谿行　1444
春去歌　813
春老　4543
春晚二首　2492
春詞五首　2475
政和二年余謫海外館瓊州開元寺儼師院遇其游行市井宴坐靜室作務時恐緣差失念作日用偈八首　2765
赴太原獄别上藍禪師　1862
胡卿才時思亭　1612
南安巖主定光古佛木刻像贊并序　2957
南安巖主定光生辰五首　2716
南昌重會汪彦章　395
南軒　2498
南嶽法輪寺與西林比居長老齊公築堂於丈室之西名曰雪堂作此寄之　1793
南嶽會禪師往京口省枯木老禪過余湘上夜語及前詩三

絶要謁夢蝶老居士不覺有懷其人 2561
南嶽彌陀和尚贊 3027
南豐曾垂綏天性好學余至臨川欲見以還匡山作此寄之 514
要默堂銘并序 3216
〔丨〕
背塵軒 2418
昭昭堂銘并序 3213
昭默禪師序 3573
思古堂記 3448
思禹兄生日 1817
〔丿〕
香城瑛禪師贊 3061
香城懷吴氏伯仲 145
秋夕示超然 1415
秋夕示超然 1871
秋日還廬山故人書因以爲寄 1648
秋晚三首 2504
秋晚同超然山行 1559
重修舍利塔 4246
重修雲庵塔 4244
重修僧堂記 3356
重修龍王寺記 3333
重陽後同鄉天錫登滕王閣 714
重會大方禪師 737
重會言上人乞詩 1869
重會雲叟禪師 1459
信上人自東林來請海印禪師過余湘上以贈之 1315
信州天寧寺記 3397
信師相別 1365
追和帛道猷一首并序 706
追薦四首 4292
待月堂序 3696
郤子中贊 3144
食不繼偈 2668
食菜羹示何道士 764
〔丶〕
彦舟字序 3706
彦周以詩見寄次韻 961
彦周見和復答 958
彦周法弟作出家庵又自爲銘作此寄之 1978
彦周借書 1976
送一上人 1242
送一上人序 3686
送一萬回 2429
送人 1364
送子美友 214
送元上人還桂陽建轉輪藏 169
送元老住清修 1180
送不伐赴天府儀曹 1027
送太淳長老住明教 2053
送友人 1029
送日上人歸石門 1768
送匀上人謁蔡州使君 2126
送文中北還 730
送正上人歸黄龍 136
送丕上人歸黄檗 2079
送因覺先 1393
送因覺先序 3655
送朱泮英隨從事公西上 497
送先上人親潛庵 2639
送向禪者省親約三月時復來 2564
送充上人謁南山源禪師 197
送李仲元寄超然序 3622
送英老兼簡鈍夫 62

送英長老住石谿　2056
送忠道者乞炭　2698
送季長之上都　860
送宗上人歸南泉　1687
送彦周　963
送秦少逸　1804
送秦少逸李師尹序　3661
送珠上人沏潭拜塔　2108
送珠上人重修五宗語要　2009
送珠侍者重修真淨塔　1048
送莊上人歸雲居　1699
送脩彦通還西湖序　3667
送海印爽老住東林　2111
送悟上人歸溈山禮覲　1055
送通上人游廬山　274
送能上人參源禪師　385
送常上人歸黄龍省侍昭默老　1255
送敏上人　1660
送逸禪者歸荆南見無盡居士　2623
送訥上人游西湖　610
送淨心大師住温州江心寺　1561
送隆上人　1694
送隆上人歸長沙　1298
送琳上人并序　1812
送軫上人之匡山　1658
送稀上人還石門　784
送强仲北游序　3616
送瑜上人歸筠乞食　227
送楞嚴經珣維那　2104
送雷從龍見宣守并序　185
送圓上人序　3675
送圓監寺持鉢之邵陽　2444
送廓然　1043
送瑫上人奔母喪　492
送瑫上人往臨平兼戲廓然　1060
送僧乞食序　3645
送僧游泗州　612
送僧游南嶽　1692
送僧還長沙　1417
送僧歸石門　1733
送僧歸故廬　1445
送僧歸雲巖　1303
送僧歸筠　1806
送端上人入黄龍　2615
送演勝遠序　3671
送實上人還東林時余亦買舟
　東下四首　2258
送肇上人還江南省阿尚　2703
送賢上人往太平兼簡卓首座　1239
送範上人乞食　2456
送德上人之歸宗　285
送誼叟歸北山　2026
送慶長兼簡仲宣　317
送瑩上人游衡嶽　1580
送澄禪者入蔣山　2697
送曉上人歸西湖白閣所居　1788
送興上人之歸宗　2091
送凝上人　655
送親上人乞食三首　2644
送濟上人歸漳南　381
送禮禪歸臨川　1266
送瓊大師歸禪寂　2013
送顯街坊　1267
送巖修造序　3690
送覺上人之洞山二首　2406
送覺先大師覺先參佛照圓通
　二老　1797
送覺先歸大梁二首　2530

送覺海大師還廬陵省親 221
送鑑老歸慈雲寺 3677
送鑑老歸慈雲寺二首 4541
洪玉父赴官潁州會余金陵 571
洪州大寧寬和尚語録序 3537
洞山祖超然生辰 42
洞庭無蓋偈 4551
宣上人天真庵 2635
宣和七年重陽前四日余自長沙還鹿門過荆渚謁天寧璋禪師留二宿作此 1222
宣和五年四月十二日余館湘陰之興化徐質夫自土山來一昔夜語甚顛倒且曰前嘗夢見東坡今復見子何清事相聯耶吾所居有亭名閑美嘗有白燕巢梁間屢見鶴翔舞於層霄囑予爲詩紀其事質夫大梁人賢而有文佳公子也 2078
宣和四年十二月二十四日大雪珠禪客忽至渠以谷山退院來審是否作此示之 2044
宣律師贊并序 3028
宮詞 4544
祐勝菩薩贊并序 2843
神駒行 70

〔一〕

胥啓道次韻見寄復和之 2061
除夕和津汝楫 1421
飛來峰 531
紀夢 2511

十畫

〔一〕

珪上人兩過吾家既去作此 2642
珪粹中與超然游舊超然數言其俊雅除夕見於西興喜而贈之 575
栽松庵記 3468
栽松道者真身贊 2995
袁州聞東坡殁於毗陵書精進寺壁三首 2319
都下送僧歸閩 1726
華光上人送墨梅來求詩還鄉 2011
華光仁老作墨梅甚妙爲賦此 108
華藏寺慈氏菩薩贊并序 2820
華藥英禪師贊 3066
華嚴同緣序 3532
華嚴居士贊 3118
華嚴院記代 3479
荷塘暑雨過涼甚宜之見訪作此 1868
郴州乾明進和尚舍利贊并序 3021
桐川王野夫相訪洞山既去作此兼簡直夫 74
連瑞圖序 3635
夏日三首 2265
夏日西園 276
夏日同安示阿崇諸衲子 2140
夏日雨晴過宗上人房 388
夏日陪楊邦基彭思禹訪德莊烹茶分韻得嘉字 289
夏日偶書 2037
夏日偶書二首 1567
夏日睡起步至新豐亭觀雲庵

墨妙與僧坐松下作五詩明日阿振試冰華矮牋請録之因序焉 2238
破塵庵銘并序 3196
破竈墮和尚贊并序 2931
〔丨〕
逍遥遊山歸見示唱和詩軸口占和之 2025
時余適金陵定居定林超然將南歸從余游以爲詩讖也復次其韻 2439
〔丿〕
俱清軒銘 3231
師復作水餅供出五詩送別謝之 1669
師璞字序 3705
徐師川罪余作詩多恐招禍因焚去筆硯入居九峰投老庵讀高僧曇諦傳忽作數語是足成之以寄師川師川讀之想亦見赦二首 1893
舫齋記 3425
留題三峰壁間 106
留題覺軒 2416
〔丶〕
記西湖夜語 3737
記徐韓語 3744
記晦堂老人問莊子義偈 4548
記福嚴言禪師語 3761
高氏釣魚臺 324
高安城隍廟記 3408
高安會諒師出諸公所惠詩求予爲賦用祖原韻 203
郭伯成榮登 2021
郭祐之太尉試新龍團索詩 617
座石銘 3234
病口寄山中故舊八首 2193
效李白湘中體 1909
唐生能視手文乞詩戲贈之 2138
唐李侍中畫像贊 3106
旃檀四十二臂觀音贊并序 2815
浙竹 561
海上初還至南嶽寄方廣首座 1844
海棠 2484
浴佛二首 4235
浪淘沙 4560
〔乛〕
書太平庵 2385
書白水寺壁 2525
書阿慈意消室 2283
書承天寺西齋壁 1729
書華光墨梅 1342
書寂音堂壁 2579
書惠子所蓄華光湖山平遠六言 4542
書湛然亭 2526
書資國寺壁 2443
書鑒上人香嚴堂 1602
陳大夫見和春日三首用韻酬之 1983
陳氏貫時軒 40
陳生攜文見過 1845
陳奉議生辰 1403
陳處士爲予畫像求頌戲與之 2738
陳尊宿影堂序 3569
陳尊宿贊 2938
陳瑩中左司自丹丘欲家豫章至湓浦而止余自九峰往見

之二首 1854
陳瑩中由左司諫謫廉相見於興化同渡湘江宿道林寺夜論華嚴宗 442
陳瑩中自合浦遷郴州時余同粹中寓百丈粹中請迓之以病不果粹中獨行作此送之 580
陳瑩中居合浦余在湘山三首寄之 2253
孫侯見和復次韻五首 2341
陪張廓然教授游山分題得山字 1039

十一畫

〔一〕

黄幼安適過予所居題詩草聖甚妙 1547
黄魯直南遷艤舟碧湘門外半月未游湘西作此招之 432
黄龍生辰因閲晦堂偈作此 2680
黄龍草堂清禪師贊 3059
黄檗慧禪師初謁疎山偈 4552
黄蘗佛智 1538
菖蒲齋記 3422
乾上人會余長沙 429
曹教授夫人挽詞 1525
雪中 2132
雪中山茶 2505
雪夜至明教寄王路分舍人 2118
雪夜與僧擁罏僧曰聞唐劉叉賦雪車冰柱詩爲退之所賞願聞其詩予曰忘矣僧請續之口占以授 1235
雪夜讀涪翁所作愛之因懷其人和韻奉寄超然 1650
雪後寄荷塘幻住庵盲僧四首 2404
雪詩 2100
雪霽謁景醇時方堲堤捍水修湖山堂復和前韻 927

〔丨〕

閉門 1433
晚步歸西崦 1544
晚坐藏勝橋望石門 1689
晚秋溪行 1557
晚歸自西崦復得再和二首 1385
晚歸福嚴寺 2523
崇山堂五詠爲通判大樂張侯賦 2576
崇仁知縣赦後祭神文 4535
崇仁縣與思禹閑游小寺啜茶聞棊 1819
崇因會王敦素 534
崇勝寺後竹千餘竿獨一根秀出呼爲竹尊者 1589
崇禪者覓詩歸江南 1052
過小院僧窗有假山絶妙作廬山勢書此 2512
過永寧寺 1900
過孜莫翁 1661
過長馬市 2525
過陵水縣 1468
過陵水縣補東坡遺二首 2096
過張家渡遇雲庵生辰 2690
過湘江題慈雲寺壁 2522
過蕪湖晚望 2520
過潙山陪空印禪師夜話 1988
過寶應訪達川不遇書其壁 2554

〔丿〕

第十五祖真贊并序 2885

偶書 2291
偶書寂音堂壁三首 2028
偶讀和靖集戲書小詩卷尾云長愛東坡眼不枯解將西子比西湖先生詩妙真如畫爲作春寒出浴圖廓然見詩大怒前詩規我又和二首 1747
偶能禪三鄉俊宿山 1036
祭五祖自老文 4509
祭文七首代 4526
祭幻住庵明師弟文 4504
祭老黄龍謚號文代 4533
祭朱承議文 4515
祭妙高仁禪師文 4498
祭昭默禪師文 4487
祭郭太尉文 4511
祭通判夫人文代 4524
祭許先之文 4519
祭鹿門燈禪師文 4505
祭雲庵和尚文 4484
祭趙君文 4521
祭覺林山主文 4503

〔丶〕

許彦周所作墨戲爲之贊 3154
訪友人二首 1607
訪雙池老不遇其子覺先求詩爲作此 2119
訪鑒師不遇書其壁 1552
鹿門燈禪師塔銘并序 4363
清大師還姑蘇塔其師骨石弔之兼簡其弟 1619
清臣先臣過余於龍安山出羣公詩爲示依天覺韻 804
清明前一日聞杜宇示清道芬 1431
清侍者自長沙歸雲居來辭且乞偈余斂目想見清自瑶田莊拄策而上將及到天亭回視諸峰如關穜所作廬山夕陽圖 2594
清涼大法眼禪師真贊并序 2946
悼山谷五首 2243
悼性上人 1647
寄石頭志庵主 2375
寄老庵記代 3487
寄亖大卿 1632
寄亶堂上人 1583
寄南昌黄次山 1269
寄郤子中學句 984
寄華嚴居士三首 2360
寄黄嗣深使君二首 2160
寄黄龍來道者 2062
寄黄蘗佛智禪師書 4559
寄盧羣玉 2128
寄超然弟 1827
寄彭景醇奉議 917
寄道夫三首 2435
寄道鄉居士三首 2397
寄巽中 354
寄巽中三首 2256
寄椿禪師 1676
寄蔡子因 507
寄龍安照禪師 1638
寄嶽麓禪師三首 2381
寄題行林寺照堂 1439
寄題彭思禹水明樓 787
寄題達軒 2023
寄題紫府普照寺滿上人桃花軒 1274

寄題勝因環翠亭二首 2599
寄題劉居士環翠庵 2002
寄題雙泉 1093
寄權巽中 1728
寂音自序 3718
寂音自贊四首 3099
寂音泉 2120
宿本覺寺 1450
宿石霜山前莊夢拜普賢像明日到院見壁間畫如所夢有作 1763
宿芙蓉峰書方丈壁三首 2552
宿香城寺 1626
宿宣妙寺 666
宿鹿苑書松上人房二首 1756
宿湘陰村野大雪寄湖山居士 920
宿資欽楚山堂 2071
宿慈祥室 2411
宿慈雲 1800
宿興化寺 2596
宿臨川禪居寺書方丈壁 1807
宿靈山示月上人 1732
啓明軒次朗上人韻 1422

〔一〕

張氏快軒 1558
張野人求詩 982
隋朝感應佛舍利塔記 3342
將登南嶽絶頂而志上人以小團鬬夸見遺作詩謝之 1781
隆上人歸省覲留龍山爲予寫起信論作此謝之 162

十二畫

〔一〕

琛上人所蓄妙高墨戲三首并序 2508
超然在東華作此招之 2438
超然自見軒 1617
超然攜泉侍者來建康獄慰余甚喜作此 645
超禪師示衆云見聞覺知只可一度 2685
提舉范公開軒面鍾山名曰寸碧索詩 594
喜文首座至 1615
喜會李公弱 476
達摩四種行偈 4545
報慈宣祕禪師贊 3081
報慈庵銘并序 3198
惠侍者清夢軒 1344
棗柏大士生辰因讀易豫卦有感作此 1357
棗柏大士畫像贊 2907
棗柏生辰 2677
殘梅 2477
雲老送南華茶榜 4207
雲門匡真禪師畫像贊二首并序 2953
雲庵生日空印設供作偈福嚴南臺萬壽三老與焉次韻 2630
雲庵生辰 1512
雲庵生辰十一首後有政和二年瓊南時作 2728
雲庵和尚生日燒香偈 2688
雲庵和尚生辰燒香偈 2627
雲庵和尚舍利贊并序 3091
雲庵和尚贊三首并序 3035
雲庵真淨和尚行狀 4413
雲庵塔有雙桐作此寄因姪 1575

雲蓋生日三月初七報慈僧持真求贊 3056
雲蓋智和尚設粥 4280
雲蓋智禪師贊 3054
雲巖寶鏡三昧 1895

〔丨〕

閏三月經旬雨江漲已及舊痕而湖山堂之下船猶著沙二十七日與天寧清修白鹿龍牙開法同赴景醇飯而廣法益陽來遂掇坐入門湖水漲滿其碧勝鏡景醇曰湖山正爲公輩甚喜作此 2587
遇如無象於石霜如與睿廓然相好故贈之 451
景醇見和甚妙時方閲華嚴經復和戲之 924
跋了翁書 4082
跋了翁詩 4080
跋三學士帖 4140
跋山谷五觀 4050
跋山谷字 4070
跋山谷字二首 4055
跋山谷帖 4046
跋山谷所遺靈源書 4040
跋山谷雲峰悦老語録序 4043
跋山谷雲庵贊 4067
跋山谷筆古德二偈 4065
跋山谷筆蹟 4045
跋太師試筆帖二首 4137
跋公衮帖 4139
跋本上人所蓄小坡字後 4078
跋石臺肱禪師所蓄草聖 4063
跋北里誌 4008
跋四君子帖 4107
跋百牛圖 4144
跋吕鎮公詩 4109
跋行草墨梅 4047
跋江表民願文 4090
跋杜子美祭房太尉文藁 4018
跋李成德宫詞 4152
跋李豸弔東坡文 4112
跋李商老大書雲庵偈二首 4132
跋李商老詩 4094
跋邴根矩傳 4013
跋狄梁公傳 4004
跋東坡山谷帖二首 4022
跋東坡山谷墨蹟 4069
跋東坡仇池録 4033
跋東坡平山堂詞 4028
跋東坡老木 4031
跋東坡書簡 4039
跋東坡與佛印帖 4026
跋東坡與荆公帖 4030
跋東坡緘啓 4038
跋叔黨字 4075
跋周廷秀詶唱詩 4147
跋荆公元長元度三帖 4144
跋琛上人山谷酺池詩 4059
跋徐洪李三士詩 4096
跋高臺仁禪師所蓄子宣詩 4102
跋唐明皇傳 4001
跋張七詩 4100
跋達道所蓄伶子于文 4010
跋無盡居士帖 4125
跋順濟王記 4148
跋鄒志完詩乃其子德久書 4106
跋道鄉居士詩 4104

跋與法鏡帖 4062
跋蔡子因詩書三首 4128
跋養直可師唱和真隱詩 4115
跋養直詩 4117
跋魯公與郭僕射論位書 4016
跋瑩中帖 4087
跋瑩中詩卷 4089
跋橘洲圖山谷題詩 4049
跋黔安書 4054
跋韓子蒼帖後 4134
跋謝無逸詩 4119
跋蘇子由與順老帖 4098
跋蘭亭記并詩 4141
喧寂庵銘并序 3190

〔丿〕

無諍字序 3715
無住字序 3702
無染字序 3708
無爲山十生觀音贊 2884
無盡見和復次其韻五首 2332
無盡居士以峽州天寧見邀作此辭免六首 2323
無學點茶乞詩 1323
無證庵記 3415
答上藍長老偈 4553
答風穴五白貓兒頌 4553
答郭公問傳燈義 3753
答唐僧復禮真妄偈 4548
答張天覺退傳慶書 4300
答彭器資偈 4550
答慶上人三首 2288
焦山贈僧二首 1446
御手委廉訪守貳監勘劉慶裕二十三日復收入禁將入獄憂無人供飯有銀一兩錢六百以付來勝甫勝甫曰此止可辦半月過此如何余默計曰有官飯耳 640
復用前韻送不羣歸黃檗見因禪師 490
復次元韻 1136
復次蔡元中韻 790
復次韻 1383
復和答之 880
欽禪者乞偈 2633
爲雙林化六齋 4255
鄒必東竹枕 1569

〔丶〕

馮氏墓銘并序 4405
敦素坐誦公衮烏臼樹絶句歎愛不已其詩云三年逐客弄湘流華氣遮欄兩鬢秋秖有荒寒江上樹尚成詩句聚眉頭成此寄之 591
童子名道員年五歲餘不茹葷隨母往來禪林旦夕稍長即與落髮覓詩作此授之 1596
童毫竹銘并序 3239
普同塔記 3457
尊頂法論後序 4558
道中二首 2605
道林枯木成禪師贊 3075
道林送鴻禪者江陵乞食 1802
道林喜見故人 1766
道逢南嶽太上人游京師戲贈其行 2429
曾逢原待制真贊 3134
湘上閒居 1413

湘山偶書 2294
湘山獨宿聞雨 1771
湘西飛來湖 937
湘西暮歸 1907
温上人自廬山見過 1866
湓江宿舟中 2519
渡海 1470
游太平古寺讀舊題用惠上人韻 2086
游石臺寺 2538
游白馬寺逢安心上人 1233
游白鹿贈太希先 996
游西湖北山二首 2489
游南禪 2420
游南嶽福嚴寺 413
游𤁎然亭 2466
游薦福題淺沙泉 634
游龍山斷際院潛庵常居之有小僧乞贊戲書其上 3048
游龍王贈雲老 1245
游廬山簡寂觀三首 1361
游靈泉贈正悟大師 1505
寓鍾山 1427
運禪人求偈 1253
補東坡遺三首題武王非聖人論後 759
補東坡遺真姜唐佐秀才飲書其扇 2566
補俞秀老松聲詩 4542

〔乛〕

畫浪軒記 3293
疎山仁禪師贊 3007
登洪崖橋與通端三首 2292
登控鯉亭望孤山 2228
登控鯉亭望孤山 2242

十三畫

〔一〕

瑞香花 1654
瑀上人求詩 1058
瑜上人自靈石來求鳴玉軒詩會予斷作語復決隄作一首 700
遠遊堂記 3453
夢中作 2510
夢徐生序 3626
夢庵銘并序 3175
夢爲道士詠酒瓢 4543
夢蝶居士贊二首 3137
夢蝶齋銘并序 3208
蒲元亨畫四時扇圖 254
楊文中將北渡何武翼出妓作會文中清狂不喜武人徑飲三盃不揖坐客上馬馳去索詩送行作此 1469
楞伽端介然見訪余以病未及謝先此寄之 1319
酬經願 4285
酬潛上人 1584

〔丨〕

歲窮僧衆米竭自往湘陰乞之舟載夜歸宿橋口寒甚未寢時侍者智觀坐而假寐作此詩有懷資欽提舉 2087
睡起又得和篇 1381
蜀道人明禪過余甚勤久而出東山高弟兩勤送行語句戲作此塞其見即之意 2007
嵩禪師贊 3032

圓上人覓詩 2440
圓同庵銘 3163

〔丿〕

筠谿晚望 1346
與朱世英夜論玄沙香嚴雲庵宗旨三首 2424
與忠子晚步登臺有作 2039
與法護禪者 2446
與性之 1441
與客啜茶戲成 1624
與客論東坡作此 1711
與海兄 1529
與黄六雷三 643
與晦叔至奉新 1659
與超然至谷山尋崇禪師遺蹤 2574
與嘉父兄弟别於臨川復會毗陵 603
與蔡揚州 2135
與僧游石頭庵 1785
與蕭郎論詩 4554
與韓子蒼六首 2391
與謙知藏二首 2463
傳衣閣贊 2994
愈崇二子求偈歸江南 1523
會性之山中二首 2540
會師胡盧而笑曰獨無語以餞我乎因賦此 2562
會福嚴慈覺大師 1010
會廣南因上人 2437
會蘇養直 524
解空居士贊 3108
解空閣銘 3232

〔丶〕

誠上人求詩 1649
誠上人試手游方二首 2276
誠心二上人見過 1870
廓然再和復答之六首 1738
廓然送僧之邵武頗叙宗祖以自激勸次韻 277
廓然得石門信歎其踵席非其人用韻酬之二首 1736
資國寺西齋示超然二首 1881
資國寺春晚 1553
資福法堂記 3374
靖安胡氏所蓄觀音贊 2833
新竹 2503
意行入古寺見鄧生之富以谷量牛馬寺舊藉余賦詩 2560
義牯 744
慈明禪師真贊并序 3014
慈覺見訪余適渡江歸以寄之 1015
漣水觀音畫像贊并序 2807
漣水觀音像贊并序 2874
慎姪來侍求偈 2619
福唐秀上人相見圓通 530
福嚴寺夢訪廓然於龍山路中見之 427

十四畫

〔一〕

瑫上人祭母文 4522
嘉祐序 3559
蔡元中真贊 3124
蔡老有志好學識面于京師作此示之 626
蔡州道中 1840
蔡藏用生辰 2154
愿監寺自長沙游清修依元禪

師興發復入城会口占四首贈之 2284

〔丨〕

對雪嘗水餅 1430
嘗盧橘 2502
聞志公化悼之三首 2378
聞端叔有失子悲而莊復遭火焚作此寄之 538
聞龍安往夏口迎張左丞遂泝流至鄂渚相別還山作此寄之 1641
聞襲德莊入山先一日作詩迎之 1556
閩僧不食已四十年贈之 1621

〔丿〕

熏上人歸雲溪 1485
僧求潛庵贊 3046
僧求曉披晚清二軒詩二首 1442
僧問烏喙義 2744
僧從事文字禪三首 2430
僧請釋金剛經卒軸 2746
僧寶傳序 3551
獄中暴寒凍損呻吟 636

〔丶〕

端叔見和次韻答之 1376
粹中自郴江瑩中與南歸時余在龍山容泯齋爲誦唐詩入郭隨緣住思山破夏歸之句爲韻十首 2202
鄭南壽攜詩見過次韻謝之 1195
肇上人居京華甚久别余歸閩作此送之 1390

〔乛〕

墮軒 2674
墮庵銘 3186
墮齋偈序 3640
隨與珉秀七八衲子爲辦寒具 2434
翠巖真禪師真贊 3012
鄧秀才就武舉作詩美之 1586
鄧循道父挽辭二首 2165
鄧循道分財贍族湘陰諸老賦詩同作 1214

十五畫

〔一〕

撫州北景德寺不見古畫第五尊羅漢 2412
賢上人覓偈 1536
醉僧贊 3004

〔丨〕

賦竹 1533

〔丿〕

德士復僧求化二首 4272
德效字序 3699
魯公玉器銘 3242
魯直弟稚川作屋峰頂名雲巢 438
潁皋楚山堂秋景兩圖絶妙二首 1292
劉彭年知縣生辰 2157

〔丶〕

請一老升座 4173
請山老住雲巖 4176
請方廣珂老住石霜 4212
請旻明疏 4209
請旲老住天寧 4162
請真戒住開福 4214
請殊公住雲峰 4200
請逍遥宜老茶榜 4186

請悟老住惠林 4155
請崇寧茶榜 4182
請雲蓋奭老茶榜 4217
請道林雲老住龍王諸山 4203
請湘公住神鼎 4194
請圓悟住雲居 4228
請準和尚住黄龍 4191
請璞老住東禪 4231
請璞老開堂 4233
請藥石榜 4180
請寶覺臻公住天寧 4197
請靈源升座 4170
論作文 4554
摩陁歌贈乾上人 2607
慶長出仲宣詩語意有及者作此寄之 315
瑩中南歸至衡陽作六首寄之 2363
潭州大潙山中興記 3310
潭州白鹿山靈應禪寺大佛殿記 3350
潭州東明石觀音贊并序 2835
潭州開福轉輪藏靈驗記 3298
潛庵源禪師真贊三首 3042
潛庵禪師序 3585
潘延之贊 3140
潙山空印禪師易本際庵爲甘露滅以書招予歸隱復賦歸去來詞 3265
潙山軾禪師贊 3080
潙源記 3462

〔乛〕

履道見和復答之十首 2225
履道書齋植竹甚茂用韻寄之十首 2221

十六畫

〔一〕

璲首座出示巽中詩 1680
薝蔔軒序 3651
薦經 4286

〔丨〕

閻資欽提舉生辰 1400
器之示巽中見懷次韻 1599
器資喜談禪縱横迅辯嘗摧衲子叢林苦之有詩見贈次其韻 807
還太首座詩卷 1803

〔丿〕

興闌 1528
衡山南臺寺飛來羅漢贊并序 2878
錢濟明作軒於古井旁名冰華賦此 1749
歙硯銘二首并序 3249
餞枯木成老赴南華之命 1260
穎孺字序 3711

〔丶〕

謁狄梁公廟 1
謁雲峰悦禪師塔示僧偈 4552
謁嵩禪師塔 749
謁準禪師塔 2399
謁蔡州顔魯公祠堂 6
謁靈源塔 1875
龍山亦名隱山余宣和五年十一月中澣日過焉有潮道人鴻公乞偈爲作 1504
龍安送宗上人游東吴 194
龍尾硯賦并序 3278
龍城智公真贊 3063

龍興禪師大陽的孫居枯木堂新植楚竹余愛其家風爲賦之 1995
燈花偶書 1531
燈禪師出蜀住此山十年爲作南食且約同住作此以贈 2121
禪和子十二時偈 4549
禪首座自海公化去見故舊未嘗忘追想悼歎之情季真游北游大梁聞其病憂得書輒喜爲人重鄉義久要不忘湘西時訪史資深亦或見尋此外閉門高卧耳宣和二年三月日風雨有懷其人戲書寄之 2064
〔乛〕
隱山照上人求詩 1503

十七畫

〔一〕
藏六軒銘并序 3228
韓廉使奉御贊 3131
臨川陪太守許公井山祈雨書黄華姑祠 504
臨川康樂亭碾茶觀女優撥琵琶坐客索詩 512
臨川寶應寺塔光贊 2983
臨平妙湛慧禪師語録序 3543
臨平慧禪師贊二首 3083
臨清閣二首 2273
臨濟大師生辰 2467
臨濟四賓主頌 4550
臨濟和尚贊 2940
〔丨〕
戲呈師川駒父之阿牛三首 2251
戲廓然 801
戲贈劉跛子 4543
嶺外大雪故人多在南中元日作三偈奉寄瑩中 2772
嶽麓海禪師塔銘并序　代 4395
嶽麓爲潙山茶榜 4224
點絳唇 4561
〔丿〕
鍾山有花如比丘狀出穠葉間王文公名爲羅漢花僧請賦詩 1438
鍾山悟真庵西竹林間蒼崖千尺歲久折裂余與敦素行山中至此未嘗不徘徊庵僧爲開軒向之盡收其形勝名曰兩翁作此 1752
鍾山道林真覺大師傳 4465
餽歲次東坡韻寄思禹兄 776
〔丶〕
謝人惠蘆雁圖 2517
謝大潙空印禪師惠茶 1521
謝安道花壇 216
謝李商老伯仲見過 657
謝妙高惠墨梅 2505
謝雨 4238
謝雨文 4538
謝忠子出山 670
謝性之惠茶 1606
謝保福寄蜜 2408
謝嶽麓光老惠臨濟頂相 2106
襄州亂後逢端州依上人 2123
濟上人求偈二首 2456

十八畫

〔一〕

鞦韆 1872

〔丨〕

叢秀軒 2230
題一擊軒 1498
題才上人所藏昭默帖 3893
題小參 3875
題王教授脡齋 2101
題王路分容膝軒 890
題天王圓證大師房壁 2022
題天池石間 3984
題五宗録 3860
題水鏡軒 1597
題反身軒 1449
題公翼蓄華光所畫湘山樹石 3969
題六祖釋金剛經 3796
題古塔主兩種自己 3868
題古塔主論三玄三要法門 3864
題石頭頓斧亭 2710
題石龜觀壁 3980
題平沙遠水圖五首 3970
題白鹿寺壁 3993
題玄沙語録 3842
題永安居士軒壁 2428
題芝軒 1451
題百丈常禪師所編大智廣録 3825
題此君軒 1613
題光上人所書華嚴經 3772
題光上人書法華經 3786
題休上人僧寶傳 3942
題延福寺壁 1356
題自肯庵 2422
題自詩 3958
題自詩寄幻住庵 3956
題自詩與隆上人 3960
題芳上人僧寶傳 3929
題克符道者偈 3834
題李愬畫像 24
題佛鑑蓄文字禪 3951
題佛鑑僧寶傳 3910
題谷山崇禪師語 3847
題含容室 1453
題言上人所蓄詩 3955
題汾州語 3871
題英大師僧寶傳 3944
題季長冰壺軒 1997
題使園眄柯亭 2049
題使臺後圃八首 1486
題所録詩 3948
題法惠寫宗鏡録 3808
題宗上人僧寶傳 3920
題宗鏡録 3801
題草衣巖 1783
題草衣巖 2637
題昭默自筆小參 3902
題昭默與清老偈 3904
題昭默遺墨 3906
題昭默墨蹟 3899
題香山艈禪師語 3839
題修僧史 3810
題首山傳法偈 3857
題洞山巖頭傳 3818
題胥大夫欣欣堂 2081
題珠上人所蓄詩卷 3962
題珣上人僧寶傳 3917
題華光梅 3976

題華光鑑湖圖 3964
題華嚴十明論 3778
題華嚴綱要 3765
題真歸誥銘 3907
題浮泥壁 3989
題悟宗壁 2095
題通判學士適軒 2593
題黄山壁 2495
題黄龍南和尚手抄後三首 3878
題晦堂墨蹟 3883
題鹿苑虎岑堂 2046
題清芬軒 2581
題清修院壁 3991
題清涼注参同契 3835
題清富堂 1906
題淳上人僧寶傳 3925
題淡軒 2695
題隆道人僧寶傳 3935
題瑛老寫華嚴經 3768
題超道人蓮經 3789
題賁遠書房 2531
題萬富樓 934
題雲居弘覺禪師語録 3828
題雲庵手帖三首 3886
題雲巖筠軒 2024
題善化陳令蘭室 1962
題曾逢原醉經堂 1501
題弼上人所蓄詩 3953
題夢清軒 1497
題圓上人僧寶傳 3922
題準禪師語録 3873
題輔教編 3855
題韶州雙峰蓮華叔姪語録 3850
題端上人僧寶傳 3933
題翠靄堂 2050
題閲世軒 1511
題墨梅 3967
題墨梅山水圖 3966
題範上人僧寶傳 3930
題德明都護熏堂 1996
題衛公石刻 3889
題詵叟僧寶傳後 3915
題澄庵書 3909
題潙山立雪軒 2748
題潙源 1540
題橘洲圖 3970
題還軒 1786
題龍王枯木堂 2110
題壓波閣 2114
題嶽麓深固軒 1208
題斷際禪師語録 3821
題廬山 3982
題蘭 3968
題賓公識記 3862
題權巽中詩 3959
題觀音院壁 3997
題觀音贊寄嶽麓禪師 3890
題靈源門榜 3895
題靈驗金剛經 3797
題靈鷲山 1530
題讓和尚傳 3814
瞻張丞相畫像贈宫使龍圖 1224

〔丿〕

簡緣居士贊 3149
雙峰正覺禪院涅槃堂記 3382
雙峰演禪師贊 3089
歸九峰道中 2280

十九畫

〔一〕

蘄州資福院逢禪師碑銘并序　4378
勸學次徐師川韻　721
蘇子平汪履道試李潘墨　159
警策　2625

〔丨〕

贈王司法　1666
贈王性之　296
贈王敦素兼簡正平　400
贈王聖侔教授　500
贈少府　816
贈石頭志庵主　448
贈尼昧上人　1526
贈成上人之雲居　1517
贈李秀才　1681
贈李敬修　292
贈吴山人　1696
贈吴世承　138
贈别不愚首座　888
贈别若虚　1141
贈别通慧選姪禪師　1209
贈汪十四　81
贈范伯履承奉二子　77
贈周廷秀　972
贈承天邃岑　2693
贈胡子顯八首　2544
贈修上人　1683
贈珠侍者二首　2274
贈珠維那　1057
贈陳静之　1217
贈黄得運神童　405
贈許邦基　133
贈許秀才　1656
贈許彦周宣教游嶽彦周参璣道者　1970
贈麻城接待僧勝上人　2139
贈淨上人　174
贈寄老庵僧　1886
贈雲道　815
贈欽上人　2445
贈爲上人游方昭默之子也　1585
贈鄒處士　1189
贈鄒顔徒　1482
贈道法師　2015
贈道禪者　2092
贈湧上人乃仁老子也　1765
贈巽中　350
贈誠上人四首　2281
贈蔡儒效　85
贈僧　1879
贈誦法華僧　2309
贈歐陽生善相　126
贈潙山湘書記二首　2290
贈静上人　1673
贈閻資欽　258
贈器之禪師　178
贈謝無逸偈　4547
贈關西温上人　1779
贈羅道人　2018
贈覺成上人　2563
贈癩可　526
贈鑑上人　1671

〔丿〕

贊翠巖芝禪師偈　4547
臘月十六夜讀閻資欽提舉詩一巨軸　1063

〔丶〕

廬山寄都下邦基德祖諸故人 1686
廬山雜興六首 2603
癡庵銘并序 3178
瀟湘八景 2469
懶庵銘并序 3181
懷友人 1533
懷友人 1645
懷李道夫 1888
懷忠子 675
懷慧廓然 47

〔乛〕

繡釋迦像并十八羅漢贊并序 2846

廿畫

〔丿〕

覺庵銘并序 3167
釋列子小兒論日遠近偈 4549
釋宗鏡録旨偈 4548
釋迦出山畫像贊并序 2801
饒德操瑩中客世與淵才友善有詩送之予偶讀想見其爲人時聞已薙髮出家矣因次其韻 368

〔丶〕

寶公畫像贊 2906
寶月偶值報慈坐中走筆 1172
寶峰院記代 3505
寶峰準禪師贊 3068

廿一畫

〔丶〕

癩可贊 3003

廿二畫

〔一〕

聽道人諳公琴 1032

〔丶〕

讀十明論 2742
讀三國志 1772
讀大智度論 2313
讀中觀論 1428
讀古德傳八首 2297
讀和靖西湖詩戲書卷尾 2573
讀法華五首 2304
讀瑜珈論 1436
讀慶長詩軸 306
讀龍勝尊者語 2651
讀禪要法 2612
讀巘禪師録 2669
讀靈源自作誌銘偈 4547

廿三畫

〔丶〕

變禪者歸蔣山見佛果乞偈 2621

廿四畫

〔一〕

驟雨 510
觀山茶過回龍寺示邦基 563
觀指不得實義偈 4552
靈源清禪師贊五首 3050
靈隱山次超然韻時超然歸南嶽住庵勸之 1769
靈隱送僧還南嶽 1730

儒林外史彙校彙評	[清]吴敬梓著　李漢秋輯校
小倉山房詩文集	[清]袁枚著　周本淳標校
忠雅堂集校箋	[清]蔣士銓著　邵海清校 李夢生箋
甌北集	[清]趙翼著　李學穎、曹光甫校點
惜抱軒詩文集	[清]姚鼐著　劉季高標校
兩當軒集	[清]黄景仁著　李國章校點
惲敬集	[清]惲敬著　萬陸、謝珊珊、林振岳 標校　林振岳集評
茗柯文编	[清]張惠言著　黄立新校點
瓶水齋詩集	[清]舒位著　曹光甫點校
龔自珍全集	[清]龔自珍著　王佩諍校點
龔自珍詩集編年校注	[清]龔自珍著　劉逸生、周錫輹校注
水雲樓詩詞箋注	[清]蔣春霖著　劉勇剛箋注
人境廬詩草箋注	[清]黄遵憲著　錢仲聯箋注
嶺雲海日樓詩鈔	[清]丘逢甲著　丘鑄昌標點

牧齋有學集	[清]錢謙益著　[清]錢曾箋注 錢仲聯標校
牧齋雜著	[清]錢謙益著　[清]錢曾箋注 錢仲聯標校
牧齋初學集詩注彙校	[清]錢謙益著　[清]錢曾箋注 卿朝暉輯校
李玉戲曲集	[清]李玉著 陳古虞、陳多、馬聖貴點校
吴梅村全集	[清]吴偉業著　李學穎集評標校
歸莊集	[清]歸莊著
顧亭林詩集彙注	[清]顧炎武著　王蘧常輯注 吴丕績標校
安雅堂全集	[清]宋琬著　馬祖熙標校
吴嘉紀詩箋校	[清]吴嘉紀著　楊積慶箋校
陳維崧集	[清]陳維崧著　陳振鵬標點 李學穎校補
屈大均詩詞編年校箋	[清]屈大均著　陳永正等校箋
秋笳集	[清]吴兆騫撰　麻守中校點
漁洋精華録集釋	[清]王士禛著 李毓芙、牟通、李茂肅整理
聊齋志異會校會注會評本	[清]蒲松齡著　張友鶴輯校
敬業堂詩集	[清]查慎行著　周劭標點
納蘭詞箋注	[清]納蘭性德著　張草紉箋注
方苞集	[清]方苞著　劉季高校點
樊榭山房集	[清]厲鶚著　[清]董兆熊注 陳九思標校
劉大櫆集	[清]劉大櫆著　吴孟復標點

劉辰翁詞校注	[宋]劉辰翁著　吴企明校注
瀛奎律髓彙評	[元]方回選評　李慶甲集評校點
雁門集	[元]薩都拉著 殷孟倫、朱廣祁校點
揭傒斯全集	[元]揭傒斯著　李夢生標校
高青丘集	[明]高啓著　[清]金檀注 徐澄宇、沈北宗校點
唐寅集	[明]唐寅著　周道振、張月尊輯校
文徵明集(增訂本)	[明]文徵明著　周道振輯校
震川先生集	[明]歸有光著　周本淳校點
海浮山堂詞稿	[明]馮惟敏著 凌景埏、謝伯陽標校
滄溟先生集	[明]李攀龍著　包敬第標校
梁辰魚集	[明]梁辰魚著　吴書蔭編集校點
沈璟集	[明]沈璟著　徐朔方輯校
湯顯祖詩文集	[明]湯顯祖著　徐朔方箋校
湯顯祖戲曲集	[明]湯顯祖著　錢南揚校點
白蘇齋類集	[明]袁宗道著　錢伯城校點
袁宏道集箋校	[明]袁宏道著　錢伯城箋校
珂雪齋集	[明]袁中道著　錢伯城點校
隱秀軒集	[明]鍾惺著　李先耕、崔重慶標校
譚元春集	[明]譚元春著　陳杏珍標校
張岱詩文集(增訂本)	[明]張岱著　夏咸淳輯校
陳子龍詩集	[明]陳子龍著 施蟄存、馬祖熙標校
夏完淳集箋校(修訂本)	[明]夏完淳著　白堅箋校
牧齋初學集	[清]錢謙益著　[清]錢曾箋注 錢仲聯標校

東坡樂府箋	[宋]蘇軾著　[清]朱孝臧編年 龍榆生校箋
東坡詞傅幹注校證	[宋]蘇軾著　[宋]傅幹注 劉尚榮校證
欒城集	[宋]蘇轍著　曾棗莊、馬德富校點
山谷詩集注	[宋]黄庭堅著　[宋]任淵、史容、 史季温注　黄寶華點校
山谷詩注續補	[宋]黄庭堅著　陳永正、何澤棠注
山谷詞校注	[宋]黄庭堅著　馬興榮、祝振玉校注
淮海集箋注	[宋]秦觀撰　徐培均箋注
淮海居士長短句箋注	[宋]秦觀著　徐培均箋注
清真集箋注	[宋]周邦彦著　羅忼烈箋注
石門文字禪校注	[宋]釋惠洪撰　周裕鍇校注
石林詞箋注	[宋]葉夢得著　蔣哲倫箋注
樵歌校注	[宋]朱敦儒著　鄧子勉校注
李清照集箋注(修訂本)	[宋]李清照著　徐培均箋注
陳與義集校箋	[宋]陳與義著　白敦仁校箋
蘆川詞箋注	[宋]張元幹著　曹濟平箋注
劍南詩稿校注	[宋]陸游著　錢仲聯校注
放翁詞編年箋注(增訂本)	[宋]陸游著　夏承燾、吴熊和箋注 陶然訂補
范石湖集	[宋]范成大撰　富壽蓀標校
于湖居士文集	[宋]張孝祥著　徐鵬校點
稼軒詞編年箋注(定本)	[宋]辛棄疾撰　鄧廣銘箋注
辛棄疾詞校箋	[宋]辛棄疾著　吴企明校箋
姜白石詞編年箋校	[宋]姜夔著　夏承燾箋校
後村詞箋注	[宋]劉克莊著　錢仲聯箋注

長江集新校	[唐]賈島著　李嘉言新校
張祜詩集校注	[唐]張祜著　尹占華校注
三家評注李長吉歌詩	[唐]李賀著　[清]王琦等評注
樊川文集	[唐]杜牧著　陳允吉校點
樊川詩集注	[唐]杜牧著　[清]馮集梧注
温飛卿詩集箋注	[唐]温庭筠著　[清]曾益等箋注
玉谿生詩集箋注	[唐]李商隱著　[清]馮浩箋注 蔣凡校點
樊南文集	[唐]李商隱著　[清]馮浩詳注 錢振倫、錢振常箋注
皮子文藪	[唐]皮日休著　蕭滌非、鄭慶篤整理
鄭谷詩集箋注	[唐]鄭谷著 嚴壽澂、黄明、趙昌平箋注
韋莊集箋注	[五代]韋莊著　聶安福箋注
李璟李煜詞校注	[南唐]李璟、李煜著　詹安泰校注
張先集編年校注	[宋]張先著　吴熊和、沈松勤校注
二晏詞箋注	[宋]晏殊、晏幾道著　張草紉箋注
乐章集校箋	[宋]柳永著　陶然、姚逸超校箋
梅堯臣集編年校注	[宋]梅堯臣著　朱東潤編年校注
歐陽修詩文集校箋	[宋]歐陽修著　洪本健校箋
歐陽修詞校注	[宋]歐陽修著　胡可先、徐邁校注
蘇舜欽集	[宋]蘇舜欽著　沈文倬校點
嘉祐集箋注	[宋]蘇洵著　曾棗莊、金成禮箋注
王荆文公詩箋注	[宋]王安石著　[宋]李壁箋注 高克勤點校
王令集	[宋]王令著　沈文倬校點
蘇軾詩集合注	[宋]蘇軾著　[清]馮應榴注 黄任軻、朱懷春校點

玉臺新咏彙校	吴冠文、談蓓芳、章培恒彙校
王梵志詩校注（增訂本）	[唐]王梵志著　項楚校注
盧照鄰集箋注	[唐]盧照鄰著　祝尚書箋注
駱臨海集箋注	[唐]駱賓王著　[清]陳熙晉箋注
王子安集注	[唐]王勃著　[清]蔣清翊注
陳子昂集（修訂本）	[唐]陳子昂撰　徐鵬校點
孟浩然詩集箋注（增訂本）	[唐]孟浩然著　佟培基箋注
王右丞集箋注	[唐]王維著　[清]趙殿成箋注
李白集校注	[唐]李白著　瞿蜕園、朱金城校注
高適集校注（修訂本）	[唐]高適著　孫欽善校注
杜詩趙次公先後解輯校（修訂本）	[唐]杜甫著　[宋]趙次公注　林繼中輯校
杜詩鏡銓	[唐]杜甫著　[清]楊倫箋注
錢注杜詩	[唐]杜甫著　[清]錢謙益箋注
杜甫集校注	[唐]杜甫著　謝思煒校注
岑参集校注	[唐]岑參著　陳鐵民、侯忠義校注
戴叔倫詩集校注	[唐]戴叔倫著　蔣寅校注
韋應物集校注（增訂本）	[唐]韋應物著　陶敏、王友勝校注
權德輿詩文集	[唐]權德輿撰　郭廣偉校點
王建詩集校注	[唐]王建著　尹占華校注
韓昌黎詩繫年集釋	[唐]韓愈著　錢仲聯集釋
韓昌黎文集校注	[唐]韓愈著　馬其昶校注　馬茂元整理
劉禹錫集箋證	[唐]劉禹錫著　瞿蜕園箋證
白居易集箋校	[唐]白居易著　朱金城箋校
柳宗元詩箋釋	[唐]柳宗元著　王國安箋釋
柳河東集	[唐]柳宗元著　[宋]廖瑩中輯注
元稹集校注	[唐]元稹著　周相録校注